Wir sind für die Ewigkeit

Berührung

Astrid Töpfner

Band 3 der Spanien-Saga

ASTRID TÖPFNER

Wir sind für die Ewigkeit

BERÜHRUNG

Impressum

Wir sind für die Ewigkeit – Berührung
1. Auflage Mai 2022

© **Lektorat:** Lektorat Meerwoerter
© **Korrektorat:** Lektorat Meerwoerter
© **Buchsatz:** Mary Kuniz – www.marykuniz.de/herzblut-buchsatz
© **Covergestaltung:** Laura Newman – design.lauranewman.de

Herstellung: PRINT GROUP Sp. z o.o.
ul. Księcia Witolda 7, 71-063 Szczecin (Polen)
Vertrieb: Nova MD GmbH, 83377 Vachendorf

Astrid Töpfner
Calle la Selva 17
E-17480 Roses (Spanien)
astrid@astrid-topfner.com
www.astrid-topfner.com

Bibliographische Information der Deutschen Nationalbibliothek: Die Deutsche Nationalbibliothek verzeichnet diese Publikation in der deutschen Nationalbibliographie; detaillierte bibliographische Daten sind im Internet über dnb.dnb.de abrufbar.

ISBN: 978-3-98595-188-8

<u>Triggerwarnung:</u>
In dieser Geschichte findet sich eine Frau in einer toxischen Beziehung wieder. Solltest du damit schlechte Erfahrungen gemacht haben, rate ich dir dazu, das Buch mit Vorsicht zu genießen oder besser darauf zu verzichten.

»Manchmal denkt man, man hätte schon lange gefunden, wonach man gesucht hat, aber erst, wenn die Herzen sich berühren, weiß man es mit Sicherheit.«

Für alle, die wirklich gefunden haben, wonach sie suchten.

TEIL 1

1976

KAPITEL 1

Ein Brief, der keine Ruhe lässt

Barcelona, Januar 1976

Die Gedanken an den Brief in ihrer Schürzentasche waren schwer und verführerisch zugleich, genau wie der Duft der frisch angelieferten roten Rosen. Schwer und verführerisch. Ein Parfüm, das einem den Magen verdrehte, so stark war es, und dennoch zum Träumen einlud. Lucía zählte mit einer Hand die Blumen in der Kiste und griff mit der anderen in die Tasche. Der Brief war zerknittert vom ständigen Herumtragen, vom Öffnen und Zusammenfalten, vom Streicheln ihrer Sehnsucht und dem Zittern ihrer Zweifel.

Nun war Agustín also wieder da, zurückgekehrt aus seinem Exil in Kuba, verheiratet und mit Kindern. Das war aus dem Brief hervorgegangen, den Guadalupe, die alte Haushälterin seiner Familie, ihr gezeigt hatte, als sie sich vor etwas mehr als drei Jahren auf die Suche nach ihm gemacht hatte. Dennoch wollte er sie sehen? War das eine gute Idee?, fragte sich Lucía und strich über die samtigweichen Blütenkelche. War es gut, alte Wunden wieder zu öffnen, oder war es sogar notwendig, damit sie endlich heilen konnten? Vielleicht sollte sie den Brief einfach zerreißen, wegwerfen, vergessen. Das

Land stand nach Francos Tod endlich vor einem Neuanfang. Wieso also nicht auch sie? Altes endgültig hinter sich lassen und sich nur noch auf das Hier und Jetzt und allenfalls die Zukunft konzentrieren.

»Lucía?« Sie zuckte zusammen und rammte sich dabei einen Dorn in die Fingerkuppe. »Ich habe fertig gezählt«, sagte Raquel. »Es sind wieder nur achtundneunzig. Und bei Ihnen?«

Lucía steckte sich den Finger in den Mund und schüttelte den Kopf. »Ich ... ich habe mich verzählt.« So unauffällig wie möglich zog sie ihre Hand aus der Schürzentasche und beugte sich tief über die duftende Kiste. Eins, zwei, drei, zählte sie die Knospen, fünfundzwanzig, sechsundzwanzig, ganz vorsichtig, Lage um Lage.

»Haben Sie schon wieder von Ihrem Verehrer geträumt?«, unterbrach Raquel ihre Konzentration und lachte. »Ich habe doch gesehen, wie Sie lächelnd ins Leere gestarrt haben.«

»Auch hier fehlen drei Rosen«, sagte Lucía steif, ohne auf Raquels Kommentar einzugehen. »Ich werde mit dem neuen Lieferanten ein ernstes Wörtchen reden müssen. Es kann nicht sein, dass er uns jede Woche übers Ohr haut.«

Hatte sie wirklich gelächelt? Raquel hatte sie in den vergangenen paar Wochen einige Male dabei erwischt, wie sie den Brief gelesen hatte oder ihn auch einfach nur angestarrt, gestreichelt oder daran gerochen hatte, ratlos, wie sie darauf reagieren sollte. Es war ihr jedes Mal peinlich gewesen, aber bis heute hatte Raquel nie ein Wort darüber verloren.

Sie war ein gutes Mädchen, ihre Angestellte. Sie kümmerte sich fast allein um den Laden hier an der

Meridiana, während Lucía selbst weiterhin von Dienstag bis Sonntag den Blumenstand auf der Rambla am Laufen hielt. Beides gehörte seit eineinhalb Jahren ihr, seit sie es von der ehemaligen Besitzerin und ihrem Sohn abgekauft hatte, mit dem Geld, das ihr nach dem Verkauf des Häuschens in Cadaqués als Luís' Witwe zugestanden hatte. Genau seit so vielen Monaten arbeitete Raquel für sie. Sie liebte Blumen, sie packte an, selbstständig und verantwortlich. Aber über Privates hatten sie sich selten ausgetauscht; sie wusste über die junge Frau nur das, was sie als ihre Arbeitgeberin wissen musste. Dabei war Raquel die Person, die sie neben Luz am meisten sah. In den fünf Jahren, die sie nun bereits in Barcelona lebte, hatte sie immer nur gearbeitet, gearbeitet, gearbeitet, ohne Pause, ohne Ende. Zeit, Freundschaften zu schließen, richtige Freunde zu finden, denen man sich anvertrauen konnte, hatte sie keine gehabt. Nur selten störte sie dieser Umstand, aber jetzt zerrte etwas schmerzhaft in ihr; es war der Wunsch, nicht mehr allein zu sein mit den Hoffnungen und Zweifeln, die dieser Brief in ihrer Schürzentasche auslöste.

»Er ist nicht von einem Verehrer«, sagte sie deswegen, immer noch zögerlich und sehr leise, und schlang dabei die Arme um den Oberkörper. Es war empfindlich kühl im Lagerraum. »Er ist von meinem ehemaligen Verlobten.«

Langsam ließ Raquel die Kiste mit den Rosen, die sie eben hochgehoben hatte, wieder sinken, und runzelte die Stirn, als ob sie nicht so recht wüsste, was sie mit dieser plötzlichen Offenbarung anfangen sollte.

»Sie waren verlobt, bevor Sie Ihren vor Kurzem verstorbenen Mann geheiratet haben, Sie haben eine Tochter, die fast so alt ist wie ich – wie lange ist das dann her? Vierzig Jahre?« Sie lachte wieder; diese Zahl musste sich in ihren Ohren absurd anhören und doch war sie fast korrekt.

»Siebenunddreißig Jahre«, sagte Lucía und genoss den verblüfften Ausdruck auf Raquels Gesicht. »Und alles, was damals zwischen ihm und mir passiert ist, prägt mein Leben bis heute.« Sie nahm den Brief heraus, drehte ihn unschlüssig zwischen den Fingern, faltete ihn auseinander und wieder zusammen. Lesen musste sie ihn nicht, sie kannte alle Wörter auswendig, nur die zwischen den Zeilen, die wollten sich ihr einfach nicht offenbaren.

»Vielleicht ... vielleicht benötige ich einen Ratschlag.«

»Von mir?« Die junge Frau sah erstaunt auf, blickte auf ihre Armbanduhr, dann zu den Rosen, sie zögerte kurz, aber dann obsiegte die Neugier. »Wir haben noch ein bisschen Zeit, bis ich öffne. Wollen wir hinaufgehen und einen warmen Tee trinken?«

»Entschuldigen Sie die Unordentlichkeit, ich bin keine sonderlich gute Hausfrau«, sagte Raquel und lachte wieder, ziemlich unbekümmert. Die Wohnung lag direkt über dem Blumenladen und war im Kaufpreis inbegriffen gewesen; es war sogar eine Bedingung gewesen, sie zu kaufen, denn die vorherige Besitzerin hatte alles auf einmal loswerden wollen. Keine halben Sachen. Kurz nach ihrer Einstellung hatte Raquel das Angebot, oben einzuziehen, dankend angenommen. Sie war alleinstehend, obwohl sie auf die Dreißig zuging, und nein, sie war keine allzu gute Hausfrau, das stand fest. Die Wohnung war viel zu groß für sie allein, aber selbst im Wohnzimmer, das Lucía nun betrat, standen nur zwei Stühle und ein kleiner Tisch, ein abgewetzter Teppich bedeckte einen Teil des Bodens und es gab keinen Lampenschirm an der Glühbirne, die von der Decke baumelte.

»Ich bin wirklich selten hier«, entschuldigte sich Raquel nun doch ein bisschen verlegen und öffnete das Fenster einen Spalt breit, aber Lucía winkte ab und setzte sich vorsichtig auf den Stuhl. Er wackelte nur ein bisschen. Solange Raquel den Laden gut in Schuss hielt, war es ihr egal, wie es hier oben aussah.

»Agustín heißt er«, sagte sie, als Raquel ein paar Minuten später zwei dampfende Tassen auf den Tisch stellte. Sofort erfüllte der beruhigende Duft der Pfefferminze den Raum und schlichtete die Unruhe in Lucías Innerem. »Welches Datum haben wir heute?«, fragte sie.

»Den 26. Januar.«

»Dann ist es sogar fast auf den Tag genau siebenunddreißig Jahre her, seit Agustín und ich uns sozusagen in die Arme gelaufen sind. Auf einer staubigen Straße zwischen Barcelona und Frankreich, auf der Flucht vor Francos Nationalisten. Ich hatte soeben meinen Bruder aus den Augen verloren, meine Mutter war bei einem Luftangriff ums Leben gekommen. Er hat mich aufgefangen an jenem Tag ...« Sie sah ihn noch genau vor sich, diesen einen Moment, in dem sie in seine nebelgrauen Augen geblickt hatte, darin versinken wollte. Heute wusste sie – sie war darin versunken und hatte nie wieder den Ausweg gefunden.

»Er hat mich gerettet, aber unsere Liebe stand von vornherein unter keinem guten Stern. Wir dachten, wir wären für die Ewigkeit, wir wären füreinander bestimmt. Aber das Leben hatte andere Pläne.« Und so erzählte sie ein bisschen, nur Auszüge ihres Lebens, denn alles musste die junge Frau nicht wissen. Sie erzählte vom Lager und Agustíns Verschwinden, aber nicht von Felicidad, erzählte von ihrer Zeit auf dem Weingut in Frankreich, aber nicht von ihrer Beziehung zu Teresa und Serge und der *Résistance*, sie erzählte von ihrer Rückkehr nach Spanien, ihrem Namenswechsel und ihrer Ankunft in Cadaqués.

»Ich dachte, ich hätte endlich das Glück gefunden mit meinem Mann und unseren beiden Söhnen. Aber dann wurde Luís festgenommen, weil er mit seinem Fischerboot Widerstandskämpfer übers Meer nach Spanien eingeschleust hat.«

»Was für wahnsinnige Zeiten das gewesen sein mussten«, murmelte Raquel.

Lucía hatte befürchtet, zu weit ausgeholt zu haben, die junge Frau zu langweilen, aber sie sah einen Hauch von Bewunderung auf ihrem Gesicht. Dabei hatte das einzig Bewundernswerte doch darin bestanden, zu überleben.

»Agustín arbeitete mittlerweile bei der *Guardia Civil*, warum, würde dieses Gespräch sprengen. Aber er wurde erneut zu meinem Retter. Er sorgte dafür, dass die Anklage gegen Luís fallen gelassen wurde. Danach jedoch verließ er Spanien und kam erst vor Kurzem wieder aus seinem Exil zurück. Ich habe ihn also seit dreiundzwanzig Jahren nicht gesehen.« Sie ließ wieder ein paar wichtige Details aus, und sie erkannte an Raquels gerunzelter Stirn, dass sie aus dem Schluss nicht ganz schlau wurde. Lucías Kehle war trocken, selbst ein Schluck Tee half nichts. Die jungen Leute heutzutage waren nicht ganz so verbohrt wie die ältere Generation, aber dennoch ...

»Luz ist seine Tochter«, murmelte sie in ihre Tasse hinein, und als Raquel schwieg, schob sie hinterher: »Es war natürlich moralisch falsch, meinen Mann zu betrügen, noch dazu, während er in einer Zelle saß ...«

»Ach, über Moral lässt sich streiten«, unterbrach Raquel sie. »Ich finde es eher verwerflich, dass Sie dafür ins Gefängnis hätten kommen können, Ihr Mann aber nicht, hätte er das Gleiche getan.«

Lucía stellte die Tasse auf den Tisch. Vielleicht war die Tatsache, dass Luís sie nicht angezeigt hatte, einem kleinen Rest an Gefühlen ihr gegenüber geschuldet gewesen, die ihre Handlungen nicht hatten zerstören können. Dass er in den Jahren vor seinem Tod eine Affäre mit Carmencita unterhalten hatte, behielt sie lieber für sich.

»Nun ...«, sagte sie stattdessen, räusperte sich, aber die Nervosität steckte eckig in ihrer Kehle. »Agustín weiß es nicht. Er weiß nicht, dass Luz seine Tochter ist.«

»Und damit wollen Sie ihn nun überraschen? Nach dreiundzwanzig Jahren?«

Lucía konnte keinen Vorwurf in Raquels Stimme hören, aber das schlechte Gewissen war dennoch da. »Hat er nicht das Recht, es zu erfahren?« Besonders, nachdem er Felicidad niemals kennenlernen würde? Oder war es doch egoistisch von ihr, seinen

Familienfrieden mit dem Staub zu beschmutzen, den die Nachricht aufwirbeln würde?

»Das Problem ist nur ...«

Erneut unterbrach Raquel sie, bevor Lucía das nicht ganz unwichtige Detail liefern konnte, dass Agustín mittlerweile natürlich seine eigene Familie gegründet hatte.

»Lucía, ich bitte Sie! Sie sind eine gestandene Frau, Sie führen ein Geschäft, sind selbstständig und unabhängig.« Raquel schob ihren Stuhl zurück und erhob sich, marschierte auf und ab. »Ich für meinen Teil werde mich niemals freiwillig unter die Bevormundung eines Mannes stellen, solange ich dadurch meine Freiheiten verliere! Lieber verzichte ich auf die Liebe.« Abrupt blieb sie stehen und stach mit dem Zeigefinger in die Luft. »Wir Frauen müssen unser Schicksal selbst in die Hand nehmen und für unsere Rechte einstehen. Sie haben es nicht nötig, einem Mann hinterherzulaufen, der Sie vor einem Vierteljahrhundert geschwängert hat.«

»Aber wir haben uns geliebt ...«, wandte Lucía zaghaft ein und fühlte sich wie ein gescholtenes Schulmädchen.

Raquel verschränkte die Arme vor der Brust. Durch das geöffnete Fenster hörte Lucía, wie jemand gegen die geschlossene Glastür des Ladens klopfte.

»Kundschaft«, ermahnte sie Raquel, die sofort aufsprang.

»Ich komme, einen Moment bitte«, rief sie hinunter, schloss das Fenster und blieb trotz der Eile noch einmal vor Lucía stehen. »Sie lieben ihn also immer noch. Aber was ist mit ihm?«

Und irgendwie hatte Lucía das Gefühl, dass ihre Zweifel durch das Gespräch nicht kleiner, sondern eher größer geworden waren.

Von allen Wintermonaten war Februar der unangenehmste, fand Lucía. Die letzte Milde vergangener Herbsttage, die oft noch bis Jahresende in der Luft lag, hatte sich komplett verflüchtigt, und die ersten Frühlingsgrüße würden noch bis März auf sich warten lassen. Wie ein Fluss ergoss sich die graue, feuchte Luft vom Meer über die lang gestreckte Rambla und hinein in die Gassen der Altstadt Barcelonas, legte sich mit klammem Griff um Beine und Finger, sog jegliche Wärme aus den Knochen und die Lautstärke aus den Geräuschen des Alltags. Das Zwitschern der Vögel in ihren Käfigen im oberen Abschnitt der Rambla, der Verkehr, der um sie herum rauschte, selbst ihre eigenen Gedanken blieb dumpf und zähflüssig. An Tagen wie diesen beneidete Lucía die Kastanienverkäufer um ihre Öfen.

Sie stampfte leicht mit den Füßen, links, rechts, links, rechts, als ob sie damit die Kälte aus ihren Schuhen verscheuchen könnte, und zollte insgeheim ihrer Vorgängerin Respekt, die über dreißig Jahre tagein, tagaus hier bei Hitze wie Kälte ihre Blumen feilgehalten hatte. An den meisten Tagen liebte sie ihren Stand, aber manchmal, immer öfter, fühlte er sich an wie ein Klotz an ihrem Bein. In dreißig Jahre würde sie ganz bestimmt nicht mehr hier stehen.

Dick eingemummt zogen die Passanten an ihrem Blumenstand vorbei, den Blick nur nach vorn gerichtet, um so schnell wie möglich ihr Ziel zu erreichen. Es war kein Tag, der zum Bummeln und

Geld ausgeben einlud. Seufzend ordnete Lucía die roten Rosen in ihrem Eimer. Auch diese Woche hatte der Lieferant wieder zwei weniger geliefert, als sie bezahlt hatte, und nur gelacht, als sie ihn mit dem Vorwurf konfrontierte. Nächsten Montag würde sie ihn die Blumen selbst zählen lassen, vor ihren Augen. Was dachte er, er könnte sie übervorteilen, nur weil sie Frauen waren?

Um sie herum erwachte das Leben aus seinem gedämpften Zustand, als irgendwo weiter oben ein Hupkonzert einsetzte. Ein Schwarm Stare stob zeternd aus den kahlen Ästen der Platanen empor, die die Rambla links und rechts säumten, und die Menschen hoben die Köpfe. Der Verkehr musste weiter oben abgeschnitten worden sein, denn die Straße war leer von Autos und Bussen, aber als Lucía sich ein wenig reckte, erkannte sie zwischen den anderen Blumenständen bereits erste Demonstranten mit ihren Schildern, und mit jedem Meter, den sich die Menge näherte, schälten sich ihre Rufe aus dem Lärm der ungeduldigen Autofahrer heraus. Lucía schob die Brille den Nasenrücken hoch.

»*Libertad, amnistía y autonomía*! Freiheit, Amnestie und Autonomie!«, skandierten die Teilnehmer, und zu Lucías Erstaunen trugen einige von ihnen sogar die eigentlich noch verbotene katalanische Flagge wie einen Umhang um sich geschlungen. Die Polizei würde nicht lange auf sich warten lassen. Immer mehr Menschen quollen aus den Gassen und schlossen sich der Demonstration an, immer breiter wurde der Strom, bis er auf die Fußgängerzone, die zwischen den beiden Straßen verlief, überschwappte. Spätestens jetzt, das wusste

Lucía, war der Tag gelaufen, und sie konnte froh sein, wenn sich der eine oder andere Teilnehmer beim Vorbeigehen nicht einfach an ihren Blumen bedienen würde. Missmutig begann sie, die vordersten Eimer ins Innere des Standes zu ziehen.

»Lucía!«

Sie sah hoch. »Manuel, wie schön, Sie zu sehen«, begrüßte sie ihren Stammkunden.

»Sie werden doch nicht schon schließen? Es ist erst Mittag!«

Lucía wies mit dem Kopf auf die Menge. *Freiheit für Katalonien*, las sie auf einem Pappschild, *Demokratie, aber jetzt*, auf einem anderen. »Niemand kauft, wenn demonstriert wird. Ist ja gut, dass die Menschen für ein neues Spanien auf die Straße gehen, aber meine Einnahmen leiden darunter. Heute die Unabhängigkeitsbewegung, letzte Woche die streikenden Hafenarbeiter, davor die Zeitungsschaffenden, die endlich Pressefreiheit wollen.« Sie seufzte und rieb die Hände aneinander, um sie zu wärmen.

Manuel hingegen lachte freundlich, sodass die Pockennarben in seinem Gesicht aussahen wie Grübchen. In den bestimmt drei Jahren, in denen er regelmäßig bei ihr Blumen kaufte, hatte sie ihn fast nie traurig oder verstimmt gesehen. Fast nie.

»Ich sehe schon«, sagte er, »ich muss von nun an zweimal die Woche bei Ihnen vorbeischauen. Meine Frau wird sich freuen; die Farben tun ihr gut.«

»Wie geht es ihr denn?«, fragte Lucía, bedacht darauf, nicht allzu viel Mitleid in ihre Stimme zu legen, aber dennoch zog ein kurzer Schatten über

Manuels Gesicht, so kurz, dass er selbst ihn wahrscheinlich nicht einmal wahrgenommen hatte.

»Ich würde gern sagen, es ginge ihr besser, aber ich befürchte ... Aber es wird schon werden, sie wird sich fangen. Alles eine Frage der Zeit.« Schon lächelte er wieder.

»Richten Sie Ihr schöne Grüße aus. Bringen Sie sie doch einmal mit, damit ich sie kennenlernen kann!« Sie nahm sechs Rosen aus deren Eimer, die, die kurz davor waren, zu erblühen, steckte ein paar zartrosafarbene Ranunkeln dazu und etwas Schleierkraut. Nach einem kurzen Zögern steckte sie noch eine siebte Rose dazu, kostenlos. Stammkunden musste man eben pflegen.

»Früher«, sagte Manuel und musste die Stimme heben, um gegen den Lärm um sie herum anzukommen, »da wäre sie an solchen Manifestationen mitmarschiert, wissen Sie. Ganz vorn. Aber heute ...« In der Ferne heulten Polizeisirenen. »Heute vermeidet sie es nach Möglichkeit, unter Leute zu gehen. Die Grüße richte ich natürlich gern aus.« Er reichte ihr das Geld, roch einmal an den Blumen und neigte in einer anerkennenden Geste den Kopf.

»Kommen Sie gut nach Hause, Manuel«, sagte Lucía im Hinblick auf die bevorstehende Konfrontation zwischen Demonstranten und *Guardia Civil*, aber er lächelte beruhigend und tippte mit dem Finger an seinen Hut.

»Ach übrigens«, sagte er, schon im Davongehen begriffen. »Die neue Frisur steht Ihnen ganz hervorragend.« Dann schlängelte er sich durch die Menge, die mittlerweile unruhig wogte wie das Meer bei Sturm, den Blumenstrauß hoch über seinen Kopf haltend, damit das Geschenk für seine Frau keinen Schaden nahm.

Verlegen befingerte Lucía ihre Haare, die immer noch etwas steif waren von den stinkenden chemischen Produkten und der Hitze der Trockenhaube. Was für ein freundlicher, sanfter Mann, dachte Lucía erneut. Seine Frau konnte sich wahrlich glücklich schätzen. Und bevor sie sich davon abhalten konnte, tastete sie nach dem Brief in ihrer Schürzentasche. Ob Agustín die Frisur wohl auch gefallen würde? Ob er sie überhaupt jemals zu Gesicht bekommen würde?, fragte sie sich eine Sekunde später, aber bevor sie darauf endlich eine Antwort suchen konnte, brandeten irgendwo die Straße aufwärts die Wellen der erregten Menge gegen die Mauer der Ordnungshüter, die Demonstranten rannten auseinander, der Eimer mit den Nelken wurde umgestoßen, die Gladiolen folgten, und Lucía fluchte und rettete, was sie retten konnte, ohne selbst mitgerissen zu werden.

KAPITEL 2

Das Kind ohne Namen

Barcelona, Februar 1976

Das Kind schrie. Schon wieder. Oder immer noch. Felicidad schlug die Hände vor ihr Gesicht, dann presste sie sie auf ihre Ohren. In dem Moment öffnete sich die Eingangstür und Manuel schob sich hinein, einen großen Blumenstrauß vor sich her tragend. War denn schon wieder Freitag?

»Oscar!«, rief er; das Mitleid in seiner Stimme gehörte seinem Sohn, der Vorwurf darin hingegen war an sie gerichtet. Sie sollte aufstehen, um ihm die Blumen abzunehmen, aber wenn sie in den letzten drei Stunden keine Kraft dazu gehabt hatte, wie sollte sie sie jetzt mobilisieren?

»Verdammt, Felicidad!« Etwas sehr unsanft legte er den Strauß auf den Tisch und stellte die Aktentasche mit Nachdruck daneben, dann hob er das Kind aus dem Laufgitter, das für den fast eineinhalbjährigen Jungen eigentlich viel zu klein war. Fingerte ein Taschentuch aus seiner Manteltasche und wischte ihm Tränen und Rotz aus dem roten Gesicht.

Felicidad schloss die Augen. Sie schämte sich. Sie schämte sich dafür, dass es ihr egal war. Was war sie doch für eine schlechte Mutter! Und ohne dass sie es verhindern konnte, weinte sie bereits wieder. Als wäre sie selbst das Kleinkind, rollte sie sich auf dem Sofa zusammen, hörte, wie Manuel dem Jungen beruhigende Worte ins Ohr murmelte, hörte seine Schritte, die ihn wiegten. Das Schluchzen verebbte langsam, wie es das immer tat, wenn er sich um das Kind kümmerte, während es bei ihr einfach nie aufhören wollte, zu schreien. Immerzu schrie es, weinte es, greinte es, sie würde am liebsten einfach davonlaufen, aber nicht einmal dazu konnte sie sich aufraffen.

Als sie die Augen öffnete, saß Manuel ihr gegenüber im Sessel, den daumennuckelnden Jungen auf dem Schoß.

»Wann hat er gegessen?«

Sie zuckte mit den Schultern. »Elsa kam wie immer am Mittag.«

»Und wo ist sie jetzt?«

»Ich habe sie nach Hause geschickt. Er war eingeschlafen und ich dachte ... ich dachte wirklich, ich würde es schon schaffen, wenn er aufwacht. Ich wollte, Manuel!«

Vorsichtig, so unendlich liebevoll, wie nur er es sein konnte, nahm er dem Kind den Daumen aus dem Mund und stellte es auf den Boden. »Los, Oscar, lauf zu *mamá*.« Das Kind schaute zu ihm hoch, dann drängte es sich an sein Bein, umklammerte es.

»*Papá*.« Noch einmal gab Manuel ihm einen Schubs in die richtige Richtung, aber der Junge schüttelte vehement den Kopf. »*Mamá no*.«

Wahrscheinlich müsste die Ablehnung schmerzen, aber Felicidad war einfach nur erleichtert. Mühsam richtete sie sich auf. Ihr Kopf schmerzte. Wenn sie doch wenigstens schlafen könnte.

»Na dann komm, mein Großer«, gurrte Manuel, nahm seinen Sohn bei der Hand. Er lächelte selig, während das Kind neben ihm her tapste. »Setz dich wieder brav hierher und bau einen tollen Turm für *papá, vale*, in Ordnung?« Und wie könnte es auch anders sein? Ohne einen Laut des Protestes setzte sich der Junge in sein Laufgitter und begann zu spielen.

Manuel zog endlich seinen Mantel aus, hängte ihn sorgfältig neben dem Eingang auf, schlüpfte aus den Schuhen, stellte sie ordentlich hin. Felicidad fuhr sich langsam mit den Fingernägeln über den Unterarm, rauf, runter, rauf, runter, während Manuel eine Vase aus dem Schrank holte, Wasser einfüllte und die Blumen hineinstellte. Erst jetzt nahm sie bewusst den betörenden Rosenduft wahr.

»Sie sind wunderschön. Wie immer. Danke.«

Manuel stellte die Vase zu der, in der der Strauß von letzter Woche bereits welkte. Sie hätte mal die Stiele schneiden sollen. Hoffentlich hatte Elsa wenigstens das Wasser gewechselt.

»Felicidad.« Erschöpft von den paar Gedanken sah sie zu ihm hoch. »Ich habe eine Haushaltshilfe eingestellt, damit sie dir hilft, solange du nicht allein mit Oscar zurechtkommst. Nicht, damit du sie nach Hause schickst. Das geht so nicht!«

»Ich dachte, ich schaffe es«, wiederholte Felicidad, was sie zuvor gesagt hatte. Wenn das Kind schlief, sah es so friedlich aus, so ruhig. Manchmal saß sie neben seinem Bettchen und betrachtete es, mit dem brennenden Wunsch, über seine seidigzarten Wangen zu streicheln. Aber der Wunsch wurde sofort von der Angst erstickt, dass es dann aufwachen und losschreien könnte.

»Ich möchte den Jungen so gern lieben, Manuel, ich wollte, ich könnte es!« Sie glaubte, in diesen elenden Tränen zu ersticken. Kaum machte sie den Mund auf, liefen sie ihr bereits wieder übers Gesicht. »Aber er ist mir so … fremd«, flüsterte sie.

»Oscar. Sein Name ist Oscar! Du nennst dein Kind nie bei seinem Namen, es wundert mich nicht, dass er dir fremd bleibt. Sechzehn Monate ist Oscar nun schon alt!« Manuel schlug sichtlich frustriert mit der Faust auf sein Knie.

Sie schämte sich auch so sehr dafür, ihn dermaßen zu enttäuschen, nach allem, was passiert war.

»Ich versuche, Verständnis für deinen Zustand aufzubringen, aber der Arzt meinte, diese … diese Wochenbettdepression würde höchstens ein paar Monate dauern. Schau dich doch an, Felicidad! Ich erkenne dich nicht wieder! Wo ist die Kämpferin geblieben? Jegliche Hilfe lehnst du ab, lässt dich komplett gehen. Du treibst wie ein Eisberg durch ein Meer aus Selbstmitleid, blind und kalt. Du wolltest eine Familie haben – wir sind hier, direkt vor dir, aber du siehst uns nicht.«

Die Vorwürfe schmerzten. Sie wollte ruhig und sachlich bleiben, ihm erklären, dass es doch das Kind war, dass sie ablehnte, dass sie sehr wohl kämpfte, nämlich gegen ihre Schuldgefühle, aber der Eisberg in ihr kippte einfach um und löste eine Flutwelle aus.

»Es tut mir leid«, heulte sie, so laut und plötzlich, dass das Kind vor Schreck wahrscheinlich anfing zu plärren. »Es tut mir so leid. Ich dachte … er würde mich vervollständigen, aber … ich bin immer noch …

so leer. Ich dachte ... ich wäre genug, aber ...« Sie schlug sich die Hände vors Gesicht, konnte Manuel nicht in die Augen schauen, rollte sich wieder auf dem Sofa zusammen, ein Fötus im Bauch seiner Mutter.

Sie spürte, wie Manuel sich neben sie setzte, er zog sie wieder hoch, sie wollte nicht, sie verdiente ihn nicht, was für eine schreckliche Frau und Mutter sie doch war! Wann war sie so schwach geworden, dass sie jeden Tag aufs Neue zerbrach? Sie konnte sich nicht wehren, und so fand sie sich in seinen Armen wieder, fest an seine Brust gedrückt, spürte sein Herz rasen und hörte, wie er beruhigende Worte in ihr Ohr murmelte, ohne sie zu verstehen. Wieso fragte sie sich überhaupt, warum das Kind sich bei ihm so rasch beruhigte? Es war einfach seine Wärme, seine Liebe zu ihnen, die aus jeder seiner Poren drang. Sie kuschelte sich enger an ihn, und so rasch, wie sie aufgebraust war, fiel sie wieder zurück in ihren Zustand der Gleichgültigkeit. Nur dass sie sich ein klein wenig leichter fühlte als zuvor.

»*Mi amor*, mein Schatz«, sagte Manuel nun lauter, strich ihr sanft über den Kopf. »Du bist genug. Das warst du schon immer. Du musst es nur selbst erkennen.«

Da lag er falsch. Jedes Mal, wenn sie dachte, endlich ganz zu sein, merkte sie früher oder später, dass immer noch Teile fehlten.

»Vielleicht würde es dir auch guttun, an die frische Luft zu gehen. Du gehst kaum vor die Tür, höchstens in den Garten. Schau mal.« Er zeigte zum Strauß. »Die Blumenverkäuferin richtet dir jede Woche liebe Grüße aus. Lass uns doch am

Sonntag über die Rambla spazieren, dann lernst du sie kennen. Und Oscar hätte bestimmt einen Riesenspaß, wenn wir unten am Meer die Boote beobachten.«

Sie schüttelte den Kopf. »Ich kann nicht raus.« Nicht mit dem Kind.

»Aber warum nicht? Wovor hast du Angst? Aitor ist keine Gefahr mehr für dich.«

Abermals schüttelte sie den Kopf. »Ich bin einfach ...« ... zu müde, zu erschöpft, zu beschämt, ja, zu beschämt. Jeder auf der Straße würde ihr ansehen, dass sie nicht für ihr Kind sorgen konnte. Wollte.

»Bitte, Felicidad.« Er flüsterte wieder, und als er sie ein wenig von sich weghielt, damit er ihr ins Gesicht schauen konnte, sah sie, dass er weinte. »Ich kann so nicht weitermachen. Du musst wieder zum Arzt. Du musst deine Tabletten nehmen. Oscar braucht dich. Ich brauche dich, verstehst du? Ich bin nichts und niemand ohne dich. Wenn du es schon nicht für unser Kind tun kannst, dann wenigstens für mich. Wir wollten glücklich sein, erinnerst du dich nicht?«

Bei ihrer Hochzeit hatte es Rosenblätter geregnet. Sie hatten betörend nach einer verheißungsvollen Zukunft geduftet. Im Wohnzimmer roch es nun genau wie damals. Felicidad schloss die Augen. Vielleicht ...

KAPITEL 3

Der lange Weg nach Hause

Valls, Februar 1976

Lucía stand vor dem Haus, in dem Agustín lebte. Vielleicht lebte, denn vielleicht war er ja auch schon weitergezogen. Hatte sich eine eigene Bleibe gesucht für seine Familie. Sie hatte sich nicht angemeldet. Vielmehr war es ein spontaner Entschluss gewesen, heute, an ihrem freien Montag, in den Zug nach Tarragona zu steigen und von dort ins Landesinnere ins Dörfchen Valls zu fahren, dieselbe Strecke, die sie vor etwas mehr als drei Jahren zurückgelegt hatte, voller naiver Hoffnung, dass sie Agustín wiedersehen würde und sie dort weitermachen könnten, wo sie zwanzig Jahre zuvor aufgehört hatten. Die Hoffnung war dahin; nie würde es wieder werden wie früher.

Und dennoch hatte er ihr geschrieben. Und dennoch hatte sie dem Sog seiner Worte schließlich nachgegeben. Sie konnte immer noch umkehren. Stattdessen trat sie auf die Tür zu, schloss für ein paar Sekunden die Augen, lauschte den dunklen Klängen eines Streichinstruments, das irgendwo im Inneren gespielt wurde. Dann klingelte sie. Das Spiel endete abrupt.

»Guadalupe!« Lucía erkannte sofort die herrische Stimme von Agustíns Bruder. Ihr Herz stolperte so unregelmäßig in ihrer Brust, dass sie kaum atmen konnte und sich an der Wand abstützen musste.

Die Musik setzte wieder ein, die ersten tiefen Noten vibrierten wie Lucías Nerven. Es musste ein Cello sein, dachte sie, vielleicht spielte Agustíns Bruder oder dessen Frau – war er überhaupt verheiratet? Sie wusste es nicht. War es vielleicht Agustíns Frau? Die Tür öffnete sich.

»Ja bitte?«, krächzte die kleine, in schwarz gekleidete Haushälterin, dann flackerte Erkennen über ihr faltiges Gesicht und sie lächelte. »Mercedes. Endlich.«

»Ich hatte Sie früher erwartet«, sagte Guadalupe und nahm ihr den Mantel ab. Lucía schwieg, was sollte sie darauf schon antworten? Ausgestopfte Tierköpfe beobachteten jeden ihrer Schritte, während die Haushälterin sie durch die Halle mit der für katalanische Steinhäuser typischen gewölbten Decken geleitete. Düstere Landschaften in dicken Goldrahmen säumten die Wände. Lucía rief sich in Erinnerung, was Agustín ihr damals mit vor Scham gepresster Stimme offenbart hatte, als sie sich in jenem kleinen Arbeitszimmer in der Kaserne der *Guardia Civil* in Figueras gegenübergestanden hatten: dass sein Vater als Textilfabrikant im Krieg und unter Franco zu großem Vermögen gelangt war.

»Wer ist es?« Agustíns Bruder erschien am oberen Ende der Treppe.

»Besuch für Ihren Bruder«, antwortete Guadalupe knapp.

»Für Agustín?« Es klang sehr ungläubig, ganz als ob sie die erste Person seit seiner Rückkehr wäre, die nach ihm fragte. Dann drehte er sich um, murmelte etwas Unverständliches und schlug laut gegen eine Tür. »Kannst du endlich mit dem verdammten Gefiedel aufhören!«, schimpfte er, und das Cellospiel endete mit einem quietschenden Ton.

»Esteban ist leicht reizbar«, erklärte Guadalupe unnötigerweise und führte sie zu einer geschlossenen Tür. »Er hat gern seine Ruhe.« Dann klopfte sie an, es klang wie ein Geheimzeichen, zweimal schnell, Pause, zweimal schnell, und bevor Lucía sich dagegen wappnen konnte, hörte sie seine Stimme.

»Ja, Guadalupe?«, hörte sie, und auf einmal wurde ihr Herz ganz schwer und ihr Kopf ganz leicht.

Sie spürte, wie Guadalupe eine Hand auf ihren Arm legte, sie hörte ihre schlurfenden Schritte, die sich entfernten, aber sie stand einfach nur da und konnte sich nicht bewegen; sie wollte, aber sie konnte nicht, und wenn sie gekonnt hätte, wusste sie nicht mit Sicherheit, ob sie eingetreten oder davongerannt wäre.

Hinter der Tür war es still, als ob Agustín die Luft anhalten würde. Als ob er sie spüren könnte. Spürte er sie? Ihr Name stand schon in seinem Herzen geschrieben, bevor er sie getroffen hatte, das hatte er ihr am Strand von Argelès gesagt, das hatte er ihr geschrieben. So viele Jahre waren seitdem vergangen. Klopfte sein Herz gerade im Takt ihres Namens? Sie hörte ihn sich räuspern, aber es klang ungeduldig, nicht erwartungsvoll, und sie zuckte zurück. Hinter ihr trampelte der reizbare Esteban die Treppe herunter. Instinktiv streckte sich ihr Arm aus, ganz ohne ihr Zutun, die Hand legte sich auf die Türklinke, drückte sie hinunter und Lucía schlüpfte in den Raum.

Dort saß er, in einem großen Sessel aus dunklem Leder, eine Zeitung auf dem Schoß, und starrte sie an, als wäre sie eine Erscheinung, die er zwar gerufen, aber mit deren Auftauchen er nicht gerechnet hatte. Und sie starrte zurück, und als wäre nicht fast ein Vierteljahrhundert seit ihrer letzten Begegnung vergangen, spürte sie augenblicklich die Verbundenheit, die sich wie eine warme Umarmung um sie legte, ihr rasendes Herz beruhigte und den engen Griff um ihren Hals lockerte. Es war, als hätte sie nach langer Zeit endlich nach Hause gefunden.

»Mercè«, flüsterte Agustín. Die Zeitung fiel raschelnd zu Boden, als er aufstand. In drei langen Schritten durchmaß er den Raum, stoppte abrupt und schüttelte mit einem ungläubigen Ausdruck auf dem Gesicht den Kopf, aber noch bevor er etwas sagen konnte, überwand Lucía den letzten Meter, der noch zwischen ihnen lag, und warf sich in seine Arme.

»Du hast dich nicht verändert«, sagte Agustín, als sie beide in den Ledersesseln Platz genommen hatten. »Keine einzige graue Strähne. Jung und schön wie eh und je.«

Verlegen strich sich Lucía über die frisch gefärbten Haare und stupste die Brille an ihren Platz. Agustíns Haupt war durchzogen von Silber, und sie fand, dass man ihm jedes seiner vierundfünfzig Jahre ansah. Früher hatte sie sein Gesicht und jeden seiner Ausdrücke auswendig gekannt, aber die Falten hatten neue Linien, neue Grenzen gezogen, und sie sahen nicht aus, als stammten sie von vielen fröhlichen Stunden. Die Wärme in diesen grauen

Iriden, die sie bei ihrer allerersten Begegnung noch getröstet hatte, war schon beim letzten Mal einer tiefen Melancholie gewichen, aber nun wallte ein nebelverhangener Schmerz in seinem Blick, der Lucía zu Tränen rührte. Und dennoch lächelte er; er lächelte, fand sie, wie ihre Kinder früher gelächelt hatten, als sie etwas lang Verlorenes unerwarteterweise wiedergefunden hatten. Selig.

Dann wurde er von einer Sekunde auf die andere ernst. »Führst du also immer noch das Hotel in Cadaqués?« Das musste er ja annehmen, hatte er doch seinen Brief dorthin geschickt und ganz offensichtlich hatte sie ihn erhalten. Er schlug das rechte Bein über das linke und lehnte sich im Sessel zurück. Ein vorwitziger Sonnenstrahl fiel durch das Fenster und beleuchtete die Bücherwand hinter ihm, irgendwo im Haus erklangen rasche Schritte, ganz normales Leben, aber sie saßen sich nach all der Zeit endlich gegenüber und konversierten, als wären sie nichts als alte Freunde. Waren sie nicht mehr als das? Agustín wippte mit dem rechten Fuß, auf und ab, auf und ab, langsam. Sie wollte, sie könnte ihre Hand darauflegen. Sie wollte, sie könnte ihn berühren und hatte doch Angst vor seiner Reaktion.

»Nein«, antwortete sie auf seine Frage und versuchte, ihrer Stimme einen festen, lockeren Klang zu geben. »Mein ältester Sohn hat es übernommen. Ich ... ich lebe in Barcelona. Luís ... mein Mann, er ist vor zwei Jahren gestorben.« Alles andere brauchte er nicht zu wissen. Vorerst.

Nichts an Agustíns Pose änderte sich, aber sie bemerkte sehr wohl, wie er ganz langsam und sachte die Luft ausstieß. Erleichtert, irgendwie.

»Das tut mir sehr leid.«

Sie nickte bedächtig. »Deine Frau und Kinder sind wohlauf?«

Das Wippen stoppte. Er stellte beide Füße auf den Boden, Halt suchend. »Meine Frau ...«

»*Señorita* Celia!«, unterbrach ihn ein erboster Ausruf.

Agustín sprang auf, ging raschen Schrittes zur Tür und öffnete sie mit einem Ruck. Lucía lehnte sich in ihrem Sessel ein wenig vor. Guadalupe stand im dunklen Gang mit einem Tablett in den Händen, daneben ein der Größe nach zu schließen junges Mädchen, von dem Lucía nur den Rücken sah.

»Es tut mir leid, Agustín. Ich wollte Ihnen etwas zu trinken bringen und habe sie beim Lauschen erwischt.« Mit den Worten trat sie in die Bibliothek und stieß die Tür mit dem Ellbogen etwas zu, und Agustín senkte seine Stimme, sodass Lucía nurmehr ein erst vorwurfsvolles, dann flehendes Murmeln vernahm.

»Seine Tochter?«, fragte sie die Haushälterin.

Guadalupe seufzte leise, stellte routiniert eine Kaffeekanne und zwei Tassen mit Unterteller und Löffel, ein Zuckerschälchen und ein Milchkännchen auf den Tisch zwischen den Sesseln. Dann verschwand sie in Lucías totem Winkel, öffnete einen quietschenden Schrank und stellte kurz darauf eine Flasche neben das Geschirr.

»Brandy. Können Sie vielleicht brauchen.« Damit hob sie das leere Tablett hoch, blieb noch einen Augenblick wie unentschlossen vor Lucía stehen. »Schwieriges Kind«, murmelte sie, dann verließ sie das Zimmer, genau in dem Moment, in dem

Agustín wieder eintrat, mit dem sichtlich unwilligen Mädchen im Schlepptau.

»Mercedes.« Lucía stand auf. »Das ist meine Tochter Celia. Celia, das ist eine alte Bekannte von mir, Mercedes.«

Lucía streckte dem Kind ihre Hand hin. »*Encantada*, freut mich sehr«, sagte sie und hoffte, dass die Überraschung ihre Stimme nicht allzu sehr zittern ließ. Das Mädchen musste zehn Jahre alt sein, elf vielleicht, trug eine kecke Kurzhaarfrisur und ihre Haut hatte die Farbe von dunklen Zimtstangen. Es erwiderte Lucías Begrüßung nicht, versteckte seine Hände hinter dem Rücken und starrte an ihr vorbei. Lucía nahm ihre Hand wieder zurück.

»Celia! Begrüße unseren Gast!«, polterte Agustín scharf.

Lucía zuckte unangenehm berührt zusammen, aber seine Tochter verzog keine Miene. Fast keine, abgesehen von diesem feinen Zug um die Mundwinkel. Würde sie schlecht von dem Mädchen denken wollen, würde sie es Verachtung nennen.

»Bitte, ist schon gut«, versuchte Lucía zu beschwichtigen, und bevor Agustín reagieren konnte, duckte sich Celia unter seinem Griff hindurch, rannte zur Tür und knallte sie hinter sich zu. Schwieriges Kind, hatte Guadalupe gesagt, und ja, dieser erste Eindruck gab ihr recht. Agustín stand immer noch am selben Fleck, aber anstelle von väterlichem Zorn oder vielleicht Scham für Celias Benehmen vermeinte Lucía einfach nur Ratlosigkeit in seinem Gesicht zu erkennen.

»Vielleicht sollte ich besser gehen«, sagte sie leise. Sie hätte nicht kommen sollen. Nicht vor drei Jahren und nicht heute.

»Nein. Bitte bleib.« Endlich löste sich Agustín aus seiner Starre und ließ sich schwer in den Sessel fallen. Nach einem letzten Moment des Zögerns setzte sich auch Lucía wieder, griff nach der Kanne, um sich zu beschäftigen, während sie auf die Antwort ihrer Frage wartete, die sie vor fünf Minuten gestellt hatte. Der herrliche Duft des starken Gebräus erfüllte den Raum. Sie zeigte fragend auf die Brandyflasche, und als Agustín nickte, goss sie einen großzügigen Schluck in seinen schwarzen Kaffee. Gedämpft erklang von Neuem das Cellospiel, das vorhin von Esteban so abrupt unterbrochen worden war. Die Melodie tanzte sanft wie Frühlingsregen durch die Luft, so traurig, dass Lucía unwillkürlich eine Gänsehaut über den Körper lief.

»Celia«, sagte Agustín und wies nach oben. »Seit dem Tod ihrer Mutter spricht sie nicht mehr.« Seine Stimme kratzte ein wenig, und wie, als wollte er sich selbst vor diesen Worten schützen, zog er die Schultern hoch. Bevor Lucía die Information verdauen und ihr Beileid aussprechen konnte, fuhr er fort: »Spielt nur noch Cello, tagein, tagaus. Es ist, als würde sie so mit ihr kommunizieren.«

»Sie spielt wunderschön.«

Aber Agustín schien sie nicht zu hören. »Sie bestraft mich, weil sie mir die Schuld gibt an Catalinas Tod. Und irgendwie hat sie recht.«

»Was ist geschehen, Agustín? Was hast du getan?«

Er nahm die Tasse in die Hand, schwenkte die dunkle Flüssigkeit und starrte hinein, als ob er vielleicht darauf wartete, dass die Bilder seiner Erinnerung darin erscheinen würden. Er starrte und starrte und sah dabei sehr unwillig aus. Dann trank er das Kaffee-Brandygemisch in zwei langen Schlucken aus, obwohl es immer noch viel zu heiß dafür sein musste, und stellte die Tasse mit Nachdruck auf ihren Unterteller.

»Wir mussten Kuba verlassen. Wir hätten es bereits viel früher tun sollen, als die *Freedom Flights* noch durchgeführt wurden.«

»Die was?«

»Während einiger Jahre finanzierte Amerika regelmäßige Flüge nach Miami, sie nannten sie *Freedom Flights*, heuchlerisch wie sie sind, die Amis. Verhängen eine Blockade gegen eine Regierung, als ob sie nicht wüssten, dass es immer das Volk ist, das leidet, nie die Herrscher. Und dann treten sie als die edlen Retter auf.« Er winkte müde ab. »Egal. Handelsembargo, Kalter Krieg, das Regime. Schon wieder ein Diktator, Mercedes ... Die Menschen hungerten und viele lebten in Angst. Andersdenkende wurden verhaftet, Intellektuelle, Homosexuelle, Künstler. Catalina war eine wundervolle Sängerin, sehr beliebt, aber ein bisschen zu meinungsbildend. Und ich hatte meine eigenen, persönlichen Probleme mit Fidel. Wenn es nach mir gegangen wäre, hätten wir Kuba in einem dieser Flugzeuge verlassen, aber sie hing trotz allem an ihrer Heimat. Wir beide wissen ja, wie das ist, nicht wahr?« Lucía nickte langsam. Ja, das wussten sie. »Und dann«, fuhr Agustín fort, »dann wurden die Flüge ausgesetzt. Gestrichen. Wir saßen auf der Insel fest, während sich die Schlinge immer weiter zuzog.«

»Welche Schlinge, Agustín?«, fragte Lucía flüsternd, aber er winkte wieder ab.

»Das tut jetzt nichts zur Sache. Tatsache war, ich wollte weg. Ich wollte, dass meine Mädchen in einem Land leben konnten, in dem sie frei ihre Meinungen äußern durften. Und dafür habe ich Catalina die Pistole auf die Brust gesetzt. Mit ihr oder ohne sie, ich würde mit den Kindern über das Meer nach Miami fliehen. Es hat ihr das Herz gebrochen.«

Lucía ahnte, was passiert war, aber ihr Mund war zu trocken, um ihn zu unterbrechen, um ihm die Last zu nehmen, die Worte auszusprechen.

»Wir waren zu zehnt in dem Boot. Um uns herum nichts als Wasser, tagelang. Als wir eines Morgens aufwachten, war sie einfach nicht mehr da. Nicht mehr da«, wiederholte er murmelnd und seufzte tief, als ob die Erinnerung daran ihn selbst in die Tiefe ziehen würde. Die Sonne schien ihm nun direkt ins Gesicht, aber er schloss die Augen nicht. »Seit dem Tag spricht Celia nicht mehr.«

Das Licht schien durch ihn hindurch, ganz eigentümlich, als wäre er ein leeres Glasgefäß. Als würde er sich darin auflösen, im Licht. Er war da, aber nicht präsent. Betroffen sah Lucía weg. Jeder Mensch ging anders um mit Wunden und Verlusten und Schmerz. Manche brüteten dunkel wie tiefste Meeresschluchten darüber, andere tanzten ein grelles Rot. Agustín hingegen war durchsichtig geworden.

»Was ist mit deinen anderen beiden Kindern?«, fragte Lucía. Sie wollte einen Schluck Kaffee trinken, um ihre Kehle zu befeuchten, aber ihre Hände zitterten so stark, dass sie die Tasse klirrend wieder absetzte.

»Als der Zeitpunkt kam, an dem ersichtlich wurde, dass Franco nicht mehr lange leben würde, beschloss ich, nach Spanien zurückzukehren. Nach Hause. Egal wie sehr man sich bemüht, einen Baum auszureißen, ein Teil der Wurzeln bleibt immer in der Erde. Aber meine Töchter hatten sich in der kubanischen Gemeinde Miamis eingelebt. Araceli, die älteste, hatte ein Stipendium an der Universität erhalten, und Ricarda, die mittlere, hatte eine Anstellung bei einer wohlhabenden Familie gefunden.«

»Du hast sie dort gelassen?«

»Sie sind alt genug und ich unterstütze sie beide finanziell.«

»Und Celia?«

»Celia ist gerade erst elf geworden. Unser Nesthäkchen. Wäre es nach ihr gegangen, wäre sie bei ihren Schwestern geblieben. Aber das konnte ich nicht verantworten.« Er presste die Lippen zusammen, aber er konnte nicht verhindern, dass sich eine Träne abnabelte und über seine Wange lief. »Vier Töchter habe ich gezeugt, vier. Und die einzige, die noch bei mir ist, hasst mich.«

Lucía rutschte von ihrem Sessel und kniete sich vor Agustín, nahm seine Hand. Fuhr zart mit dem Daumen über die Innenfläche, wie er es früher immer bei ihr gemacht hatte. Er musste es einfach erfahren.

»Fünf«, sagte sie leise.

»Wie bitte?«

»Du hast fünf Töchter, Agustín.«

Eine ganze Weile saßen sie einfach nur so da, er auf dem Sessel, sie auf dem Boden, und weinten, während Celia im oberen Stockwerk ein melancholisches Stück nach dem anderen spielte, als ob sie wüsste, dass sich unter ihr soeben ein emotionales Gewitter entladen hatte.

Alles war gesagt. Die Positionen ausgelotet, Wahrheiten gesprochen. Eine angenehme Leere löste die flattrige Unruhe ab, die Lucía bis eben den Atem genommen hatte. Sie standen bei Null.

»Wie heißt sie?«, unterbrach Agustín die Stille zwischen ihnen.

»Lucía, wie ich. Aber wir nennen sie Luz.«

»Das Licht ... War sie dir ein Licht, Mercedes?«

»Sie hat deine Augen. Sie hat mich jeden Tag ...« Ihre Stimme brach. »... an dich erinnert«, beendete sie den Satz wispernd, räusperte sich dann. »Sie ist eine wunderbare junge Frau, solch ein reines Herz. Steckt mit dem Kopf in den Wolken, redet mit Geistern und kann dir mit ihrem Lachen jeden Kummer nehmen. Sie tanzt.«

»Sie tanzt? Von mir hat sie das nicht.« Lucía glaubte, so etwas wie Stolz in seinem leisen Lächeln zu erkennen.

»Sie tanzt Flamenco. Schon seit sie klein war. Nun ist sie auf dem Weg, international bekannt zu werden.«

»Weiß sie ... weiß sie von mir?« Das Flehen in seiner Stimme tat weh. Lucía richtete sich auf, rieb sich die schmerzenden Knie und setzte sich zurück in ihren Sessel. Trank einen Schluck Kaffee, der bereits lauwarm warm, fast kalt. Und spürte die ganze Zeit über seinen Blick auf ihr ruhen, fühlte, wie seine Präsenz sich mit ihrer mischte, wie sie wieder eins wurden. Das Schicksal hatte sie erneut zueinander geführt, sie waren für die Ewigkeit, so wie er es ihr immer gesagt hatte. Gemeinsam würden sie jedes Hindernis überwinden. Dieser Gedanke machte ihr Mut.

»Sie weiß von dir«, sagte sie mit fester Stimme. »Und als die ganze Wahrheit herauskam, ging sehr viel in die Brüche. Sie sieht keinen Vater in dir, was verständlich ist, und möchte dich auch nicht kennenlernen.«

Agustín senkte den Kopf. »Ich verstehe.«

»Aber ich bin sicher, dass ich irgendwie ein Treffen arrangieren kann. Und wenn sie erst einmal deine Bekanntschaft gemacht hat, wird sie dich mögen. Das verspreche ich dir.«

KAPITEL 4

La Enfadada, die Zornige

Barcelona, Februar 1976

»*Venga La Enfadada*, zeig uns die Zornige!«, rief ein Zuschauer.

Luz löste den Knoten an ihrem roten Kleid und nahm die Rockzipfel in ihre Finger. Ihr Atem ging schwer und ihre Haut prickelte von der Hitze des Auftritts, der nun dem Ende zuging. Die drei Gitarristen zupften Akkorde, erst leise und seufzend, und dann, als sie ihre Füße immer schneller bewegte, wurde auch die Musik lauter, fordernder, kraftvoller. Sie wusste, es gab wenige Tänzerinnen, die den *zapateado* in dieser Geschwindigkeit so perfekt ausführen konnten, und dass das ganze Publikum voller Ehrfurcht die Luft anhielt. Schneller und immer schneller hämmerte sie den Rhythmus mit ihren Füßen auf den Boden der Bühne, schneller und schneller, taka-taka-taka-tak, Kopf hoch erhoben, jeder Muskel angespannt; sie breitete den weiten Stoff vor sich aus und dann drehte sie sich, drehte und drehte sich, wirbelte das Kleid mit den Armen auf und ab, bis es um ihre Silhouette wallte wie eine aufgehende Mohnblüte. Die Gitarren spielten Sturm und das Publikum johlte. Ein letztes Feuerwerk der Emotionen, eine letzte, rhythmisch komplizierte

Schrittfolge, dann ließ sie den Stoff los und riss die Hände über den Kopf, die Gitarren verstummten auf einen Schlag. Sie verharrte – und bog dann, vor vollkommener Stille, ihren Rücken durch, den linken Arm ausgestreckt, die Finger gespreizt, bis ihr Körper einen eleganten Bogen bildete.

Das Publikum sprang von den Sitzen, tosender Applaus erfüllte den Saal. »*Olé!*«, riefen die Zuschauer. »*Qué duende*, welche Magie, welche Eleganz!« Luz richtete sich geschmeidig wieder auf und nahm die Begeisterung huldvoll entgegen.

Gabriel kam in ihre Garderobe gestürmt, als sie sich gerade auf den Stuhl vor dem Schminktisch gesetzt und die Schuhe abgestreift hatte.

»Grandios, grandios, grandios!«, rief er. »Was für ein Abschluss! Von dieser Vorstellung wird Sevilla noch lange sprechen. Wir sollten überlegen, noch im Frühling ein paar weitere Termine anzubieten. Der Veranstalter frisst uns aus der Hand, er wird es uns danken.«

», Schatz …« Luz zog langsam eine Klammer nach der anderen aus dem strengen Haarknoten und massierte dann vorsichtig ihre Kopfhaut. Der Spiegel warf ein falsches Bild zurück; er erkannte weder die dunklen Augenringe, die sie unter einer dicken Schicht Schminke versteckt hatte, noch die Erschöpfung hinter ihrem Lächeln.

»Ts«, machte Gabriel, bevor sie Protest einlegen konnte. »Das ist der Moment, auf den wir hingearbeitet haben, Luz. Diese Tournee, diese Gastauftritte haben den Grundstein gelegt für etwas Großes. Schließe deine Augen. Schließe sie, los.« Sie tat, wie ihr befohlen. »Hörst du den Applaus? Hörst du die Rufe? Siehst du die Freude auf ihren Gesichtern?«

Sein Atem kitzelte an ihrem Hals. Ja, sie fühlte, was er ihr sagte, und das stolze Kribbeln in ihrer Brust verdrängte die Müdigkeit. Tanzen war alles, was sie konnte. Und ehrlich gesagt auch alles, was sie tun wollte. Dafür übte sie pausenlos und ohne Mitleid mit ihrem Körper, oft wochenlang ohne einen freien Tag. Sie wollte den Erfolg, denn das Scheinwerferlicht, der Applaus, die Anerkennung übermalten den Makel, ein Kuckuckskind zu sein, ein außereheliches Kind, einem anderen Mann untergeschoben. Glänzen wollte sie, die Welt blenden, damit sie nicht sehen konnten, wer Luz del Mar wirklich war. Und sie würde es schaffen. Mit Gabriels Hilfe. Ohne ihr Zutun verzog sich ihr Mund zu einem breiten Lächeln. Sie öffnete die Augen wieder.

Gabriel starrte sie im Spiegel an. »Alles, was wir bis jetzt erreicht haben, ist nichts gegen das, was noch auf uns wartet. Heute Spanien, morgen die Welt. Du und ich, Luz. Gemeinsam.«

Vor ihrer Garderobe polterte eine Gruppe Menschen vorbei, lachend und laut redend, wahrscheinlich die Musiker, aber Luz nahm sie nur am Rande wahr, denn Gabriel sank auf die Knie und nestelte etwas aus der Innentasche seines Jacketts.

»Was tust du da?«, fragte Luz verwirrt, aber ihr Herz machte einen Sprung.

»Ich habe noch nie eine solch faszinierende Frau wie dich kennengelernt. Du bist der leuchtendste Stern am Firmament, und ich bin der See, in dem dein Licht sich widerspiegelt. Du und ich. Wir können Fantastisches erreichen.« Er griff nach ihrer Hand. »Luz del Mar. Möchtest du meine Frau werden?«

»Meine Mutter wird gar nicht froh sein, wenn sie davon erfährt.« Verträumt drehte Luz den Ring an ihrem Finger und schmiegte sich an Gabriel, während sie durch die Nacht spazierten. Der kalte Wind trug das Hallen ihrer Schritte davon und übertönte das Rauschen des späten Abendverkehrs auf der nahen Avenida Diagonal. Erst gestern waren sie von ihrem dreiwöchigen Aufenthalt in Sevilla zurückgekommen, und heute bereits hatten sie Gabriels Eltern bei einem gemeinsamen Abendessen von ihrer Verlobung unterrichtet.

»Ich verstehe immer noch nicht, warum du ihr so eisern verschwiegen hast, dass wir ein Paar sind. Meine Eltern sind sehr irritiert darüber; sie haben dich vom ersten Treffen an in ihr Herz geschlossen.«

Das war ein wenig übertrieben, fand Luz, aber sie würde sich hüten, ihm das zu sagen. Das Herz seines Vaters schlug einzig und allein für sein Unternehmen, zu dem die drei größten Flamencolokale Barcelonas gehörten. Für anderes war darin wenig Platz, und schon gar nicht für seinen Sohn, den er, wann immer er konnte, kritisierte. Jedoch, das musste sie zugeben, über ihre Verbindung hatte selbst er ein erfreutes Gesicht gemacht. Im Geheimen dachte Luz, dass er befürchtet hatte, Gabriel würde gar nie eine festere Beziehung eingehen und für immer der provokative Lebemann sein, der er wohl gewesen war, bevor sie sich kennengelernt hatten. Jede Frau wäre dem Vater recht gewesen, Hauptsache, er band sich an eine.

»Eineinhalb Jahre Versteck spielen, wir haben so viel gemeinsame Zeit verpasst.« Gabriel schmollte gespielt und seufzte dann theatralisch auf. »Was man nicht alles tut für die Liebe!«

Luz kicherte. »Wir sitzen doch sowieso den ganzen Tag aufeinander; du bist bei meinen Proben anwesend, wir reisen gemeinsam, die Tourneen, die Aufnahmen für die Heimatfilme und die Werbeproduktionen. Du bist immer dabei. Wenn ich dann meine Familie allein besuche, sind das doch Pausen, die auch guttun.« Sie blickte zu ihm hoch und konnte im Licht der Straßenlaterne erkennen, dass er ganz und gar nicht ihrer Meinung war.

»Ich brauche keine Pause von dir, im Gegenteil. Wenn es nach mir ginge, würden wir bereits in einer gemeinsamen Wohnung leben. Stattdessen muss ich dich jetzt nach Hause begleiten, aber bitte nur bis zur Straßenecke, damit deine Nachbarin dich nicht bei deiner Mutter verpetzt. Das ist kindisch.« Seine Stimme war mittlerweile so eisig wie der Wind. Luz verdrehte heimlich die Augen, strich ihm dann beruhigend über den Arm.

»Meine Mutter mag dich nicht, Gabriel, das muss ich dir nicht erklären. Sie hat dir das bei euren wenigen Begegnungen deutlich gezeigt, denke ich.« Warum auch immer dem so war. Denn im Grunde genommen waren sich die beiden ähnlicher, als sie zugeben wollten. Bei beiden lag unter einer harten Schale ein weicher, verletzlicher Kern. »Aber wenn sie dich besser kennenlernt …«

»Wann wirst du ihr von der Verlobung erzählen? Immerhin wollen wir bereits im Sommer heiraten. Ich sehe nicht ein, weshalb wir länger warten sollten.«

»Bald, mein Liebling, *mi amor*. In Ordnung?«
»Morgen, versprochen?«

Ihre Wadenmuskeln brannten, und sie wollte, sie könnte einfach nach Hause gehen, heiß duschen und die Beine hochlegen. Das Ensemble sollte eine neue Choreografie einstudieren, sie musste ihr Soloprogramm perfektionieren, mit dem sie bereits nächste Woche in Madrid auftreten würde, und Gabriel verhandelte wieder mit Sevilla, damit sie im Mai während ganzer vier Wochen im größten *tablao* der Stadt auftreten konnte. Und das, wo sie im Juni heiraten wollten. Wer sollte die Hochzeit organisieren? Ein langer Atem wäre nun von ihr verlangt, hatte Gabriel gemeint, um den letzten steilen Anstieg zu schaffen. Sie war sich nicht zu schade für harte Arbeit, die war sie sich gewohnt. Und schließlich liebte sie, was sie tat. Aber einen Tag Pause hätte er ihr wohl gönnen können. Ächzend zog sie sich am Treppengeländer hoch, atmete einmal kurz durch, zog den Ring aus und steckte ihn in die Tasche ihrer Jeans. Vielleicht würde sich ihre Mutter ja doch für sie freuen.

»Himmel, Mutter, wie siehst du denn aus?«, entfuhr es ihr, als Lucía die Tür öffnete.

»Ich freue mich auch, dich zu sehen, Luz«, erwiderte diese und fuhr sich vorsichtig mit der Hand über die Haare, als ob sie sich vergewissern wollte, dass die Frisur perfekt saß.

Diese Art von Eitelkeit kannte Luz gar nicht an ihr und sie fühlte sich davon aus dem Konzept gebracht. Sie setzte ein entschuldigendes Lächeln auf, das wahrscheinlich furchtbar schief aussah, und umarmte Lucía kurz, schlüpfte aus dem Mantel, wickelte sich aus dem langen bunten Schal und warf beides über die Stuhllehne. Den befremdeten Blick ihrer Mutter ignorierte sie beflissen. Kurz tastete sie nach dem Ring und wiederholte in Gedanken die Worte, mit denen sie ihr die Überraschung auf sanfte Art und Weise überbringen wollte.

»Wie lief es in Sevilla?«, fragte Lucía dann aber, bevor sie den Mund öffnen konnte.

Luz ließ sich auf den Stuhl plumpsen. Dann eben erst ein bisschen plaudern. Dankbar nahm sie die Tasse Milchkaffee entgegen und schaufelte zwei Löffel Zucker hinein. »Gabriel war sehr zufrieden. Alle Auftritte waren ausverkauft.« Kaum hatte sie Gabriels Namen ausgesprochen, schien die Luft im Raum schwerer geworden zu sein, und sie wusste, dass es schwierig werden würde. Sie gab noch einen dritten Löffel Zucker in den Kaffee. Je süßer, desto besser für die Nerven.

»Und bist du auch zufrieden?«

»Wie meinst du das? Natürlich. Ich habe gut getanzt.« Sie wollte, sie würde nicht so schnippisch klingen, aber sie war unfassbar müde, und die Aussicht auf die Diskussion, die nun folgen würde, ermüdete sie gleich noch mehr. Warum war sie überhaupt gekommen? Ihre Mutter würde Gabriel nie in der Familie willkommen heißen.

»Das ist das Wichtigste. *Du* musst mit deiner Leistung glücklich sein, nicht er.« Der Tadel in Lucías Stimme war gut versteckt, aber Luz nahm ihn dennoch wahr. Sie blies lautstark die Luft durch ihre gespitzten Lippen.

»Er ist mein Agent, Mutter. Ich tanze nicht nur zum Spaß, es ist mein Beruf, das Geld muss stimmen. Natürlich ist es wichtig, dass er zufrieden ist. Ohne ihn wäre ich nicht da, wo ich jetzt bin, kannst du das nicht verstehen?«

»Ich finde, wir waren schon auf einem guten Weg, bevor er aufgetaucht ist.«

»Ein guter Weg allein reicht nicht. Gut tanzen allein reicht auch nicht. Er war das Stück, das mir gefehlt hat, um die erste Sprosse der Erfolgsleiter zu erreichen, und seitdem klettere ich hoch.« Sie war laut geworden. Die Vorbehalte ihrer Mutter Gabriel gegenüber kitzelten diese Wut in ihr wach, diese Wut, die sie beim Tanzen zum Ausdruck brachte und die ihr ihren Künstlernamen eingebracht hatte: *La Enfadada*, die Zornige. Sie war ein Teil von ihr, ihr Schatten, der im Scheinwerferlicht besonders stark zum Vorschein kam, ob sie wollte oder nicht. Abseits der Bühne hingegen konnte sie diese Hitze normalerweise unter ihrem freundlichen Gemüt gut verstecken, und sie fragte sich, warum sie jetzt dermaßen glühte. Vielleicht war es die Angst vor der Reaktion ihrer Mutter, wenn sie ihr von der Verlobung erzählte.

»Ich finde nur, dass du dein Licht nicht so unter den Scheffel stellen solltest, Luz. Du hast dich verändert, seit du diesen Mann kennst. Das macht mir Sorgen.« Ihre Mutter stierte in die Kaffeetasse, als ob es ihr peinlich wäre, sich Gedanken um ihr Kind zu machen. »Gönnt er dir nun wenigstens eine kleine Pause?«

Laut atmete Luz ein und wieder aus und lächelte dann. Lucía meinte es doch nur gut. »Ja, natürlich«, log sie und lenkte dann das Thema von sich weg. »Veränderung muss nicht zwangsläufig schlecht sein, schau dich doch an. In all den Jahren hast du nie mehr als drei Fingerbreit auf einmal von deinen Haaren abgeschnitten und jetzt plötzlich sind sie nur noch schulterlang. Und gefärbt.« Sie fasste sich an ihren Kopf und besah sich ihre eigene hüftlange Mähne. »Du siehst so anders aus. Gewöhnungsbedürftig. Ich kenne dich nur mit langen Haaren.«

»Sie haben mich gestört.« Lucía nahm die Brille ab und rieb sie hektisch mit der Ecke ihrer Bluse sauber. Dann stand sie resolut auf. »Möchtest du etwas zum Kaffee? Ich habe bestimmt noch ein paar Kekse da«, sagte sie, und bevor Luz antworten konnte, dass sie keinen Hunger hatte, kramte sie bereits im Küchenschrank und stellte dann ein Tellerchen mit einigen Schokoladenkeksen darauf vor sie.

»Hier. Iss.« Sie setzte sich langsam wieder auf ihren Stuhl und griff nach einem Stück Gebäck, obwohl sie selten Süßes aß. Die Kekse kaufte Lucía nur für sie.

Luz musste über die offensichtlichen Versuche, etwas zu verbergen, lachen. »Sie haben dich also gestört?«

»Ja, sie, ähm ...« Lucía zerbröselte den Keks zwischen ihren Fingern. »Ich fand ... ich sah ... alt aus.«

»Mutter?«

»Was?«

»Du hast doch nicht etwa jemanden kennengelernt?«, fragte Luz und hielt den Atem an. Wäre es nicht wunderschön, wenn ihre Mutter wieder einen Mann an ihrer Seite hätte? Fast ein bisschen erschrocken sah Lucía aus, als sie den Kopf hob. »Du hast jemanden kennengelernt«, rief Luz triumphierend. »Und deswegen die Veränderung. Wer ist es, ein Kunde? Erzähl schon!«

Lucía verzog den Mund zu einem gequälten Lächeln. »Ach, nicht so wichtig ...«

»Das muss dir doch nicht peinlich sein«, sagte Luz, aber es war nicht Verlegenheit, die ihre Mutter davon abhielt, sich ihr zu öffnen. Sie spürte ... Angst? Manchmal verfluchte sie ihre feinen Antennen. Ihre Mutter nannte es gern ihren siebten Sinn. Blödsinn. Das klang nach Zauberei, Magie und Hokuspokus, nach farbigen Auren und Kommunikation mit Verstorbenen. Sie spürte einfach, was ihr Gegenüber fühlte, sie war die Nadel des Kompasses und ihr Gegenüber der Norden. Und danach richtete sie sich aus.

»Was ist los, Mutter?«, fragte sie nun angespannt und beobachtete Lucía genau. Die nestelte am Knopf ihres Jäckchens, trank einen Schluck Kaffee und stand schließlich auf und ging zum Fenster. Draußen war es bereits dunkel, eigentlich sollte sie bald gehen, um Gabriel nicht warten zu lassen, der natürlich sofort hören wollte, wie das Gespräch verlaufen war. Die Straßenlaterne vor dem Gebäude flackerte. Tat sie das nicht bereits seit Monaten? Reparierte die niemand? Luz' viel zu schneller Herzschlag pulsierte unangenehm laut in ihrem Kopf.

»Ich habe deinen Vater getroffen.« Lucía sprach mehr zu ihrem Spiegelbild am Fenster als zu ihr.

»Luís ist tot«, antwortete Luz automatisch und spürte bereits wieder, wie die Wut in ihr leise flüsterte.

»Ich meine deinen leiblichen Vater. Agustín.«

Als ob sie nicht verstanden hätte. »Luís ist mein Vater«, sagte sie mit einer Schärfe in der Stimme, die ihre Mutter zusammenzucken ließ. »Ein Vater ist eine Bezugsperson, die für einen da ist. Luís, *papá*, war immer für mich da. Von diesem anderen Mann kenne ich nicht mehr als den Namen.«

»Nach allem, was er dir angetan hat? Er hat dich geschlagen und verstoßen.«

Oh, sie hörte ihrer Mutter sehr wohl an, dass sie um ihre Zustimmung flehte, aber die würde sie ihr nicht geben.

»Damit wollte er dich bestrafen, nicht mich.«

Lucía seufzte tief auf und drehte sich zu ihr um. »Luz …«

»Was soll das überhaupt?«, unterbrach Luz sie. »Der Kerl war doch im Ausland? Jetzt ist er wieder in Spanien und du kriechst sofort zu ihm? Was soll das werden, eine fröhliche Familienvereinigung?« Sie schüttelte den Kopf und stand ebenfalls auf, schlang sich mit hektischen Bewegungen den langen Schal um den Hals. »Ohne mich, Mutter. Ich möchte diesen Mann nicht kennenlernen. Er interessiert mich nicht. Und du solltest dich von ihm fernhalten.«

Sie zog den Mantel an, tastete nach dem Ring in der Hosentasche. Die Stimmung war eh bereits vergiftet, sollte sie jetzt noch ihre Verlobung mit Gabriel verkünden? Nein, dachte Luz verärgert. Sie wollte einfach nur gehen. Bevor sie noch zu spät käme und bei ihrem Verlobten ebenfalls schlechte Laune vorfände. Ihre Mutter stand mit hängenden Schultern im flackernden Licht der verdammten Straßenlaterne. Dann aber richtete sie sich auf und sah Luz direkt an. Ein Glühen lag auf ihrem Gesicht.

»Ich werde ihn wiedersehen. Diese Liebe kann mir niemand nehmen.«

KAPITEL 5

Träume aus Feuer und Rauch

Barcelona, März 1976

Oscar. Wenn Felicidad den Namen ihres Kindes in Gedanken aussprach, klang er rund. Manuel hatte ihn vorgeschlagen, damals vor zwei Jahren, als ihr Bauch langsam aber sicher die Form einer gewaltigen Kugel annahm. Oscar für einen Jungen, Olga für ein Mädchen. Rund. Aber sobald sie den Mund aufmachte, um ihn auszusprechen, wurde er eckig und sperrig und blieb kratzend in ihrem Hals stecken. Da halfen weder die Tabletten, die zumindest dafür sorgten, dass sie nicht mehr so schnell in Tränen ausbrach, noch der Psychologe, zu dem sie Manuel nun wieder zweimal die Woche brachte.

Alles, wirklich alles hatte sie unter dem Teppich, unter dem ihre Vergangenheit gut ruhte, hervorkehren müssen: ihre Adoption, der Albtraum von Feuer und Rauch, der sie seit ihrer Kindheit verfolgte, ihr Beitritt zur ETA, Aitor und seine Drohungen, ihr Leben zur Hölle zu machen. Der Therapeut war so jung und sein Auftreten so glatt, dass Felicidad sich zu Beginn fragte, wie er in diesem ecken- und kantenlosen Dasein überhaupt nachvollziehen könnte, was sie plagte. Aber sie hatten nicht wählerisch sein können und seine Praxis lag unweit ihres Hauses.

»Ich dachte ja, Ihr Fall wäre einfach, Felicidad. Früh adoptiert nach einer vielleicht traumatischen Trennung von Ihren leiblichen Eltern, Kindheit, in der Sie keine Liebe akzeptieren konnten. Aber ...« Er schüttelte den Kopf und Felicidad konnte ihm regelrecht ansehen, wie er versuchte, seine Faszination unter seiner neutralen Maske zu verstecken. »Aber da liegt noch viel mehr im Dunkeln bei Ihnen.«

Und dass, obwohl sie ihm nicht einmal vom Tod des kleinen Mädchens erzählt hatte, dessen Schuld schwerer auf ihrer Seele lastete als irgendeines der anderen Traumata, wie er sie nannte. Von der Angst, die sie hatte, dass das Schicksal ihre gerechte Strafe erst noch bereithielt.

»Erzählen Sie mir heute doch von Ihrer letzten Begegnung mit Aitor. Horchen Sie tief in sich hinein. Was verspüren Sie?«

Felicidad knibbelte am Nagel ihres Ringfingers und kämpfte gegen das Verlangen, mit den Zähnen an der scharfkantigen Stelle zu reißen.

»Sie haben also die Polizei darüber informiert, dass dieser geflohene ETA-Terrorist vielleicht bei Ihnen zu Hause auftauchen könnte. Und dann?« *Doctor* Rubio lehnte sich in seinem Sessel zurück und machte eine einladende Handbewegung.

Sie ließ den Fingernagel in Ruhe und massierte stattdessen ihre Schläfen und die Stirn. In den ersten Stunden der Therapie hatte sie versucht, die Fragen zu umgehen, oberflächlich zu beantworten, aber egal wie sehr sie auswich, dieser Mann führte sie erstaunlicherweise selbst über Umwege zielsicher immer zu dem Punkt, an dem sich ihr Innerstes nach außen kehrte. Es spielte keine Rolle, wie sie anfing.

»Nun, es gab viele unangenehme Fragen, wie ich zu der Annahme käme, was ich für eine Verbindung hätte zu Aitor, woher ich ihn kannte ... Es dauerte ganze zwei Tage, bis sie sich dazu entschieden, das Haus unter Beobachtung zu stellen.«

»Eine lange Zeit, in der Sie schutzlos waren.«

»Ja«, flüsterte Felicidad und saß nun ganz still, wollte die Augen schließen, um sich von der Welt abzuschotten, und wollte sie nicht schließen, um den Erinnerungen, die nun hinter den Lidern auf sie lauerten, zu entgehen. Sie versuchte zu schlucken, aber ihr Mund war zu trocken. Achtundvierzig Stunden, in denen sie kein Auge zugemacht hatte. Achtundvierzig Stunden, die sich in ihr Herz gefressen und das Blut darin in dickflüssige Angst verwandelt hatte.

»Wir verschanzten uns im oberen Stockwerk, wagten tagelang kaum zu reden, uns zu bewegen, und die ganze Zeit war da diese latente Bedrohung. Wie eine Vakuumglocke lag sie über uns und raubte uns den Sauerstoff.« Was faselte sie da? Aber die Worte drängten einfach weiter unzensiert aus ihrem Mund. »Das ganze Haus stank nach dieser Angst, als ob sie uns aus den Poren dränge; mir war ständig übel davon. Mein Bauch tat weh und ich dachte, ich würde das Kind verlieren.«

»Wollten Sie es denn verlieren?«

Sie holte tief Luft und hielt den Atem an, während sie nun wirklich tief in sich hineinhorchte. »Nein«, sagte sie dann und war selbst erleichtert. »Nein, das wollte ich nicht. Ich wollte dieses Kind bekommen und ich wollte es lieben und ihm eine Kindheit schenken, die besser war als meine, die Sicherheit einer Familie wollte ich ihm geben und ... und ...«

Immer schneller sprach sie, immer höher wurde ihre Stimme und dennoch immer leiser. »Und dann, dann lag da plötzlich dieser Junge in meinen Armen, und da war nichts von dieser Liebe, nichts von diesem unbeschreiblichen Gefühl der Freude, von dem andere Mütter sprechen, er hätte eine Puppe sein können, und ich dachte, es wäre die Müdigkeit, die Erschöpfung, aber ...«

»Das Gefühl kam nicht«, sagte der Psychologe.

Felicidad nickte und schüttelte gleichzeitig den Kopf. »Nein«, wisperte sie. Ihre Augen brannten, sie biss sich auf die Zähne, um die aufwallenden Tränen zu kontrollieren.

Doctor Rubio lehnte sich nach vorn und schob die Schachtel mit diesen ekelhaft dünnen Papiertaschentüchern über den Tisch. »Angst kann uns von unseren wahren Emotionen trennen. Sie kann sich wie ein Virus multiplizieren und das rationale Denken infizieren, das Handlungsvermögen lähmen und Gefühle und Instinkte unterbinden. Stellt Aitor für Sie noch eine Bedrohung dar?«

»Er ist tot.« Sie tupfte sich die Augen mit dem Ärmel ab.

»Erzählen Sie mir davon.«

Felicidad warf einen Blick auf die Uhr. Sie fühlte sich ausgelaugt. »Da gibt es nicht viel zu erzählen. Fünf Tage nach seiner Flucht tauchte er auf, am helllichten Tag. Seine Gier nach Rache hat ihn jegliche Vorsicht vergessen lassen, oder aber er hat wirklich gedacht, ich wäre so dumm und würde mich ihm auf dem Silbertablett präsentieren. Was wirklich passiert ist, haben wir nicht mitbekommen. Es gab einen Tumult auf der Straße, wahrscheinlich, als die Polizisten zugreifen wollten, Schüsse fielen, ein Beamter wurde angeschossen, Aitor hat fünf Kugeln eingefangen.« Sie zuckte mit den Schultern.

»Haben Sie seine Leiche gesehen?«

»Ja.«

»Glauben Sie, dass Sie immer noch im Visier der ETA stehen?«

Zögerlich schüttelte Felicidad den Kopf. »Nein. Ich war nur ein winziger Fisch. Unbedeutend. Aitors Obsession mit mir war persönlicher Natur.«

»Warum verschanzen Sie sich dann immer noch im Haus, als würde er draußen auf Sie warten, um Ihnen wehzutun?«

Warum verließ sie das Haus kaum? Die Frage hatte sie aus dem Konzept gebracht, obwohl sie mehr als gerechtfertigt war. Sie war müde gewesen nach der Geburt, erschöpft, enttäuscht von sich selbst. Beschämt und verwirrt. Selbst ein toter Vogel im Garten hatte sie aus dem Gleichgewicht gebracht. Aber Aitor? Und wie, um *Doctor* Rubio zu beweisen, dass er diesbezüglich falschlag, unternahm sie jeden Tag einen Spaziergang.

Am Montag schaffte sie es bis vor das Gartentor. Am Dienstag dann die ruhige Straße runter bis zur Kreuzung. Am Mittwoch über die geschäftige Kreuzung in die Bäckerei, wo sie sich mit schwitzigen Händen ein Schokoladentörtchen kaufte. Als sie nach Hause kam, erbrach sie das Gebäck wieder und musste eine halbe Valium schlucken. Aber am Donnerstag holte sie sich erneut ein Törtchen und es fühlte sich an wie ein kleiner Sieg. Nach der langen Zeit, die sie sich selbst im Haus eingeschlossen hatte, empfand sie die Außenwelt als laut, zu geschäftig, Autos, Baustellen, Menschen überall, Gerüche, Gestank und ungewollte Berührungen. Aber Angst verspürte sie keine. Zumindest nicht vor Aitor oder seinem Geist.

Als Elsa mit dem Jungen vom Spielplatz zurückkehrte, hob sie ihn in einem unerwarteten Anflug von Ausgelassenheit hoch und wirbelte ihn einmal im Kreis. Sie wollte, sie könnte ihm einen Kuss auf die weiche Wange drücken, aber plötzlich kam ihr die Nähe wieder falsch vor und sie stellte ihn auf seine Beinchen. Er gluckste dennoch fröhlich und dieses Geräusch brachte Felicidads Herz für einen kurzen Augenblick dazu, zu glühen.

»Wie schön es ist, Sie lächeln zu sehen«, sagte Elsa mit vor Rührung gepresster Stimme. »Ihr Mann wird so stolz auf Sie sein.«

Ja, das wollte Felicidad. Nicht wünschte sie sich mehr, als Glück und Freude in Manuels Augen leuchten zu sehen, und bevor sie sich's versah, hörte sie sich sagen: »Morgen werde ich Sie begleiten, wenn Sie mit dem Jungen spazieren gehen.«

So einfach, wie sie sich das vorgestellt hatte, wurde es natürlich nicht. Eine Sache war es, sich der Welt dort draußen allein zu stellen, sich ihr jedoch als Rabenmutter zu präsentieren, eine andere. Sie setzte sich ihre große Sonnenbrille auf und schlurfte hinter Elsa her, die resolut den Kinderwagen stieß, in dem der Junge saß.

Und schon bevor sie den Spielplatz erreichten, war Felicidad so übel, dass sie umkehren wollte. Sie sah die Blicke der anderen Mütter, bevor diese überhaupt die Köpfe hoben. Hörte ihr Tuscheln und las ihre lästernden Gedanken, obwohl sie wahrscheinlich nicht einmal wussten, dass sie die Mutter des Jungen war; sie hatten sie ja noch nie zu Gesicht bekommen. Das Kind hingegen krähte vor Freude und strampelte in seinem Wagen, bis Elsa es vom Gurt befreite. Es rannte auf seinen kurzen Beinchen unsicher auf einen anderen Jungen zu, stolperte und fiel der Länge nach hin. Felicidad zuckte zusammen, als es anfing zu plärren, das Geräusch zerrte an ihr und ließ ihr Herz hektisch schneller schlagen; sie sah alle Blicke auf sich gerichtet und wusste, sie sollte auf ihn zugehen, aber Elsa war natürlich schneller zur Stelle. Auf Elsa war Verlass. Elsas Mutterinstinkte funktionierten, obwohl ihr Nachwuchs bereits ausgezogen war. Tief atmete sie ein, um ihren Puls zu beruhigen, und ungeachtet der Tatsache, dass das Kind bereits wieder aufgehört hatte zu weinen, ging Felicidad die letzten zwei Schritte und legte ihm behutsam die Hand auf den Arm.

»Alles gut, *mi niño*, mein Junge.« Sie wollte, die großen, tränenfeuchten Augen würden etwas in ihr auslösen. Sie wollte, die Distanz würde sich verringern, aber im Moment war sie schon froh, dass es zumindest von außen so aussah, als ob sie sich um ihren Sprössling kümmerte.

Elsa war ein Engel, und Felicidad verstand gar nicht mehr, warum sie nicht früher auf die Idee gekommen war, mit ihr gemeinsam das Kind spazieren zu führen. Sie schirmte sie vor den anderen Müttern ab, aber so unauffällig, dass keine davon überhaupt zu merken schien, dass Felicidad nicht mit ihnen redete.

Sie bat sie darum, ihr das Schäufelchen zu bringen oder das Tüchlein, das sie immer dabeihatte, um dem Kind die Finger sauber zu wischen, und verwickelte die fremde Frau selbst in ein Gespräch. Nach drei Tagen war Felicidad nicht mehr ganz so schummrig im Bauch, wenn sie am Spielplatz ankamen, und nach zehn Tagen hatte sie das Gefühl, dass die Frauen das Interesse an ihr verloren hatten und sie gar nicht mehr wahrnahmen.

»Sie sind Oscars Mutter, nicht wahr?«

Erschrocken drehte sich Felicidad um, blickte dann sofort hilfesuchend zu Elsa, aber die stieß mit dem Rücken zu ihr die Schaukel und schien für einmal ihre missliche Lage gar nicht zu bemerken. Felicidads Puls raste, und am liebsten hätte sie gelogen, um dem Vorwurf, der bestimmt kommen würde, zu entgehen.

»Ja«, antwortete sie dennoch und zog die Schultern hoch.

»Was für ein süßer Junge er ist! Und er versteht sich so gut mit Juan Carlos.« Sie lächelte und wies mit dem Kinn auf die zwei Kinder, die einträchtig nebeneinander auf dem Boden saßen und Sand in einen Eimer schaufelten.

»Ja«, murmelte Felicidad erneut und spürte, wie ihr der Schweiß unter den Armen ausbrach. Sie drückte ihre Sonnenbrille die Nase hoch, ihr Schutzschild, und bemerkte sofort den neugierigen Blick ihres Gegenübers. Es war ein grauer Tag. »Bindehautentzündung«, log sie und zwang sich zu einem unverbindlichen Lächeln.

»Oh, wie unangenehm«, plapperte die Frau, ohne auch nur im Geringsten ihre Missbilligung über

Felicidads schlechte Muttereigenschaften zum Ausdruck zu bringen, die doch für alle spür- und sichtbar sein mussten. »Haben Sie es schon mit Kamillensud versucht? Ich bin übrigens Inés.«

»Felicidad«, antwortete sie, ihr Kopf ganz leicht. War es so einfach? Keine Häme, keine stumme Wertung, keine Verurteilung?

»Freut mich sehr. Ich komme nur einmal die Woche hierher, aber vielleicht wollen wir uns mal zum Kaffeetrinken verabreden? Ah, da ist er ja, der kleine Oscar.« Sie beugte sich zu dem Kind hinunter und kniff ihn sanft in die Wange. »Ach herrje, Juan Carlos, wie siehst du denn aus? Deine Mutter wird schimpfen!« Sie wandte sich dem Kind zu, das anscheinend nicht ihres war, und wischte ihm energisch den Sand aus den Haaren und von den Fingern. »Ich muss leider gehen«, sagte sie mit echtem Bedauern in der Stimme. »Aber wir sehen uns ja bestimmt nächsten Dienstag wieder, nicht wahr?«

Felicidad nickte stumm und strich ihrem Kind über den Kopf, wie Inés es bei Juan Carlos getan hatte. Erst als die junge Frau den sich sträubenden Jungen resolut in den Kinderwagen verfrachtet hatte, kam Elsa mit rotem Gesicht angelaufen.

»Es tut mir so leid, Felicidad, ich war abgelenkt. Geht es Ihnen gut?«, fragte sie besorgt und legte fürsorglich eine Hand auf Felicidads Arm.

Felicidad fühlte das seidenglatte Haar ihres Sohnes unter ihren Fingern. »Ja. Ja, es geht mir gut«, sagte sie und wunderte sich, wie selbstverständlich sich diese Worte anhörten. Zum ersten Mal seit langer, langer Zeit verspürte sie einen Hauch von Zuversicht und Hoffnung, der sich wärmend um ihre Seele legte.

»Du möchtest was?« Manuel hielt immer noch den Mantel über den Arm gelegt – es war ein wolkenloser, frühlingsverheißender Tag –, Aktenkoffer in der rechten und Tulpenstrauß in der linken Hand. Sie liebte Tulpen, und dass er gerade heute diese Blumen nach Hause brachte, hatte sie dermaßen in ihrem Vorhaben bekräftigt, dass sie ihm die Überraschung in dem Augenblick erzählen musste, in dem er über die Schwelle trat.

»Ich begleite Elsa seit zwei Wochen jeden Tag zum Spielplatz und möchte gern mit dir und dem Jungen am Sonntag über die Rambla spazieren.«

Er stand ganz still, nur sein Blick wanderte von ihr zum Kind, das in seiner Spielecke saß und zufrieden mit einem Auto über den Teppich fuhr, zu Elsa, die hinter ihr stand und ihm vermutlich bestätigend zunickte, denn der ungläubige Ausdruck auf seinem Gesicht verschwand und machte einer strahlenden Freude Platz. Er ließ den Aktenkoffer fallen, warf den Mantel über die Stuhllehne und riss sie, den Blumenstrauß noch in der Hand, an sich.

»*Mi amor* ...« Seine Stimme brach und er drückte sie noch fester an sich, verzweifelte Hoffnung, die noch nicht wusste, ob sie wirklich erblühen durfte. »Und das traust du dir wirklich zu?«

Eine ganz leise Stimme in Felicidads Kopf rief Nein, aber sie ignorierte sie. »Ja. Ich schaffe das. Du bist ja bei mir.«

Als sie vor der grauen Fassade des Corte Inglés aus dem Bus stiegen, klammerte sich Felicidad so fest an Manuels Arm, dass er wahrscheinlich blaue Flecken davontragen würde. Aber er sagte gar nichts und lächelte, so wie er seit zwei Tagen ununterbrochen lächelte.

»Ich bin nicht geheilt«, hatte sie ihn gewarnt. »Es ist nur ein Schritt.«

»Ein großer Schritt in die richtige Richtung«, hatte er erwidert und sie mit wässrigen Augen angestrahlt, ihre Wangen liebkost, als ob er gar nicht fassen könnte, dass die alte Felicidad langsam wieder zum Vorschein kam, und sie hoffte, hoffte so sehr, dass die Rückschläge, vor denen *Doctor* Rubio sie gewarnt hatte, auf sich warten ließen.

»Möchtest du den Wagen schieben?«, fragte Manuel. Felicidad rückte ihre Sonnenbrille zurecht, hinter der sie sich immer noch verstecken wollte, denn noch war sie keine gute Mutter, noch war sie eine Versagerin, die ihrem Kind nicht die Aufmerksamkeit und Liebe zuteil lassen konnte, die es bestimmt verdiente, aber heute wollte sie ihren Mann stolz und glücklich machen. Und so wischte sie ihre feuchten Handflächen an der Hose ab und packte die Handgriffe. Es summte und brummte in ihrem Kopf, Unsicherheit und Zweifel und die Erschöpfung, die bereits jetzt wieder ihren Tribut forderten, sie schaffte es kaum, den Blick zu heben, und zwang sich dennoch. Vor ihr lag die Plaza Cataluña, am oberen Ende die beiden Springbrunnen, die friedlich plätscherten. Kinder jagten lachend Tauben über den Platz; der Junge in seinem Wagen bewegte sich unruhig und streckte die Ärmchen aus und brabbelte, »will raus, will raus«, hieß das, was er von sich gab, und Felicidad taten die Hände weh von ihrem Klammergriff. Warum konnte er nicht still sitzen?

»Jetzt noch nicht, kleiner Mann«, tröstete ihn Manuel, der ihr das Unwohlsein angesehen haben musste. Wie immer, wenn sein Vater mit ihm sprach, beruhigte sich der Junge, und auch Felicidad merkte, wie sie sich etwas entspannte. Diesen Tag würde sie genießen, befahl sie sich. Es war, wie *Doctor* Rubio ihr wieder und wieder gesagt hatte: Niemand konnte sehen, wie Scham und Schuld sie auffraßen. Für andere war sie einfach nur eine Frau, nein, eine *Mutter*, die mit ihrem Kind und ihrem Mann einen Spaziergang unternahm. Sie brauchte keine Angst zu haben, niemand wollte ihr etwas Böses. Und wenn sie das erst einmal begriffen und verinnerlicht und die Außenwelt unter Kontrolle hatte, würde sie auch die prekäre Situation in ihrem Inneren in Angriff nehmen können.

Sie überquerten die Straße, die den Platz von der Rambla de Canaletas trennte, dem obersten Abschnitt der langen Allee. Als würden sie dem scheidenden Winter die grüne Zunge rausstrecken, brachen bereits die ersten Blattknospen der unzähligen Platanen auf, sonntäglich fröhliche Menschen saßen in den Cafés am Straßenrand und die gelassene Stimmung brachte Felicidad dazu, vorsichtig zu lächeln und tief Luft zu holen. Es roch nach den Abgasen der Autos, die selbst am Sonntag zirkulierten, aber dahinter lag der Duft von Neuanfang, von aufkommender Wärme und Leichtigkeit, und dann auch von etwas, das Felicidad nicht definieren konnte und das ihr einen Schauer über den Rücken fließen ließ. Unsinn, schimpfte sie und wich einer Taube aus, die seelenruhig zwischen den Riesen, die sie für sie sein mussten, herumstolzierte.

»Wollen wir ihn losmachen?«, fragte sie Manuel und wies auf den Jungen, und als Manuel nickte, kniete sie sich selbst vor den Wagen. Mit großen Augen sah sie der Kleine an, patschte mit den Händen erwartungsvoll auf seine Knie und rutschte im Sitz hin und her. Sie öffnete den Gurt, und noch bevor sie reagieren konnte, war der Kleine bereits unter ihren Armen hindurchgerutscht und watschelte zu der Taube, die kurz aufflatterte und sich einen Meter weiter vorn wieder niederließ. Der Junge krähte vor Lachen, die Taube tippelte indigniert davon.

»Findest du nicht ...« Felicidad tastete nach Manuels Arm, ohne das Kind aus den Augen zu lassen. Es war ein Unterschied, ob es sich auf dem überschaubaren Spielplatz bewegte oder hier, wo es andauernd zwischen den Beinen anderer Spaziergänger verschwand. Ein ungewohnter Druck baute sich in ihrer Brust aus. »Findest du nicht, dass es seltsam riecht?«

Manuel sog die Luft ein und wies auf die einspurige Straße, die sie von den Cafés und Restaurants und Geschäften auf der anderen Seite trennte. »Der Verkehr.«

Aber Felicidad entdeckte auch ein anderes Paar, das mit gerunzelter Stirn um sich blickte und sagte noch mit seltsam laut pochendem Herzen zu Manuel: »Ich glaube, es riecht nach Gas«, als ein Knall die friedliche Szenerie zerriss, keine zwanzig Meter von ihnen auf der anderen Straßenseite ein Feuerball aus einem der Restaurants schoss, die Druckwelle sie zu Boden riss. Rauch und Staub und Hitze, und Felicidad kniete auf dem Boden und rang nach Luft, ein hoher Ton sirrte in ihren Ohren und durch den

Rauch hindurch glaubte sie, eine Frau zu sehen, die die Hand nach ihr ausstreckte. Für eine scheinbar ewig lange Sekunde stand die Welt still.

»*Mamá*«, flüsterte sie, und auf einmal sah sie einen Zug, hörte Stimmen, französische Wortfetzen, Schreie, Schreie, sie starrte auf ihr Bein, dort, wo ihre Narbe schmerzte, wenn sie nach ihren Albträumen aufwachte, und sah eine handflächengroße Brandwunde. In diesem Bruchteil eines Augenblicks erkannte sie, dass sie wieder dabei war, jemanden zu verlieren. Ihre Eltern, sich selbst und jetzt ...

»Oscar!« Die Ecken hinterließen ein scharfes Brennen in ihrem Hals, aber dann war er endlich draußen, der Name, und sie konnte nicht aufhören, ihn zu wiederholen. »Oscar! Oscar! Oscar!«, schrie sie, sie sah Manuel, der sich verloren im Kreis drehte, und dann, dort, hinter einem Baum kauerte er, sie rannte zu ihm und riss ihn in ihre Arme, wiegte ihn, betastete ihn, als wäre er wieder neugeboren und sie könnten von vorn anfangen.

»Ein Gasleck in der Küche des Restaurants«, las Manuel ihr am nächsten Tag aus der Zeitung vor, Schuhe, Mantel, Aktentasche, alles schon bereit, um zur Arbeit zu gehen. »Alte Installationen, bla bla bla, wie durch ein Wunder keine Todesopfer zu beklagen, aber viele Verletzte.« Er schlug die Zeitung zu und griff nach Felicidads Hand. »Ich bin so froh, dass uns außer ein paar Schrammen nichts passiert ist.«

Sie nickte stumm und umklammerte mit der anderen Hand den Griff ihrer Kaffeetasse. Oscar hatte den ganzen Nachmittag geweint, bis er erschöpft in ihren Armen eingeschlafen war, und auch jetzt schlief er noch. Oscar ... Es schien, als ob die Druckwelle der Explosion den Namen förmlich aus ihr herausgepresst und dabei alle Kanten und Ecken weggesprengt hätte. Nun war er so rund, wie er sein sollte, und sie ließ ihn langsam über ihre Zunge rollen wie ein süßes Bonbon. Oscar. Oscar.

»Felicidad?« Sie blickte auf und sah Manuel verschwommen wie durch Rauch, aber es waren Tränen, die ihr die Sicht verschleierten. »Hast du deine Tabletten genommen? Soll ich bei dir bleiben, bis Elsa kommt? Soll ich einen Termin bei *Doctor* Rubio vereinbaren für heute Nachmittag?« Seine Angst, dass sie sich wieder verschließen würde, lag greifbar in der Luft.

»Ich habe etwas gesehen«, sagte sie leise. Diese Druckwelle hatte noch etwas anderes aus ihr herausgepresst. Lang vergessene Bruchstücke eines früheren Lebens, die sie nicht bereit gewesen war, zuzulassen. »Meine Albträume, das Feuer und der Rauch ...« Sie ließ ihre Kaffeetasse los und betastete unter dem Tisch ihre Wade, dort, wo sie gestern eine große Wunde gesehen hatte und sich heute natürlich wieder nur eine über dreißig Jahre alte Narbe befand. »Es war eine Explosion. Ein Zug. Ich muss in diesem Zug gefahren sein, mit meinen Eltern, nehme ich an. In Frankreich ...« Sie presste den Ärmel ihrer Bluse gegen die Augen und betrachtete dann die dunklen Flecken auf dem hellgrünen Stoff. »Gestern, da dachte ich ... Ich dachte, ich würde Oscar verlieren, so wie meine Eltern mich verloren haben. Vielleicht ist es diese Angst, die mich davon abhält, ihn lieben zu können; die Angst davor, dass er mir genommen wird.« Manuel nickte, aber sie sah ihm an, dass er nicht sicher war, was er von ihren Gedanken halten sollte. »Ich weiß nicht, was damals passiert ist. Immer glaubte ich, es wäre aussichtslos, es herauszufinden. Zu erfahren, wer sie waren. Aber womöglich ...«

»Meinst du nicht, dass du dir gerade Hoffnungen machst, die viel zu leicht wieder in sich zusammenfallen können, *cariño*, mein Schatz?«, fragte Manuel ganz sanft, als wollte er sie nicht allzu grob aus einem schönen Traum holen. »Frankreich ist groß, es herrschte Krieg, Explosionen gab es überall. Bleib in der Gegenwart, Felicidad, hier bei uns, ich bitte dich. Du hast gerade so wunderbare Fortschritte gemacht. Es wäre so traurig ...«

»Ich muss es zumindest versuchen«, unterbrach sie ihn, und nach dieser Zusage an sich selbst fühlte sie sich so stark und entschlossen wie schon lange, lange Zeit nicht mehr.

KAPITEL 6

Kollision vor blauem Meer

Valls/Cadaqués, März 1976

Die schiefen Töne schmerzten in Lucías Gehörgängen. Bach, Beethoven, sie hatte keine Ahnung, wessen Kompositionen Celia gerade spielte, aber es klang, als würde das Mädchen sein Instrument mit dem Bogen zersägen wollen. Nur in der Zeitspanne, in der sie, Lucía, sich im Haus befand, hatte Guadalupe ihr zugeraunt, spielte Celia so, und es hatte geklungen wie ein Vorwurf, der keiner sein sollte und dennoch einer war, sodass Lucía ohne es zu wollen eine leise Entschuldigung gemurmelt hatte. Jetzt unterhielt sie sich mit Agustín über das immer noch währende Monopol des Staates auf Zucker- und Kaffeeimporte, was Agustíns Pläne, in dem Bereich tätig zu werden, durchkreuzte, aber am liebsten würde sie sich die Ohren zuhalten, um das Gefiedel nicht hören zu müssen. Stattdessen rührte sie lautstark in ihrer Kaffeetasse, kling, kling, und es war schließlich wieder einmal das energische Klopfen und Fluchen Estebans, das das Cello zum Schweigen brachten.

Agustín unterbrach seine Ausführungen und seufzte. »Es ist nicht einfach für sie.«

Lucía wollte gern fragen, welchen der vielen Umstände er meinte – den Tod ihrer Mutter, den

Verlust ihrer Heimat, das Zurücklassen ihrer Schwestern, oder eben vielleicht doch die Tatsache, dass ihr musikalisches Talent in diesem Haus nicht geschätzt wurde?

Stattdessen sagte sie: »Ist das Instrument nicht größer als sie? Wie kam sie dazu, gerade Cello zu spielen?«

»Catalina, ihre Mutter, stammte aus einer Musikerfamilie und war eine eindrucksvolle Künstlerin. Sie konnte nicht nur singen, sondern spielte auch vier Instrumente. Piano, Gitarre, Geige und eben das Cello. Als sie mit Celia schwanger war, hat sie sehr oft mit dem Cello musiziert, und vielleicht ... Ach, ich verstehe nichts davon. Sie ist damit verbunden wie mit dem Herzschlag ihrer Mutter?« Es klang wie eine Frage. »Und seit Catalinas Tod spielt sie in jeder freien Minute. Um ihr nahe zu sein, denke ich. Ich wollte, ich könnte ihr irgendwie helfen, Mercè. Wenn sie doch endlich wieder mit mir sprechen würde.« Er zog die Schultern hoch und gleichzeitig stieg der Kummer in seine Augen, ließ sie durchsichtig schimmern.

Die Sessel in der Bibliothek, wo sie üblicherweise saßen, wenn sie zu Besuch kam, hatten sie näher aneinandergeschoben. Lucía beugte sich etwas vor; sie könnte ihm ihre Hand tröstend auf den Arm legen und dennoch tat sie es nicht. Obwohl ihre Herzen wussten, dass sie zusammengehörten, konnten ihre Köpfe dreiundzwanzig Jahre nicht so einfach überbrücken, und daher sprachen sie zwar miteinander wie Vertraute, aber in ihren Berührungen lag weiterhin ein schmerzhaftes Zögern. Vielleicht aus Angst, dass sie das, was sie lostreten würden, nicht mehr aufhalten könnten. Dabei wünschte sie sich nichts sehnlicher.

Es war der dritte Montag, den sie hierhergekommen war, erst dreimal hatten sie sich gesehen, sie hatten so viel aufzuholen. Jedes Mal, wenn sie vor seiner Tür stand, fürchtete sie bereits den Moment des Abschieds. Jedes Mal, wenn sie sich zur Begrüßung umarmten, ertrank sie freudig in seinem Geruch, seiner Geborgenheit, und jedes einzelne Mal, wenn sie in seine Augen sah, veränderte sich die Luft zwischen ihnen, wurde heiß und kalt und heiß und kalt. Sie hoffte so sehr, dass er dasselbe spürte und fühlte, aber manchmal umgab Agustín eine solch dicke Mauer der distanzierten Melancholie, dass sie sich fragte, ob sie in dieselbe Richtung liefen oder ob sie sich etwas vormachte.

»Wie geht es Celia denn in der Schule?«, fragte sie stattdessen sachlich und lehnte sich in ihrem Sessel zurück.

Agustín blinzelte, aus seinen Gedanken gerissen, über die er mit ihr nie sprach. »In der Schule? Gut. Sie ist trotz allem eine gute Schülerin. Die Lehrerin kennt ihr ... Problem, und im Moment duldet sie Celias Schweigen noch.«

»Das meinte ich nicht. Wie gehen die anderen Kinder mit ihr um? Wegen ihrer ...« Sie fuhr sich mit der Hand über die Wange.

»Wegen ihrer Hautfarbe? Weil sie Mulattin ist?« Lucía nickte peinlich berührt, aber Agustín lachte auf. »Da mach dir mal keine Sorgen. Ich glaube, sie haben Angst vor ihr.«

Es war dumm von ihr, und trotzdem konnte sie die Gänsehaut nicht verhindern. Wenn sie sich an den Blick erinnerte, den Celia ihr zugeworfen hatte, als sie nach der Schule in die Bibliothek gekommen war, um ihren Vater wortlos zu begrüßen, fand sie diese Angst gar nicht so unbegründet. Das Mädchen trug etwas Dunkles in sich, Wut, Hass oder auch einfach Angst, Lucía konnte es nicht sagen. Sie hatte Celia freundlich angelächelt, schließlich wollte sie sich gut mit ihr verstehen, aber die hatte sich auf den Fersen umgedreht und keine Minute später damit begonnen, ihr Cello zu malträtieren.

Auch jetzt erklangen wieder die warmen, tiefen Töne des Instruments, obwohl noch keine zehn Minuten vergangen waren, seit Esteban das letzte Mal gegen Celias Tür gehämmert hatte. Ganz leise und dennoch wahrscheinlich für alle hörbar spielte sie, sanft im Gegensatz zu vorhin, und dennoch unmelodisch.

Agustín senkte den Kopf und massierte mit Daumen und Zeigefinger seine Nasenwurzel. Dann hob er den Kopf.

»Lass mich dich zum Zug bringen, Mercè.«

Betroffen sah sie zur Wanduhr, dann aus dem Fenster. »Es ist noch viel zu früh«, protestierte sie. Hatte ihn ihre Frage so gestört, dass er sie schon wegschickte?

»Ich muss hier raus«, sagte Agustín nur und griff nach ihrer Hand, endlich eine Berührung! Lucías Puls raste, aber als ob sie Funken gesprüht hätte, ließ er sie auch schon wieder los. Schweigend gingen sie in die Eingangshalle, zogen ihre Mäntel an. Lucía hoffte, auf die letzte Minute nicht noch Esteban zu begegnen oder noch weniger dem Vater der beiden, einem klapperdürren Greis, der wie ein Geist durch das Haus schlich. Kaum war die Tür hinter ihnen ins Schloss gefallen, stoppte die Musik, und als Lucía sich umdrehte, sah sie Celia am Fenster stehen und ihnen nachstarren. Ihr Blick brannte Löcher in ihren Rücken.

»Ich habe sie gesehen.«

»Wen?«, fragte Lucía und drehte sich noch einmal zum Haus um, aber sie waren bereits um die nächste Ecke gebogen. Fröstelnd zog sie den Mantel enger um sich. Obwohl die Tage bereits frühlingsmild waren, kühlte die Temperatur am späten Nachmittag immer noch stark ab.

»Meine Tochter. Luz.«

Sie blieb abrupt stehen. »Wie das? Wo?«

Er lächelte sein melancholisches Lächeln. »Ich habe mich erkundigt und eine ihrer Vorstellungen in Barcelona besucht.«

»Hast du ...«

»Nein. Ich habe nicht mit ihr gesprochen.« Er senkte den Kopf, und sie sah ihm an, dass er nach Worten rang. Ihr Hals wurde ganz eng. »Sie ist so wunderschön«, wisperte er, streckte seine Hand aus und strich sanft über ihre Wange, und auf einmal war Lucía gar nicht mehr kalt. »Sie sieht aus wie du früher. So wunderschön«, wiederholte er und legte nun auch seine zweite Hand an ihr Gesicht.

Sie hatte das Gefühl, unter Strom zu stehen, alles kribbelte, alles in ihr sang, und als er flüsterte: »Ich habe dich so vermisst«, sprühten wirklich die Funken, und endlich, endlich, nach dreiundzwanzig Jahren, trafen sich ihre Lippen wieder.

Der Kuss währte nur kurz, viel zu kurz, dann füllte sich der Platz vor dem Bahnhof mit Reisenden, die aus dem gedrungenen Gebäude drangen. Fast ein wenig peinlich berührt wandte Lucía ihr Gesicht ab und rückte ihre Brille zurecht. Zwei Fünfzigjährige, die sich in aller Öffentlichkeit küssten; bei jungen Leuten war das heutzutage vielleicht in Ordnung. Aber dann wiederum fühlte sie sich doch wie ein sechzehnjähriges Mädchen, frisch verliebt und leicht wie eine der Wolken am Abendhimmel, die rosa-golden von der Sonne beleuchtet wurden. Sie spürte Agustíns Blick auf ihr und wollte ihn nie wieder nicht spüren.

»Ich wünschte, wir könnten uns häufiger sehen«, sagte sie, erwartungsvoll auf der einen Seite, ängstlich auf der anderen, dass sie sich bereits wieder zu viel erhoffte.

Agustín hakte sich bei ihr unter und sie spazierten am Bahnhof vorbei, überquerten die Gleise und bogen in einen kleinen Feldweg ein. Direkt vor ihnen verschwamm die Sonne mit den sanft geschwungenen Hügeln am Horizont und in den Bäumen und Sträuchern am Wegrand besangen die Vögel den einbrechenden Abend.

»Nun, genau deswegen wollte ich mit dir sprechen, außer Haus, damit Celia, nun ja. Du hast es ja schon erlebt. Sie lauscht gern, und das ist eine Sache, auf die ich sie vorbereiten muss.«

Eine leichte Brise ließ Lucía erschauern und sie drängte sich näher an Agustín. Der Wind trug den Duft von frisch bearbeitetem Acker zu ihnen, von den dicken, speckig glänzenden Erdschollen, von Aufbruch.

»Die Situation, so wie sie ist, ist nicht mehr tragbar. Mein Bruder will uns so schnell wie möglich loswerden und mein Vater braucht seine Ruhe.«

»Und wo willst du hin?«, fragte Lucía atemlos.

»Wir besitzen eine geräumige Wohnung in Barcelona; Esteban hat sie früher verwendet, wenn er zu Geschäftszwecken in der Stadt weilte. Dort werden wir einziehen. Wir werden also viel näher beieinander wohnen, und ...« Er stoppte mitten im Satz, blieb stehen und sah sie an.

Und was? Vielleicht irgendwann zusammenleben? Ihre kleine Wohnung aufgeben, ihre Freiheit? Raquels Worte kamen ihr plötzlich in den Sinn, sie wischte sie beiseite. Vielleicht war es jetzt noch sehr früh, aber Agustín und sie, sie gehörten zusammen. Sie schmiegte sich an ihn, so eng wie möglich, und küsste ihn beinahe schüchtern.

»Das klingt wunderbar«, sagte sie. »Und wir werden auch Luz in unserer Nähe haben.« Sie würden endlich die Familie sein, die sie jahrelang gewesen waren, ohne sie zu sein. »Ich glaube, ich werde ein Treffen einberufen, damit du sie kennenlernen kannst. Und meine anderen Kinder auch.«

Keine zwei Wochen später saß Lucía neben Agustín im cremefarbenen Dodge seines Bruders, den er ihm, wie Agustín mit einem Schmunzeln erzählte, nur überlassen hatte, weil ihr Auszug kurz bevorstand. Die Wohnung, in die er mit Celia in den nächsten Tagen endgültig einziehen würde, lag in einem vornehmen Wohnhaus in der Nähe des Paseo de Gracia, keine zwanzig Minuten Fußmarsch von ihrem Blumenstand an der Rambla entfernt. Zum Glück kam man im Stadtzentrum gut ohne eigenes Fahrzeug zurecht, denn dieses lange und eckige Auto war furchtbar unpraktisch, fand Lucía und bezweifelte im selben Atemzug, dass sie damit durch die Gassen von Cadaqués fahren könnten. Wahrscheinlich war es besser, es am Dorfeingang stehen zu lassen. Außerdem würden sie schon genug Aufsehen erregen, wenn sie zu dritt erschienen statt sie allein, da brauchte sie nicht noch in einem protzigen Wagen vor dem Hotel vorzufahren.

Celia saß hinten und manchmal erhaschte Lucía im Rückspiegel einen Blick auf ihr verschlossenes Gesicht, das entweder in ein Buch oder aus dem Fenster sah. Ihr Herz wurde ein wenig schwer; sie sollte Mitleid haben mit dem Kind, nein, sie *hatte* natürlich Mitleid mit dem Kind, aber da war auch etwas anderes. Ihre Anwesenheit trübte die Freude über ihre kleine Familienzusammenführung genauso wie die Aussicht auf Luz' Reaktion.

Als sie dann schließlich durch Cadaqués spazierten, ihr geliebtes Cadaqués, war es nicht die Wärme des Tages, die ihr den Schweiß aus den Poren presste, sondern es waren all die Augenpaare, die sie auf ihrem Weg verfolgten; ehemalige Nachbarn, Bekannte, alte Freunde, die was auch immer sie gerade taten, ruhen ließen, um ihnen unverhohlen nachzustarren. Die Male, die eine Person mit dunkler Hautfarbe dieses Dorf betreten hatte, konnte man wahrscheinlich an zwei Händen abzählen. Weltoffen war Cadaqués noch nie gewesen. Lebte man in derselben Blase, fiel einem das nicht unangenehm auf, aber kam man von außen, war es unangenehm offensichtlich.

Lucía tastete nach Celias Hand, um ihr zu zeigen, dass sie nicht allein war, und um den anderen zu zeigen, dass das Mädchen zu ihr gehörte, aber es ignorierte ihre Hand und marschierte mit hoch erhobenem Kopf vorneweg. Lucía wischte sich mit dem Arm über die Stirn. Egal was sie tat, sie drang einfach nicht zu Celia durch.

»Es riecht herrlich hier«, sagte Agustín, als hätte er ihr Tun beobachtet und wollte sie nun ablenken. Er hätte seine Tochter auch dazu anhalten können, bei ihnen zu bleiben, statt davonzulaufen; es ärgerte Lucía ein bisschen, dass er sie so sanft behandelte, als wäre sie aus Glas, als könnte ein scharfes Wort dazu führen, dass sie zerbarst. Wahrscheinlich war es allerdings eher so, dass er befürchtete, es könnte den letzten seidenen Faden ihrer Beziehung zerschneiden, würde er sie nicht ihren Kopf durchsetzen lassen.

Aber ja, es roch herrlich hier, wenigstens etwas, das sich nicht veränderte. Auch in Barcelona war das Meer nicht weit, aber der Duft war dennoch nicht derselbe. Es war wie bei einem teuren Parfüm – auf die Mischung kam es an. Sie schnupperte erneut, und wie von selbst hoben sich ihre Mundwinkel und der Druck auf ihrer Brust verflog. Salz und Algen, harzige Kräuter, trockene Erde, warmer Stein. Liebe und Vertrauen. Familie. Alles würde gut werden.

Kaum waren sie um die letzte Ecke gebogen und hatten das Hotel fünfzig Meter vor sich stehen, kam auch schon der kleine Pablo angerannt, fünf Jahre, bald sechs war er nun alt. Vernünftig wie sein Vater Miguel, aber statt dessen robuste Gestalt geerbt zu haben, die Lucía immer an Luís erinnerte, war er feingliedrig und zart, wie Julia es früher gewesen war.

»*Abuela, abuela*, Großmutter!«, rief er und blieb dann aber in sicherer Distanz stehen, zog sein hübsches Gesicht in Falten und rannte wieder zurück in Richtung Hotel, bog scharf rechts ab, um in den Garten zu gelangen, wo sich wahrscheinlich seine Eltern befanden, denen er ebenso wahrscheinlich brühwarm erzählen würde, dass die *abuela* nicht allein kam. Vor dem Gebäude standen einige Fahrzeuge, es gab also Gäste. Die Oleanderhecke, die den Garten von der Straße trennte, gehörte gestutzt, fand sie, aber sonst sah alles tadellos aus. Der Schmerz darüber, dass sie das Hotel nicht mehr führte, war schon lange dem Stolz darüber gewichen, wie gut Miguel und Julia sich schlugen.

»Mutter.« Miguel trat durch das Gartentor, zog es hinter sich zu. Er bedachte sie mit zwei Küssen und Agustín und Celia mit einem prüfenden Blick. »Du hast Besuch mitgebracht, was für eine ... Überraschung.«

»Miguel, das ist Luz' Vater.« Sie war selbst erstaunt darüber, wie stolz sie klang.

»Das ist nicht zu übersehen«, sagte Miguel und reichte Agustín mit einem höflichen, aber zurückhaltenden Lächeln die Hand. »Luz weiß nichts davon, nehme ich an?« Es war eine rhetorische Frage, auf die Lucía gar nicht erst antwortete, und Miguel hatte sich auch schon Celia zugewandt. »Und du bist?«

Sie nahm die ihr dargebotene Hand nicht an, und unwillkürlich fragte sich Lucía, ob sie vielleicht einfach grundsätzlich nicht gern angefasst wurde und es gar nicht an ihr lag.

»Meine Tochter Celia«, sagte Agustín. »Sie ist ziemlich schüchtern, befürchte ich.« Er legte seinen Arm um die Schultern des Mädchens, das stocksteif dastand und dann mit dem Fuß langsam einen Käfer zertrat, der friedlich vor ihnen durchgekrochen war. Wieder einmal sagte Agustín nichts und Lucía sah betreten zur Seite.

»Bevor ich euch hereinbitte«, begann Miguel, aber in dem Moment wurde das Gartentor aufgerissen und Pablo schaute verschmitzt um die Ecke und winkte Celia zu. Dahinter sah Lucía Julia mit ihrem dicken Bauch neben Luz stehen – und neben Luz stand Gabriel.

»Was zum Teufel ...«, entfuhr es ihr, bevor sie nach anständigeren Worten greifen konnte.

Wenn Gabriel lachte, verlor sein Gesicht den raubvogelartigen Ausdruck; als ob Wellen und Wind die scharfen Ecken und Kanten abschleifen würden, wurde es weich und einladend. Aber es war eine trügerische Freundlichkeit. Die Strömung, die unter der glatten Oberfläche verborgen lag, konnte einem den Boden unter den Füßen wegreißen. Lucía hatte gesehen, wie hilflos Luz manchmal in Gabriels Gewässern schwamm und dennoch jedes Mal vor Glück strahlte, wenn er ihr einen vermeintlichen Rettungsring zuwarf.

Und nun eben, in diesem Moment, in dem sie in den Garten traten, trug Gabriel dieses weiche Lachen im Gesicht, einen Ausdruck tiefster sympathischer Zufriedenheit. Während Lucías Blick unweigerlich auf Luz' Finger mit dem Ring fiel, den sie soeben Julia zeigte, starrte ihre Tochter Agustín an, und als ob sie beide in genau demselben Augenblick erkannt hätten, was die jeweils andere zu erklären hatte, schüttelten sie die Köpfe.

»Nein«, tönte es unisono und Gabriels Lachen erlosch.

»Luz«, sagte Lucía und atmete tief ein und wieder aus, um dieses Gefühl, das in ihr rumorte, unter Kontrolle zu behalten. Sie wusste nicht so recht, ob es Ärger war oder Hysterie oder Empörung; sie schluckte es mühsam hinunter, aber ein Teil davon blieb in ihrem Hals stecken und ihre Stimme klang furchtbar gepresst. »Wir müssen reden. Drinnen.« Sie wies mit dem Kopf in Richtung der Tür, die in den Esssaal führte, aber wieder schüttelte Luz den Kopf.

»Was du mir zu sagen hast, kannst du mir auch hier sagen. Vor allen. Und dass es keine Glückwünsche sind, hätte ich mir auch denken können.« Mit einer ruckartigen Bewegung warf sie ihre langen Haare über die Schulter und stemmte ihre Fäuste in die Hüfte, und für den Bruchteil einer Sekunde erkannte Lucía *La Enfadada* in ihr und verstand, dass egal wie oft Luz dies auch verneinte, sehr wohl ein Groll in ihr steckte. Und der richtete sich gegen sie, gegen ihre Mutter. Sie presste die Lippen zusammen.

Julia räusperte sich, legte eine Hand auf ihren wassermelonengroßen Bauch und packte mit der anderen den protestierenden Pablo am Arm. »Ich muss kurz drinnen nach dem Rechten schauen«, sagte sie und watschelte ins Innere des Hotels. Miguel hob entschuldigend die Hand und huschte zum kleinen Schwimmbecken, das seit letztem Jahr einen Teil des Gartens für sich beanspruchte, um den Gästen chlorige Abkühlung zu bieten.

»Luz«, begann Lucía und fühlte sich furchtbar gehemmt unter Gabriels stechendem Blick.

»Das ist also der Mann, den du kennengelernt hast?«, unterbrach sie Luz. »Ich fasse es nicht, dass du ihn nach Cadaqués bringst.«

»Warum ...«

»Das ist Luís' Dorf. Er hat hier nichts verloren.«

»Er wollte dich kennenlernen, Luz. Wenigstens einfach kennenlernen, *hija mía*, meine Tochter. Er musste lang genug darauf verzichten.«

»Und ich kann weiterhin darauf verzichten«, sagte Luz eisig, und neben sich hörte Lucía irritiert, wie Celia verhalten kicherte.

»Du verhältst dich kindisch«, sagte sie zu Luz, aber sie war nicht mehr ganz bei der Sache. Das Kichern des Mädchens war der erste Laut, den sie überhaupt von ihm vernommen hatte, es war ein ganz normales Kichern gewesen, amüsiert und zwanglos, so ganz anders als das, was Celia sonst für einen Eindruck vermittelte.

Luz runzelte die Stirn. »Und wer ist sie?«

Bevor Lucía reagieren konnte, trat Agustín vor und auf seine Tochter zu. »Das ist Celia. Deine Halbschwester. Ich glaube, sie freut sich auch, dich kennenzulernen, so wie ich. Sie spricht zurzeit nur nicht viel.« Er blieb vor Luz stehen, und Lucía konnte sehen, wie sie sich leicht zurückbeugte und ihr Blick unsicher zwischen ihrem Vater, ihrer Mutter und ihrer neuen Halbschwester hin und her irrte.

»Du hast dich verlobt?« Lucía konnte sein Gesicht nicht sehen, aber sie hörte sein sanftes Lächeln, und daran, dass Luz ihre Hände von den

Hüften nahm und sich sichtlich entspannte, erkannte sie, dass es auch bei ihr seine Wirkung nicht verfehlte. »Deine Mutter hat dich zu einer selbstständigen Frau erzogen, ich bin mir sicher, dass du eine wohlüberlegte Wahl getroffen hast mit ...« Er wandte sich an Gabriel.

»Gabriel de la Vega, sehr erfreut«, stellte der sich vor, und zu Lucías größter Verwunderung deutete er sogar eine kleine Verbeugung an, als lebten sie noch am Anfang des Jahrhunderts und nicht in den Siebzigerjahren, wo Höflichkeit und Respekt den Älteren gegenüber vom wilden Aufschrei der Jugend unterwandert wurde.

»Er ist fast doppelt so alt ...«, wollte sie einwenden, aber Agustín drehte sich zu ihr um, kam zu ihr und nahm ihre Hände.

»Vertraust du deinem eigenen Kind nicht, Mercè? Sie geht ihren Weg, egal welche Steine man ihr in den Weg legt. Früher oder später wird sie dort ankommen, wo sie hingehört. Genau wie wir zwei. Genau wie wir.«

Wieder presste Lucía die Lippen aufeinander, aber dieses Mal nicht vor Ärger, sondern um die Tränen zurückzuhalten. Wie gern hätte sie einen anderen Mann an der Seite ihrer Tochter gesehen, so ziemlich jeden anderen außer Gabriel, obwohl sie nichts gegen ihn vorzuweisen hatte, abgesehen von seinem Alter und dieser Ausstrahlung, die anscheinend nur ihr Angst einflößte. Sie verstand nicht, was Luz in diesem Mann sah, sie verstand nicht, wie sie mit ihrem siebten Sinn, mit dem sie Gewitter jeglicher Art erahnen konnte, bevor sie sich überhaupt gebildet hatten, nicht erkannte, dass dieser Mann keine guten Absichten hegte. Aber dann wieder: Vielleicht spürte Luz eben durch diese Sensibilität etwas in ihm, das Lucía einfach nicht wahrzunehmen vermochte.

Vertrauen, hatte Agustín gesagt. Sie hatte ihrer Tochter immer vertraut. Es war Gabriel, dem sie misstraute, aber Agustín hatte recht: Sie konnte nichts anderes tun, als Luz' Wahl zu akzeptieren, genau wie sie von ihr verlangte, zu akzeptieren, dass sie mit Agustín einen Neuanfang starten wollte. Sie bewunderte ihn dafür, mit welcher Leichtigkeit er die Situation entschärft hatte, sodass jetzt zwar kein harmonischer Frieden herrschte, aber zumindest ein Waffenstillstand. Nun wechselte er ein paar leise Worte mit Gabriel, und bevor Lucía auf ihre Tochter zugehen konnte, um sie zu umarmen und ihr eine wenn auch nicht von Herzen kommende Glückwunschsbekundigung ins Ohr zu flüstern, streckte Luz Celia die Hand hin, die das Mädchen kurioserweise sofort ergriff.

»Lass uns in die Küche gehen, *hermanita*, Schwesterchen, und schauen, wann das Essen fertig ist. Magst du *Fideuá*? Das ist wie eine *Paella*, aber mit kleinen kurzen Nudeln statt Reis.« Ohne sie anzusehen, gingen die beiden an ihr vorbei.

Köchin Nieves hatte gezaubert. Drei wagenradgroße flache Pfannen voller *Fideuá* standen auf einem Tisch, so viel, dass nicht nur ihre achtköpfige Gesellschaft davon satt würde, sondern auch die Hotelgäste. Der Duft der in Fischsud gegarten Nüdelchen weckte das Magenknurren; obenauf waren sie goldbraun und knusprig, mit ganzen Krevetten und Miesmuscheln belegt. Darunter aber waren sie sämig und aromatisch, gemischt mit weißen, seidigzarten Stücken vom Kalmar. Dazu gereicht wurde eine hausgemachte *Alioli,* nur Knoblauch und Olivenöl, unter stetigem Mischen und Mörsern zu einer cremigen Paste vereint, scharf und würzig.

Sobald sie am Tisch saßen, jeder mit einem vollen Teller und einem gut gefüllten Weinglas, löste sich die angespannte Atmosphäre.

»Nicht einmal meine Mutter kocht so eine gute *Fideuá*«, rief Gabriel und im ganzen Esssaal brandete Zustimmung und Applaus für die Köchin auf. Sofort fragte Miguel nach seinem Hintergrund, nach seiner Arbeit, und Lucía sah, dass auch Agustín die Ohren spitzte. Sie hingegen wandte sich an Julia.

»Nur noch knapp ein Monat, nicht wahr?«, sagte sie und zeigte auf Julias Bauch. »Fühlst du dich gut?«

Ihre Schwiegertochter nickte. »Alles wunderbar. Mir graut nur vor dem Sommer. Wir sind jetzt schon gut gebucht, ich werde mir das Kind auf den Rücken binden müssen, um sofort wieder einsatzbereit zu sein. Und Pablo ...« Sie strich ihrem Sohn über die haselnussbraunen Haare, während der mit geschickten Fingern eine Krevette köpfte und schälte und dabei selig lächelte. Lucía reichte ihm eine Papierserviette.

»Kannst du ihn nicht bei deiner Mutter lassen? Wie geht es Carmencita?«

Julia zuckte mit den Schultern. »Sie trägt immer noch Trauer. Das hat sie nach Guillermos Tod nicht so lange getan.« Sie schnaubte. »Höchstens zwei

Wochen, soweit ich mich erinnere. Fast schon unanständig kurz für damalige Zeiten. Luís war ihre große Liebe. Oh, tut mir leid«, fügte sie schnell hinzu und hielt sich die Hand vor den Mund.

Lucía winkte ab. »Die Wege, die unsere Leben gehen, sind nicht immer gerade«, wiederholte sie sinngemäß Agustíns Worte. »Manchmal gelangen wir nur über Umwege zu unserem Glück. Ihres hat leider nicht lange angehalten.«

Julia nickte. »Sie ist verbittert. Ich lasse den Jungen nicht gern bei ihr; sie redet zu oft von den guten alten Zeiten, als Franco noch für Recht und Ordnung sorgte, als das Dorf noch den Einheimischen gehörte und Spanien den Spaniern. Sie setzt Pablo Flausen in den Kopf. Außerdem ist sie entsetzt über unsere Idee, dem Kind«, sie streichelte über ihren Bauch, »einen katalanischen Namen zu geben. Lluís für einen Jungen und Meritxell für ein Mädchen. Zwar dürfen die Namen so noch nicht offiziell in der Geburtsurkunde eingetragen werden, aber irgendwann bald wird katalanisch wieder gesetzlich erlaubt sein und vielleicht lernen sie es sogar eines Tages in der Schule.«

Lucía lächelte. »Luís hätte sich sehr gefreut. Er hat viel geopfert dafür, dass die katalanische Sprache und Kultur nicht verloren gingen.« Und leiser fügte sie hinzu: »Und wir alle mit ihm.«

Pablo spritzte beim Schälen einer weiteren Krevette Saft auf sein Hemdchen, und Julia drehte sich schimpfend zu ihm, um mit einer Serviette das Schlimmste abzutupfen. Lucía beobachtete derweil aus den Augenwinkeln, wie Luz Celia flüsternd irgendetwas erklärte. Die Kleine nickte oder schüttelte den Kopf und warf hin und wieder einen verstohlenen Blick zu ihrem Vater. Sie sah aus, als ob sie nur zu gern den Mund öffnen und reden würde, ihr Stolz es ihr aber untersagte. Dennoch wirkte sie in Luz' Nähe wie ein neuer Mensch, gelöst und lächelnd. Es war der Effekt, den Luz seit jeher auf andere hatte. Auch wenn Agustín zurückhaltender und ruhiger war als seine Tochter, hatte auch er diese entwaffnende Art. Es war faszinierend, die Ähnlichkeiten zu entdecken. In dem Moment jedoch, in dem Agustín seinen Arm um Lucía legte, verfinsterte sich sowohl Celias Gesicht wie auch das von Luz, und ihr wurde klar, was sie verband: die Ablehnung ihrer Beziehung.

Mit dem Messerstiel schlug Agustín zweimal ganz sachte an sein Weinglas, und als sich alle Köpfe zu ihm drehten, zog er seinen Arm zurück und stand auf.

»Ich möchte gern kurz etwas sagen«, begann er. »Ich bin heute als Fremder hergekommen, als unliebsame Überraschung für einige, als Erinnerung daran, was meinetwegen in die Brüche gegangen ist, für andere. Das Leben, das Schicksal, wie auch immer man es nennen möchte, hat Mercedes und mich gut durchgerüttelt. Dass wir einander nach all den Jahren und allem, was geschehen ist, wieder gefunden haben, ist ein großes Glück für uns. Aber ich verstehe die Vorbehalte. Dass wir uns heute noch nicht alle liebevoll in den Armen liegen, ist verständlich. Dennoch hoffe ich, dass ich mit der Zeit als ein weiteres Mitglied dieser Familie angenommen werde. Ich bin nicht hier, um jemandes Platz einzunehmen, das möchte ich euch von

Herzen versichern.« Er nickte in die Runde und setzte sich wieder.

Lucía wurde ganz warm vor Liebe zu ihm. Gabriel klatschte langsam und zustimmend, wahrscheinlich wünschte er sich, dieselben Worte gefunden zu haben. Luz strahlte ihn an, aber nicht ihren Vater, und Miguel klopfte mit der flachen Hand auf den Tisch.

»Danke dafür, Agustín. Wie wäre es, wenn wir den Kaffee auf der Terrasse einnehmen?«

Es war absolut windstill, selten für Cadaqués. Das Meer lag spiegelglatt in der Bucht und das Dorf säumte die blau schimmernde Oberfläche mit seinen weißen Häusern. Es waren viele neue dazugekommen, kein Vergleich zu dem kleinen Nest, in dem sie vor über dreißig Jahren Zuflucht gesucht hatte vor ihren Geistern. Und hier stand sie, neben einem von eben diesen Geistern, dem sie nie völlig hatte entkommen können. Tief sog sie die warme, salzige Luft in ihre Lungen und schmiegte sich an Agustín, schweigend und in der Schönheit der Umgebung schwelgend. Sie hatten sich früher schon ohne Worte verstanden.

Vor ihrer Rückfahrt würde sie noch ein wenig mit ihm durch das Dorf spazieren, ihm die Orte zeigen, die ihre Heimat geworden waren; das Haus der Witwe Dominica, Ernestos Mutter, die vor zwei Jahren friedlich eingeschlafen war. Das Gebäude, in dem die Sardellenfabrik untergebracht gewesen war. Den *paseo*, die Strandpromenade, mit der Bar Marítimo und der Bar Casino, wo sie den Wellen lauschen konnten, die gurgelnd über den Kiesstrand wuschen und an den Bugen der wenigen verbliebenen Fischerboote leckten. Die unebenen, verwinkelten Gässchen mit ihren Bougainvilleas, die zwar noch nicht blühten, aber ihre Knospen bereits der Sonne anboten. Die Häuschen mit ihren blauen, von Wind und Salz verwitterten Fensterläden und Türen. Vielleicht spazierten sie sogar bis zum *Llaner* hinüber, obwohl Lucía wusste, dass Ana María bei Freunden in Andalusien zu Besuch war; sie hatte es ihr in ihrem monatlichen Brief mitgeteilt.

»Ach übrigens, Mutter!« Miguel unterbrach ihren gedanklichen Spaziergang. Agustín hob die Hand und murmelte etwas wie »ich bin gleich wieder da«, als ob er sie allein lassen müsste, und schlenderte zum Schwimmbecken hinüber. Luz und Gabriel saßen dort in Liegestühlen, während Celia ihre nackten Beine ins Wasser gesteckt hatte.

»Schau mal, was vorgestern ankam.« Ihr Sohn hielt ihr eine Postkarte hin. Sofort klopfte Lucías Herz schneller, und noch schneller, als sie die Schrift auf der Rückseite erkannte. Sie wurde gegen den unteren Rand immer kleiner und enger, als hätte Francisco zu Beginn nicht damit gerechnet, dass so viele Worte aus ihm herauswollten.

Querida madre, liebe Mutter,
ich schicke dir Grüße aus Rio de Janeiro! Endlich sind wir wieder in einem Hafen. Ich muss ganz ehrlich gestehen, dass dieses Matrosenleben nichts für mich ist. Schon früher war ich nicht dafür gemacht, aufs Meer zu fahren, erinnerst du dich? Deswegen habe ich beschlossen, fürs Erste an Land

zu bleiben. Wahrscheinlich reise ich weiter nach Argentinien, die Brasilianer klingen beim Reden, als hätten sie heiße Kartoffeln im Mund.
Ich hoffe, diese Karte findet dich und die Familie bei bester Gesundheit. Bald melde ich mich wieder, dann kann ich dir hoffentlich eine Adresse schicken.
Un abrazo, eine Umarmung
Francisco

»Wie schön«, sagte Lucía und tupfte sich die Augen trocken. Seit Francisco aus dem Gefängnis entlassen worden und in die weite Welt hinausgefahren war, vermisste sie ihn noch mehr. Wahrscheinlich, weil sie wusste, dass er ihr nicht grollte. »Wann er wohl wieder nach Hause kommt?«, fragte sie Miguel, aber der antwortete nicht, sondern blickte zu dem Grüppchen beim Schwimmbecken. Agustín hatte sich mittlerweile neben Celia gehockt und schien mit ihr zu reden, aber sie verzog keine Miene. Gabriel unterhielt sich mit Luz und sah unglaublich entspannt aus.

»Er scheint nett zu sein«, sagte Miguel.

»Agustín oder Gabriel?«

Er verdrehte in einer verzweifelten Mimik die Augen. »Ich meinte Agustín. Aber du wirst auch mit Gabriel deinen Frieden schließen müssen, Mutter, das weißt du. Was hast du nur gegen ihn, abgesehen von der Tatsache, dass er wirklich fast ihr Vater sein könnte?«

»Ich kann es dir nicht sagen, Miguel. Nenn es Mutterinstinkt.«

»Hat der dich nicht schon einmal in die Irre geführt?«, neckte er sie und deutete hinter sie. Als sie sich umdrehte, sah sie Julia in der strahlenden Schönheit ihrer zweiten Schwangerschaft, die mit einem Gast sprach. Ja, sie hatte sich damals von ihren Vorurteilen blenden lassen. Vielleicht war es dieses Mal auch so und alles würde sich zum Besten wenden, wie bei Miguel und Julia.

Vielleicht.

KAPITEL 7

Ein Traum, im Regen geboren

Barcelona/London April 1976

Luz war den Tränen nahe. So nahe, dass das Salz schon in ihren Augen brannte und die Nase kribbelte, und dennoch würde sie sich nicht erlauben, sie zu weinen. Sie hatte den Erfolg gewollt, und sie hatte gewusst, dass Schweiß und Schmerz der Preis dafür waren. Dass sie Abende für Abende für Abende ihr Bestes geben musste, um dem Publikum zu gefallen, dass sie tagsüber stundenlang Posen vor dem Spiegel üben musste, bis sie perfekt aussahen, dass sie ihre Fußtechnik so weit verfeinern musste, bis jeder der Schritte in höchster Vollendung saß, egal ob so schnell wie ein Trommelwirbel oder rhythmisch schwierig wie ein nervös stolperndes Herz. Gabriel gönnte ihr keine Pause, organisierte Auftritte und Gastvorstellungen im ganzen Land: Madrid, Sevilla, Granada, Valencia, San Sebastián, plus natürlich die Stammvorstellungen in Barcelona. Selbst in Toulouse und Bordeaux war sie schon aufgetreten. Den Moment ausnützen, sagte er immer, ihren Namen bekanntmachen, bis die wirklich großen Angebote kämen. Ausruhen konnte sie sich später. Er hatte recht und deswegen hatte sie sich auch noch kein einziges Mal beklagt. Tanzen war ihr

Leben, und wenn notwendig, würde sie noch härter dafür arbeiten.

Sie ließ ihren rechten Fuß kreisen und wackelte vorsichtig mit den Zehen. Ihr aktuelles Programm beinhaltete sehr viele kraftvolle *zapateados* und ihre Fußsohlen pochten und brannten nach jedem Auftritt. Müde blies sie die Luft aus und schloss die Augen. Sie könnte hier und jetzt einschlafen, auf dem unbequemen Holzstuhl in ihrer winzigen Garderobe, in der es immer ein wenig moderig roch. Als sogenannter Star des Ensembles hatte sie ein Anrecht darauf. Insgeheim jedoch glaubte sie, dass Gabriel seine Finger im Spiel gehabt hatte. Während sie ihre Beziehung geheim gehalten hatten, war dieses Zimmerchen immerhin der einzige Rückzugsort gewesen, an dem sie ungestört übereinander herfallen konnten.

Es klopfte und sie öffnete die Augen. Gabriel klopfte nicht, Gabriel stürmte einfach rein.

»*Sí*, ja bitte?« Sie stand auf, ganz vorsichtig, und dennoch protestierten ihre Füße. »Oh, *hola* Reyes«, sagte sie, erstaunt über den Besuch der Kostümschneiderin.

»Luz«, murmelte diese und zwängte sich mit einer weißen Stoffwolke ins Zimmer. »Ich sollte doch nach der Vorstellung vorbeikommen, um dir dein Hochzeitskleid zu zeigen.«

Das hatte sie ganz vergessen. Verzweifelt warf Luz einen Blick auf die Wanduhr. Halb zwölf.

»Ich kann auch morgen ...«, sagte Reyes und schicke sich an, zu gehen.

»Nein, ich bin nur ... sehr müde, aber das werde ich morgen auch sein.« Sie lachte. »Und natürlich möchte ich doch mein Hochzeitskleid sehen, vor allem wenn du es geschneidert hast. Du bist eine Künstlerin!« Die junge Frau lächelte schwach und ohne Vorwarnung überlief Luz eine Gänsehaut. »Ist alles in Ordnung, Reyes?«

Wieder das schwache Lächeln. »Natürlich.« Aber es klang nicht sehr überzeugend.

Luz drehte den Schlüssel im Schloss um. »Damit Gabriel uns nicht überrascht. Und jetzt zeig her!« Die Müdigkeit war verflogen und das Kribbeln in ihren Füßen war in ihren Bauch gewandert. Reyes war sicher einen Kopf kleiner als sie, und so verschwand sie komplett hinter dem Kleid, als sie es am Bügel hochhielt.

»*Dios mío*, o mein Gott«, hauchte Luz. Es war ein typisches Flamencokleid: oben eng anliegend mit einem für die Kirche vielleicht etwas zu offenherzigen Ausschnitt, lange schmale Ärmel aus Spitze, und erst ab den Knien setzten fünf oder sechs Reihen breiter voluminöser Rüschen ein, abwechselnd aus Stoff und aus Spitze, die hinten eine kurze Schleppe ergaben.

Schneeweiß. Außergewöhnlich. Wunderschön.

»Und hier«, ertönte es gepresst von hinter dem Kleid, »hast du noch den Schleier.« Er war ganz schlicht, nur am Rand wies er eine Borte der gleichen Spitze auf wie die Ärmel und Rüschen. Luz schüttelte den Kopf und wieder brannten ihre Augen, nur dieses Mal nicht vor Erschöpfung, sondern vor ungläubiger Freude. Aber auf einmal zitterte und zuckte das Kleid unkontrolliert. Rasch nahm Luz Reyes den Bügel aus der Hand, und gleichzeitig mit der Schwere des Stoffes schien die Schneiderin auch die Beherrschung zu verlieren und brach in haltloses Weinen aus.

»Reyes«, sagte Luz leise, drehte sich einmal um die eigene Achse, auf der Suche nach einem Platz für das Kleid, und legte es schließlich vorsichtig über den Stuhl vor dem Spiegel. Sie hatte doch gespürt, dass etwas nicht stimmte. »Reyes, was ist denn?« Vorsichtig half sie der jungen Frau hoch, nahm sie in die Arme und wiegte sie tröstend hin und her, bis das Schluchzen leiser wurde.

Ihr Herz machte einen Satz, als die Türklinke runtergedrückt wurde. »Luz?«, rief Gabriel und hebelte die Klinke auf und ab. »Was soll das?«

»Ich probiere mein Hochzeitskleid an, *cariño*, du darfst mich nicht sehen«, antwortete Luz, während Reyes sie ängstlich anstarrte. »Gib mir zehn Minuten.« Es war fast Mitternacht. Irgendetwas grummelte Gabriel vor der Tür, dann polterte er großen Schrittes davon und nahm ihr Herzrasen mit.

»So«, sagte Luz. »Wir machen es uns auf dem Boden gemütlich, und du erzählst mir, was dich bedrückt.« Der Boden war nicht sehr sauber, aber sie mochte nicht mehr stehen. Kaum saßen sie, flossen wieder die Tränen über Reyes Wangen.

»Ich ... ich ...« Unfähig zu sprechen, legte sie schließlich einfach ihre Hand auf den Bauch.

»Du bist schwanger«, hauchte Luz. Wie alt konnte Reyes sein? Achtzehn? Zwanzig? »Bist du verheiratet?«, fragte sie, aber hätte sie das nicht gewusst? Sie unterhielten sich bei den Anproben der Flamencoroben oft, aber einen Mann hatte sie nie erwähnt. Wie erwartet schüttelte Reyes den Kopf.

»Bist du irgendwie liiert?« Kopfschütteln. »Wurdest du …«, fragte Luz erschrocken, aber zum Glück verneinte Reyes auch diese Frage.

»Ein dummer Fehler. Ich habe ihn danach … nie wiedergesehen.« Sie versteckte den Kopf in den Händen. »Ein uneheliches Kind, was für eine Schande! Für jeden sichtbar, dass ich …«

Ein Stich fuhr durch Luz. Sie war auch das Resultat einer solchen Schande.

»Ich will es nicht«, fuhr Reyes flüsternd fort. »Ich kann nicht, meine Eltern wären so unendlich enttäuscht und ich würde meine Arbeit verlieren. Aber mein Arzt will es mir nicht wegmachen.«

Luz nickte, ratlos, mitleidsvoll. Schwangerschaftsabbrüche waren illegal und wurden sogar mit jahrelangen Gefängnisstrafen geahndet. Und über die heimlichen Abtreibungen bei irgendwelchen fragwürdigen Personen wurden hinter vorgehaltener Hand Schauergeschichten erzählt.

»Das tut mir leid«, murmelte sie. »Gibt es gar keine Hilfe für Frauen, die …«

»Das ist es ja eben«, sagte Reyes und ihr Gesicht verzog sich wieder, als ob die nächste Tränenflut bevorstünde, aber sie kniff die Augen zusammen und holte tief Luft. »Es gibt … es gibt sogenannte Charterreisen. Nach London. Mit Flug, Unterkunft und … und der Abtreibung inklusive. Wirklich viele Frauen aus Spanien machen das, hat mir der Arzt erzählt, im Vertrauen natürlich, obwohl ich glaube, dass er wahrscheinlich irgendwie daran mitverdient.«

»Nach London? Warum so weit? Warum nicht in Frankreich?«

Reyes schüttelte den Kopf. »Das geht nur, wenn du in Frankreich wohnhaft bist. Oder seit mindestens drei Monaten dort lebst, aber wie soll ich das anstellen? Holland ginge wohl auch, aber die meisten Frauen fliegen nach London. Es sei alles sehr gut organisiert, meinte der Arzt, bloß ...« Ihr Blick huschte durch das ganze Zimmer, nur auf Luz kam er nie zum Liegen.

»Diese Reise muss sehr teuer sein«, sagte Luz und nahm Reyes Hand. Sie war sich sicher, dass dort das Problem der jungen Frau lag. Und tatsächlich nickte sie.

»Zwanzigtausend Pesetas«, wisperte sie kaum hörbar.

Scharf zog Luz die Luft ein. »Zwanzigtausend? Das ist ein Monatslohn!«

»Ja.«

»Und du hast das Geld nicht.«

»Nein.«

Luz strich über das Kleid, ohne etwas zu sagen, aber Reyes verstand auch so. »Dafür bekomme ich nichts. Ich bin doch nur eine kleine Angestellte.« Sie zog die Nase hoch und fummelte ein Taschentuch aus ihrem Rock. In ihren Augen glänzte die Verzweiflung und Luz' Herz zerfloss vor Mitleid.

»Wie viel brauchst du?«

Der Flughafen El Prat von Barcelona summte und brummte nur so vor Betriebsamkeit. Es herrschte Aufbruchstimmung, im wahrsten Sinne des Wortes. Von ihrem harten Plastikstuhl in der Wartehalle konnte Luz auf die Besucherterrasse blicken und wünschte sich, an einem der Tische zu sitzen, einen

Kaffee oder sogar ein Glas Wein zu trinken und den silbernen Vögeln beim Starten und Landen zuzusehen, sich in fremde Länder und von Abenteuern zu träumen, von denen sie nach ihrer Rückkehr stolz erzählen würde. Stattdessen saß sie neben einem kleinen Bündel Elend auf dem Weg in eine große, unbekannte Stadt in einem Land, deren Sprache sie nicht sprach, und fühlte sich überfordert.

Reyes hatte zehntausend Pesetas gebraucht, die andere Hälfte hatte sie selbst zahlen können. Das war eine Stange Geld, aber Luz konnte diese Summe entbehren. Sie verdiente sehr gut mit all ihren Auftritten, den Filmen, in denen sie mitwirkte, und den Werbeaufträgen für Kleider und Schönheitsartikel, und Reyes versprach ihr, die Summe nach und nach zurückzuzahlen. Irgendwann, dachte Luz, würde sie sie einfach nicht mehr daran erinnern und ihr damit einen großen Teil der Schuld erlassen. Aber als sie gemeinsam ins Frauenzentrum gingen, das die Organisation der Reise übernahm, wurde sie gefragt, ob sie nicht mitfliegen könne. Zur seelischen und moralischen Unterstützung. Da sich der Großteil der Kosten tatsächlich auf die Operation belief, musste sie gar nicht so viel mehr bezahlen für den Flug und die Unterkunft, und obwohl sie nicht wusste, wie sie Gabriel ihre Abwesenheit erklären sollte – denn die Wahrheit zu sagen, war absolut unmöglich –, hatte sie zugesagt.

Das war vor einer Woche gewesen. Zwei Tage später gebar Julia ihre Tochter Meritxell.

»Ich möchte gern das Wochenende in Cadaqués verbringen«, sagte Luz beim Abendessen zu Gabriel.

Der zersägte mit seinem Messer das Stück Hühnerleber auf seinem Teller, eine seiner Lieblingsspeisen. Obwohl Luz selbst kein Fleisch aß, brauchte er regelmäßig seine Portion totes Tier, sodass sie sich dazu überwand, sie ihm schmackhaft zuzubereiten. Gabriel bekam schnell schlechte Laune, wenn das Essen nicht stimmte. Auch jetzt grub sich eine Falte zwischen seine Augenbrauen, aber die hatte einen anderen Ursprung. Sie konnte seine Antwort beinahe wörtlich mitsprechen, als er den Mund öffnete.

»Nächste Woche fahren wir nach Valencia, und du solltest die Zeit lieber nutzen, um die Choreografie zu üben.«

»Ich bin Tante geworden, Gabriel. Julia braucht meine Unterstützung.«

»Deine Mutter wird bestimmt hochfahren.«

»Ich möchte das Kind aber gern sehen.«

»Du kannst es dein ganzes Leben noch sehen. Im Moment haben wir andere Prioritäten.«

Luz Herz klopfte so stark in ihrer Brust, dass ihr übel war. Wie hatte sie sich nur überreden lassen können, Reyes zu begleiten? War diese Sympathiebekundung ein Streit mit Gabriel wert? Wahrscheinlich nicht, aber etwas in ihr drängte sie, nicht nachzugeben.

»Ich werde den Rest der Woche doppelt so hart arbeiten. Aber ich möchte diese zwei Tage für mich. Bitte.« Die Falte wurde noch tiefer. Geräuschvoll legte Gabriel das Besteck auf den Teller und starrte sie mit zusammengekniffenen Augen an. Unter ihren Achseln sammelte sich der kalte Schweiß.

Dann nickte er zu ihrer Überraschung. »In dem Fall komme ich mit.«

»Nein, nein …« Wie hatte sie daran nicht denken können? Unmöglich, dass er sie allein irgendwo hingehen ließ. Er klebte nahezu an ihr. Bis jetzt hatte sie das nie gestört, aber bis jetzt hatte sie auch kein Geheimnis vor ihm gehabt.

»Ich meine, das wäre natürlich schön, aber das Kind schreit viel, sagt meine Mutter. Miguel ist schon jetzt ganz gereizt, wahrscheinlich …« Sie verzog den Mund. »Es ist bestimmt in Ordnung, wenn du nicht mitkommst, sie werden es verstehen, *cariño*, mein Schatz.« Sie lehnte sich sehr weit aus dem Fenster und verfluchte erneut, sich von ihrem Mitleid so hinreißen haben zu lassen.

Aber Gabriel hatte den Köder geschluckt. Widerwillig, aber das Kindergeschrei war das schlagende Argument gewesen. Damit konnte er gar nichts anfangen. Weibersache, hatte er gemeint. Wie es dann werden würde, wenn ihre eigenen Kinder schrien, daran wollte Luz im Moment nicht denken. Genauso wenig, wie sie im Moment an das Paradoxon denken wollte, dass sie vorgegeben hatte, ein neugeborenes Kind zu besuchen, während sie eine Frau dabei begleitete, ihres wegmachen zu lassen. Wenn sie sich umsah, fielen ihr noch einige weitere Frauen auf, die sich, ihrem Gesichtsausdruck zu schließen, auf derselben Reise befanden wie sie. Wie traurig, dass man Frauen, die ungewollt schwanger wurden, bestrafte, egal wie sie sich entschieden. Behielten sie das Kind, mussten sie mit Konsequenzen rechnen. Behielten sie es nicht, ebenfalls. Und alles nur, weil Verhütungsmittel verteufelt wurden und kaum legal zu erwerben waren. Luz löste ihren langen Zopf, flocht ihn rasch neu locker zusammen und beugte sich zu Reyes.

»Möchtest du eine Zeitschrift?« Die Hände der jungen Frau waren eiskalt. Sie schüttelte den Kopf. Gemächlich spazierte Luz zu einem der Zeitungsstände, atmete tief durch, um die schwarze Wolke der Melancholie, mit der Reyes sie angesteckt hatte, aus ihrem Kopf zu vertreiben. Sie nahm einige der Bücher in die Hand – heute war der 23. April, *Día de San Jorge*, Schutzpatron Kataloniens, Tag der Bücher und der Rosen. Ihre Mutter hatte ihr davon erzählt, es war eine der katalanischen Traditionen, die während der Diktatur nicht offiziell begangen werden durften. Sie würde heute eine Menge Blumen verkaufen. Eine Zeitung fiel ihr ins Auge, und sie lauschte dem leisen Gespräch zweier Geschäftsmänner.

»Ich glaube, ich werde meinen Eltern eine Ausgabe dieser *Avui* kaufen. Sie werden glücklich sein. Schau, hier steht's: die erste nationale Zeitung seit siebenunddreißig Jahren, die ausschließlich auf Katalanisch erscheint.«

»*Hombre*, Mensch, dass du das überhaupt lesen kannst«, sagte der andere und lachte, als wäre es ihm peinlich, nichts zu verstehen.

»Ach, nur die Hälfte davon. Meine Eltern …« Mit einer der Zeitungen liefen sie zur Kasse und Luz verpasste den Grund für seine Kenntnisse. In den letzten Jahren unter Franco war die Sprache zwar mehr und mehr wieder erlaubt gewesen und wurde sogar in einzelnen Schulen unterrichtet, so viel wusste Luz. Aber wenn sie sich die Zeitung nun so ansah, verstand sie selbst nur gelegentliche Wörter, die sie vom Spanischen ableiten konnte. Die katalanische Kultur und ihre Traditionen waren gerade dabei, nach einer langen Wartezeit endlich abzuheben, sich emporzuschwingen in die Lüfte. Luz fühlte sich ein wenig verloren in dem Schamgefühl, eine gewisse Gleichgültigkeit zu verspüren, denn sollte sie sich nicht freuen als Tochter zweier Katalanen, die beide unter dem Regime Francos sehr gelitten hatten? Aber ihr waren sowohl Sprache wie Brauchtümer unbekannt, und sie interessierte sich auch nicht dafür, sie zu erlernen.

Sie flog zum ersten Mal. Als die Motoren starteten, erschrak sie kurz über den Lärm, aber während Reyes sich angstvoll an ihren Arm klammerte, kribbelte es in Luz' Magen vor Vorfreude und Abenteuerlust. Und als die Räder die Haftung mit dem Boden verloren, sich der Vogel aller Schwerkraft zum Trotz nach oben kämpfte und die Stadt unter ihnen immer kleiner wurde, fühlte sie sich ganz leicht. Vergessen war das Nervenflattern, weil Reyes keinen Pass besaß, weil sie das Land noch nie verlassen hatte, und deswegen mit dem ihrer Schwester reiste, der sie zum Glück ziemlich ähnlich sah. Vergessen war die Lüge, die sie Gabriel aufgetischt hatte, und vergessen war der traurige Grund, weshalb sie überhaupt unterwegs waren. Das sonore Brummen und die Aufregung wiegten Reyes rasch in den Schlaf, aber Luz wollte jede Minute auskosten, die sie über die Länder flog. Wie wunderschön die Pyrenäen von oben aussahen, wie klein die Felder und Städte, bis alles unter einer watteweichen Wolkendecke verschwand. Bordeaux und Toulouse, das waren bisher ihre Auslandsaufenthalte gewesen, und wenig hatte sie jeweils davon gesehen, abgesehen vom Bahnhof und dem Theater.

Unwillkürlich, als ob Gedanken hoch oben in der Luft machen konnten, was sie wollten, dachte sie an Celia. Dieses Mädchen aus Kuba, das ihre Halbschwester sein sollte. Ähnlichkeiten wiesen sie absolut keine auf, es war wohl zu hundert Prozent nach der Mutter geraten. Und dennoch war da eine Verbindung entstanden, in dem Moment, in dem sie einander gesehen hatten. Ein eigenartiges Kind, so stumm und vorwurfsvoll gegenüber seinem Vater, abweisend gegenüber Lucía, und dann wieder hatte es sich an Luz angeschmiegt wie ein liebesbedürftiges Kätzchen, als ob es sofort gespürt hätte, dass sie ebenfalls nicht glücklich war über diese Beziehung. Obwohl sie sich nie zuvor gesehen hatten, hatten sie einander ohne Vorbehalte akzeptiert und ins Herz geschlossen. In ihrer Gegenwart war Celia gelöst und kindlich gewesen, und mehr als einmal hatte Luz gemerkt, wie sie den Mund geöffnet hatte, um etwas zu sagen, nur um die Lippen gleich wieder fest aufeinanderzupressen, weil ihr Vater oder Lucía in Hörweite waren. Luz hatte noch nicht ganz verstanden, ob sie mit ihrem Schweigen die Aufmerksamkeit Agustíns auf sich ziehen wollte oder ob sie ihn damit bestrafte.

Er war ihr gar nicht einmal so unsympathisch gewesen, musste sie widerwillig zugeben, und wie er und ihre Mutter miteinander umgingen, hatte sie gerührt. Vorsichtig, als wäre ihre Liebe ein wunderschönes Gemälde, dessen Farbe noch nicht ganz trocken war und jederzeit bei einer falschen

Bewegung verschmieren könnte. Und dennoch mit einer Bestimmtheit, die sagte: Auch wenn sich die Farben durch eine Unachtsamkeit vermischen würden, wäre es nicht das Ende. Es würde nur ein anderes Bild ergeben. Nur ein einziges Mal hatte sie Agustín direkt ins Gesicht geschaut, und diese nebelgrauen Augen, die sie sonst nur in ihrem Spiegel sah, in einem Gesicht zu sehen, das ihr gleichzeitig bekannt wie fremd war, hatte sie sofort den Kopf drehen lassen. Sie wollte nicht aussehen wie er. Es bestätigte, was ihre Mutter gesagt hatte: dass sie sie jeden Tag an ihn erinnert hatte. Jeden Tag, den sie mit Luís verbracht hatte. Und das machte Luz schon wieder wütend. Sie war die lebende Erinnerung an den Betrug ihrer Mutter an dem Mann, den Luz als ihren Vater geliebt hatte, der ihr Vater gewesen war, selbst als er und sie und das ganze Dorf wussten, dass er es gar nicht war.

Sie schrak auf, als das Flugzeug plötzlich heftig schaukelte. Vor den Fenstern lag eine graue Wand und für einen Augenblick beschlich Luz das unangenehme Gefühl der Desorientierung. Aber dann brach die Maschine durch die Wolkendecke und schon fast greifbar nah lag London. Völlig unerwartet machte die Verwirrung einem Gefühl Platz, das sich anfühlte wie Ankommen, obwohl ihr die Stadt so fremd war wie Berlin, Rom oder Helsinki. Und als sie wenig später aus dem Gebäude des Flughafens Heathrow trat – was für ein unaussprechliches Wort! –, und auf die wie besprochen wartende Krankenschwester der Klinik zuging, roch sie neben nassem Asphalt und Abgasen vor allem grenzenlose Freiheit, wie sie sie aus Spanien nicht kannte. Sie trank diesen Geruch wie kristallklares Wasser, bis sie das Gefühl hatte, zu platzen.

Zusammen mit fünf anderen Frauen scheuchte die Krankenschwester sie in einen kleinen Bus, und während der erstaunlich langen Fahrt vom Flughafen mitten hinein in die Stadt senkte sich die Dämmerung bleigrau über sie und es begann zu nieseln. Vorn quasselten die Krankenschwester und der Fahrer auf Englisch, und so sehr Luz sich anstrengte, verstand sie kein Wort. Eines der Mädchen schluchzte verhalten. Reyes flüsterte ihr ins Ohr, dass sie einfach nur nach Hause wolle. Luz nahm die Hand der jungen Frau in ihre, versuchte zu trösten, während in ihr drin alles vor Aufregung vibrierte. Durch die Regentropfen hindurch sah sie auf die roten Rücklichter der klobigen schwarzen Taxis, die Busse, die aussahen, als wären jeweils zwei aufeinandergestapelt, die Lichter der Stadt, beleuchtete Werbetafeln, Fußgänger unter Regenschirmen, die durch das ungemütliche Wetter spazierten, als würde es sie nicht stören. Trotz der Dunkelheit und des Regens wollte sie am liebsten die Tür aufreißen und hinausspringen, den Boden küssen und die Stadt umarmen. Sie hatte nicht das Gefühl, in eine wahrscheinlich schäbige Pension zu fahren, sondern endlich genau dort zu sein, wohin sie ohne ihr Wissen schon immer wollte. *Londres.* London. Zaghaft schob sie das Wort wie ein Bonbon durch ihren Mund; explosionsartig entfaltete sich die Süße und schoss durch ihren Körper wie das Adrenalin kurz vor ihren Auftritten. Hier wollte sie tanzen. Hier wollte sie leben.

»Es geht ganz schnell«, raunte ihr eine der Frauen zu, als sie am nächsten Morgen alle in einem sterilen Wartesaal in einer von außen hübschen Klinik in einem ruhigen, grünen Stadtteil Londons saßen.

»Oh, ich bin nicht ...«, wehrte Luz ab und fragte dann nach: »Woher weißt du das?«

»Ist schon mein zweites Mal hier. Hab bereits drei Kinder, aber mein Mann kriegt nicht genug von mir. Nur aufpassen kann er dabei nicht.« Sie verdrehte die Augen. »Vor dem Rückflug werde ich mich mit Präservativen eindecken, die kriegt man hier auch ohne Probleme.«

Luz nickte nur. Hätte sie Gabriel die Wahrheit gesagt, könnte sie dasselbe machen. In Spanien waren sie so mühsam zu bekommen und auf gar keinen Fall wollte sie das Behandlungszimmer dieser Klinik selbst einmal von innen sehen.

Mitfühlend umarmte sie Reyes, als deren Name aufgerufen wurde, und die andere Frau, die sich nicht vorgestellt hatte, hatte recht gehabt: Keine zwanzig Minuten später kam sie schon wieder zurück, etwas wackelig auf den Beinen, aber mit einer unfassbaren Erleichterung auf dem verweinten Gesicht.

»Wenn ich dann wirklich mal ein Kind haben sollte, werde ich es für dieses doppelt lieben«, sagte sie und presste sich die Hand gegen den Unterleib. Die Frau mit Erfahrung wurde aufgerufen, Ana hieß sie, erfuhr Luz auf diesem Weg. Sie war die Letzte, danach würden sie wieder zum Flughafen gebracht werden; keine vierundzwanzig Stunden hatte Luz in der Stadt verbracht, nichts wirklich davon gesehen, und dennoch brach ihr der Abschied fast das Herz.

»Wie war es denn in Cadaqués?«, fragte Gabriel, nachdem er sie zur Begrüßung so fest an sich drückte, dass sie sich kaum aus seiner Umarmung befreien konnte. »Hat die kleine Meri viel geschrien?«

Kurz nach der Bekanntgabe ihrer Verlobung war Luz aus ihrer Wohnung aus- und bei Gabriel eingezogen. Jetzt gerade hingegen hätte sie gern Raum für sich gehabt, um die letzten zwei Tage zu verdauen.

»Ich bin ziemlich müde, *cariño.*« *Sweetheart* hätte sie beinahe gesagt. Sie wusste nicht, was es bedeutete, aber am Flughafen hatte eine junge Frau den jungen Mann neben ihr so genannt und geküsst, es musste also etwas Liebevolles sein. Sie würde so schnell wie möglich anfangen, Englisch zu lernen.

»Müde bist du.«

Irritiert über den plötzlich barschen Tonfall sah Luz hoch und gleichzeitig begann ihr Puls zu rasen.

»Wovon denn bitte?« Sie zwang sich zu einem erstaunten Lächeln, aber er packte sie grob an den Oberarmen und bugsierte sie zum Esstisch, wo er sie auf den Stuhl drückte. »Denn bei deiner Familie warst du auf jeden Fall nicht.«

Sie rieb sich die schmerzenden Stellen und starrte dabei auf die Tischplatte. »Ich ...«

»Ich habe nämlich angerufen, um zu wissen, welchen Zug du nehmen wirst. Damit ich dich am Bahnhof abholen könnte. Da wusste niemand was von deinem Besuch.« Seine Stimme wurde mit jedem Satz lauter und Luz kleiner. »So einfach kann man auffliegen, *cariño*«. Das Kosewort spuckte er aus wie einen Kaugummi, der seinen Geschmack verloren hatte, aber dann ließ er sich schwer auf den anderen Stuhl fallen und sein Gesicht zerfiel in hundert Stücke reiner Verzweiflung. »O Luz, Luz, Luz, was hast du bloß getan? Haben wir uns nicht gerade verlobt? Wie kannst du mich nur so hintergehen?«

»Wie kannst du so etwas von mir denken?«, fragte Luz schockiert, aber natürlich, was sollte er denn sonst denken, wenn sie nicht war, wo sie vorgegeben hatte, zu sein? In all der Zeit, in der sie nun zusammen waren, hatten sich ihre Streitigkeiten auf Kleinigkeiten beschränkt. Sein abrupter Stimmungswechsel eben machte sie noch nervöser, als sie schon war. Sie räusperte die Angst vor seiner Reaktion aus ihrer Kehle.

»Ich war in London, Gabriel.«

Es dauerte ein paar Sekunden, bis er seine Mimik wieder unter Kontrolle hatte. Dann fuhr er sich langsam mit der Hand übers Kinn. Wieder und wieder und wieder. »In London«, sagte er dann, als ob er nicht wüsste, was das wäre. »Mit wem? Warum? Und warum zum Teufel hast du mich angelogen?«

»Es tut mir so leid!« Sie kniff die Augen ganz fest zusammen, um die Tränen zurückzudrängen. »Eine Freundin brauchte meine Unterstützung ...«

»Wer?«, unterbrach er sie sofort.

»Das kann ich dir nicht sagen. Bitte! Ich habe es ihr versprochen, sie würde große Probleme bekommen.«

»Wobei?«

Sie schüttelte den Kopf. »Es war ein medizinischer Notfall. Es ging ihr sehr schlecht, sie brauchte Geld und moralische Unterstützung und ich ...«

»Du hast ihr einfach Geld gegeben? Ohne mich zu fragen?«

»Warum sollte ich dich fragen, es ist doch mein …«

»Ich als dein Mann sollte Einsicht und Kontrolle über deinen Geldverkehr haben.«

»Aber du bist noch nicht mein Mann. Und selbst wenn du es sein wirst, ist es immer noch das Geld, das ich verdiene, Gabriel.« Sie war verwirrt über dieses Verhör und auch ein bisschen wütend, was sie beinahe noch mehr verwirrte. Sie war noch nie wütend auf Gabriel gewesen.

»Du bist eine Frau, Luz«, sagte er, plötzlich wieder ganz mild. »Und wie wir ja nun gesehen haben, kannst du nicht mit Geld umgehen. Ich werde veranlassen, dass ich so rasch wie möglich eine Vollmacht über dein Bankkonto erhalte, damit ich deine Ausgaben kontrollieren kann. Wir arbeiten hart dafür, da sollst du es nicht aus dem Fenster schmeißen. Verstehst du? Es ist zu deinem Besten, *mi amor.*«

Sprachlos blinzelte sie, als ob sie das Gehörte so besser verstehen würde. »Nein«, sagte sie dann langsam. »Das verstehe ich nicht.«

»Das macht nichts. Du bist die Künstlerin. Ich bin fürs Geschäftliche zuständig. Überlass es mir.« Gabriel lächelte, und wie jedes Mal, wenn er lächelte, fühlte sie sich von einer warmen Welle davongetragen. Egal wie sehr sie sich dagegen wehrte, konnte sie ihm nicht länger böse sein.

»Aber lüg mich bitte nie wieder an, wir vertrauen einander doch, nicht wahr? Du vertraust mir?«

Luz nickte beschämt. Sie hätte ihm von Anfang an die Wahrheit sagen sollen. »London ist eine so interessante Stadt«, sagte sie zaghaft. »Ich habe nicht viel davon gesehen, aber ich habe sie gespürt. Als ob eine ganz spezielle Verbindung bestehen würde. Als ob wir zusammengehörten, London und ich, verstehst du? In mir hat alles vibriert, bei jedem Atemzug. Wie wäre es ... Vielleicht hast du Kontakte, um dort ein paar Gastauftritte zu organisieren?«

»Du hast wirklich eine ausgesprochen lebhafte Fantasie«, sagte er und schnaubte belustigt. »Du hast die Stadt gespürt, tatsächlich? Aber gut, du spürst ja auch, wenn sich ein Gewitter zusammenbraut oder wenn verstorbene Seelen in Vögeln weiterleben.« Er tätschelte ihre Hand, musterte sie, während sie den Atem anhielt. »London ... Ein ehrgeiziger Schritt«, sagte er schließlich und schickte mit seinem Lächeln eine Woge der Erleichterung durch ihren Körper. »Aber je höher das Ziel, desto größer die Herausforderung. Und wir lieben Herausforderung, nicht wahr?«

KAPITEL 8

Frauen, erhebt euch

Barcelona, Mai 1976

Lucías Lippen brannten von Agustíns Küssen. Wohlig streckte sie sich und fuhr mit dem Finger über seinen nackten Rücken, Wirbel für Wirbel, federleicht, als wäre sie eine Nebeldecke und er eine Hügelkette in der schläfrigen Morgendämmerung. Wie wunderbar erleichternd es doch war, ihn zu spüren, ihn anzufassen und sich von ihm berühren zu lassen, ohne ein schlechtes Gewissen zu haben. Er gehörte nun zu ihr und sie zu ihm, und obwohl sie sich manchmal ein bisschen schämte, mit ihren über fünfzig Jahren den Liebesakt so leidenschaftlich zu zelebrieren, genoss sie jede Sekunde davon.

Vor drei Wochen hatte sie die kleine Wohnung, in die sie damals, nach der Trennung von Luís, mit Luz gezogen war, verlassen, und lebte seitdem bei Agustín. Es war keine konkrete Entscheidung notwendig gewesen, es war einfach passiert, und es fühlte sich an wie eine luxuriöse Hochzeitsreise, ein immerwährender schöner Traum, aus dem sie nur erwachte, wenn Celia ihr wie zufällig die Tür vor der Nase zuknallte, wenn ihr Handtuch morgens, wenn sie sich waschen wollte, bereits nass und klamm war, wenn sie Sand in den Schuhen fand oder das Mädchen ihr Instrument quälte, als ob sie komplett verlernt hätte, ihm diese sanften, wogenden Töne zu entlocken, die Lucía bei ihrem ersten Besuch im Haus von Agustíns Bruder noch die Tränen in die Augen getrieben hatten.

Du musst verstehen, sagte Agustíns Blick jeweils, wenn Lucía kurz davor war, aufzuspringen und wie Esteban an die Tür des Mädchens zu hämmern. Und sie versuchte, zu verstehen. Über die Streiche, wie Agustín sie nannte, hinwegzusehen. Celia würde sich an sie gewöhnen. Und umgekehrt. Zeit. Geduld. Aber was sie nicht verstehen konnte, war, dass Agustín sich nach jedem eisigen Blick, nach jedem verächtlichen Schmollmund seiner Tochter stundenlang von ihr, Lucía, abwandte, als glaubte er, sie bestrafen zu müssen statt Celia. Und sie wusste nicht, ob die Zeit in dieser Hinsicht für oder gegen sie arbeitete.

Aber es gab noch etwas anderes, das auf ihren Lippen brannte, schon seit geraumer Zeit. Widerwillig nahm sie ihre Hand von Agustíns Rücken, zog das Laken um ihren Oberkörper und rutschte nach hinten, bis sie mit dem Rücken gegen die Wand lehnen konnte.

»Agustín«, sagte sie und stupste ihn sanft mit dem Fuß an. Er grunzte leise, drehte aber den Kopf in ihre Richtung, die Augen immer noch geschlossen. Selten sah er so friedlich aus wie nach dem Liebesakt. Als ob er einfach alles, alles, alles fallen gelassen hatte, alles, was ihn bedrückte, was ihn verfolgte, was ihn beschämte. Alles, was sich sonst hinter den Spiegeln seiner Augen befand, durch die haarfeinen Risse hindurchsickerte und sie trübte.

»Agustín«, sagte sie erneut. Wahrscheinlich war es der Ernst in ihrer Stimme, der ihn nun dazu veranlasste, die Augen zu öffnen, sich auf den Rücken zu drehen.

»Was ist?«, brummte er und griff nach ihrer Hand. Zärtlich strich sein Daumen über ihre Handinnenfläche, und sie musste sich zusammenreißen, dem Kribbeln nicht nachzugeben.

»Was ...« Sie hielt inne, wusste nicht, wie sie das Thema ansprechen sollte. Ohne ihre Hand loszulassen, setzte sich Agustín auf, und schon sah sie wieder Sorge und Schmerz in seinem Gesicht, bevor sie überhaupt die Frage formuliert hatte. Sie sollte das Licht ausmachen, sich an ihn kuscheln und Vergangenes sein lassen, aber die Worte fanden ihren Weg nun auch so aus ihrem Mund.

»Als du damals Spanien verlassen hast ... wie bist du ausgerechnet auf Kuba gelandet? Und wie kam es, dass du persönliche Probleme mit Fidel Castro hattest? So sehr, dass du die Insel so dringend verlassen wolltest?«

»Mercè ...« Er ließ ihre Hand los und machte Anstalten, aufzustehen.

»Nein, Agustín, bleib hier. Du weichst mir immer aus, wenn ich das Thema anschneide. Ich habe dir alles erzählt, was in meinem Leben passiert ist. Von dir kenne ich nur Andeutungen. Was ist geschehen?« Obwohl er ganz still saß, konnte sie sehen, wie sich alles in ihm dagegen sträubte, zu reden. Er blickte auf seine Hände, die zusammengefaltet in seinem Schoß lagen. »Du musst dich für nichts schämen«, flüsterte Lucía, aber genau beim letzten Wort zuckte er zusammen.

»Doch«, sagte er, ohne seinen Blick zu heben. »Doch, Mercè. Ich muss mich schämen, für so vieles. Das Einzige, was ich jemals richtig gemacht habe, war, dich auf jener Landstraße nicht an mir vorbeirennen zu lassen, als du auf der Suche nach deinem Bruder warst.«

Lucía schüttelte den Kopf, nein, natürlich war das nicht so, aber er sprach weiter, immer noch zu seinen Händen, als wollte er nun endlich loswerden, was ihn so quälte.

»Im Januar 1953 schiffte ich mich nach Mexiko ein, ohne speziellen Grund. Es hätte auch Uruguay sein können oder Panama oder irgendeine Insel. Spanisch sprechen wollte ich einfach. Um wenigstens etwas von mir zu behalten. Ich arbeitete mich von Veracruz nach Ciudad de México durch, alles Mögliche habe ich gemacht, Hauptsache, ich bekam dich aus dem Kopf dabei.

In Mexiko-Stadt habe ich gewartet. Auf ein Zeichen. Wie ein Verdurstender habe ich auf diesen einen Tropfen Wasser gehofft, der mich retten würde, der mir helfen würde, mein Leben wieder ins Lot zu bringen. Ich brauchte etwas, jemanden, der meinem Leben wieder einen Sinn geben würde. Und dann traf ich eines Abends in einer Bar mitten in Mexiko-Stadt eine Gruppe junger Männer. Fidel Castro, seinen Bruder Raúl, Ernesto Guevara und einige andere. Sie planten, den kubanischen Diktator Batista zu stürzen und eine soziale Revolution zu starten. Einen Diktator stürzen, Mercè ...«

Jetzt sah er sie endlich an. »In Spanien habe ich *für* ein diktatorisches Regime gearbeitet, weil ich zu schwach war, um mich gegen meinen Vater zu wehren. Vielleicht könnte ich hier mithelfen, ein Land von seinem Tyrannen zu befreien. Es klang so verlockend ...« Er nickte gedankenverloren und fuhr langsam mit den Händen über die Bettdecke, wieder und wieder, es klang wie Wellen, die über den Strand wuschen, ohne Unterlass, und dabei den Sand fraßen, bis nichts mehr davon übrig war.

»Um es kurz zu machen: Ich war während der ganzen Kämpfe, den Niederlagen und den Siegen an ihrer Seite. Schon wieder Krieg, schon wieder Töten. Egal auf welcher Seite du stehst, du hast immer Menschen auf dem Gewissen. *Ich* habe Menschen auf dem Gewissen, Mercè, und wozu? Um einen Diktator zu stürzen, damit ein anderer seinen Platz einnehmen kann. Ich hätte gehen sollen, als ich merkte, dass Fidel sich in eine andere Richtung bewegte als in die ursprünglich anvisierte. Aber ich sah, was mit anderen sogenannten Verrätern passierte: lebenslange Haftstrafen, Erschießungen, seltsame Unfälle mit Todesursache. Ich hatte doch bereits Catalina kennengelernt, ich war endlich Vater geworden. Also blieb ich und sah zu.« Er stoppte in seiner Bewegung und sah sie an. »Ich war egoistisch. Ein Mitläufer. Ich frage mich, wie ich meine Schwäche und Passivität jemals wieder gutmachen kann.«

Wie gern hätte Lucía ihm ihre Hand auf den Arm gelegt, ihn getröstet, aber sie wusste aus eigener Erfahrung, dass Trost die Schuld und das schlechte Gewissen nicht milderte.

»Du kannst jeden Tag Stellung beziehen und Gutes tun, Agustín. Du hast ein Kind, das dich braucht, wahrscheinlich mehr, als du dir vorstellen kannst. Ist es nicht das Wichtigste und Wunderbarste, für sein Kind da sein zu können? Macht das nicht alles wieder wett?«

»Hat es das bei dir getan? Haben deine Kinder deine Schuldgefühle gegenüber Felicidad ausradiert?«

Lucía zuckte bei der Erwähnung des Namens zusammen. »Nein«, flüsterte sie.

»Ich war einer von Fidels engsten Vertrauten gewesen. Weißt du, wie oft die CIA und andere Geheimdienste an mich herangetreten sind, um ihnen bei Mordkomplotten zu helfen? Unzählige Male, und aus Angst um die Sicherheit meiner Familie habe ich jedes Mal an andere verwiesen. Und dennoch wurde er irgendwann misstrauisch, ließ mich verfolgen und bespitzeln. Das war der Moment, in dem ich entschied, das Land so schnell wie möglich zu verlassen. Mit oder ohne Catalina. Was dann geschah, weißt du bereits.« Er rieb sich mit den Händen kräftig über das Gesicht. Lucía schielte auf die Uhr – kurz vor Mitternacht.

»Du hast deine Familie an oberste Stelle gesetzt. Das ist kein Egoismus, sondern Selbsterhaltungstrieb. Damals, als du mir von Felix erzählt hast, hast du mir gesagt, ich solle die Schuld nicht bei mir suchen, sondern bei den Umständen. Ich erinnere mich ganz genau daran.« Es klang irgendwie hohl, was sie sagte, wie eine Rechtfertigung. Vielleicht war es das auch. Vielleicht waren sie egoistisch gewesen, beide, sie, als sie dem Widerstand nicht beitreten wollte und Luís davon abgehalten hatte, und Agustín, weil er nicht geholfen hatte, einen Despoten zu beseitigen. Selbst zu überleben und für ihre Familien sorgen zu können war ihnen wichtiger gewesen als das Wohl der Gemeinschaft. Dieser Gedanke hinterließ nun doch einen bitteren Geschmack in ihrem Mund. Sanft legte sie den Arm um Agustíns Schultern und küsste ihn an der warmen, weichen Stelle direkt hinter seinem Ohr, atmete den Duft nach dem holzigen Geruch seines Parfüms ein, das er gelegentlich trug, und einen Hauch von Schweiß und Liebe, der ihm noch anhaftete. Der bittere Geschmack blieb.

Agustín nickte mechanisch, sichtlich erschöpft von der späten Stunde und seinem Geständnis, rutschte unter die Decke. »Diese Umstände«, sagte er noch leise. »Dich haben sie stark gemacht. Ich hingegen bin schwach geblieben, befürchte ich.« Damit schloss er die Augen, als ob er ihre Reaktion darauf gar nicht sehen wollte, aber nach nur zwei oder drei Minuten, die sie neben ihm saß und ihn beobachtete, wurden seine Züge weicher und friedlicher und sein Atem gleichmäßiger.

Leise schlüpfte Lucía aus dem Bett und in ihren Morgenmantel, und öffnete die Schlafzimmertür. Beinahe hätte sie aufgeschrien, als ein Schatten durch den Flur huschte, aber dann vernahm sie das Klicken von Celias Tür und stieß den angehaltenen Atem aus. Hatte das Mädchen etwa wieder gelauscht? Seit wann? Agustín behandelte seine Tochter mit solch einer großen Vorsicht, begegnete allem, was sie tat, mit so viel Verständnis, während Lucía einfach immer nur verstehen musste. Ja, sie verstand, dass Celia ein traumatisches Erlebnis verarbeiten musste, mehrere wahrscheinlich. Aber sah er nicht, dass sie der Keil war, der sie auseinanderzutreiben versuchte? Lucía stand ganz still im dunklen Flur und wartete, ob sich das Mädchen noch einmal heraustrauen würde, und dann, als nichts geschah, fasste sie sich ein Herz und ging zu deren Zimmer. Es war bloß ein einsames Kind.

»Celia?« Sie klopfte leise an die Tür, öffnete sie vorsichtig. Durch den Spalt zwischen den Vorhängen fiel das bisschen Helligkeit, das im dritten Stock von der Straßenbeleuchtung noch übrig war, gerade genug, um zu erkennen, dass das Mädchen im Bett lag und vorgab, zu schlafen. »Ist alles in Ordnung, Celia? Brauchst du etwas?« Die Antwort war ein lautes Schweigen, das ihr in den Ohren widerhallte. Wie gern hätte sie sich an den Bettrand gesetzt und ihr über den Kopf gestreichelt, wie sie es mit Luz getan hatte, ihr ein Lied vorgesungen oder ihre Hand gehalten, ihr einfach gezeigt, dass sie für sie da sein könnte, wenn sie es nur zuließe. Dann könnte es so schön sein. »*Buenas noches*, gute Nacht«, flüsterte sie, schloss leise die Tür und ging in die Küche, um etwas Wasser zu trinken.

Als sie bei der Spüle ankam, spürte sie unter ihren bloßen Füßen etwas anderes als die kalten Steinfliesen und zuckte zurück, suchte den Lichtschalter. Der halbe Küchenboden war mit einer feinen Schicht Sand bedeckt. Celia, ach Celia ... Lucía atmete müde tief ein und wieder aus, um den Ärger und die Erschöpfung zurückzuschieben in die Ecke, aus der sie hervorkriechen wollten, suchte den Besen und die Schaufel und kehrte den Boden, aber mittendrin hielt sie inne, ließ sich langsam auf den Boden sinken und weinte, mitten in der Nacht, mitten in der Küche, weinte um einen Traum, der nicht so in Erfüllung gehen wollte, wie sie ihn sich ausgemalt hatte, weinte um den Mann, den sie liebte und der genau wie seine Tochter eine Mauer um sich gebaut hatte, die sie nicht bezwingen konnte.

Sie hatte alle Spuren des nächtlichen Streiches beseitigt und schlüpfte nun, nach nur vier Stunden Schlaf, hinaus in die Morgendämmerung. Es war Montag, ihr freier Tag; wenn sie wollte, hätte sie länger schlafen können. Aber sie wollte Celia nicht den Triumph schenken, sich an ihren verweinten Augen zu weiden, oder Agustín damit wieder zwischen zwei Stühlen positionieren. Sie verließ so oder so jeden Tag das Haus vor ihm, vielleicht würde es ihm gar nicht auffallen und er würde wie immer um acht Uhr seine Tochter wecken und sie zur Schule begleiten, um dann seinem Tagesgeschäft nachzugehen. Nachdem sein Plan, Zucker oder Kaffee aus Südamerika zu importieren, am staatlichen Monopol gescheitert war, hatte er sich eine völlig unaufgeregte Arbeit gesucht und sie in einem Möbelhaus gefunden. Er verkaufte nun also Tische und Sofas und Teppiche.

»Du könntest doch zu Hause bleiben«, hatte er gesagt, als Lucía bei ihm eingezogen war. Zu Hause bleiben und sich um Haus und Herd kümmern? Sie war sich sicher, dass er es nicht herablassend gemeint hatte, aber sein Vorschlag hatte ihr einen Stich versetzt. Alles, was sie sich aufgebaut hatte, einfach dagegen eintauschen, zu Hause auf den Mann zu warten? Nein, ganz bestimmt nicht. Sie hatte es Raquel erzählt, und wie erwartet hatte ihre Angestellte die Hände in die Hüften gestemmt und sie kopfschüttelnd angeschaut.

»Liebe macht blind, Lucía, sehen Sie sich vor. Früher oder später denken doch alle Männer, sie hätten das Recht, über ihre Frauen zu bestimmen.«

Sie stieg zwei Stationen vor der eigentlichen Haltestelle aus und spazierte durch die noch ziemlich leeren Straßen. Vorsichtig streckte die Sonne ihre Strahlen durch einige zähe Wolkenschleier, die Luft war von der Nachtluft frisch gewaschen und die Vögel tirilierten und musizierten ausgiebig. Es würde ein angenehmer Maitag werden, aber die vergossenen Tränen kratzten in Lucías Augen und der verpasste Schlaf dröhnte in ihren Ohren. Bevor sie zum Laden ging, gönnte sie sich deshalb in einer kleinen Bar einen *café con leche*, einen Milchkaffee, und ein Käsebrötchen. Um sich herum sah sie lauter montagsmüde Gesichter, selbst die Gespräche schienen noch im Schlaf gefangen. Nur hin und wieder raschelte eine Zeitung oder brummte die Kaffeemaschine, und draußen vor der Bar wischte ein älterer Mann mit dem Reisigbesen langsam den Blütenstaub vom Bürgersteig. Lucía legte einen Würfelzucker auf den Löffel, tauchte ihn halb in das Getränk und sah dabei zu, wie er braun wurde und sich Körnchen für Körnchen auflöste; ein süßer Traum, der vor ihren Augen zerfiel. Agustín, dachte sie, ach, Agustín. Sie hatten einander wiedergefunden, aber bedeutete das auch, dass sie immer noch füreinander bestimmt waren? Für die Ewigkeit? Oder waren sie, war *sie* einer Illusion erlegen?

»Schluss jetzt!« Sie ließ den Löffel samt Zucker klirrend in die Tasse fallen. Die einschläfernde Geräuschkulisse verstummte schlagartig und Lucía spürte alle Blicke auf sich gerichtet. Mit heißen Wangen trank sie den Kaffee aus, wickelte das Brötchen in die Papierserviette und verließ das Lokal.

Schluss jetzt, wiederholte sie resolut in Gedanken, als sie in Richtung ihres Blumengeschäfts lief. Sie brauchten einfach nur etwas Zeit, um zueinanderzufinden, Mauern zu überwinden und zurechtzukommen mit der Tatsache, dass es nicht nur um sie und ihn ging, sondern dass beide Angehörige mit ins Spiel brachten, lebendige wie tote. Also Schluss jetzt mit dem Gejammer und dem Selbstmitleid!

»Guten Morgen, Lucía!«, rief ihr Raquel fröhlich und doch etwas erstaunt entgegen, als sie durch die Tür trat und sie hinter sich zuziehen wollte. »Sie können gleich offen lassen, es fehlen nur noch fünf Minuten.« Irritiert blickte Lucía auf ihre Uhr; es war tatsächlich schon fast acht. »Ich habe Sie heute gar nicht erwartet«, sagte Raquel weiter und stellte einen Eimer mit roten Rosen neben die Lilien.

Lucía zeigte drauf. »Heute wieder vollzählig?«

»Absolut. Seit Sie den Lieferanten gewechselt haben, werden wir nicht mehr übers Ohr gehauen.«

»Gut. Lassen Sie uns die Aufträge anschauen und loslegen.« Sie rieb sich energisch die Hände und schnappte sich das Buch.

Sie arbeiteten an den Gestecken und dem Trauerkranz, die heute abgeholt würden, und plauderten gemütlich über dieses und jenes, bedienten die Kunden, die eintraten, und als Lucía das nächste Mal auf die Uhr sah, war es bereits kurz vor elf. Vor dem Fenster hatte die Sonne die letzten Wolkenreste vertrieben, der Tag war so strahlend geworden, wie er versprochen hatte. Und dennoch lag auf einmal etwas in der Luft, das Lucía im ersten Moment nicht greifen konnte. Sie starrte hinaus, und dann bemerkte sie, dass auf der sonst viel befahrenen Straße keine Autos fuhren. Dafür standen Polizeiwagen in Bereitschaft.

»Was ist denn da draußen los?«, fragte sie Raquel. Die legte das Gesteck, an dem sie gerade arbeitete, auf den Tisch und gesellte sich zu ihr.

»Oh, wie schön! Ich nehme an, das wird die Manifestation sein. Obwohl ...« Raquel runzelte die Stirn. »Die müsste eigentlich woanders durchführen.«

Lucía seufzte tief auf und ging nach draußen. Weiter oben sah sie bereits die Menschenmauer näher kommen, hörte die Rufe und Trillerpfeifen. »Und wer demonstriert dieses Mal?«

Raquel sah sie entsetzt an. »*Las Primeras Jornadas Catalanas de la Mujer*, die erste katalanische Frauentagung, die während der letzten vier Tage stattgefunden hat? Die öffentlichen Debatten mit tausenden Teilnehmerinnen, die nach Lösungen gesucht haben, damit Unterdrückung und Ausbeutung der Frauen nun, nach der Diktatur, endlich ein Ende finden? Heute ist die abschließende Manifestation. Haben Sie denn gar keine Zeitung gelesen in den letzten Tagen? Samstag und Sonntag war ich auch dabei, es war so ... so ... berauschend!« Die junge Frau strahlte.

Lucía hingegen schüttelte den Kopf. »Manifestation hier, Manifestation dort, egal wo man hingeht. Auf der Rambla, auf der Diagonal, auf der Meridiana.«

Raquel baute sich vor ihr auf, Hände in die Hüften gestützt. Lucía nannte es heimlich die Verteidigungspose, die sie immer einnahm, wenn sie einen ihrer Vorträge zum Thema Frauenrecht halten wollte. »Aber wir müssen doch dafür sorgen, dass wir endlich anständig behandelt werden vom Staat, dieselben Rechte bekommen wie Männer. Wussten Sie, dass Spanien 1936 das Land in Europa war, in dem die meisten Frauen in der Regierung vertreten waren? Und jetzt traut man uns nicht einmal mehr zu, dasselbe studieren zu können wie Männer, dieselben Arbeiten erledigen zu können wie Männer oder die Verantwortung für unsere Körper und unsere Leben zu tragen!«

»Dafür sind die Politiker zuständig, Raquel. Wir kleinen Leute haben ganz andere Probleme. Unser Geld zu verdienen, zum Beispiel, während die Demonstranten unsere Geschäfte über den Haufen rennen und Kunden von den Tumulten davon abgehalten werden, zu kaufen.«

»Aber Lucía, Sie müssen doch groß denken!« Raquel warf die Hände nach oben, als würde sie die Worte in die Luft schleudern wollen, um ihnen mehr Nachdruck zu verleihen. »Die Gemeinschaft, das Kollektiv der Frauen. Vierzig Jahre Fremdbestimmung reichen, finden Sie nicht?«

Natürlich fand sie das. Lucía hatte nie verstanden, warum Frauen anders behandelt werden sollten als Männer und in ihren Rechten und Freiheiten eingeschränkt wurden. Aber ...

»Mit der Zeit wird sich für alles eine Lösung finden. Das Land muss erst zur Ruhe kommen, Raquel. Ihr Jungen seid so ungeduldig!« Sie musste ihre Stimme heben, um gegen die Sprechchöre anzukommen, die ihnen entgegenschallten. Es waren tatsächlich nicht nur junge Frauen, die in dem Pulk mitmarschierten, auch Frauen in ihrem Alter und sogar einige Männer konnte sie ausmachen. *Wir sind nicht Eigentum unserer Ehemänner*, stand auf einem Plakat. *Freier Zugang zu Arbeitsplätzen*, stand auf einem anderen. *Frauen für das Recht auf Scheidung. Machismo ist Faschismus. Wir kämpfen für unsere Rechte.*

Lucía schwirrte der Kopf. War das nicht alles ein wenig übertrieben? Sie betrachtete die zartrosafarbenen Hortensien in ihren Händen. Einfach noch diesen Strauß fertig binden, dann würde sie nach Hause gehen. Raquel würde den Rest des Tages auch allein bewältigen, allzu viel Kundschaft würde nicht kommen.

Gerade wollte sie wieder hineingehen, da schnappte Raquel laut nach Luft.

»Nein!«, rief sie und machte einen Schritt nach vorn, als ob sie die Polizisten, die gerade aus ihren Autos stiegen und mit gezückten Schlagstöcken auf die vorderste Reihe zustürmten, aufhalten wollte. Lucía ließ die Hortensien sinken, als aus den Nebenstraßen noch mehr Ordnungshüter strömten.

»Aber die Manifestation war bewilligt, warum tun sie das?«, rief Raquel. Es kam zu lautstarken Diskussionen, als der Polizeikordon die Frauen am Weitergehen hinderte.

»Hast du nicht erwähnt, dass sie eine andere Route hätten nehmen müssen?«, fragte Lucía, und noch bevor Raquel antworten konnte, gab es direkt vor ihrer Nase sozusagen die ersten Handgemenge, Polizisten, die den Demonstrantinnen die Schilder aus den Händen rissen, Demonstrantinnen, die sich dagegen wehrten, Polizisten, die mit den Schlagstöcken auf die Frauen einschlugen, Frauen, die mit ihren Fäusten zurückschlugen, Polizisten, die Frauen über den Boden zu den plötzlich aufgetauchten eckigen Gefangenentransportern schleiften, Frauen, die wild durcheinander schrien, justicia, Gerechtigkeit, Verletzung von Menschenrechten, Polizeigewalt!; innerhalb weniger Sekunden hatte sich der friedliche Marsch in Chaos verwandelt, hintere Reihen drängten nach vorn, andere brachen seitwärts aus und rannten in alle Himmelsrichtungen davon, der Geruch von Angst und Empörung verpestete die Luft.

»Diese Schweine!«, schrie Raquel, und als eine Frau an ihr vorbeitorkelte, die Hand an eine Platzwunde am Kopf gepresst, packte sie sie und half ihr in den Laden. »Wir müssen ihnen helfen!«, rief sie Lucía zu und rannte auf die Straße, hinein ins Getümmel, was wollten sie denn schon ausrichten, wie stellte Raquel sich das vor, all diese Menschen, es mussten hunderte, vielleicht sogar tausende sein? Völlig überrumpelt stand Lucía stocksteif da, wedelte bloß mit den Hortensien in ihrer Hand hin und her.

»Hierher«, sagte sie, für niemanden zu hören außer für sie, dann hob sie die Blumen über den Kopf. »Hierher!«, sagte sie, lauter dieses Mal, winkte bestimmt, sodass einige Blütenblätter auf sie herabregneten. Eine Frau, wahrscheinlich in ihrem Alter, kam sichtlich verwirrt und weinend auf sie zu und warf sich in ihre Arme wie ein verängstigtes Kind.

»Kommen Sie«, sagte Lucía und zeigte auf den Blumenladen. »Ich mache Ihnen einen Tee.« Einen Tee? Wie dumm sie sich vorkam, aber die Frau lächelte dankbar unter den Tränen und folgte ihr. Noch ein paar Mal griff Lucía in die Menge hinein und pflückte wahllos einige verlorene Seelen wie Blumen aus einer Wiese, wie sollte man denn auswählen, wer war sie, zu entscheiden, wer Schutz brauchte und wer nicht? Ein Schrei direkt hinter ihr ließ sie zusammenzucken; ein Polizist drosch mit seinem Schlagstock auf eine junge Frau ein und trat sie, als sie zu Boden ging, mit den Füßen, während zwei andere Frauen versuchten, sich an seine Arme zu hängen. Das könnte ihre Tochter sein. Das könnte ihre Tochter sein!, schrie der Gedanke ganz laut in ihrem Kopf, und bevor sie sich befehlen konnte, sich zurückzuhalten, jagte sie auf den Mann zu und mit voller Wucht in ihn hinein, sodass er das Gleichgewicht verlor und stürzte. Für den Bruchteil einer Sekunde stand Lucía erschrocken still – sie hatte einen Polizisten körperlich angegriffen! –, aber dann rannten die drei Frauen bereits, sie rannte mit, und zwischen ihm und ihnen bildete sich ein Schutzwall aus anderen Demonstrantinnen.

»In den Blumenladen«, schrie Lucía, und als sie drinnen waren, schlug sie die Glastür hinter sich zu, dass sie glaubte, sie würde in tausend Scherben zerspringen, und lehnte sich schwer atmend dagegen. Ihre Brust wollte zerspringen vor Angst und Wut und Indignation und den Tränen, die sie jetzt nicht weinen wollte. Vor ihr standen Raquel und eine unübersichtliche Anzahl fremder Frauen, einige schluchzten leise, andere starrten empört aus dem

Fenster; draußen wurde geschrien, drinnen sprach keine von ihnen ein Wort. Sie waren eine Insel inmitten rauer, stürmischer See, und nur langsam glätteten sich die Wogen, ebbte der Lärm ab, und zurück blieben zerrissene Plakate wie Strandgut am Straßenrand.

»Ich wollte doch Tee machen«, erinnerte sich Lucía mit zittriger Stimme. Sie hielt immer noch die Blumen in der Hand, sie waren komplett zerfleddert.

»Braucht jemand medizinische Hilfe?«, fragte hingegen Raquel ganz praktisch, als wäre es nicht das erste Mal, dass sie in eine solche Situation geraten wäre.

»Ich glaube, die Luft ist rein«, meinte eine der Frauen, legte Lucía die Hand auf den Arm. »Danke für die Hilfe, Schwester.«

Sie waren keine Schwestern, wollte Lucía sagen, aber sie nickte nur mechanisch und schloss die Tür auf.

Eine nach der anderen schlüpfte hinaus. Der Verkehr auf der Meridiana hatte wieder freie Fahrt; als wären die letzten zwei Stunden nicht passiert, fuhr das Leben wieder auf und ab.

Schließlich befanden sich neben Raquel und ihr noch sieben Frauen im Laden. Drei davon bluteten und pressten sich Taschentücher oder Jackenärmel an die Wunden. Lucía schloss die Tür wieder ab.

»Lass uns den Verbandskasten nehmen und in deine Wohnung gehen, wenn es dir recht ist«, sagte sie zu Raquel und zeigte nach oben.

»Natürlich. Ich habe Tee und Kaffee.«

»Ich habe noch ein Käsebrötchen, falls jemand Hunger hat«, sagte Lucía und holte ihr in eine Papierserviette eingepacktes Frühstück aus der Umhängetasche, aber niemand meldete Interesse. Sie konnte dem nachfühlen, war ihr doch selbst ziemlich flau im Magen.

»Das sollte sich ein Arzt ansehen«, sagte Raquel einige Minuten später zu einer der Frauen, diejenige, die Lucía an Luz erinnerte. Sie hatte sich als Brígida vorgestellt. Tatsächlich musste sie einiges älter sein als ihre Tochter, und die einzige Ähnlichkeit bestand beim näheren Hinschauen in den langen dunklen Haaren. Ihr rechtes Auge war geschwollen und über der Augenbraue prangte eine Platzwunde, aus der immer noch Blut sickerte. Mit schmerzverzerrtem Gesicht hielt sie sich den Arm.

»Wenn mein Mann davon erfährt, richtet er mich genauso schlimm zu«, flüsterte Brígida. »Ich wollte doch nur friedlich mitmarschieren. Ich dachte, wenigstens das dürften wir jetzt.«

Lucía blinzelte betroffen. Der süße Tee in ihrem Mund schmeckte plötzlich bitter und nur mit größter Mühe konnte sie die Flüssigkeit schlucken. Wenigstens das?

»Ich wollte, mein Mann würde mich einfach wieder arbeiten lassen«, sagte eine andere. »Mehr will ich gar nicht. Ich ersticke zu Hause vor Langweile.«

Eine dritte schnaubte. »Überleg dir das gut! Mein Mann hat mir erlaubt, eine Stelle als Verkäuferin anzunehmen, und als ich mich beschwert habe, weil mir mein Chef einfach an den Hintern gefasst hat, hat er mich windelweich geprügelt, weil ich mich seiner Meinung nach zu provokant angezogen habe.«

»Es wird Zeit, dass wir gegen diese Unterdrücker kämpfen«, sagte Raquel und klebte sanft ein Pflaster auf Brígidas Platzwunde.

Mit Nachdruck stellte Lucía ihre Tasse auf den Tisch. »Das reicht. Wollt ihr mir etwa sagen, dass alle Männer schlecht sind? Ihr könnt doch nicht alle in denselben Topf schmeißen und sie zum Feind erklären!«

»Hat dein Mann dich nie geschlagen?«, fragte die Frau zurück, die Lucía als Erste von der Straße geholt hatte.

Lucía senkt den Kopf, plötzlich nervös. »Einmal.«

»Und fandest du das in Ordnung?«

»Es war nicht in Ordnung. Und dennoch konnte ich ihn im Nachhinein verstehen. Ich habe etwas Fürchterliches getan.«

»So fürchterlich, dass es Gewalt rechtfertigt? Hat er etwa nie einen Fehler begangen? Hast du ihn deswegen geschlagen?«

»Warum denken sie, sie stünden über uns? Weil die Gesetzgebung ihnen das Recht gibt!«

»Erst sind wir Eigentum unserer Väter, bis wir in den Besitz unserer Ehemänner übergehen. Was dürfen wir denn schon tun ohne ihre Einwilligung? Keinen Pass, kein Bankkonto, keine Arbeit, wenn sie es nicht erlauben. Unter Franco mussten wir heimlich für unsere Rechte kämpfen, jetzt sollen uns alle hören!«

Lucía wurde bombardiert mit Fragen und Meinungen und Aussagen, sie kam nicht einmal mehr dazu, den Mund zu einer Antwort zu öffnen.

»Und wie würdest du reagieren, wenn deine Tochter von ihrem Mann geschlagen würde?«

Sie würde Gabriel in der Luft zerfetzen wie eine Tigermutter eine lausige Hyäne.

»Ich muss nicht einmal etwas Fürchterliches tun, damit mein Mann mich schlägt«, berichtete eine Frau, die sich bis jetzt im Hintergrund gehalten hatte. Sie klammerte sich an ihre Teetasse, als wäre sie das Letzte, was sie noch am Leben hielte. »Er schubst mich, wenn ich ihm im Weg stehe, er gibt mir eine Ohrfeige, wenn das Essen nicht pünktlich auf dem Tisch steht, er ... er ... nimmt sich meinen Körper, wenn ich keine Lust habe, denn ihm ist es egal, was ich dabei empfinde. Und dann wieder ist er lieb und freundlich und aufmerksam, und ich weiß nie genau, wann der nächste Schlag kommt. Ich halte das nicht mehr länger aus!«

Die Frau brach in hysterisches Schluchzen aus und alle anderen verstummten. Schmutzige Wäsche wurde nicht in aller Öffentlichkeit gewaschen. Nach dem, was sie hier hörte, musste Lucía sich fragen, wer von den Frauen, die sie kannte, wohl Ähnliches erlebt und sich nie getraut hatte, den Mund zu öffnen. Oder vielleicht sogar gedacht hatte, es wäre eben normal. Hatte sie nicht auch gerade Luís in Schutz genommen? Aber es musste doch Lösungen geben?

»Warum verlässt du ihn nicht?«, fragte sie, obwohl sie die Antwort eigentlich bereits kannte, und tatsächlich erntete sie einen spöttischen Blick von Raquel.

»Wenn es so einfach wäre, dann müssten wir uns nicht organisieren und uns von der Polizei wie Verbrecherinnen durch die Straßen schleifen lassen, Lucía. Du weißt doch selbst, dass Scheidungen seit 1939 verboten sind.«

»Natürlich weiß ich das, aber es reicht doch bereits, wenn sie auszieht. Wenn ihr nicht mehr mit euren Männern zusammen sein könnt oder wollt, dann ...« Ihre Stimme wurde immer leiser und sie senkte beschämt den Blick.

»Und mein Kind?«, fragte die schluchzende Frau sofort.

»Und wovon soll ich leben, wenn er mich nicht arbeiten lässt?«

»Und wenn er mich nicht gehen lassen will? Als mein Ehemann kann er sogar vom Richter verfügen lassen, dass ich zu ihm zurückkehre.«

»Wir haben absolut nichts zu melden. Die Frau ist Eigentum des Mannes, in jeglicher Hinsicht. Und das muss sich ändern.«

»Aber es gibt doch auch Männer, die ihre Frauen anständig behandeln«, flüsterte Lucía und dachte an Miguel und seine Ehe mit Julia, dachte an Luís und daran, wie glücklich sie viele Jahre lang gewesen waren. An Agustín und seine Bemerkung, sie könne doch auch ihre Arbeit aufgeben und zu Hause bleiben. Er hatte es doch nur gut gemeint, gedacht, er würde ihr einen Gefallen tun.

»Es gibt viele verheiratete Frauen, die einer Arbeit nachgehen, es gibt getrennt lebende Paare, es gibt ...«

»All das gibt es. Natürlich. Aber es ist abhängig von der Einstellung des Ehemannes. Es sollte das Recht einer jeden Frau sein, für sich selbst entscheiden zu dürfen.«

Ja. Das sollte es sein.

»Hast du denn keinen Ort, wo du unterkommen könntest? Deine Eltern, Freunde?«, fragte Lucía die

Frau, die sich mittlerweile etwas beruhigt hatte und apathisch die Teetasse an ihre Lippen hielt, ohne zu trinken.

»Wie heißt du denn?«, fragte sie, nachdem sie außer einem leichten Kopfschütteln keine Antwort erhielt.

»Estefania«, murmelte die Frau in ihre Tasse hinein und schloss die Augen. Sie sah unendlich müde aus. Sie sah aus, als wollte sie sich ganz klein machen und einfach in diese Tasse mit dem kleinen Sprung am Rand hineingleiten und sinken und sinken und nie wieder auftauchen.

Lucía suchte Raquels Blick. Sie war niemand, der auf Manifestationen ging, aus der Politik hatte sie sich vor vielen Jahren beschlossen rauszuhalten. Ob das nun richtig oder falsch war, stand hier nicht zur Debatte. Aber eines könnte sie tun. Und sie sah Raquel an, dass sie einverstanden war.

»Estefania. Möchtest du eine Zeit lang hier wohnen?«

KAPITEL 9

Zeit, zu verzeihen

Barcelona, Mai 1976

Natürlich hatte der furchtbare Vorfall auf der Rambla Felicidad wieder zurückgeworfen in ihrem Fortschritt, natürlich war sie wieder zurückgekrebst in ihre sichere Höhle, die sie nur für die Besuche bei *Doctor* Rubio verließ. Aber etwas hatte sich verändert, und das war ihr Verhältnis zu ihrem Sohn. Vermochte sie ihn vor der Explosion kaum anfassen, geschweige denn so etwas wie irgendein Gefühl für ihn empfinden, konnte sie nun kaum Finger oder Augen von ihm lassen. Wie hatte ihr nie auffallen können, wie weich die Haut seiner Wangen war? Wie entzückend die kleine Speckfalte in der Armbeuge? Wie niedlich die Fingernägel, wie weiß die Zähnchen? Wenn sie die Nase in seinen Nacken presste, roch sie Unschuld und Liebe. Je ruhiger sie innerlich wurde, desto weniger quengelte und weinte Oscar.

»Oscar, Oscar, Oscar«, murmelte sie vor sich her, breitete die Arme aus, und der Kleine, in den ersten Tagen noch schüchtern und sichtlich überrumpelt von der plötzlichen Zuneigung, rannte zu ihr und ließ sich herzen und im Kreis schwingen und schmiegte sich in ihren Schoß, wenn sie ihm

Geschichten vorlas. Manchmal, in den Tagen und Wochen nach der Explosion, war sie unerwartet in Tränen ausgebrochen, weil sie in jenen friedlichen Momenten der Gedanke überrumpelt hatte, dass ihre Mutter vielleicht genau so mit ihr gespielt hatte, bis sie bei jenem Unglück auseinandergerissen worden waren. Manchmal, in den Nächten, wenn sie im Bett lag, glaubte sie, das Rumpeln des Zuges zu spüren und das Rattern der Räder auf den Schienen zu hören; eine seltsame Stimmung legte sich dann auf ihren Halbschlaf, etwas zwischen Angst und Bedrückung und – Heimweh, als wäre sie nicht dort gewesen, wo sie sein sollte, und nicht dorthin gefahren, wo sie hinwollte. Sie ließ sie ratlos zurück, diese Stimmung.

»Wie willst du jemals etwas herausfinden können, Feli«, wandte Manuel ein, wenn sie ihm davon erzählte. »Du weißt nicht wo, nicht wann, nicht was passiert ist, außer dass es anscheinend eine Explosion gab. Es herrschte Krieg in Frankreich – falls es überhaupt in Frankreich war, woher willst du das wissen?« Sie starrte ihn dann jeweils an, suchte in seinem Gesicht nach Unterstützung und Verständnis, und fand doch wieder nur Sorge. Vor Kurzem war er befördert worden und würde in wenigen Tagen seine neue Stelle in einem neuen Büro antreten, mehr Verantwortung, weniger Zeit, um auf die labile Frau aufzupassen, das verstand sie schon. Und doch hätte sie sich gewünscht, er würde sich freuen darüber, dass sie endlich einen Anhaltspunkt gefunden hatte, so klein und schwach er auch war.

»Ich habe lange genug als Reporterin gearbeitet, um zu wissen, wie man recherchiert. Versuchen muss ich es zumindest. Sobald es mir besser geht, werde ich in eine Bibliothek gehen und alte Zeitungsartikel durchforsten. Wenn es ein größeres Unglück war, wurde vielleicht selbst hier darüber berichtet.« Vielleicht. Sie wusste, es war ein dünner Strohhalm. Aber vielleicht würde der sie zu einem stabileren führen, und so weiter und so fort, bis sie ein Floss bauen könnte, das sie über den Strom der Unmöglichkeit ans andere Ufer zu ihren Eltern bringen würde. Oder zumindest zu Informationen über sie, denn dass sie noch lebten, befürchtete Felicidad, war wohl zu viel der Hoffnung.

»*Mamá*! Pipa!« Oscar zog an ihrer Hose. »Ela.« Spielplatz, meinte er, mit Elsa. Aber Elsa war heute nicht gekommen und gestern auch nicht, sie lag mit Halsschmerzen und Fieber im Bett. Gestern war Felicidad mit ihm durch den Garten spaziert, hatte ihm die Bienen gezeigt, die bereits fleißig Nektar sammelten, einen Grashüpfer hatten sie entdeckt und die Rosenblätter zusammengekehrt, die nach dem Regen von vorletzter Nacht auf dem Gehweg klebten.

»Riech mal«, hatte sie gesagt und ihm eine Butterblume hingehalten. Hochkonzentriert hatte er daran geschnüffelt, dann die Nase krausgezogen und schmollend die Unterlippe vorgeschoben.

»Pipa«, hatte er gesagt und war davongewatschelt, seine Rollente im Schlepptau.

»Pipa«, sagte er auch jetzt wieder und zog noch kräftiger an ihrer Hose. Sie bückte sich und wollte ihn hochheben, aber er wand sich aus ihrem Griff und rannte davon. »Pipa!«, schrie er, schmiss sich neben der Tür auf den Boden. »Pipa, Pipa, Pipa!«, kreischte er. Felicidad stand wie versteinert in der Mitte des Raumes, unfähig, den scharfen Tönen auszuweichen, die Geschossen gleich ihre Nerven torpedierten wie schon lange nicht mehr.

»Elsa kommt heute nicht«, sagte sie hilflos in das Geschrei hinein. Sie merkte, wie ihre Kehle immer enger wurde, immer weniger Luft in ihre Lungen gelangte, und sie wollte dagegen anschreien und fühlte sich gleichsam zu schwach dafür. Schon quollen die ersten Tränen aus ihren Augen; sie ballte ihre Hände zu Fäusten und presste sie dagegen, als könnte sie das Wasser so in seine Schranken weisen. Und dann drang ein Laut aus ihrer Kehle, ein tiefes Stöhnen, in dem so viel Schmerz und Verzweiflung und Erschöpfung lagen, wie sie sie zuletzt bei Oscars Geburt verspürt hatte, und sie fiel langsam in sich zusammen; auf die Knie, seitlich weg, bis sie auf dem Boden lag, zusammengerollt. Sie weinte leise im Einklang mit Oscars Gebrüll, weinte um das, was sie verloren hatte, und darum, was ihr gerade wieder dabei war, aus den Fingern zu flutschen. Sie weinte, weil sie wusste, dass nur sie allein das verhindern konnte, und weil sie wütend auf sich selbst war. Früher hatte sie gekämpft und dann hatte die Angst von ihr Besitz ergriffen.

Irgendwann – es fühlte sich an, als wären Stunden vergangen, aber in Wahrheit konnten es nicht mehr als ein paar Minuten gewesen sein – verebbten ihr Weinen und ihre kasteienden Gedanken, und sie hörte Stille, dann ein unregelmäßiges Tapsen. Ein bestrumpfter und ein nackter Fuß tauchten vor ihrem Gesicht auf, dann kniete sich Oscar vor sie, seine Wangen rot vom Weinen. Ganz sanft legte er seine kleine heiße Hand auf ihre Stirn, so wie sie es sich zur Gewohnheit gemacht hatte, wenn er weinte. So als wäre er die Mutter und sie das Kind, das getröstet werden musste. Sie schloss die Augen und spürte, wie sich ihr Herzschlag verlangsamte, wie sich ihre Lungen wieder weiteten. Tief holte sie Luft, als wäre es ihr erster Atemzug, und schlug die Augen wieder auf.

»*Mamá* tauig nein«, sagte Oscar mit kindlich ernster Miene.

»Mama möchte wieder stark sein«, flüsterte Felicidad, zog ihren kleinen Sohn in ihre Arme. Sie wollte keine Angst mehr haben, nicht vor der Welt außerhalb der Gartenmauer, nicht vor der Meinung anderer Mütter, nicht vor der Wahrheit, die sie auf der Suche nach ihren Eltern finden könnte, nicht davor, gar nichts zu finden. Es musste sich etwas ändern, *sie* musste sich ändern, wirklich ändern. Nicht darauf warten, dass es ihr irgendwann besser ging. Sondern selbst den ersten Schritt tun.

»Keine Angst mehr, Oscar«, sagte sie und fuhr mit dem Finger über seine Nase, setzte auf der Spitze einen Punkt. »Wir gehen zum Spielplatz. Du und ich.«

Es war das erste Mal, dass sie ohne Elsa zum Spielplatz ging, aber deswegen musste es nicht schlimmer sein, redete sie sich Mut zu und zwang sich eisern, einen Fuß vor den anderen zu setzen. Oscar brabbelte fröhlich in seinem Wagen vor sich her, ruckelte vor und zurück, als wollte er sich selbst anschieben, ungeduldig und voller Vorfreude. Wie hatte der Junge geheißen, mit dem er sich so gut verstand? Juan irgendwas. Hoffentlich war er da, die Frau, die ihn begleitet hatte, hatte doch erwähnt, dass sie nur einmal in der Woche kamen. Welcher Tag war das gewesen? Welcher Tag war heute überhaupt?

Felicidad wischte sich den Schweiß von der Stirn. Der Sommer näherte sich, mit jedem Tag schien die Temperatur zu steigen, der Himmel blauer zu sein, die Röcke der Frauen kürzer und die Schuhe leichter zu werden. Es war eine schöne Zeit, um draußen zu sein, sagte sie sich und sah einem Schmetterling nach, während sie gleichzeitig schnupperte, sie roch das Gras des Parks, an dem sie vorbeigingen, roch den warmen Asphalt, aber sie roch kein Gas und auch sonst keine Gefahr.

»Oh, schau mal, Juan Carlos, da kommt Oscar!«, hörte sie eine Frau rufen, und Oscar drehte und wand sich in dem Wagen, um dem Gurt um seinen Bauch zu entkommen und zu seinem Freund zu laufen. Felicidad erlöste ihn und lächelte die Frau unverbindlich an. Seit der Schwangerschaft konnte sie sich einfach keine Namen mehr merken.

»Felicidad!«, wurde sie fröhlich begrüßt, als wären sie alte Freundinnen und hätten sich nicht erst zweimal kurz unterhalten. »Schon lange nicht mehr gesehen.« Inés, sie hieß Inés, jetzt fiel es ihr wieder ein und beinahe hätte sie vor Erleichterung aufgelacht.

»Inés, *me alegro mucho*, ich freue mich sehr«, erwiderte sie, und interessanterweise, merkte sie, meinte sie es auch so. Inés versprühte eine angenehme Unbeschwertheit wie ein Springbrunnen

Wassertropfen, die in der Sonne glitzerten. Wie aus dem Nichts tauchte das Bild ihrer Freundin Nerea vor Felicidads Augen auf, an sie erinnerte sie Inés und sie mochte sie gleich noch ein wenig mehr. Lange hatte sie nicht mehr an Nerea gedacht, auch nicht an deren Bruder Julen. Wie anders wäre wohl ihrer aller dreier Leben verlaufen, hätte in ihnen nicht dieser Drang nach Gerechtigkeit und Freiheit gebrannt. Nerea würde noch leben, Julen wäre nicht ins Exil gegangen und sie wäre Aitor nicht in die Arme gelaufen. Wie anders, dachte sie dann, wäre ihr Leben verlaufen, wenn sie doch einfach überhaupt gar nicht erst von ihren Eltern getrennt worden wäre, aus welchen Gründen auch immer.

»Geht es deinen Augen besser?«, fragte Inés und zeigte mit dem Finger auf ihr eigenes Auge, als ob sie veranschaulichen müsste, was sie meinte, wie sie allgemein jeden Satz mit einer Geste unterstrich. Erst in dem Moment fiel Felicidad auf, dass sie ihre Sonnenbrille gar nicht trug. Kurz erschrak sie und griff nach ihrer Tasche, um ihr Schutzschild herauszuholen, aber Inés plauderte bereits weiter.

»Meine Schwester – Juan Carlos' Mutter – hat auch oft mit Bindehautentzündung zu kämpfen, wirklich eine unangenehme Angelegenheit.« Sie fuhr mit beiden Händen über die luftig nach außen geföhnten Enden ihrer schulterlangen Haare, und Felicidad musste dem Drang widerstehen, den unordentlichen Pferdeschwanz zu befingern, mit dem sie ihre Locken auf die Schnelle zu zähmen versucht hatte.

»Ich habe Kamillensud verwendet, wie du mir geraten hast«, sagte sie schüchtern, und Inés nickte sichtlich erfreut und wollte gerade antworten, als sie aus den Augenwinkeln etwas gesehen haben musste, denn sie hob die Hand in einer Geste, die sagen wollte *warte mal kurz*, und reckte den Hals.

»Juan Carlos, keine Steine essen!« Dann eilte sie zu ihrem Neffen und nahm in derselben Bewegung auch Oscar einen Kiesel aus der Hand. Bei jeder anderen Person, Elsa, Manuel und sie eingeschlossen, hätte er empört geheult, aber Inés sah er einfach nur mit großen Augen an und wandte sich dann seelenruhig wieder seiner Schaufel zu, als ob er eingesehen hätte, dass Steine keine süßen Bonbons waren. Da wusste Felicidad: Wenn ihr Sohn Inés vertraute, konnte sie das auch. Könnte sie.

»Herrlicher Tag heute«, sagte sie stattdessen. Inés zog eine Schachtel Zigaretten hervor, steckte sich eine zwischen die Lippen und drehte sich von Felicidad weg, während sie sie anzündete. Dann inhalierte sie tief, blies den Rauch aus, wobei sie sich wieder etwas abwandte, und nickte.

»Ich könnte wetten, das wird ein richtig heißer Sommer«, sagte sie und beschrieb mit der freien Hand einen weiten Kreis, als ob sie so die Größe des bevorstehenden Sommers aufzeigen wollte.

»Hm.« Felicidad tastete nach ihrer Handtasche. Der Wunsch, sich die Sonnenbrille aufzusetzen und sich zu verstecken, war so stark, dass sie die Zähne zusammenbeißen musste, um sich nicht von ihm überwältigen zu lassen. Sie spürte Inés' Blick auf ihr. Irgendwas hatte sie noch gesagt über diesen großartigen Sommer, der sie erwartete, aber sie hatte nicht zugehört.

»Alles in Ordnung?«

»Ich habe gelogen«, sagte sie, und allen Mutes zum Trotz raste ihr Puls. Ihre neue Bekannte runzelte die Stirn und sah sie fragend an. »Ich hatte keine Bindehautentzündung. Ich hatte Angst, dass mir jeder ansehen könnte, was ich für eine schlechte Mutter bin.« Und so erzählte Felicidad ihr von der Depression und den Ängsten, die sie seit so langer Zeit in ihren Klauen hielten und aus denen sie sich endlich endgültig befreien wollte, und von den Gründen, zumindest denen, von denen sie nun glaubte, sie wären ganz ursprünglich dafür verantwortlich. Auf eine ganz überraschende Weise fühlte es sich befreiend an, ihre Geschichte zu erzählen, einer neutralen Person, nicht Manuel oder *Doctor* Rubio, der gleich mit dem Seziermesser jeden Satz in die Einzelteile seiner verborgenen Bedeutungen zerlegte.

»Ich wurde adoptiert, als ich drei war oder so. Die einzige Erinnerung an meine Eltern ist ein schemenhafter wiederkehrender Albtraum von Feuer und Rauch, und als ich vor ein paar Wochen in diese Gasexplosion auf der Rambla geriet ... Uns ist nichts passiert«, beruhigte sie Inés, die erschrocken die Hand vor den Mund schlug. »Ich fühlte mich in jenen Moment zurückversetzt, in dem ich meine Eltern verloren haben musste. Es war eine Zugexplosion, und ich bin ziemlich sicher, dass sich das Unglück in Frankreich ereignet hat. 1943, irgendwann in den Monaten vor September, denn in dem Monat kam ich zu meinen ... neuen ... Eltern.« Ainhoa und Eusebio. Seit ihre Adoptiveltern sie nach Nereas Tod rausgeschmissen hatten, hatte sie nicht mehr mit ihnen gesprochen. Inés legte ihre Hand auf Felicidads Arm, und diese Berührung fühlte sich an wie eine beruhigende Salbe auf einer juckenden Wunde. Im Hintergrund jagte Oscar lachend zwei Tauben über den Spielplatz und aus einem der geöffneten Fenster flogen der Geruch nach gebratenen Zwiebeln und Knoblauch und ein fröhliches spanisches Hitparadenlied zu ihnen.

»Es ist schon seltsam«, sagte Felicidad. »Es ist so lange her, man könnte meinen, ich sollte mich damit abgefunden haben. Und dennoch verfolgt mich dieses Fehlen meiner Wurzeln mal mehr, mal weniger stark. Ich würde so gern wissen, was damals passiert ist. Manchmal denke ich, dass ich erst dann wirklich Frieden finden werde.« Wie hochgestochen das klang. Als ob Krieg herrschen würde in ihr drin.

Inés zuckte mit den Schultern und hob warnend den Zeigefinger in Richtung Juan Carlos, der einer der Tauben seine Schaufel nachgeschmissen hatte. »Strebt der Mensch nicht automatisch nach Gewissheit und Vollständigkeit? Ich kann dich gut verstehen. So paradox es klingt, dieses Fehlen, dieses Nichts ist wie eine schwere Kette, die dich davon abhält, loszufliegen.« Wie auf Kommando flatterten die beiden Tauben davon, wohl endgültig genervt vom Drangsalieren der Kinder, und Felicidad musste leise lachen.

»Ich würde dir gern helfen«, fuhr Inés fort. »Aber du hast schon echt wenig Anhaltspunkte, dessen bist du dir bewusst, oder?«

Felicidad presste die Lippen aufeinander. Manuel hatte recht. Inés hatte recht. Der Strohhalm war so furchtbar dünn. In ihrem Hinterkopf formte sich eine Idee, die ihr im ersten Moment so gar nicht zusagen wollte, aber je länger sie darüber nachdachte, umso sicherer wurde sie, dass sie ihr nachgehen musste.

Juan Carlos kam auf seine Tante zugetrottet, die Unterlippe zitternd vorgeschoben, die Wangen vor Müdigkeit gerötet. Inés ging in die Knie und umarmte ihn. »Zeit für Mittagessen und *siesta*, nicht wahr? Uh, und frische Windeln!« Sie lachte, wühlte in ihrer Handtasche und fischte einen Notizblock und einen Stift hervor. »Das ist meine Telefonnummer. Ruf mich an, wenn du einen Schlachtplan hast.«

Seit bestimmt einer Stunde schlich Felicidad um das Telefon herum. Öffnete die Fenster, um frische Luft atmen zu können, schloss sie wieder, weil nur Schwüle ins Zimmer drang. Öffnete eins davon wieder, um eine dicke Schmeißfliege rauszuscheuchen, die wieder und wieder gegen die Scheibe flog, bumm, bsss, bumm, bsss, bumm, sie trieb sie in den Wahnsinn. Sie brauchte Ruhe für diesen Anruf. Oscar schlief seinen Mittagsschlaf, eine gute Stunde hatte Felicidad noch Zeit, aber so lange hatte sie nicht vor, zu reden.

»*Buenos días*«, murmelte sie die Begrüßung vor sich her, räusperte sich, befahl sich Stärke und Sicherheit. »Lange nicht geredet.« Nein, das klang schrecklich. Wie sie wohl reagieren würden? Würden sie ihr zuhören oder gleich wieder auflegen?

Sie zog an einem Nagelhäutchen, riss es ab, ein kurzer, brennender Schmerz, aber die Wunde war zu oberflächlich, um wirklich zu bluten. Dann fuhr sie mit demselben Finger den großen gelben Blumen auf dem orangefarbenen Tischtuch nach und griff kurzentschlossen nach dem Telefonapparat. Der schwarze Hörer lag schwer in ihrer schwitzigen Hand. Sie drehte die Wählscheibe, eine Nummer nach der anderen, so wie die Auskunft sie ihr durchgegeben hatte. Als das Freizeichen erklang, schlang sie ihren Finger in die Spirale des Kabels, einfach, um sich festzuhalten. Es tutete und tutete, und sie wusste immer noch nicht, was sie sagen sollte.

»*Diga*? Wer ist da?«

Sie wusste immer noch nicht, was sie sagen sollte.

»Hallo?«

Die Stimme klang alt, irgendwie älter, als sie erwartet hätte, aber es waren eben doch fast zwanzig Jahre vergangen.

»Ainhoa«, presste Felicidad schließlich heraus.

»Wer spricht da?«

Sie konnte ihre Adoptivmutter regelrecht vor sich sehen, wie sie im Wohnzimmer neben der Kommode stand, auf der das Telefon platziert war, die blonden Haare wahrscheinlich mittlerweile ergraut, aber so, wie sie auf ihr Erscheinungsbild achtete, ließ sie sie bestimmt färben. Sicher trug sie eine Perlenkette oder -brosche, und das Kostüm – pastellfarben – endete akkurat eine Handbreite unter dem Knie. Erst wenn sie entschieden hatte, ob die Person am anderen Ende der Leitung es wert war, ein paar Minuten ihrer Zeit zu bekommen, setzte sie sich in den Sessel neben der Kommode, die Knie aneinandergepresst, die Beine leicht seitlich abgewinkelt, der Rücken gerade, als wäre ihre Wirbelsäule ein verdammter Stock. Würde sie stehen bleiben oder sich hinsetzen?

»Ich bin es. Felicidad.« Sie hörte den regelmäßigen Atem Ainhoas, so gar nicht überrascht, erstaunt, glücklich oder entsetzt. Mehr so, als ob sie überlegen müsste, wen mit diesem Namen sie kannte.

Felicidad schlang das Kabel noch fester um ihren Finger. »Bitte, leg nicht auf«, sagte sie.

»Felicidad«, bekam sie zur Antwort. »Es ist lange her.«

»Ja, das ist es.«

»Bist du noch in Madrid?«

Felicidad kniff die Augen zusammen. »Woher ...«

»Wir wurden des Öfteren auf Zeitungsartikel von dir hingewiesen. Du hättest ruhig deinen Namen ändern können, deine rote Gesinnung hat für großen Gram bei deinem Vater gesorgt.«

Darauf wollte sie jetzt ganz bestimmt nicht eingehen. »Wie geht es Eusebio? Wie geht es dir, Ainhoa? Geht es euch ... gut?« Gott, wie konnte es sein, dass sie sich wieder wie ein kleines Mädchen fühlte, imperfekt und unverstanden?

»Mir geht es gut, danke der Nachfrage.« Es raschelte kurz in der Leitung. Hatte sie sich etwa hingesetzt? »Dein Vater erlitt leider vor zwei Jahren einen Schlaganfall und ist seitdem stark pflegebedürftig.«

»Das tut mir leid«, flüsterte Felicidad, ehrlich mitgenommen.

»Aber ich bin mir sicher, dass du nicht nach fast zwanzig Jahren anrufst, um dich nach unserer Gesundheit zu erkundigen. Was brauchst du? Geld? In politischen Belangen wirst du von uns keinerlei Unterstützung erhalten, wie du dir vorstellen kannst.« Nein, sie hatte sich nicht hingesetzt, Felicidad konnte hören, wie die Absätze ihrer Hausschuhe auf dem Parkett klackerten, während sie anscheinend vor der Kommode auf und ab ging. Sie konnte die Maserung des gebohnerten Holzbodens vor sich sehen, der sie früher mit dem Finger durch die ganze Wohnung gefolgt war, und auf einmal hatte sie den Duft der Sonntagssuppe in der Nase, sah die glänzenden Fettaugen, den Fleischklops und das Lorbeerblatt, das Glück bringen sollte, wenn man es in seinem Teller wiederfand.

»Nein«, sagte sie und schüttelte den Kopf, obwohl Ainhoa sie natürlich nicht sehen konnte. Es war mehr, um die Bilder loszuwerden. »Ich brauche kein Geld und ich bin schon lange nicht mehr politisch ...« Durch den Spalt der leicht geöffneten Tür zum Kinderzimmer drang Oscars schläfriges Gequengel. Nicht jetzt, nicht jetzt, nicht jetzt, betete Felicidad, aber schon wuchs das Jammern zu einem herzzerreißenden Geschrei heran.

»Bitte entschuldige mich kurz, Ainhoa, ich muss nur ... Leg nicht auf. Bitte. Ich muss dringend mit dir sprechen.« Ohne die Antwort abzuwarten, legte sie den Hörer auf den Tisch und rannte zu Oscar. Der Schnuller, er war durch die Gitterstäbe auf den Boden gefallen. Sie wischte ihn ab und steckte ihn zurück in Oscars Mund, der sofort schmatzend daran nuckelte, sich mit den Fäusten die Augen rieb und fast augenblicklich wieder einschlief.

»Ainhoa?«, fragte sie vorsichtig, als sie den Hörer wieder aufnahm.

»Du bist Mutter geworden?« Die Stimme ihrer Adoptivmutter klang weicher als noch eben. Im Grunde war sie jetzt Großmutter.

»Ja«, sagte Felicidad. »Oscar. Er wird bald zwei. Ihn zu haben, hat mir wieder vor Augen geführt, dass ich mehr über meine Herkunft erfahren muss. Deswegen rufe ich an, Ainhoa. Ich weiß, es ist lange her und es ist nicht gut gelaufen zwischen uns. Aber kannst du mir etwas, irgendetwas sagen, was mir helfen könnte, Informationen zu meinen El... leiblichen Eltern zu finden?« Am anderen Ende der Leitung herrschte Stille. »Ainhoa?«, wisperte Felicidad. »Es war nie eure Schuld gewesen. Ich konnte mich nicht auf euch einlassen und damit habe ich euch sehr wehgetan. Es tut mir leid. Um diesen Fehler nicht bei meinem Kind zu wiederholen, muss ich wissen, wo ich herkomme. Wer ich bin. Kannst du das verstehen? Kannst du mir verzeihen und mir helfen?« Sie presste die Augen zusammen, um die Tränen zurückzuhalten, und wartete.

»Ich muss mich kurz setzen«, sagte Ainhoa schließlich mit etwas zittriger Stimme, dann seufzte sie tief auf. »Ach, Felicidad ... Ich hatte mir meine Mutterschaft so anders vorgestellt und wünsche dir, dass du es besser machen wirst. Du konntest dich vielleicht nicht auf uns einlassen, wir uns aber auch nicht auf dich. Wenn es dir hilft, etwas über deine leiblichen Eltern zu erfahren, versuche ich dir zu helfen, aber tatsächlich kann ich dir nicht viel mehr erzählen als das, was du bereits weißt.«

»Jedes Detail könnte hilfreich sein.«

»Nun gut. Du wurdest im September 1943 von einer spanischen Ordensschwester am Bahnhof von Bayonne gefunden, in Frankreich, allein, verletzt, du konntest keine Auskunft über deine Eltern geben, hattest keine Papiere bei dir, kanntest nur deinen Vornamen. Wie mir gesagt wurde, hielt sie dich wohl für ein jüdisches Mädchen, dessen Eltern wahrscheinlich in irgendeinem Lager saßen. Um dich vor demselben Schicksal zu bewahren, hat sie dich nach Spanien geschmuggelt und in ihrem Konvent in der Nähe von San Sebastián untergebracht.«

»Meine Eltern waren Juden?«, fragte Felicidad ungläubig und fragte sich gleichzeitig, warum sie automatisch die Vergangenheitsform verwendete. »Ich bin Jüdin?«

»Nein«, antwortete Ainhoa streng. »Wir haben dich im katholischen Glauben erzogen. Du bist Christin. Und was deine Eltern angeht – das ist nur eine Vermutung. Ich habe ihr nie recht geglaubt. Es hat gedauert, bis du anfingst zu sprechen, aber du kanntest zumindest das Vaterunser.«

»Wie bin ich dann zu euch gelangt?« Sie musste den schweren Hörer von der linken in die rechte Hand wechseln.

»Du erinnerst dich vielleicht an meinen Einsatz im christlich-sozialen Bereich. Das tust du bestimmt, du durftest mich ja oft genug begleiten. Ich kannte die Oberinnen der meisten Konvente im Baskenland, und die wiederum wussten, dass wir auf der Suche nach einem Kind waren, das wir adoptieren konnten. Weißt du, wir waren fehlgeleitet gewesen in unserer Suche. Wir wollten ein Kind, das perfekt zu uns passte, statt eines bei uns aufzunehmen, das unsere Hilfe brauchte. Deswegen hatten wir mehrere Kinder abgelehnt, aber als wir von dir hörten – Felicidad, Glück, Freude –, da waren wir sicher, dass es stimmen würde. Vielleicht hat Gott uns für unseren Egoismus bestraft.« Den letzten Satz sprach sie sehr nachdenklich aus, und Felicidad wagte nicht, die Stille, die darauf folgte, zu unterbrechen. Dann schien Ainhoa ihre Schultern wieder zu straffen, der Moment der Schwäche vorbei, denn sie sagte resolut: »Das ist alles, was ich dir sagen kann. Oder warte: Du hast in den ersten Monaten kaum gesprochen, wie ich schon sagte. Als du anfingst, den Mund zu öffnen, war es ein schrecklicher Wirrwarr aus Französisch, Spanisch und Katalanisch. Du hattest sehr oft Albträume, aber ich erinnere mich nicht mehr ...«

»Feuer und Rauch«, unterbrach Felicidad sie leise. »Feuer und Rauch.«

Sie hatte Ainhoa noch gefragt, ob sie ihnen ein Bild von Oscar schicken sollte, aber ihre Adoptivmutter hatte abgelehnt.

»Uns verbindet nichts mehr als ein paar unschöne Erinnerungen«, hatte sie gesagt, sehr sachlich. »Dieses Gespräch hat mich ein bisschen mit unseren Fehlern und Fehlverhalten versöhnt. Lass es ein würdiger Abschluss unserer Beziehung sein, Felicidad.«

Es tat nur ganz kurz weh, so wie vorhin das Abreißen des Nagelhäutchens, ein kurzes Brennen, aber kein Blut, ein Stich des Bedauerns, aber keine Wehmut. Es hieß, nach vorn zu schauen. Und es galt, mehreren Hinweisen nachzugehen.

Sie war verletzt gewesen in jenem September, also konnte das Unglück nur wenige Tage zuvor stattgefunden haben.

Vielleicht waren ihre Eltern Juden gewesen. Sie würde sich über Lager informieren.

Und sie hatte katalanisch gesprochen. Wie hatte sie das vergessen können? Die Sprache erwachte zwar langsam aus ihrem Dornröschenschlaf, man hörte und las sie immer öfter auch im täglichen Leben, aber sie hatte keinen Bezug dazu herstellen können. So oder so könnte es die Suche weiter einschränken. Am liebsten hätte sie sofort erneut zum Telefon gegriffen, um Inés ihre Ausbeute mitzuteilen, aber Oscar erwachte endgültig aus seiner *siesta*.

KAPITEL 10

Der letzte Tropfen war zu viel

Barcelona, Mai 1976

Manuel!«, rief Lucía. »Wie schön, Sie wieder einmal zu sehen! Sind Sie mir etwa untreu geworden?« Sie zwinkerte ihrem Stammkunden zu. Er hatte bestimmt seit drei, wenn nicht sogar seit vier Wochen keine Blumen mehr bei ihr gekauft. Mit dem Frühling waren neben seinem Mantel auch ein paar Kilos verschwunden, da war sie sich sicher. Allgemein sah er gelöster aus als noch vor zwei Monaten.

»Wie könnte ich der schönsten Blumenfrau Barcelonas untreu werden?«, erwiderte der Mann gespielt erbost und lachte anschließend. »Sehen Sie sich doch an, Sie strahlen heller als die Sonne.«

»Sie sind wirklich ein unverbesserlicher Charmeur, Manuel!«, Lucía wandte sich ab, damit er nicht sehen konnte, wie ihre Wangen heiß wurden. Er wäre der Typ Mann, den sie sich für ihre Tochter gewünscht hätte, nicht so einen großspurigen Prahlhans wie Gabriel. Und ja, möglich, dass sie strahlte, aber nicht etwa vor Freude, sondern sie strahlte wie eine Glühbirne, die mal mit mehr, mal mit weniger Elektrizität versorgt wurde, je nach Grad der aktuellen Nervosität, die mal mehr, mal weniger angenehm war. Sie hatte Agustín immer noch nichts von den Vorkommnissen des letzten Montags erzählt, natürlich genauso wenig wie von der Tatsache, dass mittlerweile zwei Frauen und ein kleiner Junge in der Wohnung über dem Blumengeschäft lebten. Sie wusste noch nicht, ob sie damit etwas Gutes oder etwas Dummes getan hatte, auch wenn der Gedanke, den Frauen damit zu helfen, eher in Richtung gut ausschlug.

Estefania und ihr kleiner Sohn José lebten nun seit vier Tagen in Raquels Wohnung, zusammen mit Brígida, die ebenfalls um Schutz gebeten hatte. Schutz, sie boten doch keinen Schutz, nur eine kleine Verschnaufpause vor der Willkür und der Gewalt ihres Alltags, zum Preis des Versteckens. Ihre Ehemänner hatten sie benachrichtigt, ohne ihnen zu sagen, wo sie sich befanden und wann sie gedachten, zurückzukehren. Die Angst, dass sie sie finden könnten, die Angst vor den Konsequenzen stand den Frauen pausenlos ins Gesicht geschrieben, und Lucía musste sich fragen, ob es das wirklich wert war, ob es wirklich so schlimm war oder ob man nicht einfach aushalten musste. Den Stolz runterschlucken und sich mit seiner Rolle zufriedengeben. Die Zeit würde Änderungen bringen, das tat sie immer. Der Fluss der Zeit stand schließlich niemals still, und was sich bewegte, veränderte sich.

Manuel schien ihre kurze Abwesenheit nicht bemerkt zu haben. »Ich würde nie freiwillig unseren wöchentlichen Plaudereien fernbleiben, glauben Sie mir, Lucía. Aber ich habe Ende März firmenintern eine neue Stelle angetreten, ein kleiner Aufstieg, sozusagen, und mein neues Büro befindet sich leider nicht mehr in der Nähe der Rambla.«

»Das sind wunderbare Neuigkeiten!«, rief sie und schlug freudig ihre Hände zusammen. »Ich hoffe, auch Ihrer Frau geht es gut mit ihrer Verstimmung? Besser zumindest?« Auf einmal sah er ganz bedrückt aus und Lucía hätte die Frage gern zurückgenommen. Ihr war doch nichts passiert? Aber wieso sollte er sonst Blumen kaufen wollen?

»Erinnern Sie sich an die Gasexplosion vor sechs, sieben Wochen?«

»Wie könnte ich die vergessen!«, sagte Lucía, und selbst bei der Erinnerung durchfuhr sie ein kalter Schauer. »Was für ein fürchterlicher Schreck, sogar hier hat alles gewackelt, dabei sind wir bestimmt hundert Meter entfernt. Ein wahres Glück, dass keine Menschen zu Schaden kamen.« Die zum Teil sehr alten Gasleitungen in diesem Bezirk der Stadt stellten ein großes Problem dar; durch den immer rascher zunehmenden Verkehr und den entsprechenden Erschütterungen bildeten sich immer wieder mal Risse, durch die das Gas austrat und sich im schlimmsten Fall entzündete.

»Wissen Sie, an jenem Tag war ich mit meiner Frau und unserem Sohn auf dem Weg zu Ihnen, und wir sind geradewegs in die Explosion geraten. Meine Frau ist leider, was solche ... Ereignisse angeht, etwas traumatisiert. Sie weigert sich seitdem, die Rambla zu betreten.«

»Das tut mir furchtbar leid!« Lucía hielt sich die Hand vor den Mund. Was die arme Frau wohl hat erleiden müssen? »Ich hätte sie sehr gern mal kennengelernt. Ich habe ja auch ein Geschäft an der Meridiana, aber dort bin ich nur selten; meine sehr fähige Angestellte führt es.«

»Das ist gut zu wissen, dennoch werde ich weiterhin lieber bei Ihnen persönlich kaufen, und meine Frau, nun ja, sie wird sich weiterhin nur an Ihren Blumen statt an Ihrem herzlichen Wesen erfreuen können, und selbst das seltener, nun da ich nicht mehr in der Nähe arbeite. Aber heute ist unser Hochzeitstag, der elfte schon, und da muss es natürlich ein besonderer Strauß sein!«

Schon kurz nachdem Manuel den Stand mit einem wunderbaren Blumenstrauß verlassen hatte, tauchte Raquel auf, um die Blumen in den Lieferwagen zu laden und ins Geschäft zu fahren.

»Ich werde danach noch einkaufen müssen«, sagte die junge Frau. »Wir müssen eine Lösung finden für die Verpflegung; Brígida und Estefania stehen keine Mittel zur Verfügung.« Etwas zu ruckartig packte sie den Eimer mit den restlichen Freesien, Wasser spritzte ihr auf die Hose und sie fluchte verhalten.

»Ist alles in Ordnung?«

»Sicher doch«, antwortete Raquel kurzangebunden und wuchtete den Eimer mit den fertig gebundenen kleinen Sträußen in den Wagen. Dann drehte sie sich zu ihr um. »Nein, es ist nicht alles in Ordnung«, gestand sie nun. Lucía runzelte die Stirn und wartete, während ihre Angestellte nach den passenden Worten zu suchen schien, was schon ungewöhnlich war.

»Heute ... nun, heute kamen zwei Frauen in den Laden. Sie ... sie haben wohl von einer der Frauen, denen wir am Sonntag geholfen haben, gehört, dass wir ... eine Art Zufluchtsort bieten. Sie brauchen Hilfe. Und ich habe ihnen angeboten ...« Sie stampfte einmal kurz mit dem Fuß auf, als ob sie damit den Knoten in ihrer Zunge lösen wollte, der sie stottern und zögern ließ. »Es tut mir leid, Lucía. Ich befürchte, dass der Stein, den wir ins Rollen gebracht haben, sich verselbstständigt hat. Ich kann diese Frauen in Not einfach nicht abweisen. Aber wenn das nicht in Ihrem Sinne ist, werde ich natürlich eine andere Lösung suchen, es gibt bestimmt ...«

»Die Wohnung ist groß genug?«, unterbrach sie Lucía. Raquel nickte. »Solange deine Arbeit nicht darunter leidet und der Platz reicht, hast du freie Hand.« Es war schließlich nichts Schlimmes daran, zu helfen, nicht wahr?

Raquel sprang auf sie zu wie ein Kind, das sich für ein Geschenk bedanken wollte, und umarmte sie. »Ich wusste, dass tief in Ihnen drinnen eine Feministin steckt!«

Auch sie musste noch einkaufen und dachte in den Minuten, in denen sie die Taschen in den dritten Stock hochschleppte, an Agustíns Angebot, eine Haushälterin einzustellen, die sich um die Sauberkeit kümmerte, Essen kochte und natürlich auch alles Notwendige dafür besorgte, aber Lucía hatte entsetzt den Kopf geschüttelt. Hatte sie bislang nicht immer alles selbst geschafft? Aber heute war sie so müde, dass der Gedanke unglaublich verlockend war. Die elektrische Aufladung, die sie den ganzen Tag so stark gespürt hatte, war nur noch ein schwaches Flackern, und am liebsten hätte sie sich einfach gleich hingelegt. Würde sie allein wohnen, hätte sie das wohl auch getan, aber nun hatte sie einen Mann und ein Kind satt zu bekommen.

»*Señora* Flores!«

Lucía sah auf. Resolut mit den Fäusten in die Hüfte gestemmt stand die Nachbarin vom zweiten Stockwerk in ihrem geblümten Hauskittel vor ihr. Aus der offenen Tür wogte der Geruch nach gebratenen Zwiebeln und Kartoffeln.

»*Señora* Hernández«, murmelte sie und verzog das Gesicht zu einem, wie sie hoffte, freundlichen Lächeln.

»Das geht so nicht mehr!«, keifte die ältere Dame. »Jeden Nachmittag dieses Gefiedel, Sie sollten dafür sorgen, dass die junge Dame einer anderen Tätigkeit nachgeht nach der Schule. Sticken oder Gedichte schreiben, Hauptsache, dieser Lärm hört auf!«

Lucía lauschte und seufzte. Die wohlklingende Melodie, die Celia ihrem Cello entlockte, strömte leise und dunkelblau wie ein langsam fließender Fluss durch das Treppenhaus. »*Señora* Hernández, ich entschuldige mich. Die Musik bedeutet dem Mädchen sehr viel, wie sollen wir sie ihr da verbieten? Genießen Sie sie doch einfach.« Und damit ließ sie die Nachbarin stehen, wohl wissend, dass der Genuss gleich vorbei sein würde.

Bevor sie die Wohnungstür aufschloss, verweilte sie noch für einen Augenblick in der wohligen Harmonie der Musik. Dann trat sie ein, rief »*Hola*!, Hallo!«, und von einer Sekunde auf die andere verwandelte sich das Spiel in eine schlammfarbene, wild spritzende Brühe, die die Gehörgänge verdreckte. Lucías Seufzer schmerzte in der Brust, so tief war er. Einfach mal einen Abend Ruhe …

Sie lauschte, aber Agustín schien noch gar nicht von der Arbeit zurückgekehrt zu sein, also klopfte sie beim Vorbeigehen zweimal hart gegen die Tür. Die Folter ging einfach weiter. Es juckte in ihren Fingern, Gebrauch von ihrer Autorität als Erwachsene zu machen, aber dann wiederum wusste sie nur zu genau, dass Agustín dafür kein Verständnis hatte.

Ihre Absätze klackerten schwer auf dem cremefarbenen und rostroten Mosaik, das die Bodenfliesen bildeten. Ohne Rücksicht auf den Inhalt ließ sie die Einkaufstaschen auf den Boden plumpsen und stützte sich am Küchentisch ab. Dabei fiel ihr Blick auf die Post, die Celia aus dem Briefkasten genommen haben musste. Einer der Umschläge lag in einer Wasserlache neben einem halb vollen Glas. Obwohl sie fast gänzlich verschwommen war, erkannte Lucía Julias Schrift sofort und sie zog mit einem kleinen Aufschrei das Papier aus der Pfütze. Es war so nass, dass es sofort zerriss und eine bunte Postkarte zum Vorschein kam. *Buenos Aires* stand in der linken Ecke des Bildes.

»Nein!«, rief Lucía und legte sie mit zitternden Fingern auf ein Küchentuch, klappte es um, um beide Seiten möglichst schonend zu trocknen, doch als sie die Postkarte wieder herausnahm und umdrehte, war sie kaum mehr leserlich.

Liebste ...
Ich ... dir ... Buenos Aires.
... gefällt
Habe ... kennengel... Schön ... Adresse:
Francisco del M...
... 48 1-3

Lucía hielt die Postkarte unter die Lampe, ins Licht der Abendsonne, das durch das Wohnzimmerfenster hereinfiel, aber den Rest des Geschriebenen hatte das Wasser unwiderruflich gefressen. Endlich eine Adresse von Francisco, und nun das! Sie ballte die Hände zu Fäusten und presste sie an ihre Stirn, die auf einmal zu glühen schien, genau wie die Wut in ihren Eingeweiden. Erst jetzt realisierte sie, dass in der Wohnung eine ungewohnte Stille herrschte. In einer schnellen Bewegung drehte sie sich um und erwischte gerade noch den hämischen Ausdruck auf Celias Gesicht, bevor sich das Mädchen umdrehte und in ihr Zimmer rannte.

»Celia!«, schrie Lucía und setzte ihr nach. »Du verdammter Albtraum, du kleines Miststück, du elende Intrigantin ...« Sie wusste gar nicht, wo diese Bezeichnungen herkamen, schreckliche Worte, wahrscheinlich aus der tiefsten Tiefe ihrer verletzten Seele. Das Mädchen schlug ihr die Tür vor der Nase zu, aber noch bevor es den Schlüssel umdrehen konnte, hatte Lucía den Handknauf gedreht und stürmte ins Zimmer.

»Wie konntest du das tun!«, rief sie und baute sich vor Celia auf, die auf ihrem Stuhl saß, das Instrument wie ein Schutzschild zwischen ihren Beinen. »Du bist nicht die Einzige, die geliebte Menschen verloren hat; ich nehme dein vermaledeites Gequietsche hin und verteidige dich sogar noch vor den Nachbarn, wenn sie sich beschweren, und du gönnst mir nicht einmal eine Postkarte von meinem Sohn!« Mit einem beinahe teuflisch zufriedenen Grinsen spielte Celia eine schauerlich falsche Tonfolge, als hätte sie nur auf das Stichwort gewartet, dann noch eine und noch eine, mit einer kaum zu bremsenden Wut presste sie die Finger auf die Saiten, irgendwohin, schien es Lucía, Hauptsache falsch.

»Hör endlich auf!«, schrie sie und packte den Bogen, riss ihn Celia aus der Hand und warf ihn aufs Bett. Das Mädchen erstarrte, dann drang ein Laut aus seiner Kehle, als hätte Lucía ihm den Arm abgerissen, und es verzog sein Gesicht zu einer Fratze, die gleichzeitig Schmerz und Ungläubigkeit und etwas anderes, Furchtbares, ausdrückte, und Lucía kroch die Angst durch die Knochen.

»Ich hasse dich«, flüsterte Celia ihre ersten Worte seit dem Tod ihrer Mutter. »Ich hasse dich.« Lucía wollte sich entschuldigen, sie war doch nur ein Kind, das um irgendetwas kämpfte, selbst wenn sie nicht wusste, was es war – Aufmerksamkeit, Liebe, Rache, Verständnis –, aber die Worte kamen nicht über ihre Lippen. Rückwärts verließ sie das Zimmer, ohne den Blick von den glühenden Augen nehmen zu können, stieß gegen den Türrahmen, drehte sich um und rannte ins Wohnzimmer.

Sie hörte die Wohnungstür aufgehen und ins Schloss fallen.

»Mercè! *Estoy en casa*, ich bin zu Hause!«

Sie wusste nicht, wie lange sie auf dem Sofa gesessen hatte, den Kopf in den Händen verborgen, die Arme auf die Knie abgestützt, aber als sie aufsah, fraß die graue Dämmerung gerade die letzten Reste des goldenen Abendlichts, das auf die Tapete des Wohnzimmers fiel.

»Mercedes?«

In diesem einen Bruchteil eines Moments störte sie die Tatsache, dass er sie nach wie vor bei ihrem alten Namen nannte, so sehr wie noch nie, und dann war der Moment vorbei, es war nur ein Name, er hatte sie damit kennengelernt, was spielte es denn für eine Rolle. Anderes war wichtiger.

»Warum ist es so dunkel? Mercè?« Agustín trat ins Wohnzimmer und knipste das Licht an. Lucía blinzelte in die Helligkeit. »Hast du geschlafen? Geht es dir nicht gut?« Und dann runzelte er die Stirn, machte einen Schritt aus dem Zimmer, als wollte er in den Flur gehen. »Ist Celia nicht da?« Ja, es herrschte Ruhe, herrliche Ruhe.

»Agustín«, hielt sie ihn auf, bevor er in das Zimmer seiner Tochter gehen konnte, und er trat zögerlich zum Sofa, setzte sich in den Sessel gegenüber, als würde er sehr wohl spüren, dass etwas vorgefallen war.

»Celia und ich ... wir hatten eine kleine Auseinandersetzung.« Und in kurzen Worten erklärte sie ihm die Sache mit der Postkarte, wie sehr sie darauf gewartet hatte, endlich eine Adresse von Francisco zu erhalten, damit sie anständig mit ihm kommunizieren konnte, wie wütend sie über Celias Streich geworden war, der gar kein unschuldiger Kleinmädchenstreich war, wie er es immer bezeichnete, sie war kein kleines Mädchen mehr, sondern wusste ganz genau, was sie tat, und da hatte sie die Beherrschung verloren und sie angeschrien.

»Sie hat geredet, Agustín«, fügte sie hinzu. Sein Gesicht, eben noch ernst, hellte sich auf und verdunkelte sich sofort wieder, als sie den Kopf schüttelte. »*Ich hasse dich*, hat sie gesagt. Sie hasst mich. So sehr, dass sie dafür ihr Schweigen aufgegeben hat.

Warum, Agustín?« Ihre Kehle war so eng von der Anstrengung, die Tränen zurückzuhalten, dass sie die Frage mühsam herauspressen musste. »Ich ... will ihr ... nichts ... Böses«, presste sie weiter und glaubte, zu ersticken.

Agustín setzte sich neben sie und strich ihr tröstend mit der Hand über den Rücken, feinfühlig und zart. »Ich rede gleich mit ihr«, sagte er, »du hast dich bestimmt verhört«, sagte er, »sie braucht einfach Zeit.« Seine Hand fühlte sich auf einmal furchtbar schwer an, aber als er sie wegnahm und aus dem Zimmer ging, fühlte sie sich, als wäre etwas vorbei. Sie sollte aufstehen und das Abendessen vorbereiten. Die Wanduhr verriet ihr, dass es tatsächlich bereits neun Uhr war, aber sie konnte sich gar nicht bewegen. Wie viel Zeit sollten sie Celia denn noch geben, um sich an die neue Situation zu gewöhnen?

Sie hörte Agustíns aufgeregte Stimme, aber verstand kein Wort; er hatte die Tür zu Celias Zimmer hinter sich geschlossen, aber jetzt riss er sie auf und kam ins Wohnzimmer gestürzt. In der Hand hielt er den Cellobogen. Er war in der Mitte auseinandergebrochen.

»Was hast du gemacht, Mercedes?«

Verwirrt blickte sie zwischen dem Bogen, der wie ein lebloses Tier in seiner Hand baumelte, und seinem grauen Gesicht hin und her. »Ich habe ...«

»Wie konntest du? Dieses Instrument ist das Wichtigste für sie, ist ihr Trost und ihre Erinnerung, und du machst es kaputt?«

»Das war ich nicht«, verteidigte sich Lucía und stand auf. »Ich habe ihr den Bogen aus der Hand genommen und aufs Bett geworfen, aber in keinster

Weise würde es mir in den Sinn kommen ...« Sie hatte den Bogen doch nicht unabsichtlich kaputt gemacht? Aber dafür war er viel zu robust. Es gab nur eine Erklärung.

»Sie lügt also?«, rief Agustín. Hinter ihm tauchte Celia auf, mit verweintem Gesicht und sichtlich mitgenommen.

»Ja, sie lügt«, sagte Lucía bestimmt. »Merkst du nicht, wie sie dich die ganze Zeit manipuliert und deine Schuldgefühle ausnutzt? All diese Streiche, wie du sie nennst, die sind kein Spaß, die macht sie aus purer Bosheit, weil sie mich zermürben möchte. Sie treibt einen Keil zwischen uns, siehst du das nicht?«

»Du steigerst dich in etwas hinein. Sie ist zwölf Jahre alt! Zwölf! Sie hat ihre Heimat und ihre Mutter verloren, hautnah! Kannst du dich nicht ein klein wenig in sie hineinversetzen? Du, von allen, die das Gleiche durchgemacht hat?«, brüllte Agustín. Sie hatte ihn noch nie schreien gehört und das Geräusch schnitt wie ein heißes Messer durch sie hindurch. Es tat weh und gleichzeitig entzündete es ihre eigene Wut.

»Immer nimmst du sie in Schutz«, warf sie Agustín vor und hob ebenfalls ihre Stimme. Sollte die Nachbarin von unten doch jedes Wort hören, es war ihr egal. »Du schenkst ihr mehr Glauben als mir und stellst mich als hysterisch dar, eifersüchtig vielleicht sogar. Ist dir nie eingefallen, dass du dich damit mit ihr gegen mich verbündest? Auf diese Art werden wir es nie schaffen, eine Einheit zu werden. Eine Familie zu werden! Ich war trunken vor Glück, dich wieder gefunden zu haben. Aber das Glück ist vergiftet, und ich kann so nicht weitermachen, wenn du immer ihre Partei ergreifst. Ich kann so nicht weitermachen«, wiederholte sie leise, und die Konsequenz ihrer Worte hing wie klebriger Nebel zwischen ihnen. Sie versuchte ihn wegzuwischen, aber er ließ sich nicht mehr vertreiben.

»Was verlangst du von mir, Mercedes? Dass ich mich gegen mein Kind stelle? Sie ist alles, was mir von meiner Familie noch bleibt, und selbst wenn sie mich hasst, liebe ich sie und werde sie immer beschützen und in Schutz nehmen. Immer!«

»Ich verlange doch gar nicht, dass du dich ... dass du eine Entscheidung zwischen uns triffst. Sie ist es, die dich in die Richtung drängt. Ich möchte nur, dass du ihre Handlungen unter dem Gesichtspunkt hinterfragst. Nicht mehr.« Die Wut war erloschen, als ob jemand einen Eimer kalten Wassers darüber ausgeleert hätte, und sie war plötzlich einfach nur wieder müde. Müde und so unendlich traurig.

Leise sagte sie: »Vielleicht sind wir ja doch nicht für die Ewigkeit, Agustín. Vielleicht war es nur ein kurzer, schöner Traum.« Etwas, das hätte sein können und nun nie werden würde.

»Wenn es so ist«, sagte Agustín steif. Sie sah sehr wohl den Glanz in seinen Augen; es könnte Schmerz sein oder Empörung, Trauer oder Zorn. Sie konnte es nicht ausmachen, so als ob sie von einem Moment auf den anderen die Verbindung zu ihm verloren hätte.

Wo sollte sie hin? Agustín hatte nach ihrem Streit die Wohnung mit Celia zusammen verlassen; das Mädchen hatte, wie um ihren Sieg zu unterstreichen, das Licht im Wohnzimmer ausgeschaltet und sie damit im Dunkeln sitzen gelassen, und Agustín hatte nichts dagegen unternommen. Und so saß sie immer noch da, starrte an die Wand, an einen Punkt genau neben dem dramatischen Ölgemälde, das ihr noch nie gefallen hatte. Saß einfach da, kraft- und emotionslos, selbst ihre Gedanken rasten mit angezogenen Zügeln. War es das wirklich gewesen, nicht mehr als eine Illusion, die der Wahrheit des Alltags nicht standzuhalten vermochte? Oder hatten sie sich von Anfang an etwas vorgemacht? Nichts hielt ewig, egal wie sehr man es sich einzureden versuchte. Sie waren keine Kinder mehr, keine traumatisierten, heimatlosen Jugendlichen mehr, die sich gegenseitig Halt gaben mit kitschigen Versprechen. Und wo sollte sie jetzt hin? Wo sollte sie jetzt hin, wo? Sie hatte ohne lang zu überlegen einen Teil ihrer Unabhängigkeit aufgegeben, ihre eigene Wohnung, denn sie hatte an ihre Liebe geglaubt. Wie naiv von ihr. Jetzt stand sie da ohne Rückzugsort. Zu Luz konnte sie nicht; selbst wenn ihre Tochter gut genug schauspielern konnte, um ihre wahrscheinliche Genugtuung hinter einer Maske aus Mitgefühl zu verstecken – Gabriel brauchte sie nicht jeden Tag über den Weg laufen. Nach Cadaqués konnte sie natürlich auch nicht, sie hatte schließlich ein Geschäft am Laufen zu halten. Das Geschäft ... Sie hätte Raquel bitten können, ihr ein paar Tage Unterschlupf zu gewähren, aber nun war die Wohnung belegt mit Frauen, die weitaus größere Probleme hatten als sie.

Sie stand auf, langsam und unsicher, als hätte sie monate- oder sogar jahrelang auf dem Sofa gesessen, ein Dornröschen, das sich selbst in den Schlaf geträumt hatte und nun in einer neuen, fremden Ära aufgewacht war. Vor dem Fenster war es Nacht;

wenn sie hinabblickte, sah sie die hellen Kreise, die die Straßenbeleuchtung auf den Asphalt warf, und hin und wieder ein Auto, das vorbeifuhr. Eine Gruppe junger Männer spazierte in Richtung des Paseo de Gracia, ihr Gelächter flog zu ihr empor wie warme Luft, flog an ihrem Fenster vorbei und verlor sich irgendwo im dunklen Himmel.

Sie könnte einfach bleiben und warten, bis Agustín zurückkäme. Sich entschuldigen für den zerbrochenen Bogen, auch wenn sie ihn nicht kaputt gemacht hatte. Sich entschuldigen für die harschen Worte; vielleicht könnte sie einen harten Tag als Ausrede verwenden, Kopfschmerzen, Ärger mit einem Lieferanten, der sie aufgerieben hatte. Und einfach weitermachen wie bisher. Zähne zusammenbeißen und darauf warten, dass Celia sie akzeptieren würde. Dass Agustín ein Gleichgewicht fände. War es nicht das, was von ihnen, den Frauen, verlangt wurde? Nachzugeben, einzulenken, um Verzeihung zu bitten?

»Nein, verdammt!« Sie erschrak vor ihrer eigenen Stimme und trat einen Schritt von ihrem Spiegelbild zurück. Ihr Herz zögerte noch, voller Hoffnung auf eine Möglichkeit der Versöhnung, aber ihr Kopf wusste bereits, was zu tun war. Sie war eine unabhängige Frau. Sie musste sich für niemanden mehr verbiegen. Vielleicht waren Agustín und sie wirklich einem Trugbild aus unscharfen Erinnerungen erlegen. Vielleicht aber war es tatsächlich Liebe. Dann würden sie mit der Zeit eine Lösung finden, die für alle richtig war. Daran wollte sie glauben. Und dennoch weinte sie bitterlich, als sie ihren Koffer packte, um zu den anderen Frauen in die Wohnung über dem Blumenladen zu ziehen.

KAPITEL 11

Seelen, die einander suchen

Barcelona, Juni 1976

Der große Tag, der große Tag, der große Tag. Luz war flau im Magen, vor Aufregung, vor zu viel Feiern am Abend zuvor mit ihren Freundinnen und vor Mitleid mit ihrer Mutter, die sich alle paar Minuten mit dem Taschentuch die Augen abtupfte. Dabei konnte Luz nicht einmal sagen, ob Lucía vor Rührung weinte, vor Verzweiflung, weil Gabriel in wenigen Minuten ihr Schwiegersohn sein würde, oder weil sie an diesem speziellen Tag Agustín vermisste. Luz hatte ihn widerwillig auf die Gästeliste gesetzt und sehr erleichtert wieder davon gestrichen, als Lucía ihr vor zwei Wochen am Telefon geknickt gestanden hatte, dass sie aus seiner Wohnung ausgezogen war.

»Alles gut, Mutter?«, fragte sie leise und legte ihre Hand auf deren Arm. Als ob sie damit einen Schalter betätigt hätte, lächelte Lucía.

»Aber natürlich, *mi niña*, mein Mädchen. O Gott, darf ich das jetzt überhaupt noch sagen, wo du gleich eine verheiratete Frau sein wirst? Schau dich nur an, Luz.« Sie drehte sie so um, dass sie beide in den hohen Spiegel blicken konnte, Mutter und Tochter, Lucía fast einen Kopf kleiner als sie, das schulterlange Haar federig leicht geföhnt und mit viel Haarlack einbetoniert, den sie eigentlich hasste. Sie war dünn geworden, fand Luz, und auch Puder, Rouge und Lippenstift konnten nicht darüber hinwegtäuschen, dass sie müde war. Nicht körperlich, sondern seelisch. Für Ersteres gäbe es einfache Lösungen, für Letzteres ...

»Schau dich nur an«, wiederholte Lucía leise. »Wenn dich dein Vater jetzt sehen könnte, er wäre so stolz auf dich.«

Gern hätte Luz gefragt, welchen Vater sie denn nun meinte, Agustín, ihren leiblichen, oder Luís, den Mann, der sie großgezogen hatte. Stattdessen betrachtete sie sich stumm im Spiegel. Das weiße Flamencokleid mit den zarten langen Spitzenärmeln saß wie angegossen, schmiegte sich wie eine zweite Haut an ihren Oberkörper, an ihre Taille und Oberschenkel, bis es an den Knien in breite, weit schwingende Rüschen überging. Vorsichtig tanzte sie ein paar Schritte, hob anmutig die Arme über den Kopf.

»Wunderschön.« Lucía schüttelte den Kopf, als könnte sie nicht glauben, was sie sah: dass ihr kleines Mädchen wirklich erwachsen war. Luz sah genau, wie das Wasser in ihren Augen glänzte, aber dann straffte ihre Mutter den Rücken und hob den Kopf, als ob sie sich selbst in Tanzpose werfen wollte.

»Ich wünsche dir alles erdenklich Gute für deine Ehe, *hija mía*, meine Tochter. Auf dass ihr glücklich miteinander werdet. Dein Glück ist mir das Wichtigste.« Dann, ohne Vorwarnung, umarmte sie Luz und presste sie fest an sich, eine Geste des Abschieds und des Neuanfangs zugleich, und Luz quietschte:

»Mein Kleid, Mutter!«, und sie musste lachen, weil Lucía sie gar nicht mehr losließ, und auch, weil sie gerade zum ersten Mal das Gefühl bekommen hatte, dass ihre Mutter ihren Ehemann akzeptieren würde, und dies das größte Geschenk war, dass sie ihr heute machen konnte. Sie schlang ihre Arme um sie, das Kleid würde das schon aushalten, und sie verweilten in diesem innigen Moment, bis es an der Tür klopfte.

»Luz, Mutter?« Es war Miguel, der als männliches Familienoberhaupt seine Schwester zum Altar geleiten würde. »Das Auto wartet.«

Was für ein Fest!, dachte Luz und drehte sich an Gabriels Hand übermütig im Kreis, während Familie und Freunde ihren Tanz beobachteten und mitklatschten. Was war die kirchliche Trauung langweilig gewesen, bis der Geistliche endlich die ersehnten Worte gesprochen und sie zu Mann und Frau erklärt hatte. Aber nun waren sie alle in dem Hotel, in dem in Kürze das Hochzeitsmenü serviert und danach hoffentlich bis tief in die Nacht hinein ausgelassen gefeiert würde.

Noch einmal drehte Gabriel sie unter seinem Arm durch, dann endete das Lied und er verbeugte sich galant vor ihr. Ihr Mann. Ihr Ehemann! Luz befühlte ihre Wangen; sie strahlte nicht nur, sie glühte, vor Stolz, vor Freude, vor Liebe und ein bisschen wegen der zwei Gläser Sekt, die sie schon intus hatte.

»*Hermano*, Kumpel, ich fasse es nicht, du hast es wirklich geschafft!«, rief Gabriel da und zerrte Luz in Richtung eines hochgewachsenen Mannes, der mit einem verschmitzten Lächeln die Arme weit ausbreitete.

»Wie könnte ich deine Hochzeit verpassen, wo ich doch bereits alle Hoffnungen aufgegeben hatte, dass du noch eine Frau abbekommen würdest«, erwiderte der Gast. Er sprach perfektes Spanisch, und doch schwang ein leichter Akzent in seinen Worten mit, wie bei jemandem, der lang eine andere Sprache gesprochen hatte, nur dass sie nicht darauf kam, welche es sein könnte.

»Und was für eine Schönheit noch dazu – *Señora*, ich habe schon viel von Ihnen gehört, aber in Wahrheit strahlen Sie heller als die Sonne.« Luz wünschte sich, sie könnte den Schleier wieder vor ihr Gesicht ziehen, damit er ihre Verlegenheit nicht sah.

Gabriel schnaubte spöttisch. Verwundert sah sie zu ihm auf, aber sein Gesicht war ganz weich vor Freude. »Luz, das ist mein Cousin um fünf Ecken, mein bester Freund seit der Kindheit. Er ist ein Charmeur höchsten Grades, sieh dich also bitte vor. Hermenegildo – meine wunderbare Frau, die begnadete und bald weltberühmte *bailaora* Luz del Mar.« Er legte den Arm um Luz' Schulter.

»Hermenegildo?« Sie biss sich auf die Zunge, um nicht unhöflich zu kichern. Den ziemlich aus der Mode gekommenen Namen hatte sie auf der Gästeliste gesehen, aber mit diesem jungen Mann konnte sie ihn nicht in Verbindung bringen. »Freut mich sehr, Sie kennenzulernen.« Sie streckte ihm die Hand hin, weil Gabriel sie immer noch an sich gedrückt hielt, als ob er verhindern wollte, dass sie seinen Cousin um x Ecken zur Begrüßung umarmen konnte.

»Du, bitte, wir können uns doch duzen!«, rief der fröhlich. »Das war nur ein, na ja. Ein Scherz halt. Und du musst dir das Lachen nicht verkneifen, ich kenne die Reaktion auf meinen Namen. Das ist ein Fluch, der auf den Erstgeborenen meiner Familie lastet, seit mein Urur ...« Er lachte. »Ach Quatsch. Der Name war schlicht und einfach eine Fehlentscheidung von Seiten meiner Eltern, die sie nicht einmal bedauern. Freunde hingegen tun mir den Gefallen und nennen mich Henry.« So wie er den Namen aussprach, klang er elegant und sehr englisch, mit einem gehauchten H und einem weichen R, nicht so grobschlächtig, wie der normale Spanier ihn aussprechen würde – Chenrrry. Der leichte Singsang rieselte so angenehm über sie wie von der Sonne aufgeheizter Sand, und sie nahm sich vor, keinen Sekt mehr zu trinken.

»Er ist frisch aus London zurückgekehrt«, übernahm Gabriel das Wort. »Dort hat er sich in den letzten vier Jahren versteckt, der Kerl. Um zu stu-die-ren.« Er betonte jede Silbe spöttisch, als ob er vom Firlefanz eines Studiums an einer englischen Universität nichts halten würde. Aber das bekam Luz nur am Rande mit. Auch dass Gabriel sie endlich losließ, um ihnen ein paar Häppchen zu holen.

»Du hast in London gelebt?«, fragte sie atemlos. Sie sah aus den Augenwinkeln, dass ihre Mutter sich näherte, wahrscheinlich, um sie wieder in Beschlag zu nehmen. Kurzentschlossen packte sie den jungen Mann am Arm und zog ihn demonstrativ von ihr weg hinaus in den Garten. Der Duft des Jasmins erschlug sie fast.

»Ist es nicht ein bisschen früh, bereits vor deinem Gatten zu fliehen?« Henry stolperte lachend neben ihr her.

Luz wurde schon wieder ganz heiß. »Vor meiner Mutter, vor meiner Mutter«, korrigierte sie und fragte sich im selben Atemzug, warum sie den Satz zweimal gesagt hatte. Keinen Sekt mehr!, gebot sie sich, griff dann aber dennoch nach einem Glas, als sie an einem Kellner vorbeikamen.

»Erzähl mir von London«, bat sie ihn, als sie hinter einem Grüppchen älterer Gäste, die Luz allesamt nicht kannte, anhielten. *Tell me of London*, oder war es *about London? On London*? Ach, sie wollte, die Sprache wäre einfacher zu erlernen! Henry lachte wieder, ein bisschen verunsichert vielleicht, und Luz wurde bewusst, wie seltsam sie sich eben benommen hatte.

»Was möchtest du denn wissen, ich weiß nicht, wo ich anfangen soll.«

»Tut mir leid«, quetschte sie hervor und verzog das Gesicht zu einer grinsenden Grimasse, die ihm hoffentlich suggerierte, wie dämlich sie sich gerade vorkam. Henry legte ihr die Hand auf den Arm, und kurz, ganz kurz nur, fiel die Welt aus allen Wolken, bevor sie sich wieder fing, als er die Hand wegnahm. Luz nahm einen großen Schluck Sekt.

»Warst du schon einmal in London?«, fragte er.

»Nur einmal, ein Wochenende. *Shopping*«, log sie. »Es hat geregnet, ich habe kein Wort verstanden, aber ich habe mich in die Stadt verliebt.« Sie lachte. »Ziemlich dumm, oder?«

»Nein, gar nicht«, widersprach er ihr. »Mir ist es bei meinem ersten Besuch auch so ergangen. Als würde man auf seinen Seelenpartner stoßen, noch bevor man weiß, dass man ihn gesucht hat. Ein fehlendes Stück fällt an seinen Platz, und bumm …« Er winkte jemandem hinter ihrem Rücken zu. Luz drehte sich um und sah Gabriel auf sie zukommen.

»Hier seid ihr!« Es klang vorwurfsvoll.

»Die Braut benötigte etwas frische Luft«, sagte Henry und zwinkerte ihr zu, ohne dass Gabriel es sehen konnte. »Zu viel Sekt auf leerem Magen, befürchte ich.«

Gabriel nahm ihr das halb volle Sektglas aus der Hand und hielt ihr dafür einen Teller mit Häppchen hin. Dankbar griff sie nach einem Zucchinischiffchen. »Gleich wird die Vorspeise serviert«, sagte er, stellte das Glas auf das Tablett eines vorbeieilenden Kellners und legte seinen Arm um ihre Taille.

»Wie es aussieht, teilen wir unsere Liebe für London«, fuhr Henry fort und nahm sich einen Olivenspieß vom Teller. »Wir sollten mal zu dritt hinfliegen und ich kann den Stadtführer spielen.«

Luz sah zu Gabriel hoch und hielt die Luft an. Was für eine fantastische Idee!

»Was für eine fantastische Idee«, sagte Gabriel, als hätte er ihre Gedanken gelesen. »Ich möchte sowieso gern ein paar Kontakte knüpfen, damit Luz in dieser Weltstadt ihr Können zeigen kann.«

»Das wäre wunderbar«, flüsterte Luz und die Freude in ihr explodierte wie vorhin noch die prickelnden Bläschen des Sekts auf ihrer Zunge. Was für ein Tag!

Die Vorspeise war ein Traum, der erste Hauptgang ein Traum, das Sorbet ein Traum, und alles, was danach kam – zweiter Hauptgang, Käse, Dessert, war zu viel, aber dennoch ein Traum. Besteck klapperte, Gläser klirrten, es wurde gelacht und geredet und geredet und gelacht. Eine satte Wärme lag im Saal. Luz kratzte mit dem Löffel den Rest des Mokka-Schokoladenmousses vom Teller und blickte, während sie verträumt den Löffel abschleckte, in die Runde. Sie sah das zufriedene Gesicht ihrer Schwiegermutter und den wie meist blasierten Ausdruck auf dem Gesicht von Gabriels Vater. Winkte Miguel zu, der am Nachbartisch saß, und bedauerte für den Bruchteil einer Sekunde, dass Francisco die lange Reise nicht auf sich genommen hatte, aber dann wiederum, er war eben erst angekommen, wo auch immer er gerade war. Sie wussten ja nicht, wo genau, weil Celia die Postkarte mit seiner Anschrift unter Wasser hatte setzen müssen. Auch wenn Luz durchaus eine Verbindung zu dem Mädchen verspürte und für ihre Beweggründe grundsätzlich Verständnis empfand, war diese Aktion nicht in Ordnung gewesen. Sie verstand Lucías Wut und verstand wiederum überhaupt nicht, warum Agustín ihre Mutter einfach so hatte gehen lassen, nachdem er in Cadaqués in seiner Tischrede noch von Schicksal und Glück und Liebe gesprochen hatte.

Lucía saß etwas unglücklich platziert zwischen Gabriel und seiner Mutter María José. Während des Essens hatte Luz beobachtet, wie sie doch hin und wieder mit María ein paar freundliche Sätze getauscht hatte, aber nun starrte sie bereits seit mehreren Minuten auf ihren Teller und schob gedankenverloren die Erdbeere darauf hin und her. Wahrscheinlich dachte sie daran, dass sie eigentlich neben Agustín sitzen müsste, dass sie eigentlich seine

Hand auf ihrem Bein spüren müsste, so wie Luz Gabriels Hand auf ihrem Bein spürte, und glücklich sein müsste, ihren Seelenpartner gefunden zu haben. Seelenpartner ... Luz drehte den Kopf und spähte einmal quer durch den Raum zu dem Tisch, an dem Henry saß. Angeregt plauderte er mit seiner Nachbarin, einer älteren Dame mit Pudellocken und Ohrgehänge, das so schwer schien, dass Luz das in die Länge gezogene Loch im Ohrläppchen zu sehen glaubte. Sie legte ihren Arm um Gabriel und schmiegte sich an ihn, woraufhin seine Hand vom Knie nach oben wanderte.

»Ich kann es kaum erwarten, dich in unserer Suite aufs Bett zu werfen und aus diesem Kleid zu schälen«, wisperte er ihr ins Ohr und Luz musste kichern. Lucía hob den Kopf, aus ihren Gedanken gerissen, und sah sie fragend an.

»Nichts, Mutter«, sagte Luz und zuckte quietschend zusammen, als Gabriel ihr in den Hintern kniff. Ein verschmitztes Lächeln huschte über Lucías Gesicht, als ob sie genau wüsste, was sich unter dem Tisch abspielte, und in dem Moment sah man ihr ihre zweiundfünfzig Jahre mit all den Schicksalsschlägen überhaupt nicht an. Sie sah jung aus und abenteuerlustig, und Luz wünschte sich, sie könnte immer so aussehen.

Der späte Juninachmittag machte dem nahenden Sommeranfang alle Ehre; erfrischend blau und endlos spiegelte sich das Meer im Himmel, mit einigen weißen Wölkchen als Schaumkronen. Die Sonne strich mit heißen Strahlen über Luz' nackte Arme, aber noch nicht so unangenehm stechend, wie sie es im August tun würde. Sie überquerte die Plaza Cataluña, trieb dabei ein Dutzend gurrender Tauben vor sich her, die zu träge waren, davonzuflattern. Ihre violett-grünen Hälse schillerten im warmen Licht. Ein kleines Mädchen spazierte mit seiner Mutter vor ihr durch, eine Eiswaffel in der Hand; Vanille lief ihr über die Finger, Schokolade zierte ihre Mundwinkel. Kindliches Glück strömte aus all seinem Sein und hüllte Luz ein, und während sie dem Mädchen nachsah, fühlte sie sich zurückversetzt in ihre Kindheit in Cadaqués. Es war genau dieses Gefühl, das sie empfunden hatte, wenn sie der Aufsicht ihrer Brüder entwischen konnte und allein durch die Gassen gestromert war, auf der Suche nach Eidechsen, die sich auf den heißen Steinen wärmten, nach kaum sichtbaren Wegen, die hochführten in das unwegsame Gelände des Cabo de Creus, wo die Hitze die Düfte aus den Kräutern herauspresste und sie mit dem Wind tanzen konnte. Sie hatten wenig gehabt und wenig gebraucht, und Luz konnte mit Recht behaupten, dass sie eine wunderschöne Kindheit gehabt hatte. Bis ...

Sie trat in den Schatten der Gebäude, die den Paseo de Gracia säumten, und zog einen sorgfältig zusammengefalteten Zettel aus ihrer Hosentasche, auf den Lucía vor einigen Wochen – als sie noch Liebe ein- und Glück ausgeatmet hatte – ihre neue Adresse bei Agustín notiert hatte, die nun nicht mehr ihre Adresse war. Sie starrte auf den Zettel, wusste, es waren nur wenige Querstraßen, die sie noch zurücklegen müsste, und wusste nicht, ob sie nicht besser umdrehen sollte.

Dass Agustín in ihr Leben getreten war, hatte ihr nicht gepasst. Sie konnte keinen Vater in ihm sehen.

Das Wort verband sie mit dem Geruch nach Algen und mit Salzflecken auf der sonnenverbrannten Haut, mit einer tiefen, brummenden Stimme. Mit Luís. Jetzt, wo dieser fremde Vater und Lucía wieder getrennte Wege gingen, sollte sie froh sein. Sie war wütend auf Lucía, denn sie war mit Luís vor Gott und Zeugen eine Ehe eingegangen, und eine Ehe konnte nicht ungeschehen gemacht werden, sie war fürs Leben. Sie war wütend auf Agustín, weil er sich damals schon dazwischengedrängt hatte und auch jetzt wieder zwischen ihnen stand. Und sie war insgeheim auch wütend auf Luís, dass er seinen Stolz höher getragen hatte als die Liebe für sie. Und dennoch empfand sie Mitleid mit ihrer Mutter. Sie sollte glücklich sein. Wenn Agustín ihr Seelenpartner war, dann war er das Stück, das ihr fehlte, um ganz zu sein. Henrys Gesicht tauchte unmittelbar vor ihr auf, die Ernsthaftigkeit in seinen Augen, als er ihr vor zehn Tagen diese Weisheit mitgeteilt hatte. Seelenpartner. Sie seufzte tief auf und setzte sich wieder in Bewegung.

Dritter Stock. Bevor sie auf den Klingelknopf drücken konnte, öffnete sich das Eingangsportal von innen und eine ältere Frau im geblümten Hauskittel trat mit einem Müllsack heraus.

»Rein?«, fragte sie mürrisch.

Luz schlüpfte durch den Spalt, den sie ihr offen hielt, und staunte über den Patio mit den großblättrigen Pflanzen und den andalusisch anmutenden Keramikkacheln an den Wänden. Durch das Oberlicht fünf Stockwerke über ihr fielen schräge Sonnenstrahlen und tauchten das Treppenhaus in sphärenhafte Schlieren. Musik erklang, sanft und warm, und irgendwie hatte Luz das Gefühl, dass sich das Leben gerade in Zeitlupe bewegte, in einer schönen Zeitlupe, einer, aus der man nicht mehr ausbrechen wollte. Dann knallte die Eingangstür zu und der geblümte Hauskittel drängte sich in Luz' Blickwinkel.

»Zu wem wollen Sie?«

»3B«, antwortete Luz und lächelte höflich.

»Nur dem Krach nach«, brummte die Frau und wies Luz mit einem Kopfnicken an, die Treppen in Angriff zu nehmen. »Aufzug funktioniert grad nicht.«

Als sie vor der Tür stand, traute sie sich gar nicht, zu klingeln. Natürlich hatte Lucía ihr erzählt, dass Celia Cello spielte, dass sie falsch spielte, vor allem, und das mit Absicht, um sie zu ärgern. Aber das, was Luz gerade hörte, war rein, notenrein und herzrein. Kein sonderlich anspruchsvolles Stück, aber voller Leidenschaft. Ganz vorsichtig klopfte sie, erst leise, dann lauter, und schließlich drückte sie doch auf den Klingelknopf. Sie hatte nicht den ganzen Abend Zeit.

Das Spiel stoppte. Luz wartete. Sah auf die Uhr. Kurz vor acht. Agustín würde doch zu Hause sein? Sie klingelte erneut, und dann wurde endlich geöffnet. Einen Spaltbreit, zumindest.

»*Hola* Celia«, sagte Luz freundlich, und das misstrauische Gesicht des Mädchens leuchtete auf, als es sie erkannte. »Ist dein Vater zu Hause?«

»Nein«, sagte Celia. Luz blinzelte überrascht. Lucía hatte ihr sichtlich widerwillig von der Auseinandersetzung und den Worten, die Celia ihr so hasserfüllt vor die Füße geworfen hatte, erzählt, aber sie hatte tatsächlich damit gerechnet, dass es eine einmalige Sache gewesen und das Mädchen wieder im Schweigen versunken wäre.

Celia schubste die Tür ganz auf und trat einladend zur Seite. »Reinkommen?«

»Ich … ich wollte eigentlich mit Agustín … Ach, ganz kurz, in Ordnung?« Ja, sie war neugierig.

Mit nackten Füßen hüpfte Celia über das rot-weiße Muster des Mosaikbodens, als wäre es ein Himmel-und-Hölle-Spiel. »Dienstags kommt er immer erst später«, rief sie über die Schulter. Ihre Stimme war weich und hell und unschuldig. Luz wusste gar nicht, was sie erwartet hatte. Unheimlich und tief wie das Meer, in dem ihre Mutter ertrunken war?

Die Küche war groß, ordentlich aufgeräumt und hell; die Nachmittagssonne schien direkt hinein. Celia setzte sich an den Küchentisch, der an der Wand stand, schaukelte mit den Beinen und summte selbstvergessen die Melodie des Stücks, das sie eben noch gespielt hatte. Irgendetwas Rumbaartiges.

Luz setzte sich dazu. Das Mädchen erinnerte sie ein bisschen an sie selbst, in Musik versunken, in ihrer eigenen Welt, auch wenn es eine ganz andere als die ihre sein musste.

»Du spielst schön.«

»*Gracias.*« Kein Ach-was, kein Erröten, kein Verlegen-den-Kopf-Senken.

»Ich freue mich, dass du wieder sprichst.«

»Hm.«

Von freudig konversieren war sie allerdings noch weit entfernt, und Luz hatte keine Ahnung, worüber sie reden könnte. »Kann ich vielleicht ein Glas Wasser haben?«, fragte sie. Es war unangenehm stickig in der Wohnung.

Celia sprang auf, füllte ein Glas mit Leitungswasser und stellte das volle Glas mit Schwung vor sie hin, ein bisschen zu viel Schwung, sodass etwas Wasser auf den Tisch schwappte. Luz starrte auf die Pfütze, nahm einen Schluck. Das Mädchen schenkte sich ein Glas Milch ein.

»Weißt du, Celia«, begann Luz und wartete, bis sich ihre Halbschwester wieder gesetzt hatte, nun erwartungsvoll still. »Ich hätte meinem Bruder gern geschrieben.« Sie fuhr mit dem Finger durch die Wasserlache. Celia sah verwirrt aus, als könnte sie mit der Aussage nichts anfangen. Gerade darüber mit ihr zu reden, hatte Luz gar nicht vorgehabt, es war einfach über sie gekommen, so wie das Wasser über den Glasrand geronnen war.

»Er war viele Monate lang unterwegs auf See, und davor saß er viele Jahre im Gefängnis. Ja, im Gefängnis. Wir hatten wenig Kontakt, und jetzt wird er vergeblich auf Briefe von uns warten und sich fragen, wieso.« Jetzt sah sie Celia an, dass sie verstand, wovon sie sprach.

Das Mädchen leckte sich den Milchbart ab und kratzte an einem Mückenstich, der bereits blutete. »Bist du gekommen, um mich auszuschimpfen?« Tatsächlich zitterte ihre Unterlippe ein wenig, aber ohne eine Antwort abzuwarten, redete sie schon trotzig weiter. »Ich habe es gar nicht mit Absicht gemacht. So wie jetzt, ist einfach übergeschwappt. Aber als ich ihren Namen drauf gesehen hab ... Konnte ja nicht wissen, was in dem Umschlag war.« Celia zog ihre schmalen Schultern hoch, und Luz musste sich selbst daran erinnern, dass sie erst zwölf oder so war.

»*Niña*, Mädchen ...« Eine Fliege flog in die Küche, zog summend ihre Kreise über ihren Köpfen und setzte sich schließlich an den Rand der kleinen Wasserlache. Fasziniert beobachtete Luz, wie das Insekt ganz manierlich die Vorderbeinchen aneinanderrieb.

»Alles, was wir tun, hat eine Konsequenz, und meist nicht nur die unmittelbare, die wir sehen. Bestünden wir nur aus uns selbst, wäre das Leben einfacher. Aber wir tragen auch einen Teil unserer Familie in uns, mal mehr, mal weniger, aber in unserem Fall immer kompliziert. Du wolltest meine Mutter ärgern und hast damit aber auch andere Personen verletzt. Dein Vater wollte eine bessere Zukunft für dich und deine Schwestern und hat gleichzeitig, und bestimmt ungewollt, den Tod deiner Mutter heraufbeschworen. Meine Mutter und dein Vater haben sich aus Sentimentalität auf eine Affäre eingelassen und dabei ein Kind gezeugt – mich –, und dieses kurze Nachgeben alter, aber unmöglicher Gefühle hat Jahre später dafür gesorgt, dass der Mann, den ich Vater nenne, mich verstoßen hat.« Sie verscheuchte die Fliege, als wäre sie die Verkörperung dieser wahrscheinlich wirren Gedanken. »Viel Mutter und Vater, nicht wahr?«

Celia schnaubte. »Bisschen kompliziert, in der Tat.«

»Warum hast du so lange nicht gesprochen?«

Sie presste die Lippen aufeinander, öffnete sie mit einem schmatzenden Laut, presste sie aufeinander, öffnete sie wieder, während sie ins Nichts starrte. »Ich dachte«, begann sie zögerlich, »wenn ich den Mund aufmache ... dann würde alles, was in mir drin ist, wie ein schwarzes, hässliches Tier aus mir herauskriechen. Die Wut, die Sehnsucht, die Trauer, die Angst, und alles in seinem Weg kaputt machen. Mein Vater ist doch alles, was ich noch habe. Ich dachte, wenn ich rede, dann verliere ich ihn.« Ihre Stimme kräuselte sich wie ein Stück Papier, das an den Rändern Feuer gefangen hatte, und löste sich mit einem hohen Schluchzen in Asche auf. Luz rückte ihren Stuhl näher an Celias und zog ihre Halbschwester in eine Umarmung. Erst machte sie sich ganz steif, aber dann ließ sie sich gehen und sank an Luz' Brust.

»Du vermisst deine Mutter, nicht wahr?« Celia nickte. »Und deine Schwestern und deine Heimat.« Wieder nickte Celia. Ihre Schultern bebten, und unter den Fingerspitzen spürte Luz, wie eine Gänsehaut über ihre Arme zog. »Auch ich vermisse meinen Vater«, flüsterte Luz der Kleinen ins Haar. »Aber Lucía möchte nicht den Platz deiner Mutter einnehmen, und Agustín ist vielleicht mein leiblicher Vater, aber er wird nie das für mich sein, was Luís für mich war. Sie sind einfach zusätzlich. Es fühlt sich nicht richtig an, weder für mich noch für dich. Und dennoch ... könnte es richtig werden. Wenn wir sie lassen. Verstehst du?«

Celia schüttelte den Kopf. Luz wiegte sie hin und her, ganz sacht, so wie Lucía es mit ihr getan hatte, wenn sie traurig gewesen war, und irgendwann wurde das Mädchen ruhiger.

»Was ist mit dem schwarzen Tier passiert?«, fragte Luz leise.

Celia zuckte mit den Schultern. »Es ist herausgekrochen und hat etwas kaputt gemacht. Ich habe

Lucía gesagt, dass ich sie hasse, und sie ist gegangen. Gut für mich, schlecht für meinen Vater.«

»Ist er traurig?«

»Sehr.«

»Er könnte glücklich sein, das weißt du?«

»Ja.«

»Kannst du auch eine Flamencoweise spielen auf deinem Cello?« Celia hob den Kopf und sah sie mit gerunzelter Stirn an. Obwohl, ihre kindliche Stirn war so glatt, dass sich Luz die Runzeln bloß vorstellte. »Tut mir leid«, sagte sie und musste kichern, trotz des Ernstes des Gespräches, das sie eben geführt hatten. »Ich frage mich schon, seit ich den ersten Ton gehört habe, wie es klingen würde. Vielleicht kann dir dein Lehrer helfen.«

»Ich habe keinen Lehrer.« Celia richtete sich auf und fuhr sich mit der Hand über das schwarze, drahtige Haar.

»Und wer …«

»Meine Mutter hat mich unterrichtet. Sie konnte alles spielen, was Saiten hat.« Der Stolz troff aus ihrer Stimme wie dickflüssiger goldgelber Honig. »Und jetzt spiele ich aus dem Gedächtnis, wohin meine Finger mich führen. Mehr brauche ich nicht. Es ist nur eine Ablenkung.«

»Überleg es dir, *hermanita*, Schwesterchen. Es wäre eine Verschwendung, nicht in dein Talent zu investieren.« Luz trank den letzten Schluck Wasser aus. Gabriel würde sauer werden, wenn sie nicht rechtzeitig zu Hause wäre.

KAPITEL 12

Wasser, das neue Wege ebnet

Barcelona, Juni 1976

Das Gewitter war in den Morgenstunden über die Stadt hereingebrochen; vom Osten her, vom Meer, erklärte der Radiosprecher, wo es sich in einer schwülen Mittsommernacht mit Feuchtigkeit vollgefressen hatte, während die Bewohner Barcelonas am Strand die Feuer von San Juan entzündet und ausgelassen gefeiert hatten. Das erste ferne Grummeln hatte Lucía aus ihrem verschwitzen, unruhigen Halbschlaf gerissen; ein bisschen Abkühlung würde guttun, hatte sie in dem Moment noch gedacht, aber als das Gewitter eine halbe Stunde später direkt über ihren Köpfen tobte, war sie sich nicht mehr sicher. Innerhalb von Minuten füllten sich die Straßen handbreithoch mit Wasser, mehr und mehr, wurden zu braunen schäumenden Bächen. Die Autos, die zu der Zeit bereits unterwegs waren, fuhren im Schritttempo, Warnblinker blitzten mit den Blitzen um die Wette und nur das apokalyptische Knallen des Donners übertönte das Rauschen des Regens. Lucía schaltete das Radio aus, man hörte eh nichts mehr.

»Zum Glück liegen fünf Treppenstufen zwischen Straße und Eingangstür«, sagte Raquel und griff sich ungläubig an die Stirn. »Ich glaube nicht, dass ich jemals so einen Wassersturz gesehen haben.«

Doch, dachte Lucía, sie schon, und sie erinnerte sich an jenen Tag in Perpignan, diesen schrecklichen Tag, an dem die Welt im Flutregen untergegangen war, als ihre kleine Felicidad in jener Wäscherei das erste Mal *mamá* gesagt hatte, aber zur falschen Frau. Sie sah sich auf der Brücke in Perpignan stehen, die über den wütenden Fluss führte, höher und höher waren die Wasser gestiegen, aber es waren Schmerz und Verzweiflung gewesen, in denen sie beinahe ertrunken wäre. War es ein Zeichen gewesen, damals schon, dass Felicidad nie ihr gehören würde? Dass sie sie verlieren würde? Die Trauer war zu einem meist kaum wahrnehmbaren Sehnen geschrumpft, aber manchmal meinte Lucía zu spüren, wie sich die Zeit rückwärts bewegte und das Ziehen in ihrem Herzen stärker und stärker wurde, als würde jemand an einem unsichtbaren Faden zupfen. Sachte verfolgte Lucía mit dem Zeigefinger einen Regentropfen auf seiner Reise über das Fenster, bis er am Rahmen mit anderen zusammenfloss, überfloss und wahrscheinlich zu Boden tropfte. Abnabeln. Loslassen.

Hinter ihnen erwachte die Wohnung zum Leben. In den insgesamt fünf Schlafzimmern lebten zurzeit Raquel und sie, plus sieben fremde Frauen. Lucía hatte sich im kleinsten Zimmer einquartiert, in allen anderen standen zwei bis drei Betten, die zum Teil schon Mobiliar der Wohnung gewesen waren, als sie sie übernommen hatte, andere hatten sie an Flohmärkten erstanden. Wohnzimmer, Küche und die zwei Badezimmer teilten sich alle. Estefania war vor zwei Wochen mit Sohn José zu ihrem Mann zurückgekehrt, Brígida war gestern ausgezogen, neue kamen hinzu. Lucía wusste nicht, wie Raquel im Hintergrund die Fäden zog, aber immer hatten die Frauen von anderen Frauen – Schwestern, Freundinnen, ihrer Friseurin – von diesem kleinen Zufluchtsort erfahren. Bis jetzt hatten noch keine wütenden Ehemänner den Blumenladen gestürmt, aber Lucía befürchtete, dass früher oder später bekannt würde, dass Frauen, die sich schlecht behandelt fühlten, hier Schutz suchen konnten. Und dann? Wie lange konnte das noch gutgehen, respektive überhaupt gehen? Die wenigsten verfügten über eigenes Geld, und sie konnte auch nicht mehr Arbeit verteilen und schwarz zahlen, als vorhanden war.

Die regengraue Wand vor dem Fenster leuchtete beim nächsten Blitz grellweiß auf und der Donner krachte beinahe gleichzeitig, so laut und tief, als ob zwei Planeten aufeinandergeprallt wären. Eine Frau schrie leise auf. Die Glühbirne, die immer noch nackt von der Decke baumelte, erlosch, und der Raum versank im trüben Spiegelbild der Außenwelt.

»Stromausfall, auch das noch«, murmelte Raquel. »Ist die Gasflasche voll?«

»Gestern erst gewechselt«, bestätigte eine Frau, deren Name Lucía nicht einfallen wollte.

»Wenigstens können wir Kaffee kochen, während wir auf die Arche warten«, feixte eine andere und machte sich sogleich daran, Wasser in den Topf zu füllen und den Gasherd einzuschalten.

Eine Windbö peitschte den Regen mit solcher Wucht gegen die Fensterscheibe, dass Lucía instinktiv einen Schritt zurücktrat. »Unmöglich, bei dem

Wetter zur Rambla zu gelangen.« Wieder ein Tag ohne die Einnahmen des Blumenstandes. Vorsichtig lugte sie erneut hinaus. Äste, ein offener Regenschirm, etwas Rotes wurde die Straße hinabgeschwemmt, ein Kleidungsstück, Bettwäsche, irgendetwas, was der Wind von einer Wäscheleine gerissen hatte. Keine Menschenseele war zu Fuß unterwegs. Sie tippte mit dem Finger auf ihren Oberschenkel, drehte sich dann um und merkte erst jetzt, dass alle Bewohnerinnen sie erwartungsvoll anstarrten. Als ob sie die Befehlshaberin im Kampf gegen das Unwetter wäre.

»Nun denn«, sagte sie bestimmt und klatschte in die Hände. »Lasst uns Kaffee trinken und hoffen, dass wir keine Arche brauchen werden. Hat jemand ein Kartenspiel?«

Das Gewitter zog vorüber, der Strom kehrte zurück, aber der Regen rauschte – wenn auch mit geringerer Intensität – bis in den frühen Nachmittag hinein. Nur langsam floss das Wasser aus den Straßen ab, hinterließ Wälle aus Unrat und Schlammschlieren. Dann, von einem Augenblick auf den anderen, brach die Sonne zwischen den Wolken hervor wie ein fröhlicher Aufschrei, gab der triefenden Stadt einen aufmunternden Schubs und lockte damit die Bewohner wieder vor die Tür.

»Wir werden den Bürgersteig vor dem Laden säubern«, teilte Rosalia mit, eine Frau in Luz' Alter, die seit gut vier Wochen bei ihnen lebte und in den ersten Tagen kaum den Mund geöffnet hatte und bei jeder Berührung zusammengezuckt war. Ihre neu gewonnene Sicherheit erfreute Lucía. Was die

Zukunft für sie bereithielt, wusste niemand, aber selbst, wenn sie hier nur ein bisschen Ruhe fand, hätte dieser Zufluchtsort seinen Zweck erfüllt. Die Wunden konnten sie nicht heilen, aber sie konnten Mut vermitteln, Trost spenden, die verletzte Seele auffangen, bevor sie komplett ins Bodenlose stürzte. Gespräche mit Gleichgesinnten ermöglichten es, neue Perspektiven in Betracht zu ziehen.

Es hatte als Raquels Projekt begonnen, sie selbst hatte damit nichts zu tun haben wollen, außer natürlich, dass die Wohnung ihr Eigentum war. Normalerweise, wenn die Frauen abends zusammen im Wohnzimmer saßen, Tee tranken und redeten, zog Lucía sich in ihr Zimmerchen zurück oder agierte als stille Zuhörerin. Sie hatten nicht weiter gedacht, als ein paar Frauen für ein paar Tage zu helfen, aber nun blieben die Frauen oft ein, zwei Wochen oder sogar länger und brachten meist nichts mit außer ein paar Kleider. Lucía hatte während ihrer Zeit im Hotel gelernt, wirtschaftlich für viele Leute zu kochen, aber die hatten dafür bezahlt. Sie knibbelte an einem abgebrochenen Fingernagel, während sie zusah, wie Rosalia mit zwei anderen Frauen den Schlamm auf die Straße wischte.

»Raquel?«, rief sie ihre Angestellte. Die steckte ihren Kopf durch die Tür, die zum kühlen Lagerraum führte. »Ich werde zur Rambla fahren, um nach dem Rechten zu sehen und wenigstens ein bisschen sauberzumachen.«

»Ich halte hier die Stellung«, antwortete Raquel. Lucía erbat sich von den Frauen vor der Tür einen der Besen. Im Hintergrund hörte sie das Telefon klingeln, hoffentlich ein Auftrag, dachte sie und schwang sich in den Lieferwagen. Beim Davonfahren sah sie Raquel aus dem Laden laufen und winken, aber sie war bereits im Verkehr gefangen. Raquel war selbstständig genug, um Entscheidungen zu treffen.

Zwanzig Minuten später parkte sie das Auto in dem für Lieferanten markierten schmalen Bereich am Rand der Rambla und starrte auf das Szenario vor ihr. Blinzelte. Starrte. Schluckte bittere Galle. Schrak auf, als jemand an ihr Seitenfenster klopfte, aber es war kein Traum, aus dem sie erwachte. Wie in Zeitlupe bewegte sie sich, öffnete die Tür, stieg aus, lehnte sich gegen den Wagen. Langsam, und dennoch wurde ihr Kopf ganz kurz ganz leicht und dann schnell so schwer, dass sie glaubte, er würde platzen.

»Haben sie dich auch angerufen?«, fragte Ramiro, der den Blumenstand neben ihrem betrieb. Er war seit gestern, seit sie ihm einen schönen Abend gewünscht hatte, um Jahre gealtert; als ob die riesige Platane, die nun auf der Rambla lag, nicht nur ihren und seinen Stand unter sich begraben hätte, sondern auch seine Lebensgeister. Kurz fragte sich Lucía, ob sie wohl den gleichen Ausdruck auf dem Gesicht trug wie er, müde und verhärmt, aber sie traute sich nicht, in den Seitenspiegel zu schauen. Sie konnte nur stumm den Kopf schütteln.

»Ein Blitz, sagen sie. Unfassbar ...« Dem alten Mann stand das Wasser in den Augen. Lucía legte ihm die Hand auf den Arm, dabei wünschte sie sich selbst nichts mehr als ein wenig Trost in dem Moment. »Dabei haben wir doch erst vor Kurzem in dieses Glasdach investiert«, jammerte Ramiro weiter. »Alles in Scherben!«

Lucía packte ihn, wartete, bis zwischen den fahrenden Autos eine Lücke entstand, und zog ihn über die Straße. Sie hatte einen Kredit aufnehmen müssen für den neuen Stand, den die Stadt vorschrieb, er war noch nicht abbezahlt.

»Die Versicherung, Ramiro«, sagte sie halblaut, aber der Mann löste sich aus ihrem Griff und huschte rüber zu seiner Frau, die mit einem Feuerwehrmann diskutierte. Vorsichtig stieg Lucía über die Scherben und Äste. Zwischen den Blättern der vom Blitz gefällten Platane hatte sich Schlamm verfangen, ein Hut, Müll. Die Versicherung würde einen Teil zahlen, ja, aber die Mühlen mahlten langsam.

Sie setzte sich auf den Stamm. Die nassen zerborstenen Glasscheiben funkelten im Licht der Sonne, das nun wieder unschuldig durch das Laub der übrigen Platanen schien, die Vögel zwitscherten vergnügt, als kannten sie keinen Kummer. Mit dem Fuß stupste Lucía die Holzbank an, auf der sonst immer die Orchideen standen; ein mächtiger Ast hatte sie zerschmettert. Wie ein gebrochenes Rückgrat lag sie mitten zwischen grünen Blättern. Lucía betrachtete den Schaden. Im Hintergrund hörte sie bereits die Kreissägen kreischen, die den Stamm in Scheiben schneiden würden, um ihn wegräumen zu können, sie hörte das Knirschen und Splittern des Glases, das zusammengekehrt wurde. Es ließ sie nach dem ersten Entsetzen erstaunlich kalt. Der Schock, sagte sie sich und bückte sich nach etwas, das zwischen den Ästen auf dem Boden lag. Es war eine dicke Murmel. Sie musste irgendwann einem Kind davongerollt und jetzt vom Wasser die Rambla herabgespült worden sein. Sie hob sie auf und hielt sie in die Sonne. Rote und gelbe Schlieren durchzogen die Glaskugel; im Licht schienen sie zu pulsieren. Es war nur eine Murmel, und doch merkte sie, wie sie sich langsam entspannte, bis sie schließlich merkte, dass dieser Schaden sie selbst im nicht schockierten Zustand nicht genug berührte. Ein Gedanke durchzuckte sie, einer, der sie in den letzten paar Monaten immer wieder beschäftigt hatte.

»Lucía!«

Lucía drehte sich um. Raquel stand hinter ihr und schlug wortwörtlich die Hände über dem Kopf zusammen.

»Was machst du hier?«, fragte sie die junge Frau.

»Ich …« Raquel schüttelte den Kopf, fassungslos ganz offensichtlich. »Ich erhielt einen Anruf von der Polizei, aber du warst eben losgefahren, und ich dachte … du könntest Unterstützung … Ich habe sofort den nächsten Bus genommen, um …« Ihre Stimme wurde immer leiser und versiegte schließlich.

»Und der Laden?«, fragte Lucía ganz ruhig.

»Rosalia …« Sie räusperte sich. »Bis die Versicherung zahlt, bis das neue Glasdach geliefert wird …« Wie der alte Ramiro hatte auch sie Tränen in den Augen.

»Komm, setz dich neben mich«, forderte Lucía sie auf und klopfte mit der Hand auf den Stamm neben ihr. Um sie herum wuselten Feuerwehrmänner und Schaulustige. »Atme mal tief durch.« Seit jener gewaltsam aufgelösten Manifestation waren sie ganz automatisch zum Du übergegangen.

Raquel tat, wie ihr befohlen, sog Luft ein und blies sie langsam wieder aus. »Wie kannst du nur so ruhig sein?«, fragte sie dann.

Lucía sagte nichts. Die Murmel in ihrer Hand hatte ihre Körpertemperatur angenommen und fühlte sich an wie ein warmer, glatter, tröstender Teil von ihr.

»Weißt du«, fing sie an, hielt aber wieder inne, weil die Kreissäge aufheulte, als ob man ihr auf den Schwanz getreten wäre. Sie horchte noch einmal in sich hinein, aber doch, dieser Blitzgedanke – welch ironisches Wortspiel! –, der sie vorhin so aus dem vermeintlichen Nichts heraus überfallen hatte, fühlte sich immer noch richtig an.

»Vielleicht ist das ein Omen, Raquel. Hypothek, Versicherung, Gebühren, Steuern ... In den letzten Monaten hat der Stand, nach all den Abzügen, fast nichts mehr abgeworfen. Ich bewundere Ramiro und die vielen anderen Alteingesessenen dafür, sich hier auf der Rambla den Großteil ihres Lebens bei Wind und Wetter die Beine in den Bauch gestanden zu haben. Aber ich werde das nicht tun.« Sie schüttelte den Kopf, um ihre Aussage zu unterstreichen, und sah Raquel direkt ins Gesicht. »Ich werde den Blumenstand verkaufen.«

Sie schämte sich ein bisschen, als sie einige Tage später ihre Standnachbarn aufsuchte. Die Rambla sah wieder aufgeräumt aus, die Sonne blitzte von der tiefblauen Leinwand und Ramiro hatte seinen Stand so aufgebaut, wie sie es gemacht hatten, bevor die Stadt die gleich aussehenden Glaskonstruktionen verordnet hatte: mit Blumen und Pflanzen überladene Holzbänke unter Sonnenschirmen. In diesem Abschnitt der Rambla wurde seit über hundert Jahren Blumen verkauft und nicht selten wurde der Stand von Generation zu Generation weitervererbt; sie hatte die große Ehre gehabt, hier mit einigen Urgesteinen der Stadt Seite an Seite arbeiten zu dürfen. Zu gehen fühlte sich an wie Aufgeben, und sie sah in den Gesichtern vieler, dass sie auch so dachten.

»Sobald der ganze Versicherungskram erledigt ist, suche ich einen Käufer«, sagte sie und straffte den Rücken. »Falls ihr jemanden kennt, lasst es mich wissen.« Es war kein Aufgeben. Es war ein Blick nach vorn. Sie hatte den Stand damals übernommen, weil es ein Schritt in die richtige Richtung gewesen war, ein Schritt in ihr Leben als selbstständige Frau. Aber den Großteil der Einnahmen warf das Geschäft an der Meridiana ab. Darauf wollte sie sich nun konzentrieren. Darauf und auf die Wohnung und deren Bewohnerinnen darüber. Denn es gab zwei Möglichkeiten: Sie würden mit der Zeit keine neuen Frauen aufnehmen können, weil schlicht und einfach das Geld fehlte, um sie zu versorgen. Oder sie würden Geld besorgen. Ersteres konnte Lucía mittlerweile nicht mehr mit ihrem Gewissen vereinbaren. Letzteres tat sie gerade. Und es fühlte sich gut an. Richtig.

Als sie danach mit dem Lieferwagen wieder quer durch die Stadt zurück in den Laden fuhr, fühlte sie sich so unbeschwert wie schon lange Zeit nicht mehr, als wäre der Blumenstand Beton an ihren Füßen gewesen, der nun mit jedem ihrer festen Schritte mehr abbröckelte. Sie rollte beide Fenster weit herunter, stellte das Radio lauter und trällerte das fröhliche Lied mit. In ihrem Leben waren schon viele Dinge zu Ende gegangen, aber in jedem Ende wohnte ein Anfang. Das Leben war ein Kreis, manchmal waren die Übergänge von einer Umrundung in die nächste fließend, manchmal holprig, manchmal dauerte eine Umdrehung länger, manchmal raste sie so schnell, dass einem schwindlig wurde und man glaubte, hinausgeschleudert zu werden. Aber weiter ging es immer.

Vor ihr stieß ein Moped knatternd eine Wolke schwarzen Rauch aus, um noch bei Orange über die Kreuzung zu brettern, und sie schloss das Fahrerfenster wieder. Barcelona war zu weiten Teilen schachbrettförmig angelegt; von unten merkte man das an den vielen Kreuzungen, aber so richtig sichtbar wurde das Muster nur von oben. Lucía hatte einmal eine Postkarte gesehen, eine Luftaufnahme der Stadt: quadratische Gebäudeansammlungen mit jeweils einem Loch in der Mitte, dem Innenhof, Straßen, die von links nach rechts, von oben nach unten führten, die Avenida Diagonal, die sich, wie ihr Name vermuten ließ, ganz unverschämt und rücksichtslos einmal diagonal durch das perfekte Muster pflügte.

Barcelona war furchtbar laut, voller Menschen und Autos, die Gebäude schienen die Farbe der Abgase angenommen zu haben. Die Stadt hatte nichts gemein mit Cadaqués, dem weißen Juwel, so abseits gelegen, dass die Moderne nur zögerlich Einzug hielt. Und dennoch fühlte Lucía sich wohl hier. Es erstaunte sie jedes Mal aufs Neue, wenn sie sich dessen bewusst wurde. Eingenistet hatte sie sich in Cadaqués, ein verängstigter Vogel, der sein Nest nicht verlassen wollte, und als sie rausgestoßen worden war, hatte sie erst wirklich fliegen gelernt.

Eine junge Familie überquerte die Straße auf dem Zebrastreifen und erinnerte Lucía daran, dass sie schon länger nicht mit Miguel und Julia telefoniert hatte. Sie hatte auch schon länger nicht mehr an Agustín gedacht, fiel ihr ein, wahrscheinlich seit ganzen zwei Stunden nicht mehr, aber sie wollte auch keine Gedanken an ihn verschwenden. Er hatte sich, seit sie vor fünf Wochen ausgezogen war, nicht gemeldet. Sie auch nicht bei ihm, fairerweise musste sie sich das eingestehen. Nicht weil sie ihn aufgegeben hätte, im Gegenteil: Sie vermisste ihn, jeden Tag zu jeder Stunde. Und genau deswegen hatte sie Angst vor einem Gespräch. Und obwohl sie wusste, dass dieses Gespräch unumgänglich war, wollte sie heute keine Angst haben.

Sie grüßte Raquel, die gerade eine junge Frau bei der Bestellung eines Trauerkranzes beriet. »Ich mache mich kurz frisch«, formte sie mehr mit dem Mund, als dass sie die Wörter aussprach, zeigte mit dem Finger nach oben und huschte durch die Tür, hinter der sich das Treppenhaus befand; sie wollte das sensible Verkaufsgespräch nicht stören.

Raquel konnte wunderschöne Kränze und Sträuße mit einem gewissen Etwas stecken, und diesen Bereich wollte Lucía ausbauen. Sie würde jedes Hotel der Stadt besuchen, wenn nötig – zumindest alle, die Bankette anboten –, sie würde die Brautmodengeschäfte abklappern und auch die Bestattungsinstitute, und überall ihre Dienste anpreisen. Für all das hatte sie bislang wegen des Stands an der Rambla nicht genug Zeit gehabt, aber von nun an würde sie ihre geballte Kraft in dieses Unternehmen stecken. Vielleicht sogar könnte sie ein paar Arbeitsplätze schaffen für einige der Frauen, die sich von ihren Männern trennen konnten oder die Erlaubnis erhielten, arbeiten gehen zu dürfen. Vielleicht konnte sie ...

Sie trocknete sich gerade die Hände ab, als sie von unten laute Stimmen vernahm. Zwei ihrer Mitbewohnerinnen drängten sich mit Angst und Misstrauen auf dem Gesicht ans Fenster.

»Sie können nicht einfach so nach oben, das ist meine Wohnung«, hörte sie Raquel in scharfem Tonfall sagen.

»Aber ... meine Tochter hat mir gesagt, dass sie hier lebt«, antwortete ein Mann erbost. »Ich möchte doch nur mit meiner Frau sprechen!« Obwohl die Stimme durch Tür und Wände gedämpft war, machte Lucías Herz einen solchen Sprung, dass ihr kurz schwindlig wurde. Natürlich wusste sie, wer da sprach. Endlich!

»Ich muss Sie bitten, zu gehen«, sagte Raquel bestimmt.

Da rannte Lucía die Treppe hinab, riss die Tür auf. »Agustín!«, rief sie, und der Mann blieb stehen, kurz bevor er den Eingang erreichte. Als er sich umdrehte, erschrak sie. Die Schultern hingen mutlos nach vorn und sein müdes Gesicht sah aus wie Seidenpapier, das man zerknüllt und vergeblich wieder glattzustreichen versucht hatte.

»Mercedes ...«

»Lucía«, sagte Raquel gleichzeitig und blickte sichtlich verwirrt zwischen ihr und Agustín hin und her. »Ich wusste nicht, dass er *dein* Mann ... Du hast nicht erwähnt, dass du wieder geheiratet ...«

»Er ist nicht mein Mann«, erwiderte Lucía und ließ Agustín nicht aus den Augen. »Zumindest nicht in einer vor Gott geschlossenen Ehe.« Sondern vor dem Antlitz Tausender tanzender Sterne an einem unwirtlichen Strand in Argelès-sur-Mer, vor viel zu vielen Jahren, in denen viel zu viel passiert war. Sie erinnerte sich an seinen Heiratsantrag, kurz nachdem ihre Schwangerschaft festgestellt worden war, und sie sah ihm an, dass er an denselben Moment dachte. Ihr Herz wurde so weit, dass sie kaum atmen konnte.

»Lass uns draußen reden«, sagte sie.

Agustín schüttelte den Kopf. »Warum können wir nicht nach oben gehen? Ich könnte einen Sherry vertragen.«

»Tut mir leid«, sagte Lucía. »Aber Männern ist der Zutritt oben verboten.« Sie hielt ihm die Tür auf, was ihn noch mehr zu verwirren schien, aber immerhin leistete er nun der Aufforderung Folge. Als sie auf dem Bürgersteig standen, blickte er hinauf zum ersten Stock.

»Was versteckt ihr denn dort? Was soll all das?«

Sie schwieg und er fragte nicht weiter nach. So spazierten sie in den kleinen Park auf der anderen Seite der Straße und setzten sich dort auf eine Bank. Mit dem Zeigefinger fuhr Lucía über die abblätternde Farbe. Sie war genauso grün wie der Duft nach von der Sonne aufgeheiztem Gras, der in der Luft lag, einmal leuchtend gewesen, nun ausgebleicht. Sie wusste, dass sie ihm keinen Vorwurf machen konnte, noch machen wollte oder sollte, und sie versuchte ihre Stimme so neutral wie möglich zu halten. Dennoch zitterte sie ein wenig.

»Es sind fünf Wochen vergangen.«

»Ja.« Agustín hob die Hände in einer hilflosen Geste und stützte dann die Ellbogen auf seinen Knien ab und sein Kinn auf den Fingerspitzen. Ohne sie anzuschauen, fuhr er fort: »Ich dachte, du würdest zurückkommen.«

Sie musste leise lachen. Wie sehr sie ihn vermisst hatte! »Wir haben also aneinander vorbei gewartet. Du hast wirklich mit Luz gesprochen?«, fragte sie unvermittelt danach. »Hat sie dich überredet, mich aufzusuchen?«

Er sah sie gekränkt an, als wäre das ein absurder Gedanke; als ob er nicht selbst auf die Idee kommen könnte, der Frau, die er liebte, einen Besuch abzustatten, um sich auszusprechen. Aber dann seufzte er tief auf, ertappt.

»Celia war es«, sagte er, und Lucía konnte sich ein erstauntes Schnauben nicht verkneifen.

»Celia? Wieso sollte sie? Und woher wüsste sie, wo ich untergekommen bin? Was interessiert ...«

»Sch!« Agustín richtete sich auf und hob den Finger, und Lucía verkniff sich den Rest ihrer Tirade. »Hör mir bitte zu. Ich wäre früher gekommen. Ich wäre noch am selben Abend gekommen, an dem ich mit Celia nach Hause kam und du fort warst. Dein Gehen ... Es hat mir den Boden unter den Füßen weggezogen, Mercè, ich hätte nie geglaubt, dass du das, was du gesagt hattest, ernst meinen könntest.« Er packte ihre Hand. Seine Finger waren trotz des warmen Tages angstkalt. »Dass wir nichts als ein Traum wären. Das stimmt nicht. Es ist nur ... schwieriger, als wir uns das vorgestellt haben.«

»Warum bist du dann nicht früher gekommen?«, fragte Lucía leise. Es war eine unnötige Frage, sie kannte die Antwort bereits, und dennoch ... Etwas musste sich ja geändert haben.

Wie erwartet antwortete er: »Ich saß doch zwischen zwei Stühlen. Egal was ich tat ... Ich habe noch nie sonderlich viel Rückgrat bewiesen. Lieber gehe ich, statt zu kämpfen. Ich bin vor dem Konflikt mit meinen Eltern geflohen, bin vor dem Krieg geflohen, bin vor Francos Spanien geflohen und vor Castros Kuba.« Seine ganze Gestalt schmolz vor ihren Augen wie Wachs in der Wärme, alles zerfloss, sein Gesicht wurde ganz weich vor Kummer, seine Schultern fielen nach unten, selbst seine Stimme verkam zu einem Flüstern. »Ich bin schwach, Mercedes.«

»Aber jetzt bist du hier. Du kämpfst für uns.«

»Weil Celia ... Ich weiß nicht, was sie dazu bewegt hat. Sie sagt, dass sie mich nicht unglücklich sehen kann, aber irgendwie habe ich das Gefühl, dass sie mir etwas verschweigt.«

»Sie spricht also wieder?«

Agustín strich ganz zart mit seinem Daumen über ihre Handinnenfläche, und als würde er ein Streichholz über raues Papier führen, erzeugte die Berührung ein warmes Feuer in ihrem Inneren.

»Ja. Es hat ein paar Tage gedauert, bis sie mehr als Ja und Nein zu mir sagte, aber dann hat sie den Widerstand aufgegeben. Und eines Tages sah sie mich ganz ernst an und meinte, ich könne dich nun zurückholen. Auch wenn es sich für sie nicht richtig anfühlen würde, könnte es vielleicht richtig werden. Es klang, als hätte ihr jemand die Worte in den Mund gelegt. Und sie möchte auf einmal Unterricht nehmen. Cello. Hat sie bislang immer abgelehnt, weil ihre Mutter sie unterrichtet hatte, und ... Ich weiß nicht, aber ich habe das Gefühl, dass sie dabei ist, loslassen zu können.« Eine Horde Schulkinder rannte an ihnen vorbei und beide blickten sie auf ihre Armbanduhren. »Meine Mittagspause ist gleich vorbei«, sagte er mit Bedauern in der Stimme.

Lucía wischte sich mit dem Handrücken den Schweiß von der Stirn. Sie wollte nicht gehen und wusste dennoch nicht, was sie sagen sollte, um ihn davon abzuhalten. Waren sie jetzt einfach so wieder zusammen? War jetzt alles wieder gut? Würde sie heute Abend mit ihrem Koffer wieder an seine Tür klopfen, mit ihm im selben Bett schlafen?

Agustín stand auf, klopfte sich die Hose ab und hielt ihr die Hand hin. »Kommst du?«

Sie nahm die Hand, zögerlich, er zog sie hoch und zu sich, bis sie ihm so nah war, dass sie das Licht in seinen nebelgrauen Augen erkennen und den Geschmack seiner Lippen riechen konnte. Hoffnungsvoll rochen sie.

»Kommst du zurück?«, flüsterte er und ihr Herz sang Ja.

TEIL 2

1977-1978

KAPITEL 13

Heilung bedeutet Kampf

Barcelona, Juni 1977

»Felicidad!«, rief Inés und winkte mit beiden Armen, als ob Felicidad sie übersehen könnte. Ihre Fröhlichkeit war ansteckend, und obwohl sich Felicidad heute gar nicht fröhlich fühlte, musste sie dennoch lächeln. Seit sie Inés vor einem Jahr ihre Geschichte und das Bedürfnis, nach ihren Eltern zu suchen, anvertraut hatte, waren sie rasch unzertrennlich geworden, ein perfektes Beispiel dafür, dass Gegensätze sich anzogen. Inés war eine sprudelnde Quelle, die weder Regenwetter, quengelnde Kinder oder schlechte Nachrichten zum Versiegen bringen konnten. Ihr Wasser hatte heilsame Kräfte. Felicidad badete gern darin, denn auch wenn sie Fortschritte machte, lauerte die Schwermut weiterhin an der Türschwelle, immer bereit, einen schwachen Moment auszunutzen, um sich an sie zu heften.

Heute war so ein Tag. Seit sie den Brief geöffnet hatte, der heute Mittag im Briefkasten gelegen hatte, wollte sie sich nur noch im Bett verkriechen. Sich die Schuhe anzuziehen und aus dem Haus zu gehen, um ihr Treffen einzuhalten, hatte einem Kraftakt geglichen und sie ausgelaugt, aber doch auch ein klein wenig stolz gemacht. Heilung bedeutete Kampf, nicht Aufgeben.

»Wo ist Oscar?«, fragte Inés.

Felicidad schüttelte den Kopf. »Schwieriger Tag heute.«

»Deinetwegen oder seinetwegen?«

»Ist seinetwegen nicht auch immer meinetwegen?«, fragte Felicidad zurück und wischte sich mit den Zeigefingern den Schweiß aus den Augenbrauen. »Wenn ich mein inneres Gleichgewicht nicht halten kann, kann ich ihm nicht die Aufmerksamkeit schenken, die er braucht, und dann ist es doch ganz logisch, dass er sie auf andere Art versucht, zu bekommen. Ich bin froh, dass Elsa so spontan einspringen konnte.« Die Haushälterin arbeitete eigentlich nicht mehr für sie, eigentlich arbeitete sie gar nicht mehr, sondern war pensioniert, aber sie übernahm gern hin und wieder den mittlerweile fast dreijährigen Oscar, wenn Felicidad nicht mit ihm zurechtkam. Vieles hatte sich gebessert in den letzten zwölf Monaten, aber ihre Beziehung war wie das Meer, begleitet von Ebbe und Flut und einer grenzenlosen Weite, in der sie sich nicht selten aus den Augen verloren.

Inés zog eine Schnute. »Wenn dein inneres Gleichgewicht heute aus der Balance geraten ist, bedeutet das, dass du schlechte Nachrichten bekommen hast?«

Felicidad zog den Brief aus der Tasche, händigte ihn ihrer Freundin aber nicht aus. »Setzen wir uns doch und trinken etwas Kaltes«, sagte sie stattdessen und deutete mit dem Papier in der Hand auf einen der freien Tische des Lokals, vor dem sie standen.

Unter dem Sonnenschirm mit dem Firmenlogo einer Biermarke war es angenehmer als in der prallen Sonne, aber die Junihitze waberte wie zäher heißer Nebel durch die windstillen Straßen und hinterließ einen unangenehmen klebrigen Film auf Haut und Gedanken. Als ob es nicht schon schwer genug wäre, überhaupt zu denken.

»*Un café con leche con hielo*«, bestellte Felicidad, während Inés ein kaltes Bier verlangte. Kurz darauf stellte der Kellner eine Tasse Kaffee vor sie hin, sowie ein großes Glas mit Eiswürfeln darin. Sie gab zwei Stück Zucker in die Tasse, rührte um und goss danach das hellbraune Getränk über die Eiswürfel. Andächtig lauschte sie dem Knacksen des Eises, und selbst, als es verstummt war, starrte sie weiterhin in ihr Glas. Die Müdigkeit, die ihr in den Knochen saß, konnte kein Kaffee der Welt vertreiben.

Inés schlürfte den Schaum von ihrem Bier und seufzte wohlig. »Das tut gut!« Dann fuhr sie mit der Hand vor Felicidads Gesicht hin und her. »Kannst du mich jetzt bitte auf den neusten Stand der Dinge bringen?« Es klang etwas forsch, drängend, und eine andere Person würde die Tonart vielleicht als despektierlich betrachten, aber Felicidad wusste, dass Inés sie damit nur aus der Reserve locken wollte. Wieder nahm sie den Brief in die Hand, öffnete das Kuvert und holte das Papier heraus.

»Es ist die Liste der Internierten des Lagers von Rivesaltes bei Perpignan. Es gab mehrere Mädchen mit dem Namen Felicidad, acht, um genau zu sein, aber nur eins, das vom Alter her passen könnte. Es wurde im März 1939 als Ankunft registriert und ist im Februar 1940 gestorben.« Sie legte das Papier zwischen sie auf den Tisch. »Das war das zweitletzte Lager aller, die wir angefragt haben.« Leise und unauffällig atmete sie so tief ein, wie sie konnte, um das enge Band, das sich um ihren Brustkorb spannte, zu sprengen.

Inés presste die Lippen zusammen und holte ein Notizbüchlein aus ihrer Tasche, leckte den Zeigefinger ab und blätterte zu einer Seite, auf der sie eine Tabelle gezeichnet hatte. »Lass mich zusammenfassen: Wir haben innerhalb der letzten zwölf Monate die dreizehn südlichsten *départements* in Frankreich angeschrieben, damit sie uns Kopien der Listen mit den Namen der Insassen der verschiedenen Lager schicken, die sich auf ihrem Gebiet befanden, zwischen Eröffnung des jeweiligen Lagers bis zum September 1943. Auffanglager für ausländische Flüchtlinge generell und solche für exilsuchende Spanier im Speziellen. Internierungslager für Fahrende, Kommunisten und Juden, für politische Gefangene, Kämpfer der *Résistance*. Frauenlager. Strafgefangenenlager. Bassens, Mérignac, Buzet-sur-Baïse, das schreckliche Lager in Gurs, Mazère, Le Vernet, Bram ...« Sie zählte noch weitere Lager auf, die Liste schien endlos und war doch so kurz, wenn man bedachte, dass sie nur etwa einen Zehntel der Fläche Frankreich abdeckte. »Und natürlich die gleich auf der anderen Seite der Grenze zu Katalonien, also Argelès-sur-Mer, Rivesaltes, Le Barcarès, Saint-Cyprien. Insgesamt haben wir siebenunddreißig Listen erhalten, andere sind entweder noch nicht öffentlich zugänglich oder aber unsere Bitte wurde direkt ignoriert. Wir haben hundertzweiundzwanzig Frauen mit dem Namen Felicidad gefunden, aber nur achtunddreißig Mädchen im passenden Alter. War wohl keine Zeit, in der man sein Kind mit einem Namen versah, der Glückseligkeit bedeutet«, feixte sie.

Felicidad nahm einen Schluck ihres kalten Kaffees. Die Eiswürfel waren schon geschmolzen, genau wie ihre Hoffnung. »Von diesen achtunddreißig Mädchen haben wir mit Hilfe deines Privatdetektivs siebzehn in Frankreich ausfindig gemacht«, fuhr sie fort. Sie brauchte kein Notizbuch dafür, sie kannte die Zahlen auswendig. »Die bin ich natürlich nicht. Genauso wenig wie die zehn, die wir in Spanien gefunden haben, von denen sogar drei mittlerweile gestorben sind. Von den verbleibenden elf können wir mit großer Wahrscheinlichkeit acht weitere streichen, denn die kommen aus Regionen in Spanien, wo kein Katalanisch gesprochen wird. Von noch einmal zweien fehlt jede Spur, sowohl von ihnen selbst als auch von den Eltern. Sie sind wohl in andere Länder gezogen. Oder wurden irgendwo verscharrt. Und die eine Felicidad, von der wir keinerlei Information über ihren Aufenthaltsort haben, bin auch nicht ich, sondern die lebt laut Aussage ihres Vaters, den wir kontaktiert haben, mit Mann und Kindern in Irland.« Sie hatte das Gefühl, dass die Hitze und die Enttäuschung sie zusammenpressten wie die Schrottpresse ein Auto, zu einem kompakten Würfel, eckig und scharfkantig, und langsam ging ihr die Luft aus.

»Du bist blass, Feli«, sagte Inés besorgt und legte ihre viel zu warme Hand auf Felicidads Arm. »Ich verstehe deine Ernüchterung; wir haben so viel Zeit investiert, all das herauszufinden. Es war nicht einfach, gar nicht! Wir sollten stolz sein darauf, hörst du mich! Und wir machen jetzt einfach weiter.«

Langsam, um ihre Freundin nicht zu brüskieren, nahm Felicidad ihren Arm unter deren Hand weg. »Und wie sollen wir weitermachen? Alle restlichen *départements* in ganz Frankreich anschreiben? Es sind ja nicht einmal alle Listen öffentlich zugänglich. Und weiter im Norden zu suchen macht keinen Sinn, wenn man bedenkt, dass ich katalanisch gesprochen habe. Und selbst hier in Katalonien hat dieser Privatdetektiv in den Geburtenregistern nach dem Namen gesucht; die wenigen, die er gefunden hat, haben sich mit denen aus den Lagern gedeckt oder sind ebenfalls ganz eindeutig nicht ich. Wir suchen eine Nadel im Heuhaufen, ohne überhaupt den ganzen Heuhaufen durchwühlen zu können. Das alles macht keinen Sinn.« Sie schüttelte den Kopf und trank den letzten Rest Kaffee aus, der mittlerweile schon gar nicht mehr kalt war. Inés verscheuchte eine Wespe vom Rand ihres Bierglases; hinter ihnen rumpelte der Wagen der Müllabfuhr durch die Straße und hinterließ eine stinkende Wolke aus Abgas und gärendem Unrat.

Inés wedelte den Gestank mit der Hand beiseite. »Weißt du, von dem, was du mir von früher so erzählt hast – dein Streben nach Gerechtigkeit, deine Teilnahme an Manifestationen und Demonstrationen, deine Arbeit als Reporterin für antifaschistische Zeitungen –, hatte ich angenommen, dass da irgendwo in dir immer noch eine Kämpferin stecken muss. Wo ist sie, Felicidad? Das Leben ist keine Gerade, es ...«

»Für manche schon«, unterbrach Felicidad sie, aber kaum waren die Worte ausgesprochen, wollte sie sie wieder zurücknehmen.

»Oh, ich weiß schon, dass mein Leben nicht mit deinem vergleichbar ist.« Der verletzte Ausdruck verschwand rasch wieder von Inés' Gesicht. »Ich habe nicht erlebt und erlitten, was du durchgemacht hast. Ich durfte privilegiert aufwachsen, durfte einen gütigen, wohlbetuchten Mann heiraten und darf nun sein Geld ausgeben – unter anderem für den Privatdetektiv, der nach deinen Eltern forscht. Ich darf mich einmal in der Woche um meinen Neffen kümmern, was mir reicht, weil ich selbst keine Kinder möchte, und wann immer ich will, darf ich ins Kino, ins Theater, in die Oper, zur Kur, nach Valencia, Madrid oder Málaga. Ich lebe ein freies Leben, ohne Zwänge. Meine Probleme mögen kleiner sein als deine, aber wenn sich mir eins in den Weg stellt, dann beseitige ich es.« Sie fuhr wild mit den Händen durch die Luft und stieß ihr Glas um, das sauber in zwei Teile zerbrach, als es auf dem Aschenbecher landete. Inés beachtete es nicht einmal. »So wie du früher. *Du* bist dein Problem jetzt. *Du* stehst dir selbst im Weg, merkst du das nicht? Ich würde deine starre Hülle am liebsten packen, hochheben und zur Seite stellen, damit der Weg wieder frei für die Kämpferin in dir ist.«

»Red leiser«, flüsterte Felicidad und senkte den Kopf, um den neugierigen Blicken der Nachbarstische auszuweichen.

»Glaubst du überhaupt daran?«, fragte Inés in derselben Lautstärke. »Glaubst du wirklich daran, dass du jemals erfahren wirst, was damals mit deinen Eltern passiert ist? Dass du sie vielleicht sogar finden könntest?«

Felicidad schüttelte den Kopf, den Blick immer noch gesenkt. Sie hatte gedacht, daran zu glauben, aber eigentlich tat sie es nicht. Viel zu groß, viel zu unmöglich, viel zu viele Unbekannte in dieser Gleichung, die sie mit verbundenen Augen lösen mussten.

»Dann können wir jetzt aufhören. Wenn du nicht daran glaubst, ist es reine Zeitverschwendung. Tage wie heute verbringe ich lieber am Strand, weißt du? Du hast kapituliert, Felicidad. Und zwar nicht erst jetzt, sondern bereits vor langer Zeit. All die Bemühungen, all das Aufraffen, all die guten Vorsätze? Alles nur kleine Entschuldigungen an dein schlechtes Gewissen. Denn du weißt es selbst: Du hast aufgegeben, zu kämpfen.« Damit stand sie auf, warf ein paar Pesetas auf den Tisch. »Ruf mich an, wenn du *wirklich* bereit bist.«

Sie wusste nicht, wie sie überhaupt nach Hause gelangt war. Da war nur noch diese große, große Erschöpfung in ihrem Kopf. Trübes, dunkles Wasser, durch das sie schwimmen musste. Ihre Beine zitterten, ihre Hände zitterten, ihr Atem zitterte. Blindlings stolperte sie die Treppe hoch, jemand riss von innen die Tür auf, »da bist du ja!«, hörte sie Manuel rufen, aber vor ihren Augen zerlief seine Gestalt wie Tinte in einem Wasserglas. Sie tastete sich ins Badezimmer, tastete nach der Packung mit den Tabletten, drückte eine davon durch die dünne Folie, aber die Valium fiel ihr aus den Fingern, fiel zu Boden, sie hörte den leisen Aufprall in ihrem Kopf dröhnen wie einen Bombeneinschlag und sackte wimmernd zusammen.

»Felicidad, *por Dios*, verdammt, was ist los?« Sie hörte das Echo von Manuels Stimme hundertfach in ihrem Kopf und presste sich die Hände auf die Ohren. *Verdammt, verdammt, verdammt*. Dann spürte sie etwas Kaltes an ihren Lippen, zuckte zurück, »trink einen Schluck«, und sie trank, schmeckte die Bitterkeit der kleinen Tablette, als er sie ihr in den Mund schob, und schluckte.

Irgendwann lag sie im Bett, wohlig warm und weich alles, unter ihr, über ihr, in ihr. Gerade als sie wegdösen wollte, öffnete sich die Schlafzimmertür und ein Spalt Licht zerschnitt die Dunkelheit.

»Manuel?«, flüsterte sie. Sein massiger Körper schob sich durch das Licht, dann sank die Matratze neben ihr ein. Ihre Lider waren so schwer, aber langsam kratzte das Licht Details aus den Schatten, und sie sah, dass er müde lächelte.

»Du hast mir einen Schrecken eingejagt.«

Schrecken ... Sie packte seine Hand und richtete sich halb auf. »Oscar?«

»Alles gut, er schläft. Elsa hat ihn vor einer Stunde gebracht, nachdem du ihn nicht abgeholt hast.«

Sie sank wieder zurück in ihr Kissen. Erst jetzt bemerkte sie, dass es schweißfeucht war und säuerlich roch. »Ich habe versagt«, murmelte sie.

»Bei Oscar? Nein, das wird ...«

»Bei der Suche nach meinen Eltern.«

Manuel seufzte tief. »Ich habe dir doch gesagt, dass das zu viel wird für dich. Es ist ein unmögliches Unterfangen. Deine Freundin hat dich in etwas hineingeritten, fürchte ich.«

»Es war doch meine Idee gewesen, sie wollte mir nur helfen«, murmelte sie.

Er streichelte über ihren Kopf, sie schmiegte sich an seine Hand. »Du hast dein ganzes Leben lang mit einem Auge in die Vergangenheit geschaut, Felicidad. Wir brauchen dich hier. Es ist Zeit, dass du loslässt und nach vorn blickst, glaubst du nicht?«

Sie wollte den Kopf schütteln, aber sie war zu müde. Vielleicht bedeutete Heilung ja, alte, festgefahrene Vorstellungen und Hoffnungen fallen zu lassen. Ihre Lider fielen zu.

KAPITEL 14

Ein Knistern in der Luft

Barcelona, Juni 1977

Die Innenstadt glich einer Festhalle, und wahrscheinlich war das in jedem Viertel Barcelonas, jeder anderen Ortschaft und sowieso im ganzen Land der Fall. Der 15. Juni 1977, endlich war er da, der Tag, an dem die Spanier das erste Mal seit einundvierzig Jahren frei wählen durften. Die Straßen waren voller Menschen, vor den Wahllokalen standen sie Schlange, und die, die ihre Stimme bereits abgegeben hatten, legten ein spontanes Tänzchen hin, plauderten, lachten, tranken oder fielen sich einfach in die Arme. Aufbruch lag in der Luft, knisternde Euphorie, die Demokratie endlich zum Greifen nah.

»Es ist so aufregend!«, rief Luz, stützte sich mit einer Hand an Gabriels Arm ab und wippte auf den Zehenspitzen. Seit zwei Stunden standen sie in der Schlange vor ihrem Wahllokal, aber bald wären sie an der Reihe. Henry, der halb hinter ihr stand, zwickte sie in die Seite, sie quiekte und schlug lachend nach ihm, als wäre sie sechs und würde nicht in zehn Tagen vierundzwanzig werden.

»Benimm dich«, zischte Gabriel auch sogleich, aber als Luz noch einmal über ihre Schulter sah, formte Henry mit den Lippen ein lautloses benimm dich und verdrehte dabei so ulkig die Augen, dass sie wieder lachen musste. Henry war ein Kindskopf, und genau aus dem Grund genoss sie ihre Treffen zu dritt so sehr. Gabriel mochte liebevoll sein, generös mit Komplimenten und Geschenken, sie wusste, sie konnte ihm blind vertrauen – aber witzig war er nicht. Ob es daran lag, dass er vierzehn Jahre älter war als sie, oder aber daran, dass er komplett humorlos erzogen worden war, konnte sie nicht immer ausmachen, aber jedes Mal, wenn sie seinen Vater sah, tendierte sie zu Letzterem. Henry hingegen atmete Charme ein und Schalk aus, er hatte immer einen lustigen Spruch parat und ein verschmitztes Lächeln auf den Lippen. In seiner Gegenwart fühlte sie sich einfach wohl. Bei dem Gedanken wurde es warm in ihrer Brust und sie trat einen Schritt von ihm weg.

Aus dem Wahllokal drangen jetzt laute Stimmen, wütend laut, nicht fröhlich laut, und obwohl Luz die meisten Umstehenden sowieso überragte, stellte sie sich wieder auf die Zehenspitzen, um zu sehen, was dort vorn los war. Die Tür wurde aufgestoßen, und ein Polizist zerrte einen Mann heraus und schubste ihn auf die Straße.

»Ich habe ein Recht, meine Stimme abzugeben!«, brüllte der Mann und hob drohend die Faust.

»Zum letzten Mal: Sie stehen nicht im Melderegister. Und jetzt verschwinden Sie, sonst lasse ich Sie verhaften.« Der Polizist wirkte nervös, kein Wunder angesichts der Menschenmenge, die auch sofort anfing, zu grummeln und zu murmeln.

»Ich lebe seit meiner Geburt in diesem Viertel, ich habe meinen Ausweis vorgezeigt, das ist Manipulation! Das ist keine freie Wahl! Betrug ist das!«, rief der Mann mit hochrotem Gesicht. »Betrug ist das!«, rief er nun der wartenden Schlange zu, und viele nickten und applaudierten, andere warfen scheele Blicke um sich und trippelten unruhig hin und her.

»Schon wieder einer«, sagte Henry. »Das Wahlregister scheint in den letzten vierzig Jahren nicht sonderlich gepflegt worden zu sein, wenn so viele nicht darin auftauchen. Vielleicht funktioniert es aber auch nach dem System ›eene, meene Muh, und raus bist du‹, jede dritte Stimme ungültig.« Er lachte und zählte den Abzählreim einmal durch, bis sein Zeigefinger auf Gabriel zu liegen kam. »Ups, Pech gehabt!«

»Sehr witzig«, stöhnte Gabriel und verdrehte die Augen.

»Das ist ungerecht, wie kann so etwas passieren?«, empörte sich hingegen Luz. »Ich finde es auch nicht in Ordnung, dass die Achtzehn- bis Einundzwanzigjährigen nicht wählen dürfen.«

»Die Volljährigkeit beginnt nun mal erst mit einundzwanzig, *cariño*«, warf Gabriel belehrend ein, als ob sie das nicht wüsste.

»Aber das hätte man ändern sollen für die Wahlen. In anderen europäischen Ländern liegt die Volljährigkeit schon lange bei achtzehn Jahren. Sind es nicht die Jungen, die jetzt an der Reihe sind, die Welt zu gestalten? Das Gleiche wie mit den Frauen: Wenn man eine soziale Gruppe ausgrenzt, wie kann dann eine Gesellschaft funktionieren?« Der ältere

Mann, der vor ihnen in der Schlange stand, drehte sich halb zu ihnen um, die Stirn gerunzelt, bis seine Frau resolut ihren Fächer zusammenklappte und ihm auf den Arm schlug, woraufhin er wieder nach vorn blickte.

»Du bist eine Frau und darfst wählen«, sagte Gabriel leise, griff nach ihrer Hand und drückte fest zu, untrügliches Zeichen dafür, dass er wollte, dass sie den Mund hielt. Aber sie wand sich aus seinem Griff.

»Ja, es gleicht einem Wunder, dass wir das Wahlrecht nicht verloren haben während der Diktatur. Da es eh keine Wahlen gab, hat Franco das wohl nicht gestört«, sprudelte es aus ihr heraus. »Aber sonst? Du willst mir doch nicht erzählen, dass die Frauen in Spanien den Männern gleichberechtigt wären?« Das Paar vor ihnen trat einen Schritt von ihnen weg, als wäre ihnen ihre Unterhaltung unangenehm.

Gabriel hingegen lachte nun belustigt auf und packte ihre Hand wieder. »Gott bewahre! Wo sollte das denn hinführen? Die Jungen und die Frauen wissen doch gar nicht, wie die Welt überhaupt funktioniert, Luz. Ihr müsstet froh sein, dass wir euch wichtige Entscheidungen abnehmen und für euch sorgen. Ein hübsches Köpfchen wie deins sollte sich nicht mit solchen Dingen beschäftigen. Das ist unsere Aufgabe.«

»Wen wirst du denn wählen?«, fragte Henry von hinten und boxte seinen Freund und Cousin x-ten Grades spielerisch in die Schulter des Armes, an dessen Ende Luz' Hand wie in einem Schraubstock steckte. Vor Überraschung mehr als vor Schmerz ließ Gabriel sie los.

»Nun, die *Unión Centro Democrático* natürlich, die Mittepartei.«

»Keine allzu schlechte Wahl, aber nicht progressiv genug, meiner Meinung nach. Dafür kommt nur die PSOE in Frage. Neu und unbelastet.«

Gabriel schnalzte mit der Zunge. »Du mit deinen linken Ideen!«

Henry zwinkerte ihm zu und fragte dann Luz: »Und was wählst du?«

Noch bevor sie antworten konnte, sagte Gabriel: »Natürlich dasselbe wie ich. Sie ist Tänzerin, sie hat doch keine Ahnung von Politik.«

Luz lächelte unverbindlich; es war ihr etwas peinlich, vor Henry als so dumm dargestellt zu werden, dass sie sich nicht einmal eine eigene Meinung bilden konnte. Natürlich könnte sie das, natürlich tat sie das auch in vielem. Aber er hatte schon recht: Was Politik anging, verwirrten sie die vielen Parteien; links, rechts, Mitte, sozialdemokratisch, christlich-demokratisch, linksliberal, rechtspopulär, sozialistisch-populär, Allianzen, Gruppierungen, Pakte, Kommunisten, Gewerkschaften, Regionalparteien, Arbeiterparteien und dann noch die ganzen Abkürzungen, ihr hatte der Kopf gedröhnt, als Gabriel ihr versuchen wollte, zu erklären, wer wofür stand. Ihre Gedanken waren beherrscht von Musik. Sie vertraute ihm und würde einfach wählen, wen er wählte. Das war immerhin besser, als gar nicht zu wählen, oder?

»Sollte sie das nicht selbst entscheiden dürfen?« Henry legte einen Arm um ihre Schulter, als ob er sie beschützen wollte; sie wurde ganz weich bei der Berührung und konnte sich ein Lächeln nicht verkneifen. Aber dann sah sie Gabriels Miene und wand sich augenblicklich aus Henrys Umarmung. Ihr Mann presste die Lippen zusammen, und sein Gesicht, das Luz sonst in seiner Kantigkeit liebte, wurde für einen Augenblick hart und bedrohlich.

»Ach, Hermenegildo ...« So nannte er seinen Freund nur, wenn er ihn ärgern wollte. Dann lächelte er bereits wieder. »Meine wunderbare Frau macht natürlich, was sie für richtig hält, darüber werde ich doch mit dir nicht streiten.« Kumpelhaft klopfte er ihm auf die Schulter, Henry schlug zurück, sie umarmten sich. »Wir stehen uns so nahe, da passt kein Blatt Papier zwischen uns, nicht wahr? Kein Streit um Politik, Geschäfte oder Frauen.« Dabei ließ er Luz nicht aus den Augen, und obwohl er lächelte, lag etwas in seinem Blick, das sie frösteln ließ.

Sie war schon lange nicht mehr in Cadaqués gewesen, aber an diesem Wochenende nach der Wahl hatte sie das erste Mal seit Langem frei – keine Reise in eine fremde Stadt, keine Tournee, keine Gastauftritte. Einfach nur Luft holen, bevor die Seiten in ihrem Kalender umgeschlagen wurden und neue, dichtgedrängte Termine und Auftritte offenbarten. Schon seit Monaten hatte sie das Gefühl, auf der Stelle zu treten. Es war gut, was sie hatte, aber nicht genug, es war nicht der Erfolg, für den sie hart arbeitete und den Gabriel ihr versprochen hatte. In Spanien war sie bekannt und beliebt; *La Enfadada* wurde gern gebucht. Aber im Ausland war sie eine kleine Nummer neben anderen Flamencogrößen. Hin und wieder hatte sie Gastauftritte auf kleineren Bühnen in kleineren Städten wie Perpignan oder Marseille, Turin oder solche in Deutschland mit ihren unaussprechlichen Namen. Manchmal fragte sie sich, ob Gabriel wirklich so gute Kontakte zu den großen Veranstaltern pflegte, wie er vorgab. London zum Beispiel hatte er seit Monaten nicht mehr erwähnt, und wenn sie fragte, winkte er ab und schimpfte sie ungeduldig. Natürlich war sie ungeduldig, hungrig war sie, er denn gar nicht mehr?

In den Wintermonaten sah das Dorf beinahe noch so aus wie in ihren Kindheitserinnerungen. Enge Gassen mit unebenen Steinplatten, weiße Häuser mit blauen Türen und Fensterläden, Wäsche, die im Wind flatterte. Die Bucht, links das Hotel, rechts das Haus von Ana María Dalí, und oftmals waren die einzigen Geräusche, die zu hören waren, das Schmatzen der Wellen, wenn sie vom Strand zehrten, und das keckernde Lachen der Möwen. Wenn sie die Augen zusammenkniff, konnte das Auto am Ende des *paseo* durchaus auch als der Eselskarren des alten Pedro durchgehen.

In den Sommermonaten hingegen erschrak Luz jedes Mal aufs Neue über die Veränderung. Menschen überall, Autos überall, bunt, grell, laut, Ständer mit Postkarten standen vor den Geschäften, die den Urlaubern Strandtücher, Fächer im typischen rotweißen Tupfenmuster und Feuerzeuge mit Spanienflaggen verkauften, Kinder drängten sich um die kleinen Eisdielen. Selbst mit zusammengekniffenen Augen konnte Luz keine Ähnlichkeit mehr erkennen. Aber dann brauchte sie sich nur von der trubeligen Strandpromenade und den gleich angrenzenden Gassen abwenden, um ein, zwei Ecken biegen und eines dieser Sträßchen hochlaufen, deren Boden direkt aus dem Naturgestein herausgehauen worden war, steil und ursprünglich, ungeschliffen, so gar nicht für Fremde hergerichtet. Wenn sie dann kurz innehielt, hinter den Spitzengardinen die Silhouette einer schwarz gekleideten verhutzelten Alteingesessenen erkannte, eine Katze sah, die oben auf der Mauer saß und sich völlig unbeeindruckt die Pfoten schleckte, den Geruch von heißem Stein und Pinien einatmete, die Zikaden lauter musizierten, als die Menschen lärmten, dann merkte sie, dass es eben doch immer noch ihr Dorf war, das sich einfach verkleidet hatte. Nach den Sommermonaten würde es wie ein kleines Kind nach dem Spielen müde und verschwitzt die Maske ausziehen, das Gesicht in die kühlende tramontana halten und sich dann bis zum nächsten Frühling zum Schlaf betten. Und Luz würde ihm liebevoll einen Kuss auf die Stirn drücken. Auch wenn sie sich nicht vorstellen konnte, wieder hier zu leben, war es eben doch ihre Heimat.

Hauptgesprächsthema war natürlich auch hier die Wahl und ihr Ergebnis. Adolfo Suárez hatte mit seiner Mittepartei *UCD* gewonnen, und Gabriel erzählte jedem, der es hören wollte – und auch denen, die es nicht hören wollten – mit stolzgeschwellter Brust, dass sie eben dieser Partei mit ihren Stimmen zum Sieg verholfen hatten. Luz war froh, als ihre Mutter mit Agustín und Celia im Schlepptau eintraf und sie sich von den Männern loseisen konnte, um sie zu begrüßen.

»Du hast dein Cello mitgebracht!«, rief sie erfreut. Musik war eben doch ein angenehmeres Gesprächsthema als Politik. »Machst du Fortschritte im Unterricht?«

Celia nickte und lächelte das verlegene Lächeln einer Zwölfjährigen. Waren sie zu zweit, quasselte das Mädchen mittlerweile wie ein Wasserfall, aber wenn Lucía in der Nähe war, zog es sich zurück, wie ein Einsiedlerkrebs sich in seine Muschel verkroch, wenn Gefahr drohte. Zwischen ihnen lag ein ganzer Ozean, manchmal mit mannshohen, schaumgekrönten Wellen, manchmal friedlich, aber immer viel zu weit, um zueinanderzufinden.

Interessanterweise war es zwischen Luz und Agustín nicht anders. Zur Begrüßung nickte sie ihm zwar freundlich zu, unterließ es aber, ihn zu umarmen, während sie ihre Mutter fest an sich drückte.

»Ich lasse euch Frauen dann mal allein«, sagte Agustín nonchalant, auch wenn Luz an dem leichten Zucken seiner Mundwinkel erkannte, dass er wie jedes Mal enttäuscht war. Er war nett, keine Frage. Sie tat es nicht, um ihn zu verletzen. Es fühlte sich einfach noch nicht richtig an.

»Bis nachher, *mi petita* Mercè, meine kleine Mercè.« Er strich Lucía liebevoll über die Wange. Sie wandte sich ein klein wenig zu abrupt ab und seine Mundwinkel zuckten noch ein klein wenig mehr.

»Geh doch schon hinein und lass das Instrument im Aufenthaltsraum«, wies Lucía Celia an. »Und dann frag in der Küche, ob sie dir eine Limonade geben können.« Celia packte den Cellokasten, warf Luz noch einen Blick zu, der heißen könnte nachher quatschen wir in Ruhe, und verschwand, gerade in dem Moment, in dem Julia auf die Terrasse heraustrat, Pablito an der Hand und die kleine Meritxell auf dem Arm. Ihr Bauch wölbte sich bereits wieder.

»Wann wird es wohl bei dir so weit sein?«, fragte ihre Mutter leise. Das endlich sprach sie zwar nicht aus, aber Luz hörte es dennoch und ärgerte sich darüber.

»Ich kann doch jetzt nicht schwanger werden, Mutter, wie stellst du dir das vor? Gerade wo ich dabei bin, durchzustarten?«

»Oh, bist du das?« Es klang erfreut, aber auch hier schwang ein endlich mit.

»Erzähl mir lieber, wie dein Blumenimperium läuft«, bat Luz, um von sich abzulenken.

»Todo bien, alles bestens. Ich habe ein süßes kleines Lokal gesehen, das ich gern anmieten würde, um einen zweiten Laden zu eröffnen, aber ... Ah, Julia!« Ihre Schwägerin trat auf sie zu, und Lucía begrüßte sie mit zwei Küsschen und wechselte flugs das Thema. »Ich soll dir Grüße von Francisco ausrichten und zur Schwangerschaft gratulieren. Sag mal, seit wann raucht Miguel denn?«, fragte sie dann erstaunt und zeigte auf ihren Sohn, der bei Gabriel und Agustín stand und sich an der niedergebrannten Zigarette eine neue anzündete.

Julia verzog das Gesicht. »Seit ein paar Wochen. Er ist fürchterlich gereizt. Ich befürchte, die dritte Schwangerschaft hat ihn etwas aus der Bahn geworfen.« Sie strich sich über den Bauch, als wollte sie sich bei ihrem Kind dafür entschuldigen.

»Miguel gereizt?«, hakte Lucía nach. »So kenne ich ihn gar nicht?«

Natürlich nicht, dachte Luz. Schließlich war ihr Bruder immer der Verantwortungsvolle, der Brave gewesen, mit Ausnahme der kleinen Rebellion in Liebesangelegenheiten, die zur Hochzeit mit Julia geführt hatte. Vielleicht hatte er einfach keine Lust mehr auf diese Rolle des Vorzeigemannes. Sie könnte es ihm nicht verübeln, aber ihre Mutter eilte natürlich bereits zu der Gruppe Männer und erbat sich ein Wort mit ihm.

»Ob das hilfreich sein wird?«, murmelte Julia und strich sich wieder über den Bauch.

Wie es sich wohl anfühlte, ein Kind in sich heranwachsen zu spüren?

Durch das geöffnete Fenster des Aufenthaltsraumes erklang ein sanfter, dunkel vibrierender Ton, dann noch einer und noch einer, während Celia ihr Instrument zu stimmen schien. Luz musste schmunzeln. Natürlich hatte sie nicht bis nach dem Essen warten können, wie abgemacht gewesen war. Sie erinnerte Luz so sehr an sich selbst; sie konnte sich noch genau daran erinnern, wie sie als kleines Kind bereits bei jeder Gelegenheit vor Publikum auftreten wollte. Wie viel sich hier seitdem verändert hatte! Damals hatte ihre Mutter den Betrieb so gut wie allein geführt, die Kinder mussten helfen, die Gäste zu bedienen, und nun war aus der kleinen Pension mit fünf Zimmern ein stattliches Hotel mit fünfunddreißig Zimmern geworden, mit Angestellten, die Julia und Miguel so weit entlasteten, dass sie sogar an einem Samstag während der Hauptsaison Zeit mit der Familie verbringen konnten, statt Essen zu kochen oder zu servieren, ohne an der Rezeption stehen zu müssen, ohne den Chlorgehalt im Schwimmbad messen zu müssen.

»Träumst du oder sprichst du etwa mit der Möwe?«

Luz zuckte zusammen und schlug dann spielerisch nach Gabriel, während besagte Möwe unbeeindruckt durch den Garten stolzierte. Celia spielte mittlerweile eine fröhliche Rumba.

»Darf ich meine wunderschöne Frau zu einem Tänzchen auffordern?«, fragte Gabriel und hielt ihr galant die Hand hin. Es kribbelte in Luz' Beinen, wie immer, wenn sie Musik hörte, sie lachte und packte Gabriel, zog ihn an sich. Er, selbst kein schlechter Tänzer, fand sofort den Rhythmus und führte sie über die Terrasse.

»Sie spielt wirklich nicht schlecht, deine kleine Schwester.«

»Halbschwester«, korrigierte Luz sofort. Gabriel führte sie in eine leichte Drehung und holte sie wieder zurück, und als Celia das Stück beendete und kein weiteres folgte, tanzten sie weiter, ein wenig enger aneinandergepresst, ein wenig langsamer. Luz schnupperte an Gabriels Hals; sein Duft war bezeichnend für ihn, trocken, holzig, kantig. Manchmal wünschte sie sich ein klein wenig mehr Süße.

»Hast du mir heute eigentlich schon gesagt, dass du mich liebst?«, murmelte er in ihr Ohr.

»Wahrscheinlich? Aber das weißt du doch? Dass ich dich liebe?«, entgegnete sie und hauchte ihm einen Kuss an den Hals.

»Weiß ich das?«, fragte er zurück und blieb abrupt stehen. »Woher soll ich das denn wissen, wenn du es mir nicht sagst?«

Luz kicherte unsicher. »Gabriel …«

»Glaubst du, ein Küsschen ist genug, um mir deine Liebe zu demonstrieren?« Er löste sich von ihr. Über sein Gesicht kratzte ein verletzter Ausdruck. »Du könntest an weiß ich wen denken, während du mich küsst!«

Ihr wurde erst ganz heiß und dann fürchterlich kalt in ihrer Brust. »Was redest du da für einen Unsinn, *cariño, mi amor*, mein Schatz, natürlich liebe ich dich«, beeilte sie sich zu sagen, aber Gabriel schüttelte den Kopf und stach mit dem Zeigefinger in ihre Schulter. Es tat weh.

»Ich überschütte dich mit Komplimenten und preise überall deine Schönheit und dein Talent an, ich sage dir jeden Tag unzählige Male, dass ich dich liebe, und was kommt von dir zurück? Hältst du mich schon für so selbstverständlich? Bereust du etwa bereits, mich geheiratet zu haben, nach nur einem Jahr schon?« Er wurde laut, und unter die Verletztheit mischte sich etwas Giftiges, das Luz die Tränen in die Augen trieb.

»*Lo siento mucho*, es tut mir leid«, wisperte sie und blinzelte, um ihre Sicht zu klären. Ihr war, als wäre sie in friedlichen Gewässern geschwommen und urplötzlich von einer Strömung in die Tiefe gezogen worden. Ihre Kehle wurde eng und ihr ging langsam die Luft aus. »Bitte, ich wollte nicht ... ich dachte ... mir war nicht bewusst ...«

Auf einmal war Gabriel wieder nahe, auf einmal spürte sie wieder seine Arme um sich, seine Hand, die ihren Kopf streichelte, seinen harten Geruch, unter den sich nun eine säuerliche Schweißnote mischte. »Ist schon gut«, raunte er. »Alles gut.« Und endlich ließ die Strömung sie los, sie tauchte auf und konnte wieder atmen. »Ich verzeihe dir. Du bist noch so jung, du musst noch viel lernen.«

»Luz?«, hörte sie ihre Mutter rufen, und sie presste rasch ihr Gesicht in Gabriels Hemd, um die Tränen zu trocknen. Das Letzte, was sie wollte, war, dass Lucía auch nur den geringsten Verdacht bekäme, sie wäre nicht glücklich mit Gabriel. Sie würde keine Gelegenheit auslassen, ihr das unter die Nase zu reiben.

»Wir warten auf euch. Das Essen wird kalt.«

»Wir genießen gerade einen ruhigen Moment zu zweit«, antwortete Gabriel, hob Luz' Kinn und lächelte dieses Lächeln, bei dem alles an ihm ganz weich wurde und sie ganz schwach vor Glück. »Nicht wahr, *mi amor*?«

San Juan, Johannisnacht. Auf diesen Abend freute sie sich schon lange. Sie trug ein hübsches, luftiges Kleid, lang genug, damit Gabriel nicht fürchten musste, dass andere Männer sie unziemlich beglotzten, wie er es nannte, oder sogar ihre Finger nicht bei sich lassen konnten. Sie fand es rührend, wie er sich um ihre Sicherheit sorgte. Langsam verschwand bereits die Sonne hinter der Stadt, legte als letzten Abendgruß ein goldenes Licht wie eine weiche Decke über sie. Es war kurz nach neun; heute hatte sie in der Nachmittags- und Frühabendvorstellung getanzt, sodass sie diesen ganz speziellen Abend frei hatte.

»*Te quiero*, ich liebe dich«, sagte Luz zärtlich. Gabriels Gesicht leuchtete auf; ob vor Freude, vor Liebe oder einfach nur vor Stolz darüber, dass sie ihre Lektion gelernt hatte und ihm nun mehrmals am Tag ihre Gefühle bestätigte, konnte sie nicht sagen. Sie tat es gern, natürlich, schließlich liebte sie ihn ja wirklich. Und doch fühlte es sich jedes Mal unecht an. Sie wollte die drei Worte dann sagen, wenn sie das Bedürfnis dazu hatte, nicht einfach, um ihn zufriedenzustellen. Erkannte er denn wirklich die kleinen Gesten nicht, die dasselbe aussagten, nur ohne Worte? Musste es wirklich so plakativ sein, ausgesprochen werden? Aber wahrscheinlich hatte er recht; was wusste sie schon. Er hatte viel mehr Lebenserfahrung.

»Warum so nachdenklich, schöne Frau?« Auf einmal stand Henry vor ihr, seine Wangen gerötet, weil er geeilt sein musste, seine dunklen Haare vom lauen Sommerabendwind zerzaust. Ihr Herz tat unerwartet einen Hüpfer.

»Da bist du ja endlich«, rief Gabriel und trat mit ausgebreiteten Armen auf ihn zu, um ihn zur Begrüßung zu umarmen, aber Henry schnappte sich stattdessen Luz und wirbelte sie einmal im Kreis herum. Sie lachte quietschend.

»*Ladies first*«, sagte er und umarmte dann seinen Freund. Erst die Damen. Ihr Englisch machte Fortschritte, auch wenn sie nicht wusste, wofür sie eigentlich weiter lernte, wenn es nicht den Anschein machte, als ob sie jemals wieder einen Fuß nach England setzen würde. Gabriel schien zumindest nichts dafür zu tun.

Als ob Henry ihre Gedanken gelesen hätte, sagte er: »Wisst ihr, ich habe vorhin in der Zeitung eine Reklame von Iberia gesehen für wirklich günstige Flüge. Wir sollten endlich unseren Plan Realität werden lassen und ein paar Tage nach London fliegen, findet ihr nicht auch?«

Luz packte Gabriel am Arm.

»Wir haben keine Zeit für ...«

»Bitte! Bitte, bitte, bitte, *mi amor*, wir werden doch irgendwann in den nächsten zwei oder drei Monaten ein paar Tage am Stück freischaufeln können, bitte! Stell dir vor, London! Ich wünsche mir das schon so lange, und Henry kann unser Führer sein, wir drei zusammen, das wird so ein Spaß!«

Henry neben ihr lachte leise. »Los, sei kein Spielverderber. Tu's für deine Frau! Schau nur, wie sie sich freut.«

Gabriel sah nicht sehr glücklich aus, ja eigentlich wirkte er beinahe etwas irritiert. »Ja, ja, schon gut«, grummelte er schließlich. »Morgen schauen wir den Terminkalender an. Aber ich verspreche nichts, die Arbeit geht vor! Und lasst uns endlich zum Bootsanleger gehen, sonst ist der Abend früher fertig, als uns lieb ist.«

Luz stieß einen spitzen Schrei der Freude aus und fiel erst Henry, dann Gabriel um den Hals. *London, I'm coming!*

Zehn Minuten später saßen sie auf dem Oberdeck des Schiffes mit dem schönen Namen *Encarnación*, und Luz beobachtete, wie sie sich ganz langsam vom Anleger entfernten, während gleichzeitig das Gold des Abendlichts zu einem matten Silber verkam, unter das sich wie Tintenschlieren die Nacht mischte, die aus dem Meer emporstieg. Flackernd gingen über ihren Köpfen bunte Lämpchen an, die von Bug zu Heck gespannt waren, oder von Heck zu Bug, sie konnte die Begriffe nie auseinanderhalten.

»Es ist traumhaft!«, sagte Luz und klatschte in die Hände. »Findest du nicht, Henry?«

»Nun ja. Ja. Sicher doch«, sagte dieser und lächelte etwas gequält. »Wir senken definitiv das Durchschnittsalter, wenn ich mich so umschaue.«

»Das nennt man gediegene Unterhaltung«, feixte Gabriel. »Wir können *cava* trinken und im Unterdeck tanzen, während andere an einem stinkenden Feuer sitzen müssen und Sand in Augen und Ohren haben.« Das Schiff war nun vollständig aus dem Hafen rausgetuckert und fuhr in nördliche Richtung, immer parallel zum Ufer und zu den Stränden, an denen nach und nach die besagten Johannisfeuer entzündet wurden. Unter ihnen spielte die Band ruhige spanische Tanzmusik, der Schaumwein prickelte im Mund und die herbe Süße schmeckte viel zu gut, um nach einem Glas aufzuhören.

Luz saß zwischen Henry und Gabriel; es war unpraktisch, sich so zu unterhalten, weil Luz sich immer entweder nach vorn oder nach hinten beugen musste, wollten die Männer sich austauschen, aber die Sitzbänke waren nun mal am Deck festgeschraubt. Es war aber auch egal, weil Henry einen Witz nach dem anderen machte, sodass sie sich sowieso die meiste Zeit den Bauch halten musste vor Lachen. Was für ein Abend mit ihren zwei Lieblingsmenschen, ging es noch besser? Die Lichter der anderen Schiffe und Boote schaukelten auf den leichten Wellen, als hätte der Himmel ein paar Handvoll Sterne über das Wasser gestreut, und die Luft roch ein bisschen nach Rauch, ein bisschen nach Lebensfreude und ein klein wenig nach Herzrasen.

Die Sängerin im Unterdeck hauchte *Háblame del mar, marinero* ins Mikrofon, und selbst hier oben schunkelten einige Paare im Gang zwischen den

Sitzbänken, so langsam, dass selbst der Mond sich schneller um die eigene Achse drehte, witzelte Henry.

»Ich befürchte«, rief er, nachdem er im Gegensatz dazu schwungvoll den letzten Tropfen *cava* in Luz' Glas gegossen hatte, »dass wir mehr davon brauchen werden, wollen wir nicht vor dem Feuerwerk einschlafen! Gabriel, mein Freund, würdest du?« Er zeigte auf die leere Flasche, dann auf seine Sitzposition, eingequetscht zwischen Reling und Luz.

Gabriel erhob sich. »Hab ich nicht schon die letzte Flasche bezahlt?«

»Bist ein guter Freund, mein Freund!«, scherzte Henry, und Luz musste kichern, so wie sie jedes Mal, wenn Henry den Mund öffnete, kichern musste, als ob Lachgas zwischen seinen Lippen hervorquellen und sie einnebeln würde. Ein anderes Ausflugsschiff fuhr mit einigem Abstand an ihnen vorbei und dennoch war die Musik laut und deutlich zu hören; es war *Dancing Queen* von Abba.

»Verdammt, wir sitzen im falschen Boot«, sagte Luz zwischen Jammern und Lachen zu Henry und zog dann fröstelnd die Schultern hoch. Obwohl ihr Bauch vom Schaumwein warm war, fuhr der Nachtwind langsam empfindlich kühl über ihre Arme. Sie bereute es, keine Jacke mitgenommen zu haben.

Henry schälte sich aus seinem Jackett und legte es behutsam um sie; es war warm von seinem Körper, und Luz konnte nicht sagen, ob die Gänsehaut nun von der Kälte oder von dieser intimen Nähe kam.

»Falsches Boot, das kann man wohl sagen.« Er reckte sich suchend. »Ich hoffe, Gabriel kommt rasch mit der neuen Flasche, und danach sollten wir unten ein wenig für Stimmung sorgen, findest du nicht?« Er ließ seine Hand auf ihrem Rücken liegen. Luz lehnte sich an ihn. Er roch ganz anders als Gabriel. Süßer. Und weicher.

»Ich bin bereits so voller Bläschen, ich glaube, ich schwebe davon, wenn ich noch mehr von dem Zeug trinke.«

»Ich halte dich schon fest, wenn notwendig«, murmelte Henry ganz leise, so leise, dass sie es sich zwischen all den anderen Stimmen und der Musik rund um sie herum auch nur eingebildet haben könnte. Dann richtete er sie vorsichtig auf, zwinkerte ihr zu, als wäre das, was eben geschehen war, ein Geheimnis, das sie niemandem verraten sollte, und da trat auch schon Gabriel wieder auf das Oberdeck, mit einer Flasche in der einen und einem Teller voller *coca de San Juan* in der anderen.

»Oh, Essen!« Luz klatschte und Gabriel strahlte, dann runzelte er die Stirn.

»Deine Frau hat gefroren«, sagte Henry entschuldigend.

»Nimm meine Jacke«, sagte Gabriel steif, stellte Teller und Flasche auf den Sitz und zog das Jackett aus. Schließlich hing Henrys Jacke wieder über seinen Schultern, Gabriels über ihren, und alles hatte seine Ordnung, bis auf diesen haarfeinen Riss in der vorhin noch so ungetrübten Stimmung, den sie mit ihrem sensiblen Radar sehr wohl wahrnahm. Sie steckte sich ein Stück des süßen Hefegebäcks in den Mund, riss ein weiteres mit extra vielen Pinienkernen ab und steckte es Gabriel zwischen die Zähne, und fütterte mit einem dritten Stück Henry.

»Und jetzt sollten wir tanzen!«, rief sie, entschlossen, den Zauber des Abends nicht wegen einer Jacke kaputt zu machen, trank ihren Schaumwein in zwei langen Zügen leer, sodass sie sich an den Bläschen beinahe verschluckte, sprang auf und zog Gabriel mit sich. Lachend und taumelnd bahnte sie sich ihren Weg in den Mittelgang, wo sie ihre Arme um seinen Nacken schlang und sich mit ihm im Takt der Musik wiegte, während über ihnen die Raketen grün, golden und rot explodierten.

KAPITEL 15

Brief an einen verlorenen Sohn

Barcelona, Juni 1977

Lieber Francisco,
danke für deine Zeilen, ich habe Julia und deinem Bruder deine Glückwünsche zur Schwangerschaft ausgerichtet. Beiliegend endlich das Foto von deinem Neffen Pablito und deiner Nichte Meritxell.
Ich kann gar nicht oft genug wiederholen, wie froh ich bin, dass du dachtest, die Karte mit deiner Adresse wäre verloren gegangen, und sie deswegen ein zweites Mal geschickt hast. Wie froh ich bin, dass du darauf vertraut hast, dass ich sofort zurückgeschrieben hätte, und nicht gedacht hast, ich wollte nichts mehr von dir hören. Bange Wochen waren es, zwischen der in Wasser ertränkten Postkarte und dem erlösenden Brief. Du bist ein gütiger Mann, nicht böse auf Celia zu sein.
Über deine anhaltende Beziehung zu Matilda freue ich mich sehr und hoffe doch, dass ich sie eines Tages kennenlernen werde. Wann das wohl sein wird? Wann hast du genug von der Welt gesehen? Oder wirst du etwa in Argentinien bleiben? Es würde deiner alten Mutter das Herz brechen, und

doch weiß ich natürlich, dass du deinen eigenen Weg gehen musst und wirst. Du warst immer schon stur, nicht wahr?
Du hast mich gefragt, wie es mit Agustín läuft. Ehrlich gesagt bist du der Einzige, mit dem ich über ihn reden kann – schreiben kann –, denn dein Bruder hat genug um die Ohren mit dem Hotel und Julias Schwangerschaft, und Luz zeigt ihm weiterhin die Schulter. Zwar nicht unbedingt die kalte, aber je weniger sie von ihm hört oder ihn sieht, desto besser für sie. Sie möchte, dass ich glücklich bin, aber ein anderer Mann ohne diese spezielle Bindung wäre ihr wohl lieber gewesen. Ich verstehe sie und verstehe sie nicht; auch wenn sie es nicht zugeben möchte, hegt sie einen stillen Groll, sowohl gegen ihn als auch gegen mich, davon bin ich überzeugt, und solange sie damit nicht ins Reine kommt, befürchte ich, wird sie meine Beziehung zu ihm nie akzeptieren können. Deine Schwester ist genauso stur wie du!
Und ich wollte, ich könnte in gleicher Weise von der Liebe schwärmen, wie du es tust, denn schließlich habe ich insgeheim so lange auf sie gewartet, dass man meinen sollte, ich müsste sie jetzt in vollen Zügen genießen. Ich wollte, ich könnte, Francisco, und doch steckt ein Stachel im Fleisch dieser Liebe, und die Wunde eitert. Erst dachte ich, es läge an Celia und an Agustíns Unfähigkeit, sich zu entscheiden, wo es gar nichts zu entscheiden gibt. Die Liebe zu einer Frau konkurriert nicht mit der Liebe zu einer Tochter, denn es sind zwei verschiedene Farben auf der Palette der Emotionen. Nein, es ist etwas anderes. Etwas, das ich noch nicht

richtig greifen kann und das dennoch an mir zehrt und zerrt, etwas, das mich zusammenzucken lässt, wenn er mich anfasst, und mich manchmal sogar lieber Stunden allein verbringen lässt als mit ihm. Ich wollte, ich müsste diese Gedanken nicht haben, bin ich doch schließlich keine zwanzig oder dreißig mehr, sondern fast vierundfünfzig, ein Alter, in dem man annehmen sollte, ein Recht auf ein unkompliziertes Leben und Lieben zu haben. Aber dieses Recht existiert nicht und mein Leben scheint mir keine Pausen gönnen zu wollen. Vielleicht geht es mir im Grunde wie Luz – irgendwo in mir steckt etwas, das mich davon abhält, aufzublühen wie eine Blume in der Sonne. Es ist, als stünde ich immer mit einem Fuß im Schatten, fast glücklich, aber eben nicht ganz.

Aber genug des Jammerns, *hijo mío*, mein Sohn. Ich kann es kaum erwarten, wieder von dir zu hören. Und schick unbedingt ein Foto von dir und deiner Matilda!

Un abrazo muy fuerte, eine riesengroße Umarmung,

deine dich liebende Mutter

Lucía

KAPITEL 16

Von Verletzung und Versuchung

Barcelona, Juni 1977

Gabriel hatte schlechte Laune seit dem Abend von *San Juan*, aber wenn Luz fragte, was los sei, bekam sie keine zufriedenstellende Antwort. Sie kannte diese Phasen, sie kamen und gingen wie der Mond, und meistens, erkannte sie bei diesem Vergleich, fielen sie mit ihrem eigenen Zyklus zusammen. Wenn sie ihre Tage hatte, war er unausstehlich.

Natürlich war das Thema London wieder unter den Tisch gefallen; sie wusste, dass sie in dieser Zeitspanne keine Bitten an ihn richten musste. In einigen Punkten hatte ihre Mutter ja schon recht, auch wenn sie das nie zugeben würde: Gabriel war scharfkantig wie das Gestein im Cabo de Creus, der Halbinsel, die sich fast gänzlich unberührt hinter Cadaqués ausbreitete. Wenn man nicht aufpasste, konnte man sich bös verletzen. Aber jene Umgebung war ihre Heimat; sie hatte sich schon als kleines Kind davongestohlen, um dort zwischen Felsen und wildem Rosmarin und stacheligen Ginsterbüschen herumzustromern. Sie kannte die Wege blind, vor den scharfen Kanten hatte sie keine Angst. Und deshalb konnte sie auch mit Gabriels

Launen gut umgehen. Sie konnte um sie herummanövrieren.

Wenn er sich wieder beruhigt hatte, wollte sie vorbereitet sein, weshalb sie sich nun in sein Büro schlich, um sich den Terminkalender in aller Ruhe anzuschauen. Er war allein in die Mittagspause gerauscht, obwohl sie sonst immer gemeinsam überallhin gingen; er konnte nicht ohne sie sein, sagte er immer, er konnte nicht die Hände von ihr lassen, er konnte nicht aufhören, sie anzuschauen. Sie wusste, wäre es irgendwie möglich, würde er am liebsten unter ihre Haut schlüpfen. Es gab ihr ein besonderes Gefühl der Sicherheit. Egal was passierte, er würde bei ihr sein, nicht wie all die anderen Männer in ihrem Leben. Nicht wie ihr leiblicher Vater, der überhaupt nie da gewesen war, nur um sich jetzt aufzudrängen, nicht wie Luís, der sie nicht mehr gewollt hatte, nicht wie Francisco, der einfach gegangen war, erst auf die andere Seite des Hügels, dann ins Gefängnis und dann auf die andere Seite der Erdkugel, und auch nicht wie Miguel, der in die Ehe mit Julia verschwunden war. Gabriel liebte sie so sehr, er würde nie verschwinden.

In dem fensterlosen Kabuff, das Gabriel sein Büro nannte, roch es sehr streng nach Mann, untermalt von der schnörkellosen Note seines Parfüms und dem kalten Duft vieler getrunkener Kaffees. Oft hatte sie ihn gedrängt, mit seinem Vater zu sprechen, damit er einen anderen Raum in Anspruch nehmen könnte, aber das war eine Sache zwischen den zwei Männern. Gabriels Vater zeigte seinem Sohn damit, wo seiner Meinung nach dessen Platz war, und Gabriel wusste das nur zu genau. Er mochte anderen gegenüber als erfolgreicher Künstleragent und Direktor eines der drei Flamencolokale der Familie auftreten, aber vor seinem Vater war er einfach nur ein kleiner Junge, der so gern mehr Bestätigung erhalten würde. Es tat ihr weh, die beiden zusammen zu sehen. Ein Hund und sein nie zufriedenes Herrchen.

Neben dem Schreibtisch und dem Bürostuhl, über dem Gabriels Jackett hing, gab es nur noch einen Wandschrank mit Ordnern und losen Papieren, einen übervollen Papierkorb und einen Ficus, von dem nicht mehr als ein Skelett an blätterlosen Ästen übrig war. Auf dem Schreibtisch standen die Schreibmaschine und das Telefon, daneben zwei leere Tassen mit eingetrocknetem Kaffeesatz, und in der Mitte von allem lag der Terminkalender. Luz musste lachen, als sie den Bleistift sah, dessen Ende ganz zerkaut war. Gabriel hatte ihr einmal anvertraut, dass er früher seine Fingernägel abgebissen hätte, was sie kaum glauben konnte – er hatte die schönsten Hände mit den gepflegtesten Nägeln. Für das Knabbern hatte er anscheinend Ersatz gefunden.

Sie lächelte vor sich her, während sie daran dachte, wie er mit ebendiesen feingliedrigen Händen über ihren nackten Körper strich, wollte um den Schreibtisch herum gehen und stolperte dabei über den Papierkorb. Der Inhalt ergoss sich auf den Spannteppich. Seufzend ging sie in die Knie und stopfte die Papiere wieder zurück, Briefumschläge meist, angefangene Schreiben, bei denen er sich zu oft vertippt hatte, Notizen, ein paar vertrocknete Teebeutel, ziemlich viele tote Ficusblätter. Wann hatte er den Eimer bloß das letzte Mal geleert? Eine Briefmarke stach ihr ins Auge, es war keine spanische. Beim näheren Betrachten erkannte sie das Konterfei der Königin von England im Profil, und ein merkwürdiges Prickeln durchfuhr sie. Sie sprang auf, ungeachtet der liegen gebliebenen Papierbälle auf dem Boden, riss den Terminkalender an sich und blätterte ihn durch, auf der Suche nach einem Anhaltspunkt, einem Termin, einer Notiz, aber sie fand nichts. Ihr Herz raste. Wann war der Brief gekommen? Gott, sie hatte nicht einmal gewusst, dass Gabriel seine Kontakte angeschrieben hatte, wie hatte sie nur an ihm zweifeln können?

Das selige Gefühl in ihrer Brust breitete sich wie flüssiges Glück in ihrem ganzen Körper aus, brachte ihre Finger zum Erzittern und ihren Mund zum Lächeln. Es war eine Zusage, da war sie sich ganz sicher, für einen einmaligen Gastauftritt oder vielleicht sogar ein Teilzeitengagement, vielleicht würde sie gleich ein paar Monate in London tanzen können. Sollte es eine Überraschung sein und er wartete nur selbst darauf, dass sich seine Stimmung besserte? Sie nahm sich die Papiere im Wandschrank vor, aber es waren nur Lohnabrechnungen, Versicherungsangelegenheiten, Rechnungen. Ratlos fuhr sie mit dem Finger den Ordnern entlang, nahm einen raus, dann einen anderen. Hatte er den Brief mit nach Hause genommen? Das Glück floss nun langsamer durch ihre Venen, zäher, wie Lava, die langsam auskühlte und immer schwerer wurde.

Mit dem Fuß stupste sie eines der zusammengeknüllten Papiere neben dem Mülleimer an, ließ sich von dem Gewicht in ihrem Inneren auf den Boden ziehen. Sie fröstelte, obwohl es stickig heiß war. Ein Blatt nach dem anderen entfaltete sie, strich es glatt, las, legte es beiseite. Und als sie schließlich einen zerrissenen Brief mit englisch geschriebenen Zeilen in der Hand hielt, erstarrte sie komplett.

Very pleased ... Sie suchte nach ihr bekannten Wörtern. *Two months in November 1977 ... as part of our ensemble* ... Als Teil des Ensembles, zwei Monate, zwei Monate! *Contract enclosed* ... Wo war der Vertrag? Und warum lag der Brief zerrissen im Papierkorb?

Noch bevor sie weitersuchen konnte, wurde die Tür aufgestoßen, so wie nur Gabriel die Türen hier aufstieß, herrisch und laut, und da kam er schon über die Schwelle gestürmt und stoppte so abrupt, dass er fast das Gleichgewicht verlor.

»Geldbeutel vergessen«, sagte er, und erst dann schien ihm aufzugehen, was für ein komisches Bild sie abgeben musste, am Boden kauernd, umgeben von toten Ficusblättern und glattgestrichenen Papieren, wo sie doch eigentlich in diesem Büro gar nichts zu suchen hatte.

»Was machst du hier?«, fragte er denn auch, Misstrauen im Gesicht, das sich, als sie den oberen Teil der Einladung hochhielt, zunehmend in Ärger wandelte. »Du schnüffelst in meinen Sachen?« In zwei langen Schritten war er bei ihr und riss ihr den Brief aus der Hand, knüllte ihn wieder zusammen. »Das geht dich nichts an.«

»Das geht mich nichts an?« Es war Wut, die die Starre in ihr auftaute. Sie sprang auf. »Das geht mich nichts an? Du hast eine Zusage für einen zweimonatigen Gastauftritt in London erhalten, und das soll mich nichts angehen? Warum liegt mein Traum zerfetzt in deinem Papierkorb, was hat das zu bedeuten, Gabriel?«

»Dein Traum!« Der Hohn in seiner Stimme riss ein Loch in ihr Herz. »Eine Lügnerin bist du! Du willst doch gar nicht nach London, weil du dich in die Stadt verliebt hast. Wie kann man sich in eine Stadt verlieben, wenn man nur ein paar Stunden dort war? Falls du überhaupt dort warst. Woher soll ich denn wissen, ob es stimmt?« Luz öffnete den Mund, um zu protestieren, aber Gabriel fuhr über sie hinweg wie ein Crescendo. »Vielleicht hast du dich ja auch einfach mit anderen Männern rumgetrieben und dann ist dir nur diese billige Ausrede eingefallen? *Ich habe mich in die Stadt verliebt*«, äffte er sie nach.

»Aber ...«

»Du hast dich in Henry verliebt, das ist es! Meinst du, ich bin blind? Blind und dumm? Meinst du, ich sehe nicht, wie du dich ihm an den Hals wirfst? Du himmelst ihn an, direkt vor meiner Nase, das ist widerlich! Ich habe dich vor ihm gewarnt, er ist ein Charmeur, und du bist wie ein billiges Flittchen direkt auf seine Masche reingefallen, du, *meine Frau*!«, brüllte er.

»Gabriel ...« Sie konnte gar nicht verarbeiten, was er ihr gerade vorwarf.

»Du willst nur nach London wegen Henry, das ist mir letzte Woche klar geworden. *Was wird das für ein Spaß*! Denkst du wirklich, er würde gleich mit dir dortbleiben? Und was wird dann aus mir, ein gehörnter Ehemann? Anzeigen werde ich dich wegen Ehebruchs!«

»Was redest du denn da?«, wisperte Luz. Sie musste sich am Schreibtisch festkrallen, um von den schaumgekrönten Wellen der Wut nicht davongespült zu werden. »Wir sind doch nur Freunde, wie kannst du ...« Wie konnte er nur so etwas behaupten? Wie konnte er überhaupt nur so etwas denken?

Gabriel beugte sich blitzschnell vor und packte sie am Handgelenk, so fest, dass sie aufschrie. »Ich habe dieses Engagement abgesagt; du wirst nicht in London tanzen, wir werden auch sonst nicht nach London reisen und Henry werden wir auch nicht wiedersehen. Daran bist du schuld. Du bist schuld daran, dass ich meinen Freund und Cousin nicht mehr sehen möchte. Und all das nur, weil du vergisst, dass du nichts wärst ohne mich, du undankbare kleine Schlampe!« Damit ließ er sie los, riss sein Jackett vom Stuhl und marschierte zur Tür. Dort drehte er sich noch einmal um und streckte ihr drohend den Zeigefinger entgegen. »Du solltest dich heute Abend besser bei mir entschuldigen, hörst du?«

Fassungslos sank Luz auf den Stuhl. Ihr Handgelenk pochte schmerzhaft, als sie es vorsichtig kreisen ließ; Gabriel hatte so fest zugedrückt, dass sie wahrscheinlich blaue Flecken davontragen würde. Sie würde sie überschminken müssen bei den nächsten Vorstellungen. Beim Gedanken ans Tanzen musste sie die Augen zusammenkneifen, um nicht zu weinen, aber dennoch entfuhr ihr ein piepsiger Schluchzer. Was hatte er getan, London einfach so abzusagen, wegen eines dummen Missverständnisses? Wegen ein paar freundschaftlicher Neckereien mit Henry? Und doch war er es, den sie jetzt sehen musste. Er war der Einzige, der sie verstand, der Gabriel verstand, der ihn vielleicht zur Vernunft bringen konnte. Vielleicht war noch nicht alles verloren, weder das Engagement noch ihre Freundschaft zu Henry noch ihre Ehe. Weder ihre Ehe noch das Engagement noch die Freundschaft, stellte sie die Prioritätenliste um. Gabriel musste an erster Stelle stehen.

Sie erwischte ihn, als er gerade von der Mittagspause zurückkam.

»Henry!«, rief sie leise; er war in Begleitung eines Herrn, vielleicht sogar sein Vorgesetzter. Bei ihrem Anblick runzelte er die Stirn, entschuldigte sich bei dem anderen Mann, der ihr einen interessierten Blick zuwarf, bevor er im Inneren des Gebäudes verschwand, und kam eiligen Schrittes auf sie zu.

»Was machst du denn hier?«, fragte er, und seine freundliche Stimme brachte alle restlichen Dämme in ihr zum Einsturz. So wie sie dastand, schlug sie sich die Hände vors Gesicht und weinte haltlos, wollte am liebsten ihre Arme um seinen Hals schlingen und sich an ihn drücken, einfach nur als Trost, und traute sich nicht.

»Was ist passiert?«, fragte Henry hörbar erschrocken. »Was sind das für Striemen?« Ganz sanft zog er ihre Hände runter, strich über die wunde Stelle, und selbst in ihrem aufgewühlten

Zustand fühlte es sich gut an. Sie schniefte, entzog ihm ihre Hände und suchte nach einem Taschentuch. Vergeblich.

»Warte hier«, sagte Henry. »Oder nein, siehst du die Bank dort drüben? Setz dich. Ich hole dir ein Taschentuch und gebe Bescheid, dass ich zehn Minuten später komme. Setz dich und warte auf mich, in Ordnung?« Sie nickte und trottete zu der Bank, plötzlich verlegen, überhaupt gekommen zu sein.

Keine zwei Minuten später war Henry auch schon wieder bei ihr, drückte ihr ein paar Blätter Toilettenpapier in die Hand. Ein einzelnes segelte wie ein toter weißer Vogel zu Boden. Sie war zu müde, um es aufzuheben.

»Und jetzt erzähl.«

Und sie erzählte. Von ihrem Traum, in London aufzutreten, von ihrem Hoffen, von Gabriels Schweigen diesbezüglich – »Ich dachte, er sähe sowieso keine Chancen für mich und wolle mich nicht enttäuschen, es läuft ein bisschen harzig gerade auf dem internationalen Markt, dabei hatte er sich ohne mein Wissen sehr wohl bemüht, und dann? Dann sagt er so eine einzigartige Möglichkeit einfach ab? Aus grundloser Eifersucht? Ich weiß nicht, was in ihn gefahren ist«, schloss sie und sah Henry direkt ins Gesicht. Der erwiderte ihren Blick offen und ohne zu blinzeln. Sie sah etwas darin, was sie schneller atmen ließ, aber sie wusste nicht, ob vor Angst oder vor Glück.

»Er müsste wissen«, sagte sie schnell und sah auf die andere Straßenseite, wo eine Mutter mit ihrem Kind schimpfte. »Er müsste doch wissen, dass ich niemals etwas Derartiges ... Und schon gar nicht mit dir, Henry, du bist sein bester Freund und ihr seid verwandt!« Aus den Augenwinkeln konnte sie sehen, dass er seinen Blick immer noch nicht von ihr genommen hatte. Er zog an ihr, dieser Blick, ganz sanft, aber beständig, als wäre sie ein wertvoller Fang, den er nicht wieder an die Tiefen des Ozeans verlieren wollte. Er bereitete ihr Unbehagen, dieser Blick, und dennoch schlug ihr Herz flatternd bis in den Hals wie ein gefangener Vogel, der sich befreien wollte, durch ihre Kehle schlüpfen und sich jubilierend in die Lüfte erheben wollte. Sie war verwirrt.

»Gabriel ist ein schwieriger Mann, Luz«, sagte Henry nun leise, und ganz langsam drehte sie ihren Kopf wieder zu ihm. »Ich würde gern sagen, unter seiner harten Schale steckt ein weicher Kern, aber ich befürchte, dass von diesem weichen Kern nur noch sehr wenig übrig ist.«

»Sag das nicht!«, widersprach sie ihm. »Er liebt mich!«

»Natürlich liebt er dich. Sehr. Zu sehr, vielleicht. Er verschlingt dich mit Haut und Haar.«

»Das ist nicht wahr«, wisperte Luz, aber ein Gedanke drängte sich ihr auf, den sie vor nicht allzu langer Zeit selbst gedacht hatte. *Wenn er könnte, würde er unter ihre Haut schlüpfen, um ihr so nah wie möglich zu sein.* Sie schüttelte den Kopf.

Henry nahm ihre Hand, führte sie an seinen Mund; sie entzog sie ihm, als hätten seine Lippen sie verbrannt.

»Was du machst, ist nicht richtig, Henry.«

»Nein, ist es nicht. Aber was er mit dir macht, ist auch nicht richtig.«

»Er ist mein Mann. Bis dass der Tod uns scheidet. So haben wir es uns geschworen.«

»Es tut mir leid, Gabriel«, sagte sie einige Stunden später, nachdem sie beim Abendessen stumm aneinander vorbeigestarrt hatten. Hühnerleber, extra für ihn, während sie nur ein paar Bratkartoffeln pickte. »Ich habe mich von Henrys Charme um den Finger wickeln lassen, das war respektlos dir gegenüber.«

»Entschuldigung angenommen«, sagte Gabriel und lächelte sie gequält an. »Henry hat es faustdick hinter den Ohren, er ist ein Weiberheld ohne Grenzen. Kein Wunder, dass du da schwach wurdest. Es war mein Fehler, euch überhaupt miteinander bekannt zu machen. Aber nun werden wir ja Abstand von ihm nehmen.«

Luz starrte auf die restlichen Kartoffeln und nickte. Ein Weiberheld. Ihr Handrücken brannte immer noch von seinem Kuss. Sie war aufgestanden und gegangen, das einzig Richtige. Und doch hatte es sich schrecklich falsch angefühlt.

KAPITEL 17

Zu Grabe getragen

Barcelona, Oktober 1977

Lieber Francisco,
ich gratuliere dir ganz herzlich zum Geburtstag, mein lieber Sohn! Nun bist du schon achtundzwanzig Jahre alt, ich kann es kaum glauben. Wenn ich die Bilder anschaue, sehe ich immer noch das Kind in dir, aber das geht wohl allen Müttern so. Deine Matilda sieht herzensgut aus, und auch euer Häuschen und die Umgebung gefallen mir sehr gut. Ich bin so froh, dass du glücklich bist, auch wenn ich dich schrecklich vermisse.
Danke der Nachfrage, es geht uns allen recht gut. Julia steht kurz vor der Niederkunft und dein Bruder ist ihr wirklich keine Hilfe. Vielleicht kannst du ihm ja mal ganz privat schreiben, an ihn adressiert, und ihm ins Gewissen reden. Manchmal habe ich das Gefühl, dass er in den letzten paar Monaten zu einem anderen Menschen geworden ist.
Agustín und ich sind so weit glücklich, so glücklich es geht mit all den Jahren und Geistern, die zwischen uns stehen. Es ist, als wäre dieses Glück eine schillernde Schicht Öl auf den Wellen eines

dunklen Meeres. Es wird immer obenauf schwimmen, ohne jemals in die Tiefe gehen zu können. Er ist ein guter Mann. Ich wollte nur, er könnte sich abgewöhnen, mich Mercedes zu nennen. Er sieht keine Lucía in mir und ich keine Mercedes. Aber dann wieder, es ist nur ein Name. Er könnte mich genauso gut Isabela oder Asunción nennen, solange er es mit derselben Liebe in der Stimme tut. Habe ich nicht recht?
Weißt du, vor einigen Tagen war Luz zu Besuch. Ja, tatsächlich, sie ist zum Abendessen gekommen, ich konnte es selbst kaum glauben. Agustín war nervöser als ein junger Liebhaber, und obwohl sie mit ihm am wenigsten von allen gesprochen hat, konnte ich das Glück in seinen Augen leuchten sehen. Celia hängt sehr an ihr, da ist ein Band zwischen ihnen, das sich mir nicht erschließt. Luz versucht, sie mit Flamencorhythmen bekannt zu machen, damit sie ihren Tanz mit dem Cello begleiten kann. Es klingt noch nicht sehr harmonisch, das kann ich dir sagen! Meiner Meinung nach ist ein Cello nicht für Flamenco gemacht, aber Luz möchte neue Wege gehen und Celia kann mit ihrem Talent fast alles schaffen, glaube ich. Sie hat einmal ganz beiläufig ihr Interesse bekundet, sich beim Musikkonservatorium bewerben zu wollen, aber Agustín ist dagegen. Sie soll etwas Anständiges lernen. Lehrerin oder Sekretärin oder so etwas. Sie ist ja erst dreizehn. Erinnerst du dich, wie du mit dreizehn warst? Du hattest nur Dummheiten im Kopf, wem du den nächsten Streich spielen könntest, aber ganz bestimmt nicht, was du später

im Leben machen möchtest. Und nun sieh dich an, du hast eine Arbeit, ein Häuschen und eine wunderschöne Frau an deiner Seite. Ich bin so stolz auf dich, mein Junge!
Wir haben viel gelacht an dem Abend, es gab Wein und gutes Essen, und Luz hat eine Flasche Schaumwein mitgebracht, die sie fast ganz allein geleert hat. Ein wenig sorge ich mich schon um sie. Ihre Karriere ist ins Stocken geraten. Ich sehe ihr an, wie sie das belastet, und ich denke, es belastet auch ihre Ehe. Schließlich ist es Gabriels Aufgabe, Engagements für sie zu ergattern. Manchmal habe ich das Gefühl, dass sie sich mir anvertrauen will, was auch immer sie so bedrücken mag, aber ich glaube, sie sträubt sich dagegen, zugeben zu müssen, dass ich recht hatte, was Gabriel angeht. Er ist nicht gut für sie. Wie sagte Friedrich von Schiller einst? ›Drum prüfe, wer sich ewig bindet, ob sich das Herz zum Herzen findet. Der Wahn ist kurz, die Reu' ist lang.‹
Sie wird noch viele Jahre an seiner Seite ausharren müssen, befürchte ich.
Aber was hege ich wieder für düstere Gedanken! Habe ich dir schon erzählt, dass ich im November ein neues Lokal anmieten werde? Es ist ein bezaubernder kleiner Laden nicht allzu weit von der Plaza Cataluña; neben Sträußen und Gestecken möchte ich auch vermehrt Zubehör verkaufen. Vasen in allen Größen und Formen und Farben, Tischdecken, Servietten, Kerzen und wahrscheinlich auch Bilder. Ich habe Bekanntschaft mit einer Künstlerin gemacht, die ganz wunderbar malt, und ich möchte ihr damit eine Möglichkeit geben, auf

sich aufmerksam zu machen und vielleicht das eine oder andere Bild zu verkaufen. Meine Mitarbeiterin Raquel lernt gerade zwei Frau an, die den Laden führen sollen.
Alle drei Frauen kamen in den letzten paar Monaten zu uns, in unser »Frauenhaus«, wie wir es nennen, ich habe dir davon erzählt. Sie hatten Glück, ihre Ehemänner haben eingesehen, dass eine Trennung für beide Parteien die bessere Lösung darstellt, wenn die Liebe erloschen ist. Aber so viele andere sind dafür zu stolz – und durchaus auch Frauen, die meinen, es sei ihre Pflicht, zum Ehemann zu halten, egal was passiert. Auch das hat uns Franco und seine katholische Kirche eingebrockt, dieses Denken, dass eine Ehe nur durch den Tod beendet werden kann. Als ob Gott damit einverstanden wäre, eine Verbindung beizubehalten, wenn keine Liebe mehr vorhanden ist. Ist Gott nicht Liebe? Vor dem Bürgerkrieg, da war Spanien solch ein vorbildliches Land gewesen, was die Freiheiten und die Frauenrechte anging, und nun ...
Aber bevor ich dich mit meinem Alltag weiter langweile, schließe ich den Brief für heute. Pass gut auf dich auf, mein Junge, und auf deine Matilda. Ich freue mich, bald wieder von dir zu hören.
Un abrazo muy fuerte, eine riesengroße Umarmung, deine dich liebende Mutter
Lucía

Sie unterschrieb den Brief, las ihn noch einmal durch und besserte einen Fehler aus, dann faltete sie ihn zusammen, steckte ihn in den bereits adressierten Briefumschlag und wollte eine der Marken draufkleben, die immer in der Schublade bereitlagen. Wie jedes Mal, wenn sie Francisco schrieb, würde sie gleich jetzt zum Briefkasten laufen; sie wollte keine Stunde und schon gar keinen Tag warten, ihre Worte auf die Reise zu ihm zu schicken, damit auch möglichst schnell wieder eine Antwort käme. Aber in der Schublade waren keine Marken mehr. Sie fluchte leise. Es blieb ihr nichts anderes übrig, als einen Umweg zu nehmen, um bei der Post vorbeizuschauen.

Als sie schließlich mit einer halben Stunde Verspätung beim Blumenladen ankam, fuhr soeben ein Lieferwagen weg und Lucía fluchte gleich noch einmal verhalten – heute waren mehrere Kisten Herbstblumen und Grünzeug angekommen, weil Raquel für ein Bankett am Wochenende eine große Menge Gestecke vorbereiten musste. Beinahe stieß sie mit einer Kundin zusammen, die gleichzeitig mit ihr nach dem Türgriff langte.

»*Perdone usted*, Verzeihung, bitte, nach Ihnen«, sagte sie und hielt der Dame die Tür auf. Das Glöckchen bimmelte und sofort schlug ihr der vertraute Geruch der Mischung verschiedenster Blumen entgegen.

Im Laden war niemand, dafür hörte sie aus dem Lagerraum lautes Gerede und Gelächter. »Raquel?«, rief sie und fragte gleich darauf die Kundin: »Wie kann ich Ihnen behilflich sein?«

»Ah, Lucía, da bist du ja«, hörte sie hinter sich, aber es war nicht Raquel, sondern Pilar, und Pilar sollte nicht hier unten sein, sondern oben in der Wohnung versteckt. Lucía entschuldigte sich bei der Dame, die sich neugierig reckte, als ob sie einen Blick in den Raum hinter ihr erhaschen wollte.

»Was soll das, Raquel«, zischte Lucía und schloss die Tür hinter sich, weil die Kundin sich genau die Blumensträuße ansah, die ihnen am nächsten standen. »Die Frauen sollen doch die Wohnung oben nicht verlassen.«

Raquel hob in einer entschuldigenden Geste die Hände und deutete dann auf die Kisten. »Du warst nicht da. Die Ware kam an, und bis vor fünf Minuten herrschte ein Kommen und Gehen im Laden. Pilar hat mir nur kurz geholfen.«

»Und wo sind deine zwei Lehrlinge?« Lucía sah sich um, als ob sie die beiden Frauen übersehen hätte.

»Na, die mussten doch die Trauerkränze zum Friedhof bringen.«

Lucía atmete einmal tief durch, nahm die Brille ab und massierte mit Zeigefinger und Daumen das Nasenbein. Natürlich. »Tut mir leid. Ich bin heute wohl etwas durcheinander.« Sie lachte kurz auf, dann fiel ihr die Kundin ein und sie öffnete die Tür zum Verkaufsraum. Aber der Laden war leer.

Dennoch schickte sie Pilar wieder nach oben. Natürlich verstand sie, dass sich die Frauen eingesperrt fühlten, sozusagen von einem Gefängnis ins andere geraten waren. Nur nachts trauten sich manchmal einige raus, um ein wenig die Straße auf und ab zu spazieren, oder im Winter auch mal tagsüber, mit Mütze und Schal das Gesicht so weit bedeckt, dass sie niemand zufälligerweise erkennen könnte. Aber es war zu ihrer eigenen Sicherheit. Alle kannten die Konditionen. Keiner ihrer Männer durfte die Adresse erfahren, denn vor ihnen waren sie ja geflohen. Einzig Rebecca und Eva durften sich frei im Laden bewegen, die zwei Frauen, die ab November das neue kleine Blumengeschäft in der Nähe der Plaza Cataluña führen würden, denn ihre Ehemänner hatten beide einer Trennung zugestimmt. Die Frauen konnten nun selbstständige und selbstbestimmte Leben führen, und Lucía ermöglichte ihnen das durch diese Arbeitsstellen. Es war wie ein kleiner Sieg gewesen, nein, es *war* ein kleiner Sieg gewesen. Eine Trennung war noch keine Scheidung, und bei Weitem nicht alle Männer waren selbst dazu bereit, aber es war ein Anfang. Für alles andere war die Politik zuständig.

Sie war gerade dabei, die hohe Vase, in der die Callas standen, mit frischem Wasser zu befüllen, als die Türglocke einen neuen Kunden anmeldete.

»Einen Moment, bitte«, sagte sie und wollte die Gießkanne an ihren Platz zwischen den Palmlilien und dem Tisch mit den kleinen Kakteen stellen, aber der Mann trat auf sie zu und packte sie am Oberarm. Die Gießkanne fiel Lucía vor Schreck aus der Hand, das Wasser ergoss sich über ihre Füße.

»Wo ist sie?«, zischte er.

»W... wer?«

»Pilar! Wo ist sie?« Er wurde lauter und der Griff härter.

Lucía winselte, stand aber wie erstarrt. »Pilar? Ich kenne keine Pilar.« Doch noch bevor sie überhaupt denken konnte, es nicht zu tun, huschte ihr Blick zu der Tür, hinter der die Treppe ins Obergeschoss lag, nichts, für den Bruchteil einer Sekunde nur, aber der Mann ließ sie los und durchquerte den Raum.

»Sie ... Sie dürfen da nicht rauf, das ist ... privat, meine private Wohnung«, stammelte Lucía und hielt sich den schmerzenden Arm.

Der Mann, vielleicht Mitte vierzig und eigentlich viel zu schmächtig für die Wut und die Kraft, die in ihm steckte, hielt kurz inne, sah sie mit zusammengekniffenen Augen an. »Die Cousine meiner Mutter war vor zwei Stunden hier und hat sie gesehen, also lüg mich nicht an. Du versteckst sie doch!« Damit riss er die Tür auf, im selben Augenblick, in dem Raquel die Tür zum Lagerraum öffnete und sie erschrocken anstarrte, zu lang, um zu reagieren.

»Pilar!«, brüllte der Mann, stürmte bereits die Treppe hoch. Lucía hörte die Frauen aufschreien, hörte Pilar von allen am lautesten schreien, hörte den klatschenden Laut einer Ohrfeige. Im selben Augenblick konnten sich Lucía und Raquel aus ihrer Erstarrung lösen, um ihrem Schützling zur Hilfe zu eilen, aber da polterte der Mann bereits wieder die Treppe herunter, zog die arme Pilar an den Haaren mit sich. Sie schluchzte ununterbrochen, die Wange rot vom Schlag, die Haltung gebeugt, die Hände schützend um ihren Haaransatz gelegt, um den Schmerz zu lindern. In ihrem Blick lag Panik.

Lucía stellte sich dem Mann in den Weg. »Lassen Sie sie sofort los, Sie tun ihr doch weh!«

»Und was geht dich das an?«, knurrte er und schubste sie mit seiner freien Hand so grob von sich, dass sie rückwärts taumelte, in der Wasserlache am Boden ausrutschte und fiel. Ein stechender Schmerz fuhr durch ihren Knöchel. Raquel eilte ihr zur Hilfe, zog sie hoch.

»Jetzt warten Sie doch!«, rief ihre Angestellte, aber der Mann riss bereits die Eingangstür auf, mit so viel Kraft, dass die Türglocke aus der Halterung sprang. Ein junges Ehepaar, das eben eintreten wollte, wich reflexartig zurück und machte Platz, aber während sich die Frau erschrocken die Hand vor den Mund schlug, versuchte der Mann, Pilars Gatten zurückzuhalten.

»He, was machen Sie denn da?«, rief er und lief ihm nach.

Lucía humpelte, so schnell sie konnte, auf Raquel gestützt, hinaus. Hinter ihr drängten sich die anderen fünf Frauen, die zurzeit bei ihnen Unterschlupf gefunden hatten.

»So können Sie doch nicht mit der Frau umgehen, Sie Grobian! Kann bitte jemand die Polizei rufen?«, rief der junge Mann der Menge zu, die sich mittlerweile vor dem Geschäft eingefunden hatte, und hielt den anderen an der Schulter zurück. Der ließ endlich Pilars Haare los; sie hätte wegrennen können, stattdessen blieb sie hilflos weinend einfach stehen.

Keine Polizei, dachte Lucía, aber es war zu spät, sie sah, wie ihre Nachbarin, die den Frisörsalon nebenan betrieb, hineinrannte.

»Natürlich kann ich so mit ihr umgehen, sie ist meine Frau«, sagte Pilars Gatte und blickte herausfordernd in die Runde, die sich um ihn gebildet hatte.

»Sie misshandeln sie, und aus dem Grund ist sie hierher geflüchtet, um sich vor Ihnen zu verstecken!«, rief Úrsula, eine andere der schutzsuchenden Frauen.

»Ach, und ihr seid wohl auch alles solche Schicksen, die ihre Ehemänner hintergehen? Was ist das hier, ein Bordell?«, fragte er höhnisch.

»José Antonio ...«, flüsterte Pilar. Missbilligendes Gemurmel erhob sich; ob es José Antonios Auftritt galt oder seiner Aussage, konnte Lucía nicht ausmachen. Ihr Fußgelenk pochte und ihr war flau im Magen. Sie sollte etwas tun, aber sie wusste nicht was. Gleich würde die Polizei eintreffen und ihr kleines Projekt würde auffliegen. Raquel neben ihr verlagerte ihr Gewicht von einem Fuß auf den anderen, hin und her, hin und her.

»Sie sollten nach oben gehen«, flüsterte Lucía ihr ins Ohr und deutete mit dem Kinn so unauffällig wie möglich zu den restlichen Frauen, aber Raquel schnaubte nur.

»Das bringt nichts mehr.«

Keine fünf Minuten später tauchte die Polizei auf, in ihrem Einsatzfahrzeug, das aussah wie ein weißer Leichenwagen. Ein Leichenwagen, der ihre Idee zu Grabe tragen würde. Raquel diskutierte bereits heftig mit einem der Beamten.

»Soll er etwa ungestraft davonkommen? Er schlägt seine Frau, wann immer ihm danach ist!«

»Ich sorge nur für Ordnung in meiner Ehe«, gab der Mann entrüstet zu Protokoll. »Ich arbeite den ganzen Tag, da kann ich doch wohl verlangen, dass das Essen rechtzeitig auf dem Tisch steht und meine Hemden gebügelt sind. Wer nicht hören will, muss fühlen, das war immer schon so. Sie kann doch nicht einfach so weggehen, was hat sie sich dabei gedacht? Sie ist meine Frau!«

Pilar stand währenddessen beim anderen Polizisten und erklärte flüsternd ihre Situation. Lucía fing ihren Blick auf; es lag eine lautlose Entschuldigung darin, aber wer war sie, dass sie sich entschuldigen müsste?

»Wir werden natürlich alle Vorwürfe überprüfen, *Señora*, aber Sie müssen auch verstehen, dass es das Recht dieses Mannes ist, seine Frau nach Hause zu holen. Indem sie ihn einfach verlassen hat, hat sie ein Delikt begangen, dem selbstverständlich ebenfalls nachgegangen wird.«

»Ein Delikt?« Raquel raufte sich die Haare. »Und was ist mit ihren Rechten und ihrer Sicherheit?«

Der Beamte zog hörbar genervt die Luft ein. »Wie ich gesagt habe, *Señora*, wir werden allen Anschuldigungen nachgehen. Und jetzt zu den anderen Damen: Wer ist die Besitzerin dieser Wohnung?«

Lucía trat humpelnd zwei Schritte vor. »Ich. Und Raquel Fajardo hier ist meine Mieterin, ich kann Ihnen gern den Vertrag zeigen.«

»Und Sie wussten, dass weitere Frauen in Ihrer Wohnung leben?«

»Natürlich«, antwortete Lucía steif. »Aber solange der Mietzins pünktlich bezahlt wird und sich niemand belästigt fühlt, kann Raquel so viele Frauen in Not beherbergen, wie sie will.«

»Frauen in Not ... Nun, ich befürchte, dass das Gesetz hier anderer Meinung ist. Wir werden die Ehemänner kontaktieren, damit sie ihre Gattinnen abholen.«

KAPITEL 18

Linie um Linie

Barcelona, Oktober 1977

»Das Amnestiegesetz ist jetzt also endlich verabschiedet«, sagte Manuel sichtlich erfreut, und legte die Zeitung so auf den Tisch, dass Felicidad die Titelseite ebenfalls lesen konnte. Das Oktoberlicht schien warm durch das halb geöffnete Fenster, draußen zwitscherten ein paar Vögel ihr Samstagmorgenlied und von irgendwoher drang Gelächter. Oscar saß auf ihrem Schoß und spielte mit einem Löffel. Felicidad trank einen Schluck Milchkaffee. Bis eben noch hatte sich die Welt friedlich angefühlt.

»Lang genug hat's gedauert«, redete Manuel weiter. »Schließlich ist die Diktatur schon seit bald zwei Jahren zu Ende. Und jetzt endlich können all die politischen Häftlinge, die gegen das Regime gekämpft haben, das Gefängnis verlassen. Du müsstest dich freuen, dafür bist du doch früher auf die Straße gegangen.«

Manuel hatte sich nie groß mit Politik beschäftigen wollen. Kopf runter und durch, hieß seine Devise, die Zeit würde es schon richten. Mehr als einmal hatte sich Felicidad in den letzten Jahren gefragt, ob sein Ansatz nicht sogar besser war, als ihrer es gewesen war. Früher. Als sie noch auf die Straße gegangen war dafür. Und dafür gebüßt hatte. Aber das Rad der Zeit drehte sich langsam, wenn man nicht immer wieder Wasser über deren Schaufeln goss. Sie war ein Tröpfchen gewesen. Freute sie sich? Im Gegensatz zu Manuel hatte Felicidad in den letzten Monaten die Berichterstattung über das vorgeschlagene Gesetz sehr genau verfolgt. Es hatte seine guten Seiten. Und seine Schlupflöcher.

Manuel tippte mit dem Finger auf die Zeitung. »Vielleicht kann das Land jetzt endlich heilen, wenn die Ungerechtigkeiten der letzten vierzig Jahre beseitigt werden. Vielleicht kannst auch du Genugtuung erfahren dafür, was *El Guapo* dir angetan hat.«

»Er ist tot, Manuel.«

»Ich weiß. Aber er hat für den Staat gearbeitet. Du kannst den Staat um Wiedergutmachung bitten. Alle Opfer der Folter durch das Regime sollten das können.«

Jetzt lachte Felicidad auf. Es klang so bitter wie schwarzer Kaffee. »Dieses Gesetz ist vordergründig vielleicht da, um Großmut zu zeigen. Um Häftlinge zu entlassen, die gegen die Diktatur gekämpft haben. Aber ich habe mich lange genug mit diesen Themen beschäftigt, Manuel. Nichts kommt ohne Preis. Häftlinge, die gegen die Diktatur gekämpft haben – weißt du, was das bedeutet? Dass auch *etarras* freikommen, Kämpfer der ETA. Männern und Frauen, die gemordet und dabei den Tod Unschuldiger in Kauf genommen haben, wird genauso verziehen wie denen, die mit Worten gekämpft haben oder einfach nur inhaftiert worden sind, weil sie der falschen Partei angehörten. Und weißt du, was im Moment viele noch nicht sehen? Dieses Gesetz hat zwei Seiten: Auf der einen streckt es zwar die Hand zur Versöhnung aus, aber auf der anderen wird es ein Schutzschild für alle Verbrechen werden, die von Funktionären des faschistischen Regimes begangen wurden. Denn die Straffreiheit wird für beide Seiten gelten.«

Manuel stellte langsam seine Kaffeetasse auf den Tisch. »Das können sie nicht machen.«

»Oh doch, das können sie. Du wirst schon sehen. Prozesse gegen Kriegsverbrecher, wie wir sie aus Deutschland kennen, werden hier nie abgehalten werden.«

Manuel seufzte. »Du bist so pessimistisch geworden. Ich vermisse meine alte Felicidad, die, die ich damals kennengelernt habe, die, die voller Enthusiasmus war, voller Leben.«

»Mein Leben hat mich pessimistisch gemacht«, sagte Felicidad und lächelte, um den Worten ein wenig die Schwere zu nehmen. »Ich wäre gern ausgeglichener, aber die Gewichte der Waage sind dafür nicht gerecht genug verteilt.«

»Hast du das nicht auch selbst in der Hand, *cariño*, mein Liebling? Kannst du nicht hinter dir lassen, was du *nicht* hattest, und dich stattdessen darauf konzentrieren, was du jetzt hast? Eine Familie? Einen Mann, der dich über alle Maße liebt, einen Sohn, dem du all die Liebe geben könntest, die du damals vermisst hast?«

Es war kein Streit, keine laute Diskussion, nicht einmal ein Vorwurf. Eine Bemerkung seinerseits, die sie zur Kenntnis nahm, wobei sie wusste, dass es nichts ändern würde, genau wie sie wusste, dass er wusste, dass es nichts ändern würde. Denn wie konnte sie etwas hinter sich lassen, wenn sie nicht wusste, was es war? Wie konnte sie den Gedanken an ihre Herkunft verbannen, wenn er wie ein schwarzes Loch alles in ihr auffraß?

Aus der Garage des Nachbarn drang der kreischende Gesang einer Kreissäge, die auf Metall traf. Felicidad schloss das Fenster. Die Vergangenheit war noch lange nicht aufgeräumt. Weder die des Landes noch ihre eigene. Oscar schlug mit dem Löffel auf den Tisch und summte dabei ein Liedchen. Es kratzte mehr in ihren Ohren als der Lärm von draußen.

»Na los«, sagte sie und nahm ihm den Löffel weg. »Husch rüber zu *papá*.« Damit stellte sie ihn auf den Boden, ignorierte den Schmollmund.

Wieder seufzte Manuel. In dieser ausgestoßenen Luft lag dann eben doch der Vorwurf, genau wie in seinem Blick, mit dem er Verständnis vortäuschen wollte, ohne kaschieren zu können, wie verletzt er war. So viel Liebe, und dennoch verstand er nicht, dass sie ganz sein musste, um nach vorn schauen zu können. Um ihm so viel geben zu können, wie er ihr gab. Sie legte ihre Hand auf seine, strich ganz zart mit dem Daumen über seine Haut. Was, wenn sie nie ganz würde? Der Brief in ihrem Nachttisch drängte sich in ihre Gedanken und sie drängte ihn wieder zurück.

Der Brief war am Freitag gekommen, ein großer Umschlag, ein dicker Packen. Sie hatte den Postboten abgefangen, gerade als sie mit Oscar vom

Spielplatz kam. Wie immer hatte er gequengelt, weil er seinen Freund Juan Carlos nicht gesehen hatte. Er hatte ihn seit Juni nicht mehr gesehen, denn Juan Carlos kam immer nur dienstags zum Spielen, und seit ihrer letzten Begegnung mit Inés vermied Felicidad es, dienstags dort aufzukreuzen.

Glaubst du überhaupt selbst daran?, hallten die Worte ihrer Freundin immer noch in ihren Ohren, ein fernes Echo, auch nach vier Monaten noch hörbar. *Du hast kapituliert, Felicidad.* Und jetzt hielt sie die allerletzte Möglichkeit in den Händen, die diese Kapitulation vom absoluten Scheitern trennte. Die Listen des Lagers in Argelès-sur-Mer. Nach diesen Listen hatte sich ihre Suche erschöpft. Vielleicht auch aus dem Grund hatte Felicidad den Umschlag nicht sofort geöffnet, sondern in die Schublade ihres Nachttisches gelegt. Sie hatte Angst vor dem vernichtenden Schlag ins Genick. Denn eigentlich erwartete sie nichts anderes als das.

Jetzt war Montag, Manuel hatte das Haus verlassen, Oscar saß auf dem Wollteppich mit dem orangen und gelben Spiralmuster, bei dem Felicidad die Augen tränten, schaute sie länger darauf, und türmte Bauklötzchen aufeinander, nie sehr hoch, weil das Fundament – der Teppich – zu uneben war. Genau wie ihr Fundament – die Bruchstücke an Erinnerungen – nicht stark genug war, um darauf zu bauen. Felicidad wog den Umschlag in der Hand, es wartete Arbeit auf sie, Papier um Papier, Name um Name, Stunde um Stunde. Wenn sie fertig wäre, wäre der Blick auf den psychedelischen Teppich pure Entspannung.

Sie atmete tief durch, riss das Kuvert auf, legte das Begleitschreiben zur Seite, das sowieso nur dieselben Floskeln enthielt wie all die anderen, die sie in den letzten Monaten gelesen hatte. *Unvollständige Daten, keine Garantie auf korrekte Angaben, handgeschrieben, unleserlich,* bla bla bla, das stand normalerweise drin. Stattdessen strich sie das oberste Blatt glatt, obwohl es völlig glatt war, nahm das Lineal in die Hand und rutschte damit langsam von Linie zu Linie.

Linie um Linie.

Linie um Linie.

Blatt um Blatt.

Oscar plärrte. Sie machte ein Kreuzchen, um die Stelle nicht zu verlieren, sollte das Lineal verrutschen, beruhigte das Kind.

Linie um Linie.

Da, Felicidad! Jahrgang 1908. Uninteressant.

Linie um Linie.

Oscar hatte Hunger. Kreuzchen machen. Essen aufwärmen.

Blatt um Blatt.

Hinter ihrer Stirn bildete sich ein schmerzhafter gordischer Knoten aus Namen und Daten.

Felicidad! Jahrgang 1932. Uninteressant.

Stunde um Stunde.

Oscar wollte schlafen, und am liebsten hätte sie sich zu ihm ins Bettchen gelegt.

Stunde um Stunde.

Oscar wachte auf und wollte malen. Sie setzte ihn zu sich an den Tisch, schob ihm das Blatt mit dem Anschreiben zu.

Stunde um Stunde.

Oscar wollte seine *merienda*, seine nachmittägliche Zwischenmahlzeit. Sie schnitt ihm ein Stück Brot ab, ein Stück Käse und ein bisschen süßes Quittengelee, und während er aß, stopfte sie sich geistesabwesend nach und nach eine halbe Tafel Schokolade in den Mund.

Als sie beim letzten Blatt ankam, war ihr schlecht.

Zehnmal hatte sie den Namen Felicidad gefunden, aber keiner der Treffer passte vom Jahrgang her. Sie stützte ihren schweren Kopf in ihre Hände. Das war das Ende ihrer Suche.

»Ach Oscar«, flüsterte sie und wusste gar nicht, wieso.

»*Mamá* traurig?« Rasch strich sie die Träne weg, die ihr entwischt war, und lächelte ihn müde an. Sein Gesicht erhellte sich. Wie süß er doch war mit seinen dunklen Haaren, die ihm in die Stirn hingen, Manuels braunen Augen, dem kleinen Grübchen neben dem linken Mundwinkel.

»*Mamá* nicht traurig. Schau ma, für dich.« Er schob die Zeichnung zu ihr; die weiße Rückseite des Anschreibens war vollkommen farbig, weswegen er auch die Vorderseite in Anspruch genommen hatte, um rote unförmige Kreise zu zeichnen, die mit viel Fantasie Herzen darstellen könnten. Unwillkürlich musste sie schmunzeln und genauso unwillkürlich fielen ihr einige der Worte unter der Farbe ins Auge. *Unvollständig, handschriftlich*, bla bla bla, genau wie sie gedacht hatte, aber dann stand da noch mehr, etwas Neues.

Sollte die Liste die gewünschte Information nicht liefern können, möchten wir Sie darauf hin-

weisen, dass zwischen 1939 und 1944 gut sechshundert Kinder in der Maternité d'Elne geboren wurden, von Müttern, die in den umliegenden Lagern einsaßen. Die Mütterklinik liegt zurzeit zwar in Ruinen, aber vielleicht kann Ihnen die Gemeinde von Elne, wo die Geburten registriert sein sollten, weitere Auskünfte liefern.

Sechshundert Kinder! Elne! Felicidad sprang auf, rannte zum Bücherregal, riss den Atlas heraus und sank an Ort und Stelle auf den Boden, blätterte, blätterte, bis sie den Süden Frankreichs vor sich hatte, die Gegend um Perpignan, um Argelès-sur-Mer, und da, fast in der Mitte zwischen den beiden Ortschaften, lag das Dorf. Elne.

»*Mamá*?« Oscar stand neben ihr, die Zeichnung in der Hand. An seinem Hemdchen klebte ein Rest Quittengelee, sah sie, und in seinen Augen die übliche Angst vor Zurückweisung. »Nicht schön? *No te gusta*?« Steif streckte er ihr das Blatt Papier hin.

Vorsichtig legte sie das dicke große Buch auf den Boden, vorsichtig nahm sie ihm die Zeichnung aus der Hand und ganz vorsichtig schlang sie ihre Arme um ihn. »Sie ist wunderschön, Oscar. Wunderschön.« Sie spürte, wie er sich in ihren Armen entspannte, wie sein heißer Atem in einem lautlosen, erleichterten Seufzer über ihre Wange strich und drückte ihn noch etwas mehr an sich. »Danke, mein Schatz.« Ohne ihn hätte sie den Brief einfach ungelesen weggeschmissen. Ohne Oscar hätte sie sich nicht gefunden. Denn sie war sich ganz sicher, dass in Elne das nächste Puzzlestück auf sie wartete. Sie spürte es.

Statt sofort die Auskunft in Frankreich anzurufen, um die Telefonnummer des Rathauses in Elne zu erhalten, stapelte sie die Papiere wieder sorgfältig, legte sie zurück in den Umschlag und den Umschlag zu all den anderen in ihrem Schrank, denn bald würde Manuel nach Hause kommen. Sie kannte seine Einstellung und alles, was damit einherging, zu Genüge: den besorgten Blick, die Verzweiflung in seinem Seufzer, den Griff in den Kühlschrank nach Bier und Oliven, das Rauschen des Fernsehers, bevor er den Kanal einfangen konnte, das Ächzen des Sofas, wenn Manuel sich schwer darauf sinken ließ und so tat, als stünden keine unausgesprochenen Worte zwischen ihnen. Aber wenn sie zurückdachte, hatte immer irgendetwas zwischen ihnen gestanden. Ihre politische Aktivität, ihre Lügen, ihre Angst vor *El Guapo* und Aitor, ihre Depression nach der Geburt und jetzt diese ausweglos erscheinende Suche nach der Ursache all dessen. Ihre Liebe zueinander, seine Liebe zu ihr vor allem, war immer größer gewesen als jeder dieser Steine in ihrem Weg, aber manchmal fragte sie sich, ob er ihrer nicht irgendwann müde würde.

»Spielplatz?« Oscar stand neben ihr, einen Schuh am Fuß, den anderen in der Hand. Draußen fiel der Regen fadengerade vom bleigrauen Himmel, die gelb-braunen Blätter des Ahorns auf der anderen Seite der Gartenmauer hingen traurig am seidenen Faden ihres Lebens. Ein Bild, das sie an anderen Tagen melancholisch werden lassen würde. Aber sie riss sich davon los.

»Ich habe eine bessere Idee«, sagte sie zu ihrem Sohn. »Wie wäre es, wenn Juan Carlos hierher zum Spielen käme?«

»Schön, schön!«, rief Oscar und hüpfte durch das Wohnzimmer. Felicidad wusste von den anderen Müttern, dass Inés weiterhin dienstags mit ihrem Neffen zum Spielplatz ging. Sie hätte auch woanders hingehen können, aber sie war ihrer Routine treu geblieben, während Felicidad ihr ausgewichen war. Weil sie wusste, dass Inés ganz und gar richtig lag mit ihren Vorwürfen. Nun jedoch war das Bedürfnis groß, ihrer Freundin, wenn sie sie noch so nennen durfte – oder vielleicht war sie das ja, gerade *weil* sie ihr diese Vorwürfe gemacht hatte –, von ihrer neuen Spur zu erzählen. Von dieser Spur, von der sie spürte, dass mehr dahintersteckte als dieser nebulöse Hauch einer Hoffnung.

»Grässliches Wetter für Spielplatz heute, nicht wahr?«, begrüßte sie Inés, als diese den Anruf entgegennahm.

»Felicidad!«, quietschte Inés, lachte ihr kehliges Lachen, und dann hörte Felicidad das Ratschen eines Streichholzes.

»Oscar lädt Juan Carlos ganz offiziell zum Spielen ein, und ich denke, ich habe noch genug Kaffee im Haus, um dich damit zu bewirten. Ganz abgesehen von den Neuigkeiten, die ich dir auftischen könnte. Wenn du wolltest.« Sie hielt den Atem an, während Inés ihren ausstieß, wahrscheinlich voller mentholigem Rauch.

»Das klingt nach einem guten Argument, um sich in die Gummistiefel zu zwängen«, antwortete sie so formell, wie Felicidad ihre Einladung ausgesprochen hatte, nur um gleich darauf wieder zu lachen. »*Niña*, Mädel, ich freu mich so, von dir zu hören! In einer Stunde sind wir bei euch.«

»Elne, also. Und wo liegt das?« Inés schob den Teller mit den Keksen zur Seite, um sich über die Straßenkarte zu beugen, die Felicidad nach längerem Suchen in einer Kiste gefunden hatte. Die Umgebung Perpignans, auch Nordkatalonien genannt, klebte gerade noch am oberen Rand der Karte. Sie tippte mit dem Zeigefinger auf das Örtchen.

»Und du meinst, dort findest du etwas?« Inés hob fragend die Augenbrauen.

»Ich muss«, sagte Felicidad. »Es ist die letzte Möglichkeit. Und ich fühle es. Nein – ich glaube daran.«

»Du glaubst daran?«

»Ja. Ich glaube daran.«

Inés klatschte in die Hände. »*Das* wollte ich hören! Dann mal los.« Sie sprang auf und lief zum Telefon, das auf einer kleinen Kommode neben der Tür stand, packte es und brachte es zum Tisch. Das Kabel reichte gerade so. »Du hast die Nummer schon?«

Ja, die Auskunft hatte sie angerufen, bevor Inés eingetroffen war. Das Wörterbuch lag neben ihr auf dem Tisch – sie war zwar während ihrer Ausbildung in den Genuss eines Grundkurses in Französisch gekommen, aber viel davon war nicht übrig geblieben. Eine Nummer zu verlangen war allerdings auch nicht allzu schwierig gewesen, im Gegensatz zu dem, was vor ihr lag. Sie hatte sich einige Sätze aufgeschrieben, für den Fall.

»Was, wenn sie mich nicht verstehen?« Aber da drehte ihre Freundin bereits erbarmungslos die Wählscheibe.

»*Mairie d'Elne, Elaine Delacroix à l'appareil?*«

Felicidad brach der Schweiß aus. »*Bonjour*«, brachte sie gerade so heraus. In diesem Telefonanruf lag der Schlüssel zu der geheimen Tür ihrer Vergangenheit, aber sie wusste nicht, was sie sagen sollte.

»*Oui? Allô?*«

Inés drückte ihr den Zettel mit den aufgeschriebenen Sätzen in die Hand. *Je m'appelle Felicidad Damboreno*, mein Name ist Felicidad Damboreno, stand da. *J'aimerais savoir*, ich würde gern wissen ... Sie fuhr mit dem Zeigefinger Linie nach Linie nach unten, und da stand der erlösende Satz:

»*Est-ce que vous parlez espagnol?* Sprechen Sie Spanisch?«

Ein leises Schnauben drang durch die Leitung zu ihr. »*Oui, Madame, hablo español.* Ich spreche Spanisch. Wie kann ich Ihnen helfen?« Es war ein stark französisch gefärbtes Spanisch, aber bestimmt immer noch leichter zu verstehen als ihr eigenes Gebrabbel. Dankbar schloss Felicidad kurz die Augen, bevor sie ihr Anliegen vorbrachte.

Die Dame lachte graziös. »*Señora*, Sie wollen, dass ich Ihnen aus dem Geburtenregister vorlese?«

Inés, die fast an Felicidad klebte, um das Gespräch mitverfolgen zu können, schüttelte in gespieltem Entsetzen den Kopf.

»Nein, natürlich nicht«, sagte Felicidad und musste kurz schmunzeln. »Es reicht vollkommen, wenn Sie mir die Listen per Post zukommen lassen. Ich suche nach Mädchen mit dem Namen Felicidad, die zwischen 1939 und 1943 zur Welt kamen ...«

»Tut mir sehr leid«, unterbrach sie Madame Delacroix. »Der Einblick in die Geburtenregister ist nur persönlich möglich.«

»Was meinen Sie damit?« Natürlich wusste sie, was damit gemeint war, aber so richtig dann doch wieder nicht. Ihre Hand, die den Hörer umklammerte, war schweißnass.

»Ich meine damit«, sprach die Dame nun ganz langsam, »dass Sie persönlich vorbeikommen müssen. Bringen Sie Ihren Ausweis mit, füllen Sie den Antrag aus.«

»Aber ... das kann ich nicht.« Dunkle Flecken tanzten vor ihren Augen.

»*Donc, Madame*, in dem Fall kann ich Ihnen nicht weiterhelfen. Ich wünsche Ihnen einen schönen Tag. *Au revoir*.«

»Warten Sie«, murmelte Felicidad, aber zur Antwort erhielt sie nur den lang gezogenen Ton des Abschieds. Inés nahm ihr den Hörer aus der Hand.

»Warum hast du gesagt, dass du nicht persönlich dort erscheinen kannst, verdammt noch mal?« Sie ließ sich Felicidad gegenüber wieder auf ihren Stuhl plumpsen und warf die Hände in die Luft, als ob sie die Antwort einfangen wollte.

»Ich habe keinen Reisepass.«

»Du hast keinen Pass? Du hast Spanien noch nie verlassen? Nie woanders Urlaub gemacht?«

»Nein«, murmelte Felicidad, irgendwie beschämt.

»Na, dann weißt du ja jetzt, was du zu tun hast. Ohne Pass kommst du nicht weiter.«

Sie hatte gewartet, bis er sich Mantel und Schuhe ausgezogen und sich die Hände gewaschen, ihr einen Kuss auf den Mund gedrückt und sich ein Bier aus dem Kühlschrank genommen hatte, wie er es seit einiger Zeit sehr häufig tat, um nach der Arbeit zu entspannen. Im Hintergrund lief ruhige Musik. Sie stellte ein Schälchen mit gesalzenen Erdnüssen auf den nierenförmigen Tisch vor dem Sofa und setzte sich zu ihm, darauf bedacht, nicht auf die orangen Spiralen des Teppichs zu schauen.

»Manuel, *cariño* …«

Er nahm einen langen Schluck von seinem Bier, bevor er die Flasche mit einem wohligen Seufzer abstellte und sie erwartungsvoll ansah.

»Ich brauche deine Hilfe.« Sie steckte sich ein Erdnüsschen in den Mund und zermalmte es, konnte es dann aber kaum schlucken. »Ich … ich brauche einen Reisepass«, presste sie hervor.

Manuel runzelte die Stirn. »Wo möchtest du denn hin?«

Oscar kam aus seinem Zimmer gerannt. »*Papá, mirar*, schauen!«, kreischte er fröhlich und streckte ihm sein Feuerwehrauto entgegen. »Tatütata!«

»Jetzt nicht«, sagte Felicidad scharf und das Kind blieb wie angewurzelt stehen, die Augen groß, der Mund groß, die Enttäuschung groß. Manuel bedachte sie mit einem strengen Blick. »Tut … tut mir leid, Oscar. Setz dich neben *papá*, ja? Aber leise.« Oscar kletterte aufs Sofa, kuschelte sich an Manuel und legte sich den Finger an die Lippen, um ihr zu verstehen zu geben, dass er verstanden hatte.

»Also?«, fragte Manuel, legte seinen Arm um sein Kind. Genauso klein und unselbstständig fühlte sich Felicidad auch gerade. »Wo möchtest du hin?«

»Nur nach Frankreich«, murmelte sie, pulte mit der Zunge ein Stück Erdnuss aus dem Backenzahn und sagte dann lauter: »Ich muss nach Frankreich, um ein Geburtenregister zu prüfen. Sie schicken die

Liste nicht. Nur persönlich.« Sie konnte ihm nicht in die Augen sehen, aber sie hörte, wie er sich im Sofa zurücklehnte und tief einatmete. »Ich muss nach Elne, und dafür brauche ich einen Pass. Aber du musst als mein Ehemann den Antrag unterschreiben.«

Es hing alles von ihm ab. Er könnte Nein sagen und damit dieses in seinen Augen so unfruchtbare Unterfangen endlich beenden. »Es ist die letzte Spur, Manuel. Wenn sich die im Sand verläuft, dann ...« Sie hob die Schultern und ließ sie schwer wieder fallen. »Dann werde ich wohl nie etwas über meine Herkunft erfahren. Aber diesen letzten Schritt ...«

»Und wenn es eben nicht der letzte sein wird? Wenn du wieder einen Faden findest, dem du folgen kannst, und wieder einen und wieder einen, bis du dich komplett darin verhedderst? Wie oft soll ich dir noch dabei zuschauen, wie du beinahe verschwindest und mich allein zurücklässt? Felicidad?« Ganz zart legte er einen Finger unter ihr Kinn und hob ihren Kopf so, dass sie ihn ansehen musste. Sie erkannte Angst in seinem Blick.

»Du könntest den Weg mit mir gemeinsam gehen, Manuel«, sagte sie. »Statt zuzuschauen, könntest du mir helfen.« Oscar ließ sein Feuerwehrauto über das Sofa fahren und summte ganz leise dabei. »Du könntest mir dabei helfen, ganz zu werden.« Sie legte ihre Hand an Manuels Wange und er schloss die Augen. Lange Zeit hörte sie nur das Rauschen ihres Herzschlags, das Summen ihres Kindes und das leise Abendlied der Vögel vor dem Fenster.

»Du kannst es nicht ruhen lassen, nicht wahr?« Die Worte wehten durch den Raum wie eine weiße Flagge.

»Nein, ich befürchte, das kann ich nicht«, wisperte sie und lehnte ihre Stirn an seine Stirn. Als er seine Augen öffnete, ganz dicht vor ihren, konnte sie beinahe beobachten, wie die Angst von der Liebe vertrieben wurde.

»Dann werden wir gemeinsam nach Frankreich fahren.«

KAPITEL 19

Crescendo

Barcelona, Dezember 1977

Luz' schlechtes Gewissen war in etwa so tief wie das Hafenbecken Barcelonas, der Grund voller Schlick und Überreste toter Leben, mit klebrigen Ölflecken, die auf der Oberfläche schwammen. Und gleichzeitig bebte ihr Herz wie nach einem letzten furiosen *zapateado*, nach dem letzten Crescendo der Musik, und hob sie hoch in die Lüfte.

»Da bist du ja endlich«, sagte Henry und hauchte ihr einen Kuss auf die Wange. Immer auf die Wange. Sie waren nur Freunde. Nicht mehr, aber eben auch nicht weniger. Genug, um Gabriels Verbot, Henry nicht zu sehen, zu umgehen. Und so trafen sie sich meist einmal pro Woche beim Mosaikdrachen, der den Eingang zum Park Güell bewachte, hoch über der Stadt. Dort spazierten sie Arm an Arm durch die Parkanlage, camoufliert zwischen den zahlreichen Besuchern der Sehenswürdigkeit, oder setzten sich auf die lange geschwungene Bank, deren bunte Steinchen einen fröhlichen Kontrast zur grau-braunen Kulisse der Metropole zu ihren Füßen bildeten.

Tauchte einer der beiden innerhalb einer halben Stunde nicht auf, wusste der andere, dass etwas dazwischengekommen war. Sie telefonierten nie, schickten sich keine Briefe und sahen sich ganz bestimmt nie in der Nähe der Arbeitsstelle des anderen. Es war eine Heimlichtuerei, die mit einer Freundschaft eigentlich herzlich wenig zu tun hatte, dachte Luz jedes Mal, wenn sie von der Bushaltestelle die steile Straße zum Park hochkeuchte, und ihr Puls raste dann nicht nur vor Anstrengung.

»Ich befürchte, es wird gleich regnen«, sagte sie und sog tief Luft ein. Der Wind brachte bereits den Geruch nach nassem Asphalt mit sich, und da war auch der Hauch von Henrys weichem Parfüm. Einige vergilbte Ahornblätter kratzten über die Straße, bevor sie in die Luft gehoben und davongetragen wurden. Luz stellte den Kragen ihres Trenchcoats auf und schlang ihre Arme um ihren Körper.

»Du weißt, wir können jederzeit zu mir gehen, es sind nur zehn Minuten zu Fuß«, sagte Henry, und schon wieder raste Luz' Puls. Das war die Grenze, die sie noch nie überschritten hatten. Aber was sollte schon passieren? Sie waren nur Freunde. Sie war verheiratet. Henry würde nie etwas machen, mit dem sie nicht einverstanden war. Und es war verdammt ungemütlich im Freien. Sie nahm noch einmal einen großen Schluck der regenschwangeren Luft und spülte ihre Zweifel damit hinunter.

»In Ordnung, ausnahmsweise. Ich sollte besser nicht krank werden, jetzt, wo bald die Feiertagsauftritte beginnen.«

Sie wusste nicht, wieso, aber sie hatte etwas anderes erwartet. Etwas Größeres. Etwas mehr von Welt. Aber die Wohnung erinnerte Luz stark an Gabriels Junggesellenabsteige. Eine kleine Kochnische und ein Raum, in dem ein Bett, ein Tisch mit immerhin zwei Stühlen stand. Eine Kommode, ein Einbauschrank. Kein Fernseher, dafür mehrere Stapel Bücher. An der Wand hing ein Stadtplan Londons, sauber eingerahmt, vor dem Fenster ziemlich hässliche braun-beige Vorhänge.

»Ich weiß, was du jetzt denkst«, sagte Henry und lachte leise. »Der Mann arbeitet im Immobiliengeschäft und lebt in einer Höhle.« Galant half er ihr aus der Jacke, und obwohl sie vollständig angezogen war darunter, fühlte sie sich plötzlich nackt. Das Schlimme daran war, dass es sie nicht störte. Über sich selbst erschrocken, setzte sich Luz rasch auf einen der beiden Stühle und rückte ganz nah an den Tisch.

»Aber ich brauche keinen großen Luxus«, redete Henry weiter, als hätte er ihre Reaktion nicht bemerkt, hängte ihre Jacke ordentlich auf einen Bügel. »Hättest du gern eine Tasse Schwarztee? Mit einem Schuss Milch und einem Löffelchen Zucker?«

Sie konnte nur nicken.

»Fragt Gabriel nie nach?«

Jetzt schüttelte sie den Kopf. Trotz des abrupten Themawechsels wusste sie sehr wohl, worauf er anspielte. Zögerlich knüpfte sie ihr Halstuch auf, zog es aus und legte es auf den Tisch. Es war eigentümlich warm in der Wohnung, dabei sah sie keinen Heizkörper. »Mittwochmittag esse ich mit meiner Mutter, so lautet die Ausrede. Den Teufel wird er tun, das zu kontrollieren. Wenn immer möglich, geht er Lucía aus dem Weg. Und Lucía isst mittags mit ihren Frauen, die käme nicht auf die Idee, bei mir anzuklopfen. Hieb- und stichfest also.«

»Mit ihren Frauen ...« Er stellte die Tasse vor sie hin. Sein Duft und sein leises Lachen vermischten sich in Schlieren wie der dunkle Tee mit der cremefarbenen Milch zu einem warmen, süßen Elixier. »Ich dachte, sie hätte Probleme mit der Polizei bekommen wegen dieser Frauen?«

Luz zuckte mit den Schultern und nahm einen Schluck. Bis vor Kurzem hatte sie von den geheimen Machenschaften, wie sie Lucías Bemühungen scherzhaft nannte, überhaupt nichts gewusst. Aber nun waren sie ja nicht mehr so geheim.

»Da misch ich mich nicht ein. Es gibt wohl mehr Frauen, die von ihren Männern loskommen möchten, als man von außen denken könnte.« Es klang zynischer als gewollt.

Henry reagierte prompt. »Möchtest du denn auch von deinem Ehemann loskommen?«

Sie lachte und tippte mit ihrem Zeigefinger an seine Nase, wie sie es mit ihrem Neffen machte. »Du Schelm. Gabriel liebt mich und ich bin seine Frau. Daran wird sich nichts ändern. Punkt.«

»Fällt dir eigentlich auf, dass du immer betonst, wie sehr Gabriel dich liebt – du aber nie sagst, dass du ihn liebst?«

Luz trank den letzten Schluck Tee. Einige Teeblätter hatten ihren Weg durch das Sieb in die Tasse gefunden, und als sie jetzt darauf biss, füllte ein bitterer Geschmack ihren Mund.

»Das ist nicht wahr«, sagte sie leise, stellte dann mit Nachdruck die Tasse auf den Tisch und ging zum Stadtplan. »Wo hast du gewohnt?«, fragte sie betont sorglos und fuhr mit dem Finger über das Glas. »Direkt im Zentrum?«

Henry stellte sich hinter sie. Seine Nähe berauschte sie derart, dass sie die andere Hand zur Faust ballen und ihre Nägel in die Haut pressen musste, um an sich zu halten, um sich nicht einfach fallen zu lassen. Sie wusste, er würde sie auffangen. Sie wusste, sie könnte blind durch das Leben tapsen, und er würde darauf achten, dass sie sich nirgends anstieß. Egal wie oft Gabriel betonte, dass er ein Weiberheld sei, ein unstetiger Wanderer – bei ihm fühlte sie sich geborgen. Und das wollte sie. Und das sollte sie nicht.

»O nein«, sagte Henry. Sein milchiger Teeatem kitzelte an ihrer Wange. »Das konnte ich mir als Student nicht leisten. Ich habe hier gelebt.« Er nahm ihren Finger und fuhr vom Zentrum aus in Richtung Süden. »In Streatham.«

»Ah.« Sie konnte nicht schlucken, nicht atmen. Sie bestand nur aus lautem, schmerzhaft pochendem Herzschlag. Mit einem Ruck zog sie ihren Finger aus seinem Griff und schlüpfte unter seinem Arm durch. »Ich sollte jetzt gehen.«

»Natürlich.« Henry trat einen Schritt zurück; Verwirrung stand ihm ins Gesicht geschrieben, als ob er selbst gerade aus einem Rausch erwacht wäre. »Es tut mir leid.«

Luz eilte zur Tür, nahm den Trenchcoat vom Bügel, schlüpfte hinein und legte bereits die Hand auf den Türknauf.

»Warte«, sagte Henry. »Dein Halstuch.« Er nahm das Seidentuch vom Tisch, trat zu ihr und hängte es ihr um den Hals, als wäre es eine Siegermedaille. So standen sie da, äußerlich ganz ruhig, aber in ihr drin, das spürte Luz in diesem Augenblick, fiel das fehlende Stück, von dem sie nicht einmal gewusst hatte, dass es gefehlt hatte, mit einem hellen Klang an seinen Platz, und auf einmal fühlte sie sich leicht und sicher und komplett. *Seelenpartner*, dachte sie noch, und dann grub sie ihre Hände in seine Haare und presste ihre Lippen an seinen Mund.

Sie trafen sich nicht mehr am Park, sondern direkt in Henrys Wohnung. Dieser erste Kuss, und alles, was danach kam – die Berührungen, die Erregung, das Salz auf ihrer Haut, die Worte der Ekstase und der Liebe, die sie sich gegenseitig ins Ohr wisperten –, all das war wie ein Befreiungsschlag, und gleichzeitig schienen die Wände ihres Gefängnisses immer näher zusammenzurücken. Wie konnten Glück und Unglück so nah aneinander liegen? Befand sie sich bis zur Eingangstür in einem fulminanten Höhenflug, verbrannte das schlechte Gewissen ihr Gefieder, kaum trat sie auf die Straße vor Henrys Wohnung, um zu Gabriel zurückzukehren, und sie stürzte haltlos auf den Boden der Tatsachen. Sie war verheiratet. Sie hatte eine Affäre. Sie musste sie beenden, und dennoch stand sie zwei Tage später bereits wieder vor Henrys Tür. Wie könnte sie auch eine ganze Woche auf ein Wiedersehen warten? Unmöglich.

»Jeden Tag werde ich hier auf dich warten«, hatte Henry ihr zugeraunt. »Komm, wann immer du kannst.« Und sie kam. Zu ihm. Mit ihm, in Explosionen, von deren Stärke sie bis dahin nicht einmal etwas geahnt hatte.

»Mit wie vielen Frauen warst du schon zusammen?«, musste Luz dann doch fragen.

»Mit vielen«, antwortete Henry und lachte sein leises Lachen, das wie flüssiges Glück durch sie hindurchfloss. »Ich war ein Frauenheld, da hat Gabriel gar nicht unrecht. Aber seit ich dich kenne, brauche ich keine andere.«

»Und das ist wahr?«

»Das ist das Wahrste, was ich jemals zu jemanden gesagt habe.«

So rasch sie konnte, zwängte sich Luz aus ihrem verschwitzten Kleid, schminkte sich ab und wusch sich behelfsmäßig an dem kleinen Waschbecken in ihrer Garderobe. Vielleicht hätte sie noch Zeit, zu Hause kurz zu duschen, bevor es zu Gabriels Eltern ging, wo sie *Nochebuena*, Heiligabend, verbringen würden. Ein meist ziemlich steifes Beisammensitzen mit gutem Essen und sehr viel Wein und *cava*, dank dem Luz dann auch einigermaßen unbeschadet durch die Mitternachtsmesse kam, die es jedes Jahr zu besuchen galt. Am nächsten Morgen würden sie dann nach Cadaqués fahren und dort sowohl den ersten Weihnachtstag wie auch den Stephanstag damit verbringen, sich in angenehmerer und lustigerer Gesellschaft die Bäuche vollzuschlagen, zu lachen, zu musizieren, mit den Kindern zu spielen, in der wunderbaren Natur rund um ihr Heimatdorf zu spazieren und sich den Kopf vom Wind durchpusten zu lassen. Wie freute sie sich darauf!

Die Tür wurde aufgestoßen. »Fertig?«, fragte Gabriel ungeduldig. Luz flocht sich rasch die Haare zu einem Zopf, schlüpfte in den Mantel und band sich einen langen Schal um den Hals.

»War eine gute Vorstellung«, sagte sie und lächelte ihn zufrieden an.

»Ja«, antwortete er und trommelte mit den Fingern gegen den Türrahmen, als wollte er sie zur Eile antreiben.

»Habe ich dir heute schon gesagt, dass ich dich liebe?«, fragte sie und drückte ihm beim Vorbeigehen einen Kuss auf die Lippen.

»Hm.«

Ohne Vorwarnung schlug ihr Puls Alarm und sie suchte in seinem Gesicht nach einem Anhaltspunkt für seine Wortknappheit, aber das Licht im Flur war zu schwach, um etwas erkennen zu können. In dem Augenblick wünschte sie, sich einfach an ihn schmiegen zu können, ohne Angst zu haben, dass er den Gestank ihres schlechten Gewissens riechen könnte, und in der nächsten Sekunde sehnte sie sich nach Henry. Sie hatte ihn seit drei Tagen nicht gesehen, und es würde mindestens noch einmal so lange dauern, mit den Feiertagen, die vor ihnen lagen. Aber genau, wie sie sich verbot, an Gabriel zu denken, wenn sie mit Henry zusammen war, verbannte sie auch jetzt die Gedanken an Henry und hakte sich stattdessen bei Gabriel unter.

»Alles in Ordnung mit dir?«, fragte sie. Er konnte nichts wissen.

»Wir sind spät dran«, grummelte er. Natürlich. Sein Vater würde bereits den Mund zu einem schmalen Strich verzogen haben, wenn sie zu spät erschienen. Keine Dusche also.

Draußen lag der Nebel so dicht in den Straßen, dass Luz das Gefühl hatte, durch kaltes Wasser zu waten.

Weiße Schwaden schwebten wie von Geisterhand bewegt durch die Lichtkegel der Straßenlampen und verschluckten die Geräusche der Autos und Passanten, die noch unterwegs waren. Sie roch die gerösteten Kastanien, noch bevor sie den kleinen Stand auch nur sah, und dann waren sie auch schon daran vorbei, nichts als Schemen und ein Hauch der Wärme des Feuers. Viel lieber würde sie jetzt eine Tüte Maronen kaufen und auf dem Sofa fläzend schälen und knabbern, statt auf den unbequemen Stühlen bei Gabriels Eltern zu sitzen, gefüllte Eier mit Stockfisch und danach gebratenes Lamm zu dinieren – wobei sie sich mal wieder nur an den Beilagen gütlich tun könnte, weil seine Mutter nie daran dachte, dass sie weder Fisch noch Fleisch aß – und gezwungene Konversation zu betreiben, die sich sowieso meist nur ums Geschäft drehte. Wie viele ausverkaufte Abende? Wie viele Anfragen für Auftritte in anderen Städten? Sie war das beste Pferd im Stall und genau so fühlte sie sich bei den Gesprächen auch. Gabriel konnte sie gut verkaufen. Und dennoch tat es fast weh, ihm dabei zuzusehen, wie sehr er sich bemühte, seinem Vater zumindest den Hauch eines zufriedenen Lächelns zu entlocken.

Sie stand vor dem Spiegel, befestigte den zweiten Ohrring und begutachtete ihr Werk. Besser ging es nicht in der kurzen Zeit, die sie zur Verfügung hatte, um sich hübsch zu machen. Die falschen Wimpern, die Gabriel so an ihr mochte, weil sie ihre grauen Augen zum Strahlen brachten, kaschierten die Unlust, die sie verspürte. Noch einmal presste sie die dunkelrot bemalten Lippen aufeinander. Nebenan im Wohnzimmer schien Gabriel zu telefonieren – an Heiligabend? Sie lauschte, hörte seine Stimme, konnte aber nichts verstehen. Auch egal. Aus dem Schränkchen nahm sie das rechteckige Flakon ihres Parfüms heraus und besprühte ihren Nacken mit einem Hauch *Eau de Joy*, richtete den Ausschnitt ihres trägerlosen burgunderfarbenen Kleides. Hinter ihr ging die Tür auf und Gabriels Abbild erschien im Spiegel. Erstaunt drehte sie sich um.

»Du bist ja noch gar nicht umgezogen? Ich dachte ...« Sie sah auf ihre Armbanduhr, ein Geschenk von Gabriel zu ihrem letzten Geburtstag, viel zu teuer für ihren Geschmack. Aber es musste ja auch hauptsächlich ihm gefallen, genau wie die Wimpern, ihr Parfüm oder die Art, wie sie sich kleidete. »Müssen wir nicht ...?« Der harte Strich zwischen seinen Augenbrauen, ein Ausrufezeichen drohenden Unheils, ließ ihren Puls wieder galoppieren. Würde es von nun an immer so sein, ständige Angst? Wie sollte es weitergehen?

»Meine Mutter hat angerufen. Sie hat eine fürchterliche Migräne. Das Essen ist abgesagt.«

Er hatte telefoniert, aber das Klingeln hatte sie gar nicht gehört. »Wie schade«, sagte sie vorsichtig, da sie in seinem Gesicht die zu erwartende Freude oder zumindest Erleichterung nicht sah. Dann blickte sie wieder in den Spiegel, fuhr sich mit dem Finger über die Wimpern. Ihre Hand zitterte leicht. »Was wollen wir denn jetzt machen? Soll ich meine Mutter anrufen und fragen, ob wir vorbeikommen können? Wir haben nicht mal was zu essen ...«

»Wir brauchen nichts zu essen«, sagte Gabriel, seine Stimme ungewöhnlich rau. Er trat hinter sie, ganz nah, fuhr mit der Hand über ihren nackten Arm. Luz schloss die Augen und schmiegte sich an ihn. Er fuhr mit der Nase über ihren Hals. »Du riechst so gut.«

Es kitzelte und sie kicherte leise. »*Eau de Joy*, dein Lieblingsparfüm.«

»Hmmmm.« Er seufzte. »Interessant, dass du in den letzten Tagen ganz anders gerochen hast.« Sie erstarrte. Der Gestank ihres schlechten Gewissens. Mühsam öffnete sie die Augen und traf seinen Blick im Spiegel. Hart. Wissend. Ihr war schlecht.

»Wir waren nur spazie...«, wisperte sie. Er gab ihr einen Stoß. Sie versuchte sich am Beckenrand abzustützen, dabei fiel der Flakon zu Boden und zersprang, so wie in dem Augenblick auch etwas zwischen ihnen in die Brüche ging. Der süßliche, schwere Duft des Parfüms erfüllte explosionsartig den Raum, sie würgte, aber da zerrte Gabriel sie bereits am Arm ins Wohnzimmer.

»Spazieren? Hältst du mich für so blöd?«

»Nein ...«

»Meinst du, ich hätte dir abgekauft, dass du plötzlich jeden zweiten, dritten Tag mit deiner Mutter zu Mittag isst?«

»Aber ...«

»Hatte ich dir nicht verboten, Henry zu sehen?« Er schubste sie wieder, bis sie mit dem Rücken gegen die Wand stieß.

»Er ist nur ein Freund«, wimmerte Luz und hielt sich ängstlich die Arme vors Gesicht.

»Er ist *mein* Freund!«, brüllte Gabriel nun. »*Mein* Cousin, *meine* Familie, und du hast eine Grenze überschritten! Ich habe dir verboten, ihn zu sehen, zu deinem eigenen Schutz, weil du schwach bist, weil du seinem verdammten Charme nicht widerstehen kannst, und du hast mir nicht gehorcht! Und nicht nur das …« Er riss ihre Arme nach unten, sie schrie auf, atmete hektisch, viel zu schnell. »Ich habe dich beobachten lassen, o ja.« Er nickte frenetisch. »Und allein in den letzten zwei Wochen warst du fünfmal, *fünfmal*!, in seiner Wohnung. Das hat mir mein Kontakt soeben am Telefon erzählt. Fünfmal! Und ich soll dir glauben, dass ihr dort nur rund um seinen Tisch spaziert seid, du Flittchen?« Er ließ von ihr ab, schlug sich die Hände vors Gesicht, sackte in sich zusammen wie ein Aschehaufen, die Wut verraucht. »Bin ich dir nicht genug, Luz?«, jammerte er. »Merkst du nicht, dass du uns um unser Glück bringst?«

Luz schluchzte abgehackt. Da waren keine Worte in ihr, die sie aussprechen könnte.

»Ich bete dich an! Du bist alles für mich, meine Göttin, mein Licht, so viel könnten wir miteinander erreichen. Ohne mich wärst du nichts, überhaupt nichts, eine billige kleine Tänzerin, die im Sommer auf Campingplätzen für besoffene Urlauber tanzt. Ich gebe alles, um dein Talent zu verkaufen, um dich groß zu machen, um *uns* groß zu machen. Du solltest mir jeden Tag aufs Neue dankbar sein. Aber stattdessen machst du immer alles kaputt. Du tanzt nicht gut genug, du strengst dich einfach nicht genug an und nun betrügst du mich auch noch!« Die letzten Worte brüllte er wieder.

Sie schüttelte den Kopf. Was hatte sie bloß getan?

»Hast du mit ihm geschlafen?«

»Es tut mir leid«, presste sie aus ihrer engen Kehle.

»Hast du mit Henry geschlafen!«, schrie er, und es war gar keine Frage mehr.

»Ja«, sagte sie unter Schluchzern, und dann traf seine Faust ihre Schläfe und sie strauchelte seitwärts, konnte sich gerade noch an der Kommode abfangen und glitt kraftlos zu Boden. Das Zimmer, Gabriels Beine, alles verschwamm, als hätte er ihr schwarze Tinte in die Augen geträufelt. Laut rauschte das Blut in ihren Ohren, so laut, dass sie kaum verstand, was er noch alles sagte, während er mit den Füßen nach ihr trat. So gut es ging, kauerte sie sich zusammen, machte sie sich klein, versuchte zu atmen, aber sie wusste nicht mehr, wie es ging. Da zerrte Gabriel sie hoch und zog sie mit sich, blind tapste sie hinter ihm her, stieß mit der Hüfte schmerzhaft gegen den Tisch, Henry hätte sie davor bewahrt, Henry hätte auf sie aufgepasst, aber Henry war eine Illusion.

Gabriel warf sie aufs Sofa. »Schau dich an«, höhnte er. »Kein Wunder, konnte dir Henry nicht widerstehen. Hast du dich ihm auch halbnackt präsentiert?« Sie sah an sich hinab, das Kleid war verrutscht, ihr Busen halb entblößt. Sie zog am Ausschnitt, um sich zu bedecken, aber sie hatte keine Kraft.

»Ich will zu meiner Mutter«, flüsterte sie. Ihre Stimme zitterte. Alles in ihr zitterte. Sie tastete mit der Hand nach dem Telefon, irgendwo hier musste es doch stehen, aber da war nur Leere überall.

»Deine Mutter!«, heulte Gabriel. »Deine Mutter wollte uns von Beginn weg nicht zusammen sehen.

Hat sie dir etwa eingeredet, mich zu betrügen? So wie sie ihren Mann betrogen hat mit deinem Vater? Aber was einmal zusammengekommen ist, das bringt man nicht mehr auseinander. Wir zwei, du und ich, wir gehören zusammen, wie die zwei Hälften ein und derselben Orange. Wir sind verheiratet vor Gott und Zeugen, du gehörst mir. Und wenn deine Mutter noch einmal versucht, dich gegen mich aufzuhetzen, dann wird sie etwas erleben, das schwöre ich. Hörst du?« Sie hörte ihn. Und sie verstand. Sie war genau wie das, was sie an ihrer Mutter hasste. Eine Ehebrecherin. Eine aufgeflogene, noch dazu. Fehlte nur, dass sie schwanger geblieben war von Henry. Und bei dem Gedanken verfiel sie in ein hysterisches Weinen.

Als Luz am nächsten Morgen aufwachte, konnte sie ihre Lider kaum öffnen. Durch den Spalt in den Vorhängen fiel das erste graue Licht des Tages, aber ihre Sicht war verschwommen, wie früher, als sie stundenlang mit offenen Augen durchs Meer getaucht war. Aber sie lag auf dem Sofa, zugedeckt. Warum? Sie bewegte sich, ganz wenig nur, und schon zuckte ein greller Blitz durch ihre Schläfe, erhellte schmerzhaft ihre Erinnerung. Gabriel hatte sie geschlagen. Gabriel wusste von Henry. Von ihrer *Affäre*. Sie hatte ihre Ehe zerstört. Bevor sie es zurückhalten konnte, entfuhr ihr ein Stöhnen, und neue Tränen sammelten sich brennend in ihren Augenwinkeln.

»Sch«, hörte sie Gabriel flüstern, und schon war er neben ihr. »Ganz ruhig«, sagte er und strich ihr vorsichtig eine Haarsträhne aus dem Gesicht.

»Du zitterst ja, *cariño.*« Er entfernte sich, zwei Schritte, dann war er wieder bei ihr, legte eine weitere Decke über sie, sie war noch warm und roch nach ihm. »Ich hab im Sessel gewacht, die ganze Nacht, für den Fall, dass du mich brauchst«, sagte er, und Luz klammerte sich an die Decke, sog den vertrauten eckigen Geruch ihres Mannes ein. Ihr ganzer Körper tat weh von seinen Tritten, aber das war gut so. Sie streckte sich absichtlich ein wenig, um den Schmerz zu provozieren. Er war ihre verdiente Strafe.

»Es tut mir leid, Gabriel«, wisperte sie und öffnete die Augen. Sein Gesicht war direkt vor ihrem, es war weich, viel weicher als sonst, zärtlich schon fast.

»Ich weiß, *mi amor*, mein Schatz.« Er nahm ihre Hand, spielte mit ihrem Ehering. »Du bist eine Frau, du bist schwach, das verstehe ich. Dafür bin ich ja an deiner Seite, Luz. Um dich vor dir selbst zu schützen. Du steckst mit dem Kopf in den Wolken und ich bin dein Halt, auch wenn ich zugeben muss, dass du es mir in den letzten paar Monaten ein bisschen schwer gemacht hast. Aber ich habe etwas daraus gelernt: Ich muss besser auf dich aufpassen. Vergib mir.«

»Natürlich.« Wie könnte sie nicht.

Er lächelte, und ganz tief in ihrem Inneren zog und zerrte es warm und angenehm, wie immer, wenn er sie so ansah. »Du wirst Henry nicht mehr sehen, nicht wahr?«

Luz nickte, jedes Nicken ein Blitz. Sie zog die Hand aus Gabriels und betastete ihr Gesicht.

»Ich glaube nicht, dass du in der Verfassung bist, dich deiner Familie zu zeigen. Du solltest deine

Mutter anrufen, bevor sie nach Cadaqués fahren. Sag ihr, du hättest eine schlimme Migräne. Damit habe ich uns gestern auch bei meinen Eltern entschuldigt.«

Hatte nicht seine Mutter das Essen abgesagt? Ihre Gedanken waren ein grauer Brei, nasses Papier, in Tränen aufgelöst. Aber er hatte selbstverständlich recht. Wenn sie so aussah, wie sich ihre Augen und ihr Kopf anfühlten, dann würde es zu einem Eklat kommen. Diese ganze Angelegenheit war privater Natur. Und die Letzte, die davon erfahren durfte, war Lucía.

KAPITEL 20

Nenn mich nicht so!

Barcelona, Januar 1978

Mein lieber Junge,
ich hoffe, du und deine Matilda seid gut in dieses neue Jahr gestartet. Feiert man in Argentinien auch die Ankunft der Heiligen Drei Könige mit Geschenken für die Kinder?
Pablito und die kleine Meritxell waren bereits an Heiligabend so furchtbar aufgeregt, du kannst es dir vielleicht vorstellen, obwohl es dort nur ein paar Schleckereien für sie gab. Andreu, dein neuester Neffe, hat den Abend verschlafen, kein Wunder, er ist auch erst ein paar Wochen alt. Ich lege dir ein Bild bei. Dein Bruder ist ein stolzer Vater, aber ich merke ihm an, dass er irgendwie nicht ganz bei der Sache ist.
Leider mussten wir auch ohne deine Schwester feiern, sie hat in letzter Minute abgesagt, weil sie krank war. Wirklich sehr schade (auch wenn ich Gabriel natürlich überhaupt nicht vermisst habe!). Mich beschleicht das Gefühl, dass sie mir aus dem Weg geht, jedenfalls war sie bei unserem letzten Telefonat sehr kurz angebunden. Als Mutter hört man wohl nie auf, sich Sorgen um die Kinder zu machen!

Meine beiden Blumenläden habe ich zwischen Weihnachten und dem 6. Januar geschlossen, ich brauchte dringend eine Pause, und meine Mitarbeiterinnen haben sich einen Urlaub auch redlich verdient. Es gab einen wirklich unangenehmen Zwischenfall mit einem Ehemann der Frauen, die in der Wohnung über dem Laden leben. Sagen wir mal so, er hat sie auf sehr rabiate Art und Weise daran erinnert, dass ihr Platz an seiner Seite ist. Sogar die Polizei ist aufgetaucht und das war das Ende des Frauenhauses, dachte ich, denn sie haben natürlich alle Frauen nach Hause geschickt. Nur mit etwas Glück bin ich einer Anzeige entkommen, aber einige der Männer haben mit Drohungen und Beleidigungen nicht hinter den Berg gehalten. Als ob ich die Frauen von ihnen weggelockt und ihnen eingeredet hätte, dass ihre Gatten sie schlecht behandeln! Ach, meine Empörung ist immer noch groß.
Weißt du, eine unglückliche Ehe trägt verschiedene Gesichter, es geht in vielen Fällen gar nicht nur um körperliche Gewalt. Wenn man jung ist, denkt man doch, eine Liebe würde ewig halten, aber oftmals tut sie das nicht; der Alltag stumpft sie ab wie einen Bleistift, der zu oft benutzt wird. Einige schaffen es, ihn immer wieder zu spitzen, andere leben einfach weiter nebeneinander her, aneinander gewöhnt, halten aus, harren aus, obwohl der Stift schon lange nicht mehr schreibt. Und bei wieder anderen bricht die Mine. Was aber, wenn die Frau ein neues Leben beginnen möchte? Obwohl sich die Gesellschaft öffnet, herrscht in Spanien immer noch ein Patriarchat. Der Mann bestimmt, die Frau gehorcht.

Er verwaltet, sie haushaltet. Zum Arbeiten braucht sie seine Einwilligung, und selbst wenn sie ihr eigenes Geld verdienen darf, läuft ihr Konto auf seinen Namen. Geht sie, bleibt ihr nichts, nicht einmal die Kinder. Dieses Land braucht anständige neue Gesetze, die Mann und Frau gleichbehandeln. Himmel, Junge! Du siehst, das Thema beschäftigt mich. Ich hoffe, dass die Politik endlich aus ihrem immer noch andauernden Dornröschenschlaf erwacht und uns Bürgern die versprochenen Verbesserungen bringt. Was ich eigentlich nur schreiben wollte, war, dass unser Frauenhaus weiterhin Zulauf hat. Wie sollten wir sie abweisen? Sogar zwei der Frauen, die bei der Aktion von ihren Ehemännern abgeholt worden waren, sind zurück. Das macht mir etwas Sorge, sollte doch eigentlich kein Mann wissen, wo sie sich aufhalten, der Sicherheit aller wegen. Vielleicht werde ich versuchen, sie woanders unterzubringen. Einige der Frauen, die sich von ihren Männern trennen konnten, haben sich bereit erklärt, Hilfesuchende aufzunehmen. Und so spinnen wir heimlich ein Netzwerk, das sich über die ganze Stadt verteilt. Hättest du das jemals von mir gedacht? Ich nicht. Agustín auch nicht, befürchte ich. Nicht, dass er mich davon abhalten würde, nein, nein. Ich glaube, er hat einfach Angst um mich. Vielleicht, dass ich mich in diesem Kampf verliere, aber ich kämpfe ja eigentlich gar nicht. Ich helfe nur. Vielleicht befürchtet er, dass ich ihm eines Tages sagen werden, dass ich keinen Mann an meiner Seite brauche. Es stört ihn, dass ich beim Thema Ehe keine Begeisterung zeige – solange die Gesetze sich nicht ändern, werde ich nicht wieder heiraten, obwohl ich mir nicht vorstellen kann, dass er meine Freiheiten in irgendeiner Form einschränken würde. Aber das tut ja niemand im Voraus, nicht wahr? Francisco, deine alte Mutter ist heute aber wieder in Plauderlaune! Manche Dinge kann ich einfach mit niemandem sonst besprechen, und Papier ist geduldig. Ich hoffe, du bist es auch! Für heute jedoch werde ich Schluss machen. Pass auf dich und deine Matilda auf!

Un abrazo muy fuerte, eine riesengroße Umarmung,
deine dich liebende Mutter
Lucía

Sie strich ganz zart über das Datum in der oberen rechten Ecke der ersten Seite des Briefes: der 8. Januar. Wie jedes Jahr an diesem Tag dachte sie an Felicidad, ihre kleine, süße Felicidad, wahrscheinlich tot, vielleicht aber auch nicht. Heute würde sie achtunddreißig Jahre alt werden. Ganz tief lauschte sie in sich hinein. Manchmal dachte sie, dieses altvertraute Ziehen in ihrer Mitte zu spüren, als ob sie noch verbunden wären wie damals, als Felicidad in ihrem Bauch lag. Aber sie schüttelte das Gefühl ganz vorsichtig wieder ab, wie einen Marienkäfer, der auf ihrem Finger gelandet war und davonfliegen musste, um Glück zu bringen.

Sie klebte gerade die Briefmarke auf den Umschlag mit Franciscos Adresse, als Agustín von der Arbeit nach Hause kam.

»Riecht gut«, sagte er und küsste sie auf die Wange, und, als sie den Kopf drehte und erwartungsvoll das Gesicht hob, auch zärtlich auf den Mund.

»Ich habe Doraden im Ofen, Kartoffeln, rote Paprika und Zwiebel. Knoblauch und Weißwein. Ganz einfach.«

»Es gibt keine bessere Köchin als dich«, sagte Agustín und sie musste lächeln, aber ihr Lächeln erstarb, als sie Celia im Türrahmen stehen sah. Als Agustín ihr ebenfalls gewahr wurde, verbesserte er rasch: »Außer deiner Mutter natürlich, *mi niña*, mein Mädchen.«

Celia verdrehte die Augen, sagte aber erstaunlicherweise nichts. Ihre Beziehung hatte sich in den letzten Monaten gefestigt; Agustín und Celia bildeten ein Vater-Tochter-Gespann, das sich nicht von anderen unterschied und Celias Alter gerecht wurde – mal innig, mal zornig. Ihr gegenüber war das Mädchen, na ja, es war einfach. Gleichgültige Akzeptanz nannte Lucía den Zustand. Keine Boshaftigkeiten mehr, aber auch keine überschwänglichen Sympathiebekundungen. Sie konnte damit leben, auch wenn sie gestehen musste, dass Celia ihr ans Herz wuchs. Langsam, ganz langsam. Sie konnte nicht benennen, warum, aber sie erinnerte Lucía an sich selbst, als sie dreizehn Jahre alt war, der Bürgerkrieg zwar bereits begonnen hatte, aber irgendwie ganz weit weg war, als sie selbst noch am liebsten den ganzen Tag am Piano gesessen oder ihre Nase in Bücher gesteckt hatte. Und so, wie Celia immer ein Hauch Melancholie umgab, so hatte Lucía damals eine Ernsthaftigkeit in sich gespürt, als ob sie geahnt hätte, dass das Leben in unmittelbarer Zukunft noch einiges an Schmerz für sie bereithalten würde.

»Nun denn, wollen wir jetzt essen?«, fragte Lucía, um diesen kleinen merkwürdigen Moment zu verscheuchen, und eilte in die Küche, um den Fisch aus dem Ofen zu nehmen.

»Hervorragend«, lobte Agustín und legte das Besteck auf den fast leeren Teller, wischte sich den Mund ab und griff nach seinem Weinglas. »Nicht wahr, Celia?«

»Sehr gut«, murmelte sie, dabei hatte sie das Essen kaum angerührt.

»Hast du keinen Hunger?«, fragte Lucía und war kurz davor, dem Mädchen die Hand auf die Stirn zu legen und die Temperatur zu messen, wie sie es bei ihren Kindern gemacht hatte, aber es war nicht ihr Kind und wollte es auch nicht sein.

Celia murmelte noch etwas Unverständliches und zerpflückte dabei das zarte Fischfleisch mit der Gabel, schob Gräten durch die bereits erstarrte Soße hin und her.

Lucía bemerkte, wie sich graue Wolken über Agustíns Gesicht schoben. Statt auf Celias Stirn legte sie ihre Hand auf seinen Arm, drückte beschwichtigend zu, lass gut sein, signalisierte sie ihm damit, lass den Abend friedlich ausklingen.

»Ich werde mich im Frühling den Aufnahmeprüfungen fürs Musikkonservatorium stellen«, sagte Celia dann ohne Vorwarnung, ganz schnell, den Blick immer noch auf ihren Teller gerichtet.

Agustín räusperte sich laut. »Du möchtest was?«

»Ich möchte nicht, ich werde«, sagte Celia und hob nun ihren Kopf. In ihren dunklen Augen erkannte Lucía ein Feuer, das sie so noch nie darin gesehen hatte. Eine Bestimmtheit, die sie gleichsam stolz und nervös machte.

»Wer hat dir diese Flausen in den Kopf gesetzt, deine Schwester? Oder du etwa?« Damit sah er Lucía an. Agustín war selten verärgert, aber nun war seine Stirn gerunzelt.

»Nein, *papá*, das war ganz allein meine Entscheidung. Musik ist mein Leben. Ich habe Talent. Ich habe Leidenschaft und ich ...«

»Du bist dreizehn. Und damit ist eigentlich alles gesagt.«

»Ich werde Ende Monat vierzehn. Die Aufnahmeprüfung steht allen offen und ich kann nebenbei weiter die Schule besuchen.« Celia glühte nun förmlich.

»Agustín«, sagte Lucía. »Was ist schon dabei, es zu versuchen?« Sie erntete einen erstaunten Blick von Celia für diese Rückendeckung. »Und wenn es tatsächlich klappen sollte und sie Schule und Musik unter einen Hut bringen kann – warum nicht?«

»Mercè, sie ist ein Kind! Sie kann nicht einfach so reinspazieren und uns vor vollendete Tatsachen stellen.« Er wurde laut.

»*Papá*, ich werde das machen, mit oder ohne deine Zustimmung. Lucía wird für mich unterschreiben, nicht wahr?«

Konnte sie das überhaupt? Wahrscheinlich nicht und dennoch nickte sie. »Ich unterstütze dich in deinem Wunsch.«

Agustín neben ihr keuchte auf, dann donnerte seine Faust auf den Tisch wie ein Richterhammer, der ein Urteil sprach. »Geh sofort in dein Zimmer, Celia!«

Das Mädchen blieb sitzen, blickte nervös von ihrem Vater zu Lucía und wieder zurück, entschied dann wohl, dass sie hier nichts mehr ausrichten konnte und verschwand.

»Wie kannst du mir derart in den Rücken fallen, Mercedes? Erst seid ihr euch spinnefeind und nun macht ihr gemeinsame Sache gegen mich? Ich habe andere Pläne für sie.«

»Es ist aber ihr Leben. Die Zeiten ändern sich, junge Menschen können für sich selbst entscheiden.«

»Sie ist dreizehn, Mercè, ein Kind!«

»Na und?« Irgendetwas in Lucía riss, wie ein zu weit überdehntes Gummiband, und sprang wild und schmerzhaft in ihr hin und her. Sie hatte versucht, ruhig zu bleiben, aber ihre Stimme schraubte sich immer weiter in die Höhe. »Vielleicht will sie keine Lehrerin werden. Vielleicht will sie keine Krankenschwester werden! Und selbst wenn, könnte sie das immer noch später lernen. Und nenn mich verdammt noch mal nicht immer Mercedes! Ich bin im Gegensatz zu Celia kein Kind mehr!«

Agustín schloss den Mund, den er bereits geöffnet hatte, um ihr zu antworten, und starrte sie an.

»Was soll das heißen?«, fragte er schließlich. Er war nun ganz ruhig, ganz still, aber in seinen Augen lauerte ein Ausdruck wie ein Schatten unter einer grauen Eisfläche – Schmerz, Angst, Vorsicht, nichts Schönes. Und dennoch konnte Lucía die Worte nicht mehr schlucken.

»Das soll heißen, dass ich nicht mehr die kleine Mercè bin, in die du dich verliebt hast. Ich bin nicht mehr das junge naive Mädchen, dem das Leben genommen, genommen, genommen hat. Ich bin Lucía, eine reife, selbstständige Frau, und ich habe mir mein Leben aus eigener Kraft erschaffen, alles habe ich mir erarbeitet. Ich habe dabei große Fehler begangen, Schuld auf mich geladen, aber genauso für Liebe und Freude gesorgt, habe als Frau allen Vorurteilen zum Trotz ein Hotel eröffnet und erfolgreich geführt, habe vier Kinder geboren und eins davon verloren. Ich helfe anderen, mir muss nicht mehr geholfen werden.« Sie musste Luft holen und gleichzeitig wogten Tränen in ihr hoch, denn sie sah ihm an, wie verletzt er war. »Du musst mich nicht mehr beschützen, Agustín«, schob sie leise hinterher. »Ich bin jetzt mein eigener Halt. Ich bin Lucía, und du musst dich entscheiden, wen du liebst: das schwache Mädchen von damals oder die starke Frau, die ich heute bin.«

Als ob sie beide erschrocken wären über ihren Ausbruch, saßen sie stumm nebeneinander. In der Wohnung unter ihnen wurde der Fernseher eingeschaltet, der Kühlschrank in der Küche brummte, aber ansonsten herrschte Stille. Eine schwere Stille. Lucía sah Agustín an; das Eis in seinen Augen war geschmolzen und die Schatten aus ihrem nassen Grab gestiegen, Schmerz, allen voran. Langsam nabelte sich eine Träne ab und rann über seine Wange. Er lehnte sich zurück, weg von ihr.

»Und als was siehst du mich? Was bin ich in deinen Augen?« Brüsk wischte er die Träne weg. Lucía wollte etwas sagen, aber er wischte auch ihren Einwand weg, bevor sie ihn aussprechen konnte. »Früher, da war ich deine einzige Stütze. Da gab es nur dich und mich. Und heute? Sind dir dein Laden, deine Frauen, deine Kinder wichtiger als ich. Ich bin einfach nur ein schwacher Mann, der, egal was er macht, immer das Falsche zu tun scheint, der davonläuft, wenn es Probleme gibt.« Er atmete heftig und griff sich an die Brust, als ob er so mehr Luft bekäme oder als ob er so den Kummer in seinem Herzen besänftigen könnte, dann stand er abrupt auf. »Und weißt du was? Genau das werde ich jetzt auch wieder tun. Es macht den Anschein, als würdest du bestens ohne mich klarzukommen.«

»Agustín ... Agustín, bitte, warte doch. Lass uns darüber reden.« Aber er ignorierte sie geflissentlich, zog sich Schuhe und Mantel an, nahm Halstuch und Hut vom Haken und verließ die Wohnung.

»Du bist der Mann, mit dem ich mein ganzes Leben hätte verbringen wollen, von der allerersten Begegnung an. Das bist du für mich!«, schrie sie gegen die Tür, die krachend ins Schloss fiel. Seine Worte aber blieben in ihrem Kopf gefangen. War sie dabei, denselben Fehler zu begehen wie schon einmal? Nahm sie seine Liebe als zu selbstverständlich hin wie bei Luís?

»Habt ihr meinetwegen so gestritten?«

Lucía fuhr herum. Celia stand in der Tür zu ihrem Zimmer, gar nicht mehr so Kind, wie Agustín behauptete, sondern auf dem Weg zur jungen Frau. Das infantil bedruckte Nachthemd war ihr wieder zu klein und spannte um die Brust, die sich bereits zu wölben begonnen hatte, ihr Körper verlor das kindlich knabenhafte und wurde weich.

»Nein, *cariño*, meine Liebe. Es war nicht deinetwegen.« Ihre Stimme zitterte, sie musste sich räuspern. »Nun, nicht nur. Aber mach dir keine Sorgen. Wir werden deinen Vater schon noch überzeugen können.« Vom Konservatorium? Davon, dass sie ihn liebte und wertschätzte? Davon, dass er zwar tatsächlich oft davonlief, wenn er sich überfordert fühlte, das aber kein Zeichen von Schwäche sein musste? Aber noch ehe Lucía bestimmen konnte, wovon sie ihn als Erstes überzeugen müsste, warf sich Celia ihr um den Hals. Um den Hals, denn sie war schon fast so groß wie sie.

»Danke«, flüsterte sie Lucía ins Ohr. »Danke, dass du das für mich tust.«

Widerwillig hatte sich Celia wieder in ihr Zimmer zurückgezogen, um dort vor dem Schlafen noch etwas zu lesen.

»Ich muss meine Gedanken sortieren«, hatte ihr Lucía gesagt, und das musste sie, auch wenn es ihr leidtat, die plötzliche Anhänglichkeit des Mädchens, das mit ihr zusammen auf Agustín warten wollte, zu bremsen. Sie brachte das Geschirr in die Küche und wusch ab, trank dabei den Rest Wein in Agustíns Glas aus und ließ die Flasche auf dem Küchentisch stehen für später. Dann setzte sie sich ins Wohnzimmer, ein Buch im Schoß, aufgeschlagen, aber ungelesen. Die Stehlampe spendete ein warmes Licht. Ein leichter Wind rüttelte an den Fensterläden, die Heizung knackste leise. Lucía merkte, wie die Anspannung langsam von ihr abfiel. Es war nur ein Streit gewesen. Jeden Streit konnte man beilegen.

Das Schrillen des Telefons riss sie aus ihrem Dämmerschlaf. Desorientiert und geblendet schloss sie die Augen gleich wieder, aber beim nächsten Klingeln sprang ihr Herz so heftig in der Brust, dass es sie vom Sofa riss. Agustín!

»*Dígame*, wer ist da?«, keuchte sie in den Hörer und suchte gleichzeitig die Wanduhr. Halb zwölf. Er war seit drei Stunden weg.

»Lucía?«

»Raquel. Du bist es.« Sie setzte sich langsam wieder hin und strich sich mit zitternden Fingern eine Haarsträhne hinters Ohr. »Du hast mich erschreckt, es ist spät.«

»Lucía«, sagte Raquel erneut, und jetzt nahm Lucía die viel zu laute Geräuschkulisse im Hintergrund wahr. »Du musst sofort kommen.«

KAPITEL 21

Wenn alles zerfällt

Barcelona, Januar 1978

Es dauerte nur zehn Minuten, bis das Taxi in ihre Straße einbog. Lucía gab die Adresse an und sank dann in den Sitz, wollte in ihm verschwinden, wünschte sich, es wären Agustíns Arme, und biss sich in ihre Faust, um nicht hier und jetzt die Nerven zu verlieren.

Die Stadt war januarnachtleer und dunkel; sie brauchten genau elf Minuten für die Fahrt, und bereits aus der Entfernung konnte Lucía die blauen und gelben Lichter der Polizei und der Ambulanz erkennen.

Der Blumenladen war großzügig abgesperrt. Vor der Absperrung drängte sich eine kleine Traube Menschen, Nachbarn hauptsächlich, einige davon sogar in Morgenmantel und Pantoffeln, direkt aus dem warmen Bett auf die kalte Straße gespuckt, um aus erster Hand zu sehen, was geschehen war. Innerhalb der Absperrung standen einige Polizeibeamte neben Raquel und vier ihrer Frauen, zwei weitere saßen auf den Stufen zum Laden, in Decken gehüllt. Es stank nach kaltem Rauch und Angst.

»Was ist passiert? Raquel?« Sie wandte sich erst an ihre Angestellte, dann an den Polizisten, der das

Kommando innezuhalten schien. »Ich bin die Besitzerin. Ist jemand verletzt?« Sie erkannte Sofia und Ana auf den Stufen, und neben ihr standen Clara, María Cristina, María José und Juani. Es fehlten ...

»Laura und Genoveva haben Verbrennungen erlitten.« Raquel zeigte zum Rettungswagen, der eben die Türen zuschlug und davonfuhr. Lucía griff nach ihren Händen. Sie waren eiskalt.

»*Señora* ...«, sagte der Polizist.

»Flores.«

»*Señora* Flores, was wir wissen, ist Folgendes: Kurz nach elf Uhr hat eine unbekannte Person – oder mehrere – die Scheiben Ihres Geschäftes mit Steinen eingeschlagen, was die Bewohnerinnen der darüberliegenden Wohnung geweckt hat, respektive einige dazu veranlasst hat, sich im Wohnzimmer zu versammeln. Als ob der oder die Täter darauf gewartet hätten, wurden als Nächstes die Fenster der Wohnung beworfen, und nachdem diese in Brüche gingen, wurden zwei Brandsätze hindurchgeschmissen.«

»Die Vorhänge haben sofort Feuer gefangen«, berichtete nun Raquel, ihre Stimme belegt, als würde sie eigentlich viel lieber in Tränen ausbrechen. »Genoveva stand direkt daneben, ihre Haare haben ... angefangen ... zu brennen und Laura hat versucht ... mit den Händen ...« Ein Laut drang aus ihrer Kehle, unnatürlich hoch und schrill, dann sank sie gegen Lucías Schulter und weinte hemmungslos. In Lucía kochte die Wut hoch wie heißes Wasser, blubbernd spritzte sie auf alle Seiten.

»Wer war das?«

Der Polizist räusperte sich. »Wir haben noch keinerlei Anhaltspunkte und bislang auch keine Augenzeugen. Die Einzige, die einen Blick aus dem Fenster werfen konnte, bevor der erste Brandsatz einschlug, war ...«

»Genoveva«, sagte María José.

»... war *Señora* Genoveva Ferrero. Sie stand natürlich unter Schock, deswegen müssen wir ihre Aussage noch mit Vorsicht genießen. Sie glaubte, eine einzelne Person gesehen zu haben, wahrscheinlich männlich. Haben Sie irgendeinen Verdacht? Jemand, der Ihnen Böses will, Sie bedroht hat?«

Lucía strich beruhigend über Raquels Rücken und brauchte dabei selbst jemanden, der sie beruhigte. »Ich glaube nicht, dass dieser ... Anschlag mir persönlich gegolten hat, sondern unserem Projekt des Frauenhauses. Vielleicht war es einer der Ehemänner, der Standort ist ja leider seit dem letzten Vorfall einigen bekannt.«

Der Polizist seufzte. »Wir werden selbstverständlich mit allen Männern sprechen und die Damen werden dann natürlich wieder nach Hause zurückkehren.«

María José neben ihr schluchzte auf. Raquel, die sich inzwischen beruhigt hatte, führte sie zur Seite. »Wir werden schon einen sicheren Platz für dich finden«, hörte Lucía sie noch murmeln, dann musste sie sich auf die Fragen des Polizisten konzentrieren, Versicherung, Schadensgutachter, die kaputten Scheiben mit Pappe überkleben, damit nicht auch noch der Laden leergeräumt würde, all das ging ihr durch den Kopf, aber über allem schwebte ein Gedanke wie eine giftige Wolke: Wo war Agustín?

Die Nacht war noch leerer, noch dunkler und noch kälter, als sie drei Stunden später völlig übernächtigt vor der Wohnung aus dem Taxi stieg. Ihre Haare, ihr Mantel, alles stank nach Rauch, Tränen und Mutlosigkeit.

»Celia«, rief sie leise, als sie die Tür aufschloss. Im Zimmer des Mädchens brannte Licht, aber als sie hineinging, war es nicht da. Es war auch nicht im Wohnzimmer, nicht in der Küche und auch nicht in Lucías und Agustíns Bett. Dort aber lag ein Blatt Papier.

> *Querida*, Liebste,
> Du warst nicht da, als ich zurückkam. Ich werde mit Celia für ein paar Tage nach Valls zu meinem Bruder fahren, meinen Vater und Guadalupe besuchen. Ein paar Tage Abstand werden uns guttun, denke ich, also bitte ruf mich nicht an.
> Agustín

Ihre Gedanken, die in den letzten paar Stunden nicht aufgehört hatten, durch ihren Kopf zu rasen, stoppten so unmittelbar, dass Lucías Beine unter ihr nachgaben und sie auf das Bett sank. Wie sie war, angezogen, mit Schuhen, Mantel und stinkend, rollte sie sich zusammen, zog die Decke über sich und war sich sicher, dass sie aller Erschöpfung zum Trotz nicht würde einschlafen können.

Als sie ein paar Stunden später von ihrem Wecker geweckt wurde, lag sie immer noch in der exakt selben Position, sogar die Notiz hielt sie noch in der Hand. Sie streifte sich mit den Füßen die Schuhe weg, drehte sich auf den Rücken und streckte sich, blieb dann so liegen und starrte an die Decke. Müde, müde, müde, müde, müde, signalisierte ihr jeder Muskel, jede Zelle ihres Körpers, müde von allem, und sie wusste, würde sie die Augen schließen, würde sie einfach wieder einschlafen, stundenlang, tagelang, wochenlang. Was hatte sie Agustín gesagt? Sie wäre stark und selbstständig und bräuchte keine Stütze? Wenn sie könnte, würde sie lachen. Stattdessen stemmte sie sich hoch, bevor sie der Versuchung, einzuschlafen, nicht länger widerstehen könnte, duschte erst heiß, dann so kalt, dass sie am ganzen Leib zitterte und alle negativen Gedanken einfroren, und fuhr mit dem Bus wie an jedem anderen Montagmorgen auch zu ihrem Laden.

An Verkaufen mochte sie heute gar nicht denken. Die Pflanzen, die durch die Steine und Scherben Schaden erlitten hatten, stellte Lucía auf die Straße, besser kostenlos anbieten als wegzuschmeißen. Eine Stunde später beobachtete sie, wie diverse Nachbarn die Kakteen, Palmen und Orchideen begutachteten, einige Münzen in einen Unterteller legten und mit ihrer Auswahl wieder gingen. Kurz darauf klopfte jemand an die geschlossene Eingangstür, und dann riss der Strom gar nicht mehr ab.

»Wir würden gern einen großen Blumenstrauß kaufen.«

»Ich habe hier ein paar Vorhänge, die ich nicht mehr brauche.«

»Wir bräuchten für eine Privatfeier zehn schöne Gestecke.«

»Ich habe Ihnen einen Kuchen gebacken.«

»Ich hätte gern ein Dutzend roter Rosen.«

»Wenn Sie Hilfe beim Putzen brauchen …«

Der Mann von der Versicherung tauchte auf, die Polizei schaute noch einmal vorbei, das Telefon klingelte ohne Unterlass, Lucía band Sträuße und nahm völlig gerührt die Solidaritätsbekundungen entgegen, und als Raquel sie darauf hinwies, dass es bereits ein Uhr war und sie eine Pause bräuchten, war sie ganz erstaunt. Gerade als sie das Schild an der Tür auf *geschlossen* drehte und zusperren wollte, sah sie Luz in ihre Richtung hasten.

»Mutter!«, rief ihre Tochter und fiel ihr um den Hals. »Was ist nur passiert?«

Lucía hielt sie auf Armlänge von sich. »Woher weißt du …«

»Es kam in den Nachrichten des lokalen Radiosenders.« Es lag ein Ausdruck auf Luz' Gesicht, als wäre diese Sorge nur die oberste Schicht einer sehr komplexen Maske.

»Ich wollte eben nach Hause fahren, um etwas zu essen. Kommst du mit?« Irritiert beobachtete sie, wie unter der Sorge eine neue Schicht zum Vorschein kam, die aussah wie Unwille.

»Natürlich«, sagte Luz nach einer kurzen Pause, lächelte dabei unverbindlich und leicht gezwungen, und sah dabei eigentlich nicht so aus, als ob sie große Lust hätte.

Während der viertelstündigen Busfahrt schwiegen sie. Der Bus war voll, sie mussten stehen. Jetzt, wo Lucía nicht mehr beschäftigt war, hatte die kalte Dusche ihren Effekt verloren, ihre Gedanken waren aufgetaut und flossen wieder tückischen Stromschnellen gleich durch ihren Kopf. Agustín, wo war er gewesen, er würde doch nicht etwas mit diesem feigen Anschlag zu tun haben, so etwas würde er nicht machen, so etwas könnte er gar nicht tun, wie kam sie nur auf so dumme Ideen, wo sollte er auch so schnell einen Brandsatz herhaben, warum sollte er überhaupt, sie hatten über einen Namen gestritten, einen dummen Namen, was machte sie sich nur für Gedanken, aber die Gedanken waren da und ließen sich nicht abschalten.

»Isst Agustín nicht mit Celia zu Mittag?«, fragte Luz beim Eintreten.

»Sie sind weg«, antwortete Lucía einsilbig, zog Schuhe und Mantel aus, wusch sich in der Küche lange mit kaltem Wasser die Hände, aber die Gedanken flossen weiter. Sie nahm einen Rest Kartoffeln aus dem Kühlschrank und gab sie in eine Pfanne, zu wenig für zwei Personen, holte Tomaten und Zwiebeln und grüne Paprika hervor und bereitete einen Salat daraus zu.

Luz saß in der Zwischenzeit an dem kleinen Küchentisch und leerte den Inhalt der Flasche, die Lucía gestern stehen gelassen hatte, in ein Wasserglas.

»Wein um diese Uhrzeit?«, fragte Lucía, und wieder kam eine neue Schicht der Maske zum Vorschein. Schuld, mit ein paar hektischen Flecken Trotz.

»Was heißt, sie sind weg?«, fragte Luz im Gegenzug und nahm einen großen Schluck.

Lucía verteilte die leicht angebratenen Kartoffeln auf zwei Tellern, legte Besteck auf den Tisch und stellte die Salatschüssel in die Mitte. »Das heißt ...« Sie seufzte tief auf. »Wir hatten eine dumme Diskussion gestern. Erst ging es darum, dass Celia aufs Musikkonservatorium möchte, ich sie dabei unterstütze und Agustín nicht. Und dann bin ich …« Sie massierte sich die Stirn mit Daumen und Mittelfinger, schüttelte dann ungläubig den Kopf. »Er nennt mich immer Mercedes, Mercè, seine kleine Mercè. All die Jahre, jetzt und auch damals, als wir uns unter so ungünstigen Umständen in Cadaqués wiedertrafen. Es machte mich rasend, weil … weil ich schwach war, als ich diesen Namen trug. Ich habe ihm Vorwürfe gemacht, die nicht alle wirklich gerechtfertigt waren, und er hat seine Sachen gepackt und ist nach Valls gegangen, mit Celia. Er braucht Abstand. Und ich? Ich fühle ich mich jetzt gerade so schwach wie schon lange nicht mehr. Wahrscheinlich bin ich innerlich noch immer mehr Mercedes, als ich dachte.« Sie hatte gar keinen Appetit, stellte sie fest, und Luz anscheinend auch nicht. Dafür hatte die großen Durst.

»Du bist die stärkste Frau, die ich kenne, Mutter«, sagte sie und stellte das nun leere Glas hin. »Du hast so viel erlebt, so viel einstecken müssen, so viel verloren, und dennoch bist du immer wieder aufgestanden, hast für dich gekämpft, für dein Hotel, für mich. Für diese Frauen, obwohl du sie nicht einmal kennst, es sind Fremde, die dir nur Probleme bescheren, und dennoch setzt du dich für sie ein.« Lucía wollte etwas erwidern, aber Luz schnitt ihr das Wort ab. »Und selbst die stärkste Frau darf sich schwach fühlen. Das hat mit Namen nichts zu tun. Du bist einfach du, Mutter.« Plötzlich schien sie in eine Art Heißhunger zu verfallen und stopfte sich Kartoffeln und Tomaten in den Mund.

»Ich war doch nie eine Kämpferin in dem Sinne. Ich habe einfach getan, was nötig war«, wiegelte Lucía ab.

»Macht nicht genau das eine Kämpferin aus?«, fragte Luz mit vollem Mund. »Andere schauen nur zu. Oder weg. Oder ergeben sich in ihr Schicksal.« Sie legte ihr Besteck auf den Teller, kaute, schluckte und war auf einmal ganz blass. Die Schminke der Maske war abgekratzt, und übrig blieb ihr nacktes Ich.

Besorgt legte Lucía ihrer Tochter die Hand auf den Unterarm. »Was ist mit dir? Warum weinst du?«

Luz schüttelte den Kopf, suchte etwas in ihren Hosentaschen und nahm schließlich die Serviette, um ihre Augen abzutupfen. »Gabriel«, flüsterte sie in den Stoff.

Lucía krallte reflexartig ihre Nägel in Luz' Arm, die dabei zusammenzuckte. »Was hat er dir getan?«

Wieder schüttelte Luz den Kopf. »Nichts. Ich ... bin schuld.«

»Woran bist du schuld, *mi amor*, Liebes?«

»Gabriel hat, er hat gedroht, dir gedroht, und ich habe Angst, dass er für diesen Anschlag verantwortlich ist.« Luz führte das Glas an ihren Mund, aber es war kein Wein mehr drin.

»Ich verstehe nicht«, sagte Lucía. »Warum sollte Gabriel mich bedrohen?«

Luz zitterte mittlerweile, so wie sie selbst am Morgen unter der eiskalten Dusche gezittert hatte. »Er ... er glaubt«, stammelte sie, »dass du ... mich gegen ihn aufhetzt ... weil ... weil ich ... Ich habe ihn betrogen. Mit Henry.« Sie sank auf ihrem Stuhl zusammen, als ob die Schwere der Wahrheit ihr alle Knochen gebrochen hätte.

»Du hast deinen Mann betrogen. Mit Henry.« Die Worte mussten erst einmal sacken, bevor Lucía sie verstand. »Oh, mein Kind, *mi niña.*« Sie rutschte mit ihrem Stuhl näher, bis sie ihre Tochter umarmen konnte. Tröstend wiegte sie sie hin und her. »Wirst du dich von ihm trennen?«

»Natürlich nicht«, flüsterte Luz und schniefte. »Er ist mein Mann. Ich gehöre zu ihm.«

»Und Henry? Liebst du ihn denn oder war das eine einmalige Sache? Ein Ausrutscher?«

Noch einmal schniefte Luz, dann zuckten ihre Schultern, erst lautlos, dann brach der Schmerz wie ein grollender Donner aus ihr heraus, und sie weinte und weinte, und als Lucía glaubte, es könnte keine Träne mehr in ihrer Tochter sein, weinte sie immer noch weiter.

»Und was nun?«, fragte Lucía ihre Tochter sanft, als sie sich endlich beruhigt hatte. »Ich habe dir immer gesagt, dass Gabriel ...«

»Nicht«, bat Luz. »Tu das nicht. Du hast nie verstanden, was Gabriel und mich verbindet.«

»Nein, Kind, das habe ich nicht. Erklär es mir.«

Luz' Augen glänzten verweint wie nasse Scherben. »Er war einfach da, als ich genau ihn brauchte. Mehr gibt es nicht zu erklären. Und ich weiß, er wird immer da sein. Er wird mich nie verlassen.«

»Aber jetzt ist auch Henry da. Die Frage ist: Wen brauchst du mehr?« Lucía legte ihre Hand an Luz' Wange und spürte selbst, wie ihre Nase kitzelte und ihre Sicht verwässerte. Was war nur mit diesem siebten Sinn ihrer Tochter geschehen? Diesem Kompass, mit dem sie immer zielgerichtet den Norden erkannte? Es schien ihr, als ob Gabriel ein Magnet war, der sie anzog, egal ob sie wollte oder nicht, und mit seiner Strahlung das korrekte Ausrichten der Nadel verunmöglichte. Er war ein Störfaktor, der Luz daran hinderte, ihr Glück zu finden.

»Henry ...«, wisperte Luz mit geschlossenen Augen, und es lag so viel Traurigkeit in diesem Namen, dass Lucía die Antwort bereits kannte. »Ich werde ihn nicht wiedersehen.« Ihr Kopf lag schwer in Lucías Hand, und Lucía konnte sehen und spüren, wie sehr sie versuchte, neue Tränen zurückzuhalten.

»Warum? Warum, Luz?« Sie rüttelte ganz sanft an ihrer Tochter, damit sie die Augen öffnete. »Warum willst du dir das antun?«

»Mutter!« Luz schüttelte ihre Hand ab und stand auf. »Solltest nicht du von allen am besten wissen, dass ich ihn nicht einfach verlassen kann? Er wird mich nicht gehen lassen. Nie.« Sie wurde laut. »Ich bin seine Frau. Ich tanze in seinem Ensemble. Er verwaltet mein Geld. Ich bin nichts ohne ihn und ich habe nichts ohne ihn. Es ist sein *Recht*, dass ich bei ihm bleibe. Du hattest Glück, als *papá* dich rausgeschmissen hat; er liebte dich immer noch genug, um dir einen Neuanfang nicht zu erschweren.«

Und genau dieses Recht, das eine Frau bar aller Vernunft an einen Mann band, dieses Recht musste abgeschafft werden. Ein Scheidungsgesetz musste her, und zwar so rasch wie möglich. Darauf zu warten, dass die Politiker von selbst etwas in die Wege leiteten, war keine Option mehr. In diesem Moment schwor sich Lucía, dass sie ab genau jetzt alles dafür tun würde, für dieses Gesetz zu kämpfen. Für ihre Tochter. Und für all die Frauen, deren individuelle

Stimmen zu leise waren. Gemeinsam wären sie stark.

»Gemeinsam sind wir stark«, wiederholte sie laut, was sie eben noch gedacht hatte. »Du kannst hier wohnen. Wir können dich unterstützen.« Aufmunternd lächelte sie Luz an.

Aber die schnaubte nur spöttisch. »Du weißt ganz genau, dass das nicht geht. Im Nullkommanix wird er mit einem richterlichen Beschluss vor der Tür stehen, der mich zur Rückkehr zwingt, und glaub mir, danach wird es nicht einfacher sein. Vergiss dieses Gespräch einfach.« Sie warf einen Blick auf ihre Armbanduhr, eine teuer aussehende Golduhr, die gar nicht zu ihr passte, und stand auf. »Ich muss los.«

Lucía erhob sich ebenfalls, umarmte ihre Tochter und fühlte sich dabei schrecklich hilflos. »Vielleicht kann bewiesen werden, dass er für den Brand verantwortlich war. Vielleicht muss er ins Gefängnis und du bist ihn los.«

Luz machte sich ganz steif und schob Lucía schließlich von sich. »Ich will ihn nicht loswerden, verstehst du nicht? Ich schulde es ihm, bei ihm zu bleiben. Und jetzt, wo ich unsere Ehe wegen einer ... Dummheit ... beschmutzt habe, noch mehr.«

Wegen einer Dummheit, die mehr nach Liebe klang als dieses Gerede von Schuldigkeit. »Wovor hast du Angst, Luz?«, fragte Lucía, aber Luz entzog sich ihr und öffnete die Wohnungstür.

»Nur vor mir, Mutter. Nur vor mir selbst«, hörte Lucía sie beim Rausgehen murmeln, dann fiel die Tür ins Schloss.

KAPITEL 22

Das Ziel in greifbarer Nähe

Barcelona, Januar 1978

Ehrfürchtig strich Felicidad über die dunkelgrüne Vorderseite ihres Passes, über die goldenen Buchstaben der Wörter *España* und *Pasaporte*, über das goldene Wappen. Ihr Schlüssel zur Welt.

»Warum sind wir eigentlich nie irgendwohin gefahren?«, fragte sie, mehr sich als Manuel, der aber dennoch kurz den Blick von der Straße nahm, um sie anzusehen.

»Uns war immer genug gewesen, was wir hatten«, meinte er. »Aber wenn du magst, können wir gern mal verreisen. Nach Paris, zum Beispiel?«

»Das wäre wunderbar«, murmelte Felicidad. Natürlich log er, das wusste sie. Sie waren nie länger weggefahren, weil sie kaum den Fuß vor die Tür gesetzt hatte. Und es gab immer noch Tage, an denen sie das nicht tat. Nicht tun konnte. An denen sie sich verkroch, zusammenrollte im Bett, sich so wenig wie möglich bewegte, damit die Scherben in ihrem Inneren sie durch die Erschütterungen nicht komplett zerschnitten. Aber diese Tage kamen seltener, und diese messerscharfen Splitter in ihr waren dabei, sich zusammenzusetzen. Heute, da war sie sich sicher, würde sie wieder ein kleines Stückchen kompletter werden.

Vor ihnen verlangsamte der Verkehr, das Dorf El Pertús kam in Sicht. Es lag genau auf der Grenze, die eine Häuserreihe auf der spanischen Seite, die andere auf der französischen, und mitten im Dorf standen die Zöllner neben dem rot-weißen Schlagbaum. Oscar grummelte verschlafen, als Manuel die Scheibe herunterkurbelte und kühle Luft ins Innere strömte. In Felicidad kribbelte die Aufregung, und sie war beinahe ein wenig enttäuscht darüber, wie wenig Aufmerksamkeit der Beamte den Pässen widmete, bevor er sie Manuel wieder zurückgab und sie durchwinkte.

»Wo müssen wir jetzt lang?«, fragte Manuel und deutete auf die Straßenkarte, die auf ihrem Schoß lag.

Felicidad fuhr mit dem Finger die Linien entlang. »Immer dieser Straße folgen bis Le Boulou, dann Richtung Saint-Génis-des-Fontaines, Saint-André, Argelès-sur-Mer und dann immer geradeaus bis Elne.« Sie schaute auf die Uhr. Sie hatten den Mietwagen extra bereits gestern geholt, damit sie gleich um sieben Uhr losfahren konnten, dauerte die Fahrt bis zur Grenze allein doch schon gute zwei Stunden. Tatsächlich war es bereits halb zehn, weil sie zwei Toilettenpausen gebraucht hatte, und schon kroch die Nervosität erneut sauer durch ihre Kehle. Sie zählte die Länge der verbleibenden Strecke zusammen. Noch gut dreißig Kilometer Landstraße. Natürlich schafften sie das, bevor die Gemeinde am Mittag schließen würde. Ihre Angst, zu spät zu kommen, war unbegründet. Es war eher die Angst davor, dass ihr Gespür sie betrügen könnte. Dass sie eben doch keinen weiteren Anhaltspunkt finden würde. Ein Gedanke, der sie in den letzten Wochen und Monaten, in denen sie auf die Ausstellung ihres Passes gewartet hatte, ihr ständiger Begleiter gewesen war wie zuvor ihr Albtraum. Wie eine Hand, die sich nach ihr streckte, nur um kurz vor der Berührung in Schall und Rauch zu verschwinden. Sie wollte diese Hand packen. Endlich in die Finger bekommen und nicht mehr loslassen.

Elne unterschied sich nicht wesentlich von anderen Orten derselben Größe, die Felicidad in Spanien besucht hatte. Straßen, die, je weiter man in das Dorf eindrang, umso enger wurden und sich um eine Erhebung im Zentrum schlängelten, auf der eine beachtliche Kathedrale stand. Sie hatte gehofft, beim Einfahren in den Ort bereits etwas zu spüren, eine Verbindung, ein Prickeln auf der Haut, dort, wo diese geisterhafte Hand sie berührte, irgendetwas, aber da war nur eine Mischung aus flauem Magen und Hunger.

»Bist du bereit?«, fragte Manuel sie, und sie nickte, obwohl sie den Kopf schütteln wollte. Manuel drückte sie an sich. »Ich bin bei dir, *mi amor*. Egal was passiert.« Wieder nickte sie mechanisch, dann öffnete sie die Tür des Gemeindehauses. Zigarettenqualm hing in der Luft, eine Schreibmaschine klapperte. Sie konnte schneller schreiben, dachte Felicidad kurz, dann schrillte das Telefon und sie erschrak. Die Dame, die sie eben ansprechen wollte, nahm den Hörer ab und quasselte dann um einiges schneller, als Felicidad je würde tippen können, so schnell, dass sie kaum ein Wort des französischen Redeschwalls verstand.

»*Madame*?« Die Dame legte den Hörer auf und sah Felicidad erwartungsvoll an.

»Ah ... *Parlez-vous espagnol*?«, wiederholte sie ihr Sätzchen, und am Schnauben, das die Frau ausstieß, erkannte sie, dass es dieselbe sein musste, mit der sie vor drei Monaten oder so telefoniert hatte.

»*Oui, Madame*. Ich spreche Spanisch. Wie kann ich helfen?«

»Ich suche ein Kind namens Felicidad und wollte gern einen Blick ins Geburtenregister werfen, Jahre 1939 bis 1943«, sagte Felicidad. Durch das Fenster sah sie Manuel mit Oscar auf einer Bank sitzen und ihre mitgebrachten belegten Brote essen. Er hatte angeboten, mit hineinzukommen, aber Oscar war nach der langen Fahrt quengelig und verstärkte mit seinem unvorhersehbaren Benehmen ihre Nervosität nur.

»Sind Sie mit diesem Kind verwandt?« Die Dame öffnete eine Schublade und kramte sich durch die beigen Hängemappen. Dann zog sie ein Blatt hervor und legte es vor Felicidad auf den Tisch.

»Ich bin dieses Mädchen.«

Die Frau schnaubte wieder, dieses Mal eher ungläubig als genervt. »*Madame*, das ergibt keinen Sinn?«

Felicidad bemerkte, wie einige andere Angestellte in ihrer Tätigkeit innehielten, und versuchte, ihren Puls zu regulieren. Dennoch spürte sie, wie sie rot wurde. Sie hatte vermeiden wollen, die ganze Geschichte erzählen zu müssen.

»Ich wurde adoptiert und würde gern etwas über meine Herkunft herausfinden. Meine leiblichen Eltern, verstehen Sie?«

»Haben Sie Ihre Adoptionspapiere dabei?«

Hatte sie, natürlich. Sie legte sie auf den Tisch, neben das Formular, das sie wahrscheinlich ausfüllen sollte. »Der Nachname stimmt natürlich nicht überein.«

»Da ist allerdings Elne nicht als Ihr Geburtsort eingetragen.«

»Na ja, nein. Leider nicht. Ich war ein ... Findelkind. *Madame*«, setzte sie hinterher. Es war stickig in dem Raum und unter ihren Achseln sammelte sich der Schweiß. Sie hatte plötzlich fürchterlichen Durst.

»*Ah oui*, natürlich, aber da könnte ja jeder kommen. Wie kommen Sie denn darauf, dass Sie überhaupt in Elne ...«

»Andere Ämter sind da nicht so streng«, fiel ihr Felicidad ins Wort und erschrak selbst darüber. »Verzeihung, es tut mir leid.« Sie atmete tief durch und strich sich die Haare aus der heißen Stirn. Eine ältere Dame mit knallrot geschminkten Lippen zündete sich eine Zigarette an, das Gesicht voller unverhohlener Neugier.

»Ich verfolge seit über einem Jahr eine Spur nach der anderen, und die letzte hat mich hierhergebracht. Es ist wirklich die letzte Möglichkeit. Wenn ich hier in Elne nichts über meine Eltern in Erfahrung bringen kann, dann muss ich aufgeben. Wenn Sie mir den Einblick ins Geburtenregister verweigern, dann werde ich nie Gewissheit haben, ob meine Vermutung stimmt.«

Es war still in dem Raum, keine Schreibmaschine, keine Kopiermaschine, kein Telefon.

»Welche Vermutung denn?«, fragte nun die Frau mit den knallroten Lippen gespannt. Rauch kringelte dabei aus ihrem Mund.

»Dass ich in der Mütterklinik hier in Elne zur Welt kam.«

»*Ah, mon Dieu*, aber warum haben Sie das nicht gleich gesagt?«, rief ihre Ansprechperson und schnalzte mit der Zunge. »Die Listen der *Maternité* unterliegen anderen Regeln, *Madame*. Sie sind allen zugänglich.«

»Anderen Regeln«, wiederholte Felicidad, und sah aus den Augenwinkeln, wie Manuel Oscar im Kreis schwang, ungefähr so, wie ihre Gedanken gerade durch ihren Kopf kreisten, dass ihr schwindlig wurden. »Das heißt, ich kann sie sehen?«

Aber die Gemeindeangestellte war bereits aufgestanden und eilte aus dem Zimmer. Alle anderen wandten sich behäbig wieder ihren Arbeiten zu. Nur die ältere Dame drückte ihre Zigarette in den Aschenbecher neben ihrer Schreibmaschine und kam zu ihr.

»So eine Schande, wie die Mütterklinik heute aussieht. Ganz zerfallen. Es würde Elisabeth das Herz brechen, sie so zu sehen.«

»Elisabeth?«

»Ja, Elisabeth Eidenbenz. Sie hatte die *Maternité* gegründet und geführt, im Auftrag der, warten Sie, wie hieß das noch mal? Schweizerische Arbeitsgemeinschaft für Spanienkinder oder so. SAS. Eine formidable Frau, wirklich. *Formidable*! Voller Tatendrang, solch eine gute Seele!«

»Und Sie kannten sie?«, fragte Felicidad weiter und schielte währenddessen zu der Tür, durch die die Angestellte verschwunden war.

»Natürlich! 1942, als die SAS sich mit dem Roten Kreuz zusammentat, habe ich angefangen, für sie die ganzen administrativen Arbeiten zu erledigen. Bis zum Zeitpunkt der Schließung, 1944.«

Felicidad nickte, wusste nichts mit der Information anzufangen. Gern hätte sie kurz nach der Toilette gefragt, um etwas Wasser zu trinken, aber da kam die Frau bereits wieder zurück, mit einem großen dicken Buch in der Hand.

»Schauen Sie!«, rief sie. »Sie können dort drüben Platz nehmen und sich alles in Ruhe anschauen. Ganz ungestört«, sagte sie, den letzten Satz mit Nachdruck und einem auffordernden Blick in Richtung ihrer Arbeitskollegin.

Die erste Geburt hatte im Dezember 1939 stattgefunden. Und nur wenige Seiten dahinter, am 8. Januar 1940, stand die erste Felicidad. Sie keuchte auf, erschrocken irgendwie und gleichzeitig wie elektrisiert. Am liebsten wäre sie aufgesprungen und hinausgerannt, um Manuel zu suchen, aber wahrscheinlich spazierte er mit Oscar durchs Dorf, um die Zeit totzuschlagen, denn dort, wo sie ihn vorhin noch durchs Fenster gesehen hatte, war er nicht mehr. Stattdessen riss sie ein Stück Papier aus ihrem Notizbuch, das sie immer bei sich trug, und legte es zwischen die Seiten. Und dann machte sie weiter.

Dreimal fand sie ihren Namen.

Einen konnte sie getrost streichen, da sie zum Zeitpunkt der Geburt bereits adoptiert worden war. Hinter einen anderen setzte sie ein Fragezeichen, da bei der Herkunft der Eltern bei beiden Málaga angegeben war, wo man ganz gewiss nicht katalanisch sprach. Blieb noch der erste Eintrag, die Geburt vom 8. Januar 1940. In ihrem Magen kribbelte die Aufregung.

»*Madame*«, hörte sie und drehte sich um. Die gesamte Belegschaft stand mit Mänteln und Hüten bestückt hinter ihr. »Es ist Mittagszeit. Sie können um vierzehn Uhr wiederkommen, wenn Sie wollen.«

Felicidad sprang auf. »Können Sie mir ganz schnell noch zwei Seiten kopieren? Bitte. Danach belästige ich Sie nicht mehr.«

»Ich mach das schon«, sagte die Dame mit den rot geschminkten Lippen, die anscheinend in der kleinen Klinik gearbeitet hatte, während die anderen sich durch die Eingangstür quetschten, als ob ihnen sonst gleich der Sauerstoff ausgehen würde. Womit sie nicht ganz unrecht hatten, die Luft in dem Raum war zum Schneiden dick. Die Kopiermaschine ächzte und polterte, qualvolle Sekunden lang, bis Felicidad die zwei Seiten endlich in der Hand hielt. Sorgfältig faltete sie sie in der Mitte und legte sie in ihr Notizbuch und das wiederum in ihre Tasche, griff nach ihrer Jacke.

»Sie haben mir sehr geholfen. Vielen, vielen Dank!«

»Lassen Sie uns wissen, wenn Sie Ihre Eltern gefunden haben!«, rief ihr die Dame hinterher.

Ihre Eltern finden ... Noch nie hatte sich dieses anfänglich so aussichtslose Unterfangen so real angefühlt.

Sie fand Manuel und Oscar im Auto, beide auf dem Rücksitz leise schnarchend. Für diesen Anblick könnte sie die ganze Welt umarmen. Ihr Herz fühlte sich so unglaublich groß an in diesem Moment, luftig und leicht, wie eine Wolke eigentlich, die durch einen strahlendblauen Himmel schwebte. Sanft strich sie Manuel über die Wange.

»Ich bin wieder da«, sagte sie, als er die Augen aufschlug. »Tut mir leid, dass es so lange gedauert hat.«

»Oscar ist müde geworden ...«, flüsterte er, um den Kleinen nicht zu wecken.

»Und du anscheinend auch.« Sie kicherte leise und zog ihn dann am Arm aus dem Wagen.

»Du strahlst«, sagte er, und als ob seine Worte ein Lichtschalter wären, leuchtete auch sein Gesicht auf. »Du hast etwas entdeckt. Hast du tatsächlich etwas gefunden?« Er packte sie an den Händen, und als sie nickte, umarmte er sie stürmisch, so sehr, dass sie beinahe das Gleichgewicht verlor. »Du bist eine Kämpferin, Felicidad, das warst du schon immer. Wie konnte ich jemals an dir zweifeln?«

»Ohne dich hätte ich es doch nicht einmal ansatzweise bis hierhin geschafft«, flüsterte sie ihm ins Ohr. »Ohne dich wäre ich schon vor Jahren zugrunde gegangen.« Sie wand sich aus seinen Armen und sah ihn ernst an. »Und noch ist doch gar nichts sicher. Es ist nur ein weiterer Faden, genau wie du befürchtet hattest.« Aber die Freude zog an ihren Mundwinkeln, als wäre sie eine Marionette, und Felicidad konnte einfach nicht anders, als zu grinsen und dann zu lachen, und dann, noch während sie lachte, musste sie weinen. Vor Aufregung. Vor Glück.

»Manuel. Vielleicht finde ich sie tatsächlich. Vielleicht werde ich wirklich erfahren, was geschehen ist. Ich bin kurz davor. Ich spüre es.«

»Zeig doch mal«, forderte Manuel sie auf. Auch er hatte feuchte Augen, und allein dafür hätte sie ihn am liebsten gleich wieder umarmt, gleich wieder gelacht und gleich wieder geweint. Aber sie holte das Notizbuch aus der Tasche und zog die beiden Seiten hervor.

»Zwei?«, fragte Manuel.

»Zwei«, bestätigte Felicidad. »Die hier«, sie tippte auf das Blatt, »sind eher unwahrscheinlich. Sie kommen aus Málaga. Aber die«, und damit holte sie das hintere Blatt nach vorn, »die stammen aus Katalonien. Siehst du?« Sie fuhr mit dem Finger über den Namen, schwierig zu entziffern in der alten steilen Handschrift. »Mercedes Sants Duran, geboren in Barcelona, und Agustí Verdaguer Canales ...« Ihr Finger geriet ins Stocken, als sie neben dem Namen des Mannes anstelle des Geburtsortes ein anderes Wort entdeckte. Der Finger zitterte, ihr Herz zitterte, als würde ein kleines Erdbeben durch ihren Körper fahren, als wollte es Freude und Schwermut wieder an ihre ursprünglichen Plätze rütteln.

Verstorben.

KAPITEL 23

Das Herzstück der Familie

Cadaqués, Januar 1978

»Luz! Gabriel! Ihr seid schon da?« Julia wischte sich die Hände an der Schürze ab, bevor sie auf Luz zukam und sie umarmte und danach auch Gabriel begrüßte. In der Küche des Hotels roch es herzerwärmend nach frisch gebackenem Brot.

Luz wischte ihr einen Teigrest von der Wange und bei der Berührung entlud sich ein kleiner Funken. Ein Schauer fuhr ihr kalt über den Rücken – etwas lag in der Luft. Etwas kam auf sie zu, sie spürte es. Ein Streit. Ein Unwetter. Und es gab nichts, dass sie dagegen tun konnte.

»Das Theater ist seit heute Nachmittag bis Montag geschlossen, es müssen ein paar kleinere Renovierungsarbeiten ausgeführt werden, da dachten wir spontan, wir machen uns gleich auf den Weg. Die Anreise verschlingt ja doch immer fast drei Stunden«, erklärte ihr Gabriel mit seinem charmanten Lächeln.

»Ah«, sagte Julia, und dann, zu Luz gewandt: »Du bist etwas bleich.«

»Ich vertrage diese elenden Kurven nicht mehr«, murmelte Luz zur Antwort und bemerkte, wie Julias Blick sofort hinab zu ihrem Bauch glitt.

»Nein«, wehrte sie ab und schnaubte nun doch amüsiert. »Ich bin nicht schwanger.«

»Schade«, meinte Julia bedauernd, und ja, obwohl sie sich noch nie so über das Einsetzen ihrer Periode gefreut hatte wie vor einer Woche, als der stechende Schmerz in ihrem Unterleib der Angst, von Henry schwanger geblieben zu sein, ein Ende gesetzt hatte, bedauerte sie es doch auch ein wenig. Die Vorstellung, irgendwann Kinder zu bekommen, wurde je länger, desto erstrebenswerter. Aber dann natürlich von Gabriel.

»Wenn du magst, kann ich dir mit den Vorbereitungen helfen und Gabriel kann mit Miguel die kleinen Racker unterhalten.« Luz griff bereits nach einer Schürze, aber Julia schüttelte den Kopf.

»Miguel ist nicht da, tut mir leid. Wir haben euch erst morgen erwartet. Freitag ist sein ... Männerabend. Und die Racker sind bei meiner Mutter, sie bleiben gleich die Nacht über dort. Außer Andreu natürlich.« Sie wies mit dem Kinn in die Ecke hinter der Küchentür, in der Luz nun den Kinderwagen erspähte, in dem ihr zwei Monate alter Neffe schlief.

»Männerabend?«, fragte sie und konnte sich den spöttischen Ton nicht verkneifen. »Sitzt da jetzt die gesamte männliche Bevölkerung des Dorfes in der Bar Casino und besäuft sich? Gibt's auch Frauenabende?«

Gabriel, der sich bislang dezent im Hintergrund gehalten hatte, lachte laut auf. »Den veranstaltet ihr zwei doch jetzt hier in der Küche. Ich gehe mal zu den Männern.« Damit drückte er ihr einen Kuss auf die Wange und wandte sich zum Gehen.

»Sehr witzig«, murmelte Luz.

»Dort wirst du ihn nicht finden«, wandte Julia ein. »Ich weiß gar nicht, wo er sich rumtreibt. Es ist sein Abend, er verbringt ihn mit Juanjo und Jordi, seinen Kumpels von immer. Sie schnappen sich um acht Uhr das Auto und kommen erst nach Mitternacht nach Hause.«

»Schön für ihn«, sagte Gabriel. »Macht er schon richtig. Ich geh jetzt jedenfalls in die Bar und trink eben einen allein. Hier in der Küche könnt ihr mich ja bestimmt nicht brauchen, nicht wahr?«

Luz schnappte sich einen Holzlöffel und schlug ihm damit neckisch auf den Hintern. »Na los, verschwinde. Wir Frauen können auch ohne dich.«

Als er die Tür hinter sich zugezogen hatte, setzte sich Luz mit Schwung auf den Küchentisch und ignorierte dabei Julias vorwurfsvollen Blick. »Sooooo«, sagte sie. »Was gibt es denn noch zu tun?« Sie sah sich um. Durch die Ofenscheibe sah sie das Brot, das die Küche mit seinem wunderbaren Duft erfüllte. Der Kruste nach zu beurteilen, war es bald fertig. Auf der Arbeitsfläche stand eine Schüssel mit Mehl, auf dem Herd simmerte etwas vor sich her.

»Meinen Geburtstagskuchen müssen wir backen«, erklärte Julia und deutete auf die Schüssel. »Die *crema catalana* wollte ich noch vorbereiten, damit wir morgen nur noch die Zuckerschicht karamellisieren müssen. Und ich habe deiner Mutter versprochen, den *sofrito*, die Tomaten-Zwiebel-Knoblauchgrundlage für die Paella fertig zu machen, damit sie morgen so wenig Arbeit wie möglich hat. Wenn sie schon extra einspringt.«

»Ach, sie kocht? Hab ich nicht mitgekriegt. Wo sind denn die Köchinnen?«

»Das Hotel ist geschlossen, Luz«, sagte Julia mit Tadel in der Stimme, als wäre sie eines ihrer Kinder, das eine grundlegende Aufgabe nicht verstanden hatte. »Die Köchinnen sind wo auch immer, aber sie arbeiten nicht bei uns zwischen Mitte November und Mitte März. Die alte Nieves können wir anfragen, wenn wir ein größeres Fest ausrichten, aber nicht für unsere familiären Feiern.« Routiniert schlug sie ein Ei auf, das Dotter in eine Schüssel, das Eiweiß in eine andere, dann das nächste.

»Ach«, sagte Luz wieder. Natürlich wusste sie, dass das Hotel im Winter geschlossen war. Sie hatte in dem Moment einfach gar nicht daran gedacht, dass überhaupt Winter war. So war sie eben. In Barcelona war immer etwas los, sie rannte meist von einem Auftritt zum anderen, dass sie kaum wusste, ob nun Oktober oder Februar war. Hier allerdings verlor man sich im Warten auf den Sommer.

»Dieses Dorf ist so tot in den Wintermonaten. Ich weiß nicht, wie ihr das aushaltet, die Abgeschiedenheit, die Stille, die Ruhe. Ich meine, ich liebe meine Heimat, ich liebe es, durch die wilde Natur zu streifen und mir von der *tramontana* den Kopf durchblasen zu lassen, aber zwei Tage am Stück reichen. Hast du dieses Leben hier nicht manchmal satt? Das Hotel, den Trubel im Sommer, die Langweile im Winter?«

Julia lachte gutmütig. »Du hast schon immer nach größerem Publikum gestrebt, Luz. Ich könnte nie in einer Stadt wie Barcelona leben; der Lärm, der Gestank, die Menschenmengen! Die Ruhe hier ist gerade richtig für mich«, sagte sie und verschlug die Eigelbe mit Zucker. »Und das Hotel«, fuhr sie fort, als sie den Mixer ausschaltete, »das Hotel ist das Herzstück unserer Familie! Der Motor. Das Netz, das uns zusammenhält. Ohne das Hotel wären wir nichts, oder bist du da anderer Meinung?« Aber bevor Luz ihre Meinung kundtun konnte, sprach sie bereits weiter: »Gerade du und Miguel, ihr seid darin sozusagen aufgewachsen, wir alle sind damit mitgewachsen. Es ist, als wären wir ein Teil davon und das Hotel ein Teil von uns. Also ich könnte mir ein Leben ohne gar nicht vorstellen, und Miguel schon gar nicht. Manchmal denke ich, das Hotel ist ihm sogar wichtiger als seine eigenen Kinder. Fast ein bisschen wie damals bei Lucía.« Sie schaltete den Mixer wieder ein, um das Öl unterzurühren. Luz konnte nicht so richtig abschätzen, ob der letzte Satz mit Absicht gemein gewesen war oder ob er ihr einfach herausgerutscht war. Ganz unrecht hatte sie damit ja nicht. Ihre Mutter hatte das Hotel immer über die Bedürfnisse aller gestellt.

Mit Lucía hatte sie nicht mehr gesprochen, seit ihr dummerweise – weil sie von ihren Emotionen überwältigt worden war – die elende Affäre mit Henry rausgerutscht war. Sie gab ihrem Herzen einen Klaps, als es wie wild anfing, zu pochen, und sprang vom Tisch.

»Frauenabend, oder? Wollen wir was trinken? Schaumwein, *cava*?« Ohne die Antwort abzuwarten, stiefelte sie zum Kühlschrank und holte eine Flasche Schaumwein aus der Kälte. »Hat's genug für morgen, wenn wir jetzt eine trinken? Was ist denn das für einer?« Sie besah sich das Etikett der Flasche.

Julia lachte. »Du willst wirklich eine ganze Flasche trinken? Ich nehme höchstens ein halbes Glas. Und das? Das ist ein ganz edler Tropfen, meint Miguel. Nur das Beste wäre gut genug für mich.« Sie errötete tatsächlich. Als Luz den Korken knallen ließ, fing der kleine Andreu an, zu wimmern.

»Dafür, dass nur das Beste gut genug für dich ist, lässt er dich am Vorabend deines Geburtstags allein in der Küche schuften?«, fragte Luz halblaut, aber Julia, die sich über den Kinderwagen gebeugt hatte, um ihren Sohn zu beruhigen, richtete sich auf.

»Was soll er denn hier?«, fragte sie verwundert. »Hilft dir Gabriel etwa im Haushalt? Das ist meine Aufgabe, da will ich nicht, dass er mir dazwischenstolpert.«

Luz goss den schäumenden *cava* vorsichtig in zwei Gläser. »Nein, du hast schon recht. Aber stört es dich gar nicht, dass er einfach weggeht und du nicht einmal weißt, was er treibt?«

»Du bist so süß, Luz, immer mit dem Kopf in den rosa Wolken. Aber kein Wunder, ihr seid doch gerade mal, was? Zwei Jahre verheiratet, falls überhaupt? Ihr seid tagein, tagaus zusammen, ihr klebt regelrecht aneinander. Wir sind schon länger als unser halbes Leben zusammen, und ich werde morgen gerade mal einunddreißig! Da braucht Miguel halt mal ein bisschen Zeit für sich.«

Der herablassende Ton Julias kratzte an Luz. Sie verstand sich gut mit ihrer Schwägerin, das hatte sie schon, als sie noch ein Kind war und die Blicke und Berührungen zwischen ihr und ihrem Bruder noch gar nicht verstanden hatte. Aber je älter Julia wurde, fand sie, desto häufiger schlich sich ihre Mutter Carmencita in ihr Wesen. Ein hart zusammengepresster Mund hier, ein unnötig scharfes oder eben süffisantes Wort da. Luz konnte nur hoffen, dass Miguel nicht wie Guillermo enden würde. Sie prostete Julia zu und trank das Prickeln in einem Zug leer, hielt sich die Hand vor den Mund, um so lautlos wie möglich die Luft, die gleich darauf in ihr nach oben stieg, auszustoßen.

»Und du hast gar keine Angst, dass er dich betrügen könnte? Vielleicht gehen sie ja zu dritt ins Bordell«, stichelte sie. Aber Julia winkte ihren Einwand beiseite, wieder freundlich lächelnd wie zuvor.

»Und wenn? Was könnte ich dagegen tun? Er behandelt mich und die Kinder gut, wir sind eine glückliche Familie. Solange er diskret vorgeht, soll er machen, was er will. Ein zufriedener Mann ist die halbe Ehe, nimm das als Rat. Und jetzt sollten wir das Brot rausnehmen, bevor es verbrennt, und den Kuchenteig vorbereiten, sonst stehen wir bis Mitternacht in der Küche.«

Am nächsten Morgen tat Luz der Kopf weh. Julia hatte tatsächlich nur ein halbes Glas getrunken und sie halt den ganzen Rest der Flasche, so wie sie es öfters machte in den letzten Monaten. Das Prickeln füllte sie von unten bis oben und ließ ihren Kopf schweben, leicht, ganz leicht, während Erfolgsdruck und Beziehungsstress irgendwo unten in den Tiefen zwischen spitzen Felsen und schlammigen Algen schwammen. Nicht verschwunden, aber zumindest für eine kurze Zeit einfach nicht da. Bis der Kopf wieder klar wurde.

»Du hast geschnarcht wie ein Wildschwein«, monierte Gabriel, der selbst erst weit nach Mitternacht ins Bett gekommen war.

»Tut mir leid«, schnurrte Luz und schlang ihre Arme von hinten um seinen nackten Oberkörper. »Ich kann es wieder gutmachen, wenn du möchtest.« Sie verteilte kleine Küsse auf seinem Nacken, fuhr mit einer Hand über seine Hüfte nach vorn. Gabriel war leicht erregbar, in allen Belangen und besonders morgens. Schon nach wenigen Streicheleinheiten drehte er sich um, drückte sie aufs Bett, spuckte kurz in seine Hand, um sein Glied zu befeuchten, und schob sich in sie, unvorbereitet wie sie war. Wenn er schon so begann, wusste sie, musste sie nichts von ihm erwarten. Enttäuscht schloss sie die Augen, bewegte sich in seinem Rhythmus und ein, zwei Minuten später stöhnte er bereits leise und sank auf sie, schwer wie ihre Kopfschmerzen. Ein zufriedener Mann war die halbe Ehe, rief sie sich Julias Worte in den Sinn, da lohnte es sich, die eigenen Bedürfnisse zurückzustecken. Sie liebkoste die zarte Haut rund um sein Ohr mit dem Finger, spielte mit seinen Haaren und suchte mit ihrem Mund seine Lippen, um wenigstens noch ein wenig Zärtlichkeit bettelnd.

Er drehte den Kopf weg. »Dein Atem stinkt«, murmelte er hörbar angewidert. Peinlich berührt hauchte sie in ihre Hand; er hatte recht.

»Tut mir leid«, entschuldigte sie sich erneut, strich mit den Fingern zart über seine Schulter, aber er stieß sie weg wie eine lästige Fliege.

»Geh duschen und mach dich frisch. Der Alkohol strömt dir aus allen Poren. Frauen, die trinken, sind einfach ekelhaft.«

Verunsichert schob sich Luz unter ihm hervor. »Wir haben eben unseren Frauenabend gefeiert, wie du vorgeschlagen hast.«

»Gemeinsam kochen und backen, habe ich damit gemeint, nicht saufen, bis du umfällst. Und jetzt beeil dich, damit nicht alle deinetwegen mit dem Frühstück warten müssen.«

Hatte der Vortag noch durch Sonne und milde Temperaturen geglänzt, so zeigten sich nun, kurz nach dem Frühstück, erste Risse am Firmament. Eisig schnitt die *tramontana* durch die Luft und formte längliche Wolken, die im Blau klebten wie Schaum auf den Wellenkämmen. Wie immer, wenn er blies, brachte der Wind Unruhe mit sich. War man allein, fuhr er durch einen hindurch in den Boden und hinterließ höchstens ein Kribbeln, aber trafen mehrere Personen aufeinander, wurde die Atmosphäre dichter, und jede Bewegung, jedes Wort lud die Luft zwischen ihnen mehr auf, bis im schlimmsten Fall die Funken sprühten. Luz hatte diesen Wind gestern bereits vorausgeahnt, und obwohl sie versuchte, den Spannungen aus dem Weg zu gehen, schienen sie ihr regelrecht aufzulauern, egal wohin sie sich wandte, mit wem sie sprach. Am liebsten würde sie sich aufmachen, hinauf ins Cabo de Creus, allein durch diese großartige Natur wandern, die sie gestern noch Julia madig gemacht hatte, ohne überhaupt zu wissen wieso. Es war schön hier.

Stattdessen musste sie ihrer Schwägerin helfen, die Tische zusammenzuschieben und zu decken, und dann, als ihre Mutter ankam, mit den beiden Frauen in der Küche das Mittagessen vorbereiten. Gabriel ignorierte sie den ganzen Vormittag lang geflissentlich, verschwand mit Miguel im Weinkeller oder in den Garten oder hinunter zum Strand. Es war seine Art, sie zu bestrafen, das wusste sie, und sie verdiente seine Aufmerksamkeit im Moment nicht. Natürlich hatte er seine Bedürfnisse als Mann, und sie durfte nicht erwarten, dass er ihre auch berücksichtigte; schon gar nicht, wenn sie nicht einmal daran dachte, sich vorher zumindest die Zähne zu putzen. Wenn er Lust hatte, war er ein wunderbarer Liebhaber, der sich Zeit ließ, sie zu verwöhnen. Sie hatte immer gedacht, dass sie seine Berührungen vollends genoss, aber erst bei Henry hatte sie gelernt, sich komplett fallen zu lassen.

Nein. Energisch schob sie diesen Namen weg, ganz weit weg, so weit, dass sie ihn weder sehen noch hören noch spüren konnte. Hinein in ein stacheldrahtumsäumtes Sperrgebiet, gespickt mit Minen.

»Wie schade, dass Agustín und Celia nicht mitkommen konnten«, plapperte Julia in ihrer fröhlichen Geburtstagslaune. »Ich hoffe, es geht seinem Vater bald wieder besser.«

Ah. Anscheinend war Agustín noch nicht aus seiner Trotzecke zurückgekehrt, dachte Luz und erschrak selbst über die Häme in ihrem Gedanken, aber ja, doch, sie fand sein Verhalten pathetisch. Sie fand *ihn* pathetisch, egal wie sehr sie versuchte, ihn zu mögen. Sie konnte sich des Eindrucks nicht erwehren, dass er immer davonlief, wenn es Probleme gab.

Julia redete so viel, dass Lucía gar nicht aufzufallen schien, wie schweigsam Luz war. Ob sie immer noch an der abstrusen Idee festhielt, dass Gabriel etwas mit dem Anschlag auf das Frauenhaus zu tun haben könnte? Die Begegnung zwischen den beiden vorhin war eisig gewesen.

»Luz? Luz!« Sie schreckte hoch und bemerkte, dass sie seit geraumer Zeit eine Zwiebel in der Hand hielt. »Schälst du die heute noch?« Lucía streckte die Hand nach ihr aus. Luz zuckte zurück. Da war sie wieder, die Spannung, die Funken schlug.

»Alles in Ordnung?«, fragte ihre Mutter.

»Kopfschmerzen«, sagte sie einsilbig.

»Oje. Soll ich dir einen starken Kaffee …«

»Schon gut«, fuhr Luz ihr über den Mund, zu heftig, ungerechtfertigt, das sah sie ihr sofort an, aber sie mochte sich gar nicht entschuldigen. Da war irgendetwas, das sie davon abhielt. Etwas, das seit ihrem letzten Gespräch wie ein Stachel in ihr steckte. Ihre Mutter war ihre Heilige gewesen, ihr Vorbild, bis sie die wahren Umstände ihrer Entstehung erfahren hatte. Bis ihr klar geworden war, dass sie das Ergebnis eines Ehebruchs war. Seitdem bewegte Luz sich in einem ewigen Schwebezustand zwischen Zuneigung und Wut, Verständnis und Empörung, Pflichtbewusstsein und Abneigung. All dieses schmalzige Gerede von Schicksal und Liebe und für die Ewigkeit, völlig irrelevant. Was Lucía und Agustín getan hatten, war einfach nicht richtig gewesen.

Aber nun war sie selbst eine Ehebrecherin. Sie war wie ihre Mutter. Es fiel ihr schwer, Lucía überhaupt nur anzusehen, ohne sofort dran zu denken, und dass sie ihr bei ihrem letzten Treffen versucht hatte, einzureden, sich von Gabriel trennen zu müssen, um der Sehnsucht nach Henry nachzugeben, ja, genau das hatte diesen Stachel der Wut nach langer Zeit des ambivalenten Friedens wieder etwas tiefer in ihr entzündetes Fleisch gedrückt. Beim Gedanken an Henry explodierte eine Miene in ihrem Kopf und sie presste sich die freie Hand an die Schläfe.

»Soll ich dir vielleicht eine Schmerztablette bringen?«, schlug Julia vor. Luz erkannte einen feinen schadenfreudigen Zug um ihren Mund. Ihr Kopf tat bestimmt nicht weh nach den zwei Schlückchen, die sie genommen hatte.

»Das wäre furchtbar lieb«, antwortete Lucía an ihrer Stelle, und Julia wischte sich die Hände an der Schürze ab und eilte hinaus.

»Geht es dir sonst gut?«, fragte Lucía erneut, als sie allein waren, und Luz stöhnte innerlich auf.

»Mutter ...«, sagte sie aber nur, packte das Gemüsemesser, zog die braune Haut der Zwiebel ab und schnitt sie in der Mitte durch. Sofort fingen ihre Augen an zu tränen.

»Du siehst abgekämpft aus und du hast dich seit unserem letzten Gespräch nicht mehr gemeldet.«

»Das war vor sechs Tagen! Wir reden doch auch sonst nicht häufiger.« Sie kniff die Augen zusammen, um das Brennen zu lindern. Eine Träne lief ihr über die Wange, sie wischte sie weg und bearbeitete die Zwiebel mit hektischem Hacken.

»Hast du noch einmal mit Henry gesprochen?«

Eine weitere Mine explodiert. Luz fuhr herum. »Sprich seinen Namen nicht aus«, zischte sie mit gepresster Stimme.

»Aber ich sehe doch ...«

»Gar nichts siehst du, Mutter! Ich werde deinen Fehler nicht begehen und meine Ehe wegen einer dummen Affäre zum Scheitern verurteilen. Von Glück kann ich sprechen, hat Gabriel mir verziehen! Und denk nicht einmal daran, mir irgendeinen Ausweg schaffen zu müssen, indem du ihn bei der Polizei anschwärzt oder sonst irgendwie versuchst, uns auseinanderzubringen. Hast du verstanden? Mutter?« Die Worte waren einfach so aus ihrem Mund gekommen, wie Lava, die endlich ihren Weg gefunden hatte, heiß und verletzend. Der Ausdruck auf Lucías Gesicht riss so heftig an ihrem Herzen, dass ihr kurz schlecht wurde, und gleichzeitig befriedigte er sie ungemein.

»Der echten, wahren Liebe zu folgen ist nie falsch. Und dank dieses Fehlers bist du überhaupt hier«, sagte ihre Mutter nun sehr leise.

Luz warf das Messer neben die Zwiebel. »Vielleicht wäre ich dann lieber gar nicht zur Welt gekommen.« Mit diesen Worten stürmte sie aus der Küche, drängte sich an Julia vorbei, die gerade eintreten wollte, Tabletten in der Hand, und rannte hinaus in den Wind, der an Spannungen zupfte wie

Celia an den Saiten ihres Cellos, als sie noch vorsätzlich falsch gespielt hatte, schmerzhaft, ohrenbetäubend und wutentzündend.

Sie ging erst zurück, als das Geburtstagsessen beginnen sollte, ein bisschen beschämt, dass sie nicht geholfen hatte, aber auf der anderen Seite war sie in der Küche sowieso nie eine große Hilfe. Der Spaziergang hatte ihr gutgetan; sie fühlte sich ausgeglichener, aber als sie sich der Terrasse näherte, auf der die Gäste mit Gläsern in der Hand palaverten, bis zum Essen gerufen wurde, vibrierte die Luft bereits wieder unangenehm. Neben der Familie hatte Julia auch Freunde eingeladen. Luz erkannte Catalina und ihren Vater Ernesto, den Busfahrer, der nicht mehr Bus fahren konnte, weil er auf einem Auge erblindet war. Sie sah Marta, die Tochter der alten Köchin Nieves, Rebecca, die als Empfangsdame arbeitete, und ganz hinten stand sogar Ana María Dalí, die wahrscheinlich nur ihrer Mutter wegen gekommen war. Sie kannte sie alle und hatte doch die meisten seit Jahren nicht mehr gesehen, denn kam sie mit Gabriel zu Besuch, blieben sie unter sich. Am liebsten hätte sie sich gleich wieder verdrückt, aber da wurde Gabriel auf sie aufmerksam, der immer noch an Miguel klebte wie ein Seeigel an seinem Felsen.

»Luz!«, rief er, als hätte er sie seit Tagen, nein, seit Wochen nicht gesehen, und eilte mit diesem Lächeln auf sie zu, das alles an und in ihr weich werden ließ. Nichts mehr deutete auf seine schlechte Laune vom Morgen hin. Froh schmiegte sie sich an ihn und er steckte seine Nase in ihr Haar.

»Jetzt riechst du wieder wie meine wunderbare Frau«, murmelte er, und sie konnte nicht verhindern, dass seine Worte in ihr prickelten wie gestern der Schaumwein. »Wir haben dich bereits vermisst«, sagte er dann eine Spur zu laut, als stünden sie auf der Bühne, und genau so zeigte er auf die Anwesenden, als wären sie ihr Publikum. »Deine Freunde hier meinen, sie haben dich nicht tanzen sehen, seit du fortgezogen bist! Die große Luz del Mar, *Señoras y Señores*, meine Damen und Herren, wird Ihnen später selbstverständlich eine Darbietung ihres Könnens geben, nicht wahr, Liebste?« Er stieß sie spielerisch von sich und ganz automatisch drehte sie sich zweimal im Kreis und blieb in typischer Flamencopose stehen, ein Arm über dem stolz erhobenen Kopf, den anderen rund vor dem Körper, die Finger elegant. Während Gabriel prahlerisch und Beifall heischend auf sie zeigte, schämte sie sich plötzlich. Ihre Freunde klatschten höflich, ihre Mutter, die gerade aus dem Speisesaal heraustrat, starrte Gabriel mit zusammengekniffenen Augen an, als könnte sie ihn so dazu bringen, sich in Rauch aufzulösen und vom Wind davongetragen zu werden. Luz war sich ziemlich sicher, dass keiner der Anwesenden um eine Vorführung gebeten hatte.

»So wie es aussieht«, erzählte Gabriel weiter, als ob es irgendjemanden interessieren würde, und zog sie wieder eng an sich, »werden wir im März zwei Monate in der Türkei gastieren und danach in Bonn, in Deutschland. Es geht bergauf, liebe Freunde, und bald wird die ganze Welt eure Kindheitsfreundin kennen und verehren!«

Endlich, dachte Luz, und der Gedanke daran, dass sich nun doch nach der Durststrecke der letzten Monate vermehrt Auftritte außerhalb Spaniens ergaben, ließ ihr bislang bemühtes Lächeln leichter und ehrlicher werden.

Gerade als sich der Pulk in Richtung Speisesaal bewegte, in den Lucía gebeten hatte, um die Vorspeise servieren zu können – vielleicht sollte sie ihre Hilfe nun doch wieder anbieten –, näherte sich lautes Kindergeschrei vom Dorf her. Natürlich, der kleine Pablo, der jetzt auch immerhin schon sieben Jahre alt war, und seine knapp zweijährige Schwester Meritxell, ein kleiner, frecher Teufel, immer auf Krawall gebürstet.

»*Tía* Luz!«, rief Pablo schon von Weitem und sprang auf sie zu. Dahinter, noch hinter der Gartenmauer, hörte Luz Meri lauthals protestieren, weil Carmencita sie wahrscheinlich nicht aus dem Kinderwagen befreite.

»Du bist ja groß geworden«, rief Luz und zerzauste ihm das braune Haar. Gott, er sah aus wie Miguel und würde in wenigen Jahren die Herzen aller Mädchen im Dorf brechen, genau wie sein Vater es früher getan hatte. Ihres hatte er auf jeden Fall im Sturm erobert, und wieder einmal fragte sie sich, wie es wohl wäre, selbst einen solchen Jungen großzuziehen.

Verschmitzt lächelte er sie an, seine Wangen zwar winterbleich, aber gerötet vom Rennen wie junge Pfirsiche und genauso zart. »Hast du mir etwas mitgebracht aus Barcelona?«, fragte er verschwörerisch flüsternd und stellte sich so hin, dass seine Schwester ganz bestimmt nicht mitbekam, sollte Luz ihm etwas in die Hand drücken.

Aber die schüttelte den Kopf. »So läuft das nicht, *listillo*, du Schlaumeier. Nach dem Essen bekommt ihr beide etwas. Beide. Verstanden? Und jetzt ab mit dir, deine Mutter möchte bestimmt deine Hände sehen, bevor du essen darfst.« Sie schob ihn vor sich in den Saal hinein und dirigierte ihn zu Julia, die den Ehrenplatz am Kopf der Tafel besetzte. Dann ging sie in die Küche zu ihrer Mutter.

»Riecht fantastisch«, sagte sie und stand steif neben dem Herd. Sie sollte sich entschuldigen und brachte es dennoch immer noch nicht fertig. »Soll ich die Vorspeise servieren?« Sie deutete auf die Form voller dampfender *canelones*, den mit einer Masse aus Hühnerfleisch und -leber gefüllten Teigrollen, die in einer dicken Béchamelsoße schwammen und von einer blubbernden Käseschicht bedeckt waren. In einer separaten Form lagen drei *canelones* mit Gemüsefüllung, extra für sie.

Schweigend nahm Lucía die Kelle in die Hand, hob drei der dampfenden Rollen heraus und platzierte sie auf dem ersten Teller. Bevor Luz danach greifen konnte, legte Lucía ihr die freie Hand auf den Arm, ganz sachte, als hätte sie Angst, ihr nun zu nahe zu kommen.

»Ganz gleich, welche Meinung du von mir hast, Luz: Wenn du mich brauchst, bin ich für dich da. Vergiss das nicht und sei nicht zu stolz, um nach einer Hand zu greifen, wenn du eine brauchst. *Wenn*«, sagte sie mit Nachdruck, als Luz bereits den Mund öffnete, um zu protestieren. »*Wenn* du eine brauchst.«

Luz schloss den Mund wieder. Wartete, bis Lucía den zweiten Teller befüllt hatte, und schritt stumm aus der Küche. Sie brauchte keine helfende Hand.

»Lasst uns auf meine wunderbare Frau anstoßen!«, rief Miguel, als die Nachspeise vor ihnen stand, ein braunes Keramikschüsselchen voller samtweicher und dottergelber *crema catalana,* auf der die eben karamellisierte Zuckerschicht noch brutzelte und ihren rauchig süßen Duft verströmte. Mitten auf dem Tisch thronte der Geburtstagskuchen, in dem tatsächlich einunddreißig Kerzen steckten, Pablo hatte sie gezählt.

»Mutter meiner drei Kinder und immer noch so schön wie damals, als ich mich in sie verliebt habe. Da war ich elf, übrigens, aber so richtig kapiert hab ich's erst mit sechzehn. Dann aber richtig.« Alle Anwesenden lachten, außer Carmencita und Lucía. Nur nebulös erinnerte sich Luz an das Drama, dass die beiden Jugendlichen heraufbeschwört hatten, als ihre Liebe ans Licht kam. Es hatte die Beziehung der Mütter nicht unbedingt verbessert. Sie sprachen selbst jetzt, während der seltenen Familienfeiern, an denen Carmencita überhaupt teilnahm, nicht miteinander. Die ungesagten Worte prallten dennoch in der Luft zwischen ihnen aufeinander wie die von der *tramontana* aufgeriebenen Atome, spitz und schmerzhaft und sich nach Entladung sehnend.

»Ich bin so glücklich, meiner grandiosen Frau auch ein entsprechendes Geschenk machen zu können, etwas, was sie sich seit Langem wünscht:

einen zweiwöchigen Urlaub auf den Kanarischen Inseln!«

Baffe Stille senkte sich über die Tafel. Julia hob die Hand vor den Mund, ihr Blick verwirrt, dann ungläubig. »Wir alle fünf?«, flüsterte sie in ihre Hand, als würde die Lautstärke den Traum zerplatzen lassen.

»Wir alle fünf, *mi amor.*«

»Aber das kostet ein Vermögen! Der Flug, das Hotel ...« Luz sah ihrer Schwägerin deutlich an, dass sie nicht wusste, ob sie lachen oder weinen sollte.

Miguel hingegen lachte. Großspurig, zufrieden über die Überraschung. »Die Geschäfte laufen gut.« Und zu allen gewandt, wiederholte er: »Die Geschäfte laufen gut! Darauf wollen wir trinken!« Und alle erhoben erneut ihre Gläser, *salud*, erklang es, Gesundheit, *enhorabuena*, Glückwunsch, und alle redeten durcheinander, die Kanaren, Wunschziel und doch für die meisten noch so gut wie unerreichbar. Nur Luz saß still da und beobachtete ihren Bruder, immer verantwortungsbewusst und zuverlässig und arbeitsam, aber irgendetwas war aus dem Gleichgewicht geraten. Sie spürte es. Und wie sie es spürte. All die Spannung, die sie seit ihrer Ankunft wahrnahm, kumulierte sich in diesen Augenblick. Sie entlud sich nicht in einem Knall, wie Luz gedacht hatte. Sondern in einer dumpfen Vorahnung. Etwas kam auf sie zu, sie konnte nur nicht greifen, was es war.

KAPITEL 24

Du warst mein Anfang

Barcelona, Januar 1978

Mein lieber Francisco,
ich danke dir für deinen Brief mit den Neujahrswünschen; unsere Schreiben haben sich wohl irgendwo über dem Atlantik gekreuzt, denn mein letzter Brief ist wahrscheinlich noch gar nicht bei dir angekommen. Meine allergrößten Glückwünsche zu deiner neuen Arbeit. In einem Hotel, wer hätte das gedacht! Du weißt, dass dir auch in Cadaqués jederzeit die Türen offenstehen, solltest du jemals mit dem Gedanken spielen, nach Spanien zurückzukehren. Aber ich verstehe natürlich, dass Matilda in der Nähe ihrer Eltern bleiben möchte, jetzt, wo ihre Mutter erkrankt ist. Ich wünsche euch ganz viel Kraft!
Eigentlich passiert hier normalerweise nicht so viel, dass ich sofort zurückschreiben müsste, aber dieser Monat hat es in sich, Francisco, so sehr, dass ich kaum mehr atmen kann. Es ist die Schwere der Sorge und der Wut, die mir auf die Brust drückt. Irgendeine feige Person hat einen Anschlag auf unser Frauenhaus verübt – also auf die Wohnung über meinem Blumenladen. Sie hat die Scheiben eingeschlagen, wovon auch der Laden betroffen

war, und Brandsätze hindurchgeworfen. Zwei Frauen wurden verletzt, aber wenn sie nicht vom Lärm aufgewacht wären, hätte auch Schlimmeres passieren können! Ich kann den Hass mancher Menschen einfach nicht nachvollziehen, sei es auf globaler Ebene, nationaler oder einfach nur auf der zwischenmenschlichen. Warum? Wie kann man jemandem vorsätzlich Schaden zufügen wollen und dabei noch in Kauf nehmen, dass andere verletzt werden?

Die Polizei ermittelt, aber natürlich haben alle Ehemänner ein Alibi, und meine eigenen Verdächtigungen wage ich öffentlich nicht auszusprechen. Den Laden konnte ich zum Glück rasch wieder öffnen, die Versicherung übernimmt die Kosten der neuen Scheibe und auch die des Schadens in der Wohnung, aber schutzsuchende Frauen werden wir dort nicht mehr unterbringen können. Wer an uns herantritt, wird auf die paar Wohnungen unserer »Ehemaligen« aufgeteilt, wie wir die nennen, die nun ein eigenständiges Leben führen können. Aber es sind einfach zu wenige, und ich befürchte, dass das Projekt bald einschlafen wird.

Weißt du, seit Francos Tod warte ich darauf, dass endlich grundlegende Reformen in die Wege geleitet werden. Natürlich braucht alles seine Zeit, aber ich sehe, dass bestimmte Angelegenheiten wieder wichtiger sind als andere. Für die Rechte der Frauen interessiert sich die Politik anscheinend nicht. Ist die Frau etwa kein wertvolles Mitglied der Gesellschaft, das ihren Teil zum Wachstum des Landes beitragen könnte, würde man sie lassen? Ist die Frau etwa ein

Mensch zweiter Klasse, dass man sie bevormunden muss? Oh, natürlich sieht es von außen so aus, als wäre alles ganz wunderbar. Wir dürfen Hosen tragen, wir dürfen auf der Straße rauchen, wir dürfen immerhin wählen. Und natürlich gibt es ganz viele Ehen, in denen es für den Mann selbstverständlich ist, dass seine Frau arbeiten geht. Es gibt Ehen, in denen sich der Mann von der Frau oder die Frau vom Mann trennt, ohne Gewalt, ohne Probleme, einfach, weil beide einsehen, dass es das Beste für sie ist. Aber all das beruht auf dem guten Willen des Mannes und nicht auf einem Gesetz. In den meisten Ländern Europas sind zum Beispiel Scheidungen seit Jahren, Jahrzehnten oder Jahrhunderten erlaubt. In Deutschland, habe ich mal gelesen, trat das Gesetz über die Gleichberechtigung von Mann und Frau bereits 1958 in Kraft; ab dem Moment konnte eine Frau ihr eigenes Konto eröffnen und war selbst für ihr Geld verantwortlich. Und seit letztem Jahr brauchen sie auch keine Erlaubnis des Ehegatten mehr, um einen Arbeitsvertrag zu unterschreiben. Davon sind wir hier so weit entfernt. Aber weißt du was? In meinem letzten Brief habe ich noch geschrieben, dass ich nicht kämpfe, sondern nur helfe. Ab jetzt kämpfe ich. Und zwar werde ich alles dafür tun, damit dieses Land ein Scheidungsgesetz verabschiedet, das Frauen dabei hilft, sich aus den Fesseln einer Ehe zu retten, die nicht mehr zu retten ist. Und weißt du auch warum? Weil deine Schwester ganz, ganz tief im Schlamassel steckt. Sie hat einen anderen Mann kennengelernt und kommt dennoch emotional nicht von Gabriel los. Ich habe schon lang erkannt,

dass sich unter seiner galanten und weltmännischen Oberfläche tückisches Gewässer befindet. Und Luz ist beim Tauchen darin mit einem Fuß zwischen zwei Felsen hängen geblieben. Ihr geht langsam die Luft aus und sie merkt es nicht einmal. Aber wenn sie irgendwann aufwachen sollte, dann soll sie die Möglichkeit haben, handeln zu können.
Was hältst du von der Idee, einmal im Monat zu telefonieren? Die interkontinentale Verbindung ist zwar furchtbar teuer, aber doch günstiger als ein Flug, nicht wahr, und wenn wir uns schon nicht sehen können, könnte ich wenigstens deine Stimme hören und mal ein Wörtchen mit deiner Matilda reden. Jeweils am letzten Sonntag des Monats, abends um sechs? Weißt du, ich werde es nächste Woche einfach versuchen, *hijo mío*, mein Sohn, und freue mich jetzt schon darauf, dich zu überraschen!
Bis dann, *un abrazo muy fuerte*, eine riesengroße Umarmung,
deine dich liebende Mutter
Lucía

Als sie von dem Brief aufsah, kroch bereits das milchige Licht der Winterdämmerung durch die Fenster. Lucía rieb sich die Augen, sie hatte gar nicht bemerkt, wie lange sie an dem Tisch gesessen und geschrieben hatte. Die Wohnung war still und leer und dunkel, und nachdem ihr Herz eben noch voll der Vorfreude gewesen war, wurde es nun auch still und leer und dunkel. Wie immer, wenn sie an Agustín dachte. Seit zwei Wochen hatte sie nichts von ihm gehört, und sie respektierte seinen Wunsch, nicht zu telefonieren, obwohl ihr das von Tag zu Tag schwerer fiel und sie den Sinn darin nicht erkennen konnte. Hatte es sie früher nie gestört, für sich allein Abendessen zu kochen, aß sie in letzter Zeit meist nur etwas Brot oder einen Salat, lustlos, einsam. Sie atmete ein, tief, tief, tiefer, stellte sich vor, wie die Luft bis in die äußersten Lungenspitzen floss, und dennoch hatte sie das Gefühl, nicht mit genug Sauerstoff versorgt zu werden. Es knackste in ihrem Rücken, dann klingelte es an der Tür und sie fuhr auf, rannte zur Gegensprechanlage, aber noch bevor sie den Knopf drückte, der das Portal an der Straße öffnete, wusste sie, dass es nicht Agustín sein konnte. Er hatte doch einen Schlüssel.

»Wer ist da?«, fragte sie also misstrauisch und enttäuscht.

»Felix. Dein Bruder.«

»Die letzten beiden Male, die ich dich gesehen habe, trugst du Uniform«, war das Erste, das Lucía einfiel. Erst dann fragte sie: »Woher weißt du, wo ich wohne?«, und dann, endlich, trat sie einen Schritt zur Seite, ließ ihren Bruder eintreten und schaltete das Licht im Flur ein. Felix nahm seinen Hut ab und drehte ihn in den Händen. Einen merkwürdig unangenehmen Augenblick lang standen sie sich gegenüber; anscheinend war sich nicht nur Lucía unsicher, wie die Begrüßung ausfallen sollte. Als sie sich das letzte Mal begegnet waren, vor etwas mehr als fünf Jahren, war er hart mit ihr ins Gericht gegangen, weil sie nicht nur von Luís getrennt gelebt, sondern noch dazu eine Affäre mit Agustín gehabt hatte. Familie war ihm wohl heilig. Es war keine schöne Begegnung gewesen, und sie hätte schwören können, dass sie sich nie wieder sehen würden. Was also tat er hier?

Lucía besann sich dennoch auf ihre Rolle als Gastgeberin, legte ihm leicht die Hand auf die Schulter und hauchte ihm zwei Küsschen neben die Wangen in die Luft. So nah war sie ihm nicht mehr gewesen seit dem Tag ihrer Flucht aus Barcelona. Er roch älter, als er aussah, und er machte einen ganz anderen Eindruck als damals, als sein Blick so hart und durchdringend gewesen war wie sein Urteil über sie. Plötzlich kam ihr ein schrecklicher Verdacht, ein Gedanke, den sie in den letzten Tagen hatte zurückdrängen können: Hatte die Polizei Beweise gefunden, die Agustín mit dem Anschlag in Verbindung brachten?

»Nun, welch Überraschung, nicht wahr?«, sagte sie und hoffte, dass die gespielte Leichtigkeit das Zittern ihrer Stimme verdeckte. »Gib mir Hut und Mantel. Möchtest du einen Kaffee? Oder einen Cognac?«

»Ein Cognac käme mir ganz gelegen, *gracias*. Du bist allein?«

»Ich bin im Moment allein«, sagte sie steif lächelnd und wies ihm den Weg ins Wohnzimmer. »Hast du erwartet, jemanden anzutreffen?« Atmen, befahl sie sich, aber sie fühlte sich noch luftloser als zuvor.

»Meinen ehemaligen Stellvertreter Agustín Verdaguer meinst du?« Lag da ein Lauern in seiner Stimme? Lucía musste sich kurz an der Wand abstützen, während sie das Licht einschaltete. »Schön hast du es hier«, sagte Felix dann, ohne weiter auf ihre Frage einzugehen. Sie schaffte es kaum, den Cognac einzugießen, ohne ihn zu verschütten, und obwohl sie sonst außer Wein keinen Alkohol trank, füllte sie auch für sich eine großzügige Fingerbreite der bernsteinfarbenen Flüssigkeit in eines der bauchigen Gläser.

»So, Felix«, begann sie, aber er hob die Hand mit dem Glas und prostete ihr zu.

»Auf dein Wohl, Mercedes.«

»Lucía«, flüsterte sie, die Erinnerung an die Diskussion mit Agustín schmerzhaft wie ein Schnitt im Finger, der sich bei jeder Bewegung wieder öffnete.

»Verzeihung. Natürlich. Es fällt mir schwer ... In meinem Kopf bist du Lucía, aber in meinem Herzen, was soll ich sagen? Du bist meine Schwester Mercedes. Dieselbe Person. Oder etwa nicht?« Er schüttelte leicht den Kopf. »Das ist verwirrend. Für dich etwa nicht?«

War sie immer noch dieselbe Person wie damals? Nein. Gar nicht. Natürlich nicht. Aber niemand war mit Mitte fünfzig dieselbe Person wie mit sechzehn. Sie nahm einen kleinen Schluck des Cognacs; er brannte kurz ungewohnt im Mund, hinterließ aber eine wohlige, milde Wärme in ihrer Kehle.

»Weswegen bist du hier?«, fragte sie, statt auf den Namenswirrwarr einzugehen. Den musste sie mit sich selbst ausmachen.

»Nun ...« Er lächelte tatsächlich, wenn auch etwas beschämt. Lucía konnte rein gar nichts mehr von seiner früheren Autorität feststellen. »Ich muss dir zuerst etwas gestehen. Und zwar verfolge ich seit unserer letzten Begegnung deinen Werdegang sehr genau. Ich weiß, dass dein Mann gestorben ist – mein Beileid –, ich weiß, dass du Agustín Verdaguer tatsächlich ausfindig gemacht hast und nun mit ihm und seiner Tochter zusammenlebst. Ich weiß natürlich, dass meine Nichte eine erfolgreiche Flamencotänzerin ist, meine Frau bewundert sie sehr. Und ich weiß auch, dass du einen Blumenladen betreibst. Nein, zwei mittlerweile, korrekt?«

Lucía starrte ihn an, während er bedächtig den Cognac in seinem Glas schwenkte. »Du lässt mich beschatten?«

»O nein«, sagte er und sah fast erschrocken aus. »Du bist ja keine Kriminelle. Mir werden einfach gewisse Änderungen gemeldet. Zivilstand. Handelsregister. Solche Sachen. Harmlos. Warum ich das mache?«, fragte er dann, ohne dass sie gefragt hatte, aber sie nickte dennoch, um die Antwort zu hören. »Nenne es brüderlichen Beschützerinstinkt.«

Sie lachte trocken auf. »Nach einem Vierteljahrhundert, in dem wir uns nur zweimal gesehen haben? Obwohl wir mittlerweile so grundverschieden sind, Leben führen, die absolut gegensätzlich sind?«

»Vielleicht genau deswegen. Lucía. Blut ist dicker als Wasser. Du bist und bleibst meine Schwester, egal wie du dich nennst und in was für Schwierigkeiten du dich bringst. Das habe ich nach unserem letzten Treffen eingesehen. Es war mir ein Bedürfnis, zu wissen, dass ich dir helfen könnte, wenn du Hilfe brauchen würdest, aber zu stolz wärst, um wieder an meine Tür zu klopfen. Deswegen habe ich also an deine geklopft.«

Sie nahm direkt noch einen Schluck. Einen großen. Fast traten ihr dabei die Tränen in die Augen. Es waren beinahe dieselben Worte, die sie vor einer Woche zu Luz gesagt hatte.

»Ich habe nämlich von dem Anschlag auf den Blumenladen und die Wohnung darüber gehört. Du wirst morgen darüber informiert werden, dass die Polizei den wahrscheinlichen Täter gefunden hat. Einer der Männer, deren Frau du dort Unterschlupf geboten hast. Sein Alibi hat den Nachforschungen nicht standgehalten.«

Lucía hielt den Atem an. Er schien nicht wegen Agustín hier zu sein, immerhin. Aber er hielt nichts von Trennungen, Familie war ihm heilig, erinnerte sie sich. Wollte er sie davon abbringen, ganz brüderlich-freundlich? Sie setzte das Glas ab und verschränkte die Arme vor der Brust.

»Das ist eine gute Sache«, fuhr er fort.

Stoßartig atmete sie aus. »Du findest das eine gute Sache?« Lucía schüttelte den Kopf und musste dann hilflos lachen. »Du hast dich sehr verändert in den letzten Jahren, Felix. Damals hast du mir fast den Kopf abgerissen, weil ich von meinem Mann getrennt lebte, und jetzt findest du es gut, dass ich Frauen helfe, die aus ihrer Ehe flüchten? Wie kann das sein?«

Felix strich sich mit der Hand über das Haar; es war eine Verlegenheitsgeste, denn seine Haare lagen mit Pomade festgeklebt an der Kopfhaut an. Die Geheimratsecken hatte ihr Vater auch gehabt, aber nicht so ausgeprägt, und sie konnte sich auch nicht daran erinnern, dass er an den Schläfen ergraut gewesen wäre. Aber sie beide waren jetzt schon um so viele Jahre älter, als es ihre Eltern jemals geworden waren.

Er starrte ein paar Sekunden lang an ihr vorbei in die Luft, seine Gedanken irgendwo auf Reisen, dann seufzte er. »Ich bin müde, Lucía. Uns wurden unsere Feinde genommen, früher der Widerstand, dann die ETA, aber nun, dank der Amnestie, sollte ja sogar die ETA ihren Kampf aufgeben. Ich glaube nicht wirklich, dass sie das tun werden, aber das ist eine andere Geschichte. Verlierer gegen Gewinner, die Bösen gegen die Guten, dieses Bild existiert nicht mehr, und das hat mich zum Nachdenken gebracht, ob es überhaupt jemals existiert hat oder ob wir uns diese Bilder nicht einfach selbst erschaffen, um etwas zu haben, das unseren Zorn rechtfertigt. Das ist übrigens ein wirklich hervorragender Cognac, hättest du die Güte ...?« Er hielt ihr den Schwenker entgegen. Lucía brauchte einen Augenblick, um den brüsken Wechsel von Feindbild zur Qualität des Cognacs nachzuvollziehen, dann stand sie auf, holte die Flasche und schenkte ihm nach. Er sah wirklich müde aus, aber vielleicht lag das auch an seinen schweren Schlupflidern.

»Als junger Mann, kurz nach der Offiziersausbildung, habe ich einen Menschen verloren, der mir sehr viel bedeutete. Sehr viel. Ich sah einen Anker in ihr. Und dann ...« Er bewegte seine Hand durch die Luft, vage und leicht. »Dann schwor ich mir, die Art von Menschen, die sie auf dem Gewissen hatte, zu jagen. Alle, die das verkörperten, was diese Menschen verkörperten – Widerstand, Aufstand, Rebellion, Terror gegen den Staat. Dieser Hass hat mich blind gemacht. Ich habe Befehle ausgeführt und selbst Befehle gegeben, die nicht immer richtig waren, die ich aber nie hinterfragt habe. Jetzt tue ich das. Es ist schwierig, zu unterscheiden, wo die Grenze zwischen Gut und Böse verläuft, wenn man nicht beide Seiten versucht zu verstehen.«

»Und jetzt möchtest du die weibliche Seite verstehen?«, spöttelte Lucía, aber als sie sah, wie Felix sich augenblicklich versteifte und sein eben noch träger Blick aufwachte, legte sie ihm in einer entschuldigenden Geste die Hand auf den Arm.

»Du hast mich nicht verstanden«, sagte er scharf. »Ich habe immer dafür gekämpft, dass dieses Land vorankommt. Auf meine Weise, basierend auf meinem Glauben an eine Ideologie, der ich mittlerweile zwiegespalten gegenüberstehe. Viele vermissen Franco und wollen keine Veränderung, aber ich denke, dass sich sogar sehr vieles ändern muss, wenn Spanien heilen und wachsen will. Ich sehe es im Gegensatz zu anderen als Fortschritt an, wenn den Frauen mehr Rechte zugesprochen werden. Deswegen bin ich hier. Um dir zu helfen. Du musst mir nur sagen, wie.«

Lucía wägte kurz ab, ob sie ihm wirklich vertrauen konnte, ob dieser Wandel, von dem er sprach, echt war, oder ob er sie damit in Sicherheit wiegen wollte, um ... ja, um was? Sie tat nichts Illegales. Und bei ihren letzten beiden Begegnungen war jedes Mal am Ende seine weiche Seite zum Vorschein gekommen. Vielleicht hatte er recht. Egal wie viele Jahre vergangen waren, egal was passiert war und was einmal zwischen ihnen gestanden hatte – sie waren Familie. Man veränderte sich, aber der Kern blieb derselbe.

»Wir haben ein kleines Netzwerk aufgebaut«, erklärte sie ihm dann. »Wohnungen, in denen Frauen Schutz suchen können. Andere Gruppierungen haben Beratungsstellen errichtet, wieder andere organisieren Demos. Aber es ist nicht genug. Die Politik reagiert nicht. Wir müssen alle zusammen aktiv für ein Scheidungsgesetz kämpfen. Und wir brauchen ein Haus. Ein großes Haus, abgeschirmt durch einen Zaun oder eine Mauer, wo nicht jeder einfach reinspazieren kann. Wir brauchen finanzielle Unterstützung, damit wir Frauen in Not dort aufnehmen, sie verpflegen, bei Bedarf ärztliche oder psychologische Hilfestellung leisten können.«

»Das ist alles?«, fragte Felix. Es könnte lakonisch klingen, aber er lächelte dabei.

»Für den Moment, ja.«

»Das kann ich organisieren. Unter einer Bedingung: Das bleibt unter uns. Mein Arbeitgeber wäre wahrscheinlich nicht sehr glücklich und meine Frau weiß nichts von meiner ... ersten Familie. Von meinem Leben, bevor ich adoptiert wurde. Ich würde das gern so belassen. Zu viele Fragen sonst.«

Ah. Sie waren Familie, aber eben doch nicht. Wie ein Tropfen schwarze Tinte fiel diese Bedingung in das glasklare Wasser der Freude und trübte es. Lucía schürzte nachdenklich die Lippen und fühlte in sich hinein, aber erstaunlicherweise klärte das Wasser rasch wieder auf. Sie konnte ihn sehr gut verstehen.

»Damit kann ich leben.«

»Gut. Dann ziehen wir jetzt am selben Strang. Wie Bruder und Schwester im Geheimen.«

»Wie Bruder und Schwester im Geheimen.« Sie goss einen kleinen Schluck in ihr Glas und mit einem verschwörerischen Zwinkern prosteten sie sich zu. Viele Jahre waren vergangen, fast ein ganzes

Leben, aber in diesem Moment fühlte sich Lucía ihrem kleinen Bruder wieder so nah wie in ihrer Kindheit. Sie glaubte, innerlich zu brennen, von der Wärme, die der Alkohol produzierte, und vom Gefühl der Freude und des Glücks, das sie durchfloss.

Der Besuch ihres Bruders erfüllte Lucía mit einem Tatendrang, nach dem sie in den letzten paar Wochen vergeblich gesucht hatte. Und was sie gleich als Erstes in Angriff nahm, nachdem Felix sich verabschiedet hatte, war, Agustín anzurufen, ungeachtet seiner Bitte, es nicht zu tun. Es war genug Zeit vergangen, um nachzudenken.

»Agustín?«, sagte sie, als seine Haushälterin Guadalupe ihm den Hörer übergab. »Bitte komm nach Hause.«

Und er kam nach Hause. Am nächsten Abend waren sie wieder da, er und Celia.

»*Tío* Esteban ist so griesgrämig«, stöhnte das Mädchen und rollte mit den Augen. »Ich bin froh, dass wir endlich wieder hier sind.«

Und Lucía war froh, dass sie wieder zurück waren. Beide. Die Spannung, die sonst zwischen Celia und ihr geherrscht hatte – egal wie leicht, kaum messbar sie in letzter Zeit geworden war –, war komplett verschwunden. Sie hatte es in dem Moment bemerkt, in dem sie eingetreten war, den Cellokasten in den Armen haltend, als wäre er ihre liebste Freundin.

»Ihr habt wahrscheinlich einiges zu bereden«, sagte das Mädchen naseweis. »Ich geh mal bei Marisol klingeln und komme zum Abendessen wieder. *Hasta luego*, bis später!« Damit sprang sie wieder zur Tür hinaus und ließ Lucía mit Agustín allein, der zwar immerhin schon den Koffer hingestellt und den Mantel ausgezogen hatte, aber sonst noch immer etwas verloren in seinem eigenen Hausflur stand.

»*Cariño*«, sagte Lucía leise und griff nach seiner Hand.

Agustín lächelte und leuchtete. »Celia hat recht. Esteban ist wirklich ein Sauertopf. Hier bei dir ist es so viel schöner.« Dann schloss er seine Arme um sie, sie lehnte sich an seine Brust und atmete ihn ein.

»Wir sind doch für die Ewigkeit, Agustín«, murmelte sie in seinen karierten Pullunder. »Es spielt keine Rolle, wie dumm wir uns anstellen und wie oft wir aneinander vorbeireden und -handeln, wir können nicht getrennt sein.« Er drückte sie noch etwas fester an sich, und dabei fiel ihr auf, wie problemlos sie auf einmal wieder atmen konnte.

»Guadalupe humpelt, sie hat Gicht im Knie, weigert sich aber, einen Stock zu benutzen. Eigentlich sollte sie überhaupt nicht mehr arbeiten, aber sie denkt gar nicht ans Aufhören. Sie hat sonst niemanden. Für sie sind wir ihre Familie«, erzählte Agustín, als sie am Küchentisch saßen. Lucía schenkte ihnen Wein ein, ein sattes Dunkelrot, das sich beinahe ölig an die Ränder schmiegte. »Sie ist die Einzige, der Esteban etwas Gutes abgewinnen kann, und mein Vater hält sie für seine Frau.«

»Wie geht es ihm?« Lucía erschauerte, als sie an den alten Mann dachte, der wie ein lebendes Skelett durch das Haus wandelte. Die Demenz hatte ihm mit den Erinnerungen jegliche Konsistenz von den Knochen gefressen.

»So zäh, wie er ist, kann er gut und gern noch ein paar Jahre durchhalten, meint der Arzt. Er könnte aber auch heute einschlafen und morgen nicht mehr aufwachen. Ich habe …« Er schürzte die Lippen, nahm einen Schluck Wein und ließ ihn eine Weile im Mund kreisen, als ob er daraus erst die Wörter filtern musste. »Ich habe mich mit ihm ausgesprochen. Auch wenn er wahrscheinlich nichts verstanden hat. Vergangenes ist vergangen. Ich habe ihm verziehen und habe ihn gebeten, mir zu vergeben. Dasselbe habe ich Esteban gebeten.«

»Dir zu verzeihen?«

Er nickte. »Ich war der Ältere, ich hätte in Vaters Textilgeschäft einsteigen sollen. Esteban hatte andere Pläne, aber als ich einfach weglief, damals, als ich zur republikanischen Armee ging, musste er nachrücken, sozusagen. Das hat er mir immer wieder vorgeworfen.«

»Und? Hat er dir verziehen?«

Agustín schwieg, dann schüttelte er mit einem ziemlich hilflosen Ausdruck im Gesicht den Kopf. »Angefahren hat er mich. Ich solle ihn nicht mit so altem Zeug belästigen.«

Es war nicht witzig, und sie wusste nicht, woher dieses Kitzeln in ihrem Bauch kam. Vielleicht war es die Anspannung der letzten Zeit, die sich ihr Ventil suchte. Lucía biss sich auf die Zunge, um das Kichern zu unterdrücken, aber es gelang ihr nicht.

»Ich sehe ihn direkt vor mir«, sagte sie und prustete schließlich los. »Wie er … dich böse anstarrt … und danach entrüstet die Treppe hochstampft und dabei ... vor sich her schimpft ...« Sie tupfte sich die Augen trocken und presste sich den Ärmel vor den Mund. Agustín sah sie mit hochgezogener Braue an, dann aber musste er auch schmunzeln.

»Wahrscheinlich war das seine Art, meine Entschuldigung anzunehmen, nicht wahr?« Lucía nickte und holte tief Luft, um sich wieder zu beruhigen. Agustín wurde wieder ernst, ganz ernst, seine Augen grau wie der Nebel, der sich an kalten Tagen über dem Meer bildete, und für einen Moment blitzte der junge Mann durch, den sie damals auf jener staubigen Straße kennengelernt hatte, vor nun fast vierzig Jahren.

»Du warst nie schwach, Agustín«, sagte sie und schlug damit die Brücke zu ihrer Diskussion von vor zwei Wochen. »Und du hattest natürlich recht: Du warst damals mein Halt. Du hast mich aufgefangen und gestützt. Ich bin an dir emporgewachsen, dem Licht entgegen, wie eine Ranke. Ohne dich wäre ich gar nicht, wo ich bin, denn du warst mein Anfang.«

»Ich habe dich und Felicidad im Stich gelassen«, sagte er leise und senkte den Blick. »Wer weiß, wenn ich dich gesucht hätte, sofort nach meiner Genesung, statt mich von meinem Vater knechten zu lassen, vielleicht wäre sie dann noch am Leben. Alles wäre anders gekommen.«

»Genau. Alles wäre anders gekommen. Ich hätte meine drei wunderbaren Kinder nicht und du deine drei Töchter nicht. Hast du nicht vorhin gesagt, Vergangenes ist vergangen? Nicht jeder ist für den großen Kampf gemacht, den heroischen, den öffentlichen. Aber jeder kämpft. Du hast einfach geschaut, dass du über den Schmerz hinwegkommst, irgendwie vorankommst. Das ist keine Schwäche. Das ist Überlebensinstinkt. Hör auf, dir Vorwürfe zu machen. Wir haben es geschafft, uns erneut zu finden, und lassen uns dennoch immer wieder von der Vergangenheit verunsichern. Damit muss jetzt endlich Schluss sein. Lass uns nach vorn schauen. Nur nach vorn.« Ihr fiel auf, dass er den ganzen Abend noch kein einziges Mal ihren Namen gesagt hatte. »Und du kannst mich nennen, wie immer du willst. Mercedes, Lucía – ich bin beide.«

Agustín nickte versonnen, nahm ihre Hand in seine und strich sanft mit dem Daumen über die Linien in ihrer Innenfläche.

»Lucía ...« Er blickte kurz auf und lächelte, dann senkte er den Kopf wieder, als ob er zum Wein sprechen würde. *In vino veritas*, im Wein liegt die Wahrheit, hieß es doch.

»Immer hatte ich davon geträumt, meine kleine Mercè zu finden. Gefunden habe ich schließlich Lucía. Wie du eben gesagt hast, bist du dem Licht entgegengestrebt, bist gewachsen, hast erschaffen. Du hast dich durchgesetzt, egal wie oft das Leben dir Steine in den Weg gelegt hat. Du bist aus dem Schatten getreten, kämpfst nicht mehr nur für deine Familie, sondern für die Allgemeinheit. Neben dir sehe ich aus wie eine verkümmerte Pflanze, die nicht einmal weiß, wo die Sonne steht.« Lucía wollte aufbegehren, aber er hob die freie Hand. »Lass mich aussprechen. Ich bin kein Mann großer Träume oder Ziele. Celia hat ihr Cello, Luz hat ihren Tanz, du hast diesen Drang in dir, anderen Frauen zu helfen. Alles, was ich mir wünsche, ist es, tagsüber meine Arbeit zu erledigen und abends nach Hause kommen zu können. Zu meiner Frau und meiner Tochter. Zu dir. Und dennoch komme ich mir neben euch so … klein vor.« Ein Zittern lief durch ihn, als würde er innerlich erbeben, und sein Daumen, der in ihrer Hand lag, zeichnete die Erschütterung auf. Es musste ihn sehr viel Überwindung kosten, diese Gefühle zu gestehen.

Sie wartete kurz, ob er weitersprechen würde, und als er schwieg, sagte sie: »Um bei den Pflanzen zu bleiben – da kenne ich mich schließlich ein wenig aus: Nicht jeder Wirt, der von einer anderen Pflanze als Stütze benützt wird, muss dabei eingehen. Sie können im Verborgenen dafür sorgen, dass andere gedeihen. Du kannst deinen Mitmenschen helfen, indem du sie in ihrem Schaffen bekräftigst, ihnen den Rücken freihältst, damit sie ihre Träume erreichen können. Deine Unterstützung ist der Nährboden. Deine Liebe ist die Basis. Ohne den Halt, den du uns gibst, fallen wir zusammen, verstehst du?«

Agustín lachte verhalten. »Du solltest Politikerin werden. Du hast ein Talent dafür, Unschönes schönzureden.«

»Nichts an dir ist unschön. Oder schwach. Oder verkümmert.«

Er nahm ihr Gesicht in seine Hände, ein Zwinkern in den Augen. Schon öffnete er den Mund, wahrscheinlich, um erneut zu widersprechen, aber stattdessen schüttelte er den Kopf, ganz leicht, ein bisschen verwirrt, als wären ihre Worte erst jetzt so richtig bei ihm angekommen. Seine Lippen bebten.

»Danke, Lucía«, flüsterte er, und dann trafen sich ihre Münder.

KAPITEL 25

Rot, im dichten Nebel

Barcelona, Januar 1978

Der Mann, der vielleicht ihr Vater sein könnte, lebte nicht mehr. Die Ernüchterung war groß, aber von kurzer Dauer. Damit hatte sie rechnen müssen, und so sehr Felicidad bedauerte und betrauerte, ihn nicht kennenlernen zu können – immer in dem Fall, dass diese zwei Menschen wirklich ihre Eltern waren, natürlich –, so sehr würde sie sich nun darauf konzentrieren, die Frau zu finden.

»Mercedes aus Barcelona«, sagte Inés und nickte gedankenverloren.

Felicidad knabberte an einem abgebrochenen Fingernagel. »Mach es nicht so spannend«, murmelte sie und hätte dabei am liebsten geschrien. »Hat dein Privatdetektiv nun etwas gefunden?« Sie glaubte, die Antwort bereits zu kennen. Inés war ruhiger als sonst, ihre sonst so ausladenden Gesten kontrollierter. Sie hielt sich zurück und damit auch die schlechten Nachrichten.

Tatsächlich seufzte sie, und Felicidads Herz, noch vor wenigen Tagen so luftig und leicht, zog sich zu einem eisenschweren Klumpen zusammen. »Es tut mir leid. Mercedes Sants Duran lebt laut dem *Registro Civil*, dem Einwohneramt, zumindest aktuell nicht in Barcelona und auch sonst in keiner größeren Stadt in Spanien. Zur Welt kam sie aber sehr wohl hier, und zwar im Jahr 1922.«

»1922 … Das heißt, sie war erst siebzehn, als ich geboren wurde.« Waren ihre Eltern dann überhaupt verheiratet gewesen? War dieser Agustí überhaupt jemand gewesen, den sie geliebt hatte? Felicidad wurde erst ganz heiß, dann ganz kalt. War Mercedes ungewollt schwanger geworden – oder sogar durch Gewalt? Es hatte schließlich Krieg geherrscht, und in den Lagern war es bestimmt auch nicht …

»Moment«, unterbrach sie ihre eigenen Gedanken und griff nach dem Blatt Papier neben ihr, eine Seite der Lagerlisten von Argelès-sur-Mer. Hier war sie, nachdem sie die Lager in der Nähe von Elne noch einmal durchforstet hatte, auf Mercedes' Namen gestoßen. Gleich unter dem von Agustí.

»Wenn sie sich gemeinsam eingetragen haben, werden sie sich wohl zumindest gekannt haben«, schien Inés zu erraten, woran sie eben noch gedacht hatte.

»Was ist mit ihrer Familie?«

Inés studierte die Fotokopien, die der Privatdetektiv ihr über seine Kontakte in der Behörde besorgt hatte. »Vater: Salvador Sants Serrano, verstorben im Januar 1939. Mutter: Clara Duran Puig, verstorben im Januar 1939. Bruder: Felix Sants Duran. Ansonsten keine weiteren Informationen, wahrscheinlich verstorben. Sie hat ihre gesamte Familie verloren.«

»Und dann auch noch den Vater ihres Kindes …«, murmelte Felicidad und schüttelte entsetzt den Kopf.

»Und jetzt?« Für einmal schien Inés ratlos zu sein. »Möchtest du die andere Felicidad überprüfen? Die mit den Eltern aus Málaga?«

Felicidad schloss die Augen. Der rote Faden, dem sie nun monatelang durch den dichten Nebel der vagen Spuren gefolgt war, endete so abrupt, dass sie vollkommen die Orientierung verlor. Nicht weinen, dachte sie, nicht verzweifeln. Rot. Rot, dachte sie, während sie in dieses beängstigende nasskalte Grau starrte und das Fadenende suchte. Rot. Irgendetwas war mit dieser Farbe.

»Felicidad?«

Sie hob die Hand, um Inés zu signalisieren, sie nachdenken zu lassen. Rot, rot, rot. Und dann teilte sich der Nebel auf einmal, und das Gesicht der Gemeindeangestellten in Elne tauchte auf, mit den knallrot geschminkten Lippen.

»Diese Frau kannte diese Elisabeth«, murmelte Felicidad vor sich her. »Und diese Elisabeth musste meine Mu... also diese Mercedes gekannt haben. Vielleicht kann sie mir etwas erzählen, das mich weiterbringt.«

»Mairie d'Elne, Elaine Delacroix à l'appareil?«

Felicidad verschwendete keine Zeit damit, zu fragen, ob *Madame* Delacroix Spanisch sprach, das wusste sie mittlerweile schon. »*Madame*, ich bin Felicidad Damboreno, ich war vor einigen Tagen bei Ihnen wegen ...«

»*Ah oui*, natürlich!«, rief die Dame, ganz ohne zu schnauben, wie Felicidad erfreut feststellte. »Wie kann ich Ihnen helfen? Haben Sie Ihre Eltern gefunden?«

Felicidad klemmte sich den Hörer zwischen Ohr und Schulter, und versuchte, einen Knoten aus dem gekringelten Kabel zu streichen. »Nun, vielleicht«, sagte sie sehr vage, denn mehr als vage war das, was sie hatte, nicht. »Ich müsste bitte mit Ihrer Kollegin sprechen, ich weiß nicht, wie sie heißt, aber sie hatte am Tag meines Besuches knallrot geschminkte Lippen.«

Madame Delacroix lachte kapriziös. »Ach, die hat sie jeden Tag so angemalt. Ich stelle Sie durch.«

Es tutete nur einmal, so als ob ihre nächste Gesprächspartnerin die Hand bereits auf dem Hörer gehabt hätte. »Christine Bremond am Apparat.«

»*Madame* Bremond, ich brauche Ihre Hilfe«, fiel Felicidad direkt mit der Tür ins Haus. »Ich muss mit Elisabeth Eidenbenz sprechen.« Und dann, nach einer Schrecksekunde, fragte sie: »Sie lebt doch noch?«

»Elisabeth? Aber ja, sie lebt noch, in der Nähe von Wien.«

»Haben Sie Kontakt zu ihr? Oder kennen Sie jemanden, der einen Kontakt herstellen könnte? Am besten telefonisch, so rasch wie möglich?«

Sie hörte ein Lächeln am anderen Ende der Leitung. »Sie sind ja ganz schön aufgeregt.«

»Ich stehe hier mit einem abgeschnittenen Fadenende in der Hand. Diese Frau Eidenbenz ist meine allerletzte Hoffnung«, gestand Felicidad und spürte gleichzeitig, wie das mühsam zusammengesetzte Scherbenbild in ihrem Inneren ganz kurz ganz leicht ins Wanken kam.

»*Madame*, machen Sie sich keine Sorgen. Ich werde mit Elisabeth sprechen und sie bitten, sich mit Ihnen in Verbindung zu setzen, so rasch wie möglich.«

Tatsächlich klingelte das Telefon bereits eine Stunde später, gerade als Felicidad Oscar einen Teller Reis mit Spinat vorsetzte.

»Oscar«, sagte sie eindringlich durch das schrille Klingeln. »Du musst jetzt brav sein. Essen. *Mamá* muss in Ruhe telefonieren.« Der Kleine machte einen Schmollmund und pantschte mit dem Löffel im Spinat, aber Felicidad drehte ihm den Rücken zu und nahm den Hörer ab.

»*Dígame*, hallo? Wer spricht?« Es knisterte in der Leitung.

»Hallo? Können Sie mich hören? Mein Name ist Elisabeth Eidenbenz«, sagte eine weibliche Stimme in einem behäbigen Spanisch. »Mir wurde gesagt, Sie wollten mit mir sprechen.«

Felicidad presste den Hörer an ihr Ohr. Die Frau klang, als befände sie sich auf dem Mond. »Frau Eidenbenz ...«

»Elisabeth, ich bitte Sie. Ich war wahrscheinlich dabei, als Sie Ihren ersten Atemzug getan haben, wurde mir gesagt.«

»Elisabeth«, flüsterte Felicidad nun, ganz perplex von diesem Gedanken. Sie brauchte ein paar Sekunden, bis sie sich gefangen hatte und weitersprechen konnte. »Erinnern Sie sich an eine Frau namens Mercedes Sants Duran? Januar 1940?« Nun herrschte am anderen Ende der Leitung Stille. Statisches Knistern und unkenntliche Wortfetzen eines anderen, sich kreuzenden Gesprächs waren alles, was sie hörte. Dann ...

»Mercedes. Die kleine Mercedes.« Felicidad glaubte, einen leisen Seufzer zu hören, es könnte aber auch ein Lachen gewesen sein. »Natürlich erinnere ich mich an sie.«

Felicidad tastete nach dem Stuhl; ihr Kopf war ganz leicht und flimmerig. Es war die richtige Spur. Kurz sah sie, dass Oscar den Reis gegessen hatte und nun den pürierten Spinat ganz vertieft als Kunstwerk auf dem Tischtuch verstrich, aber sie drehte sich einfach wieder um.

»Sie kannten sie«, wisperte sie. »Und wissen Sie auch, wie ich meine Mutter finden kann?« Ihre Mutter. Ihre Mutter. Mutter. *Mamá*. Das Wort zerlief ihr im Mund wie Zartbitterschokolade, herb und süß zugleich.

»Ihre Mutter, Felicidad, war noch sehr jung, als Sie zur Welt kamen. Jung, allein und verzweifelt, so habe ich sie in Erinnerung. So verzweifelt, dass sie wiederum sehr entschlossen war. Sie meinte wahrscheinlich, ich hätte nicht bemerkt, dass sie fliehen wollte – ihr hättet nämlich wieder zurück ins Lager von Argelès gebracht werden sollen, so lauteten die Regeln. Und ein Winter in den zugigen Baracken, ein Leben am windigen Strand mit schlechter Essensversorgung und mangelnder Hygiene war für Neugeborene nicht ideal. Eine Schande war das ...« Die Stimme der Frau zitterte.

»Sie ist aus der *maternidad* geflohen?«

»Ja, das ist sie. Ich hatte danach ein paar Probleme mit der Behörde, aber die habe ich gern auf mich genommen. Je weniger Kinder in den Lagern leiden mussten, desto besser. Und sie war ja selbst noch fast ein Kind.«

»Sie haben nie mehr etwas von ihr gehört? Sie wissen nicht, wo sie lebt?«

»Nein, Liebes. Sie könnte überall sein, ich habe keine Ahnung. Aber Ihr Vater hat sich einmal bei mir gemeldet, wenige Monate nach eurer Flucht.« Sie klang abwesend, als würde sie im Kalender in ihrem Kopf herumblättern, um das Ereignis zeitlich einordnen zu können.

»Mein ... Vater?« Felicidad drehte sich zum Tisch um und griff nach der Fotokopie der Geburtsurkunde, die wirklich ihre Geburtsurkunde war. An einer Ecke klebte Spinat. Und hinter dem Namen ihres Vaters ... »Hier steht, er wäre verstorben.«

Jetzt lachte Elisabeth, laut und kehlig. Das Rauschen in der Leitung wurde sogar für ein paar Sekunden leiser, als ob es dem fröhlichen Geräusch die Bühne überlassen wollte.

»Ja, Felicidad, das ist eine abenteuerliche Geschichte. Ich hoffe, wenn Sie alle Puzzlestücke zusammengesetzt haben, werde auch ich sie erfahren. Zum Zeitpunkt Ihrer Geburt musste Mercedes davon ausgehen, dass der Kindsvater nicht mehr lebte. Er war sehr krank gewesen, so viel weiß ich, und aus dem Krankenhaus nicht zurückgekehrt. Dann erhielt ich seinen Brief, dass er nach seiner Verlobten und ihrem gemeinsamen Kind suchte, aber ich konnte ihm nicht mehr sagen als Ihnen.«

»Agustí Verdaguer Canales lebt noch«, murmelte Felicidad, und wenn sie nicht bereits säße, müsste sie sich spätestens jetzt hinsetzen.

»Nun, Kind, das tat er auf jeden Fall vor bald vierzig Jahren. Was in der Zwischenzeit passiert ist, weiß ich nicht.«

»Natürlich. Und Sie wissen wahrscheinlich nicht mehr, von wo aus er schrieb?« Wer merkte sich so etwas schon.

»Nein, tut mir leid«, sagte Elisabeth dementsprechend. »Spanien wahrscheinlich. Aber welcher Ort – keine Ahnung.«

Felicidad holte tief Luft. Ein Faden endete hier, aber der Anfang eines neuen schwebte vor ihr in der Luft, genau wie ein Gedanke, der so irrwitzig war, dass sie sich kaum schnell genug von Elisabeth Eidenbenz verabschieden konnte.

KAPITEL 26

Ein Geist, der keiner mehr war

Barcelona, Januar 1978

Felicidads Hände zitterten, als sie das Telefonbuch der Stadt aus der Schublade holte. Zu einfach wäre es! Er könnte schließlich überall leben. In Barcelona ebenso wie in Madrid, in Palma de Mallorca, in A Coruña oder in einem Hundertseelendorf in einer der dünn besiedelten Regionen in Spaniens Mitte. Er könnte mittlerweile aber auch in Madagaskar wohnen, in Australien, in Norwegen oder Paraguay. Überall. Er könnte tot sein.

Vielleicht meinte es das Schicksal aber auch einfach mal gut mit ihr.

Langsam blätterte sie durch die dünnen, dicht bedruckten Seiten, auf der Suche nach dem V. Vallés, Vaquero, Vázquez, Vega, Vegara, Verda, Verdaguer ...

Verdaguer.

Ihr wurde furchtbar heiß. Mit dem Finger fuhr sie über das Papier, auf der Suche nach der richtigen Kombination mit seinem zweiten Nachnamen.

Verdaguer Caamaño, Verdaguer Cabañas, Verdaguer Canalejas, Verdaguer Canales.

Die Buchstaben tanzten vor ihren Augen, sie musste sie schließen, atmen, atmen, ihr Puls raste so schnell, dass er in ihren Ohren rauschte wie ein wilder Fluss. Sie öffnete die Augen wieder.

Verdaguer Canales Agustín.

Es gab nur einen. Und gleich darunter stand seine Adresse: Calle Valencia, 266. War er es wirklich oder war es doch nur ein Namensvetter? Eine kleine grün beschmierte Hand tauchte vor ihr auf.

»Oscar«, sagte sie. Er sah furchtbar aus. Das Tischtuch sah furchtbar aus. Mit zitternder Unterlippe wartete er auf die Schelte, aber sie konnte ihm nicht böse sein. »Oscar«, sagte sie wieder. »Ich habe vielleicht meinen *papá* gefunden.«

»*Papá*? Hat sich versteckt? Im dicken Buch?«

Sie musste lachen und wollte gleichzeitig weinen und schreien und hüpfen und singen, und weil all das zur selben Zeit nicht ging, bekam sie einen Schluckauf, über den Oscar sich prächtig amüsierte. »Nein, mein Schatz, nicht im Buch. Aber in diesem Chaos namens Leben, in diesem Irrgarten des Schicksals. Ich bin den Fäden gefolgt und habe das Ziel erreicht.«

Am selben Abend erzählte sie Manuel von dieser Entdeckung, dieser dezimalen Wahrscheinlichkeit, dieser viel zu auffälligen Möglichkeit.

»Er könnte es sein, oder?«, fragte sie ihn, der in dieser Angelegenheit immer einen viel rationaleren Kopf behielt als sie. Sie sprang vom Sofa auf, marschierte auf und ab, rubbelte einen Spinatfleck vom Boden unter Oscars Stuhl, den sie beim Putzen übersehen hatte, lief in die Küche, ohne zu wissen, was sie dort wollte, und kehrte wieder zum Sofa zurück.

»Wie viele Männer mit genau diesem Namen kann es schon geben?«

»Nun, einige, könnte ich mir vorstellen, über ganz Spanien verteilt. Kann nicht Inés' Detektiv Nachforschungen anstellen?« Manuel klopfte auf den Platz neben sich und sie ließ sich auf das Polster fallen, das unter dem Gewicht ihrer Aufregung ächzte.

»Womit denn? Wir haben keine Anhaltspunkte außer seinem Namen.«

Manuel hob ihre Beine auf seine Oberschenkel und massierte mit sanften Bewegungen ihre Füße. Sofort beruhigte sie sich. »Dann, *cariño mío*, mein Schatz«, sagte er, »gibt es nur einen Weg. Wir werden diesem Herrn einen Besuch abstatten.«

Dennoch dauerte es noch einige Tage, bis sie den Mut fand. Es war auch die alte Angst, die auftauchte und sie davon abhielt, das Haus zu verlassen, als wollte sie sie vor der möglichen Enttäuschung schützen. Kurz ließ sie sich von ihr einlullen; es war so einfach, die Welt durch das Fenster zu betrachten, statt sich hinauszustürzen, aber irgendwann schob sie den lethargischen Koloss von der Tür weg. Heilung bedeutete Kampf, nicht wahr? Also ließen sie Oscar an einem Donnerstagabend bei Elsa, ihrer pensionierten Haushälterin, und machten sich auf den Weg ins Stadtzentrum, denn die Adresse, die im Telefonbuch angegeben war, lag gleich neben dem Paseo de Gracia, der Prachtstraße Barcelonas, gesäumt von Bankfilialen, teuren Geschäften und architektonischen Glanzleistungen. An einem Donnerstagabend, dachte Felicidad, hatte man wohl nichts anderes zu tun, als zu Hause zu sein, anders als einem Samstagnachmittag, auch wenn sie Gefahr liefen, Agustín Verdaguer Canales beim Abendessen zu stören.

Sie zitterte, als sie in die Calle Valencia einbogen. Weniger vor Kälte als vor Nervosität. Die Sonne war bereits hinter den Hügeln der Stadt verschwunden, das Licht ein graues Rosa, dann ein bleiernes Grau. Die Straßenlampen erwachten zitternd, es stank nach Abendverkehr. Vor dem Portal des Wohnhauses mit der Nummer 266 blieben sie stehen. Eine ältere Frau im geblümten Hauskittel kehrte den Eingang und beobachtete sie, als sie auf das Portal zugingen.

»Wo wollen Sie denn hin?«, fragte sie nicht allzu freundlich.

Felicidad brachte kein Wort heraus.

»Agustín Verdaguer«, sagte Manuel an ihrer Stelle und griff nach ihrer Hand. Seine Finger waren tröstlich warm und trocken.

»3B«, antwortete die Frau und wies ruppig mit dem Kinn nach oben. »Und richten Sie der Kleinen aus, dass für heut' Schluss is', ja?«

Manuel nickte freundlich, aber sichtlich verwirrt, dann schob er Felicidad, die sich an Ort und Stelle festgewachsen fühlte, durch das Tor. Im Inneren erwartete sie ein Patio voller Pflanzen, der im schummrigen Licht der Wandlampe aussah wie ein verwunschener Urwald. Der Aufzug funktionierte nicht. Im Treppenhaus hingen der Duft nach warmem Essen und feine Musiknoten, die Stockwerk für Stockwerk an Umfang gewannen. Als sie schließlich vor der Tür der Wohnung 3B standen, schloss Felicidad einen Moment die Augen und lauschte. Die tiefen Vibrationen beruhigten sie, als würde sie im warmen Wasser schweben; sie wollte, sie könnte ewig so stehen bleiben und in diesem Zustand verharr...

Ein hässliches Klingeln riss sie aus ihrer kurzen Trance. Die Musik stoppte abrupt und Manuel zuckte entschuldigend mit den Schultern.

»Wir können nicht ewig hier stehen bleiben«, widersprach er ihrem gerade gedachten Gedanken, da wurde auch schon die Tür aufgerissen.

»Ja bitte?« Ein junges Mädchen stand vor ihnen, vierzehn, höchstens fünfzehn Jahre alt, dunkles drahtiges Haar, dunkle Haut. Karibik, tippte Felicidad. Hier waren sie falsch. Die Enttäuschung ließ sie bereits wieder hinter Manuel treten, um zur Treppe zu gehen.

»Wer ist es, Celia?«, hörte sie eine Frau fragen. Schritte näherten sich.

»Oh«, sagte Manuel dann, eine ganze Welt der Verwirrung in diesem kleinen Wort.

»Manuel? Sind Sie das? Aber was machen Sie denn hier?«

Felicidad trat neugierig aus seinem Schatten heraus. Er lachte ungläubig auf und packte sie am Arm. »Felicidad, das ist Lucía, die Frau vom Blumenstand, wo ich immer ...«

Das Weinglas, das die Frau in der Hand hielt, rutschte ihr langsam aus den Fingern, Felicidad sah, wie sie eine kleine Bewegung machte, um es doch noch aufzufangen, aber ins Leere griff, weil sie den Blick nicht von ihr abwandte. Klirrend zerbrach es auf dem Boden, der Rotwein spritzte, das

Mädchen quiekte erschrocken und huschte davon. Die Frau, Lucía, starrte sie weiterhin nur an, hob die Hand vor den Mund, während Felicidad von ihr zu Manuel sah, und Manuel, wie sie bemerkte, konsterniert zwischen den beiden Frauen hin und herblickte. Es spann sich ein Faden zwischen ihnen, der immer dichter wurde, wie ein Gedanke, zu diffus zu Beginn, um ihn greifen zu können, der mit der Zeit an Klarheit gewann.

Minuten hätten vergehen können, aber wahrscheinlich waren es nicht mehr als ein paar Sekunden gewesen, bis hinter der Frau ein Mann auftauchte, das Gesicht besorgt und fragend; er sagte irgendetwas, das Felicidad nicht hören konnte, weil plötzlich alles in ihr flimmerte und hallte, als ob jemand auf eine große Glocke geschlagen hätte, ein Klang, so glasklar wie die Erkenntnis, die sich ihr nun offenbarte. Der Mann richtete seinen Blick auf sie, mit diesen nebelgrauen Augen, die sie selbst jeden Tag im Spiegel sah, und sie wusste mit Sicherheit:

Sie hatte ihre Eltern gefunden.

»Ich glaube, wir sollten uns alle kurz setzen«, sagte der Mann. Seine Stimme verrutschte, er räusperte sich, seine Hand, die den Weg wies, zitterte. Mit einer Zärtlichkeit, die Felicidad die Tränen in die Augen trieb, legte er den Arm um die Schulter der Frau, die so abwesend war, als hätte sie einen Geist gesehen, einen Geist, nach dem sie sich gesehnt hatte, ohne damit zu rechnen, ihm je zu begegnen. Entgeistert, fiel Felicidad ein. Ein Geist, der keiner mehr war.

»Was für ein ungeheurer Zufall«, begann Manuel, nachdem alle auf Sofa und Sessel Platz genommen hatten, aber Felicidad unterbrach ihn.

»Es tut mir leid, Sie so zu überfallen. Mein Name ist Felicidad Damboreno. Und wenn Sie Agustín Verdaguer Canales sind, besteht die Möglichkeit, dass Sie zumindest mein Vater sind.«

»Felicidad«, flüsterte die Frau. »Meine Felicidad.« Und dann weinte sie, lachte sie, sank vor ihr auf die Knie und umarmte sie, eine fremde Frau, die sich fremd anfühlte und zugleich doch nicht.

»Lucía«, sagte der Mann. »Bitte. Setz dich hin. Hör dir erst an, was sie zu sagen hat.« Sie gehorchte, wenn auch sichtlich widerwillig, und nahm ihre Brille ab. Er fummelte ein Taschentuch aus seiner Hosentasche, fein säuberlich zusammengefaltet, und reichte es ihr, damit sie sich die Augen abtupfen konnte.

»Nun«, sagte er dann zu Felicidad gewandt. »Ich bin tatsächlich Agustín Verdaguer Canales und das ist Lucía. Früher hieß sie Mercedes Sants Duran. Abgesehen von einer gewissen Ähnlichkeit ... Bitte verstehen Sie mich nicht falsch, aber der Verlust unserer Tochter war sehr hart und wir wollen keine falschen Hoffnungen ...«

Felicidad nickte langsam und studierte währenddessen die zwei Gesichter. Auf der Straße wäre sie an ihnen vorbeigegangen, aber jetzt erkannte sie, dass Lucía einen Wirbel am dicken Ende der linken Augenbraue hatte, genau wie sie; auch die breite Stirn teilten sie. Ihr Mund mit der etwas schmal geratenen Oberlippe könnte von Agustín sein, die Augen natürlich sowieso. Sie war eine gute Mischung, ohne einem von beiden wirklich ähnlich zu sehen.

»Wie konnte mir nie auffallen ...« Manuel schüttelte den Kopf, und ja, die Vorstellung, dass er jahrelang jede Woche bei dieser Frau, die aller Wahrscheinlichkeit nach ihre Mutter war, Blumen für sie gekauft hatte, war verrückt. Aber wer kam schon auf den Gedanken, in jeder Person, die zufälligerweise die gleiche Haarfarbe hatte, eine Verwandte zu sehen? Sie nahm seine Hand und drückte sie sanft.

»Ich kann Ihnen nur sagen, was ich weiß«, erklärte sie dann ihren Eltern, denn dass die beiden ihr Vater und ihre Mutter waren, war für sie klar. »Im September 1943 fand eine Art Explosion statt, ein Zug, ein Bahnhof. In Frankreich.«

»Der Zug«, flüsterte Lucía und schloss gequält die Augen.

»Kurz darauf wurde ich in Bayonne von einer Nonne gefunden, allein, verletzt, nur meinen Vornamen wissend. Sie brachte mich über die Grenze und vermittelte mich an ein Ehepaar in Bilbao, das ein Mädchen zur Adoption suchte. Ich wusste immer ...« Sie presste ihre Faust an den Mund und schloss kurz die Augen, um ihre Fassung nicht zu verlieren. »Ich war noch so klein und erinnerte mich nur an Feuer und Rauch, jahrelang habe ich davon geträumt und nie die Hoffnung aufgegeben, eines Tages zu erfahren ... was wirklich geschehen ist.« Die letzten Wörter konnte sie kaum aussprechen, so eng war ihr Hals. Der Drang, diese beiden Menschen vor ihr zu umarmen, war kaum mehr auszuhalten. Sie öffnete ihre Tasche und holte die Geburtsurkunde hervor, die sie in Elne gefunden hatte, sowie die Liste des Lagers in Argelès-sur-Mer, in dem sowohl Agustín als auch Mercedes eingetragen waren.

»Ich habe fast zwei Jahre gebraucht, alle Spuren zu verfolgen, aber sie haben mich nach Elne gebracht, und von Elne zu Elisabeth Eidenbenz, und von ihr hierher.«

»Elisabeth«, sagte Lucía, Mercedes, egal, ihre Mutter, was war schon ein Name. Sie lächelte dabei, und in dem Lächeln erkannte sich Felicidad wieder. »Sie ist es, Agustín. Sie ist es. Es passt alles zusammen.« Dabei fiel sie ihrem Mann um den Hals und schluchzte, und auch ihm standen die Tränen in den Augen; sie glänzten wie regennasse Fensterscheiben, aber die Freude schien hindurch wie Sonnenstrahlen, die sich vor die Wolken schoben.

»Wie ist das nur möglich«, sagte er und schüttelte den Kopf, dann stand er auf und zog Lucía gleich mit sich hoch. »*Hija mía*, meine Tochter.« Er breitete die Arme aus, und als sie ihn umarmte, bebte sein ganzer Körper in lautlosem Weinen.

Es brauchte einige Zeit, bis sich alle beruhigt hatten und die Verwandtschaftsverhältnisse zwischen Agustín und Lucía und Celia geklärt waren.

»Ich habe also eine Schwester, zwei Halbbrüder und drei Halbschwestern«, sagte Felicidad staunend. Auf einen Schlag war sie kein adoptiertes Einzelkind mehr, verloren und verdammt zu einer aussichtslosen Suche nach Wurzeln, sondern Teil einer Großfamilie.

Lucía brachte Kaffee für alle, obwohl es bereits dunkel war und schon fast eher Zeit für Abendessen.

»Was für ein schöner Gedanke, dass meine Tochter eine Zeit lang jede Woche Blumen von mir erhalten hat, sozusagen! Wärt ihr doch nur wirklich einmal beide gemeinsam vorbeigekommen.« Sie presste die Lippen zusammen, um erneute Tränen zurückzudrängen. »Wie groß du geworden bist. Erst vor zwei Wochen habe ich an deinem Geburtstag an dich gedacht. Wie jedes Jahr, seit fünfunddreißig Jahren.«

»Was ist passiert an jenem Tag vor fünfunddreißig Jahren, als diese Explosion uns trennte?« Felicidad nahm die Tasse in beide Hände, drängte sich ganz eng an Manuel, der seinen Arm um sie legte. Ihr war eiskalt, so als ob die ganze Hitze der Aufregung nun von ihr abgefallen wäre und die Erschöpfung von ihrem Körper Besitz ergriff, unfähig zu verstehen, was hier gerade vor sich ging.

Lucía schüttelte energisch den Kopf. »Zu dem Zeitpunkt waren wir schon fast ein Jahr getrennt. Aber lass mich ganz vorn beginnen.« Und Felicidad lernte ihre Geschichte kennen, von dem Moment, in dem ihre Eltern sich trafen, über die Monate des Elends im Lager von Argelès, wie es dazu kam, dass Agustín verschwand. Ihre Geburt in Elne, die Flucht und die Zeit, die sie in der Wäscherei und danach auf dem Weingut verbrachten. Lucía erzählte ihr von jenem verfluchten Tag, an dem sie so unbedingt zur Hochzeit ihrer Freundin wollte, dass sie die Gefahr, ohne legale Papiere zu reisen, in den Wind schlug, wie sie vor der Kontrolle zu fliehen versuchte, angeschossen und lebensgefährlich verletzt wurde, und sie, Felicidad, verschwand. Die Tränen flossen auf beiden Seiten, nein, selbst die Männer mussten sich die Augen abtupfen und Celia saß mit offenem Mund daneben.

»Ich hätte mein Leben gegeben dafür, dich zu finden«, sagte ihre Mutter und sah ihr dabei fest in die Augen. »Und als ich kurz davor war, als ich sozusagen nur noch die Hand hätte ausstrecken müssen, um dich wiederzuhaben, hat die französische *Résistance* die Gleise gesprengt, eine Stunde zu früh, und hat dadurch euren Personenzug erwischt statt des Güterzugs.«

»Die Explosion.«

»Die Explosion«, bestätigte Lucía. »Danach verlor sich deine Spur vollständig, und ich musste, um nicht wahnsinnig zu werden, meiner Vergangenheit und allem, was ich verloren hatte, den Rücken kehren. Deswegen habe ich meinen Namen geändert und bin nach Spanien zurückgekehrt.«

Sie erzählte von Cadaqués, ihrem Hotel, ihrer Familie, Felicidad erzählte von Bilbao, ihren Adoptiveltern. Lucía erzählte von Luís' Festnahme und dem Wiedersehen mit Agustín, Felicidad erzählte von ihrem Sehnen nach Familie und Zugehörigkeit, von Aitor und der ETA. Sie erzählte von dem kleinen Mädchen, das bei der Explosion ums Leben kam, und die Parallelen kamen ihr nun vor wie ein hämisches Grinsen des Schicksals. Es lag kein Vorwurf in den Augen ihrer Eltern.

Es vergingen Stunden des Redens, in denen Lucía nur kurz verschwand, um ein paar Nudeln zu kochen, Zeit, in der Agustín aus seinem Leben erzählte und Manuel kurz Elsa anrief, damit sie Oscar über Nacht bei sich behielt, und Celia ihr Cello holte und leise spielte.

»Sie wird bald zur Aufnahmeprüfung fürs Musikkonservatorium antreten«, sagte Agustín, und der Stolz in seiner Stimme wärmte Felicidads Herz.

»Und Luz del Mar, die bekannte Flamencotänzerin, ist meine Schwester, ich fasse es nicht«, sagte Felicidad. »Ich habe von ihr gehört, aber mir nie die Zeit genommen, sie mir genauer anzusehen. Flamenco ist nicht ganz unser Musikgeschmack.«

Lucía lachte. »Ihr werdet euch trotzdem verstehen.« Dabei hielt sie ihre Hand, so fest, als ob sie sie nie wieder loslassen wollte.

»So, das ist also die verlorene Tochter.« Ihre Schwester Luz lächelte sie an, aber es war ein vorsichtiges Lächeln, ein Taxieren, ein Abschätzen, es lag ein gewisses Befremden darin, das Felicidad ihr nicht übel nehmen konnte. Hatte sie sich all die Jahre danach gesehnt, ihre Familie zu finden, war sie für Luz nun sozusagen aus den Wolken gefallen, so unerwartet, als ob es Fische geregnet hätte. Standen sie nebeneinander, war sofort klar, dass sie Schwestern sein mussten: das gleiche lockige dunkle Haar, die gleichen Augen, die gleiche Statur, nur dass Luz ihrer Mutter ein wenig mehr ähnelte und allgemein hübscher war. Und natürlich zwölf Jahre jünger.

»Ich freue mich sehr, dich kennenzulernen«, sagte Felicidad und versuchte, so viel Wärme wie möglich in ihre Stimme zu legen, um das Eis zwischen ihnen zum Schmelzen zu bringen. »Ich bewundere deinen Erfolg.«

»Viele Jahre harter Arbeit«, antwortete Luz knapp. »Und was machst du?«

»Oh, ich bin ... Mutter«, sagte Felicidad und fühlte sich seltsamerweise minderwertig. Rasch beeilte sie sich deswegen, hinzuzufügen: »Davor aber war ich Reporterin für diverse Zeitungen und auch Aktivistin.«

Luz nickte und prostete ihr mit der Sektflöte zu. »Aktivistin. Dann passt du ja wunderbar zu meiner Mutter. *Unserer* Mutter, Verzeihung.« Ein feiner Zynismus schwang in jedem der drei Sätze mit, so als hätte sie für nichts davon wirklich etwas übrig, weder für den Aktivismus noch für ihre Mutter noch dafür, dass sie ihre Mutter nun mit einer anderen Frau teilen musste, was irgendwie ein Widerspruch war. Felicidad wurde nicht schlau aus ihrer Schwester.

Lucía kam aus der Küche zu ihnen, Oscar vor sich herschiebend, der hochkonzentriert ein Tellerchen mit einem Keks in der einen und ein Glas Milch in der anderen balancierte. »Er ist wirklich herzallerliebst«, sagte sie zu Felicidad, sichtlich verliebt in ihren neuen Enkel.

Luz drehte den Kopf zu den zweien und drehte ihn gleich wieder weg, aber kurz, ganz kurz vermeinte Felicidad ein Sehnen darin zu erkennen.

»Möchtest du auch einmal Kinder?«, fragte sie dennoch, oder vielleicht genau deswegen.

»Ich? Kinder? Nein danke. Soll ich etwa mit dickem Bauch und tropfenden Brüsten tanzen?« Luz leerte den restlichen *cava* in einem Zug. »Und jetzt müsst ihr mich leider entschuldigen, aber Gabriel wartet auf mich. Bald fliegen wir für zwei Monate nach Istanbul und ich muss noch sehr hart arbeiten. Danach geht es direkt nach Deutschland, ich schätze also, wir werden uns erst in ein paar Monaten wiedersehen.« Sprach sie, packte ihren Mantel, hauchte ihrer Mutter einen Kuss auf die Wange und ging.

Einen Moment lang war es sehr still im Wohnzimmer. Lucía stand an Ort und Stelle, die Hand an der Wange, dort, wo Luz ihren Abschiedsgruß hinterlassen hatte, und Felicidad erkannte, dass diese zusammengewürfelte Familie unter der Oberfläche einige Ungeheuer verbarg, lichtscheue Wesen wie Schuld und Vorwürfe und Ängste, die tief unten im schwarzen Wasser lauerten, um in den ungünstigsten Augenblicken emporzuschießen und sich an den Hilflosen festzukrallen, die in ihren Wogen schwammen.

Lucía räusperte sich. »Sei ihr nicht böse für ihre ... Ruppigkeit«, setzte sie an, und das war ihr Felicidad ganz bestimmt nicht, aber die Erklärung, die jetzt folgen würde, die interessierte sie. »Sie tut sich schon schwer genug damit, Agustín zu akzeptieren. Luís, mein verstorbener Mann, der Mann, der sie großgezogen hat, hat ihr sehr viel bedeutet. Integrität hat einen hohen Stellenwert für sie, und was ich getan habe, kann sie mir nur schwer verzeihen. Zu sehen, dass es noch mehr Beweise der Liebe zwischen Agustín und mir gibt, macht ihr anscheinend sehr zu schaffen.« Sie sah auf einmal sehr müde aus, und Felicidad fühlte sich wie ein Eindringling, der einen mühevoll aufrechterhaltenen Frieden aus dem Gleichgewicht gebracht hatte. Vielleicht wäre es für alle besser gewesen, sie wäre diese Suche niemals angegangen.

»*Mira, yaya*, schau mal, Omi«, krähte Oscar, ganz selbstverständlich nannte er sie so, als ob er sie nicht heute zum ersten Mal gesehen hätte, und Lucía leuchtete auf.

»Was für eine schöne Zeichnung, du bist schon ein großer Künstler«, lobte sie ihn, und nun war es der Junge, der strahlte. Felicidad musste neidlos zugestehen, dass zwischen den beiden jetzt schon eine engere Beziehung herrschte als zwischen ihr und ihrem Sohn. Sie freute sich, für beide.

Lucía setzte sich zu ihnen auf das Sofa. »Weißt du, früher war Luz ganz anders. Sie war ... wild und doch sanft wie der Wind und das Meer, vollkommen selbstständig und selbstvergessen, ihrem eigenen Rhythmus folgend. Immer freundlich und im Einklang mit allem, was um sie herum war – Menschen, Tiere, Pflanzen. Sie hatte eine Art siebten Sinn; vielleicht hat sie den immer noch, aber seit sie nicht mehr auf ihr Herz hört«, ihre Stimme verkam zu einem Flüstern, »verkümmert sie und merkt es nicht einmal.« Felicidad legte ihre Hand auf den Arm ihrer Mutter.

»Gabriel ist der Einzige, der noch einen Schlüssel zu ihrem Herzen besitzt, und er ist sehr sparsam damit, anderen Zugang zu gewähren.«

»Aber warum?«, fragte Felicidad. »Warum sollte er das tun, und warum lässt sie das mit sich machen?«

Lucía sah aus dem Fenster. In der Wohnung auf der anderen Straßenseite putzte eine Frau die Fenster und lehnte sich dabei gefährlich weit hinaus, um auch die Außenseiten reinigen zu können. Aber Felicidad war sich sicher, dass ihre Mutter das gar nicht wahrnahm. Sie war an einem anderen Ort, wo andere Gefahren lauerten.

»Luz …«, sagte sie, ohne den Kopf in ihre Richtung zu drehen. »Sie hat ihr Licht verloren und igelt sich in einer Dunkelheit ein, die sie für Helligkeit hält. Es ist bequemer, in einer falschen Liebe zu leben, statt für die wahre Liebe zu kämpfen.« Sie hob die Hände in einer hilflosen Geste. »Luz ist wütend auf mich, aus den vorhin genannten Gründen, und Gabriel kann diese Wut kanalisieren. Solange sie nicht mit ihrer Herkunft ins Reine kommt, wird er sie kontrollieren können.«

Oscar krabbelte auf ihren Schoß und deutete mit seinem Finger auf seinen Rücken. »Rücken kratzen, *yaya*.«

Lucía sah sie fragend an. Felicidad zeigte ihr, wie sie mit den Händen unter sein Hemdchen fahren sollte, um mit den Fingernägeln ganz sanft über die Haut zu fahren. »So, siehst du? Das kann er stundenlang aushalten.« Mutter, wollte sie eigentlich noch sagen, Mutter! Gott, wie lange hatte sie sich danach gesehnt, dieses Wort einer Person zuteilen zu können, es auszusprechen, aber noch wagte Felicidad nicht, es in den Mund zu nehmen.

»Was hat Luz gemeint damit vorhin, dass ich als Aktivistin gut zu dir passen würde?«, fragte sie, kurz bevor sie aufbrechen musste. Oscar schlief schon fast, nachdem ihm Lucía hingebungsvoll den Rücken gestreichelt und gekratzt hatte.

»Ach, das.« Ihre Mutter lachte etwas verlegen, wie Felicidad fand. »Ich, nun ja, wir, also meine Angestellte Raquel und ich, wir bieten Frauen, die unter Gewalt in ihrer Ehe leiden, egal in welcher Form, einen sicheren Ort, Schutz, Unterstützung. Ein Haus für Frauen. Und wir kämpfen für ihre Rechte. Für unsere Rechte. Das ist alles.«

»Das ist alles?«, echote Felicidad. Das war ein Meilenstein! Sie spürte eine altbekannte, lang vergessene oder verdrängte Wärme in sich aufsteigen, so wie der Lebenssaft einer Pflanze von der Wurzel nach oben in die Blattspitzen drängte und dafür sorgte, dass sich eine wunderschöne Blüte formen konnte. Sie spürte, wie die Lust am Kampf wieder in ihr erwachte. Und sie spürte, wie alles in ihr schrie: Heilung bedeutete Kampf, ja. Aber Kampf bedeutete auch Heilung.

»Braucht ihr vielleicht noch Hilfe?«

TEIL 3

1981-1982

KAPITEL 27

Wenn nichts mehr übrig ist

Barcelona, Februar 1981

Läuft wirklich nichts Interessanteres im Fernseher als die Parlamentssitzung?«, fragte Luz gelangweilt. »Wenn nicht, könnten wir doch ins Kino gehen, für einmal, wo wir einen Abend frei haben …«

»*Calla*, halt den Mund«, fuhr Gabriel sie an, und als hätte er einen Schalter betätigt, presste sie die Lippen aufeinander. »Hol mir ein Bier und dann verschwinde, von Politik verstehst du sowieso nichts.«

Sie stand langsam auf. Ein Stechen fuhr durch ihr Fußgelenk, das sie sich schon vor Wochen beim Üben verstaucht hatte, dumm umgeknickt, das war ihr in all den Jahren nie passiert. Übermüdung, hatte ihr ihre Mutter natürlich sofort vorgeworfen, als sie sie bei ihrer Hochzeitsfeier humpelnd erwischt hatte. Nicht einmal an dem Tag konnte sie sich ihre Kommentare sparen. Luz war froh, ihr durch ihre Reisen und vielen Auftritte aus dem Weg gehen zu können. Auch wenn sie wusste, dass Lucía im Grunde natürlich recht hatte. Sie trieb ihren Körper an seine Grenzen und Gabriel trieb sie dann darüber hinaus, mehr, mehr, länger, öfter. Der Fuß bräuchte eine Pause, *sie* bräuchte eine Pause. Sofort schämte sie sich für diesen Gedanken. Gabriel hatte so hart dafür gearbeitet, sie dorthin zu bringen, wo sie nun endlich waren; nachdem der Knoten geplatzt war, hatten sich die Engagements gehäuft, waren lukrativer geworden, die Säle größer, das Publikum eleganter. Bonn, München, Rom, Mailand, Paris, Stockholm, Amsterdam, Brüssel und einmal sogar Sankt Petersburg. Verhandlungen liefen für eine kleine Tournee durch Südamerika. Also schluckte sie Schmerzmittel, schmierte Salbe auf das Gelenk, wickelte es in einen engen Verband und biss die Zähne zusammen. Das schuldete sie ihrem Mann.

Sie nahm ein kühles Bier aus dem Kühlschrank und liebäugelte kurz mit der Sektflasche, nahm dann aber stattdessen eine Zitronenlimonade für sich.

»Hier«, sagte sie und stand dann unsicher neben ihm. Er nahm die Flasche und klopfte auf den Platz neben ihm.

»Komm her.«

»Du meintest doch, ich solle verschwinden.« Es klang patziger, als sie vorgehabt hatte.

Er lachte, und ganz automatisch, weil sie wusste, dass er es erwartete, lachte sie mit. Obwohl er bereits zweiundvierzig war, konnte sie nur feine Fältchen um seine Augen entdecken und noch kein einziges silbernes Haar. Die fünfzehn Jahre Altersunterschied hatten sie nie gestört; dennoch erfasste sie nicht dieselbe Welle der Zärtlichkeit wie früher, wenn er lachte. Sein Gesicht war noch hagerer geworden, und je länger, desto mehr schnitten seine Kanten schmerzhaft in ihr Fleisch.

»Ach komm, sei nicht so nachtragend, meine Süße. Ich hab doch nur Spaß gemacht.« Wieder klopfte er auf das Polster, aber dieses Mal war es keine Aufforderung, sondern ein Befehl.

Gerade als sie sich setzen wollte, wurde im Plenarsaal des Parlaments der erste Abgeordnete aufgerufen, seine Stimme abzugeben, um den neuen Regierungschef zu wählen. Und kaum saß sie, stürmte eine Handvoll *Guardia Civiles* den Saal. Luz erstarrte in ihrer Bewegung, die Limonade in der Hand.

»*Al suelo, al suelo*, auf den Boden!«, rief ein hochdekorierter Polizist und schoss mit seiner Pistole in die Decke.

Luz schrie erschrocken, Gabriel sprang auf. »*Hijos de la gran puta* ... Verdammte Hurensöhne, was soll das werden?«

Militärpolizisten mit Maschinenpistolen im Anschlag drängten nun durch den Eingang, alle Abgeordneten gingen hinter ihren Sitzen in Deckung, bis auf drei, die sofort versuchten, mit dem anscheinenden Rädelsführer zu sprechen, ihn zur Vernunft zu bringen, was auch immer, sie konnten es im Durcheinander nicht verstehen. Aber sie wurden auf ihre Plätze gescheucht.

»Ich bin Oberstleutnant Antonio Tejero«, rief der Anführer und fuchtelte am Rednerpult mit seiner Pistole herum. »Alle bleiben auf dem Boden, die neue legitime Militärregierung wird bald ihren Vertreter schicken, um das Land wieder gemäß den Idealen unseres großen Führers Francisco Franco zu leiten! Valencia ist bereits in unserer Hand und der nationale Fernsehsender ebenfalls. Bewahren Sie Ruhe, dann ...« Die Übertragung brach ab, schwarzweißes Rauschen flimmerte über den Bildschirm. In drei großen Schritten war Gabriel beim Radio und schaltete es ein.

»Ein Militärputsch«, schimpfte Gabriel. »Das hat uns gerade noch gefehlt. Wollen sie einen neuen Bürgerkrieg auslösen? Wird Francos Geist jetzt etwa für immer durch dieses Land schweben? Wo ist der König? Steckt der etwa unter einer Decke mit denen?«

Luz dachte an ihre Mutter und für einen kurzen Augenblick auch an Felicidad, die beide unter dem Regime gelitten hatten, jede auf ihre Weise. Ob sie sie anrufen sollte? Aber sie blieb sitzen, wo sie war, die Limonade immer noch in der Hand, ohne getrunken zu haben, lauschte dem Radio und Gabriels erbosten Kommentaren, ohne richtig zuzuhören.

Nach zwölf Stunden war der Spuk vorbei, der König hatte ein Machtwort gesprochen, die Rädelsführer waren festgenommen. Ging Luz durch die Straßen der Stadt, vermeinte sie beinahe, das kollektive Aufatmen zu hören. Die Demokratie stand sechs Jahre nach Ende der Diktatur immer noch auf wackligen Füßen, aber konnte nicht immer alles ganz schnell vorbei sein? Eine Demokratie, eine Karriere, eine Ehe?

Sie wischte den Gedanken beiseite, trat in die Apotheke ein und verlangte eine neue Packung ihrer Pille. Seit das Verhütungsmittel 1978 endlich legalisiert worden war, verwendete sie es. Keine Zeit für Kinder, egal wie laut sie mittlerweile ihre Uhr ticken hörte. Beim Verlassen des Geschäfts, sie verstaute noch ihre Geldbörse in der Tasche, stieß sie gegen einen Mann.

»*Perdone usted*, Verzeihung«, murmelte sie, ohne hochzusehen, und quetschte sich an ihm vorbei, zog den Schal gegen den frischen Wind nach oben über beide Ohren.

»Luz?«

Ihr Herz blieb stehen, sie blieb stehen, dann stolperte ihr Herz vorwärts, mit einem großen Satz, als müsste es die verlorenen Schläge aufholen, und genau einen solchen Satz tat sie, um Abstand zwischen sich und diesen Mann zu bringen.

»Luz! Bleib doch stehen, bitte«, hörte sie dumpf durch die Wolle, dann packte er sie bereits am Arm, und so sehr sie sich losreißen wollte, konnte sie nicht, als hätte seine Berührung ihren Willen lahmgelegt. Langsam drehte sie sich um.

»Henry.« Sie sah ihm nicht ins Gesicht. Sie verbot es sich, aber sie war schwach, wie Gabriel es ihr immer sagte, und so hob sie schließlich doch den Kopf. Der Wind trieb ihr Tränen in die Augen, sie wischte sie mit dem Handrücken weg und setzte ein Lächeln auf, das wahrscheinlich selbst die Stare in den nackten Platanen als falsch enttarnten. »Wie lange wir uns nicht gesehen haben.« Drei Jahre und zwei Monate fast auf den Tag, um genau zu sein, und jetzt, wo er vor ihr stand, wo der vermaledeite Wind seinen Geruch direkt in ihre Nase trieb, erinnerte sie sich an das zuckersüße Prickeln, das seine Zunge in ihrem Mund ausgelöst hatte, an jede Stelle seines Körpers, über die sie mit ihrem Finger gefahren war, und an dieses ganz andere Gefühl der

Geborgenheit und der Zuneigung und ja, der Liebe, es half nichts, drumherum reden zu wollen. Sie trat einen Schritt zurück.

»Du siehst ... gut aus«, sagte Henry, aber an der klitzekleinen Pause erkannte sie, dass er log. Er hatte immer eine Schicht tiefer sehen können.

»Mir geht es auch gut«, antwortete sie, ohne das Kompliment zurückzugeben. »Mir geht es wunderbar.«

»Schön. Schön, das freut mich. Ich lese ab und zu über deine Erfolge in der Zeitung. Du hast es geschafft, Luz, du bist weit über die Landesgrenzen berühmt. Ich gratuliere dir.« Er lächelte und sie atmete dieses Lächeln ein. Es floss weich durch ihre Kehle und erwartete nichts im Gegenzug.

»*Wir* haben es geschafft«, korrigierte sie ihn. »Gabriel und ich. Ohne ihn würde ich immer noch in zugigen Schuppen und auf Campingplätzen tanzen.«

Sein Lächeln erlosch und er schüttelte irritiert den Kopf. »Das glaubst du doch nicht wirklich?«

»Gabriel und ich«, redete sie weiter und konzentrierte sich auf eine Taube, die hinter Henry aufgeplustert gegen die Kälte über den Gehweg stolzierte, »wir schaffen alles gemeinsam. Wir sind Festung und Streitkräfte zugleich. Niemand kann uns oder unserer Verbindung etwas anhaben.« Was redete sie da? Es ging ihn absolut nichts an, aber sie wollte eine Grenze ziehen, bevor sie wieder überschritten würde. Sie trat sicherheitshalber gleich noch einen Schritt zurück, sollte sich eigentlich umdrehen und gehen. Sie war schwach und Henrys Anziehung und Ausstrahlung und Charme und Charisma und Wärme und sein Alles waren stark. Aber stattdessen schaute sie ihm nun direkt ins Gesicht und fragte:

»Und du? Verheiratet, Kinder?«

Er sah beinahe ein wenig verletzt aus. Als hätte sie ihn mit ihrer Frage beleidigt. »Weder noch. Ich bin viel unterwegs, pendle sozusagen zwischen Barcelona und London hin und her, da hat eine Familie keinen Platz. Außerdem ...« Die Taube erhob sich wild flatternd in die Lüfte und genauso verschwand der Rest des Satzes, aber sie konnte ihn in seinen Augen lesen: *Außerdem bist da immer noch du.*

Sie fuhr sich mit der Zunge über die trockenen Lippen. London, allein das Wort klang wie lang vergangene Tage, verstaubt und vergessen. Sie war wirklich überall gewesen in den letzten Jahren, aber um England allgemein hatte Gabriel immer einen großen Bogen geschlagen, im unausgesprochenen beidseitigen Einverständnis. Es war besser gewesen so. England stand für London, London stand für Henry und Henry stand für diesen schwarzen Fleck auf der Leinwand ihrer Ehe, den sie mit den bunten Farben des Erfolgs zu übermalen versuchten. Lange Zeit hatte es funktioniert, genau drei Jahre und zwei Monate lang hatte sie sich jeden Gedanken an die Wochen mit Henry verboten, aber jetzt riss die Sehnsucht nach ihm Luz völlig unerwartet fast von den Füßen, als wäre es der Wind selbst, der an ihr zerrte. Sie wollte sich Henry in die Arme werfen, um Schutz zu suchen vor diesem Sehnen, Linderung zu erfahren, sie wollte, sie könnte ihm sagen, wie unglücklich sie in Wirklichkeit war, wie weh es tat, sich selbst zu belügen, und wie schmerzhaft es gewesen war, einzusehen, dass ihre Mutter die ganze Zeit recht gehabt hatte mit ihrer Meinung über Gabriel. Aber dieses Mal drehte sie sich wirklich um und ging. Sie hatte sich in diese Situation hineinmanövriert, aus Stolz, aus Geltungssucht, aus Trotz auch ein bisschen. Einen anderen Ausweg als aushalten gab es nicht. Als sie sich an der nächsten Straßenecke umsah, stand Henry immer noch an derselben Stelle und blickte zu Boden.

»Du kommst spät«, sagte Gabriel und blickte vorwurfsvoll auf die Uhr. »Du bist um vier Uhr vom Theater aufgebrochen und wolltest nur kurz einkaufen. Jetzt ist es fast sechs. Wo warst du?«

Luz ignorierte seine gerunzelte Stirn und küsste ihn auf den Mund. »Ich habe Hühnerleber gekauft, dein Lieblingsessen, und musste dafür zu einem anderen Metzger. Tut mir leid, ich hätte mich beeilen sollen.« Sie hätte die Leber auch bei ihrem üblichen Fleischer bekommen, aber sie hatte befürchtet, dass Henry ihr vielleicht folgen würde, sie zur Rede stellen würde, weil er sie durchschaut haben würde wie immer, weil sie für ihn wie eine Glaskaraffe war; zerbrechlich, filigran und vor allem transparent. Aus dem Grund war sie fünf Stationen mit dem Bus gefahren, der wegen einer Baustelle auch noch einen langen Umweg nehmen musste. Sie stellte die Netztasche auf die Küchenablage und wollte den Kühlschrank öffnen.

»Hühnerleber? Mit Zwiebeln und Bratkartoffeln?« Gabriels Gesicht hellte sich auf. Er packte sie an der Taille und zog sie an sich. »Extra für mich?«

Sie spürte, dass er erregt war, aber das verwunderte sie nicht. Sein Bedürfnis nach Sex konnte nicht gestillt werden. Früher hatte sie das nicht gestört, im Gegenteil, sie hatte sich begehrt gefühlt, glücklich geschätzt, einen Mann zu haben, der seine Finger nicht von ihr lassen konnte. Aber mit der Zeit war ihr klar geworden, dass es ihm hauptsächlich um das Stillen seiner eigenen Begierde ging, dass es ihn nicht interessierte, ob sie Lust hatte oder nicht. Ein zufriedener Mann war die halbe Ehe, hatte Julia mal gesagt, der Satz ging ihr seitdem nicht mehr aus dem Kopf. War nicht die Frau die andere Hälfte einer Ehe? Sollte sie nicht auch zufrieden sein, glücklich vielleicht sogar? Aber sie war nicht mehr glücklich, und das schon seit Langem. Ihre Ehe war von einem verheißungsvollen Spaziergang über eine blühende Wiese zu einer Gratwanderung in hoher Höhe verkommen, links Anerkennung, rechts Demütigung, die Luft dünn. Erschöpft stolperte sie über den steinigen Weg, immer auf der Hut, nicht auf die falsche Seite abzurutschen. Es war das erste Mal, dass sie sich das eingestand, und ihr wurde schrecklich heiß dabei. Dass es jetzt passierte, kurz nachdem sie Henry gesehen hatte, war bestimmt kein Zufall.

»Ich muss kochen«, sagte sie und versuchte, sich mit einem entschuldigenden Lächeln aus seiner Umarmung zu winden.

»Es ist noch früh«, murmelte Gabriel in ihr Ohr. Sein Parfüm kratzte in ihrem Hals. Sie konnte es nicht mehr riechen. Konnte *ihn* nicht mehr riechen. Zum Dreikönigstag hatte sie ihn mit einem neuen Duft überrascht, einem, der ihr gefiel, der leicht und frisch war, aber der Flakon stand unbenutzt im Badezimmerschrank.

»Wir müssen morgen früh aufstehen.« Sie versuchte, resolut zu klingen, nahm sein Gesicht in die Hände und sah ihn streng an. Sie sah dabei aber auch, wie sich seine Augen verengten, ganz leicht nur, eine Millisekunde nur, und sie wusste, dass jede weitere Ausrede nutzlos war.

»Auf eine Stunde Schlaf mehr oder weniger kommt es auch nicht drauf an, schöner wirst du deswegen nicht.« Der erste Peitschenhieb. Sie lächelte, als wäre es ein Witz gewesen. Er presste seine Lippen auf ihren Mund. Seine Zunge war unangenehm heiß, aber je mehr sie zurückzuckte, desto tiefer drang er in sie hinein, desto enger drückte er ihren Körper an seinen. Wie einen bedrohlichen Knüppel spürte sie seine Erregung an ihrem Schoß. Entgegen ihres besseren Wissens stieß sie ihn von sich.

»Ich kann nicht«, sagte sie atemlos und deutete mit dem Finger nach unten. »Meine Periode ist noch nicht ganz vorbei.« Sie wusste, wie sehr ihn das anekelte.

Gabriel runzelte die Stirn und trat tatsächlich einen Schritt zurück. »Das kann nicht sein«, sagte er dann aber. »Deine ...« Er konnte das Wort nicht einmal aussprechen. »Sie dauert immer genau vier Tage. Nie länger. Und sie hat vor sechs Tagen angefangen.« Die Runzeln gruben sich tiefer in seine Stirn ein. Wie hatte sie nur vergessen können, dass er sogar ihre Regel kontrollierte?

Plötzlich stieß er sie unsanft nach hinten gegen den Kühlschrank, riss ihr die Hose mitsamt der

Unterhose nach unten. »Da!«, rief er triumphierend. »Nichts!« Und dann, völlig ohne Vorwarnung, drosch er ihr die Faust in die Rippen, dass ihr die Luft wegblieb. »Hast du wirklich gedacht, du könntest mich reinlegen? Was bist du nur für ein Mensch, mich dermaßen anzulügen? Ich begehre dich, und so dankst du es mir?« Noch einmal schlug er zu.

Luz keuchte, langsam und peinvoll. Rote Blitze schossen durch ihre Sicht. So sehr sie es auch versuchte, sie konnte die Tränen nicht zurückhalten.

»Schau mich an, wenn ich mit dir rede!«, schrie Gabriel, packte ihr Gesicht und zwang ihren Kopf nach oben, hielt dann wie verwundert inne und wischte fast schon zärtlich das Nass von ihrer Wange. »O Luz, mein kleines Ding, nicht weinen. Ich wollte dir nicht wehtun, verzeih mir. Du hast mich wütend gemacht, verstehst du? Du darfst mich nicht anlügen. Wir lieben uns doch, oder?«

Sie nickte.

»Na komm, umarme mich«, forderte er sie auf und sie legte ihre Arme um seinen Hals. »Küss mich«, murmelte er dann, und sie küsste ihn, schluckte ihre Angst und den Schmerz und spielte mit seiner Zunge. Gabriel stöhnte in ihren Mund, sie stöhnte zurück.

»So ist gut«, lobte er sie, seine Stimme vibrierend vor Erregung. »Und jetzt mach dasselbe mit meinem Freund da unten. Da freust du dich drauf, nicht wahr? Nicht wahr, Luz?«

»Ja«, flüsterte sie und ging auf die Knie.

Nach der Fellatio hob er sie hoch und trug sie ins Schlafzimmer, als wäre sie seine Königin, zog sie aus, streichelte und küsste sie, stimulierte und leckte sie, und obwohl sich alles in ihr dagegen sträubte, wusste er ganz genau, was er tun musste, um sie zum Orgasmus zu bringen. Ob sie wollte oder nicht. Kaum hatte sie unterdrückt aufgestöhnt, legte er sich mit seinem ganzen Gewicht auf sie, auf ihre schreienden Rippen, und schob sich in sie, stieß zu, hielt sich zurück, drehte sie auf den Bauch, als wäre sie eine Puppe, hin und her, ohne Eile, forderte sie auf, sich auf ihn zu setzen, alle möglichen Stellungen. Er war Meister darin, seinen eigenen Orgasmus so lang wie möglich zurückzuhalten, um zu genießen, jede Minute auszukosten, bis er vor Anstrengung schwitzte und zitterte. Dann endlich ergoss er sich in ihr, rollte sich zur Seite und stöhnte zufrieden.

Luz zog die Beine an den Bauch und spürte, wie sein heißes Sperma aus ihr herausfloss. Manchmal dachte sie, dass der Grund für ihre Entscheidung, keine Kinder zu bekommen, nicht in ihrer Karriere lag. Sondern dass ihr Herz schon lange wusste, dass sie nie und nimmer ein Kind mit Gabriel haben wollte.

»Wie wäre es mit kochen? Es ist bereits neun Uhr«, sagte Gabriel und schubste sie an. Sie biss sich auf die Lippen, um nicht zu wimmern. »Morgen Nachmittag fliegen wir nach Palermo. Das hast du bestimmt vergessen, nicht wahr?« Sie schwieg und rechnete im Kopf aus, wie viele Tabletten sie schlucken müsste, um die Schmerzen in ihrem Fußgelenk und nun auch in den Rippen beim Tanzen aushalten zu können.

»Du hast es vergessen, richtig, Luz?« Seine Stimme schnitt durch die Dunkelheit.

»Ja«, flüsterte sie die Antwort, die er hören wollte, obwohl sie nicht der Wahrheit entsprach. »Tut mir leid.«

»Ach, meine kleine Luz, meine kleine, dumme Frau.« Er klang zufrieden und besänftigt. Er schnurrte regelrecht. »Was würdest du nur ohne mich machen? So kopflos, wie du durch die Gegend rennst, solltest du dankbar sein, mich an deiner Seite zu haben. Du bist doch dankbar, nicht wahr?«

»Ja.«

»Und liebst du mich?«

»Ja.«

Er wickelte vorsichtig ihre langen Haare um seine Hand und presste seine Nase an ihren Nacken. Eine Gänsehaut überlief sie, und sie musste sich zusammenreißen, ihn nicht von sich zu stoßen.

»Hm, schau her, du kleines Flittchen«, murmelte er und griff nach vorn, streifte ihre Brustwarze, die sich sofort zusammenzog. »Du bist schon wieder erregt, das macht mich ganz verrückt. Vielleicht kann das Abendessen doch noch etwas warten.« Er knetete ihre Brust, sanft und hart zugleich. Früher hatte sie das genossen, dieses Spiel zwischen Lust und Schmerz. Früher hatte sie aber auch gedacht, er täte es für *ihre* Lust, genau, wie sie früher gedacht hatte, er arbeitete für *ihren* Erfolg, wobei ihre für sie beide stand. Mittlerweile wusste sie jedoch: Er sonnte sich in ihrem Licht, er trank aus ihrer Energie, bis nichts mehr für sie übrig war, er geilte sich auf an der Macht und der Kontrolle, die er über sie hatte. Das, was er Liebe nannte, war in Wirklichkeit nichts anderes als körperliches Verlangen und der unsägliche Durst nach Anerkennung. Von Beginn an hatte sie sich in ihm getäuscht, aber die toxische Wolke, mit der er sie umgab, hatte ihr die Sinne vernebelt.

Sie wollte, jemand würde ihr eine rettende Hand reichen, die sie aus diesem Sumpf abgestorbener Gefühle und verwesender Liebe ziehen würde. Wie sollte sie das allein schaffen?

KAPITEL 28

Der Kreis hat sich geschlossen

Barcelona, Februar 1981

Francisco, mein lieber Junge,
nun ist doch einige Zeit vergangen ohne unsere monatlichen Gespräche. Auch heute wieder warst du unterwegs, ließ mir Matilda ausrichten, auf einem Kongress irgendwo in Amerika. Was für ein Geschäftsmann du geworden bist, ein richtiger Hoteldirektor! Um dich auf dem Laufenden zu halten – denn alles konnte ich Matilda nicht erzählen, es wäre zu teuer geworden – muss ich also wieder zum Stift greifen.
Ich habe Matilda so immerhin auch noch einmal mein Beileid zum Tod ihrer Mutter ausdrücken können. Natürlich waren wir alle sehr betrübt, dass ihr nicht zu unserer Hochzeit im Dezember gekommen seid, aber es war natürlich viel wichtiger, dass sie noch die letzten Tage mit ihr verbringen konnte. Die Eltern werden alt, so ist es nun mal; auch Agustíns Vater ist letztes Jahr still und leise eingeschlafen.
Unsere Hochzeit war eine schöne Feier, ganz im kleinen Kreis; erst auf dem Standesamt, dann im Hotel. Wo auch sonst. Egal wo wir leben, das Hotel ist immer unser Mittelpunkt, dort, wo wir alle

zusammenkommen. Es ist die Sonne und wir sind seine Strahlen. Es fühlt sich eigenartig an, jetzt endlich Agustíns Frau zu sein, nachdem wir doch schon im Jahr 1939 verlobt waren!
Du hast mich bei unserem letzten Telefonat – wann war das überhaupt gewesen, im November? – gefoppt wegen dieser Hochzeit. Ich kam gar nicht dazu, dir zu antworten, irgendwie haben wir stattdessen sofort über etwas anderes gesprochen, aber seitdem geistert mir deine Aussage durch den Kopf. Ich weiß, ich sagte vor einigen Jahren, ich würde den Bund der Ehe nicht eingehen, solange die Gesetze in Spanien nicht frauenfreundlicher wären, allen voran das Scheidungsgesetz. Ich habe meine Meinung aus zwei Gründen geändert:
In den letzten drei Jahren hat sich unsere Beziehungen nach den diversen Auf und Abs der ersten Zeit gefestigt, wir sind ineinander und aneinander gewachsen, unterstützen uns gegenseitig und sind endlich wieder an diesem Punkt des blinden Vertrauens angekommen, an dem wir zuletzt wohl tatsächlich zum Zeitpunkt unserer ersten Verlobung gestanden hatten. Wie ein großes Riesenrad hat uns das Leben einmal im Kreis geführt, ganz langsam, ohne Eile, aber jetzt sind wir am Ausgangspunkt angelangt, haben viel dazugelernt und können nun dort weitermachen, wo wir 1939 aufgehört haben.
Und zweitens darf ich stolz verkünden, dass unsere politische Arbeit Früchte trägt. Noch ist das Gesetz nicht verabschiedet, noch sind wir nicht am Ziel, aber es steht auf der Agenda der Regierungspartei, und gemeinsam mit anderen Kämpferinnen für

unser Frauenrecht sind wir dabei, einen Gesetzesentwurf zu diktieren. Ich bin zuversichtlich, dass noch dieses Jahr die ersten Paare rechtlich geschieden werden können! Wir können nicht verhindern, dass Ehen zerbrechen, aber wir können das Leid verhindern, dass zerbrochene Ehen mit sich bringen.
Und wer weiß, vielleicht wird auch deine Schwester eines Tages davon Gebrauch machen. Sie sieht schlecht aus, übermüdet, erschöpft bis in die Knochen, verbittert in ihrer ewigen Suche nach mehr und mehr Erfolg, mehr und mehr Ansehen, dass sie nicht wahrnimmt, wie sehr es sie auffrisst. Ist sie endlich dort, wo sie immer hinwollte? O ja. Sie war bereit, den Preis zu zahlen, hat hart gekämpft. Ich wäre gern stolz auf sie, aber stattdessen lässt mich die Sorge um sie nachts nicht schlafen. Wenn ich richtig gezählt habe, habe ich sie letztes Jahr ganze dreimal gesehen. Wenn sie nicht auf Reisen ist, weicht sie mir aus, wimmelt mich ab, wirft mir vor, sie kontrollieren zu wollen, ihr den Erfolg nicht zu gönnen. Ihr Herz ist hart geworden. Gabriel hat seinen dunklen Mantel um sie gelegt; sie ist ertrunken in seinen Wassern, und obwohl ich ihr die Hand reiche, ist sie zu stolz, um sie zu packen.
Felicidad war natürlich auch sehr traurig, dass sie dich nicht persönlich kennenlernen konnte. Du tust ihr unrecht, wenn du meinst, dass sie sich in unsere Familie einschleicht. Sie ist Teil davon, sie ist deine Halbschwester, kein Trick, kein Betrug. Ich kann verstehen, dass es sich für euch alle seltsam anfühlt, dass ihr Vorbehalte habt (und ich schreibe »ihr«, weil Miguel und Luz sie auch nach drei Jahren

immer noch auf Abstand halten). Aber sie ist ein gutes Mädchen. Unsere Beziehung ist leicht, vielleicht ist es die natürliche Verbindung zwischen Eltern und ihrem Kind, die stärker ist als die zwischen Geschwistern? Ich würde mir sehr wünschen, einmal meine vier Kinder – und Celia, sie ist ja nun offiziell meine Stieftochter – friedlich und vertraut miteinander auf der Terrasse unseres Hotels in Cadaqués sitzen zu sehen, im Einklang mit eurer Heimat und eurer jeweiligen Herkunft. Felicidads Einsatz für das Frauenhaus ist auf jeden Fall unermüdlich; seit wir dank einer anonymen Spende ein großes Haus in Pedralbes kaufen konnten, kümmert sie sich einfach um alles, und was sie nicht schafft, übernimmt Agustín. Die zwei sind in den letzten drei Jahren zu einem Herz und einer Seele zusammengewachsen, als wären sie nie getrennt gewesen. Ich glaube, Agustín schüttet all die Gefühle, die Luz nicht von ihm erhalten möchte, in sie hinein, und Felicidad nimmt sie nach all den Jahren, in denen sie sich danach verzehrt hat, dankbar an. Er ist sehr aufgeblüht, wirklich, es macht mich glücklich, ihn so zu sehen. Das Einzige, was ihn im Moment etwas ranzig werden lässt, ist Celia – sie ist nämlich zum ersten Mal so richtig verliebt und treibt sich lieber mit ihrem Freund in Musikclubs rum, als zu schlafen, und hat so nun schon einige Male die Schule geschwänzt. Sie ist ja im dritten Jahr des Konservatoriums und hat sich mit siebzehn bereits einen Namen gemacht mit ihrem ganz eigenen Stil, das Cello zu spielen; ich höre natürlich eindeutig Luz' Einfluss heraus. Celia ist eigentlich die Einzige in der Familie, mit der Luz regelmäßig Kontakt hält. Nicht einmal Miguel dringt zu ihr durch, aber ehrlich gesagt bemüht er sich auch nicht wirklich darum. Er verbringt seine Zeit damit, in seinem neuen protzigen Auto über die kurvige Straße zu brettern, erzählt mir Julia, keine Ahnung, wie er sich das leisten kann. Er spielt den großen Lebemann, raucht Zigarren aus Kuba und trinkt nur noch Whisky aus Schottland, für das »billige spanische Zeugs«, wie er es nennt, hat er nichts übrig. Nun gut, was soll ich sagen? Er ist erwachsen, und solange er das Hotel anständig führt – und das tut er ja anscheinend –, kann er tun und lassen, was er will. Höchstens Julia könnte da mal ein Machtwort sprechen, aber sie ist mit ihren drei Kindern beschäftigt und wahrscheinlich froh, wenn sie sich nicht auch noch um ein viertes kümmern muss.

Mein Finger schmerzt mittlerweile, Francisco. Ich hoffe, dass du bald wieder Zeit hast, mit deiner alten Mutter zu sprechen, die dich ganz furchtbar vermisst! Bis dann schicke ich dir und Matilda eine große Umarmung.

In Liebe, deine Mutter

Lucía

KAPITEL 29

Der Anfang vom Ende

Barcelona, Mai 1981

Gabriel war nervös, sie spürte es, sie sah es und er ließ es sie fühlen, wenn ihm danach war. Er war nervös, weil sie ihm aus dem Weg ging, soweit es möglich war, ohne diesen klebrigen Faden, den er zwischen ihnen gespannt hatte, zu kappen. Sie brauchte Luft. Manchmal rannte sie durch die Gänge des Supermarkts, nur um die Zeit zu schinden, danach eine halbe Stunde im Park sitzen zu können, einfach nur zu sitzen, mit geschlossenen Augen, und zu atmen, bevor sie nach Hause musste. Dann wieder stand sie an der Bushaltestelle, ohne einzusteigen, um zehn Minuten zwischen Menschen zu stehen, ohne seinen Adlerblick auf sich zu spüren, der ihr vorwarf, jedem anderen mehr Aufmerksamkeit zuteil kommen zu lassen als ihm. Oder sie täuschte starke Unterleibsschmerzen vor, um wiederum einen Besuch beim Gynäkologen vorzutäuschen, bei dem er ganz bestimmt nie im Leben anrufen würde, um ihre Anwesenheit zu überprüfen. Die gewonnenen zwei Stunden stand sie in einem Hauseingang gegenüber von Henrys Arbeitsplatz und hoffte, einen Blick auf ihn durch die Lamellen der Sonnenjalousien erhaschen zu können.

Seit sie im Februar aufeinandergetroffen waren, brachte sie ihn nicht mehr aus ihrem Kopf. Ihre Schutzmauer war zu schwach, zu bröckelig, und wie ein Sprössling hatte er sich an deren Fuß eingepflanzt und wuchs und wuchs und streckte seine zarten Äste in jede Ritze und sprengte den Mörtel nach und nach. Irgendwann würde die Mauer einstürzen, und was dann passierte, das wusste Luz nicht. Sie hatte Angst davor und konnte es dennoch kaum erwarten. Bis es so weit war, kehrte sie immer noch jeden Abend zu Gabriel zurück, obwohl ihr ganzer Körper schrie, es nicht zu tun.

»Wo warst du?«, fragte er wieder einmal. Es war die Standardfrage geworden. Sie hielt die volle Tragtasche hoch, holte dann eine Flasche Wein heraus, Schweinekoteletts in Papier eingepackt, Waschpulver, Zwiebeln, einen Blumenkohl, Reis. Zwei Stangen Brot, eine Flasche Olivenöl, Tomaten, junge Erbsen im Glas, die er so mochte. Sie hatte schwer geschleppt, ihre Schulter tat weh, aber sie lächelte freundlich.

»Einkaufen«, sagte sie unnötigerweise.

»Und der Bus hatte wohl auch Verspätung.«

Ihr Lächeln gefror ein klein wenig. »Es ist Freitag, die Geschäfte waren voll. Tut mir leid. Hast du Hunger?« Sie küsste ihn auf den Mund.

»Was denkst du denn? Ich arbeite den ganzen Tag, und wenn ich nach Hause komme, muss ich auch noch auf meine Frau warten? Ich glaube, von jetzt an sollten wir gemeinsam einkaufen gehen, damit es schneller geht.«

»Natürlich«, sagte sie, so ruhig sie konnte. Innerlich zitterte sie. »Das wäre sogar sehr nett von dir.

Dann müsste ich die schweren Taschen nicht allein schleppen.«

Gabriel runzelte die Stirn, als ob er nicht so recht wüsste, was anfangen mit der Antwort, ob das jetzt ein Vorteil oder ein Nachteil für ihn war. Schließlich strich er ihr einfach über die Wange. »Bereite das Essen vor, ja?«

Er schaltete das Radio ein, und ganz spontan, obwohl sie gar nicht für heute gedacht gewesen war, entkorkte Luz mit einem lauten Plopp die Weinflasche und schenkte zwei Gläser ein. Als wollte er sie übertreffen, holte Gabriel eine Kerze aus dem Schrank und stellte sie in die Mitte des Tisches. Luz musste kichern und summte leise mit, während sie das Fleisch für Gabriel anbriet und den Reis kochte, die Zwiebeln und den Blumenkohl dünstete, einen Tomatensalat zubereitete. Gabriel tänzelte um sie herum, verschwand dann im Badezimmer, und als er wiederkam, roch er nach dem frischen Parfüm, das sie ihm geschenkt und das er bislang nie benutzt hatte. Er legte die Arme von hinten um sie, leicht wie sein Duft, ohne Anzüglichkeit oder Verlangen. Die Berührung war angenehm, die Stimmung war angenehm, alles erinnerte Luz an früher, als sie sich gerade kennengelernt hatten und sich nur kurz jeweils in seiner Wohnung treffen konnten, weil sie ihre Beziehung geheim hielten. Da war keine Zeit gewesen für Streit und Diskussionen, Eifersüchte und Ausflüchte. Es war eine schöne Zeit gewesen. Vielleicht, wenn sie sich mehr Mühe gäbe, Gabriel gegenüber mehr Verständnis aufbringen könnte, vielleicht könnten sie dann zu dieser Leichtigkeit zurückkehren.

»Der Reis, *cariño*«, sagte er, und rasch zog sie den Topf vom Feuer, aus dem ein leises Knistern drang, weil die Körner am Boden anbrannten. Ängstlich lugte sie zu ihm, aber er lächelte.

»Oben rum ist der noch gut.« Er reichte ihr zwei Teller; auf dem einen platzierte sie zwei saftige Koteletts, einen großen Löffel Reis, etwas Gemüse und Salat, auf dem zweiten Teller einen großen Löffel Reis, sehr viel Gemüse und sehr viel Salat. Feierlich setzten sie sich hin, legten die Servietten auf den Schoß.

»*Que aproveche*, lass es dir schmecken«, sagte sie, und er erwiderte dasselbe und schnitt dann ein Stück Fleisch ab. Im Radio besang Julio Iglesias die Liebe, die Kerze brannte fast ohne zu flackern, und Luz dachte, dass sie heute das erste Mal seit sehr langer Zeit aus freien Stücken und eigener Initiative mit ihrem Mann schlafen wollte, um diesen schönen Abend zu feiern. Vielleicht war es ja der erste Abend einer neuen Ära in ihrer Ehe. Vielleicht gab es doch noch etwas zu retten. Ganz schnell schob sie das Bild von Henry, das sofort vor ihrem inneren Auge auftauchte, beiseite. Sie hatte es drei Jahre lang geschafft, sie würde ihn wieder aus ihren Gedanken verbannen können. Sie war eine verheiratete Frau und er nur ein Traum.

»Ich denke, die Südamerikatournee ist in trockenen Tüchern«, sagte Gabriel zwischen zwei Bissen. War das der Grund für seine sanfte Laune? Falls ja, auch gut. »Morgen im Büro kann ich dir die Städte zeigen, in denen du auftreten wirst, dann schicke ich die Bestätigung ab und wir fangen mit der Organisation an. Freust du dich?«

»Sehr«, sagte Luz. »Vielleicht kann ich ja sogar Francisco besuchen, Buenos Aires steht doch bestimmt auf dem Plan. Von dort aus ist es ein Katzensprung.« Sie merkte selbst, dass sie strahlte. Es war die erste Tournee außerhalb Europas und vielleicht ein Grundstein für Auftritte in den Vereinigten Staaten. Heute war der Abend der Vielleichts, stellte sie fest. Aber vielleicht gab es ja vor jeder großen Veränderung diesen Moment des Schwebezustands, wenn sich die Waage noch auf die eine oder die andere Seite senken und heben konnte, bevor sie sich für eine entschied.

Auch Gabriel wirkte sehr zufrieden. Das Kerzenlicht legte einen sanften Schleier über seine Ecken und Kanten. War das Stolz in seinem Blick? Ein warmes Prickeln fuhr durch sie.

»Schmeckt es dir?«, fragte sie und fuhr mit dem Finger zart über seine Hand. Er nahm einen Schluck Wein.

»Es ist wirklich gut, danke«, antwortete er, nachdem er sich den Mund abgewischt hatte. »Du solltest es probieren.«

Luz lachte und zeigte auf ihren noch halb vollen Teller. »Ich esse doch das Gleiche, *mi amor*, mein Schatz.«

»Nein, ich meine das Fleisch. Es ist köstlich, aromatisch und immer noch saftig, du hast es perfekt gebraten.« Das Kompliment holte das Prickeln hoch in ihre Wangen.

Er schnitt ein kleines Stück ab. »Hier, probier doch.«

Sie lachte. »Gabriel. Ich esse seit dreißig Jahren kein Fleisch mehr.«

Die Gabel klirrte am Tellerrand, als er sie unsanft hinlegte, und das Geräusch verwandelte das Prickeln in ein Schaudern. »Haben wir nicht einen schönen Abend zusammen?«, fragte er. »Wäre es da zu viel verlangt, wenn wir bei einem Abendessen im Kerzenlicht auch beide wirklich das Gleiche essen könnten? Stattdessen brauchst du immer ein Spezialmenü. Immer eine Extrawurst. Aber du hast dich schon immer für etwas Besseres gehalten, nicht wahr?« Er schrie nicht, er war ganz ruhig.

»Es tut mir leid«, beeilte sich Luz zu sagen. Immer diese Entschuldigungen! Wann hatte er sich das letzte Mal bei ihr für etwas entschuldigt? Für seine Demütigungen, seine Beleidigungen, seine Vergewaltigungen? »Lass uns einfach fertigessen. Ich glaube, wir haben noch etwas Eis im Tiefkühler, wenn du Nachtisch magst.«

»Nein. Ich möchte, dass du jetzt dieses Fleisch probierst.« Er war so ruhig, dass ihr die Angst eiskalt durch die Adern kroch. Er meinte es ernst.

»Bitte, lass gut sein, Gabriel.« Sie hasste das Flehen in ihrer Stimme.

»Probiere es.« Er hielt ihr die Gabel hin, sie schüttelte den Kopf.

»Luz. Wenn du mich liebst, steckst du dir jetzt dieses verdammte Stück Fleisch in den Mund.«

Sie schüttelte den Kopf.

»Du liebst mich also nicht?« Er wurde laut. »Ist es das, was du mir damit sagen willst? Du liebst mich nicht? Ich bitte dich um einen Gefallen, einen einzigen Gefallen an einem wunderschönen Abend, und du kannst einfach nicht von deinem hohen Ross steigen?« Er donnerte seine Faust auf den

Tisch. Luz zuckte zusammen, stand auf, nahm wortlos den Teller und wollte in die Küche gehen, aber noch bevor sie den ersten Schritt getan hatte, war Gabriel aufgesprungen und packte sie grob am Arm. Der Teller fiel auf den Boden, zersprang, Blumenkohl und Tomatenscheiben, Öl, das sich auf den braunen Fliesen ausbreitete.

»Mach den Mund auf!«, brüllte er.

»Ich will das nicht!«, brüllte sie zurück, und es war mit Sicherheit das erste Mal, dass sie ihm gegenüber die Stimme erhob. Nur einen Wimpernschlag darauf klatschte seine Hand in ihr Gesicht, dann packte Gabriel mit eiserner Hand ihren Kiefer, drückte mit aller Kraft seine Finger zwischen ihre Zahnreihen, sie konnte gar nicht anders, als den Mund zu öffnen, und schon spürte sie das lauwarme Stück Tier auf ihrer Zunge, versuchte es auszuspucken, aber er drückte ihren Mund zu.

»Kau!«, schrie er sie an. »Kaue und schlucke es, du undankbares Stück Scheiße, du verlogene Schlampe!«

Tränen liefen über ihre Wangen, sie konnte kaum durch die Nase atmen, ihr ganzer Körper wehrte sich, gegen den zugehaltenen Mund, gegen seine Kraft, gegen ihn, einfach gegen ihn, sie hatte keine Wahl. Sie kaute. Es schmeckte nach Tod. Beim Schlucken würde sich der Tod in ihr ausbreiten, und auf einmal wusste sie: Er würde von ihr Besitz ergreifen. Das war der Anfang vom Ende. Wenn sie nicht ginge, würde sie eines Tages zusammenbrechen und nicht mehr aufstehen, nie wieder. Es gab kein Vielleicht mehr; die Waage hatte entschieden. Sie musste hier weg.

Sie packte seinen Arm, deren Hand ihr den Mund zuhielt, und sogleich übte er noch mehr Druck aus. Und in dem Moment, blitzschnell, biss sie zu. Sie biss zu, spuckte Gabriel das Fleisch ins Gesicht, der erschrocken und überrascht zugleich nach hinten taumelte, aber sich viel zu schnell wieder sammelte.

»Das wirst du mir büßen!«, kreischte er. Luz schrie und sprang nach hinten, weg von ihm, er tat einen großen Schritt auf sie zu, dann passierte alles so schnell; er rutschte auf dem Olivenöl am Boden aus und fiel, fiel genau auf die Tellerscherben, brüllte auf vor Schmerz, aber es war ihr egal. Sie rannte zum Eingang, schnappte sich ihre Tasche und öffnete die Tür, nur noch einen winzigen Blick zurück, Gabriel rappelte sich mühsam auf, Blut lief über seine Hand.

Adiós.

Sie schlug die Tür hinter sich zu und raste die Treppe hinunter, immer zwei Stufen aufs Mal, beflügelt von der Angst und dem Ruf des Lebens. Raste auf die Straße, als wäre der leibhaftige Teufel hinter ihr her, rannte und lauschte, drehte sich an der Ecke um, aber Gabriel war ihr nicht gefolgt. Dennoch rannte sie weiter, vorbei an Anzugträgern mit Aktentaschen, die dem Feierabend entgegengingen, vorbei an alten Männern, die auf der Bank in der untergehenden Maisonne saßen und Tauben fütterten, vorbei an jungen Paaren, frischverliebt. Sie rannte und merkte erst, als ihr die Luft ausging, dass sie zwar ihre Tasche mitgenommen hatte, aber keine Schuhe trug. Ihre Fußsohlen waren schwarz und die linke Ferse blutete, wahrscheinlich war sie auf eine

Scherbe oder einen spitzen Stein getreten. Es würde wehtun beim Tanzen. Dann aber, als wäre sie seit ihrer Flucht aus der Wohnung immer ein paar Meter hinter ihr hergerannt, prallte die Realität mit voller Wucht in sie hinein. Was würde geschehen, wenn sie sich morgen frisch und fröhlich im Theater zeigte, den Kopf in Gabriels Kabuff steckte, um mit ihm die Organisation der Südamerikatournee zu besprechen? Wäre es dann mit einer einfachen Entschuldigung getan? Sie fröstelte, und das war nicht nur dem Schweiß geschuldet, der kalt auf ihrer Haut trocknete. Wie weit würde er gehen, um sie zu bestrafen?

Sie drehte sich hilflos einmal im Kreis. Wo war sie überhaupt? In der Nähe der Diagonal, erklärte ihr der Stadtplan, der an der Bushaltestelle hing. Wo sollte sie die Nacht verbringen? Ein Bus kam, aber sie schämte sich, mit ihren nackten Füßen einzusteigen. Henry, dachte sie. Henry würde ihr helfen. Sein Arbeitsplatz lag nicht weit entfernt. Aber als sie dort ankam, waren die Lichter im Büro bereits ausgeknipst, die Tür verschlossen. Die laue Vorsommertemperatur flog in den wolkenfreien Abendhimmel und hinterließ eine klebrige Kühle. Die Straßenlaternen erwachten zum Leben, Hunde wurden Gassi geführt, die Vögel zwitscherten ihr Gutenachtlied. Essensgeruch lag in der Luft. Luz sah auf ihre Armbanduhr. Kurz vor neun. Sie aßen für spanische Verhältnisse früh, die meisten waren gerade erst beim Kochen. Ihr Magen knurrte, sie hatte nur ein paar Bissen gegessen, und gleichzeitig war ihr übel. Im Affekt riss sie sich die Uhr vom Handgelenk, dieses viel zu teure Geschenk von Gabriel, schmiss sie auf den Boden und war kurz davor, draufzutreten, als sie sich daran erinnerte, dass sie keine Schuhe trug.

Wo sollte sie bloß hin?

Ihr Kopf tat weh, davon, krampfhaft die Tränen zurückzuhalten, davon, zu überlegen, davon, keinen Ausweg zu sehen. Sie war einfach nur davongerannt und würde früher oder später mit eingezogenem Schwanz wieder nach Hause gehen müssen.

Wieder sah sie zum Bürogebäude auf der anderen Straßenseite. Wenn sie Henry hier nicht fand, dann vielleicht in seiner Wohnung. Alles in ihr schrie nach ihm. Er würde sie in seine weiche Umarmung nehmen, er würde sie beschützen, um ihretwillen. Gabriel hatte doch immer nur seine eigenen Interessen beschützt. Mühsam humpelnd machte sie sich auf den Weg. Sie kannte die Adresse, immer den Hügel aufwärts.

Als sie in seine Straße einbog, läutete irgendwo eine Kirchenuhr Viertel vor zehn und sie war todmüde. An den Klingeln standen keine Namen, nur die Wohnungsnummer. Zweiter Stock, zweite Tür, erinnerte sie sich und drückte den Knopf. Über ihr wurde ein Fenster geöffnet, aber im ersten Stock. Dann schnarrte die Gegensprechanlage.

»Ja, bitte?« Es war nicht seine Stimme.

»Henry?«, fragte sie dennoch.

»Sie haben sich vertan.« Das Schnarren brach ab.

Hatte sie sich falsch erinnert? War es der zweite Stock, die erste Tür? Sie klingelte, wartete, aber niemand antwortete.

»Hey!«, rief jemand über ihr. Sie trat einen Schritt zurück. Eine junge Frau lehnte sich aus dem

Fenster. Die Glut einer Zigarette leuchtete auf, als sie daran zog. »Wen suchst du?«

»Henry. Hermenegildo.«

»Ist das der junge Mann aus der zwei-zwei? Der ist vor etwas über einem Jahr ausgezogen.«

»Weißt du, wohin?«, fragte Luz wenig hoffnungsvoll, und wie erwartet schüttelte die Frau den Kopf, schnippte die Zigarette auf die Straße und schloss das Fenster. Heute Abend würde sie Henry in dem Fall wohl nicht finden, morgen war Samstag; sie wusste nicht, ob er samstags arbeitete. Sie wusste ja nicht einmal, ob er überhaupt in der Stadt war oder vielleicht doch in London.

Langsam atmete sie ein und wieder aus, lehnte die Stirn an die Mauer. Es gab einen weiteren Ort, an den sie hinkonnte. Es würde sie den Rest ihres Stolzes kosten. Aber wie viel war davon überhaupt noch übrig?

Ihre Füße brannten, als Luz in die Straße einbog, in der Lucía und Agustín lebten. Es musste inzwischen elf Uhr oder später sein, aber sie sah, dass noch Licht brannte. Eine Schreckenssekunde lang dachte sie daran, dass Gabriel vielleicht oben auf sie warten könnte. Oder hier unten, in einem Hauseingang. Sie verharrte und wartete, fünf Minuten, zehn Minuten. Wenige Fußgänger waren noch unterwegs, aber es fuhren genug Autos; im Notfall wäre sie nicht allein. Oben in der Wohnung wurde das Licht ausgeschaltet. Jetzt wartete sie nicht mehr aus Angst vor Gabriel, sondern weil dieser Schritt, sich ihrer Mutter zu öffnen und anzuvertrauen, ihr zu erklären, dass Lucía recht gehabt und sie hingegen sich getäuscht, ja sogar sich selbst getäuscht hatte, fast noch demütigender erschien als jede Beleidigung, die Gabriel ihr jemals an den Kopf geworfen hatte. Aber vor drei Jahren hatte ihre Mutter ihr eine helfende Hand angeboten. Und genau die brauchte sie jetzt.

Als sie klingelte, erklang die Stimme ihrer Mutter so rasch in der Gegensprechanlage, als hätte sie direkt danebengestanden und gewartet.

»Luz?«

Sie wusste also bereits Bescheid. »Mutter. Ist er bei euch?«

»Nein. Du kannst hochkommen.«

Sie hatte stark sein wollen, überlegen und keine Bittstellerin, aber als ihre Mutter die Tür öffnete, sank sie in dessen Arme wie ein kleines Kind, und ihre ganze Erschöpfung, der Schmerz und die Angst brachen in abgehacktem Schluchzen aus ihr heraus.

Eine Tasse Lindenblütentee später, eine weiche Decke um sie gewickelt, die Füße in einem Becken mit warmem Seifenwasser, war sie so weit, zu reden. Agustín, der kurz verschlafen im blau-grau gestreiften Morgenmantel aufgetaucht war, hatte Lucía wieder ins Bett geschickt.

»Ich habe einen Mann in meinem Leben gebraucht«, fing Luz an, »der mich nicht im Stich lassen würde wie Agustín, Luís, selbst meine Brüder. Gabriel erschien genau zum richtigen Zeitpunkt, er versprach mir alles, was ich mir wünschte, und ich habe etwas in ihm gesehen ... ich weiß nicht mehr, was ich in ihm gesehen habe. Aber je mehr du dich gegen ihn ausgesprochen hast, desto mehr habe ich mich an ihn gebunden.« Sie erzählte vom Druck, den er auf sie ausübte, besser zu sein, erfolgreicher zu sein, damit er vor seinem Vater angeben konnte, von der Kontrolle, die immer stärker wurde, seinem Bedürfnis, von ihr geliebt und angehimmelt zu werden, von den Demütigungen, den Komplimenten, den Beleidigungen, den Entschuldigungen.

»Ich wusste gar nicht mehr, was ich wann sagen durfte oder sollte. Ich lief tagtäglich über ein Minenfeld. Immer war alles meine Schuld. Aber es war nicht immer alles meine Schuld, nicht wahr?« Die Tränen stiegen ihr bereits wieder in die Augen, aber sie blinzelte sie zurück. Sie sah den Schmerz in Lucías Gesicht, als ihre Mutter den Kopf schüttelte, und wusste, sie hätte früher kommen können, jederzeit. Sie hätte sie immer mit offenen Armen empfangen, ohne Vorwürfe, ohne Ich-hatte-es-dir-ja-gesagt.

»Er hat angerufen. Hat gesagt, ihr hättet gestritten, irgendeine Kleinigkeit, du wärst hysterisch geworden, hättest ihn gestoßen. Der Schnitt an seiner Hand musste genäht werden. Du sollst auf der Stelle nach Hause kommen, das soll ich dir ausrichten.«

Luz schüttelte den Kopf. »Ich kann nicht. Ich kann nicht, Mutter. Er schlägt mich. Er ... macht mit mir, was er will, wann er will, ob ich einverstanden bin oder nicht. Er ...« Ihre Stimme brach und sie barg den Kopf in ihren Händen.

»Natürlich gehst du nicht zurück«, sagte ihre Mutter sanft, und die Umarmung, die sie ihr gab, fühlte sich so gut an wie die von Henry. Weich und tröstend und beschützend. »Du ruhst dich jetzt ein wenig aus und noch vor dem Morgengrauen bringen wir dich zu Felicidad ins Frauenhaus.«

»Warum kann ich nicht hierbleiben?«, fragte Luz. Allein das Wort Ausruhen hatte bewirkt, dass alles an ihr schwer und müde wurde.

»Er wird dich suchen, wenn du nicht zurückgehst. Und hier wird er dich finden. Dort nicht. Die Adresse ist geheim und im schlimmsten Fall gibt es einen Wachmann am Tor. Dort wirst du sicher sein. Und dann schauen wir weiter.«

KAPITEL 30

Der Moment des Erwachens

Barcelona, Mai 1981

Als Lucía am nächsten Tag in ihrer Mittagspause im Frauenhaus vorbeischaute, traf sie auf Felicidad, noch bevor sie den Weg zwischen dem Tor und der Eingangstür zur Gänze zurückgelegt hatte.

»Dachte ich mir doch, dass du kommen würdest«, sagte ihre Tochter und umarmte sie zur Begrüßung. Lucía ließ sich in die Umarmung fallen und schloss die Augen, nur ganz kurz, einatmen, ausatmen. Sie war todmüde. Luz war mit dem Kopf in ihrem Schoß gebettet eingeschlafen, die Hände wie im Gebet verschränkt, die Knie an den Bauch gezogen, ganz klein hatte sie sich gemacht, und Lucía konnte sich der Erinnerung nicht erwehren, wie sie früher in ihrem Bett gelegen hatte, alle Viere von sich gestreckt, voller Vertrauen, dass ihr im Schlaf nichts passieren konnte. Sie hatte über sie gewacht, bis sie sie um vier Uhr geweckt und ein Taxi gerufen hatte, das sie zum Frauenhaus im Stadtteil Pedralbes brachte. Eine Sozialarbeiterin, die selbst im Haus wohnte und bei Notfällen stets zum Abruf bereit war, nahm Luz in Empfang, aber obwohl Lucía sicher war, dass

Gabriel sie nicht finden konnte, war an Schlaf nicht mehr zu denken gewesen.

»Du siehst erschöpft aus«, bestätigte Felicidad ihre Empfindung. »Komm, ich mach dir eine Tasse Kaffee. Hast du schon etwas gegessen?«

Felicidad war nun seit drei Jahren die Leiterin des Frauenhauses. Seit dem ersten Tag hatte sie sich in ihre neue Aufgabe gestürzt, als hätte sie ihr ganzes Leben nur darauf gewartet, genau das zu tun – Frauen zu helfen, wieder zu sich selbst zu finden. Ihr Weg war zwar ein anderer gewesen, aber die Reise die gleiche. War sie, als sie sich wiedergesehen hatten, eine stille, melancholische Frau gewesen, strahlte ihr jetzt Kampfesgeist und Selbstbewusstsein aus jeder Pore.

Sie drückte ihrer Tochter einen Kuss auf die Stirn. »Wie geht es Luz?« Während das Verhältnis zwischen Eltern und Tochter rasch so innig geworden war, als wäre Felicidad nie weg gewesen, lehnten die Geschwister einen engeren Kontakt ab, allen voran Luz.

»Alicia kümmert sich um sie«, sagte Felicidad und meinte damit die Sozialarbeiterin. »Sicherheitshalber. Bis Luz sich an den Gedanken gewöhnt hat, mich täglich zu sehen.« Sie lächelte, aber ein kleiner Funke Sarkasmus sprang aus ihren Augen. »Sie wird sich an vieles neu gewöhnen müssen, da bin ich das kleinste ihrer Probleme.«

Dankbar nahm Lucía den Kaffee in Empfang, lehnte das Schokoladencroissant aber ab. Als sie leise in das Büro der Sozialarbeiterin hineinlugte, erklärte diese Luz gerade die Hausregeln.

»Keine Spaziergänge außerhalb des Grundstücks, ohne vorher Bescheid zu sagen. Wenn du zu jemandem Kontakt aufnehmen möchtest, erkläre mir oder Felicidad bitte, um wen es sich handelt, und gib niemandem diese Adresse. Sie muss geheim bleiben. Das ist zu deiner eigenen Sicherheit und der aller anderen Frauen, die hier wohnen. Du bist für die Sauberkeit in deinem Zimmer verantwortlich, keine Kerzen, kein Alkohol, keine sonstigen Drogen, keine Zigaretten, keine Haustiere. Nachtruhe ist um einundzwanzig Uhr. Viele von euch sind traumatisiert, erschöpft und dadurch vielleicht gereizt, aber ihr seid hier in einem sicheren Umfeld. Wir gehen respektvoll miteinander um, kein Geschrei, keine Beleidigungen, kein Streit worum auch immer. Einmal in der Woche setzen sich alle Bewohnerinnen zusammen und klären Vorfälle, besprechen den Essensplan und den Putzplan der öffentlichen Räume. Das Haus wird zwar von privaten Gönnern finanziert, aber wer ein eigenes Einkommen hat, zahlt einen kleinen wöchentlichen Beitrag für Essen und Instandhaltung. Ist das bei dir der Fall?«

Luz schüttelte den Kopf. »Ich habe keinen Zugriff auf mein Bankkonto«, murmelte sie. Es klang beschämt.

»Klopf, klopf«, machte Lucía sich bemerkbar.

Alicia sah hoch und Luz drehte sich um. Ihr Gesicht war grau und die Erinnerungen an die vergangenen Stunden hatten sich dunkel unter ihren Augen eingegraben.

»Darf ich kurz allein mit Luz sprechen?«, bat Lucía die junge Frau.

»Natürlich.« Alicia kritzelte noch rasch etwas auf ein Papier und legte es in den Hefter, dann verließ sie das Zimmer.

»Wie geht es dir?«, fragte Lucía ihre Tochter. »Konntest du noch etwas schlafen?«

Wieder schüttelte Luz den Kopf. »Ich weiß nicht, ob ich das kann«, sagte sie dann, ohne Lucía anzuschauen.

»Schlafen?«

»Hierbleiben.«

Lucía rückte Alicias Stuhl neben Luz. Es war oft der erste Gedanke der Frauen, nachdem sie sich in Sicherheit wussten. Ob es überhaupt die richtige Entscheidung gewesen war. Was jetzt passieren würde. Ob sie jemals wieder ohne Angst auf die Straße gehen könnten, würden sie bleiben und um eine Trennung kämpfen. Ob sie ihre Kinder wiedersehen würden, wenn sie sie nicht hatten mitnehmen können. Aber bevor sie tröstende Worte aussprechen konnte, sagte Luz:

»Wenn ich nicht zu Gabriel zurückgehe, wird er mich aus dem Ensemble schmeißen. Er wird meine Anstellung kündigen. Auf mein Bankkonto habe ich keinen Zugriff, seit er es auf seinen Namen überschrieben hat. Ich werde arbeitslos und mittellos sein.«

»Wenn du dich von ihm scheiden lässt, muss er dir Unterhalt zahlen. Dazu wird er verpflichtet sein.«

»Du und dein Scheidungsblabla, Mutter! Ein Traum ist das, nichts mehr.«

»Ein Traum, der im Juni vom Kongress verabschiedet werden wird, meine Liebe. Hätten wir uns in den letzten drei Jahren häufiger gesehen, wüsstest du, wie hart und konsequent wir daran gearbeitet haben, mit wie vielen hunderten Abgeordneten und sonstigen wichtigen Personen wir geredet und diskutiert haben, um sie zu überzeugen, wie viele Entwürfe wir geschrieben und revidiert und neugeschrieben haben. Tatsächlich kannst du die Scheidung bereits einreichen. Sobald das Gesetz in Kraft tritt, wird der Antrag bearbeitet.« Sie vermeinte, einen kleinen Hoffnungsschimmer in Luz' Augen zu sehen; als wäre die Sonne hinter einer Nebelbank aufgegangen. Aber genauso schnell war er auch schon wieder verschwunden.

»Und trotzdem werde ich nie wieder tanzen können.«

»Denk doch nicht so! Du verlierst vielleicht deine Anstellung in dem Ensemble, aber andere werden dich mit Handkuss aufnehmen! Du hast einen Namen, einen Ruf, an Arbeit wird es dir nicht fehlen. Gabriel ist nicht das Maß aller Dinge, hörst du? Er mag Kontakte haben. Aber das Talent, das Können, das hast du. Nicht *er* hat dich großgemacht. *Du* hast dich großgemacht und er hat davon profitiert.«

Luz sah nicht so aus, als würde sie ihr auch nur ein Wort glauben. »Aber Gabriel hat …«

»Gabriel hat nichts getan, was nicht auch ein anderer Künstleragent für dich hätte tun können, nur dass ein anderer dich nicht so manipuliert hätte.«

Ein sonderbarer Ausdruck trat auf Luz' Gesicht, Widerwille gepaart mit Erkenntnis. Sie versteckte ihn hinter ihren Händen.

»Am Ende ist es immer deine Entscheidung. Aber es muss deine *freie* Entscheidung sein, Kind, verstehst du mich? Du sollst nicht zu ihm zurückkehren, weil er das von dir erwartet. Und auch nicht deiner Karriere wegen. Oder aus Trotz, weil ich es nicht gern sehen würde. Sondern weil du deine Ehe retten möchtest. Weil du deinen Mann liebst. Tust du das, Luz? Liebst du Gabriel?«

Luz rieb sich nun mit den Händen über ihr Gesicht, als wollte sie das Grau und die Müdigkeit wegrubbeln. Als sie schließlich die Hände sinken ließ, hatte sie Tränen in den Augen.

»Nein«, sagte sie. So laut und klar, wie sie damals Ja vor dem Altar gesagt hatte.

Es kostete Lucía ihre ganze Überwindung, an die Tür von Gabriels Büro zu klopfen. Ohne seine Antwort abzuwarten, trat sie ein – und wäre am liebsten rückwärts wieder hinausgegangen. Die Luft in dem winzigen, fensterlosen Raum war verbraucht und stank nach vielen Stunden Arbeit. Gabriel hob seinen Kopf. Er sah angespannt aus.

»Du!«, rief er zur Begrüßung und verschränkte die Arme vor dem Brustkorb. Die linke Hand war dick eingebunden.

»Guten Tag, Gabriel«, sagte Lucía, so neutral wie möglich. »Ich bin hier, um dir von Luz auszurichten, dass sie vorerst nicht nach Hause kommen wird.«

»Wo ist sie?« Er klang mühsam beherrscht.

»Das weiß ich nicht.«

»Du lügst! Natürlich weißt du es. Ist sie in deinem armseligen Frauenhaus? Hast du das Gefühl, ich würde nicht herausfinden, wo das steht? Bist du wirklich so dumm? Ich lasse sie zurückholen!«

Sie schüttelte den Kopf. »Selbst wenn du die Adresse herausfinden würdest, würde dir das nichts nützen. Du kannst nicht in das Haus hinein, es wird bewacht. Und im Gegensatz zum Glauben vieler Männer und leider auch vieler Frauen existiert die *autoridad marital* seit einigen Jahren nicht mehr. Du kannst nicht mehr über sie bestimmen.«

Gabriel schob seinen Kiefer hin und her, als müsste er diese Antwort erst gründlich zerkauen, bevor er sie überhaupt schlucken und verdauen könnte. »Wenn sie nicht zurückkommt, verliert sie ihre Anstellung hier, das schwöre ich dir. Luz braucht den Tanz wie die Luft zum Atmen. Der Applaus des Publikums ist ihr Elixier! Dass du das nicht weißt oder nicht berücksichtigst, zeigt, was für eine Art Mutter du bist«, rotzte er ihr vor die Füße, und ja, seine Worte taten weh, wie er es beabsichtigt hatte. Sie hoffte, er könnte es ihr nicht ansehen.

»Sie selbst hat diese Entscheidung getroffen. Wir, ihre Eltern, lieben sie ohne Konditionen, ob ihre Karriere sie nach Amerika führt oder ob sie in drittklassigen Etablissements tanzt. Aber für dich muss es furchtbar anstrengend sein, ohne Unterbruch um die Anerkennung deines Vaters zu buhlen, nicht wahr?« Sie hatte professionell bleiben wollen, vermittelnd, wie sie es bereits bei anderen Paaren gemacht hatte, wenn auch es hier nichts zu vermitteln, sondern nur zu übermitteln gab. Aber da war so viel Wut in ihr, sie konnte sie nicht kontrollieren. »Bei den wenigen gemeinsamen Treffen hat mein Herz geblutet, dir dabei zuzusehen, wie du um ihn herumgescharwenzelt bist, ihm den Erfolg meiner Tochter wie Honig um den Mund geschmiert hast. Ein klein wenig Mitleid habe ich mit dir, er wird nicht glücklich sein, zu hören, dass dein bestes Pferd aus dem Stall ausgebrochen ist.«

Tatsächlich erblasste Gabriel; diese Konsequenz hatte er anscheinend noch nicht bedacht. Er zupfte am Verband an seiner Hand und schien zu überlegen. Lucía beobachtete den Sekundenzeiger der Wanduhr, er vollendete beinahe eine ganze Runde, bevor Gabriel sprach.

»Ich bin bereit, ihr zu verzeihen«, sagte er sanft. »Sie kann jederzeit zurückkommen, ohne Angst. Vielleicht habe ich sie zu hart gepuscht in den letzten Monaten. Wir verschieben Südamerika auf nächstes Jahr und erlauben uns stattdessen einen schönen Urlaub. Das hat sie sich verdient, nicht wahr?« Er lächelte. Es war ein gewinnendes Lächeln, Lucía hatte es schon oft an ihm gesehen. Luz hatte er so um den Finger wickeln können, aber sie hatte immer die Härte darunter erkannt.

»Sie wird nicht zurückkommen, Gabriel«, sagte sie ganz ruhig. »Das nächste Mal, das ihr euch sehen werdet, wird am Tag eurer Scheidung sein.«

Schlagartig verschwand sein Lächeln. »Das wird nie passieren!«

»Doch, wird es. Du hast keine Macht mehr über sie. Die Zeiten ändern sich. Prioritäten ändern sich.«

»Das ist es, was du kannst, Lucía: Ehen brechen. Erst deine eigene, dann hilfst du anderen dabei«, höhnte er, aber dann zerbröckelten die scharfen Kanten in seinem Gesicht, es fiel in sich zusammen, haltlos. »Du nimmst mir alles, was mir wichtig ist«, jammerte er. »Was bist du nur für ein Mensch! Sie wird dich noch mehr hassen dafür, ist es das, was du willst?«

»Das Einzige, was dir wichtig ist, bist du selbst«, antwortete Lucía. »Und Hass ist ein großes Wort, aber wenn ich es in den Mund nehmen müsste, würde ich sagen, dass ihr Hass auf dich mittlerweile größer ist als der auf mich. Ich habe bestimmt nicht alles richtig gemacht in meinem Leben, aber ich bin Mutter, Gabriel. Und als solche habe ich immer für meine Familie und meine Kinder gekämpft. Das Beste, was du tun kannst, ist, einzusehen, dass eure Ehe gescheitert ist, und es euch so einfach wie möglich machen.«

»Eine vor Gott geschlossene Ehe kann man nicht auflösen!«, brüllte Gabriel, rot im Gesicht.

»Gottes Wege sind unergründlich«, sagte Lucía, straffte den Rücken und verließ das kleine Büro.

Wie froh sie war, in ihren Mitarbeiterinnen vollkommene Vertrauenspersonen gefunden zu haben. Raquel trug mittlerweile als Chefin die volle Verantwortung für den großen Blumenladen, Rebecca die für das kleine, neuere Geschäft. Neben den beiden arbeiteten noch drei weitere Angestellte für sie, allesamt, so wie Rebecca, Frauen, die bei ihnen Schutz gesucht hatten. Zwei davon lebten weiterhin mit ihren Männern, verdienten aber ihr eigenes Geld, eine davon hatte sich nach mehreren vermittelnden Gesprächen einvernehmlich von ihrem Mann getrennt und Rebecca, das wusste Lucía, würde in Kürze ihren Antrag auf Scheidung einreichen; sie lebte seit drei Jahren bereits nicht mehr mit ihrem Mann zusammen und die Möglichkeit einer Versöhnung lag bei null, denn sie hatte entdeckt, dass sie in Raquel verliebt war und Raquel in sie.

Lucía selbst pendelte zwischen den beiden Läden hin und her, fuhr Lieferungen aus, sah im Frauenhaus vorbei oder traf sich, gemeinsam mit ihren Mitkämpferinnen, mit Anwälten, Psychologen, Politikern und anderen einflussreichen Personen, um die Rechte der Frauen in Spanien voranzutreiben. Das Scheidungsgesetz rannte der Ziellinie entgegen, aber die bejubelte Gleichberechtigung, die in der neuen Verfassung von 1978 ihren Platz gefunden hatte, war bei Weitem noch nicht im Alltag angekommen. Es lag noch viel Arbeit vor ihnen. Schritt für Schritt, dachte Lucía, so wie bei allem im Leben.

Gern hätte sie den Abend mit Luz verbracht, aber laut Felicidad hatte die sich bereits am frühen Nachmittag auf ihr Zimmer zurückgezogen und wollte in Ruhe gelassen werden. Schritt für Schritt, ermahnte sich Lucía. Luz brauchte Zeit, um sich in dieser neuen Situation zurechtzufinden. Zeit allein. Kurzentschlossen kaufte sie eine gute Flasche Wein und Lammrippchen, die sie anbraten würde, bis der Fettrand außen kross und innen schmelzend weich wäre. Dazu weiße Bohnen mit viel Knoblauch und Petersilie und einen frischen Salat, und zur Nachspeise ergatterte sie ein Körbchen Erdbeeren, die betörend nach Sommer dufteten. Agustín und Celia würden sich freuen.

Mit dem Vorderarm wischte sie sich den Schweiß von der Stirn. Es war, als ob die Sonne noch einmal das

Letzte aus sich herauspresste, bevor sie sich für die Nacht verabschieden würde. Lucía sah kurze Röcke, nackte Arme und gelockerte Hemdkragen, fröhliche Gesichter, die sich auf den Samstagabend freuten. Eine japanische Reisegruppe hetzte an ihr vorbei, eine Frau blieb kurz stehen und schoss ein Foto von einer fülligen alten Dame, die auf einer Bank saß und Tauben fütterte, schwarzes wadenlanges Kleid, fleischfarbene Strümpfe, geschwollene Fußgelenke, ein zahnloses Lächeln. Zu Hause, auf der anderen Seite der Erdkugel, würde sie das Bild ihrer Familie und ihren Freunden zeigen, zusammen mit Fotos der Sagrada Familia, Flamencotänzerinnen in gepunkteten Kleidern im Pueblo Español und von den Blumenständen und Kiosken auf der Rambla, und sagen, so sieht Spanien aus. Dabei war das nur ein Teil. Traditionen und Folklore. Es zeigte nichts vom Aufbruch, nichts von den Bemühungen, Anschluss zu finden an eine Welt, die nicht vierzig Jahre lang im Dornröschenschlaf gelegen hatte.

Sie wechselte das schwere Einkaufsnetz von der rechten in die linke Hand, um in ihrer Handtasche nach dem Schlüssel zu tasten. In dem Moment wurde das Portal von innen geöffnet und die Nachbarin aus dem zweiten Stock, *Señora* Hernández in ihrem geblümten Hauskittel, kam heraus und hielt ihr die Tür auf. Lucía bedankte sich und fragte sich gleichzeitig, wie viele von diesen Kitteln die Dame wohl hatte, lief sie doch, seit sie hier wohnte, immer mit demselben Modell herum.

»Sie haben Besuch bekommen«, brummte sie, packte den Reisigbesen, der immer dort in der Ecke stand, und fuhr damit über den Boden, den sie heute allein wahrscheinlich schon dreimal gefegt hatte. Wer so eine Nachbarin hatte, brauchte wahrlich keinen Wachhund.

Dennoch schrillten bei Lucía die Alarmglocken. »Ach ja? Ein Mann?« War Gabriel jemals bei ihnen in der Wohnung gewesen? »Groß, hager und …« … wütend?

»Mann und Frau«, sagte *Señora* Hernández. »Sie sollten übrigens der Kleinen sagen, dass sie doch spätabends nicht den Lift nehmen soll, der rumpelt so laut. Immer macht die Krach, *Señora* Flores, entweder mit ihrer Fidel oder …«

»Jaja«, erwiderte Lucía zerstreut, schritt an der nörgelnden Frau vorbei und öffnete besagten rumpelnden Lift. Immerhin funktionierte er, nachdem er jahrelang nicht repariert worden war. Mann und Frau? Hatte Gabriel Luz gefunden und hierhergeschleppt? Wohl kaum. Miguel und Julia? Aber wo waren die Kinder? Agustíns Bruder Esteban würde mit seiner schlechten Laune nie eine Frau finden, geschweige denn nach Barcelona reisen, um sie ihnen vorzustellen.

Der Lift kam stolpernd zum Stehen; sie öffnete das Gitter, das immer etwas klemmte, und lauschte dann vor ihrer Wohnungstür. Leise Wortfetzen konnte sie vernehmen, die Stimme kam ihr bekannt vor, dann wieder nicht, aber ihr Herz musste ein paar Sekunden vor ihrem Kopf erkannt haben, wer in ihrem Wohnzimmer saß, denn es begann auf einmal zu rasen, als wollte es voller Ungeduld direkt aus ihrer Brust und durch die geschlossene Tür springen. Und als ein tiefes Lachen erklang, wusste schließlich auch ihr Kopf, wer zu Besuch war, und sie konnte den Schlüssel nicht schnell genug ins Schloss stecken.

»Francisco!«, rief sie, kaum war sie über die Schwelle getreten, ließ die Einkäufe und ihre Tasche stehen und liegen und rannte ins Wohnzimmer. »Francisco, mein Sohn, bist du es wirklich?« Da stand er, tatsächlich, mitten im Raum, groß, breit, mit einem wilden Bart und einem Strahlen im Gesicht, und sie lachte und weinte und lachte und konnte gar nicht fassen, was ihr gerade für ein Geschenk gemacht wurde, bis er sie in seine Arme zog.

»Überraschung, Mutter«, flüsterte er ihr ins Ohr, und sie hörte an seiner Stimme, dass auch er mit den Tränen kämpfte.

»Fünfeinhalb Jahre habe ich dich nicht gesehen«, sagte Lucía, während sie sich die Augen trocknete. »Und davor noch einmal sieben Jahre.« Sie hielt ihn auf Armlänge von sich weg. »Du verschwindest doch nicht wieder in fünf Minuten, oder?«

Hinter ihr räusperte sich Agustín geräuschvoll. Als sie sich umdrehte, sah sie eine junge Frau neben ihm stehen.

»Matilda?«

»*Buenas tardes*, guten Tag Lucía, ich freue mich, dich endlich persönlich kennenzulernen«, sagte Franciscos Freundin in ihrem argentinischen Singsang und reichte ihr die Hand, aber Lucía zog sie an ihre Brust.

»Wie schön, wie schön, wie schön«, sie konnte gar nicht aufhören, die immer selben Worte zu wiederholen. »Wusstest du etwa davon?«, fragte sie

Agustín, nachdem sie die junge Frau losgelassen hatte, aber er schüttelte den Kopf.

»Wir wollten euch überraschen, und es hat geklappt. Sonst wären wir einfach morgen wiedergekommen«, sagte Francisco und gähnte verstohlen. »Dann hättest du mich zumindest mit gestutztem Bart gesehen, aber wir waren nur ganz kurz im Hotel.«

»Heißt das, ihr seid gerade erst angekommen? Wie lange wart ihr unterwegs? Und wie lange werdet ihr bleiben? Oh, wollt ihr etwas trinken? Wollen wir gemeinsam essen gehen? Ich befürchte, ich habe nicht genug eingekauft …«

Francisco lachte, und für einen Moment hörte sie Luís und Miguel in ihm. »Ganz ruhig, Mutter. Wir sind seit über vierundzwanzig Stunden unterwegs, wir werden gleich ins Hotel gehen und uns ausruhen, und morgen, wenn ihr Lust habt, können wir den ganzen Tag miteinander verbringen, bevor wir Montag nach Cadaqués fahren.«

»Ja, natürlich. Aber …«

»Wir werden genug Zeit haben, Mutter«, beruhigte Francisco sie und nahm ihre Hand. »Wir haben nicht vor, nach Argentinien zurückzukehren.«

»Ihr habt nicht vor …« Lucía rückte sich die Brille zurecht, als ob das verschwommene Bild an Schärfe gewinnen würde und sie so die Aussage besser verstehen könnte.

»Setzt euch doch kurz alle«, rief Agustín und klatschte in die Hände. »Bitte. Ich glaube, ein paar Minuten der Erklärung wären angebracht, sonst sterben wir vor Neugier bis morgen! Ein Gläschen Wein?« Lucía wollte in die Küche eilen, aber Agustín hielt sie zurück. »Ich mach schon, *cariño*.«

»Also«, sagte Lucía, als alle saßen, ein Glas Wein in der Hand und zwei Schalen mit Salzgebäck und Oliven auf dem Tisch.

»Also«, sagte Francisco. Matilda legte ihm die Hand auf die Schulter. »Die politische Situation in Argentinien ist, nun ja, unangenehm ähnlich zu der in Spanien vor einigen Jahren. Repression, Verfolgungen, Verhaftungen. Wir blieben hauptsächlich wegen Matildas Eltern, aber nun, da sie beide leider verschieden sind, hat uns nichts mehr dort gehalten. In den letzten paar Wochen haben wir unser Häuschen verkauft, gepackt, organisiert. Aus dem Grund war ich auch so schlecht erreichbar, und ehrlich gesagt hatte ich Angst, mich zu verraten, weil ich so aufgeregt war. Deswegen habe ich Matilda vorgeschoben; sie ist der Ruhepol von uns beiden.« Matilda lächelte verlegen.

»Und jetzt bleibt ihr hier«, sagte Lucía. Der Gedanke, Francisco sehen zu können, wann immer sie wollte sozusagen, den Sohn, den sie damals vergrault hatte, der deswegen in die Probleme abgerutscht war, deswegen im Gefängnis gesessen hatte, nur um anschließend das Land zu verlassen – dieser Gedanke wärmte sie von innen mehr, als es der Rotwein vermochte.

»Wir wissen noch nicht genau, wo, vielleicht in Barcelona, vielleicht in Cadaqués oder Umgebung. Es kommt auch auf die Arbeitsmöglichkeiten an, aber irgendwo an der Küste wird es schon ein Hotel geben …«

»Aber was redest du da?«, rief Lucía und stieß beinahe ihr Glas um. »Du kannst doch bei uns, also bei Miguel, in unserem Hotel …«

»Mutter«, sagte Francisco. »Ich habe nun auch in führenden Positionen in Hotelbetrieben gearbeitet. Miguel ist der Direktor, ich werde ihm seinen Posten nicht streitig machen. Die Sommersaison steht in den Startlöchern, irgendwo werde ich bestimmt noch unterkommen. Matilda als Lehrerin wird dann im Herbst, bei Schulanfang, mit Sicherheit eine Stelle finden. Mach dir mal um uns keine Sorgen, *vale*, in Ordnung?«

Lucía lächelte gequält; etwas nagte an ihr, aber es war Francisco, der es aussprach: »Du brauchst mir keine Stelle im Familienbetrieb zuzuschanzen, nur weil du vor vielen, vielen Jahren dachtest, ich wäre nicht bereit dafür. Ich war nicht bereit dafür. So einfach ist es. Du hast nichts wiedergutzumachen, *madre*.«

KAPITEL 31

Schwesterliebe

Barcelona, Juni 1981

Der Duft der Rosen schwamm wie Öl auf der feuchten Sommerluft; wedelte sich Felicidad etwas Kühle zu, vermischte und verdünnte er sich kurz, aber kaum ließ sie den Fächer sinken, gewann er wieder die Oberhand. Oscar saß in seinem Planschbecken mit den prall aufgeblasenen gelben und orangen Luftringen, für das er eigentlich bereits viel zu groß war mit seinen beinahe sieben Jahren, und wusch Steine, die er danach in der Sonne zum Trocknen auslegte.

»*Papá*!«, rief er und zeigte auf einen davon. »Ist das ein Diamant?«

Manuel inspizierte den Stein genauestens, so genau, dass Felicidad einen langen Schluck ihres *calimocho* nahm, ihres Feierabendcocktails, der aus Coca-Cola und Rotwein und viel Eis bestand, um nicht laut kichern zu müssen. Wie er so neben seinem Sohn auf dem verdorrten Fleckchen Gras kauerte, in seiner gestreiften Badehose, dem struppigen Haar und diesem Ausdruck kindlicher Ernsthaftigkeit auf dem Gesicht, war er Oscars Spiegelbild in groß. Sie atmete tief die rosengeschwängerte Luft ein; der Duft würde sie immer an ihre Hochzeit erinnern und damit an den Anfang ihrer Ehe, und Gott, was waren diese sechzehn Jahre für eine Reise gewesen; von der sprudelnden Quelle der frischen Verliebtheit, durch rauschende eiskalte Bergbäche der Angst, die trüben, fast stehenden Gewässer der mäandernden Flüsse in den Ebenen, in denen sie fast stecken geblieben wären, bis sie nun endlich im Meer angekommen waren, weit und offen und horizontlos. Ab und an gab es ein kleines Gewitter, Wogen, die es zu glätten galt, aber die meiste Zeit fuhren sie nun über glatte, tiefblaue See, mit Oscar als dem Wind in ihren Segeln.

»Ich befürchte, junger Mann, dass Ihnen hiermit jemand einen dicken Bären aufgebunden hat«, sprach Manuel mit erhobenem Zeigefinger, und Oscar lachte sein quietschendes Jungenlachen und fiel rückwärts ins Wasser. Erfrischende Tropfen spritzten an Felicidads nackte Beine.

»Das geht zu weit!«, rief sie, stellte ihr Glas mit Nachdruck auf das Beistelltischchen, ließ sich auf die Knie fallen und schaufelte Wasser über Oscars Kopf, bis ihr Sohn sich kreischend und kichernd in dem kleinen Bad wie ein Aal wand und sie alle klitschnass waren.

»Herrlich«, murmelte Felicidad, als sie erfrischt nach der Wasserschlacht wieder in ihrem Liegestuhl saß. Manuel küsste sie sanft auf den Scheitel und setzte sich neben sie, während Oscar keine Lust mehr auf Planschen hatte und nach oben lief, um das Kinderprogramm im Fernseher zu sehen. Die leisen Stimmen vermischten sich mit dem Zirpen der Grillen und dem Abendgesang der Vögel zu einem angenehmen Konzert, und nun, wo die Sonne langsam an Stärke verlor, nahm sie unter dem schweren Rosenduft auch den Geruch des nassen Rasens und des Lavendels wahr, der im hinteren Teil des Gartens wucherte. Manuel zupfte am Saum seiner Badehose; er war etwas fülliger geworden in den letzten drei Jahren, seine Wangen etwas schlaffer, aber aus seinen Augen leuchtete ihr immer noch so viel Liebe entgegen, dass sie gar nicht wusste, womit sie ihn verdient hatte.

»Danke«, sagte sie und nahm seine Hand.

»Wofür?«, fragte er sichtlich erstaunt.

»Dafür, dass du immer zu mir gehalten hast, obwohl du nicht immer einverstanden warst mit meinen Taten. Dass du bei mir geblieben bist, als ich mich selbst verlor.«

»Aber was hätte ich denn ohne dich gemacht?«, antwortete er, als ergäben ihre Worte für ihn keinen Sinn, und dann zog er Felicidad hoch, zu sich auf den Schoß, und schlang die Arme um sie. »Wie kommst du darauf, dich bei mir dafür bedanken zu müssen?«

Sie lachte verlegen. »Ich weiß nicht. Gedanken, die mir gerade so durch den Kopf gehen. Was alles passiert ist, wo wir angefangen haben und wo wir jetzt stehen.«

»Sitzen.«

Sie biss ihn spielerisch in den Arm für den Witz.

»Aber ja, es ist viel passiert. Und seit du deine Familie gefunden hast, hast du dich verändert.«

Sie drehte sich halb zu ihm um, um zu sehen, ob zum Guten oder Schlechten, aber sein Lächeln beruhigte sie.

»Und das Frauenhaus ist genau das richtige Projekt für dich. Du bist aufgeblüht wie eine wunderbare Rose. Die schönste Rose von allen.«

Sie kicherte und schmiegte sich an ihn, nur um gleich aufzuseufzen »Du hast recht. Die Arbeit im Frauenhaus erfüllt mich. Es ist nur schade, dass ich bei der Familie, außer bei Lucía und Agustín natürlich, ziemlich auf Granit stoße. Celia reagiert noch am neutralsten, ihr bin ich einfach egal, sie ist jung und auf ihre Karriere konzentriert. Miguel und Julia in Cadaqués sind höflich-zurückhaltend, als wollten sie abwarten, was ich vorhabe – sie um ihr Hotel prellen oder mir sonst etwas erschleichen, jetzt, wo ich nach fast vierzig Jahren einfach so auftauche. Francisco hat auf den Brief, den ich ihm geschickt habe, um mich vorzustellen, so steif geantwortet, als würden wir nicht vom gleichen Planeten stammen. Und Luz, ach Luz. Von allen vieren ist sie die, die am wenigsten mit mir zu tun haben will. Schon bevor sie ins Frauenhaus kam, aber jetzt fast noch mehr. Vielleicht denke ich das aber auch nur, weil wir uns nun täglich über den Weg laufen und sie mir ihre Antipathie damit noch häufiger ins Gesicht schmieren kann.« Sie zog eine Schnute, als sie daran dachte, wie Luz ihr erst gestern, als sie sich im Flur begegnet waren, den Rücken gekehrt hatte, um nicht mit ihr sprechen zu müssen. Natürlich nahm sie das persönlich, wie könnte sie nicht? »Das tut schon weh. Aber ich will nicht klagen, Manuel: Ich habe meine Eltern gefunden. Sie sind glücklich darüber. Das ist mehr, als ich jemals erwartet hätte.«

»Wie lang ist Luz nun schon im Frauenhaus? Geht es ihr besser?«

Sie löste seine Arme und setzte sich wieder in ihren Stuhl. »Seit einem guten Monat. Das ist nicht außergewöhnlich, es gibt Frauen, die sind schon seit über einem Jahr dort. Je nach Situation. Aber seit sie erfahren hat, dass Gabriel sie in der Flamencoszene aufs Übelste diffamiert und niemand mehr mit ihr zusammenarbeiten möchte, ist sie nur noch ein Schatten.« War sie selbst aufgeblüht, war Luz verwelkt. Es schmerzte, ihre Schwester so zu sehen und ihr nicht helfen zu können, weil sie keinen an sich heranließ. Vor allem sie nicht.

Manuel schüttelte bekümmert den Kopf. »Wie kann er ihr das antun? Will er sie zwingen, zurückzukehren, obwohl er weiß, dass sie ihn nicht mehr liebt?«

»Der Stolz eines Mannes ist ein spezielles Tierchen«, sagte Felicidad. »Manchmal stark und behäbig wie in deinem Fall, manchmal sensibel und unberechenbar wie bei Gabriel. Einmal verletzt, attackiert es, ohne an die Konsequenzen zu denken. So macht er alles nur noch schlimmer und merkt nicht einmal, dass er ihr damit in die Karten spielt und die Scheidung vereinfacht.«

»So, so, mein Stolz ist also ein behäbiges Tierchen?« Manuel konnte sich ein Schmunzeln nicht verkneifen, wurde aber sofort wieder ernst. »Vielleicht solltest du noch einmal versuchen, auf sie zuzugehen. So richtig. Damit ihr aus dem Weg räumen könnt, was auch immer sie zwischen euch stehen sieht.«

»Ich weiß«, sagte Felicidad. »Ich nehme es mir immer wieder vor und tue es doch nicht. Aber vielleicht ist nun wirklich die Zeit gekommen.«

Der Montag verging und auch der Dienstag, aber am Mittwoch überwand Felicidad diese undefinierbare Nervosität, ihrer Schwester gegenüberzutreten. War es Angst vor der Ablehnung? Oder die Sorge, sie sogar noch zu vergrößern? Blut war nicht immer dicker als Wasser, der Umstand, dass sie dieselben Eltern hatten, führte nicht automatisch dazu, dass sie sich verstehen oder sogar mögen mussten. So gern sie das auch wollte, es brauchte beide dazu.

Wie in den meisten Tagen seit ihrer Ankunft war Luz auch heute nicht in den gemeinschaftlichen Räumen zu finden, weder im Garten noch in der Küche. Auch nicht im Salon, wie sie das Zimmer scherzhaft nannten, in dem sie eine kleine Bibliothek eingerichtet hatten und in dem sie manchmal Filme vorführten oder Vorträge zu Themen anboten, die die Frauen interessieren könnten: Welche Rechte und Pflichten hatten sie im Falle einer Trennung oder einer Scheidung, welche hatte der Mann? Was passierte mit den Kindern? Hilfe bei der Bürokratie. Unterhaltszahlungen, Arbeitsmöglichkeiten, Ausbildungen. Häusliche Gewalt, ihre Dynamik und Auswirkungen.

Luz war nie dabei.

Felicidad klopfte sacht an ihre Zimmertür und trat dann ein, ohne auf die Antwort zu warten. Das war unhöflich, aber sie wusste, dass sie auf Antwort umsonst warten würde. Entweder nämlich schlief ihre Schwester – oder tat zumindest so – oder sie saß, wie jetzt, auf dem ehrlich gesagt nicht sehr bequemen Stuhl, der das Zimmer neben dem Bett, einem Tisch und einem Schrank ausstattete, und starrte aus dem Fenster. Felicidad kannte den

Ausdruck auf ihrem Gesicht zur Genüge, sie hatte ihn an sich selbst oft genug gespürt. Er war grau, dieser Ausdruck, grau wie nasser Staub. Der nasse Staub eines Lebens, das nie wieder dasselbe sein würde.

»Was willst du?« Es kostete sie hörbare Anstrengung, die drei Worte aus ihrem Mund zu schieben.

»Ich habe von Alicia gehört, dass du den Termin bei der Psychologin wieder nicht wahrgenommen hast. Sie hat dir einen neuen gegeben, für morgen Vormittag. Es würde dir guttun, mit ihr zu sprechen.«

»Woher willst du wissen, was mir guttut? Oder sie? Oder irgendjemand?« Sie hatte sie dabei noch nicht einmal angesehen und wandte jetzt den Kopf noch weiter ab, als ob das Gespräch für sie beendet wäre. Aber Felicidad setzte sich auf das ungemachte Bett. Sie spürte sofort, wie sich Luz verschloss. Wie ein Einsiedlerkrebs, der sich in seine Muschel zurückzog, dachte sie. Da half nichts außer warten.

Vor dem Fenster brannte die Sonne vom Himmel, es war stickig im Zimmer. Würde Luz das Fenster öffnen, würde der leichte Wind für Abkühlung sorgen, sie würde die Vögel hören, die in den Bäumen des kleinen Parks sangen, der das große ehemalige Herrenhaus umgab, sie könnte das Rauschen und das Hupen des Verkehrs hören, der auf der anderen Seite der Mauer entlangfloss, den Geruch von frisch gemähtem Rasen riechen.

»Du versteckst dich.«

Luz murmelte etwas Unverständliches, es klang wieder wie *was weißt du schon*.

»Ich weiß sehr viel über das Verstecken«, sagte Felicidad sanft. »Ich habe mich jahrelang versteckt, vor anderen, vor mir selbst. Man hat mir meine Arbeit genommen, meine Würde, meine Gesundheit, die Möglichkeit, zu lieben.«

Luz schnaubte. Wenn man in seinem eigenen Kummer feststeckte, waren die Geschichten der anderen nie so schlimm wie die eigene.

»Wenn du Heilung oder auch nur Linderung suchst, musst du kämpfen. Aber dafür musst du zuerst einmal Heilung finden wollen. Wir wollen dir dabei helfen, alle hier. Deine Mutter hat diesen wunderbaren sicheren Raum geschaffen …«

Unerwartet schnell drehte Luz sich zu ihr um. »Du glaubst, unsere Mutter zu kennen, aber was sind deine drei Jahre gegen mein ganzes Leben? Sie ist keine Heilige, nur weil sie das hier ins Leben gerufen hat.« Sie unterstrich ihre Aussage mit einer abschätzigen Handbewegung.

Felicidad betrachtete sie und Luz starrte zurück. Sie sah wirklich schlecht aus, und einen Augenblick lang dachte sie daran, aufzustehen und zu gehen. Das Gespräch hatte sich von Anfang an in die falsche Richtung entwickelt; sie hatte über das sprechen wollen, was zwischen ihnen beiden stand, und nun sprachen sie über ihre Mutter.

»Das soll kein Wettbewerb zwischen uns sein, wer mehr hat leiden müssen«, sagte sie dann. »Aber stell dir vor: Hätte sie damals, als ich ein kleines Mädchen war, nicht diesen Zug nehmen wollen, ohne gültige Papiere, oder hätte sie zumindest anders reagiert, als vor der Kontrolle zu fliehen, dann wären wir vielleicht gar nie getrennt worden. Vieles wäre mir dabei erspart geblieben, das kann ich dir versichern. Ich könnte ihr eine Menge Vorwürfe machen. Aber es gibt Momente im Leben, da muss man Entscheidungen treffen, so wie du jetzt auch eine getroffen hast, indem du den Antrag auf Scheidung gestellt hast. Und so wie ich welche getroffen habe. Manchmal hat man nur Sekunden Zeit dafür, manchmal kann man tage- oder wochenlang darüber brüten, aber sind sie einmal genommen, treten Konsequenzen in Kraft. Immer. Sie können unwesentlich sein. Oder riesengroß. Manchmal glaubt man, die bestmögliche und einzig richtige Entscheidung getroffen zu haben, aber für andere Beteiligte stellt sie sich als fatal heraus. Oder sogar für einen selbst. Ich kann mir nicht vorstellen, wie gewaltig ihre Gewissensbisse gewesen sein müssen, als sie zwischen Luís und Agustín hin- und hergerissen war. Zwei Männer, die sie liebte. Und solange ich mich nie in der Situation befunden habe, kann ich mir kein Urteil darüber erlauben. Kannst du es?«

»Was meinst du damit?«

»Warst du schon einmal in einer Situation, in der du dich zwischen zwei Männern entscheiden musstest?«

Das Grau in Luz' Gesicht wurde noch etwas fahler. »Was geht dich das an?«

»Oh, mir musst du es auch gar nicht erzählen. Du musst höchstens mit deinem Gewissen klären, ob du das Recht hast, deine Mutter deswegen zu verurteilen und es sie auch nach bald dreißig Jahren noch spüren zu lassen.«

Luz starrte an ihr vorbei an einen Punkt an der Wand, bewegungslos. Sie sah so unfassbar müde aus. Und dann lief eine Träne über ihre Wange, still und einsam, und sie schloss die Augen.

»Er hat meine Mauer gesprengt«, sagte sie leise, fast beschämt, und hielt die Augen dabei geschlossen. Felicidad wollte fragen, von wem sie sprach, von Gabriel oder doch einem anderen Mann, aber sie schwieg, damit Luz sich nicht wieder zurückzog. »Vor langer Zeit schon. Vor fünf Jahren, fast genau. Schon als wir uns das erste Mal sahen, ich wollte es nur nicht wahrhaben. Weil ich dachte, ich könnte meine Gefühle kontrollieren, sie lenken, sie zwingen, selbst als ... oder gerade als ich ihnen nachgegeben habe. Ich habe ihn aus meinen Gedanken verbannt. Und ich war wütend auf meine Mutter, weil sie nicht dasselbe getan hat, damals. Weil sie die Gefühle für Agustín nicht kontrolliert hat. Ich dachte, sie wäre schwach gewesen. Aber man kann dem Herzen nicht vorschreiben, für wen es schneller schlägt. Es macht, was es will. Es macht, was es will«, wiederholte sie den letzten Satz flüsternd und öffnete die Augen. »Ich wollte, ich könnte weiterhin wütend auf sie sein, weil es mir das Gefühl gibt, im Recht zu sein. Anständig zu sein, respektabel. Keine Ehebrecherin. Aber das geht jetzt nicht mehr. Denn jetzt bin ich genau wie sie.« Ihre Stimme brach, der Damm brach und sie weinte. Haltlos. Laut. Befreiend. Und als Felicidad ihr die Hand hinhielt, stolperte sie auf das Bett zu und in die Arme ihrer Schwester, die sie auffing.

»Und wer ist der Mann, der diese Mauer gesprengt hat?«, fragte Felicidad leise, während Luz sich mit einem Zipfel ihrer Bettdecke die Augen trocknete. Sie sah leer aus und gleichzeitig ein bisschen lebendiger als noch eine halbe Stunde zuvor. Und auch wenn sie wusste, dass das Vertrauen zwischen ihnen noch zu dünn war, um sie weit zu tragen, konnte sie die Frage nicht zurückhalten.

Luz blinzelte, schien dasselbe zu denken, und die Eisdecke unter ihren Füßen knirschte gefährlich, als sie sich aus der Umarmung löste und sich wieder auf den Stuhl setzte.

»Henry«, sagte sie dann aber und ein weiches Leuchten breitete sich auf ihrem Gesicht aus, verwandelte sich in Zweifel, bevor sie es einfach zuließ. Man konnte dem Herzen nicht vorschreiben, was es fühlen sollte. »Henry heißt er. Und ich habe ihn ironischerweise am Tag meiner Hochzeit kennengelernt.«

Felicidad rutschte über die Bettdecke an die Wand und setzte sich in den Schneidersitz, neugierig auf das, was käme. Lucía hatte immer wieder mal angedeutet, dass da wohl irgendwann irgendwas passiert war, aber auch immer sofort wieder das Thema gewechselt. Das war etwas sehr Intimes, dass nur Luz selbst erklären könnte, wenn sie wollte.

Und jetzt wollte sie anscheinend, denn sie holte tief Luft, nahm das Glas, das auf dem Tisch stand und trank einen Schluck des wahrscheinlich lauwarmen Wassers und begann zu erzählen, von Hermenegildo, Henry genannt von seinen Freunden, von London, von Freundschaft, die so verlockend prickelte wie frisch eingeschenkter Sekt. Und genauso bittersüß war, weil sie unschuldig war und sich dennoch nicht unschuldig anfühlte. Sie erzählte, wie Gabriel das erste Mal so richtig ausrastete, weil er sie des Flirtens mit ihm bezichtigte, wie er die Einladung nach London zerriss, und wie das alles zum ersten Kuss zwischen Henry und ihr führte, und dann zu mehr.

»Ich habe das erste Mal gespürt, was Liebe wirklich war. Nicht, sich für den anderen aufzuopfern, dem anderen gefallen zu wollen, Honig um den Mund zu schmieren. Kein ständiger Wettbewerb. Sondern Hand in Hand, auf gleicher Augenhöhe zu gehen. Sich fallen lassen zu können, wissend, der andere fängt dich auf. Und aufzufangen, wenn der andere stolpert. Aber Gabriel kam natürlich dahinter, misstrauisch und eifersüchtig, wie er ist. Und ich habe eine Entscheidung getroffen. Habe Henry aus meinem Herzen ausgesperrt, aus Pflichtgefühl, Schuldgefühl, Angst. Bis ich ihm vor einem Monat zufälligerweise über den Weg gelaufen bin.«

Felicidad rieb sich so unauffällig wie möglich die Gänsehaut vom Arm. »Das ist eine ergreifende Geschichte.«

»Mag sein. Aber es ist dennoch falsch, seinen Ehemann zu betrügen. Ich kenne das Dilemma unserer Mutter also nur zu gut.«

»Und weiß Henry bereits, was vorgefallen ist?«

»Ich denke schon. Er ist mit Gabriel verwandt, Cousin über fünf Ecken. So einen Vorfall kann man vor der Familie nie lange geheim halten, egal wie sehr man es versucht. Aber er kennt natürlich meinen Aufenthaltsort nicht. Ich würde ihn so gern sehen.«

»Dann helfe ich dir.«

Luz lachte leise, es klang ein wenig kratzig, so als ob sie schon lange nicht mehr gelacht hätte. »Gehört das zu deinen Aufgaben als Leiterin des Frauenhauses?«

»Nein«, entgegnete Felicidad, rutschte wieder an die Bettkante und griff nach Luz' Hand. »Es gehört zu meiner Aufgabe als Schwester.«

Am nächsten Mittag beobachtete Felicidad das Bürogebäude, in dessen Parterre die Maklerfirma untergebracht war, für die Henry arbeitete. Vor zwei Stunden hatte sie angerufen, um herauszufinden, ob er überhaupt in Barcelona war oder doch in London, aber sie hatte Glück – laut der Empfangsdame war er seit zwei Tagen wieder in der Stadt. Ein Angestellter nach dem anderen trat aus dem Gebäude, alle proper in Anzügen, trotz der Hitze, und dann, da, das musste er sein. Felicidad erkannte ihn sofort, so lebendig hatte Luz ihn ihr beschrieben, aber er war in Begleitung einer Frau. Kurz zögerte sie. In dem Moment blieben die beiden am Fußgängerübergang stehen, schüttelten sich formell die Hände, und während die Frau die Straße überquerte, kam Henry direkt auf sie zu, die Stirn in Falten gelegt, als ob er noch über das eben beendete Gespräch sinnierte.

»Henry«, sagte sie leise, als er fast auf ihrer Höhe war.

Er hob den Kopf – und blieb abrupt stehen. Ob sie wollte oder nicht, sie musste über seinen entgeisterten Gesichtsausdruck lachen.

»Ich bin Luz' Schwester. Felicidad. Ja, wir sehen uns ziemlich ähnlich, auch wenn ich ein paar Jährchen älter bin als sie.«

»Sie hat nie ...«

»... eine Schwester erwähnt? Ich weiß. Lange Geschichte, dafür ist ein andermal Zeit.« Er sah immer noch verwirrt aus. In ihr keimte ein Verdacht auf. »Du weißt nicht, was passiert ist, nicht wahr?«

»Ist Luz ... Hat Gabriel ... Ich war die letzten vier Wochen in London. Was? Was ist passiert?« Er hatte Angst um Luz, das sah sie ihm an, und es war gut, das zu sehen. Es hieß, dass sie ihm etwas bedeutete. Sie legte ihm die Hand auf den Rücken und dirigierte ihn so in Richtung Metrostation.

»Luz hat sich vor vier Wochen von Gabriel getrennt«, erklärte sie leise und schob ihn weiter, als er stockte. »Sie hat die Scheidung eingereicht. Sobald das Gesetz verabschiedet ist, wird der Antrag bearbeitet.« Sie trieb ihn die Treppe hinab, schob zwei Tickets durch die Schleuse. Schaute über ihre Schulter. Sie hatten befürchtet, dass Gabriel vielleicht Henry beschatten ließe, in der Annahme, dass Luz sich irgendwann bei ihm melden würde. Aber zwischen der Menschenmenge würde sich ihre Spur rasch verlieren.

»*Dios mío*, mein Gott. Davon hat mich niemand unterrichtet. Wo ist sie, bei ihrer Mutter? Kann ich sie sehen?«

»Sie wohnt an einem sicheren Ort, die Adresse ist geheim und wird es auch für dich bleiben. Aber weil sie so sehr darauf bestanden hat, bringe ich dich zu ihr. Also zu mir, denn dort wartet sie.« Ein Rumpeln und ein Schwall heißer Luft kündigte die imminente Einfahrt der Metro an. Um diese Uhrzeit drängten sich die Menschen auf dem Bahnsteig, niemand schien ein spezielles Interesse für sie an den Tag zu legen. Gut möglich, dass das Manöver, das jetzt folgen würde – zweimal umsteigen –, überflüssig war, dass Gabriel eingesehen hatte, dass er nichts damit erreichen würde, herauszufinden, wo Luz sich befand. Aber die fast täglichen Anrufe, mit denen er Lucía bombardierte, sprachen eine andere Sprache. Gabriel hatte gar nichts eingesehen.

Henry hatte ihr eine Menge Fragen gestellt während der Fahrt, aber sie hatte zu den meisten geschwiegen. Sollte er die doch für Luz aufbewahren, sie könnte ihm besser erklären, was passiert war und was in der Zukunft passieren könnte. Bevor sie in ihre Straße einbogen, blickte sie sich noch einmal um, aber hier, abseits des Zentrums, waren nur wenige Menschen unterwegs. Sie atmete auf. Henry lockerte seine Krawatte und öffnete den obersten Hemdknopf, er schien furchtbar nervös.

»Dort vorn ist es«, sagte sie und zeigte zu ihrem Haus. »Sie hat mich übrigens gebeten, bei dem Gespräch dabei zu sein.« Die Bitte hatte sie erstaunt, aber nur kurz. Erst musste Luz sicher sein, wie es um sie und Henry überhaupt stand. Auch er runzelte die Stirn, schien dann aber zum selben Schluss zu kommen.

»In Ordnung.«

Sie sah den Schatten hinter dem Vorhang, und als sie die Treppe hochstiegen, riss Luz oben bereits die Tür auf.

»Du bist gekommen.« Kein Ausruf, einfach nur eine Tatsache, aber ihre Stimme vibrierte, ihr Körper vibrierte. Henry breitete wortlos seine Arme aus und Luz ließ sich hineinfallen. In dem Moment, dachte Felicidad, ging ein Ruck durch die Welt, als ob ein Gleichgewicht wieder hergestellt worden, ein Stück, verkantet, an seinen rechtmäßigen Platz gefallen wäre. Diese zwei Menschen gehörten einfach zusammen.

Sie tischte ihnen ein klein wenig was zu Essen und Trinken auf, es war schließlich Henrys Mittagspause, und zog sich dann in ihren Lesesessel zurück. Aber selbst von dort aus, so weit weg wie möglich vom Esstisch, konnte sie sehen, dass sie die Teller nicht anrührten. Sittsam saßen sie sich gegenüber und redeten leise; einmal strich Henry ihr eine Locke hinter das Ohr, mit einem Gesichtsausdruck, so sanft, dass Felicidad eine Gänsehaut überlief, ein anderes Mal legte Luz ihm die Hand an die Wange, in einer stillen Geste der Entschuldigung vielleicht, nicht an ihr Herz geglaubt zu haben. Sie sah Tränen und Lachen, und vor allem sah sie Liebe.

»Wie soll ich jemals wieder ein Engagement finden?«, hörte sie Luz sagen. »Gabriel hat dafür gesorgt, dass keiner seiner Kontakte mit mir arbeiten möchte. Aber was soll ich denn sonst machen, ich kann doch nur tanzen?«

»Dann müssen wir eben einen Ort finden, an den Gabriels rachsüchtige Finger nicht gelangen. Einen, den er immer gemieden hat wie die Pest.«

Felicidad liebte die Selbstverständlichkeit, mit der er das Wörtchen *wir* verwendete. Als ob für ihn schon alles klar wäre.

»London«, hauchte Luz.

»London«, bestätigte Henry. »Sobald dieser Albtraum vorüber ist, ziehen wir nach London.«

KAPITEL 32

Alles hätte gut werden können

Barcelona, Oktober 1981

Luz spürte Gabriels Blick auf ihr, stechend und hasserfüllt. Sie konnte ihn nicht anschauen, aber sie wusste, er saß allein neben seinem Anwalt, während sie von ihrer Mutter und Schwester begleitet worden war. Die drei Frauen del Mar. Sie waren in den letzten Monaten zu einer Einheit zusammengewachsen, von der sie nie zu träumen gewagt hatte.

Die Worte des Richters zogen ungehört an ihr vorbei, aber sie wusste auch so, was er sagte. Es war heiß in dem nüchternen Saal, aber sie zitterte, so sehr fror sie, und der jahrzehntealte Geruch nach Zigarettenrauch und Warten und Bangen schlug ihr auf den Magen. Mit Händen und Füßen hatte Gabriel sich gewehrt, hatte alle Versuche, die Scheidung friedlich durchzuziehen, torpediert mit Beschuldigungen und Beleidigungen, bis sein Vater ein Machtwort gesprochen, ihn in die Schranken gewiesen und ihm befohlen hatte, seine Niederlage wie ein Mann hinzunehmen. Luz war dabei gewesen, hatte gesehen, wie Gabriel unter dem verbalen Peitschenhieb zusammengezuckt war, immer und immer wieder der kleine Junge, der nichts mehr wollte als die Anerkennung des Vaters. Sie hatte nicht verhindern können, Mitleid mit ihm zu haben.

Aber jetzt saß sie auf diesem Holzstuhl in diesem Raum, vor ihr ein Richter im schwarzen Talar, nur wenige Minuten entfernt davon, eine freie Frau zu sein, die Fesseln einer unglücklichen Ehe abgelegt, bereit, den Koffer zu nehmen, der draußen stand, in ein Taxi zu steigen und zum Flughafen zu fahren, wo Henry auf sie wartete, und abzuheben, loszufliegen in ein neues Leben. Er würde doch dort sein? Auf einmal erfasste sie die Angst, dass er es sich anders überlegt hätte. Dass ihm das alles zu mühsam wäre, dass er die Familienehre nicht verletzen wollte, indem er dem Cousin die Frau wegnahm. Sie schwitzte plötzlich kalten Schweiß.

Nur noch ein paar Minuten. Sie starrte auf ihre im Schoß verschränkten Hände, aber aus den Augenwinkeln beobachtete sie Gabriel, wartete nur darauf, dass er aufspringen und sein Einvernehmen widerrufen würde.

»... einverstanden?«, hörte sie verschwommen, da knuffte sie ihr Anwalt bereits in die Seite.

»Jawohl«, sagte sie, ja, sie war einverstanden.

»*Señor* de la Vega?«

Gabriel sagte nichts. Luz hob den Kopf, das erste Mal während der ganzen Sitzung, und blickte ihn direkt an. Er starrte zurück, mahlte mit dem Kiefer, das Nein lag ihm auf der Zunge, sie konnte es bereits hören. Alle Anwesenden schienen die Luft anzuhalten, wartend, da sackte er zusammen, als wäre die letzte Luftblase der Hoffnung, des Stolzes oder vielleicht sogar auch dieser kantigen Art der

Liebe aus ihm entwichen und er hätte jetzt endlich begriffen, dass sie nicht zurückkäme.

»*Sí*«, sagte er leise, und Luz schloss die Augen, atmete hektisch, spürte die Hand ihrer Mutter auf der einen und die von Felicidad auf der anderen Schulter.

»Damit erkläre ich diese Ehe mit meiner Unterschrift für geschieden.«

Durch die Tränen, die sie jetzt nicht mehr zurückhalten konnte, sah sie, dass Gabriel steif aufstand, seine Krawatte richtete und aus dem Saal schritt, ohne nach links und rechts zu schauen.

»Du hast es geschafft«, flüsterte ihre Mutter ihr ins Ohr, schob sich dann aus der Bank heraus und kam zu ihr, umarmte sie, und Luz vergrub ihr Gesicht in ihrer Halsbeuge.

»Nur dank deiner Hilfe, Mutter. Dank dir.«

Als sie nach draußen trat, schien die sanfte Oktobersonne von einem strahlendblauen Himmel, als ob sie sich mit ihr freute. Unten, am Fuß der steilen Treppe, die das Gebäude von dem Platz trennte, an dem es stand, trieben gelbe Blätter in einer flachen Pfütze, ein Überbleibsel des Regengusses der letzten Nacht.

»Das Taxi wird gleich hier sein. Und du bist sicher, dass wir nicht mitkommen sollen?«, fragte Felicidad.

»Wozu denn?« Luz lachte gelöst, oh, wie gut es tat, alle Sorgen und Ängste endlich wegzulachen! »Der Fahrer kennt den Weg zum Flughafen und dort wartet Hen…« Henry, wollte sie sagen, aber sie schluckte das Wort, als sie Gabriel aus dem Schatten einer Säule treten sah.

»Luz.« Langsam kam er auf sie zu, sie wich langsam zurück. Er lächelte dieses Lächeln, das früher ihre Knie zum Zittern gebracht hatte, sie wusste gar nicht mehr, wie das möglich gewesen sein konnte.

»Jetzt ist es also vorbei. Fünf Jahre Ehe.« Er blieb stehen, hob die Hände, als wollte er ihr zeigen, wie harmlos er war. Es war vorbei. *Er* war vorbei. Sie entspannte sich, stellte den Koffer hin.

»Ja, Gabriel. Fünf Jahre.« Was sollte sie sonst noch sagen? Stattdessen warf sie einen Blick auf die Armbanduhr, eine schlichte Uhr, die zu ihr passte.

Er breitete die Arme aus. »Eine letzte Umarmung? Dafür wird wohl noch Zeit sein. Der guten Zeiten willen – die wir auch hatten, nicht wahr?«

Sie zögerte, sah noch einmal auf die Uhr. Lucía und Felicidad hatten sich etwas zurückgezogen, aber beobachteten sie. Ein Polizist stand unbeteiligt am Eingang. Am anderen Ende des Platzes bog das Taxi ein. Eine kurze Umarmung, einsteigen und dann würde sie ihn nie wieder sehen. Sie trat auf ihn zu, lächelte versöhnlich, aber statt sie an sich zu ziehen, packte er sie an den Oberarmen.

»Du kannst es kaum erwarten, Henry zu sehen, nicht wahr?«, zischte er, und sie erstarrte, konnte nicht sprechen und nicht schreien. »Dann helfe ich gern nach«, sagte er noch, und dann wirbelte er sie herum, gab ihr einen Stoß, sie stolperte, da war kein Boden unter ihren Füßen, und dann fiel sie, fiel die steile Treppe hinunter, prallte auf den Stufen auf, noch einmal, hörte ihren Schrei, den ihrer Mutter und dann nichts mehr.

Stimmen rauschten durch ihren Kopf, schmerzhaft wie Salz auf einer Wunde. Irgendetwas, irgendjemand zerrte an ihr, sie blinzelte, öffnete mühsam die Augen. Über ihr ein strahlendblauer Himmel, er schien sie zu verhöhnen in seiner Schönheit. Über ihr ein Gesicht, ihre Mutter. Nicht weinen, *madre*. Sie hob die Hand, ganz langsam, Schmerz zuckte durch ihren Ellbogen, ihr Wimmern vermischte sich mit dem Gellen von Sirenen.

Sie fühlte Hände an ihrem Körper, beruhigende Stimmen, ein Stich im Arm, alles tat weh und doch nicht, dann wurde sie hochgehoben. Sie flog, aber in die falsche Richtung, nein, sie musste zum Flughafen! Henry ... Er wartete auf sie, er wartete doch? Sie wollte auf die Uhr schauen, aber alles ... war ... so ... schwer ...

Da war Henry, wie vereinbart, im Café in der Abfertigungshalle, der letzte Tropfen in der Espressotasse bereits eingetrocknet. Sie sah seinen Pass und die Bordkarte, die daraus hervorlugte. Nervös trommelte er mit den Fingern auf die Resopaltischplatte. Sie wollte auf ihn zurennen und konnte sich doch nicht bewegen, musste stumm mitansehen, wie er schließlich aufstand, Traurigkeit im Gesicht, als wäre eingetreten, was er befürchtet hatte: dass sie absichtlich nicht gekommen wäre, dass sie den Schwanz eingezogen, ihn versetzt hätte. Ein Blick auf die Uhr, ein letzter Blick zu den Eingängen, in der Hoffnung, sie käme hereingestürzt, ein Lachen auf dem Gesicht, Stau, *cariño*, so viel Verkehr, aber jetzt bin ich hier, aber sie kam nicht. Und er ging durch die Passkontrolle. Ohne sie.

Alles tat weh. Menschen in Weiß wuselten um sie herum, zwischendurch nahm sie ihre Mutter wahr; eigentlich war sie wach, aber sie fühlte sich so wund, wie von innen heraus aufgeschürft, dass sie keine Kraft hatte, die Augen länger als ein paar Sekunden zu öffnen. Zu sprechen. Zu weinen. Wie kurz hatte ihr Glück gewährt.

»Ich glaube, sie wacht auf.«

Stimme. Kannte sie nicht. Durst.

Sie schmatzte. Pelzige Zunge.

»Luz«, hörte sie ihre Mutter sagen. »Luz, ich bin hier. Alles ist gut.«

Nichts war gut.

Es wurde hell auf der anderen Seite ihrer Augenlider. Unwillig drehte Luz den Kopf. Sofort sprangen dumpfe Schmerzen an, als hätte sie damit den Zündschlüssel gedreht. Sie stöhnte.

»*Señora* del Mar, jetzt sind Sie aber wirklich wach, nicht wahr? Die Narkose hat Sie ganz schön mitgenommen.«

»Hm.« Alles an ihr fühlte sich seltsam an. »Was…«, murmelte sie.

»Der Arzt kommt gleich und erklärt Ihnen alles.«

»Wasser. Bitte.«

Noch bevor der Arzt kam, hatte sie selbst eine Bestandsaufnahme gemacht: Ihre linke Seite war hauptsächlich in Mitleidenschaft gezogen worden.

Der Arm war eingegipst, das Bein ebenfalls. Am Kopf ein Verband. Pflaster hier und da. Schmerz überall. In ihrem Zimmer standen drei Betten, eins war leer, im anderen lag eine ältere Frau und schlief.

»Eine einfache Fraktur der Speiche gleich unterhalb des Ellenbogens«, sagte der Arzt, nachdem er sich erst nach ihrem Wohlbefinden erkundigt hatte, und deutete auf den Unterarm. »Eine Mehrfragmentfraktur des Femurs.« Er zeigte auf den Oberschenkel. »Also multiple Brüche. Das Bein hat den Sturz aufgefangen, da können Sie von Glück sprechen, sonst hätte der Kopf sehr viel mehr abbekommen.«

Glück? »Werde ich wieder tanzen können?« Sie wusste gar nicht, wieso sie das fragte. Wo sollte sie denn tanzen? Hier war sie nicht mehr erwünscht, und London ... War Henry wirklich ohne sie gegangen? Wäre er sonst nicht hier?

Es dauerte, bis der Arzt antwortete. »Wahrscheinlich schon. Aber nicht mehr auf Ihrem jetzigen Niveau, fürchte ich.«

»Warum hat er das getan, warum nur?«, jammerte Lucía und streichelte ihre Hand, die aus dem Gips herausragte. Die Finger waren eiskalt. »Wie kann man nur so ein schlechter Mensch sein?« Es war Besuchszeit, auch ihre Zimmergenossin war nicht allein, weswegen der gelbe Vorhang zwischen ihnen zugezogen war. Sie hörte dennoch ihr Flüstern.

»Wo ist er?«, fragte Luz leise. Ihr Hals kratzte immer noch. Kein Wasser der Welt konnte den eckigen Klumpen wegspülen, der ihr das Schlucken und Atmen erschwerte.

»In Haft natürlich, was denkst du denn! Ich schwöre dir, ich werde alle Hebel in Bewegung setzen, damit er nicht ungestraft davonkommt! Zeugen haben wir genug und ...«

»Henry. Wo ist Henry?« Was interessierte sie Gabriel? Er hatte bekommen, was er wollte: seine Rache. Sie war jetzt ein Krüppel, nicht mehr interessant für ihn. Wertlos. Er würde keinen Gedanken an sie verschwenden, egal ob im Gefängnis oder nicht.

Lucía sah verwirrt aus. »Henry? Ich weiß nicht. Der arme Kerl, er war doch schon am Flughafen und du bist nicht aufgetaucht.«

»Hat er nicht angerufen?« Wenigstens, um zu fragen, warum sie nicht gekommen war? Ihr Kopf schmerzte dumpf, ihr Herz grellweiß.

»Ich weiß nicht«, sagte Lucía wieder. »Ich bin nicht von deiner Seite gewichen, seit ...«

»Wie lange bin ich denn schon hier?«

Ihre Mutter blickte auf die Uhr an ihrem Handgelenk. »Gut vierundzwanzig Stunden.«

War er in London? Oder war er in Barcelona und wusste nicht, wo sie war? »Du musst ihn finden, *mamá*.«

Ihre Mutter blinzelte. *Mamá*. So hatte Luz sie seit Jahren nicht mehr genannt. Es war ihr rausgerutscht. Gestern noch war sie eine Löwin gewesen, heute aber fühlte sie sich wie ein kleines Mädchen, das sich vor dem Unwetter in die Arme der Mama flüchtete.

»Das braucht sie nicht.« Der gelbe Vorhang schob sich ein wenig zur Seite, und da stand er, unrasiert, müde Augen, das Jackett zerknittert, als hätte er darin geschlafen.

»Henry«, flüsterte Luz. Und dann weinte sie, als ob der Knoten in ihrem Hals eine Geschwulst erstickter Tränen gewesen wäre, die sich nun endlich auflösen konnte.

Lucía ließ sie allein. »Ich geh mal nach Hause und mach mich frisch«, kündigte sie an. »Hier brauchst du mich im Moment nicht.« Sie lächelte dabei, in etwa so müde wie Henry, und legte ihm die Hand auf die Schulter, in einer liebevollen Geste, als wäre er jetzt schon mehr Teil der Familie, als Gabriel es jemals gewesen war. Sie vertraute ihm ihre Tochter voll und ganz an, bedeutete diese Geste. Henry legte seine Hand über ihre. Dieses lautlose Gespräch rührte Luz erneut zu Tränen, und als Henry dessen gewahr wurde, drückte er Lucías Hand noch einmal, nahm den Stuhl, der auf ihrer kaputten Seite stand, und trug ihn einmal ums Bett herum. Sofort griff sie nach ihm, nach dem Revers seines Jacketts, und zog ihn zu sich herunter, bis sein Mund auf ihrem Mund lag, seine stoppelige Wange über ihre kratzte und sie ihn einatmen konnte.

»Ich dachte, du wärst ohne mich geflogen.«

Mit ernstem Blick sah er sie an. »Als du nicht auftauchtest, wusste ich nicht, was passiert war. Ich habe gewartet, noch lange, nachdem der Flug bereits abgeflogen war, in der Hoffnung, dass sich der Richter verspätet hatte, dass Gabriel Zicken gemacht hätte, was ich mir durchaus vorstellen konnte. Wir hätten einen späteren Flug nehmen können. Aber du kamst nicht, und irgendwann habe ich mir wirklich Sorgen gemacht. Hab das Münztelefon gefüttert und jede Nummer angerufen, die ich in meinem Kalender stehen hatte – deine Mutter als Erstes, aber dort ging niemand ran. Im Blumenladen konnte mir auch niemand sagen, wo sie war. Felicidad war ebenfalls nicht erreichbar. Sogar Gabriels Mutter habe ich angerufen, sie hat aber sofort aufgehängt. Verständlich. Sie mochte mich früher schon nicht sonderlich.« Er musste lachen, ratlos irgendwie, als ob er nicht wüsste, ob ihn das stören sollte oder nicht. »Ich habe es mit der Angst zu tun bekommen, Luz, wirklich, ich konnte mir nicht vorstellen, dass du absichtlich nicht gekommen wärst.«

Gott, wie sie sich für ihre Gedanken nun schämte. Wie hatte sie nur denken können, er wäre ohne sie geflogen?

»Ich bin durch die ganze Stadt gefahren, ohne jemanden anzutreffen, der mir Auskunft erteilen konnte. Das Gericht war schon zu, Felicidad weder zu Hause noch im Frauenhaus, bei Lucía war auch niemand erreichbar.« Ihm standen Tränen in den Augen. »Ich bin in meine Wohnung gefahren. Wollte mich nur kurz hinsetzen. Und bin eingeschlafen. Es war schon so spät, die Aufregung ... Heute früh um sechs hat dann Felicidad angerufen. Es tut mir leid ...«

»Dafür musst du dich doch nicht entschuldigen«, sagte Luz leise. Sie bewegte sich leicht, wollte ihm näher sein. Ein stechender Schmerz schoss durch ihren Oberschenkel und ihr ganzes Bein pulsierte heiß. Der Schweiß brach ihr aus und sie musste sich so fest auf die Zähne beißen, um nicht zu wimmern, dass ihr Kiefer verkrampfte. *Verflucht seist du, Gabriel.*

»Ich hätte die ganze Zeit bei dir sein sollen«, sagte Henry. Sein Gesicht war grau vor Müdigkeit, so wie ihres wahrscheinlich grau vor Schmerzen war. »Dann wäre das nicht passiert.«

»Du bist hier und das ist das Wichtigste«, flüsterte Luz, packte seine Hand und grub ihre Fingernägel in sein Fleisch.

Zwei Wochen hatte sie im Krankenhaus verbringen müssen, eine Woche im Frauenhaus, um sich vom Krankenhaus zu erholen und zu lernen, sich fortzubewegen, um gegen Gabriel auszusagen und einen letzten Blick in sein verbissenes Gesicht zu werfen – Ecken und Kanten, die nur noch den Wunsch in ihr auslösten, wegzurennen. Und weil sie das nicht konnte, weil sie einfach nicht in derselben Stadt sein konnte wie er, egal ob er nun ins Gefängnis käme oder nicht, saß sie nun, immer noch mit dem ganzen Bein und dem halben Arm im Gips, auf dem Rücksitz von Miguels rostrotem Seat auf dem Weg nach Cadaqués. Es roch nach kaltem Zigarettenrauch, und auf der Fußmatte lagen ein Buntstift, ein rosa Söckchen und die zerknüllte Verpackung eines Schokoladenriegels.

»Was ist mit deinem rassigen Schlitten passiert?«, fragte sie, nachdem sie zehn Minuten schweigend über die Autobahn gebrettert waren.

Miguel sagte weiterhin nichts und Luz dachte schon, er hätte sie nicht gehört, er vorn konzentriert und sie auf dem Rücksitz. Sie beugte sich ein wenig vorwärts, so weit es das steife Bein, das quer über der Rückbank lag, zuließ. »Was …«

»Einem Freund geliehen.«

Sie lachte. »Das muss aber ein vertrauensvoller Freund sein, wenn du ihm das teure Auto überlässt! Bei unserem letzten Treffen hast du deinem Sohn eine Ohrfeige gegeben, weil er einen Kieselstein ans Rad geworfen hat!«

Er lachte nicht und er nahm auch den Blick nicht von der Straße, weswegen sie nur einen Teil seines Profils sah. Im Januar hatten sie sich das letzte Mal gesehen, zum Dreikönigsfest. Sie hatte ihre Familie vernachlässigt in den letzten drei Jahren. Jetzt sah sie schockiert, dass er ganz ergraute Schläfen hatte, obwohl er doch erst fünfunddreißig Jahre alt war, und auf einmal holte sie dieses seltsame Gefühl wieder ein, dass sie damals an Julias Geburtstag verspürt hatte. Es fiel geradezu über sie her; egal wie schnell Miguel fuhr, es war schneller. Die Härchen an ihrem gesunden Arm stellten sich auf.

Sie räusperte sich und fuhr mit dem Finger über die fröhlichen Zeichnungen, die Oscar auf den Gips gemalt hatte, um das Gefühl abzuschütteln. Die letzten paar Monate hatten sie paranoid werden lassen.

»Henry muss leider arbeiten. Er wird am Wochenende kommen.«

»Hm.«

Seine Einsilbigkeit irritierte sie. »Das hier«, sie klopfte auf den Gips, »wird noch ein paar Monate brauchen, bis ich das Bein wieder richtig verwenden kann, und dann müssen wir schauen.« Sie plapperte irgendwas, um die ungewohnte Stille zwischen ihnen zu überbrücken. »Es ist furchtbar ermüdend, mit nur einer Krücke, aber der andere Arm ist mir ja auch keine Hilfe.«

»Wenn es dich so müde macht, dann schlaf doch einfach ein bisschen.«

Luz öffnete den Mund und schloss ihn wieder. War er wütend auf sie? Weil sie die Familie gemieden hatte und jetzt ihre Hilfe benötigte? Er hatte Grund dazu, natürlich, aber er war doch sonst nicht so nachtragend? Während er viel zu schnell fuhr, fischte er ein zerknautschtes Zigarettenpaket aus der Hemdtasche, zog einen Glimmstängel heraus und steckte ihn zwischen die Lippen. Seine Finger zitterten.

»Geht es dir gut, Miguel?«, fragte sie, hin- und hergerissen zwischen besorgt und eingeschnappt.

»Hm.« Das kleine blaue Feuerzeug ratschte, wollte aber nicht anspringen. Noch ein Versuch, noch einer. Ungeduldig schüttelte er es, wobei das Fahrzeug der linken Leitplanke gefährlich nahe kam.

»Gib her«, sagte sie, lehnte sich nach vorn und nahm es ihm aus der Hand. Einmal kräftig am Rädchen gerieben, flammte das Feuer auf und Miguel nahm einen langen Zug. Blickte sofort wieder auf die Straße.

»Alles in Ordnung?«, fragte sie erneut.

»Alles gut. Tut mir leid«, antwortete er. Es klang, als ob er in Gedanken ganz woanders wäre. »Mein Kopf ist grad ziemlich voll. Geschäft und so. Kannst du nicht verstehen. Entschuldige.« Wofür entschuldigte er sich? Dass er abwesend war? Oder dass er sie für so dumm hielt, obwohl sie früher über alles reden konnten?

»Du kannst es mir ja erklären«, sagte sie, fröhlicher, als sie sich fühlte. Etwas nagte an ihm, das spürte sie. Und als er nicht reagierte, fragte sie: »Es ist doch alles in Ordnung mit dem Hotel?«

»Natürlich ist alles in Ordnung mit dem Hotel«, antwortete er jetzt gereizt. »Was soll schon nicht in Ordnung sein damit?« Er kurbelte das Fenster runter und warf die noch glühende Zigarette aus dem Fenster. Zum Glück hatte es erst vor einigen Tagen ordentlich geregnet. »Aber ich habe Rechnungen zu zahlen, neue Bestimmungen und Gesetze zu beachten, Entscheidungen zu treffen – wir schließen bald für den Winter und wissen immer noch nicht, ob wir das Schwimmbad vergrößern sollen oder doch lieber die Terrasse überdachen oder beides oder gar nichts. Tausend Sachen eben, die mir durch den Kopf schwirren.«

Das klang für Luz nicht nach tausend Sachen, aber was wusste sie schon davon, da hatte er recht. »Vielleicht würde es dir helfen, mit Francisco darüber zu sprechen?« Francisco hatte Arbeit als stellvertretender Direktor in einem Hotel in Rosas gefunden, dem Dorf, das gerade vor dem Hügel lag, das Cadaqués vom Rest der Welt abschirmte. In Kürze würden sie es durchqueren.

»Ja, denn Francisco ist ja jetzt ein Mann von Welt, nicht wahr?«, spottete Miguel.

Was war nur los mit ihm?

»Er hat ganze zwei Jahre im Hilton in Buenos Aires gearbeitet, während ich erst seit zehn Jahren unser Familienhotel leite, mit dem ich aufgewachsen bin, das ich in- und auswendig kenne. Für das er sich nie interessiert hat. Was soll er mir da schon raten können, Luz?« Er zog eine neue Zigarette aus der Packung, dieses Mal funktionierte das Feuerzeug auf Anhieb. Luz hustete verhalten und kurbelte nun ihr Fenster hinunter. Der Fahrtwind war kühl, es war schließlich schon November. Ein Gedanke drängte sich ihr auf.

»Hast du etwa Angst, dass Francisco dir deine Stelle wegnimmt?«

»Blödsinn! Was soll dieses Verhör überhaupt?«

Luz schüttelte den Kopf. »Ich wollte doch einfach ein bisschen mit dir reden, was ist nur in dich gefahren?«

Jetzt schaute Miguel über seine Schulter. »Es ist alles gut, in Ordnung?«, sagte er schneidend scharf. »Du hast deine Probleme, ich habe meine, und manchmal beschäftigen die mich. Punkt. Aus. Ende.«

»Brems!«, schrie Luz, und im letzten Moment konnte Miguel noch auf die linke Spur ausweichen. »Verdammt, Miguel! Ich halt ja schon den Mund, aber bring uns bitte heil nach Cadaqués.« Ihr Herz raste so schnell, dass ihr schlecht wurde. Und das nicht nur vom Schreck. Es bahnte sich etwas an. Sie spürte es und konnte es nicht greifen, und das machte ihr Angst.

»So wie du von deinem Bruder gesprochen hast, habe ich ihn mir geselliger vorgestellt«, raunte Henry ihr zu, als sie drei Tage später mit Miguel, Julia und den Kindern am Mittagstisch saßen. Ihr Bruder sah aus, als hätte er zu wenig geschlafen und zu viel getrunken; am Abend zuvor war er wohl lange weg gewesen, sein Männerabend, den er anscheinend immer noch konsequent durchzog, wie Julia ihr erzählt hatte, und immer noch ohne zu erwähnen, was sie wo genau trieben.

»Sie gehen was trinken, sie gehen in die Disco in Ampuriabrava, treffen andere Freunde, fahren auch mal nach Figueras, es geht mich nichts an, Luz, verstehst du? Und wenn er am nächsten Tag einen Kater hat, ist das sein Problem«, hatte sie ihr gestern erzählt, als sie sie danach gefragt hatte. »Selbst wenn er das zweimal die Woche macht oder auch dreimal, wie häufig in letzter Zeit. In seiner Jugend hat er all das verpasst, weil er arbeiten musste. Jetzt holt er es nach. Wie nennt man das auf Englisch? *Midlife Crisis?*«

»Aber er sieht nicht aus, als würde ihm das guttun, findest du nicht? Er ist Mitte dreißig und sieht mindestens zehn Jahre älter aus. Er benimmt sich seltsam, er ist ... er ist ... unfreundlich. Er ist unfreundlich, Julia. Miguel, unfreundlich, das passt nicht zusammen. Also was ist los?«

»Du übertreibst«, sagte ihre Schwägerin und presste die Lippen zu diesem schmalen Strich zusammen, der sie ihrer Mutter Carmencita ähnlich sehen ließ. »Wir werden alle älter. Ihm obliegt viel Verantwortung, das sieht man von außen nicht. Das Hotel erwirtschaftet jedes Jahr mehr Gewinn, und das kommt nicht von nichts.« Sie nickte zur Bestätigung, als ob das Gespräch für sie beendet wäre.

»Habt ihr finanzielle Schwierigkeiten?«, fragte Luz aufs Gratwohl hinaus.

Julia lachte. »Wie kommst du denn darauf? Ich habe doch gesagt, das Hotel ...«

»Ich meine privat. Das letzte Mal, als ich ihn sah, fuhr er einen protzigen Wagen und trug eine teure Uhr. Den Wagen hat er einem Freund geliehen, meinte er? Er war ihm absolut heilig.«

»In Geldangelegenheiten mische ich mich nicht ein«, sagte Julia. »Das ist sein Territorium. Er schuldete jemandem einen Gefallen, meinte er. Für ein paar Wochen oder so, damit er seine Freundin beeindrucken kann. Was weiß ich, es ist sein Auto. Er wird schon wissen, wem er es anvertraut. Mach dir keine Sorgen.« Sie lächelte, aber ganz weit hinter diesem Lächeln meinte Luz zu sehen, wie Julia sich selbst belog.

Als Henry also am nächsten Tag anmerkte, dass Miguel bei Weitem nicht so locker wäre, wie sie ihren Bruder kannte und ihm angepriesen hatte, verspürte sie einen dicken Knoten in ihrem Magen, der ihr die Lust auf den duftenden Fischeintopf verdarb, den Julia nun auf den Tisch stellte. Wenn sie Miguel genau ansah, würde sie auch behaupten, dass er eher verweint aussah als verkatert. Wenn sie doch bloß wüsste, was in ihm vorging! Aber jedes Mal, wenn sie versuchte, ihn darauf anzusprechen, wirbelte er Zigarettenrauch um sich wie ein in die Enge getriebener Krake seine Tinte und zog sich zurück. Vielleicht hatte Julia ja recht. Es war sein Problem und sie sollte sich keine Sorgen machen.

»Und, ihr zwei? Habt ihr schon Pläne, wie es weitergehen wird?«, fragte Julia, nachdem sie die Teller verteilt hatte.

Luz' linker Arm juckte. Sie stocherte mit ihrer Gabel im Eintopf herum und widerstand nur knapp der Versuchung, damit unter den Gips zu fahren, um dem Kitzeln ein Ende zu bereiten.

»Barcelona hat für mich in letzter Zeit etwas an Attraktivität verloren«, sagte sie, und es klang eine Spur sarkastischer als geplant. Der Stadt den Rücken zu kehren, schmerzte. Aber sie fühlte sich nicht mehr sicher, nicht mehr gewollt dort. »Bis ich diese Dinger hier abgenommen bekomme, werde ich euch also auf der Tasche liegen.« Sie lachte, Henry lächelte, Julia lächelte, Miguel starrte in seinen Teller, als hätte er gar nicht zugehört. Die drei Kinder jubelten.

»Zeigst du mir, wie man tanzt?«, fragte Meritxell, ein kleines freches Biest bereits mit ihren fünfeinhalb Jahren.

»Kann sie doch nicht, du dummes Huhn, sie ist eine halbe Mumie«, piesackte sie Pablo, der Älteste, und fing sich dafür einen Klaps seiner Mutter und eine rausgestreckte Zunge seiner Schwester ein.

»Mal schauen«, sagte Luz und schmunzelte. Ihre Nichte war nun ungefähr so alt wie sie selbst, als sie die ersten Flamencoschritte getanzt hatte. Vielleicht würde sie die Tradition weiterführen?

»Aber im Ernst«, sagte Miguel plötzlich. »Was willst du denn machen, wenn du dich wieder bewegen kannst? Werdet ihr doch nach London gehen? Henry hat seine Arbeit dort, oder? Ich meine, was wollt ihr hier schon, am Ende der Welt?«

»Jetzt lass sie doch erst einmal gesund werden«, tadelte ihn Julia. »Und zur Ruhe kommen nach dem ganzen Drama.«

Henry legte sein Besteck hin und wischte sich den Mund ab. Danach sagte er: »London ist immer noch eine Möglichkeit. Für mich spielt es keine Rolle, ich folge Luz, wo immer sie hinwill. So einfach ist das.«

Bei seinen Worten ging in ihrem Herzen die Sonne auf und sie wusste gar nicht, wohin mit den ganzen Strahlen; sie hatte das Gefühl, als würden sie ihr aus jeder Pore scheinen und sie dabei emporheben. So leicht fühlte sich Liebe also wirklich an.

»Wie romantisch«, murmelte Miguel, fuhr sich fahrig über die Haare und stand auf. »Ich muss noch einmal weg, *cariño*«, sagte er zu Julia, ohne sie richtig anzuschauen.

»Aber …«, stammelte Julia. »Du hast doch gar nicht gegessen. Es ist Samstag, Allerheiligen noch dazu, wir wollten doch zum Friedhof, wo …«

»Tut mir leid. Dauert nicht lange, versprochen.« Und zu Luz gewandt, fragte er: »Wann kommt Mutter?«

»Morgen Mittag, und sie bleibt bis Dienstag«, antwortete Luz verwundert.

»Morgen«, sagte Miguel tonlos. »Morgen Mittag schon.«

Und all die Wärme und Leichtigkeit, die Luz soeben noch hatte schweben lassen, flüchtete mit ihm durch die offene Tür und ließ sie fröstelnd zurück. War sie die Einzige, die seine Verzweiflung spürte?

KAPITEL 33

Für immer leer

Cadaqués, November 1981

Die Tage vor Allerheiligen waren immer mit viel Arbeit gesegnet, alle wollten Blumen, Kränze, Gestecke für die Gräber ihrer geliebten und unvergessenen Verstorbenen. Lucía hoffte, dass Luz und Miguel gestern auch bei Luís' Grab gewesen waren; sie würde es heute nachholen.

Die Zugfahrt, sonst eine fast dreistündige Zumutung, fühlte sich für einmal an wie Urlaub. Einfach nur Zeit für sich und ihre Gedanken. Agustín war in Valls bei seinem Bruder, um das Grab des Vaters zu besuchen, Celia war mit ihrem Freund unterwegs und Luz war natürlich schon in Cadaqués. Sie hatte lange gebraucht, den Schrecken, der auf Luz' Scheidung gefolgt war, aus ihren Knochen zu vertreiben. Es hätte schlimmer ausgehen können. Viel schlimmer. Seit Felicidad in ihr Leben zurückgekehrt und selbst Francisco wieder in Spanien war, hatte sie das erste Mal überhaupt in ihrem Leben all ihre Kinder in ihrer Nähe und wollte nicht gleich wieder eins verlieren. Jetzt ging es darum, diese Falten im Stoff ihrer geschwisterlichen Verbindungen auszubügeln, damit sie endlich einmal alle zusammen auf der Terrasse des Hotels sitzen konnten, ihres Familienbesitzes, ihres Herzstücks, in dessen Einklang sie alle pochten. Alle zusammen in Harmonie. Sie war so stolz auf jedes einzelne ihrer Kinder, ja sogar auf Celia, die nun offiziell ihre Stieftochter war. Dass Felicidad bis jetzt nur Luz' Zustimmung erobert hatte, machte sie traurig, jedoch auch zwischen Miguel und Francisco herrschte dicke Luft. Sie waren früher schon oft aneinandergeraten, aber waren sie denn jetzt nicht erwachsen?

Die Tage, die sie in Cadaqués verbringen würde, wollte sie also nicht nur dazu nutzen, selbst etwas durchzuatmen, sondern auch, um ein ernstes Wort mit ihrem Ältesten zu reden. Er sah seit Monaten bei jedem Treffen erschöpfter aus, auch wenn er es natürlich verneinte. Hatte er Angst, sie würde ihn durch Francisco ersetzen, wenn er um Hilfe bäte? Lucía musste lachen. Kleinkinderkram, diese Eifersüchteleien! Miguel, der Verantwortliche, er sollte doch wissen, dass er ihr nichts beweisen musste. Sie vertraute ihm voll und ganz und hatte es noch keinen Tag lang bereut.

Schläfrig blickte sie aus dem Fenster, beobachtete, wie sich ihr Spiegelbild über die grünen Hügel der Landschaft draußen legte, es dann mit einem in der Vormittagssonne golden glänzenden Dörfchen verschmolz, nur um fünf Minuten später im Nebel einer Senke zu versinken. Typisches Novemberwetter. In Cadaqués blies wahrscheinlich die *tramontana*. Der schneidend kalte Wind erinnerte sie immer noch an den eisigen Winter am Strand von Argelès-sur-Mer vor bald zweiundvierzig Jahren, an den Stacheldraht, an die Gruben im Sand, die ihnen als Schlafplatz dienten, an die Verzweiflung, die der

Rauch der Lagerfeuer ihnen in die Augen trieb, bis sie tränten. Bilder und Gefühle, die sie wohl nie wieder aus ihrem Kopf bringen würde, aber sie hatte ihren Frieden damit gemacht. Denn der Kreis, der sich damals geöffnet hatte und so viele Jahre offen stehen geblieben war, hatte sich mit Agustín und Felicidad endlich geschlossen.

»*Bon dia*, Lucía!«, begrüßte sie Edu, Ernestos Sohn. Er hatte sich angewöhnt, katalanisch zu sprechen, war ein offener Befürworter der Abspaltung Kataloniens von Spanien, was Lucía insgeheim begrüßte und nach außen hin ignorierte. Das war nun wirklich nicht mehr ihr Kampf, sollten sich die Jungen darum kümmern.

»Guten Tag, Edu. Wie geht es deinem Vater?« Sie setzte sich auf den Sitz gleich hinter der Fahrerkabine, und während der Bus durch Figueras fuhr und dann die lange Gerade in Richtung Castellón, Ampuriabrava, Rosas und schließlich Cadaqués in Angriff nahm, tauschten sie allerlei Tratsch aus. Über die Touristensaison, die endlich hinter den Küstenorten lag – man freute sich natürlich über das Leben, das die Urlauber brachten, man war aber auch froh, wenn sie wieder gingen und Ruhe einkehrte. So ein bisschen wie bei Familienfeiern, witzelte Edu. Über die *tramontana*, die tatsächlich blies, über die Qualität der Straße, die dringend verbessert werden müsste.

»Als ich das allererste Mal diese Strecke fuhr, 1944 war das, dein Vater saß am Steuer dieses Busses, der aussah wie eine Kutsche auf Rädern, da war diese Straße noch nicht einmal asphaltiert. Bloß festgestampfte Erde, von hier bis Cadaqués, voller Schlaglöcher.«

»Dein erster Eindruck unserer schönen Ecke bestand also aus blauen Flecken?« Edu lachte und setzte den Blinker, um die Bushaltestelle vor der alten Zitadelle in Rosas zu bedienen.

»Ja«, sagte Lucía mit einem Schmunzeln.

Die Tür öffnete sich zischend und der Wind blies einen Schwall kalte Luft ins Innere, den Geruch nach Meer und Salz und das weit entfernte Jaulen eines Martinshorns. Ein Freund von Edu stieg ein und sie überließ ihm ihren Platz und setzte sich drei Reihen weiter nach hinten, ans Fenster. Die Strecke von hier nach Cadaqués bedeutete trotz verbesserten Fahrkomforts doch eine halbe Stunde Schaukeln durch enge Kurven, von denen die meisten noch nicht einmal mit Schutzplanken gesichert waren, obwohl es dahinter steil bergab ging. Alles kam so langsam in die Gänge in diesem Land; manchmal fühlte es sich an, als wäre Dornröschen immer noch dabei, sich nach dem langen Schlaf die Augen zu reiben, statt aufzuspringen und voller Freude über die neuen Möglichkeiten das Leben am Schopf zu packen. Schritt für Schritt, ermahnte sich Lucía, wie meistens, wenn die Ungeduld sie quälte. Die neue Demokratie war jung, und war es nicht so bei den Jungen, dass sie dachten, sie hätten alle Zeit der Welt? Dass sie schon nichts verpassen würden? Aber wie der Militärputsch zu Beginn des Jahres gezeigt hatte – nichts war sicher. Und schon gar nicht für immer. Zeit war vergänglich.

Kurve um Kurve ging es bergauf; unter ihr gewann die Bucht von Rosas und die Ebene des Alto Ampurdán an Weite, flach, flach, flach, bis sie am Horizont an die bereits schneebedeckten Pyrenäen stieß, die mal sichtbar waren, dann wieder hinter einem Hügelvorsprung verschwanden. Edu drosselte das Tempo, als er auf das Ende einer Schlange schleichender Autos traf.

»Bestimmt so ein verrückter Fahrradfahrer, der alle aufhält«, fluchte er. »Die denken doch, wenn sie einmal diesen Hügel geschafft hätten, würden sie die nächste *Vuelta de España*, die Spanienrundfahrt gewinnen.« Sein Freund lachte und die meisten Fahrgäste stimmten mit ein. Aber als sie um die nächste Kurve fuhren, breitete sich ein anderes Panorama vor ihnen aus: Eine Ambulanz und zwei Polizeiwagen blinkten um die Wette, Uniformierte winkten die Fahrer am Unfallort vorbei, an dem aber kein verunfalltes Auto zu sehen war.

Das Lachen im Bus verstummte. Weit unten am Steilhang, mitten zwischen Sträuchern, Gestrüpp und windschiefen Pinien erkannte Lucía einen Autoreifen, der sich hilfesuchend in die Luft reckte, und einen Teil einer rostroten Karosserie. Blitzschnell ging Lucía im Kopf die Autos durch, die sie kannte: Miguel fuhr seinen silberfarbenen Luxusschlitten, Franciscos Citroën war schwarz, Ana Marías alte Karre war weiß. Von weiter hinten näherte sich die Feuerwehr. Und dann, dann traf sie die Erkenntnis, gleichzeitig eiskalt und siedeheiß, dass sich ihr Herz erst zusammenzog und dann voller Leere aufblähte und mit einem ohrenbetäubend lauten Geräusch platzte.

Sie kannte diese rostrote Farbe.

Es war Miguels altes Auto.

Dort unten lag ihr Sohn.

»Halt an«, schrie sie, »halt an, Edu!«, und sie sprang auf und rannte zur Tür, versuchte sie mit den bloßen Händen zu öffnen, schlug dagegen, bis sie endlich aufging, stolperte die Stufe hinab, fiel hin und fühlte nichts dabei. Rappelte sich auf, Hände, die sie halten wollten, zurückhalten wollten, und dann eine Kante. Schutzlos.

»Miguel!«, heulte sie, sah verschwommene Gesichter um sich herum, aber ein Gesicht sah sie ganz scharf, das des Sanitäters, der gerade den Hang hochgekrochen kam. Wie in Zeitlupe schüttelte er den Kopf, langsam, so furchtbar langsam, während in ihr drinnen alles raste und zitterte, das Blut aus ihrem geplatzten Herzen durch ihren Körper wusch, jegliches Denken mit sich riss und reinen, roten Schmerz übrigließ.

Sie war Schmerz. Zerrissen in kleinste Stücke, unbetäubt. Es war nicht wahr, es stimmte nicht. Es war nicht Miguel, den die Feuerwehrleute nun mühsam aus dem Wrack herausschneiden mussten, und doch war er es, so eindeutig war er es, als er schließlich vor ihr lag, tot, tot, tot, dass sie nicht einmal mehr wusste, woher sie die Kraft nehmen sollte, seinen Namen zu sagen. Kein Laut drang mehr aus ihrer Kehle, nicht in dem Moment und nicht später, als Julia vor ihren Augen zusammenbrach, als der Polizist ihr die Nachricht überbrachte, nicht, als Luz sie weinend umarmte mit ihrem Gipsarm und ihrem gesunden Arm. Nicht, als kurz darauf Francisco eintraf, das Gesicht weiß vor Schock und Verzweiflung. Nicht, als Ana María Dalí ihr Beileid ausdrückte, und auch nicht, als Henry Agustín anrief und ihn bat, zu kommen, so rasch er konnte, mit Celia und Felicidad, damit die ganze Familie anwesend wäre. Es ging nicht. Es waren keine Worte mehr in ihr. Sie waren keine ganze Familie mehr. Nie mehr.

Die Trauer spann ihren klebrigen Faden um sie, hüllte sie in einen grauen Kokon, in dem einst das Leben gewohnt hatte und der nun leer war, leer.

Selbstmord, sagte die Polizei, keine Bremsspuren, kein Alkohol im Blut. Selbstmord. Warum, Sohn?

»Ich wusste es«, wisperte Luz die ganze Zeit mit zitternder Stimme, »ich wusste, dass etwas nicht stimmte. Warum habe ich nicht nachgehakt, warum nicht?« Und sie weinte wieder, haltlos, an Henrys Schulter. Armer Henry, was für ein Einstieg in die Familie, erst Gabriel und nun ... Sie konnte es nicht einmal denken, das Wort.

»*Papá*?«, fragte der kleine Andreu, und Lucía sah, wie Julia blinzelte, als ob sie aus einem Traum aufwachen würde, nur um festzustellen, dass es kein Traum war, dass sie Witwe war, allein mit drei Kindern und einem Familienbetrieb, und sie krümmte sich wieder zusammen, machte sich ganz klein und explodierte dann in einem langgezogenen Wehklagen, so laut und schrecklich, dass Lucía sich die Fingernägel in die Handflächen trieb, bis Blut hervorquoll und sie es hektisch wegwischen musste, denn zu sehen, dass in ihr noch Leben floss, während ihr Sohn ... Es konnte einfach nicht sein.

Agustín, ganz still und doch einfach da. Er war kein Fels in der Brandung, wie Luís es gewesen war, groß und stark und mächtig. Er war einfach da. Scheinbar unscheinbar, und doch immer präsent, wenn sie ihn am meisten brauchte. Unsichtbar wie die Luft, die sie atmete, wenn sie drohte, an allem zu ersticken. Er war die Hand, die sie ergreifen konnte, jederzeit. Er war eine wärmende Decke, die die Kälte aus ihr vertrieb. Er war die Erlaubnis, dass sie sich fallen lassen durfte, denn er würde für sie sein, denken, handeln, sprechen. Es tat gut, nicht reden zu müssen, und endlich verstand sie, was Celia damals dazu veranlasst hatte: Je weniger man sprach, desto unwahrscheinlicher wurde das Unaussprechliche. Man behielt sich seine eigene Wahrheit, eingekapselt in einem drin, warm und nährend wie eine Plazenta, bis man loslassen konnte. Würde sie das jemals können?

Es war Agustín, der Juanjo empfing, Miguels Freund, der aussah wie ein nasser grauer Lappen, als hätte er in den vier Tagen, die seit diesem Unaussprechlichen vergangen waren, keine einzige Minute geschlafen.

»Mein Beileid, Lucía. Es tut mir so leid«, sagte er, seine Stimme rau und brechend wie eine Welle im Wind.

»Juanjo«, sprach Agustín für sie. »Du warst sein Freund. Ihr habt die Freitagabende gemeinsam verbracht. Hast du irgendeine Idee, was ihn ... dazu bewegt haben könnte?«

Juanjo leckte sich über die Lippen, blickte überall hin, nur nicht ihnen ins Gesicht, aber Lucía sah sie trotzdem, die Schuld, sie sah sie in seinen verquollenen Augen und den unrasierten Wangen, in den

Fingern, die nicht wussten, wohin. Sie quoll ihm aus allen Poren, diese Schuld, und sie stank fürchterlich.

»Was ist passiert?«, fragte Agustín.

Und so erzählte Juanjo, von den Abenden, die sie seit gut vier Jahren miteinander verbrachten, Miguel, Jordi und er, von den Tanzlokalen, die sie besuchten, alles ganz harmlos, einfach nur ein bisschen Spaß haben ohne die Frauen, bis sie dann einmal vor einem Jahr das neu eröffnete Kasino in Perelada besucht hatten, einfach nur zum Spaß, einfach mal schauen, schließlich war das eine ganz neue Sache, dass Glücksspiel erlaubt war, und das Schloss, in dem das Kasino lag, war ja auch wunderschön ...

»Juanjo«, sagte Agustín. »Komm zum Punkt.« Auch wenn Lucía sich bereits denken konnte, was der Punkt war. Glücksspiel. Miguel hatte Geld verloren. Aber deswegen gleich ... Nicht daran denken. Je weniger sie daran dachte, desto weniger tot war ihr Sohn.

Juanjo fuhr sich mit einer furchtbar müden Bewegung über das Gesicht. »Ja. Nur einmal spielen, hatten wir gesagt. Kleiner Einsatz. Spaß haben. Und irgendwie hatten wir Glück. Und wir sind wieder hingegangen. Nicht jeden Freitag. Einmal im Monat vielleicht. Und dann zweimal. Und Miguel gewann. Er gewann einfach. Und je mehr er gewann, desto mehr setzte er ein. Dann kam die teure Uhr, die schicke Kleidung. Der protzige Wagen. Das großspurige Gehabe. Er dachte, er wäre unbesiegbar, und ich konnte ihn nicht mehr aufhalten. Er hörte mir einfach nicht mehr zu, Lucía.«

Lucía klammerte sich an sich selbst fest, ihre Finger in ihren Fingern verschränkt.

»Wieso hast du Julia nicht davon in Kenntnis gesetzt? Oder Lucía? Irgendjemanden?«, fragte Agustín, komplettes Unverständnis im Gesicht.

Juanjo schüttelte den Kopf. »Ich war seit Monaten nicht mehr mit ihm im Kasino. Wir haben an den Freitagen jeweils zusammen etwas getrunken, dann sind Jordi und ich weitergezogen und er ist nach Perelada gefahren. Allein. Weil ... Ich denke, weil wir nicht zusehen wollten, wie er eines Tages zwangsläufig anfangen würde zu verlieren. Niemand gewinnt und gewinnt und gewinnt. Aber dass ihn seine Glückssträhne tatsächlich schon vor Längerem verlassen hat, erfuhr ich erst vor vier Wochen, als er sein Auto verkaufen musste.«

»Und du hast immer noch niemandem etwas gesagt.« Agustíns Stimme war ungewöhnlich scharf.

»Ich dachte, damit hätte er seine Schulden beglichen. Er hat mir versprochen, aufzuhören. Aber das hat er nicht. Hat er nicht.« Juanjos Adamsapfel hüpfte hektisch beim Schlucken. »Ich traf ihn zufälligerweise am Samstag im Tabakwarengeschäft, er war auf dem Weg ins Kasino, wollte er erst nicht zugeben, aber ich hab's ihm angesehen. Schlecht sah er aus. Furchtbar. Er hätte Mist gebaut, aber er werde es wieder zurechtbiegen, meinte er. Ich solle mir keine Sorgen machen. Das hat er gesagt. Keine Sorgen solle ich mir machen, und am nächsten Tag fährt er ...«

»Sprich es nicht aus!«, schrie Lucía und diese wohlig warme Kapsel in ihrem Inneren platzte.

»Was hat er für Mist gebaut?«, fragte Agustín schneidend.

Juanjo senkte den Kopf und damit auch seine Stimme, als würde es nicht passiert sein, wenn man ihn nicht hören würde. Aber es war passiert. Nicht sprechen, nicht hören, es brachte nichts. Miguel war tot, und ...

»Er hat das Hotel verspielt.«

KAPITEL 34

Weil wir alles sind

Cadaqués, November 1981

Die Zeit zog an Lucía vorbei und schien dabei doch stillzustehen, ein eigenartiger Zustand, wie ein schwarzes Loch, das mit einer gewaltigen Kraft an einem riss, bis man einfach davon verschluckt wurde und nicht mehr war, nichts mehr war, bis das Spiel wieder von vorn anfing. Rasen, Stillstand. Rasen, Stillstand. Dieses Gefühl der Gelassenheit, des inneren Friedens, das sie noch bei der Zugfahrt vor einer Woche verspürt hatte, das war verschwunden, denn Frieden war ein Konstrukt, das auf tönernen Füßen stand. Ein kleines Erdbeben des Schicksals genügte, um es einstürzen zu lassen.

Ihr Sohn, ihr ach so verantwortungsvoller und zuverlässiger Sohn war nicht einfach gestorben. Er hatte sich das Leben genommen, aus Scham, aus Verzweiflung, und ein Gedanke ließ sie dabei nicht los: War sie ihm wirklich so eine schlechte Mutter gewesen, dass er es nicht geschafft hatte, mit ihr zu reden, ihr zu gestehen, dass er Schulden hatte, hohe Schulden? Tausendmal lieber hätte sie das Hotel verkauft, als Miguel zu verlieren. Jetzt hatte sie weder den einen noch das andere.

»Fünfzig Millionen Pesetas«, erklärte ihr Agustín, der sich dem Papierkram angenommen hatte und in Miguels Unterlagen all seine Einsätze, Gewinne und schlussendlich auch Verluste fein säuberlich eingetragen gefunden hatte. »So viel hat er diesem Wucherer geschuldet. Das Hotel ist einiges mehr wert.«

Das Hotel war überhaupt nichts wert, gemessen an einem Menschenleben, dachte Lucía. Und doch war sein Wert unermesslich; es war ihr Leben, das Leben ihrer Familie, ihr Herzstück. Und jetzt waren sie ohne Puls.

»Ich nehme an«, fuhr Agustín fort, »dass er die Besitzurkunde als Sicherheit eingesetzt hat, wahrscheinlich in der Hoffnung, damit alle Schulden auf einmal zu tilgen. Aber er hat sich verspielt und war gezwungen, sie direkt vor Ort zu überschreiben.« Vor ihm auf dem Tisch lag der polizeiliche Räumungsbefehl. »Ich werde versuchen, mit diesen Leuten zu sprechen. Vielleicht ...«

»Vielleicht was?«, begehrte Lucía auf. »Vielleicht schenken sie es uns zurück? Weil wir so nett sind? Ich kenne diese Familie, gut möglich, dass hier sogar mit getürkten Karten gespielt wurde. Die Verdugo Martínez sind Spekulanten, Aasgeier, Halsabschneider«, keifte sie. »Und jetzt haben sie das Hotel zu einem Spottpreis bekommen, auf dem Silbertablett, werden es so teuer verkaufen, dass es sich nur ausländische Investoren leisten können, und in ihrem Gewinn baden, wohlwissend, dass Miguels Blut daran klebt!« Sie schrie so laut, dass Luz mit verstörtem Gesicht die Tür öffnete.

»Mutter?«

Agustín bat sie, wieder zu gehen. Seine Augen schwammen in Mitleid, aber sie wollte kein Mitleid, das brachte nichts und niemanden zurück. »Du hast doch noch deine Blumenläden in Barcelona.«

»Aber ich habe Miguel nicht mehr! Und was haben meine Kinder noch? Dieses Hotel war mein Vermächtnis an sie.« Sie schlug sich die Hände vors Gesicht und wollte schreien und weinen gleichzeitig und tat schließlich weder das eine noch das andere, sondern sprang auf, riss die Tür auf und stieß dabei fast die eingegipste Luz um, die scheinbar dahinter gestanden hatte.

»Hast du nichts Besseres zu tun, als zu lauschen?«, fuhr sie sie an. »Packen helfen, zum Beispiel?« Sie wusste, dass sie ihr Unrecht tat, aber es war ihr gleichgültig. Mit langen Schritten stürmte sie an ihr vorbei, raus aus dem Hotel, weg davon, es war nicht mehr ihres, und wenn sie es genau nahm, war alles davon, was jemals ihres gewesen war, die Idee dazu gewesen. Denn erst hatte Luís, dann Miguel als Besitzer figuriert, sie als Frau hatte dazu kein Recht gehabt. Und jetzt hatte sie nicht einmal mehr das Recht, einen Fuß hineinzusetzen. Ein Traum, von dem nichts mehr übrig war.

Mit ihren völlig ungeeigneten Schuhen lief sie erst die gepflasterte Gasse hoch, folgte dann dem engen, staubigen und steinigen Weg, der sie aus dem Dorf hinaus- und in die wilde Landschaft des Cabo de Creus hineinführte, bis sie irgendwann umknickte und ein stechender Schmerz durch ihren rechten

Knöchel fuhr. Fluchend setzte sie sich auf einen Felsen, verfluchte mit den schlimmsten und gotteslästerlichsten Flüchen den Stein, der ihr im Weg gelegen hatte, verfluchte den Tag, an dem das Kasino in Perelada seine Tore geöffnet hatte, verfluchte die Sturheit ihres Sohnes, sich jemandem anzuvertrauen, verfluchte ihr Schicksal, das ihr immer wieder nahm, nahm, nahm, kaum dachte sie, sie hätte den Preis gezahlt, den das Leben von ihr verlangte. Immer wieder aufstehen und noch einmal aufstehen und noch einmal. Wieder und wieder und wieder, kein Frieden, keine Ruhe, nie niemals.

»Ich habe keine Kraft mehr!«, schrie sie. »Ich kann nicht mehr!« Ein Schwarm Möwen flog gemein lachend über ihren Kopf, hin zum blauen Meer, das so unberührt und ruhig in der Bucht lag, als wäre die Welt eine Kulisse und alles nur ein Schauspiel, eine Lüge.

»Was wollt ihr denn noch von mir?«, schrie sie ihnen nach, nahm einen Stein und warf ihn, so weit sie konnte, und traf doch nur – nichts.

»*Abuela*«, hörte sie hinter sich und drehte sich um. »Großmutter«, sagte Miguel. Sie musste gegen das Licht der untergehenden Sonne anblinzeln und erkannte dann den elfjährigen Pablito, seinen Sohn, feingliedrig und hochgewachsen wie Julia, aber mit dem Gesicht seines Vaters, so hübsch mit seinen weichen Wangen, den großzügigen Lippen, den dunklen Augen. Ein Herzensbrecher, und ihr Herz brach, wieder und wieder. Während sie weinte, saß Pablo neben ihr und hielt ihre Hand.

»Du musst nicht so traurig sein«, sagte er, als sie sich ein wenig beruhigt hatte, dabei hatte er selbst Tränen in den Augen. Sie hatte vielleicht ihren Sohn verloren, aber er seinen Vater.

»Und du musst nicht versuchen, so tapfer zu sein«, flüsterte sie ihm zu und zog ihn näher an sich.

Er nickte und schluckte heftig. »Tante Luz meinte, er ist gar nicht weg, weißt du? Er ist hier drin«, sagte er und schlug sich auf die Brust. »Und hier draußen.« Er machte eine ausschweifende Handbewegung. »In den Vögeln, im Wind, in den Wellen des Meeres. Er ist ein Teil von uns, wo auch immer wir sind, weil wir alles sind. Verstehst du?«

Ach, Luz.

»Verstehst du es denn?«, fragte sie ihn.

Er kickte ein Steinchen weg und zog die Nase hoch. »Nein«, gab er dann leise zu. »Aber es tröstet mich, zu glauben, dass es seine Hand ist, die mir übers Haar streichelt, wenn der Wind bläst.«

Sie musste sich zusammenreißen, um nicht sofort wieder zu weinen. Stattdessen verstärkte sie die Umarmung, und so saß sie mit ihrem Enkel, der ganz viel Pablo und doch auch ein bisschen Miguel war, auf dem Felsen und sah zu, wie die Sonne den Kirchturm noch ein letztes Mal küsste, bevor sie sich hinter den Hügel zurückzog. Sie presste ihre Lippen auf Pablos Scheitel und stellte sich vor, es wäre ihr Abschiedskuss für Miguel.

Aber es half nichts. Kein Wind auf ihrer Haut, kein Vogelschrei, kein Sonnenstrahl, der ihre Wangen streichelte. Sie fühlte ihren Sohn nicht. Sie spürte gar nichts, es funktionierte nicht. Da waren nur Schwere und Stille und Schwärze rund um sie herum; sie hörte Agustín reden und erklären und bitten, sie sah Julia, wie sie alle persönlichen Objekte aus dem Hotel räumte, und konnte nicht Hand anlegen. Ihr Herz war hohl.

»Du musst kämpfen, wenn du Heilung erfahren möchtest«, sagte ihr Luz, es waren dieselben Worte, die auch Felicidad ihr eingetrichtert hatte. »Aber dafür musst du Heilung erfahren *wollen*.«

Nein, dafür müsste sie kämpfen wollen. Aber mit diesen letzten zwei Schlägen hatte das Leben sie besiegt. Sie würde nicht mehr aufstehen. Wie ein trockenes Blatt auf dem Meer würde sie treiben, einfach liegen und treiben, bis es sich mit Wasser vollgesogen hätte und langsam durch die erst noch lichtdurchflutete und dann immer dunklere Tiefe sinken würde. Langsam. Friedlich. Still. Irgendwann, auf dem Grund des Meeres, würde sie sich auflösen und eins werden mit dem Wasser, eins sein, alles sein. Wie Miguel.

»Und wir?« Francisco rüttelte an ihren Schultern. »Wir sind auch noch da, Mutter!«

»Wir werden uns schon wieder aufrappeln«, sagte Luz, was für ein Witz, sie sollte sich doch anschauen, die große Tänzerin, war sie nicht genauso am Boden wie sie?

»Ich bin immer bei dir«, flüsterte Agustín ihr zu, der Einzige wahrscheinlich, der ihren Schmerz verstand. Er gab ihr Zeit, aber sie wusste, selbst Zeit würde nichts helfen. Sie wollte einfach nur sinken und nie wieder auftauchen.

Manchmal schleppte sie sich hinauf zur Kirche und setzte sich auf die Bank, die auf dem kleinen Platz davor stand; nicht etwa, weil sie deren Nähe suchte, um vielleicht irgendeine Art des religiösen Trostes zu erlangen, sondern weil diese leicht erhöhte Lage einen wunderbaren Blick über ihr geliebtes Cadaqués erlaubte. Vor Lucía breiteten sich die ziegelroten Dächer der weißen Häuser aus, die sich links und rechts der Bucht entlangschlängelten, wo sich früher noch Olivenbäume und Gesträuch erstreckt hatten. Wie war das Dorf doch gewachsen in den vergangenen siebenunddreißig Jahren, wie hatte es sich verändert! So vieles hatte sich verändert, so viel ... Und doch fühlte es sich wie gestern an, dass sie als junge Frau durch die Gassen gegangen war, den kleinen Miguel an ihrer Hand, ihren wissbegierigen Jungen, der immer älter und verantwortungsbewusster sein wollte, als er war, als er sein sollte. Immer bei allen beliebt, von allen geliebt, eine Person, die schlichtete, nicht spaltete. Der verzieh und nicht nachtrug. Sie hatte nie einen tieferen Blick auf die dunkle Seite erhascht, die jeder Mensch mehr oder weniger ausgeprägt mit sich herumschleppte. Seinen Stolz, seine Angst, seine Familie zu enttäuschen, die ihn nun sein Leben gekostet hatte. Hätte sie doch nur! Wäre sie doch nur eine bessere Mutter gewesen! Sie kniff die Augen zusammen. Nicht schon wieder weinen, die Tränen brachten nichts und niemanden zurück, und dennoch flossen sie ungehindert über ihre Wangen.

»Ach, Miguel ...«, flüsterte sie. »Ach, mein lieber Junge ...« Sie presste beide Hände an ihr Herz, als ob sie den Schmerz so lindern könnte, aber er zerriss sie unbarmherzig in kleine Stücke, wieder und wieder, und warf die Fetzen in den Wind. Die

Möwen über dem Meer schrien und kreischten vor Freude über das hingeworfene Fressen.

Hinter Lucía fiel die schwere Kirchentür ins Schloss. Bloß nicht der Pfarrer, bat sie, und trocknete sich in Erwartung eines salbungsvollen Sermons dennoch bereits das Gesicht.

»Lucía. Welch Überraschung.« Nur eine Person wollte sie noch weniger sehen als den Pfarrer, aber sie war zu müde, um aufzustehen und zu gehen. Schweigend blickte sie zu Carmencita hoch. Sie hatte sie bei der Beerdigung gesehen, aber nicht mit ihr gesprochen, wie sie an jenem Tag mit niemanden gesprochen hatte. Dünn war sie geworden, als ob die Boshaftigkeit sie bei lebendigem Leib auffressen würde. Jetzt hatte ihre ewige Kontrahentin die beste Möglichkeit, nach ihr zu treten, denn das würde sie tun, jetzt, wo sie wehrlos auf dem Boden lag. Sie wappnete sich nicht einmal dagegen.

»Mein Beileid«, sagte Carmencita und es klang unerwartet ehrlich.

Lucía nickte überrascht und sah wieder nach vorn, über die Dächer hinweg auf das Meer; die Oberfläche kräuselte sich im leichten Wind und warf die Sonnenreflexionen wie kleine Lichtfunken hin und her, so grell, dass sie blinzeln musste. Carmencita setzte sich zu ihr auf die Bank, als wäre es das Normalste der Welt, als wären sie Freundinnen, die einfach mal wieder ein wenig Tratsch und Klatsch austauschen wollten. Obwohl die Bank Platz genug für vier Leute bot, rückte Lucía noch ein Stückchen von ihr ab. Irgendwo in dem

Gassengewirr, das sie umgab, erklang Kinderlachen, dann das Schimpfen eines Mannes. Die Kirchenuhr schlug die halbe Stunde, dann war es wieder still. Egal wie sehr sich das Dorf vergrößert hatte, im Winter blieb es einfach der beschauliche Ort von damals.

»Weißt du«, unterbrach Carmencita Lucías Gedanken, »als ich dich das erste Mal sah, als du in der Sardinenfabrik auftauchtest, wusste ich sofort, dass du für Probleme sorgen würdest. Du warst so anders als wir Dorfmädchen, so, wie nennt man das ... weltgewandt. Als hättest du bereits mehr gesehen und erlebt als wir alle zusammen.«

Lucía zog den Mantel enger um sich und hatte für einen Moment den Geruch von Fischeingeweiden und Salz in der Nase. Was kramte denn die Frau diese alten Geschichten hervor?

»Ich habe vor allem sehr viel Leid gesehen, Carmen. Bevor ich hier ankam und danach auch. Nichts, worum man mich beneiden müsste.«

»Leid.« Carmencita nickte bedächtig. »Es bleibt an einem kleben, als wäre man mit dem Schuh in eine Pfütze voller Pech gestanden, nicht wahr? Und mit jedem Schritt, den man damit tut, heftet sich mehr Dreck dran, bis man kaum mehr laufen kann vor lauter Gewicht an den Füßen.«

»Vielleicht hätte ich die schmutzigen Schuhe mal ausziehen sollen«, murmelte Lucía. Zu ihrer Überraschung lachte Carmencita laut, streifte sich etwas umständlich die Stiefel von den Füßen und wackelte mit den bestrumpften Zehen. Dann schluchzte sie auf, und Lucía zwang sich, ihren Blick vom Horizont zu lösen.

»Für mich kommt selbst das zu spät«, flüsterte Carmencita. Unablässig strich sie mit den Händen über ihre Oberschenkel, wieder und wieder, als wollte sie etwas glätten, das nicht mehr glatt zu bekommen war, die Finger zerbrechlich und schmal und blass.

»Was meinst du damit?«

Carmencita stoppte in ihrer Bewegung und drehte den Kopf zu Lucía. Es war lange her, dass sie sich so offen ins Gesicht geschaut hatten.

»Die Ärzte haben einen Knoten in meiner Brust entdeckt. Viel zu groß, um noch etwas unternehmen zu können. Ich hätte früher hingehen sollen. Aber nun ... Ich werde bald sterben, Lucía.«

Lucía sah die Angst in ihren Augen, die dem nüchternen Tonfall widersprach. Sie wusste nicht, was sie sagen sollte, und legte stattdessen nur ihre Hand auf Carmencitas Arm. Wieder schwiegen sie beide. Ein kräftiger Windstoß fuhr durch die hohen Zypressen. Lucía suchte nach Trost in ihm.

»Dieses Jahr bläst die *tramontana* besonders häufig, findest du nicht?«, fragte Carmencita, und nun zitterte ihre Stimme doch. »Ich werde sie nicht vermissen.«

»Weiß Julia Bescheid?«

»Nein, und das soll vorerst unbedingt so bleiben. Versprich mir das, Lucía. Sie hat gerade erst ihren Mann verloren und das Hotel, und braucht nicht noch mehr Kummer. Auch wenn ich behaupten würde, dass sie nicht sehr um mich trauern wird, wenn es denn so weit ist. Wir haben kaum Kontakt, obwohl wir fast Tür an Tür leben.« Ihre Stimme wurde immer dünner, bis sie schließlich brach.

»Es tut mir sehr leid«, sagte Lucía, eine Floskel, die eigentlich gar nichts aussagte und in dem Fall doch alles zusammenfasste.

»Ja. Mir auch.« Carmencita nestelte einhändig ein Taschentuch aus ihrer Manteltasche und tupfte ihre Augen trocken. »Aber weißt du, was? Ich werde Luís vor dir wiedersehen und diese Schadenfreude tut mir gut.« Es hätte boshaft klingen können, aber sie lächelte verträumt und sah dabei für einen Moment jung und glücklich aus, als lägen das Leben und die Liebe noch vor ihr.

»Wenn du ihn siehst, richte ihm Grüße aus, Carmen«, wisperte Lucía. Die Welt verschwamm vor ihren Augen.

»Das werde ich. Allen, die bereits dort sind. Und weißt du, was sie mir antworten werden?«

Lucía schüttelte den Kopf.

»Sie werden sagen, dass du verdammt noch mal aufstehen sollst, um sie stolz zu machen. Denn im Gegensatz zu ihnen und zu mir ist deine Zeit noch nicht gekommen. Du bist die größte Kämpferin, die ich kenne. Ich wollte, ich hätte dir nachgeeifert, statt dich zu beneiden. Und das von mir zu hören, hättest du nicht erwartet, nicht wahr?«

Lucía nahm Carmencitas Hand. Nie hätte sie gedacht, freiwillig neben dieser Frau zu sitzen, geschweige denn, sie zu berühren oder ihren Worten Glauben zu schenken. Wie dumm sie gewesen waren, beide. Und nun waren sie fast sechzig, die Hände rissig vom Arbeiten und die Herzen schwer von Kummer, und dennoch zu jung, zu jung, um zu sterben, und zu jung, um aufzugeben.

»Es wird jedes Mal schwerer und schwieriger, aufzustehen«, sagte Lucía mehr zu sich als zu Carmen.

»Wir werden ja auch nicht jünger, sondern älter.« Mit den spöttischen Worten stand Carmencita auf, drückte Lucías Schulter und schlurfte davon. Als sie um die Ecke verschwunden war, lag bereits wieder Ruhe über dem Kirchenplatz, und Lucía fragte sich, ob dieses Gespräch wirklich stattgefunden hatte oder ob es ein Gespinst ihrer erschöpften Fantasie gewesen war. Eine erneute Bö bog die Bäume, rüttelte an ihnen und zerrte an Lucías Halstuch. Fuhr ihr unter die Haut. Sie schloss die Augen und lauschte ganz tief in sich hinein, hinein in das Kribbeln, das ihre Haut von den Zehenspitzen bis in den Scheitel kräuselte, und auf einmal war der Wind nicht mehr kalt, sondern warm, warm wie eine Hand, die sich an ihre Wange legte, und sie schmiegte sich hinein in diese Berührung. Zumindest ein klein wenig fühlte sie sich an wie Trost.

Noch eine ganze Weile blieb Lucía so sitzen, sah zu, wie das Dorf in der Dämmerung versank, erst rosa, dann grau, und dachte über Carmencitas Worte nach. Ausgerechnet sie sprach ihr Mut zu, sie, die sie immer gehasst und ihr zu Leide gewerkt hatte. Sie, die dem Tod nah war, stieß Lucía zurück ins Leben und besaß damit mehr Größe, als ihr wahrscheinlich irgendjemand zugetraut hätte. Lucía atmete tief ein, diesen Ort, diesen Wind, der die Zypressen schüttelte, diese Ruhe vor allem, und sie floss durch sie hindurch und breitete sich langsam wieder in ihr aus. In sehr verdünnter Form noch, aber vielleicht war es ein Anfang.

Die Kirchenuhr schlug die volle Stunde, fünf Mal. Agustín würde bald zurück sein; er hatte Manuel und Oscar zum Bahnhof in Figueras gefahren und wollte danach noch etwas in der Stadt erledigen. Morgen würde Felicidad nach Barcelona zurückkehren. So ging jeder wieder seines Weges, wie die Möwen, die vom Wind auseinandergetrieben wurden. In wenigen Wochen wäre Luz von ihrem Gips befreit und könnte sich zumindest besser bewegen, auch wenn sie noch lange brauchen würde, bis sie ganz die Alte wäre. Falls sie das jemals würde. Wohin es sie schlussendlich mit Henry ziehen wird? London? Oder blieben sie doch in Barcelona? Oder ganz woanders? Sie könnte Julia vorschlagen, nach Barcelona zu ziehen, aber sie wusste, dass sie das Angebot ausschlagen würde. Ihre Wurzeln hatten sich so tief in den Boden Cadaqués' gebohrt, dass sie sich nicht verpflanzen ließ. Vielleicht würde sich einer der Hoteliers des Ortes ihrer erbarmen und ihr eine Stelle anbieten, sobald die Saison wieder anfing. Und natürlich war da nun auch Carmencitas Krankheit. Früher oder später würde Julia davon erfahren, und egal wie dornig ihre Beziehung war, sie würde ihre Mutter mit solch einer Diagnose nicht allein lassen.

Lucía erhob sich und spazierte langsam zurück zum Hotel. Als kleine Pension mit fünf Zimmern hatte es begonnen, stetig war es gewachsen, erwachsen geworden, und nun musste sie es mit fünfunddreißig Zimmern gehen lassen. Es war ungerecht. Der Gedanke daran, morgen ein letztes

Mal die Tür hinter sich zuzuziehen, brachte ihren Puls zum Rasen. Aber sie konnten nichts dagegen tun, ein Anwalt hatte alles überprüft. Die Überschreibung war rechtens.

Beim Gebäude angekommen, hörte sie gereizte Stimmen im Esssaal. Sie wollte hineingehen, um zu schlichten; war es denn nicht möglich, dass sie den letzten Abend in Ruhe miteinander verbringen konnten? Aber ihre Schritte stockten, als ob ihr Körper sie davon abhalten wollte, hineinzustürmen, und ihre Hand stieß die Tür nur ein paar Zentimeter weit auf, gerade genug, um durch den Spalt blicken zu können. Da waren sie, Francisco, Felicidad, Luz und Celia, alle ihre Kinder an einem Tisch. Schließlich kam auch Julia aus der Küche und setzte sich dazu. Die Spannung hing wie ein rotes Tuch zwischen ihnen.

Dann ergriff Felicidad das Wort.

KAPITEL 35

Worte, endlich losgelassen

Cadaqués, November 1981

Felicidad stieß ihren Stuhl zurück, stand auf und stützte sich mit den Händen auf der Tischplatte ab. »Es geht jetzt aber nicht darum, wer von uns Miguel am längsten gekannt hat, Francisco, und das Recht hat, am traurigsten zu sein. Falls diese Rolle überhaupt jemandem zufallen sollte, dann Julia und nicht dir. Aber zurückbringen tut ihn das nicht. *Wir* sind noch hier, es geht um die Lebenden, die Hinterbliebenen. Wir müssen Lösungen finden. Wir müssen Julia helfen. Lucía helfen. Unsere Mutter ist dabei, unterzugehen, falls dir das nicht aufgefallen sein sollte, und wir müssen etwas zu ihrer Rettung unternehmen. War sie etwa nicht immer für alle von uns da, als wir sie brauchten?«

Nun stand auch Francisco auf, verschränkte die Arme. In den sechs Monaten, die er wieder in der alten Heimat war, hatte sie ihn nur zweimal gesehen. Er war sympathisch, er war nett, sanft und doch stark, aber all das bekam sie nur am Rande mit. Ihr ging er, wenn immer möglich, aus dem Weg.

»Und wer bist du, dass du dich hier als Chefin aufspielst?«

»Die Älteste, Francisco. Ich bin die Älteste. Hast du ein Problem damit?« Sie sah ihn herausfordernd an. Es war wahrlich nicht der beste Zeitpunkt, Streitigkeiten zu diskutieren, aber vielleicht war es eben doch genau der richtige Moment dafür.

Luz zog resigniert die Augenbrauen hoch, so als ob sie gewusst hätte, dass sich etwas zusammengebraut hatte und sich nun über ihnen entladen musste. Celia lehnte sich zurück und kippelte mit ihrem Stuhl, während Julia einfach nur auf die Teetasse zwischen ihren Händen starrte. Sie hatte in den Tagen seit Miguels Tod kaum gegessen oder geschlafen und sah dementsprechend aus. Dünn und müde und furchtbar verloren. Wie jemand, den Felicidad einfach in die Arme nehmen würde, um Trost zu spenden, wenn man sie nur ließe.

»Was wissen wir schon von dir?«

Felicidad lachte trocken. »Ich hätte euch mein Leben in den vergangenen drei Jahren hundertmal erklären können, aber interessiert hat es keinen von euch. Ihr habt so getan, als wäre ich ein Gast, vorübergehend, auf den man keine Zeit verschwenden muss.«

»Wie hast du dir das auch vorgestellt?«, fragte Francisco. »Du schleichst dich nach vierzig Jahren einfach durch die Hintertür in unsere Familie und tust so, als würdest du dazugehören. Aber dafür hast du zu viel verpasst. Du wirst immer eine Fremde bleiben.«

»Das sagst gerade du?« Julia hob den Kopf. »Du hast dich doch gegen die Familie entschieden, damals, als du in deiner Trotzphase abgehauen bist und dich in Probleme gebracht hast. So weit wie nur möglich wolltest du dich von uns entfernen; erst bist du dadurch im Gefängnis gelandet und danach am anderen Ende der Welt.« Sie wurde ungewohnt laut. »Miguel hat sein Leben dem Hotel verschrieben. Dann taucht erst eine ältere Schwester wie aus dem Nichts auf, das verlorene Kind, und wird plötzlich zur engsten Vertrauten Lucías – was will sie von uns? Was hat sie für Absichten? Und dann kehrst du zurück, als Hoteldirektor noch dazu, du, der nie etwas mit dem Hotel zu tun haben wollte. Miguel, du musst das so machen«, äffte sie ihn nach. »Miguel, du musst moderner werden. Miguel, du musst ausbauen. Miguel, du musst auf Messen gehen. Kommst nach dreizehn Jahren einfach zurück und denkst, das Hotel zu kennen, das Dorf zu kennen, *uns* zu kennen!«

Luz legte der aufgebrachten Witwe die Hand auf den Arm. Sofort sackte Julia in sich zusammen und fuhr leiser fort: »Miguel hatte Angst, zu versagen, und nach all dem, was er für das Hotel getan hat, für die Familie, einfach durch die Neuankömmlinge ersetzt zu werden. Als Lucías Lieblingskind, auf das sie immer zählen konnte. Als Hoteldirektor. Wir haben seine Unterlagen angeschaut, er hat all seine Gewinne und Verluste säuberlich aufgeschrieben. Und weißt du, wann seine Glückssträhne ein Ende gefunden hat? In dem Monat, in dem du zurückgekommen bist, Francisco.«

Francisco starrte Julia einfach nur an. Dann ließ er sich schwer auf den Stuhl fallen. »Ich habe ...« Er schüttelte den Kopf und sah auf einmal ganz anders aus, vielleicht so, wie er vor dreizehn Jahren ausgesehen hatte. Jung und verletzt. Damals hatte er sich hinter einer Maske aus Trotz und Muskelkraft versteckt, heute waren es Weltgewandtheit und scheinbare Vergebung, die seine Unsicherheit übertünchten. »Ich habe es Mutter erklärt und Miguel auch: Ich habe kein Interesse an diesem Hotel. Damit habe ich abgeschlossen. Ich lebe mein eigenes Leben, unabhängig von diesem Familienwirrwarr.«

»Und doch bist du zurückgekehrt«, wandte Luz ein. Neutral. Neugierig.

»Aber nicht wegen des Hotels.«

»Sondern? Wegen der Familie?« Luz lächelte. Sie wusste bereits, dass sie ihn ertappt hatte. Wahrscheinlich hatte sie hinter seine Maske geblickt, bevor er überhaupt gewusst hatte, dass er eine trug. Manchmal war Felicidad ihre Schwester unheimlich. »Dann musst du den Wirrwarr in Kauf nehmen. Er ist reichlich vorhanden, aber wenn man die Fäden einmal entwirrt hat, ist er harmloser, als man denkt.« Sie nickte Felicidad zu. »Ich hatte auch erst meine Zweifel. Aber Felicidad will genau wie du auch einfach wieder bei ihrer Familie sein. Ich kann ihr das nicht mehr verübeln. Und du solltest es auch nicht länger tun.«

Francisco schlug sich mit der flachen Hand auf den Oberschenkel und stand abrupt auf. »Solltest du dein Leben nicht erst einmal auf die Reihe kriegen, bevor du anderen Ratschläge erteilst? Wenn ich Mutters Briefe richtig gelesen habe, hast du dich doch auch lange genug rar gemacht. Aber als du Hilfe gebraucht hast, standst du plötzlich wieder vor ihrer Tür.«

Für die Dauer eines Wimpernschlags erkannte Felicidad, wie sehr seine Worte Luz verletzten, dann wirkte sie wieder völlig souverän. »Ich arbeite daran, das kannst du mir glauben.«

Felicidad meinte, aus den Augenwinkeln eine Bewegung in der Tür wahrgenommen zu haben, aber als sie sich umdrehte, sah sie niemanden. Sie wandte sich wieder an Francisco.

»Weißt du, der Einzige, der immer da war, ist der, der jetzt nicht mehr da ist. Wir restlichen fünf sind alle irgendwann aus Lucías Leben verschwunden, unfreiwillig«, sie zeigte auf sich, »freiwillig«, sie zeigte auf ihn, »haben uns von ihr abgewandt«, sie zeigte auf Luz, »oder sind erst später dazugestoßen.« Sie zeigte auf Celia und Julia. »Und jetzt, wo wir alle da sind, schaffen wir es nicht, uns die Hände zu reichen, ungeachtet von allem, was jedem Einzelnen von uns passiert ist – oder gerade genau deswegen?«

Der Wind draußen nahm an Stärke zu, während sie sich drinnen anschwiegen. Er riss an den Fensterläden, als wollte er ihnen das Gebäude unter den Füßen wegreißen. Als wüsste er nicht, dass diese Aufgabe andere bereits erledigt hatten. Julia schien denselben Gedanken zu haben; sie packte ihre Teetasse und hielt sie sich vor das Gesicht, aber sie konnte damit nicht verstecken, dass sie weinte, still und mit offenen Augen. Celia, die ihr gegenübersaß, kippte ihren Stuhl nach vorn und fixierte Luz, die neben ihr saß, als ob sie ihr sagen wollte, los, tu was. Aber noch bevor Luz reagieren konnte, legte Felicidad ihren Arm um Julia und zog sie vorsichtig zu sich heran, so wie sie es vorhin schon tun wollte und sich nicht getraut hatte. Julia versteifte sich, aber nur kurz, dann stellte sie die Tasse hin und lehnte sich an sie. Zögerlich streckte Francisco seine Hand über den Tisch. Es war eine Geste des Trostes, aber auch der Versöhnung, in einem Streit, der eigentlich gar kein Streit war, sondern das Lösen eines Puzzles, dessen Teile bislang falsch zusammengesetzt gewesen waren.

Julia fuhr sich mit der Hand über die tränennasse Wange und legte sie dann auf Franciscos in der Tischmitte. Celia legte ihre Hand dazu, dann folgte Luz und schließlich streckte auch Felicidad ihre Rechte aus.

»Ganz gleich, ob Halbgeschwister, Stiefgeschwister oder Schwägerin – wir gehören zusammen und sollten alle am selben Strick ziehen«, sagte sie bestimmt. »Manchmal denkt man, man hätte schon lange gefunden, wonach man gesucht hat, aber erst, wenn die Herzen sich berühren, erkennt man die anderen auch wirklich.«

Francisco nickte ernst, wandte dann den Kopf zur Tür, die aufgestoßen wurde. Lucía trat ein, und in der Sekunde, in der sie sie sah, wusste Felicidad, dass sie die ganze Zeit gelauscht hatte. Wie immer in den letzten zehn Tagen hatte sie verweinte Augen, wie könnte es auch anders sein, aber da war auch der winzigste Anflug eines Lächelns, das ihre Lippen statt nach unten nach oben zog. Felicidad würde sagen, es war das erste Mal seit Miguels Tod, dass Lucía nicht aussah, als ob sie das Leben aufgegeben hätte.

Celia sprang auf, holte einen Stuhl und Lucía setzte sich zu ihnen. »Wie habe ich mir gewünscht, genau das zu sehen: Alle meine Kinder an einem Tisch.« Hier brach ihre Stimme kurz, denn natürlich waren sie nicht vollständig. »Und auch wenn Miguel nicht mehr bei uns ist, ist er doch unter uns. Irgendwie, ob wir ihn nun spüren oder hören oder sonst wahrnehmen.« Felicidad spürte Julia unter ihrer Umarmung tief seufzen.

»Alle meine Kinder an einem Tisch, friedlich und miteinander im Reinen, hier in unserem Hotel, dem Herzen unserer Familie.« Sie räusperte sich und fuhr leiser fort: »Es ist nicht mehr unser Hotel. Wir können es nicht ändern. Aber solange wir als Familie zusammenhalten, können wir vorwärts schauen. Wir selbst sind das Herz.« Sie sah von einem zum anderen, bedachte jedes ihrer Kinder mit einem langen Blick, Francisco, Luz, Celia, Julia und schließlich auch sie, Felicidad. Luz strich sich über den gesunden Arm, genau so, als müsste sie eine Gänsehaut vertreiben, und Felicidad musste über keinen siebten Sinn oder sensible Antennen verfügen, um zu spüren, wie sich die Atmosphäre im Raum mit dem Auftreten ihrer Mutter verändert hatte. Weg von Trauer und Vergangenheit, hin zu einer neuen Entschlossenheit. Winzig war der Richtungswechsel, so wie vorhin das leichte Heben ihrer Mundwinkel, aber es war eine Veränderung, und das war das Wichtigste.

KAPITEL 36

Seelenpartner

Barcelona, Dezember 1981

Luz konnte nicht verhindern, sich immer wieder im Saal umzusehen. Henry drückte ihre Hand, als Geste der Zuversicht, aber auch als Mahnung, endlich still zu sitzen und dem Konzert zu lauschen. Es war die Weihnachtsdarbietung des Musikkonservatoriums, und Celia, als eine der Besten ihres Jahrgangs, durfte den Schlussakt bestreiten. Nach einem wunderschönen Stück von Schubert, so gefühlvoll vorgetragen, dass Luz meinte, selbst von dem Bogen in Celias Hand gestreichelt zu werden, erklangen jetzt die ersten Töne einer Eigenkomposition.

Luz richtete ihre Aufmerksamkeit auf ihre Halbschwester. In einem Monat würde sie achtzehn werden und hatte kaum mehr etwas gemeinsam mit dem Mädchen, das stumm und vorwurfsvoll in dem Instrument die Nähe zu ihrer Mutter gesucht hatte. Jetzt saß dort eine selbstbewusste und stolze junge Frau, die ihr Ziel fest vor Augen hatte: eine gefragte, wenn nicht sogar berühmte Cellistin zu werden. Luz wusste, dass Celia ihren Weg gehen würde, und nach einem kurzen Stich der Enttäuschung hatte sie sich für sie freuen können, dass sie an der *Royal Academy of Music* in London angenommen worden war. London, eigentlich ihr Traum, würde jetzt zu Celias werden.

Der Bogen flog bei dem energischen Stück nur so über die Saiten. Es war etwas Neues, klassische Musik verbunden mit Flamencoelementen, altbekannt und doch frisch, melancholisch und doch stark. *Mi España* hatte Celia die Komposition getauft. Mein Spanien. Vergangenheit und Gegenwart, Tradition und Moderne vereint. Der Rhythmus zupfte an Luz' Füßen, am liebsten wäre sie aufgestanden und hätte dazu getanzt. Stattdessen schloss sie die Augen und lehnte sich an Henry, der sofort seinen Arm um sie legte. Er wusste, woran sie dachte, so wie er spürte, was sie fühlte. Tief atmete sie seine Präsenz ein, um Ruhe zu finden, während Celia die letzten Takte spielte und schließlich der Applaus wie eine tosende Welle durch den Saal spülte.

So wie für sie früher.

Aber *La Enfadada* war nicht mehr zornig.

Und *La Enfadada* stand nicht mehr auf der Bühne.

Wackelig erhob sie sich von ihrem Sitz. Henry reichte ihr die Krücken. Geduldig warteten sie, bis Lucía und Agustín vor ihnen aus der Reihe treten konnten, dann hinkte sie ihnen hinterher. Der Arm, der einfache Bruch, war zwar schnell und problemlos verheilt, aber das Bein bereitete ihr immer noch Schmerzen beim Gehen. Mit der Zeit würde es besser werden, meinten die Ärzte, aber wie viel Zeit sie damit meinten, war unklar. In einem Monat? Oder in sechs? Was bedeutete besser – dass sie mit derselben Intensität tanzen könnte wie früher? Oder dass sie gar nicht mehr tanzen könnte?

»Sie hat ganz fantastisch gespielt«, sagte Henry zu Agustín. Luz fand, dass er bereits seit einer Woche ein Leuchten mit sich trug, das sie sich nicht erklären konnte. Auch wenn sie es immer noch schwierig fand, in ihm einen Vater zu sehen, so war er doch zu einem väterlichen Freund geworden; eine ruhige Figur in ihrem Familienpuzzle, meist etwas am Rand, ein Zuschauer und stiller Unterstützer. Ja, darin lag seine Kraft, fand sie: Er verschwendete nicht seinen eigenen Atem, um einem Ziel hinterherzuhasten, sondern er stand immer gerade dort, wo andere ihn brauchten, um sie voranzupusten. Scheinbar unscheinbar, unauffällig, ein hagerer älterer Mann, der im Nebel seiner grauen Augen zu verschwinden schien. Irgendetwas führte er im Schilde, wenn er so strahlte. Vielleicht war es ein Weihnachtsgeschenk, eine Urlaubsreise, von der Lucía in letzter Zeit öfters träumte. Ja, wahrscheinlich war es das. Bitternötig hätte es ihre Mutter, ein wenig ausruhen zu können.

Das Foyer füllte sich. Luz dankte im Stillen ihrer Größe; damit konnte sie problemlos über die meisten Köpfe schauen. Es war nicht so, als ob sie eine Gefahr spüren würde, keine imminente, auf jeden Fall. Sie wusste auch, dass Gabriel noch drei weitere Monate in Haft sitzen würde. Und dennoch fühlte sie sich einfach unwohl in der Stadt.

Ein ihr fremder Mann näherte sich ihnen und automatisch griff sie nach Henrys Hand.

»Oh, wie schön!«, rief Lucía und winkte ihn und seine Begleiterin heran.

»Lucía, ich freue mich sehr, Sie hier zu treffen«, sagte er sehr formell. Er kam Luz vage bekannt vor, auch wenn sie nicht sagen könnte, weshalb. »Darf ich Ihnen meine Frau vorstellen? Cristina, das ist die Mutter deiner Lieblingstänzerin.« Warf er ihrer Mutter eben einen verschwörerischen Blick zu, den sie mit einem leichten Lächeln erwiderte, während sich die Männer steif die Hände schüttelten, als ob sie sich kannten, aber nicht sonderlich mochten?

»Luz«, sagte Lucía dann zu ihr. »Das ist Oberst Felix Heras. Ein alter Bekannter von mir. Und seine Frau Cristina.«

Sie schüttelte beiden die Hand.

»Es ist mir solch eine Ehre!«, schwärmte Cristina, eine elegante Dame, wahrscheinlich etwas jünger als ihre Mutter. »Ich verfolge Ihre Karriere seit Jahren, ich weiß nicht, wie viele Ihrer Auftritte wir gesehen haben. Fantastisch, einfach wundervoll, Teuerste. Und wie schade, dass Sie Ihren Rückzug von der Bühne bekanntgegeben haben. Wegen der Verletzung?« Sie deutete auf die Krücken.

Luz nickte und lächelte professionell. »Leider, ja.« Aber in ihr drinnen flirrte wieder die Wehmut wie ein Schwarm Stechmücken, hartnäckig und enervierend laut. Nie wieder auf der Bühne stehen? Was sollte sie denn sonst tun? Und würden sie dennoch nach London ziehen? Im Moment erschien es ihr wie der einzige Ausweg, aber eben nicht mehr. Ein Ausweg, nicht mehr das Ziel.

»Verzeihung, was haben Sie gesagt?« Sie hatte dem Palaver ihrer Bewunderin nicht zugehört.

»Wir werden Sie vermissen, sagte ich. Hat mich sehr gefreut.«

»Danke.« Sie schüttelte dem Paar noch einmal die Hand, dann sah sie, wie Celia sich durch die Menge schob, hier grüßte, dort lächelte. Sie war schon eine kleine Berühmtheit. So alt war sie selbst gewesen, als sie mit Lucía nach Barcelona gezogen war, um ihre Karriere zu starten, um endlich richtigen Unterricht zu nehmen, an sich zu arbeiten. Agustín strahlte gleich noch etwas mehr, als sie zu ihnen stieß, und Luz korrigierte ihre vorherigen Gedanken: nein, kein Geschenk für Lucía. Es war einfach nur der Stolz auf seine Tochter, der ihn größer und heller erscheinen ließ.

Sie hatte ein junges Mädchen in ihrem Schlepptau. »Ich bin ihre Mentorin dieses Jahr. Die Jungen sollen von den Älteren lernen und von unserem Wissen profitieren«, erklärte sie, und das Mädchen wurde ganz rot im Gesicht, als ob sie die Ehre, von Celia durch ihr erstes Jahr am Konservatorium begleitet zu werden, nicht begreifen könnte.

»Du hast ganz wunderbar gespielt«, beglückwünschte Luz Celia. »Die Flamencoadaptation hat mir sehr gefallen.« Noch während sie sprach, blieben ihre Gedanken an etwas hängen, als ob sie sich beim Vorbeigehen in Gestrüpp verheddert hätten. Celia erklärte ihrem Zögling, wie sie bei der Komposition vorgegangen war und warum überhaupt Flamenco, aber Luz hörte nur mit einem Ohr zu. Beim genaueren Hinsehen entpuppte sich das Gestrüpp nämlich als der blühende Strauch einer Idee.

Henry und sie waren am Tag nach der Aufführung wieder nach Cadaqués gefahren. Er hatte Urlaub eingereicht bis nach dem Dreikönigstag, zwei Wochen, in denen sie auch auf die Kanaren hätten fliegen können, nach Griechenland oder Ägypten, irgendwohin in die Sonne. Oder nach London mit seiner im

Regen funkelnden Weihnachtsbeleuchtung, den doppelstöckigen Bussen und dem Duft nach Freiheit, dem Luz vor fünf Jahren verfallen war. Aber mittlerweile war sie auch so frei, in vielerlei Hinsicht.

Stattdessen saßen sie in der Bar Casino. Sie hatte sich noch zu sehr eingeschränkt gefühlt von ihrem Bein; Krücken, Gepäck, Humpeln, nein danke. Und Henry war ganz dankbar, nicht wieder in ein Flugzeug steigen zu müssen, wie er es in den letzten Jahren einmal im Monat getan hatte. Vielleicht war das ja ein Zeichen?, dachte Luz und überlegte, wie sie ihr Anliegen am besten vor ihm ausbreiten sollte. Sie warf die letzte schwarze Schale ihrer Miesmuscheln in die Schüssel zu den anderen und fuhr mit einem Stück Weißbrot durch den Tomatensud, fruchtig, knoblauchig, viel zu schade, um ihn stehen zu lassen. Wie schon damals in ihrer Kindheit standen Schachbretter an zwei Tischen, einer war besetzt mit zwei älteren Männern, die Gesichter braun und wettergegerbt, völlig im Spiel versunken, am anderen saßen zwei Kinder, die wahllos die Figuren über das Brett zogen. Ausnahmslos alle anderen Tische waren belegt, die meisten davon Urlauber aus Barcelona und dem nahen Frankreich, die in Cadaqués Zweitwohnungen besaßen. Jetzt, über die Feiertage, füllte sich das Dorf dank ihnen mit Leben, schlief dann wieder ein bis kurz vor Ostern, um in den Sommermonaten überzuquellen vor Menschen und Lärm und Freude und Musik und Gerüchen und farbigen Sonnenschirmen und kitschigen Souvenirs. Könnte sie sich vorstellen …

»*Postre o café*?«, fragte die Bedienung. »Nachspeise, Kaffee?«

Henry schaute sie fragend an, aber Luz schüttelte den Kopf. »Lass uns lieber ein wenig gehen. Ich muss es ja üben.« Sie lachte, aber in Wahrheit wollte sie einfach Ruhe, wenn sie mit ihm über ihre Idee sprach.

Kaum waren sie aus der Tür getreten, begegneten sie Ana María Dalí. Sie lächelte ihnen freundlich entgegen.

»Luz, wie schön, dich zu sehen!«, grüßte sie. »Ich wollte eben meinen *caferitu* trinken.«

»Unser Tisch ist gerade frei geworden.«

Die bald vierundsiebzigjährige enge Freundin ihrer Mutter lockerte bereits ihren Schal. Luz hatte sie als resolute Person in Erinnerung, die aber immer einen Schimmer Schmerz in den Augen trug, von dem Luz nicht wusste, ob er daher rührte, dass sie seit dreißig Jahren nicht mehr mit ihrem berühmten Bruder Salvador gesprochen hatte, oder ob er von einem Erlebnis aus der Zeit des Krieges stammte, einer innerlichen Wunde, wie sie so viele aus ihrer Generation mit sich trugen.

»Wie geht es deiner lieben Mutter? Kommt sie zurecht?«

»Sie schöpft jeden Tag ein wenig mehr neuen Mut, aber über Miguels Tod wirklich hinwegzukommen, wird dauern«, meinte Luz. Ganz automatisch, schien es, drehten sie sich alle drei gleichzeitig so, dass sie das Hotel im Blick hatten. Es sah verlassen aus, eigentlich wie immer im Winter, wenn es geschlossen war. Nur dass es jetzt nicht einfach leer war, sondern ohne Seele. Es tat Luz weh, es so zu sehen, aber damit würde sie leben müssen.

»Weiß man denn, was daraus wird?«, fragte Ana María. Luz schüttelte den Kopf. »Und was wird aus dir? Was hast du jetzt vor? Ihr?«

Es war die wahrscheinlich meistgestellte Frage der letzten Wochen, dachte Luz, aber statt wie üblich ratlos mit den Schultern zu zucken, lächelte sie dieses Mal vielsagend. Ein junges Paar steuerte auf die Bar zu.

»Du solltest dich beeilen, wenn du den freien Tisch ergattern möchtest«, sagte sie zu Ana María, statt auf deren Frage zu antworten, und öffnete ihr die Tür.

Als hätte diese den Wink mit dem Zaunpfahl verstanden, verabschiedete sie sich und huschte hinein. Bevor Luz mit anderen über ihre Zukunft sprach, musste sie diese erst mit Henry koordinieren.

Es war angenehm warm und ausnahmsweise sogar windstill. Das glatte Meer badete im milchigen Dezemberlicht, am Strand stolzierten einige Möwen auf und ab. Weit draußen, dort wo Wasser und Himmel kaum mehr voneinander zu unterscheiden waren, fuhr ein Schiff, unterwegs in sein eigenes Abenteuer, kleiner und kleiner wurde es, bis der Horizont es verschluckte. Tief sog Luz die salzgeschwängerte Luft ein, bevor sie langsam, beide Krücken zur Hilfe nehmend, über die Promenade humpelte.

»Ist es nicht schön hier?«, fragte sie Henry, der neben ihr her schlenderte. Ob er ihr Herz pochen hörte, laut wie es schlug?

»Sehr sogar«, sagte er und knöpfte seinen Mantel auf. »Zumindest jetzt. Im Sommer kann es ganz schön voll sein, oder?«

»Im Sommer ist es auch schön. Anders schön.« Das Gehen fiel ihr erstaunlich leicht heute, merkte sie, und sie verteilte mehr Gewicht auf ihr Bein als auf die Krücke. War das vielleicht auch ein Zeichen?

Henry lachte. »Versuchst du mir etwas zu verkaufen?«

Sie lachte auch, überlegte dabei frenetisch, wie sie die Frage formulieren könnte, aber ihr Mund war schneller als ihr Kopf und sprach sie einfach aus: »Könntest du dir vorstellen, hierherzuziehen?« Sie blieb stehen.

Henry blieb stehen. Blickte ihr direkt ins Gesicht, nein, direkt in sie hinein. Er hatte schon immer alles von ihr sehen können, so wie sie alles von ihm fühlen konnte. Seelenpartner. Sie wollte, sie könnte mit ihm verschmelzen, aber eigentlich waren sie schon zwei, zu einem Ganzen zusammengeführt. Sanft fuhr er mit dem Finger unter ihr Kinn und sie fühlte sich sofort leicht, so leicht, wie sie sich mit Gabriel nicht einmal in den schönsten Momenten ihrer Beziehung gefühlt hatte. Selbst wenn Henry jetzt Nein sagen sollte, würde sie nicht tief fallen, denn sie lag sozusagen bereits in seinen Armen.

»Luz«, murmelte er, und ein wohliges Zittern durchlief sie. Dann trat er einen Schritt zurück, räusperte sich, und plötzlich hatte Luz das Bild vor Augen, wie er vor ihr auf die Knie ginge, gleich, und sie wusste nicht, was sie antworten würde, das war schließlich gar nicht ihre Absicht gewesen und sie war doch gerade erst frisch geschieden …

»Luz«, sagte er wieder, aber er blieb aufrecht stehen. »Ich gehe dorthin, wo du hingehst. Das habe ich schon einmal gesagt und das meinte ich so.«

Ihr entfloh ein seltsamer Laut, etwas zwischen Schluchzen und Lachen, zwischen Rührung und Freude. Das war eine tausendmal schönere Liebeserklärung als jeder Antrag. Sie wusste aber auch, dass sie dasselbe gesagt hätte, hätte er darauf bestanden, nach London zu ziehen.

»Meinst du denn, du wirst hier Arbeit finden?«, fragte sie zögerlich.

»Aber natürlich!« Er lachte und strahlte. »Der Immobilienmarkt in der Gegend boomt, sei es in Cadaqués oder in Rosas oder Ampuriabrava auf der anderen Seite des Hügels. Mach dir da keine Sorgen. Aber ich habe das Gefühl, dass du bereits eine Idee ausgeheckt hast, was *deine* Arbeit angeht. Habe ich recht?«

Die zwei Kinder, die vorhin in der Bar Casino am Schachbrett gesessen hatten, rannten nun über die Straße auf den Strand zu und scheuchten die Möwen umher, bis sich diese beleidigt schreiend in die Luft erhoben. Luz wartete, bis der Lärm verebbt war und dachte daran, wie froh sie gewesen war, als sie in Barcelona damals endlich richtigen Unterricht genießen konnte. Einen Mentor hatte.

»Ich möchte gern etwas von dem, was ich bekommen habe, weitergeben. Mein Wissen und mein Können teilen. Ich möchte gern eine Tanzschule eröffnen, hier in Cadaqués.«

KAPITEL 37

Freudentaumelndes Glück

Barcelona, Januar 1982

Der diesjährige Dreikönigstag gestaltete sich komplizierter als in den vergangenen Jahren. Sonst waren sie alle schon am Vortag nach Cadaqués gefahren, hatten dort im sonst leeren Hotel übernachtet, um früh am nächsten Morgen zu Julia und Miguel zu gehen, die gleich daneben wohnten. Zu der Zeit hatten die Drei Heiligen Könige ihre Geschenke bereits unter den mit Kugeln und Kerzen geschmückten Baum gelegt, und Pablo, Meritxell, Andreu und in den letzten zwei Jahren auch Oscar hatten voller Ehrfurcht und kaum verhohlener Vorfreude in die Lichter gestarrt.

Sie hätten eine Wohnung mieten können, so wie Luz und Henry es getan hatten in den letzten zwei Wochen. Aber sie waren alle gemeinsam zu dem Schluss gekommen, dass die Erinnerung an das, was sie nicht mehr hatten, vor Ort zu schmerzhaft gewesen wäre. Und so feierten sie in Barcelona, in ihrer Wohnung. Statt noch im Schlafanzug Geschenke auszupacken, mussten sich die Kinder nun gedulden, bis sie von ihren Übernachtungsorten – Julia, Meri und Andreu schliefen bei Luz und Henry, während Pablo bei seinem Cousin Oscar nächtigte –

zu Lucía und Agustín fahren konnten. Francisco und Matilda hingegen hatten sich in einem kleinen Hotel einquartiert.

»Sie kommen!«, rief Celia, die am Fenster Position bezogen hatte, und hüpfte durch das Wohnzimmer, als wäre sie selbst noch ein kleines Kind, das vor Aufregung nicht still sitzen konnte.

Lucía zog alle Vorhänge zu. Agustín griff nach den langen Streichhölzern und zündete eine Kerze nach der anderen an, bis der Raum in einem warmen Licht erstrahlte.

»Celia, schaust du bitte, dass der Kakao nicht anbrennt?«, bat Lucía ihre Stieftochter, die mit einem weihnachtlichen Lied auf den Lippen in die Küche hüpfte. »Und rühr bitte schnell den Teig für die *churros* um«, rief Lucía ihr nach, da klingelte es auch schon unten an der Tür. Sie strich sich über das schwarze Kleid, das sie heute nicht aus Trauer trug, sondern der Festlichkeit wegen. Hätte sie eine andere Farbe wählen sollen? Unsicher nahm sie die Brille ab und polierte sie mit dem Ärmel.

»Du siehst wunderschön aus«, flüsterte Agustín ihr da ins Ohr, es kitzelte, sowohl die Worte als auch sein Atem, und sie musste lächeln. »Es wird anders werden, aber nichtsdestotrotz mindestens genauso schön wie immer. Das verspreche ich dir.«

Sie drehte sich zu ihm um und legte ihre Hand an seine Wange, wollte sagen, wie sehr sie ihn liebte, aber das Trampeln ungeduldiger Kinderfüße auf der Treppe lenkte ihre Aufmerksamkeit wieder zur Tür.

»Bereit?«

»Bereit.«

Sie öffnete. Da standen sie, die vier Kinder, dahinter Luz und Henry, Felicidad und Manuel, Francisco und Matilda sowie Julia.

»Waren sie schon da?«, krähte Meritxell, die Wangen rot vor Kälte und Aufregung.

»Warst du denn artig?«, fragte Agustín. »Meinst du, du bekommst ein Geschenk oder vielleicht doch nur Kohle?«

»Ein Geschenk, ein Geschenk!«, rief Andreu und sprang auf und ab.

»Dann zieht mal eure Schuhe und Jacken aus, damit wir nachschauen können«, sagte Lucía und begrüßte die Erwachsenen.

Sie öffneten die Flügeltür zum Wohnzimmer. Es roch nach Kerzenwachs, Tannennadeln und Ergriffenheit. Die vielen kleinen Flammen spiegelten sich in den zarten Kugeln; die Welt schien um ein paar Nuancen weicher und wärmer zu sein und hielt den Atem an, während der Plattenspieler leise spanische Weihnachtslieder spielte.

»Einen Moment noch«, flüsterte Lucía den Kindern zu. »Lasst uns erst denen gedenken, die nicht bei uns sein können.« Ganz langsam stiegen Erinnerungen hoch und flossen dann salzig aus ihren Augen über ihre Wangen. So viel hatte sie verloren auf dem Weg hierher; einiges hatte sie wiedergefunden, anderes nicht. Sie dachte an ihre Eltern. An Agustín und Felicidad, so lange aus ihrem Leben verschwunden und nun wieder bei ihr. An Felix dachte sie, der es immer noch vorzog, als ein Bekannter von ihr aufzutreten. Wie hatte sie sich gefreut, als er an Celias Aufführung auftauchte!

Sie hatte nicht ganz Wort gehalten, natürlich hatte sie Agustín von ihrer neu aufgekeimten geschwisterlichen Beziehung erzählt, und auch dass Felix nicht ganz unbeteiligt gewesen war an der Spende, die den Kauf des Frauenhauses ermöglicht hatte. Vor Agustín würde sie nie Geheimnisse haben.

Sie dachte an Luz, die ihr durch die Finger geronnen war wie Sand und die sie erst im letzten Augenblick hatte auffangen können, und wie ihr das bei Miguel nicht gelungen war. Ach, Miguel. Möge deine Seele Frieden gefunden haben. An der Fassade ihres Hotels würde bald ein anderer Name prangen, aber sie konnte ihm dafür die Schuld nicht geben.

Und doch gab es so wenig, dass sie im Nachhinein ändern würde, könnte sie es. Denn all das hatte sie schließlich genau hierhin geführt, zu dem, was sie in jenen Tagen ihrer Flucht aus Barcelona 1939 verloren hatte: zu einer Familie. Zu einer Familie, die nach all den Jahren endlich in sich ruhte, in der jeder seinen Platz gefunden hatte. Damit war das Fundament für ihre wahre Heimat gegossen. Denn Heimat war kein Ort. Kein Dorf. Kein Hotel. Heimat lag in der Familie. Heimat trug man im Herzen.

»Jetzt, *abuela*?« Meritxell zupfte an ihrer Hand. Die Gesichter der Kinder leuchteten, die der Erwachsenen waren ernst, aber glücklich ernst, nicht traurig ernst.

»Jetzt«, sagte sie und gab damit den Startschuss, sich auf die Geschenke stürzen zu können.

»Keine Kohle, siehst du!«, rief Meri und hielt triumphierend ein hübsches Kleidchen und ein Malbuch hoch.

Lucía lachte und fuhr ihr übers Haar. »Was für ein Glück. Hast du Lust auf *chocolate con churros?*«

»Ja!«, schrien alle vier Kinder unisono.

Sie wollte aufstehen, um das Gebäck zu frittieren, das danach in die dickflüssige heiße Schokolade gestippt würde, aber Celia hielt sie zurück.

»Bleib nur sitzen. Ich mach schon.«

Lucía drückte ihre Hand und beobachtete zufrieden die Kinder weiter, die zwischen buntem Papier und Schleifen saßen und ihre Geschenke bestaunten, verglichen und ausprobierten. Luz unterhielt sich angeregt mit Felicidad und Matilda. Es umgab sie ein Leuchten, das Lucía nicht so recht deuten konnte. War es die Liebe zu Henry, die endlich diesen grauen Schleier, den sie seit Monaten, nein, seit Jahren eigentlich getragen hatte? Sie hatte eher das Gefühl, als läge ihr etwas auf dem Herzen, etwas, das sie verkünden wollte, aber noch nicht durfte, und dennoch kurz davorstand, zu platzen. Ob sie schwanger war?

Sie beugte sich etwas vor, um eine der weißen Baumkerzen, die gefährlich schief stand, geradezurücken. Sie waren bereits zur Hälfte runtergebrannt. Halb versteckt hinter dem Baum entdeckte sie noch ein letztes Geschenk, vergessen.

»Für wen …?«, sagte sie, aber Agustín legte den Finger auf ihre Lippen und zog das Päckchen hervor.

»Wir haben doch gesagt, keine Geschenke unter den Erwachsenen«, protestierte sie leise, sah aber bereits, wie alle, abgesehen von den Kindern, neugierig ihre Köpfe drehten.

»Was hast du denn da?«, fragte Julia.

»Ach, nur eine kleine Überraschung, die ich mir einfach nicht verkneifen konnte«, antwortete Agustín und überreichte Lucía das Geschenk galant.

»Eine Urlaubsreise!«, rief Luz.

»Eine Halskette«, riet Felicidad.

»Einen flachen Blumenstrauß«, sagte Henry trocken und alle lachten.

Langsam löste Lucía die Schleife und ließ das rote Seidenband durch ihre Finger gleiten, kostete das Gefühl aus. Wenn Agustín damit erreichen wollte, dass sie sich speziell fühlte, hatte er es geschafft. Erst faltete sie das eine Ende des Papiers auf, dann das andere, zog es dann vorsichtig weg und legte es zusammen, um das Prickeln noch ein wenig länger zu genießen. Zum Vorschein kam eine flache, neutrale Schachtel.

»Sag ich doch, es ist ein Schmuckstück!«, rief Felicidad.

»Könnte auch ein Bild sein«, mutmaßte Manuel, und tatsächlich besaß die Schachtel dafür die richtigen Maße. Eine schöne Fotografie von Miguel vielleicht? Oder vom Hotel, um es in Erinnerung und Ehren zu halten, so wie sie es aufgebaut hatten? Ihre Finger zitterten, sie wusste plötzlich nicht, ob sie sich traute, hineinzublicken.

»Mach es doch nicht so spannend, Mutter«, bat Francisco, der aussah, als ob er ihr die Schachtel gleich aus der Hand reißen würde vor Neugier.

Lucía lachte ihre Nervosität weg und hob den Deckel, beäugte den Inhalt, ohne recht zu verstehen, was sie vor sich sah, und als sie es verstand, erschrak sie so sehr, dass sie den Deckel wieder auf die Schachtel drückte.

»Das ist …«

»Ja, was denn?«, fragte Luz ungeduldig.

»Das ist …« Lucía nahm erneut den Deckel ab. Zog das Stück Papier heraus. Die Buchstaben vor ihren Augen verschwammen.

»Was hast du getan?«, wisperte sie, ihre Kehle zugeschnürt.

»Ich habe das Hotel zurückgekauft.«

Seinen Worten folgte Stille. Sogar die Kinder schwiegen jetzt, überrascht von der plötzlich veränderten Atmosphäre im Raum. Nur der Plattenspieler rauschte leise im Leerlauf.

Lucía starrte immer noch auf das Papier. »Du hast das Hotel zurückgekauft«, sagte sie. Blinzelte, bis sie die Buchstaben erkennen konnte. »Du hast das Hotel zurückgekauft?« War sie vorhin wie in einer Art Tunnel gewesen, nahm sie nun ihre Umgebung wieder wahr. Sah, wie Julia die Hand an ihre Lippen hielt, sah die Verblüffung in Franciscos Gesicht, die Ungläubigkeit in dem von Luz. Sah Tränen in Felicidads Augen und Schokolade um Andreus offen stehenden Mund. Und dann, endlich, konnte sie Agustín anschauen. Ganz ruhig wartete er auf ihre Reaktion, die Hände im Schoß gefaltet. Scheinbar unscheinbar, dachte sie wieder einmal, wie ein fein gesponnenes Netz, das erst sichtbar wurde, wenn Tautropfen daran hängen blieben. Aber nichtsdestotrotz ein Netz. Das alle auffing. Das allen Halt gab.

»Wie ist das möglich?«, flüsterte sie.

Er lächelte. Es war der Moment, in dem die Sonne aufging und sich tausendfach in den Tautropfen widerspiegelte und ein Feuerwerk der Emotionen in Lucía entfachte, Liebe hauptsächlich, Glück, freudetaumelndes Glück und Euphorie, und sie fiel ihm um den Hals, wortlos, fassungslos. Wie durch eine Wolke vernahm sie die aufgeregten Stimmen ihrer Kinder und ihrer Enkel, aber was sie im Gegensatz dazu ganz genau spürte, war Agustíns Herz an ihrem Herzen, es schlug ein wenig schnell, genau wie ihres. Und dann, endlich, konnte sie die Tränen loslassen, die seit Minuten in ihrem Hals festsaßen.

»Wie ist das möglich?«, fragte sie erneut, nachdem sie sich alle beruhigt hatten, die Kinder die ausgebackenen *churros* in den dicken Kakao tauchten und sich genussvoll die fettigen und zuckrigen Finger abschleckten, und das Dokument, das in der Schachtel gelegen hatte, die Runde machte. Manuel schenkte jedem ein Glas Cognac ein und Celia tischte den Dreikönigskuchen auf. Die Kerzen am Baum waren gelöscht, die Vorhänge zurückgezogen, um den Tag hereinzulassen. Um klarer zu sehen, um begreifen zu können.

Agustín räusperte sich. »Wie ihr wisst, ist mein Vater vor eineinhalb Jahren verstorben.«

Lucía nickte. Die Hälfte des Familienvermögens war ihm zugefallen und lag seitdem bei der Bank und arbeitete, wie er nannte.

»Nun hat Esteban letztes Jahr auch die Textilfabrik verkauft, ganz schön gewinnbringend, wovon mir auch die Hälfte zustand. Alles zusammen war es mehr als genug, und das, obwohl diese Halsabschneider einen wirklich stolzen Preis verlangten. Das Hotel an sich interessierte sie im Grunde gar nicht, sie hätten es sowieso weiterverkauft. Immobilienspekulation.«

»Seit wann ...«

»Kurz nach Miguels Beerdigung. Als ich Felicidad und Manuel nach Figueras zum Zug brachte, habe ich die neuen Besitzer das erste Mal aufgesucht. Das Gespräch gesucht, erst, um den Handel rückgängig zu machen, dann, als ich merkte, dass sie nur an Geld interessiert waren, habe ich ihnen ein Angebot unterbreitet, das sie nicht ausschlagen konnten.« Er schmunzelte, so wie nur jemand schmunzelte, der sich diebisch über seine gelungene Überraschung freute.

Der Cognac wärmte Lucía angenehm von innen, genau wie der Gedanke, der wahrscheinlich allen auf der Zunge lag: »Wir können das Hotel ganz normal eröffnen im Frühling. Es gehört wieder uns.« Sie drehte sich zu Julia. Ihre Schwiegertochter hatte Tränen in den Augen.

»Ich weiß nicht, ob ich das ohne Miguel schaffe«, sagte sie leise.

Als hätten sie sich abgesprochen, drehten sich alle Köpfe zu Francisco, der sich gerade ein Stück des Hefegebäcks in den Mund stecken wollte. Die Gabel blieb auf halbem Weg stehen, während er sichtlich verwirrt von einem zum anderen sah.

»*Tío* Francisco hat den König gefunden!«, krähte Oscar, und tatsächlich, aus dem Bissen auf der Gabel lugte eine halbe Bohne hervor.

»Das kann kein Zufall sein«, sagte Felicidad und klatschte in die Hände. Francisco errötete doch tatsächlich und legte die Gabel hin, als ob er jetzt verstanden hätte, worum es ging.

»Francisco, *hijo*, mein Sohn«, sagte Lucía und nahm seine Hand. »Möchtest du der Direktor des neuen Hotel del Mar werden?« Er sah sie lange an, und nicht nur sie, sondern alle im Raum schienen die Luft anzuhalten. Sie drückte seine Hand, eine Geste, die ausdrücken sollte, ja, ich vertraue dir, mein Sohn. Ich vertraue dir unser Familienunternehmen an. Du bist bereit.

Und er verstand. Drückte zurück. Und nickte.

»Es ist aber erst ein Vorvertrag«, wandte Henry fast schüchtern ein, als befürchtete er, die golden leuchtende Stimmung damit zu zerstören. Er hielt das Dokument hoch.

»Korrekt«, sagte Agustín. »Der eigentliche Notartermin ist im Februar. Den konnte ich nicht allein vornehmen.«

»Wieso nicht?«, fragte Lucía unsicher. Hatten sie sich zu früh gefreut?

»Weil du dabei sein musst.«

»Wieso?«, fragte sie, aber ihr Herz schlug auf einmal wieder viel zu schnell.

»Weil endlich *dein* Name auf der Besitzurkunde stehen soll, Lucía. Entgegen aller Prognosen und Widrigkeiten der damaligen Zeit hattest du ein Ziel vor Augen. Ohne deine Initiative, deine harte Arbeit, deine Entschlossenheit gäbe es dieses Hotel nicht. *Du* bist die Besitzerin, das warst du schon immer. Früher war es nicht möglich, eine Frau als solche einzutragen, aber heute schon. Und genau das werden wir tun.«

Scheinbar unscheinbar. Sie erinnerte sich an ihr Gespräch vor drei oder vier Jahren, um dasselbe Datum herum musste es gewesen sein, als er nach ihrem letzten großen Streit endgültig zurückgekommen war. *Du kannst deinen Mitmenschen helfen, indem du sie in ihrem Schaffen bekräftigst, ihnen den Rücken freihältst, damit sie ihre Träume erreichen können.* Genau das hatte er zu seiner Lebensaufgabe gemacht, die nun seinen Höhepunkt erreicht hatte. Gab es einen größeren Liebesbeweis, als seiner Frau uneigennützig die Anerkennung zukommen zu lassen, auf die sie wegen Gesetzen und Meinungen immer hatte verzichten müssen? Hätte sie jemals einen anderen Mann auf diese Art lieben können wie ihn?

Verzeih mir, Luís, dachte sie. Aber allein um Agustín erneut begegnen zu können, würde sie ihre Reise wieder und wieder und wieder beginnen, genau dort, wie sie begonnen hatte: auf einer staubigen Straße irgendwo zwischen Barcelona und Frankreich.

Denn sie waren für die Ewigkeit.

Epilog

Bereit, alles zu geben

Cadaqués, April 1982

Luz lugte durch den Spalt der Tür in den Raum ihrer Tanzschule, die heute eingeweiht wurde. Eine Spiegelwand mit Handlauf, einige ihrer alten Flamencokleider, die zur Dekoration an der Stirnseite des Raums hingen, während gegenüber ein großes Fenster Licht hereinließ. Schlicht, einfach, ein Anfang. Gut dreißig Stühle standen dort dicht an dicht, neben Eltern mit ihren tanzinteressierten Kindern sah sie ihre ganze Familie dort sitzen. Selbst Celia saß im Moment noch bei ihnen, würde dann aber auf die kleine improvisierte Bühne wechseln, wenn sie ihr selbstkomponiertes Stück *Mi España* darbieten würde, zu dem Luz einen Tanz einstudiert hatte.

Wie gern wäre sie bereits bei der Dreikönigsfeier im Hause ihrer Mutter mit der Neuigkeit herausgeplatzt, aber noch war nichts in trockenen Tüchern gewesen, und dann hatte Agustín für diesen Paukenschlag gesorgt, der wieder einmal alle Karten neu gemischt hatte. Das Hotel, *ihr* Hotel gehörte wieder ihnen. Vor zwei Wochen hatte es seine Tore für die Saison geöffnet, fast als wäre nichts geschehen, außer dass nun Francisco der Direktor war. Julia sorgte wie immer aus dem Hintergrund für einen runden Ablauf im Bereich der Rezeption, Reinigung und Küche.

Matilda fuhr jeden Tag nach Rosas, auf die andere Seite des Hügels, wo sie in der Grundschule Arbeit gefunden hatte, genauso wie Henry, der problemlos eine Anstellung in einem der Maklerbüros ergattern konnte, die zurzeit nur so aus dem Boden schossen. Er liebäugelte bereits mit der Idee, seine eigenen *inmobiliaria* zu eröffnen.

Felicidad führte weiterhin das Frauenhaus in Barcelona und Manuel ging seit jeher seiner Arbeit als Bankdirektor einer kleinen Filiale nach. Agustín verkaufte Möbel, so bescheiden wie immer, als hätte er ihrer Mutter nicht das allergrößte Geschenk gemacht. Aber, dachte Luz, vielleicht war dieses allergrößte Geschenk gar nicht das Hotel gewesen, und auch nicht, dass sie nun als Besitzerin figurierte, sondern seine Liebe zu ihr. Wie oft hatte sie heimlich die Augen verdreht oder spöttisch gelächelt, wenn sie davon sprachen, dass sie seit Ewigkeiten füreinander bestimmt gewesen waren. Mittlerweile erschien ihr der Gedanke gar nicht mehr so abwegig.

Lucía, sah sie, trug heute das erste Mal keine schwarze Kleidung mehr. Lang genug hatte sie daran festgehalten, fünf Monate. Sie erschien ihr, allein durch das helle Kleid und die frisch gefärbten Haare, gleich zehn Jahre jünger. Ihre Blumenläden liefen gut, sie war oft im Frauenhaus, aber noch öfter saß sie mit Gleichgesinnten zusammen, um die Gleichberechtigung der Frauen vom Papier in den Alltag zu übersetzen. Es lag noch viel Arbeit vor ihnen. Eine warme Welle des Stolzes fuhr durch Luz.

»*Tía* Luz!« Meritxell zupfte an ihrer Hand. »Können wir endlich anfangen?«

»Aber natürlich. Wie toll du aussiehst!« Sie strich ihrer Nichte eine imaginäre Haarsträhne hinter das Ohr. Seit zwei Monaten übten sie dieses einfache Stück, damit Meri mit ihr zusammen tanzen konnte, ihre erste Schülerin. So wie sie früher mit Lucía getanzt hatte, Gott, die guten alten Zeiten!

Sie gab Celia ein Zeichen, damit diese für den ersten Tanz den Plattenspieler einschaltete, und schritt mit Meri zusammen unter dem Applaus des Publikums in den Raum, korrigierte leicht die Armhaltung des Mädchens und stellte sich selbst in Pose. Henry winkte ihr verstohlen zu. Ihr Herz tat einen kleinen Hüpfer.

Dann setzte die Musik ein. Kitzelnd und elektrisierend floss sie durch Luz hindurch, ja, sie stand unter Strom, das erste Mal seit so vielen Monaten. Ihre *zapateados*, die trommelnden Fußbewegungen, für die sie einst so berühmt gewesen war, musste sie immer noch langsamer ausführen, und manchmal schoss ein scharfer Schmerz durch ihren Oberschenkel, wenn sie das Bein zu weit seitlich streckte, aber hier war sie wieder, auf einer Bühne, vor einem Publikum, bereit, alles zu geben. Für sich. Für die Kinder, denen sie ihre Leidenschaft für den Tanz weitergeben würde. Für ihre Familie. Für ihre Liebe. Denn Aufgeben war nie eine Option.

Wie aus dem Nichts tauchte eine Erinnerung auf, ein Satz, den Agustín bei ihrem allerersten Treffen in Cadaqués gesagt hatte, dem Treffen, das fast in einem Eklat gegipfelt hatte, weil Lucía ihrer Verlobung mit Gabriel ablehnend gegenübergestanden hatte.

Sie geht ihren Weg, egal welche Steine man ihr in den Weg legt. Früher oder später wird sie dort ankommen, wo sie hingehört.

Wie recht er gehabt hatte.

Hier endet die Spanien-Saga!

Ich hoffe, dass du viele schöne Lesestunden in Lucías Welt genießen konntest, und ich danke dir, dass du diese Reise mit mir gemeinsam unternommen hast.

Wenn du nicht verpassen möchtest, was es sonst von mir zu lesen geben wird, dann schau doch mal auf meiner Webseite vorbei und abonniere meinen Newsletter. In dem berichte ich dir ungefähr einmal im Monat aus meinem Leben in Spanien und du erfährst alle Neuigkeiten rund um meine Bücher.

www.astrid-topfner.com/newsletter

Oder folge mir auf Instagram oder Facebook.

www.instagram.com/astrid_topfner

www.facebook.com/astrid.topfner

Hoffentlich bis bald!
Deine

Astrid Topfner

Nachwort und Danksagung

Wie schon bei den letzten zwei Bänden der Spanien-Saga möchte ich euch gern noch ein paar interessante Fakten über einige der Ereignisse mitgeben, die im Buch angesprochen werden:

Wie Felicidad in Kapitel 18 befürchtet hat, wurde das Amnestiegesetz auch dafür verwendet, Funktionäre und Mitglieder der Polizeikorps, die dem faschistischen Regime gedient hatten, vor Strafverfolgungen zu schützen. Und das, obwohl Spanien erst Monate zuvor den »Internationalen Pakt über bürgerliche und politische Rechte« unterschrieben hatte, nach dem Menschenrechtsverletzungen auch geahndet werden können, wenn ein nationales Gesetz dem widerspricht. Ebenfalls ist es unvereinbar mit dem Grundsatz, dass Verbrechen gegen die Menschlichkeit – worunter viele der Grausamkeiten des Franco-Regimes fallen – durch kein Gesetz einen Strafnachlass erfahren können. Und dennoch hat seit 1977 keine Regierung Spaniens den Rufen der Opfer, den verschiedensten Komitees zur Aufklärung von Kriegsverbrechen oder gar der UNO Folge geleistet. Zu groß, zu mächtig ist immer noch das politische Erbe Francos.
Erst seit 2007 existiert das »Gesetz zur demokratischen Erinnerung«, das Ende 2021 erneuert wurde, aber geschehen ist wenig. Im Zeitraum von 1939 bis 1952 »verschwanden« zwischen 130'000 und 150'000 Zivilisten; von den wenigsten haben ihre Familien je wieder gehört, geschweige denn

wissen sie, wo sie vergraben wurden. Es existieren immer noch rund 2500 Massengräber, deren Leichen nie identifiziert wurden. Über 100'000 politische Gefangene waren zur Strafarbeit gezwungen worden; es gibt weiterhin weder Untersuchungen noch wurden Verantwortliche zur Rechenschaft gezogen. Die kollektive Vergangenheit bleibt weiterhin unverarbeitet, solange der Staat lieber versteckt als aufdeckt.

Was das Scheidungsgesetz angeht, waren die Anfänge natürlich nicht so einfach, wie ich sie in der Geschichte dargestellt habe. Wer sich 1981 scheiden lassen wollte, musste zuvor mindestens zwei Jahre getrennt gelebt haben und eine Versöhnung musste als unmöglich angesehen werden.
Der Satz, den Lucía Francisco im Brief in Kapitel 28 schreibt – *Wir können nicht verhindern, dass Ehen zerbrechen, aber wir können das Leid verhindern, dass zerbrochene Ehen mit sich bringen.* (frei übersetzt) – stammt vom damaligen Justizminister Francisco Fernandez Ordóñez, der das Scheidungsgesetz vorantrieb.
Was das Frauenhaus angeht, war Lucía ihrer Zeit voraus. In Europa wurde die erste Schutzeinrichtung dieser Art zwar bereits 1971 in London eröffnet, in Spanien allerdings erst 1991, da die Politik das Thema Gewalt in der Ehe als privates und nicht öffentliches Problem ansehen wollte.

Angefangen hat diese Reise, die Spanien-Saga zu schreiben, bereits 2018. Und nun, vier Jahre später, ist sie mit der Veröffentlichung von Band 3

abgeschlossen. Es war eine Reise voller Höhen und Tiefen, voller Jubel und Zweifel. Einige ganz wunderbare Menschen haben mich von Anfang an begleitet, allen voran Julia André, Emily Ferguson und Emilia Flynn mit moralischer Unterstützung, meine Testleserinnen Andrea und Melanie, Laura Newman, verantwortlich für die drei traumhaften Cover, Mary Kuniz, die den Buchsatz so liebevoll gestaltet hat. Und natürlich mein Mann, der mir den Rücken freihält und mich zum Glück immer wieder daran erinnert, dass es auch noch ein Leben außerhalb meiner Geschichten gibt.
Und natürlich danke ich all denen, die meine Bücher kaufen, lesen und weiterempfehlen. Erst, wenn Geschichten gelesen werden, entfalten sie ihre Flügel!

Über die Autorin

Astrid Töpfner wurde 1978 in der Schweiz geboren. Nach ihrer Ausbildung zur Tourismusfachfrau zog es sie in die weite Welt; sie lebte auf den Kanaren, in Mexiko und Los Angeles, bevor die Liebe sie nach Spanien zog. Dort wohnt sie seit 2005 mit ihrem Mann und den zwei Söhnen.

Neben ihrer Familie liebt Astrid Töpfner Regen, Eiscreme und den Geruch der wilden Kräuter, die in der wunderbaren Landschaft ihrer neuen Heimat wachsen. Quer durch den hügeligen Naturpark hinter ihrem Haus zu wandern oder am Strand die Füße in den warmen Sand zu graben und dem Rauschen der Wellen zu lauschen sind ihre Arten, abzuschalten und neue Kraft und Inspiration zu sammeln.

»Wir sind für die Ewigkeit – Berührung« ist ihr sechster Roman und der dritte und letzte Band der Spanien-Saga.

Weitere Bücher der Autorin
finden Sie auf der nächsten Seite.

Zeitgenössische Romane

Ein heißer Sommer in Spanien, ein tragisches Familiengeheimnis und Liebe, die nicht immer auf den ersten Blick erkennbar ist.
Atmosphärisch und bildhaft geschrieben, voller Emotionen und Spannung!

Was hat ein mysteriöser Schmetterling mit dem frühen Tod von Olivias Eltern zu tun? Ihre an Alzheimer erkrankte Großmutter hat nicht mehr viel Zeit, die Wahrheit zu erfahren. Olivia macht sich daran, nach den wahren Gründen zu suchen – und stößt auf Unfassbares ... aber auch auf die Liebe.

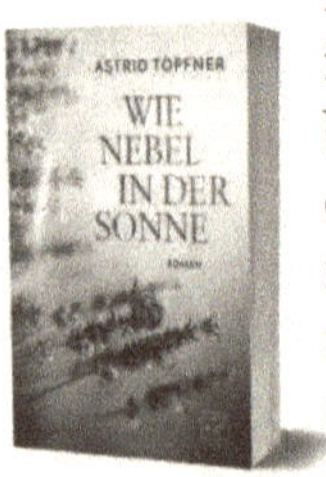

Ein Roadtrip aus der kalten Schweiz ins warme Spanien – mit einem Unbekannten. Susanna begibt sich nach dem Tod ihrer Mutter auf die Suche nach deren Familie, während Mark nach einem tragischen Ereignis sich selbst verzeihen muss und den Glauben an die Liebe wiederfinden möchte.